ଦେବଯାନ

ଦେବଯାନ

ମୂଲ ବଂଗଲା:
ବିଭୂତି ଭୂଷଣ ବନ୍ଦୋପାଧାୟ

ଅନୁବାଦ:
କିଶୋର ଚନ୍ଦ୍ର ମେହେର

ସଂପାଦନା:
ପ୍ରଫେସର ମଣୀନ୍ଦ୍ର କୁମାର ମେହେର

ବ୍ଲାକ୍ ଇଗଲ୍ ବୁକ୍ସ

ଭୁବନେଶ୍ୱର, ଓଡ଼ିଶା

BLACK EAGLE BOOKS
Dublin, USA

ଦେବଯାନ / ମୂଳ ବଂଗଲା : ବିଭୂତି ଭୂଷଣ ବଦୋପାଧାୟ

ଅନୁବାଦ : କିଶୋର ଚନ୍ଦ୍ର ମେହେର

ସମ୍ପାଦନା: ପ୍ରଫେସର ମଣୀନ୍ଦ୍ର କୁମାର ମେହେର

ବ୍ଲାକ୍ ଇଗଲ୍ ବୁକ୍ସ : ଭୁବନେଶ୍ୱର, ଓଡ଼ିଶା ● ଡବ୍ଲିନ୍, ଯୁକ୍ତରାଷ୍ଟ୍ର ଆମେରିକା।

 BLACK EAGLE BOOKS

USA address:
7464 Wisdom Lane
Dublin, OH 43016

India address:
E/312, Trident Galaxy, Kalinga Nagar,
Bhubaneswar-751003, Odisha, India

E-mail: info@blackeaglebooks.org
Website: www.blackeaglebooks.org

First International Edition Published by
BLACK EAGLE BOOKS, 2024

DEBJAN
by **Bibhuti Bhusan Bandopadhaya**
Translated by **Kishore Chandra Meher**
Edited by **Prof. Manindra Kumar Meher**

Cover & Interior Design: Ezy's Publication

ISBN- 978-1-64560-511-9 (Paperback)

Printed in the United States of America

ଭୂମିକା

କେବଳ ବଙ୍ଗଳା ସାହିତ୍ୟ କ୍ଷେତ୍ରରେ ନୁହେଁ; ସମଗ୍ର ଭାରତୀୟ ସାରସ୍ୱତ ଜଗତ ଯାହାଙ୍କ ଶଢ ସଂଯୋଗରେ ପରିସ୍ୱନ୍ଦିତ, ସେ ହେଉଛନ୍ତି ବିଭୂତି ଭୂଷଣ ବଦୋପାଧ୍ୟାୟ। ତାଙ୍କ ଦ୍ୱାରା ଲିଖିତ 'ପଥେର ପାଞ୍ଚାଲୀ' ଯେତେବେଳେ ସୁବିଖ୍ୟାତ ଚଳଚ୍ଚିତ୍ର ନିର୍ମାତା ସତ୍ୟଜିତ ରାୟଙ୍କ ଦ୍ୱାରା ରୂପାନ୍ତରିତ ହେଲା କଥାଚିତ୍ରରେ, ସେତେବେଳେ ତାହା ବ୍ୟାପ୍ତ ହୋଇଯାଇଥିଲା ସାହିତ୍ୟ ଓ କଳାନୁରାଗୀ ସହସ୍ର ସହସ୍ର ମଣିଷଙ୍କ ଅନ୍ତରକୁ। ତାଙ୍କର ଅନ୍ୟାନ୍ୟ ସାହିତ୍ୟିକ କୃତି ମଧ୍ୟ କମ୍ ଲୋକପ୍ରିୟତା ଅର୍ଜନ କରିନାହିଁ। 'ପଥେର ପାଞ୍ଚାଲୀ' ଇଂରାଜୀରେ ଅନୂଦିତ। ସେଥିପାଇଁ ବିଶ୍ୱ ସାହିତ୍ୟରେ ଆଦୃତ। ତେବେ ଅନ୍ୟ ଉପନ୍ୟାସ ଓ ଗଳ୍ପ ସୃଷ୍ଟି ସୁପାଠକମାନଙ୍କ ଚେତନାକୁ ଯେ ନାନା ଭାବରେ ଆଦୋଳିତ କରିଛି, ଏହା ସ୍ଥିର ଚିତ୍ତରେ ବିଚାର କଲେ ଯେକେହି ଅନୁଭବ କରିପାରିବେ ନିଶ୍ଚୟ। ବିଶିଷ୍ଟ ଲେଖକ ସୁନୀଲ କୁମାର ଚଟ୍ଟୋପାଧ୍ୟାୟ ସାହିତ୍ୟ ଏକାଡେମୀ ଦ୍ୱାରା ପ୍ରକାଶିତ ତାଙ୍କ ପୁସ୍ତକର ଭୂମିକାରେ ପ୍ରଥମେ ଯେଉଁ ଦୁଇଟି ବାକ୍ୟ ଲେଖିଛନ୍ତି କେବଳ ତାହାକୁ ଉଲ୍ଲେଖ କରିଦେଲେ ହୃଦ୍‌ବୋଧ କରାଯାଇପାରିବ ବିଭୂତିଙ୍କ ପ୍ରଭାବଶାଳୀ ଆକର୍ଷଣକୁ। ଶ୍ରୀଯୁକ୍ତ ସୁନୀଲ ଚଟ୍ଟୋପାଧ୍ୟାୟ ଲେଖିଛନ୍ତି – "ବିଭୂତି ଭୂଷଣଙ୍କୁ ବାଦ୍‌ ଦେଇ ଆମର ଶୈଶବ! ଚିନ୍ତା କରାଯାଇପାରେନା।" ବାସ୍‌ ଏତିକି। ଏଥିରୁ ହିଁ ସୃଷ୍ଟି ହୋଇପାରେ ନାନାବିଧ ମଧୁର ଧ୍ୱନି ଓ ତାହାର ପ୍ରତିଧ୍ୱନି।

୧୮୯୪ ମସିହା ସେପ୍ଟେମ୍ବର ମାସରେ କାଞ୍ଚଡାପଡା ହାଲି ସହରର ନିକଟବର୍ତ୍ତୀ ମୁରାତିପୁର ଗ୍ରାମରେ ନିଜ ମାମୁ ଘରେ ଏହି ମହାନ୍‌ ଲେଖକଙ୍କର ଆବିର୍ଭାବ ହୋଇଥିଲା। ମାଆ ଥିଲେ ମୃଣାଳିନୀ ଦେବୀ, ଆଉ ଜନ୍ମଦାତା ମହାନନ୍ଦ ବଦୋପାଧ୍ୟାୟ। ପାଞ୍ଚ ବର୍ଷ ବୟସରେ ଗ୍ରାମ୍ୟ ଚାଟଶାଳୀରେ ପ୍ରବେଶ କରିଥିଲେ ବିଭୂତି ଭୂଷଣ। ମାତ୍ର ସେ ଥିଲେ ସର୍ବଦା ଭ୍ରମଣପ୍ରିୟ। ପାଲା ଗାୟକ ତାଙ୍କ ପିତାଙ୍କ ସହିତ ସେଥିପାଇଁ ନାନା

ସ୍ଥାନ ଘୁରି ବୁଲିବାରେ ସେ ଅନୁଭବ କରୁଥିଲେ ଅତୁଳନୀୟ ଆନନ୍ଦ। ଇଛାମତୀ ନଦୀକୂଳ ଥିଲା ତାଙ୍କର ଅତିପ୍ରିୟ। ପରବର୍ତ୍ତୀ ସମୟରେ କଲିକତା ରିପନ କଲେଜ୍‌, ଯାହା ସଂପ୍ରତି ସୁରେନ୍ଦ୍ରନାଥ କଲେଜ ନାମରେ ନାମିତ, ସେଥିରେ ଅଧ୍ୟୟନ କରୁଥିଲେ ଲେଖକ। ସେହି ସମୟରେ ହିଁ କଲେଜ ମାଗାଜିନ୍‌ରେ ତାଙ୍କର ପ୍ରଥମ କବିତା ଓ ପ୍ରବନ୍ଧ ପ୍ରକାଶିତ ହୋଇଥିଲା। ସେହି କଲେଜ ଜୀବନରେ ରବୀନ୍ଦ୍ରନାଥଙ୍କ ସହିତ ତାଙ୍କର ପ୍ରଥମ ସାକ୍ଷାତ। ରବୀନ୍ଦ୍ରଙ୍କ ପାଦଧୂଲିରେ ବିଭୂତିଙ୍କ ମସ୍ତକ ହୋଇଥିଲା ଆଶିଷ–ଆର୍ଦ୍ର। ପରେ ଆରମ୍ଭ ହୁଏ ତାଙ୍କର ଶିକ୍ଷକତା। ଲେଖାହୁଏ ଗୋଟିକ ପରେ ଗୋଟିଏ ଗଳ୍ପ ଓ ଉପନ୍ୟାସ। ଜୀବନର ଦୁଃଖାନୁଭୂତି ବ୍ୟକ୍ତ କରିବାରେ ସେ ଲାଭ କରୁଥିଲେ ପୂର୍ଣ୍ଣତା। ଗୋଟିଏ ପାଖରେ ଶିକ୍ଷକ ଜୀବନ, ଅପର ପାର୍ଶ୍ୱରେ ସାହିତ୍ୟ ସ୍ରଷ୍ଟାର ସାଧନା। ତାଙ୍କ ବିରଳ ଅବଦାନରେ ସମୃଦ୍ଧ ହୋଇ ଉଠିଥିଲା ବଙ୍ଗଳା ସାହିତ୍ୟ। 'ଅପରାଜିତ', 'ଆରଣ୍ୟକ', 'ଆଦର୍ଶ ହିନ୍ଦୁ ହୋଟେଲ', 'ଅନୁବର୍ତ୍ତନ' ଆଦି ଉପନ୍ୟାସ ତାଙ୍କ ଶିଳ୍ପୀ ଜୀବନର ଏକ ପ୍ରଜ୍ୱଳିତ ଦୀପଶିଖା। ସେ ମଧ୍ୟ ସବୁପ୍ରକାର ଗଳ୍ପ ରଚନା କରିଛନ୍ତି। ଏହାରି ମଧ୍ୟରେ ବିତିଯାଇଛି ତାଙ୍କର ବୈବାହିକ ଜୀବନ ପ୍ରଥମ ଓ ଦ୍ୱିତୀୟବାର ବିବାହ ବନ୍ଧନରେ ଛନ୍ଦି ହୋଇ। ନିଜ ଏହି ବିବାହିତ ବାତାବରଣ ମଧ୍ୟରେ କାହାକୁ ଜୀବନ–ସଙ୍ଗିନୀ କରିନପାରି ସେ ପୁନଶ୍ଚ ଆକୃଷ୍ଟ ହୋଇଛନ୍ତି ଅନ୍ୟ ମାନବୀ–ସତ୍ତା ପ୍ରତି।

ତାଙ୍କର ଅନେକ ଉପନ୍ୟାସ ଓଡ଼ିଆ ଭାଷାରେ ଅନୂଦିତ ହୋଇ ଯେପରି ଲୋକାଦୃତ ହୋଇଛି ତାହା ତାଙ୍କର ଶୈଳ୍ପିକ ସିଦ୍ଧିର ପରିଚୟ। ତେବେ ତାଙ୍କର ଏକ ବୃହତ ଓ ଶ୍ରେଷ୍ଠ ଉପନ୍ୟାସ 'ଦେବଯାନ' ଏପର୍ଯ୍ୟନ୍ତ ଓଡ଼ିଆ ଭାଷାରେ ଅନୁବାଦ ହୋଇଥିବା ଦୃଷ୍ଟିଗୋଚର ହୋଇନାହିଁ।

ମୋର ପରମପୂଜ୍ୟ ପିତୃଦେବ ସ୍ୱଭାବକବି ଗଙ୍ଗାଧର ମେହେରଙ୍କ କନିଷ୍ଠ ପୌତ୍ର ଶ୍ରୀଯୁକ୍ତ କିଶୋର ଚନ୍ଦ୍ର ମେହେର ବିଭୂତି ଭୂଷଣଙ୍କ ସାହିତ୍ୟ କୃତିର ଥିଲେ ଜଣେ ଦରଦୀ ପାଠକ। ତାଙ୍କର ଶ୍ରେଷ୍ଠ ଗଳ୍ପଗୁଡ଼ିକ ଅତ୍ୟନ୍ତ ଆଗ୍ରହର ସହିତ ସେ ଅନୁବାଦ କରିଛନ୍ତି। ସତ୍ୟଜିତ୍‌ ରାୟଙ୍କ ଦ୍ୱାରା ପ୍ରସ୍ତୁତ 'ପାଥେର ପାଞ୍ଚାଲୀ' ଚଳଚିତ୍ରଟିକୁ ବାପାଙ୍କ ସହିତ ଦେଖିଥିଲି ମୁଁ। ଏହି ବଙ୍ଗଳା ଚଳଚିତ୍ରଟିକୁ ଦେଖୁଥାଏ ମୁଁ ଧ୍ୟାନପୂର୍ବକ। ଆଉ ଦେଖୁଥାଏ ମଧ୍ୟ ବାପାଙ୍କ ଭାବବିହ୍ୱଳତାର ତଲ୍ଲୀନ ରୂପ। ଆଜି ଭାବୁଛି ପାଥେର ପାଞ୍ଚାଲୀ ଯେପରି ଥିଲା ମୋ ପାଇଁ ଆକର୍ଷଣୀୟ ବାପାଙ୍କ ଭାବ ତନ୍ମୟତା ଚଳଚିତ୍ର ଠାରୁ କମ୍‌ କଳାତ୍ମକ ନ ଥିଲା ପ୍ରକୃତରେ। ସେ ଦିନ ବାପା ମୋତେ ଚଳଚିତ୍ର ଅନେକ ଅଂଶକୁ ବିସ୍ତୃତ ବ୍ୟାଖ୍ୟା କରି ବୁଝାଇ ଦେଇଥିଲେ। ଅନେକ ଥର ଦେଖିଛି

ଯେତେବେଳେ ପାଥେର ପାଞ୍ଚାଲି ପ୍ରସଙ୍ଗ ଆସେ ବାପାଙ୍କ ଚେହେରା ବଦଳିଯାଏ। ବିଭୂତି ଭୂଷଣଙ୍କ ସହିତ ସତ୍ୟଜିତ ରାୟଙ୍କ ପ୍ରତି ତାଙ୍କର ଭାବ – ସଂଯୋଗ କି ଗଭୀର ସ୍ତରର ତାହା ବାରମ୍ବାର ଦେଖି ଧନ୍ୟ ହୋଇଛି ମୋ ଆଖି। ସତ୍ୟଜିତ ରାୟ ଏହି ପାଥେର ପାଞ୍ଚାଲି ବ୍ୟତୀତ ବିଭୂତି ଭୂଷଣଙ୍କ ଅନ୍ୟ କୃତି କେତେକକୁ ମଧ୍ୟ ସିନେ– ସାହିତ୍ୟରେ ରୂପାନ୍ତରିତ କରିଥିଲେ। କଥା ପ୍ରସଙ୍ଗରେ ଏକଦା ମୁଁ ବାପାଙ୍କୁ ବିନମ୍ର ଅନୁରୋଧ କରିଥିଲି ବିଭୂତି ଭୂଷଣଙ୍କ 'ଦେବଯାନ' ନାମକ ଉପନ୍ୟାସଟିକୁ ଅନୁବାଦ କରିବା ନିମିତ୍ତ। ସେ ତାଙ୍କର ଏହି ଗେହ୍ଲା ପୁତ୍ରଟିର କଥା ରକ୍ଷାକରି ଗ୍ରୀଷ୍ମକାଲର ଦ୍ୱିପ୍ରହର ବେଲରେ ଧାନ୍ସ୍ତ ହୋଇ ଅନୁବାଦ କରୁଥିଲେ 'ଦେବଯାନ' ଉପନ୍ୟାସଟିକୁ।

ଅନୁବାଦ ଅଳ୍ପଦିନ ମଧ୍ୟରେ ଶେଷ ହୋଇଯାଇଥିଲା। କିନ୍ତୁ ବାପାଙ୍କ ଆୟୁଷ ନଥିଲା ସୁଦୀର୍ଘକାଳ। ମୁଁ ଆନ୍ତରିକ ଭାବରେ ଚାହୁଁଥିଲି ଯେ ବାପାଙ୍କ ଜୀବିତାବସ୍ଥାରେ ଏହା ପ୍ରକାଶିତ ହେଉ। ମାତ୍ର ମୋ ଇଚ୍ଛା ଇଚ୍ଛାମୟଙ୍କ ଦ୍ୱାରା ଗୃହୀତ ହୋଇନଥିଲା। ଉପନ୍ୟାସଟିକୁ ପାଠକରିବା ପାଇଁ ବାପା ମୋତେ ବାରମ୍ବାର ମନେ ପକାଇଦିଅନ୍ତି। ଉପନ୍ୟାସଟିକୁ ଯେତେବେଳେ ପାଠକଲି ସ୍ତମ୍ଭୀଭୂତ ହୋଇ ରହିଯାଇଥିଲି ମୁଁ। ଏହାର ବିଷୟବସ୍ତୁ ହେଉଛି ମୃତ୍ୟୁ ପରବର୍ତ୍ତୀ ଜୀବନର ବିଭିନ୍ନ ସ୍ତରର ବୈଚିତ୍ର୍ୟପୂର୍ଣ୍ଣ ଅନୁଭୂତି। ବିଭୂତି ଭୂଷଣ ବନ୍ଦୋପଧ୍ୟାୟ ଏହି ଦୃଶ୍ୟମାନ ଜଗତର ଅନ୍ତରାଲରେ ରହିଥିବା ଅଦୃଶ୍ୟ ଜଗତ ଉପରେ ଆସ୍ଥାଶୀଲ ନଥିଲେ, ଏପରି ନୂତନ କଳ୍ପନାର ଡେଣା ତାଙ୍କ ସ୍ରଷ୍ଟାମାନସରେ ମେଲିଯାଇନଥା'ନ୍ତା। ବାପା ବି ଥିଲେ ଏହି ସୂକ୍ଷ୍ମ ଜଗତ ପ୍ରତି ବିଶ୍ୱସ୍ତ। ନିଜ ପିତା ଓ ପିତାମହଙ୍କ ସହିତ ବିଭିନ୍ନ ସମୟରେ ସେ କିପରି ବାର୍ତ୍ତାଲାପ କରୁଥିଲେ ସେହି ବିରଲ ଦୃଶ୍ୟ ବହୁବାର ଦେଖିବାର ସୌଭାଗ୍ୟ ପାଇଛି। ଏପରିକି ବାପା ସେହି ଅପହଞ୍ଚ ଇଲାକାରୁ ଲାଭ କରୁଥିବା ବାର୍ତ୍ତାକୁ ମଧ୍ୟ ମୋ ଆଗରେ ଏକାଧିକବାର ଉନ୍ମୁକ୍ତ କରିଦେଇଛନ୍ତି। ବାପାଙ୍କ ତିରୋଭାବ ଅନ୍ତେ ମୁଁ ସେହିଭଲି ସୂକ୍ଷ୍ମ ସ୍ତରରେ ତାଙ୍କ ସହିତ କେତେ ସଂପୃକ୍ତ ହୋଇଛି, ତାହା ଜାଣିପାରେ ନାହିଁ। ମାତ୍ର ଏ କଥା ଜାଣେ ଯେ ବାପା ସ୍ୱୟଂ ମୋ ସହିତ ସମ୍ପର୍କ ରଖିଛନ୍ତି ଅବ୍ୟାହତ। ମାଆ ବି କୁହନ୍ତି- "ବାପା ଯେଉଁଠି ଥାଆନ୍ତୁ ନା କାହିଁକି, ତୋ ପାଇଁ ସେ ନିଶ୍ଚୟ ପ୍ରାର୍ଥନାରତ ରହିଥିବେ ସର୍ବଦା।"

କେବଲ 'ଦେବଯାନ' ନୁହେଁ, ଆହୁରି ଅନେକ ଗ୍ରନ୍ଥ ବାପା ପାଠ କରୁଥିଲେ, ଯାହା ପାର୍ଥିବ ଶରୀର ତ୍ୟାଗ କରିବା ପରେ ମଣିଷର ସୂକ୍ଷ୍ମ ଅବସ୍ଥିତିକୁ ପ୍ରମାଣିତ କରୁଥିଲା। ତେବେ ସେ ଯାହା ହେଉନା କାହିଁକି ବିଭୂତି ଭୂଷଣଙ୍କ 'ଦେବଯାନ' ଏ କ୍ଷେତ୍ରରେ ପ୍ରତ୍ୟେକଟି ପାଠକଙ୍କ ନିମିତ୍ତ ଯେ ନେଇଆସିବ ଏକ ନୂତନ ଆହ୍ୱାନ ଓ ଆକର୍ଷଣ ଏଥିରେ ଦ୍ୱିମତ ନାହିଁ। ସାହିତ୍ୟିକ, ମନସ୍ତାତ୍ତ୍ୱିକ, ବୈଜ୍ଞାନିକ, ପାରଲୌକିକ ଏ ସବୁ

ଦୃଷ୍ଟିରୁ ଉପନ୍ୟାସଟିର କଳାତ୍ମକ ସାଫଲ୍ୟ ଯେ ଅସାମାନ୍ୟ ଏହା ଯେକୌଣସି ଅନ୍ତର୍ଦୃଷ୍ଟି ସମ୍ପନ୍ନ ପାଠକ ଅନୁଭବ କରିପାରିବେ ନିଶ୍ଚୟ। ଏହି ଉପନ୍ୟାସର ପ୍ରୁଫ୍ ସଂଶୋଧନ ଅତ୍ୟନ୍ତ ନିଷ୍ଠାର ସହିତ କରିଦେଇଥିବା ଖଇରା ମହାବିଦ୍ୟାଳୟର ଅବସରପ୍ରାପ୍ତ ପ୍ରଧାପକ ଡ. ଅନାଦି ଚରଣ ରାଉତଙ୍କ ଠାରେ ମୁଁ ବିଶେଷ ଭାବରେ କୃତଜ୍ଞ।

ବାପାଙ୍କ ଦେହାବସାନର ୧୯ବର୍ଷ ପୂର୍ଣ୍ଣ ହୋଇଯିବା ପରେ ସଂଯୋଗ ବଶତଃ ବ୍ଲାକ ଇଗଲ ବୁକ୍‌ର ସୁବିଖ୍ୟାତ ପ୍ରକାଶକ ଶ୍ରୀଯୁକ୍ତ ସତ୍ୟ ପଟ୍ଟନାୟକଙ୍କ ମଧରେ ବଙ୍ଗଲାର କ୍ଲାସିକ ଉପନ୍ୟାସ ପ୍ରକାଶନ ପ୍ରତି ଆଗ୍ରହ ଲକ୍ଷ୍ୟକରି 'ଦେବଯାନ' ପୁସ୍ତକଟିକୁ ପ୍ରକାଶ କରିବାକୁ ମୁଁ ଅନୁରୋଧ ଜଣାଇଥିଲି। ସେ ଏହାର ଗୁରୁତ୍ଵ ଉପଲବ୍ଧି କରିବା ସହିତ ଏ ପ୍ରସ୍ତାବକୁ ଯେପରି ତତ୍‌କ୍ଷଣାତ କାର୍ଯ୍ୟକାରୀ କଲେ ତାହା ଦେଖି ମୁଁ ଚମକୃତ ହୋଇଗଲି। ସୂକ୍ଷ୍ମ ବଳୟ ମଧ୍ୟରୁ ଯେଉଁ ନିର୍ଦ୍ଦେଶ ସେ ପ୍ରାପ୍ତ, ତାହାରି ଦ୍ୱାରା ପରିଚାଳିତ ହୋଇ ଉପନ୍ୟାସଟିକୁ ସେ ଆଲୋକକୁ ଆଣୁଥିବାରୁ ସେ ମୋ ହୃଦୟର ଗଭୀରତମ ପ୍ରଦେଶରୁ ସ୍ୱତଃସ୍ଫୁର୍ତ ଭାବରେ ଉତ୍‌ଥିତ କୃତଜ୍ଞତା ଲାଭର ଶ୍ରେଷ୍ଠ ପାତ୍ର। ତେଣୁ ଏ ଅବସରରେ ତାଙ୍କର ଏହି ସୁଦୃଢ଼ ପଦକ୍ଷେପକୁ ମୁଁ ପ୍ରଣାମ କରୁଛି ଓ ମୋର ସ୍ୱର୍ଗତଃ ପିତାଙ୍କ ଉଦ୍ଦେଶ୍ୟରେ ତଥା ଏହି ଉପନ୍ୟାସର ବିଖ୍ୟାତ ଶିଳ୍ପୀ ବିଭୂତି ଭୂଷଣଙ୍କ ପ୍ରତି ଭକ୍ତିପୂତ ପ୍ରଣତି ଜ୍ଞାପନ କରୁଛି।

ବିନୟାବନତ

ମଣୀନ୍ଦ୍ର କୁମାର ମେହେର

ତା. ୨୭.୦୧.୨୦୧୪

(୧)

କୁଡ଼ୁଲ ବିନୋଦପୁରର ବିଖ୍ୟାତ ବସ୍ତ୍ର ବ୍ୟବସାୟୀ ରାୟ ସାହେବ ଭରସାରାମ କୁଣ୍ଡୁଙ୍କ ଏକମାତ୍ର କନ୍ୟାର ଆଜି ବିବାହ। ବରପକ୍ଷ କଲିକତା ନିବାସୀ। ଆଜି ଅପରାହ୍ନ ତିନିଟା ସମୟରେ ମୋଟର୍ ଓ ରିଜର୍ଭ ବସ୍‌ରେ କଲିକତାରୁ ବର ଓ ବରଯାତ୍ରୀ ଦଳ ପହଞ୍ଚିଛନ୍ତି। ଏପରି ଫୁଲସଜ୍ଜା ମୋଟର ଗାଡ଼ି ଏ ଦେଶର ଲୋକେ କେବେ ଦେଖିନଥିଲେ। ପୋଖରୀ ହିଡ଼ ନହବତ ମଞ୍ଚ ବସିଛି। ରଙ୍ଗ ବେରଙ୍ଗର କନାରେ ଓ ପଦ୍ମନାଡ଼ ପଦ୍ମପତ୍ର ନେଇ ଆସର ସଜ୍ଜିତ ହୋଇଛି। ବଡ଼ ସମାରୋହର ବିବାହ।

ରାତ୍ର ସାଢ଼େ ନଅଟା। ରାୟ ସାହେବଙ୍କ ଘରର ବଡ଼ ନାଟ– ମନ୍ଦିରରେ ବରଯାତ୍ରୀଙ୍କୁ ଖାଇବାକୁ ବସାଇ ଦିଆଯାଇଛି। ସେମାନେ ସମସ୍ତେ କଲକତାର ବାବୁ। କୁଡ଼ୁଲ ବିନୋଦପୁର ଭଳି ପୁରୁଣା ଗାଁ କୁ ଯେ ସେମାନଙ୍କ ଶୁଭାଗମନ ହୋଇଛି ! ଏତିକିରେ ରାୟସାହେବ କୃତାର୍ଥ ହୋଇଯାଇଛନ୍ତି। ଥରକୁଥର ବିନୀତ ଭାବରେ ଏହି କଥାଟି ବରଯାତ୍ରୀଙ୍କ ଆଗରେ ସେ ଜଣାଉଥାନ୍ତି। ସଭାମଣ୍ଡପରୁ ନାନା ପ୍ରକାର ଶବ୍ଦ ଉତ୍‌ଥିତ ହେଉଥିଲା।

– ଆଜ୍ଞା ! ପାଳମହାଶୟ, ନା ନା ମାଛ ମୁଣ୍ଡଟା ନଖାଇବେ କିପରି !

– ଆରେ.... ଏ ଆଡ଼କୁ ଭାତର ବାଲ୍‌ଟିଟା (ଅର୍ଥାତ ପୋଲାଓର ବାଲ୍‌ଟି – ପୋଲାଓକୁ ଭାତ ବୋଲି କହିବା ନିୟମ, ତଦ୍ୱାରା ସୁରୁଚି, ସଭ୍ୟତା ଓ ବଡ଼ଲୋକ ଧରଣର ବିଶିଷ୍ଟ ପରିଚୟ ମିଳିଥାଏ) ନେଇଆସ। ଏମାନଙ୍କ ପତ୍ର ଯେ ଏକେବାର ଖାଲି ପଡ଼ିଲାଣି।

– ସନ୍ଦେଶ୍‌ ଆଉ ଦୁଇଟି ଖାଇବାକୁ ହେବ ଆଜ୍ଞା, ନା, ନା ବାହାନା ଶୁଣିବି ନାହିଁ। ଛେନା ବଟାର, ଯାହାବି ହେଉ ଆଜ୍ଞା ପଡ଼ା ଗାଁର ଜିନିଷଟା ଟିକିଏ ଚାଖ୍‌ ଦେଖନ୍ତୁ ଦୟା କରି।

ସେଆଡ଼େ ଯେତେବେଳେ ସମସ୍ତେ ବରଯାତ୍ରୀଙ୍କ ଚର୍ଚ୍ଚାରେ ବ୍ୟସ୍ତ ନାଟ ମନ୍ଦିର ସମ୍ମୁଖ ବାରଣ୍ଡାରେ ବିଭିନ୍ନ ଗ୍ରାମର କେତେ ଜଣ ସାଧାରଣ ଲୋକ ଖାଇ ବସିଛନ୍ତି। ସେମାନଙ୍କ ଭିତରେ ଜଣେ ବ୍ରାହ୍ମଣ। କିନ୍ତୁ ଅତ୍ୟନ୍ତ ଗରିବ। ସେ ଅନ୍ୟ ଲୋକମାନଙ୍କଠାରୁ ନିଜ ପାର୍ଥକ୍ୟ ବଜାୟ ରଖି ଟିକିଏ କଣକୁ ଯାଇ ବସିଛି। ବସିଲେ କଣ ହେବ, ଏ ଆଡ଼େ ପରିବେଷଣକାରୀ ଲୋକ କେହି ନାହାନ୍ତି। ତେଣୁ ସେମାନେ ଖାଲିହାତରେ ପତ୍ର ଖାଲି ଧରି ଅନାଇ ରହିଛନ୍ତି ପରିବେଷଣକାରୀ କିଏ ଆସୁଛି।

ବ୍ରାହ୍ମଣ ଯୁବକର ନାମ ଯତୀନ୍‌। ପାଖ ଗାଁର ଉଚ୍ଚ ସଦ୍‌ବଂଶର ପିଲା। ବୟସ ତାର ପଇଁତ୍ରିଶ୍‌ ଛତିଶ ହେବ। ଲୋକଟି ବଡ଼ ହତଭାଗ୍ୟ। ବେଶ୍‌ ସୁନ୍ଦର ଚେହେରା। ଲେଖାପଢ଼ା ଭଲ ଜାଣେ। ଏମ୍‌.ଏ. ପର୍ଯ୍ୟନ୍ତ ପଢ଼ି ଗାନ୍ଧିଜୀଙ୍କ ନନ୍‌କୋଅପରେଶନ ସମୟରେ କଲେଜ ଛାଡ଼ି ଘରେ ଅଛି। ବିବାହ କରିଥିଲା। କେତେଟା ପୁଅ ଝିଅ ବି ଅଛନ୍ତି। ଆଜିକୁ କେତେ ବର୍ଷ ହେଲା ତାର ସ୍ତ୍ରୀ ତା ସହିତ ଝଗଡ଼ା କରି ପୁଅଝିଅ ନେଇ ବାପ ଘରେ ଅଛି। ଏଠାକୁ ସେ ନିଜେବି ଆସେନି ଓ ପୁଅଝିଅଙ୍କୁ ମଧ୍ୟ ଆସିବାକୁ ଦିଏନା। ଯତୀନ୍‌ର ବାପା ମା କେହି ଜୀବିତ ନାହାନ୍ତି। ତେଣୁ ପ୍ରକାଣ୍ଡ ଘରଟି ଭିତରେ ତାକୁ ଏକାକୀ ହିଁ ରହିବାକୁ ପଡ଼େ। ତା ଉପରେ ଘୋର ଦାରିଦ୍ର୍ୟର କଷ୍ଟ। ଜଣକ ଲାଗି ଖର୍ଚ୍ଚ ହେଲେ ତାହା ମଧ୍ୟ ଅଚଳ।

ଭରସାରାମ କୁଣ୍ଡୁଙ୍କ ଛୋଟ ଭାଇ ଏମାନଙ୍କ ଖାଲି ଦେହ ଯାଉଁ ଯାଉଁ ତାକୁ ଦେଖି ପକାଇ କହିଲା ଆରେ ଏଇ ଯେ ଯତୀନ୍‌ ଜିନିଷ ସବୁ ପାଉଛ ନା ? ଆରେ କିଏ ଅଛ ରେ ଏ ଆଡ଼କୁ ଲୁଟି ଦେଇଯାଅ –
ଯତୀନ୍‌ର ମନ ବଡ଼ ଖୁସି ! ଏତେବେଳକୁ ହିଁ ଏ ଆଡ଼େ ଦେଖିବାକୁ ଜଣେ ଆସିଲେ ! ଆୟୋଜନ ବହୁତ ବଡ଼ ! ହେଲେ ପରିବେଷଣ କରିବା ଓ ଦେଖାଶୁଣା କରିବା ଲୋକଙ୍କ ଅଭାବରେ ସାଧାରଣ ନିମନ୍ତ୍ରିତ ବ୍ୟକ୍ତି ଅବହେଳିତ। ଏ ଆଡ଼କୁ ବିଶେଷ କିଛି ପହୁଞ୍ଚିପାରୁ ନାହିଁ। ଆହାରାଦି ଶେଷ ହୋଇଗଲା। ଏବେ ପୋଖରୀ ହିଡ଼ରେ ଫଟକା ଇତ୍ୟାଦି ଆତସ୍‌ବାଜି ହେବ। କଲିକତାରୁ ବରପକ୍ଷ ଭଲସବୁ ବାଣ ଆଣିଛନ୍ତି। ଏସବୁ ପଡ଼ା ଗାଁର ଲୋକ କେହି ଦେଖି ନାହାନ୍ତି। ଆତସ୍‌ବାଜି ଦେଖିବାଲାଗି ପୋଖରୀ ହିଡ଼ରେ ଲୋକାରଣ୍ୟ। ଯତୀନ ମଧ୍ୟ ସେମାନଙ୍କ ସହିତ ଠିଆ ହେଲା।

ହୁସ୍‌ କରି ଗୋଟାଏ ବାଣ ଆକାଶକୁ ଉଠିଯାଇ ପ୍ରାୟ ନକ୍ଷତ୍ର ଦେହରେ ବାଜି

ରହିରହି ତା'ପରେ ନାଲି, ନୀଳ, ସବୁଜ ଫୁଲ ଝରି ଝରି ଆସ୍ତେ ଆସ୍ତେ ତଳକୁ ଖସିବାକୁ ଲାଗିଲା ।

ଲୋକଙ୍କ ଭିତରୁ ଅନେକେ ଚିତ୍କାର କରି ଉଠିଲେ ଘର ଛାତ ଉପରେ ନିଆଁ ଲାଗିଯିବ । ନିଆଁ ଲାଗିଯିବ ! ଦୁଇ ଚାରିଥର ଏପରି ତାରା ବାଣ ଉଠିଲା, ପଡ଼ିଲା । କାହାରି ଘର ଛାତରେ ନଆଁ ନ ଲାଗିବା ଦେଖି ଲୋକଙ୍କ ମନ ଶାନ୍ତ ହେଲା ।

ତାରା ବାଣ ଗୋଟିକ ପରେ ଗୋଟିଏ ହୁସ୍ କରି ଆକାଶକୁ ଉଠୁଥିଲା ଆଉ ଯତୀନ ଆଶ୍ଚର୍ଯ୍ୟ ହୋଇ ସେ ଆଡ଼କୁ ଚାହିଁ ଦେଖୁଥିଲା ଏକ ମୁହାଁ ହୋଇ ଉପରକୁ । ବହୁଦିନ ଧରି ସେ ପଲ୍ଲୀଗ୍ରାମରେ ନିତାନ୍ତ ଦୁରବସ୍ଥାରେ ପଡ଼ିଛି ।

ଅନେକ ଦିନ ହେଲା ଭଲ କିଛି ଦେଖୁନି । କଲିକତାର ଛାତ୍ର ଜୀବନ ଆଉ ତାର ମନେ ପଡୁ ନାହିଁ ଯେପରି ! ଯେପରିକି ସେ ସବୁ ଗତ ଜନ୍ମର କାହାଣୀ !

ସୁତୋର୍‌ଗାଛିର ମେଘନାଥ ଚକ୍ରବର୍ତ୍ତୀ ତାହାକୁ ଦେଖି କହିଲା –

– ଏଇ ଯେ ଯତୀନ୍ ! ଆଜି ରାୟ ସାହେବଙ୍କ ଘରେ ଖାଇଲୁ ବୋଧ ହୁଏ ? ତୁମକୁ ନିମନ୍ତ୍ରଣ କରା ହୋଇଥିଲା ? ତୁମ ଭଳିଆ ଲୋକଙ୍କୁ ବୋଲି ସେ ସାହସ କଲା । ଆମମାନଙ୍କୁ କହି ଦେଖୁ ତ ଦେଖିବା ? ଛୋଟ ଜାତି ତେଲି, ମାଲି ! ହେଲା ବି ଏବେ ଦୁଇପଇସା ତା ହାତରେ ହୋଇଛି ! ତା' ବୋଲି ବ୍ରାହ୍ମଣମାନଙ୍କୁ ନିମନ୍ତ୍ରଣ କରି ଖୁଆଇବ ତା ଘରେ ! ତୁମେମାନେ ଆପେ ଯାଇ ଜାତି ହରାଇଛ । ତେଣୁ ତୁମମାନଙ୍କୁ କହିବାକୁ ଇଚ୍ଛା ହୁଏ – ଛି...ଛି..!!

ଯତୀନ୍ ଯେତେବେଳେ ଘରକୁ ଆସିଲା ସେତେବେଳକୁ ରାତି ଦୁଇଘଡ଼ି ସରିକି ହେଲାଣି ।

ବାଉଁଶ ବଣ ଭିତରେ ସୁଡ଼ଙ୍ଗ ବାଟ ଦେଇ ପାର ହେଲେ ପଡ଼େ ତା'ର ପୈତୃକ ଅମଲର କୋଠାଘର । ଅନେକଗୁଡ଼ିଏ ଘର ଦୁଆର, ବାହାରେ ଚଣ୍ଡୀମଣ୍ଡପ । ତେବେ ବର୍ତ୍ତମାନ ସବୁ ଶ୍ରୀହୀନ । ଧାନର ବଡ଼ ଗୋଲାଟିଏ ବି ଥିଲା । ଅର୍ଥ-କଷ୍ଟରେ ପଡ଼ି ଗତ ମାଘ ମାସରେ ସେ ସାଢ଼େ ସାତ ଟଙ୍କାରେ ଗୋଲାଟି ବିକ୍ରି କରି ପକାଇଛି । ଗୋଲାଘରର ଇଟା ଗୁଣ୍ଟା ସିଡ଼ି କେତୋଟି ମାତ୍ର ଏବେ ଅଛି ।

ବତୀ ଜଳାଇ ନିଜ ବିଛଣା ଖଣ୍ଡକ ବିଛାଇବା ପରେ ସେ ବତୀଟି ଲିଭାଇ ଦେଲା । ତେଲର ପଇସା କୋଉଠୁ ଜୁଟିବ ଯେ ସେ ବତୀ ଜଳାଇ ରଖିବ ? ଅନ୍ଧକାର ଘର । ଶୂନ୍‌ଶାନ୍ ଘରେ ଏକାକୀ ବସି ରହିଲେ ହିଁ ମନେ ପଡ଼େ ଆଶାଲତାର କଥା ।

ଆଶାଲତା କିମିତି ଏତେ ନିଷ୍ଠୁର ହୋଇ ପାରିଲା । ବିବାହପରର ପ୍ରଥମ ପାଞ୍ଚ ବର୍ଷ କଥା ମନେ ପଡ଼ିଲେ ତା ବୁକୁଭିତରେ କିମିତି ଏକ ଅସ୍ଥିରତା ସୃଷ୍ଟି ହୁଏ । ଏ

ଧରଣୀର କେତେ ଶ୍ରାବଣ ରାତିରେ ଏହି ଛାତରେ କେତେ ଯେ ନିଭୃତ ଆନନ୍ଦର ମୁହୂର୍ତ ବିତିଯାଇଛି । ଏହି ଘର ପବନରେ ଆଜି ବି ଶୁଭେ କେତେ ମିଠା କଥା ! କେତେ ଚୁପିଚୁପି ହସ । ଦିଶିଯାଏ କେତେ ସପ୍ରେମ ଚାହାଁଣୀ !

ମନେପଡ଼େ ସେମାନେ ଉଭୟେ ଥରେ ଏକ ସଙ୍ଗରେ ତାରକେଶ୍ୱର ଯାଇଥିଲେ । ସେତେବେଳେ ଯତୀନ୍‌ର ବଡ଼ ପୁଅର ବୟସ ମାତ୍ର ଆଠ ମାସ । ଯିବା ପୂର୍ବଦିନ ରାତି ଗୋଟାଏ ସୁଦ୍ଧା ଉଜାଗର ରହି ଆଶା ଖାଇବା ଜିନିଷ ତିଆରି କଲା । କହିଲା, ତୁମକୁ କୌଣସିଠାରେ ବଜାରୀ ଜିନିଷ ଖାଇବାକୁ ଦେବି ନାହିଁ । ନାନା ରକମର ଦେହ ଅସୁସ୍ଥ ହୁଏ ଯାହିତାହି ଖାଇବାରେ । ତେଣୁ ଘରେ ତିଆରି କରିନେଲି । ଶଞ୍ଝାବି ହେବ ବାହାର ଜିନିଷ ଅପେକ୍ଷା । ସେଠାକୁ ପହଞ୍ଚ ବାବାଙ୍କ ପ୍ରସାଦ ଖାଇଲେ ବି ଚଳିବ । ଏଠାରେ ଯାହା ତିଆରି କିରଛି ବାଟରେ ଆଉ ଅସୁବିଧା ହେବ ନାହିଁ । ଏତିକିରେ ଚଳିଯିବ ।

ବାଟରେ ଦୁଷ୍ଟାମୀ କରି ଯତୀନ୍‌ ସବୁ ଖାଇବା ଜିନିଷ ଖାଇ ପକାଇଥିଲା ନୈହାଟି ଷ୍ଟେସନ୍‌ ଯିବା ପୂର୍ବରୁ ଆଶାର ମଜା ଦେଖିବାକୁ । ନୈହାଟି ଷ୍ଟେସନ୍‌ରେ ଯତୀନ୍‌ ଖାଇବାକୁ ମାଗିଲାରୁ ଆଶା ଅପ୍ରତିଭ ହୋଇପଡ଼ିଲା । ଖାଇବା ନିମନ୍ତେ ଖଣ୍ଡିଏ ବି ବାକୀ ନାହିଁ । ଯତୀନ୍‌ ହସି ହସି କହିଲା କେମିତି ! ବଜାରୀ ଜିନିଷ କିଣିବାକୁ ପଡ଼ିବ ନାହିଁ ପରା ? ଏବେ କଣ କରିବା ?

ହୁଏତ ଅତି ତୁଚ୍ଛ ଘଟଣା ! କିନ୍ତୁ ଏହି ସାମାନ୍ୟ ଘଟଣା ହିଁ ପରେ ପାଞ୍ଚ ଛଅ ମାସ ଧରି ତାଙ୍କୁ ଅଫୁରନ୍ତ ହସର ଖୋରାକ୍‌ ଯୋଗାଉଥିଲା । ମନେ ପଡ଼ୁଛି ସେମାନେ କଥା ହେଉଥିଲେ ସେହି ନୈହାଟି ଷ୍ଟେସନ୍‌ କଥା । କଣ ହେଇଥିଲା କୁହତ ! – ଯାଅ ହେ ପେଟୁ ଗଣେଶ କେଉଁଠିକାର । ମୁ କିପରି ଜାଣନ୍ତି ଯେ... ଇତ୍ୟାଦି ଇତ୍ୟାଦି .... ।

ଆହା ପ୍ରଥମ ଯୌବନ-ସ୍ୱପ୍ନର ରଙ୍ଗୀନ ଅନୁରାଗ-ସାଗରର ଲୀଳା-ଚଞ୍ଚଳ ଢେଉ ରାଶିର ସେ କେତେ କେତେ ଚପଳ ନୃତ୍ୟ !! କେଉଠି ସବୁ ମିଳାଇ ଗଲା, ମିଶିଗଲା ! ଅତଳତଳେ ବୁଲି ପଡ଼ିଗଲା ସେ ସବୁ ଦିନ । ଆଉ ଏବେ ତାର ଠିକଣା ନାହିଁ, ଖୋଜ ଖବର କିଛି ହିଁ ନାହିଁ ।

ସେହି ଆଶାଲତା ଅଛି ତା ବାପ ଘରେ । ଆଜିକୁ ପାଞ୍ଚ ବର୍ଷ ହେଲା ସେ ଖଣ୍ଡିଏ ଚିଠି ବି ଦେଇ ନାହିଁ ଯେ ତାର ସ୍ୱାମୀ ବଞ୍ଚିଛି ନା ମରିଗଲାଣି । ସେ ବି ଶ୍ୱଶୁର ଘରକୁ ଯାଏ ନାହିଁ । ଥରେ ସେ ବର୍ଷ ତିନିଟା ଆଗରୁ ଯାଇଥିଲା ନିହାଟି ଠହରି ନପାରିବାରୁ । ଯିବା ପୂର୍ବରୁ ସେ ଖଣ୍ଡିଏ ଚିଠି ଦେଇଥିଲା ଯେ ସେ ଯାଉଛି ।

ଦିନ ଦୁଇ ଘଡ଼ି ସରିକି ସେ ଯାଇ ପହୁଞ୍ଚିଲା। ଅନେକ ଆଗ୍ରହ ମନେ ଧରି ଯାଇଥିଲା। ଶାଶୁ ରାଧା ଘରବାରଣ୍ଡାରେ ବସି ପରିବା କାଟୁଥିଲେ। ତାଙ୍କୁ ଦେଖି ଯେପରି ସେ ଭୂତଟିଏ ଦେଖିବାପରି ହେଲେ। ଯତୀନ୍ ଯାଇ ତାଙ୍କୁ ପ୍ରଣାମ କରି ପଦଧୂଳି ନେଲାରୁ ସେ ବଡ଼ ଉଦାସ ସ୍ୱରରେ କହିଲେ ଥାଉ, ଥାଉ ହେଲାଣି !

– ଆଚ୍ଛା କଣ ଭାବି ଆସିଲ କି ଏଠାକୁ ?

– ଏଇ ସବୁ ଦେଖା ଶୁଣା କରିବାକୁ। ପିଲା ଛୁଆ ସବୁ ଭଲ ଅଛନ୍ତି ? କାହିଁ ସେମାନେ ସବୁ! ଏଇ ଯେ ବାହାରେ ଖେଳାଖେଳି କରୁଛନ୍ତି ଡାକିଦିଏ ଶାଶୁ କହିଲେ। ଯତୀନ୍ ସ୍ଥିର କଥା କହିପାରି ନଥିଲା ଲଜ୍ଜିତ ହୋଇ। ପିଲାପିଲିଙ୍କ ସହିତ ଦେଖା କରି ସେମାନଙ୍କ ମାର କଥା ପଚାରିବାକୁ ଯାଇ ତାର ମନେହେଲା ସେମାନେ ଯେପରି କଥାଟାକୁ ଢଙ୍କାଢଙ୍କି କରୁଛନ୍ତି। ପିଲାଛୁଆ ସବୁ ପର ହୋଇଗଲେଣି। ତା ପାଖକୁ ଏକ ପ୍ରକାର ଆଉ ନ ଆସିବା ଭଳି। ଛୋଟ ଝିଅଟା ତ ତାକୁ ଦେଖିନି କହିବାକୁ ଗଲେ। ଆଶା ଯେତେବେଳେ ଚାଲିଆସିଲା କୁନିଝିଅଟିର ବୟସ ମାତ୍ର ଏକ ବର୍ଷ।

ଖିଆପିଆ ସମୟରେ ବି ଆଶାର ଦେଖା ନାହିଁ। ତା' ଘରେ ବି ନାହିଁ। ତା ମନରେ ଭୟ ହେଲା। ଆଶା ବଞ୍ଚିଛି ତ ! ଲଜ୍ଜା ସଂକୋଚ ଛାଡ଼ି ଶାଶୁଙ୍କୁ ପଚାରିଲା "ଏମାନଙ୍କ ମା କାହିଁ ? ତାକୁ ଦେଖୁ ନାହିଁ ଯେ ?"

ଶାଶୁ ସଙ୍ଗେ ସଙ୍ଗେ କହିଲେ, ସେ ଏଠାରେ ନାହିଁରେ ବାବା। ସେ ଆଜିକୁ ଦଶଦିନ ଖଣ୍ଡେ ହେବ ଯାଇଛି ତାର ନାନୀର ଶ୍ୱଶୁର ଘରକୁ ବାରାସତ୍। ସେମାନେ ଅନେକ ଦିନଧରି ନେଇଯିବୁଁ ନେଇଯିବୁଁ କହୁଥିଲେ। ମୁ କହିଲି ଯାଉ ହେଲେ ଦୁଇ ଦିନ ବୁଲାବୁଲି କରିଆସୁ। ଜୀବନରେ ତା'ର ସୁଖର ସୀମା ନାହିତ !!

ଯତୀନ୍ ବଡ଼ ନିରାଶ ହେଲା। ସେ ଯେ କେତେ କଣ ଭାବି ଆସିଛି, ଆଶାକୁ କହିବ – ଚାଲ ଆଶା, ଯାହା ହେବାରଥିଲା ହୋଇଗଲା – ଘରର ଲକ୍ଷ୍ମୀ ଘରକୁ ଯିବା। କାହାକୁ ନେଇ ଜୀବନ କଟାଇବି କୁହତ, ତୁମେ ଯଦି ଏପରି ଏଠାରେ ଥିବ ? ତାପରେ ଶାଶୁବୁଢ଼ୀଙ୍କୁ ପଚାରିଲା – କେବେ ଆସିବ ? ଆସିବା ନଆସିବା କଥା ଠିକ୍ ନାହିଁ। ଏ ମାସରେ ତ ନୁହେଁ ନିଶ୍ଚୟ ପୂଜାଦିନ ପର୍ଯ୍ୟନ୍ତ ବି ରହିପାରେ। ଏଠାରେ ରାନ୍ଧୁଣୀ ଲୋକ ନାହାନ୍ତି କେହି। ବୁଢ଼ୀ ମଣିଷ ଏତେ ଲୋକଙ୍କ ଖାଇବା ପିଇବା ଚର୍ଚ୍ଚା କରୁଛି ଦୁଇଓଲି। ଜୀବନ ଦହି ହୋଇ ଯାଉଛି। ଶେଷ କଥା ପଦକ ହେଲା ତାକୁ ଚାଲି ଯିବାକୁ ଇଙ୍ଗିତ। ଯତୀନକୁ ତାହା ବୁଝି ନେବାକୁ ବିଳମ୍ବ ହେଲା ନାହିଁ। ସନ୍ଧ୍ୟା ସମୟକୁ ସେ ଭଗ୍ନ ମନୋରଥ ହୋଇ ନିଜ ଘର ଆଡ଼କୁ ମୁହାଁଇଲା। ବାଟରେ ତାର ଖୁଡ଼ତାଶାଳୀ ଆନ୍ନା। ଦଶ ବର୍ଷର ଝିଅ। ଅଶ୍ୱତ୍ଥ ଗଛ ତଳେ ଠିଆ ହୋଇଥିଲା। ତାକୁ

ଦେଖି ପାଖକୁ ଆସି କହିଲା "ଦାଦାବାବୁ ଆଜି ଆସିଲେଟି ! ଆଉ ଆଜି ହିଁ ଫେରୁଛନ୍ତି ଯେ। ରହିଲେ ନାହିଁ।?"

– ନା ସବୁ ଦେଖାଶୁଣା କରି ଯାଉଛି। ତାଛଡ଼ା ତୋର ଦିଦିତ ଏଠାରେ ନାହିଁ। ବହୁତ ଦିନପରେ ଆସିଲି। ପ୍ରାୟ ଦୁଇବର୍ଷ ଖଣ୍ଡେ ହେବ। ଦେଖି ବି ପାରିଲି ନାହିଁ ତାକୁ।

ଆନ୍ନା କିଭଳି ଏକ ଅଭୁତ ଭାବରେ ତା ଆଡ଼କୁ ଅନାଇଲା। ତା'ପରେ ଏଣେ ତଣେ ଚାହିଁ ଧୀର ଗଳାରେ କହିଲା ଗୋଟିଏ କଥା କହିବି ଦାଦାବାବୁ। କାହାକୁ କହିବେ ନାହିଁ ଆଗେ କୁହନ୍ତୁ!

ଯତୀନ୍ କହିଲା – ନା କହିବି ନି। କି କଥାରେ ଆନ୍ନା ?

– ଦିଦି ଏଠାରେ ଅଛି। କେଉଁ ଆଡ଼କୁ ଯାଇନି। ଆପଣଙ୍କ ଆସିବା ଖବର ପାଇ ଚୌଧୁରୀ ବାବୁ ଘରେ ତାର ସହିମା ପାଖରେ ଲୁଚିଛି। ବଡ଼ମା ଆମକୁ ଶିଖାଇ ଦେଇଛନ୍ତି। ଆପଣଙ୍କ ପାଖରେ ଏସବୁ କଥା ନ କହିବାକୁ।

ଯତୀନ୍ ବିସ୍ମିତ ହୋଇ କହିଲା, ତୁ ଠିକ୍ ଜାଣୁ ଆନ୍ନା ! ପରେ ଝିଅର ସରଳ ମୁହଁକୁ ଚାହିଁ ବୁଝି ପାରିଲା ଏ ପ୍ରଶ୍ନ ନିରର୍ଥକ। ସେ ଦୃଷ୍ଟିରେ ମିଥ୍ୟାର ଫନ୍ଦି ନଥିଲା। ଯତିନ ଚାଲି ଆସୁଛି। ଆନ୍ନା କହିଲା – ଆଜି ରହିଗଲେ ନି କାହିଁକି ଦାଦା ବାବୁ?

– ନା, ରହିହେବ ନାହିଁ ଆନ୍ନା। ଘରେ କାମଦାମ ଛାଡ଼ି ଚାଲି ଆସିଛି ବୁଝିଲୁ ନା ? ଆନ୍ନା ପୁଣି କହିଲା – ଦିଦିକୁ ଥରେ ଲୁଚି କରି କହି ଆସିବି କି ଯେ ଆପଣ ଚାଲି ଯାଉଛନ୍ତି। ଯଦି ଦେଖା କରିବ ? ଯିବି ଦାଦା ବାବୁ? ଝିଅଟିର କଣ୍ଠରେ କରୁଣା ଓ ସହାନୁଭୂତିର ପ୍ରଲେପ। ସେ ଟିକିଟିଅ ହେଲେ ବି ଜାଣିଥିଲା ଯତୀନ୍ ପ୍ରତି ତା'ର ଶାଶୁବୁଢ଼ୀଙ୍କ ରୁଢ଼ତା। ବିଶେଷକରି ତାର ନିଜ ସ୍ୱାରି। ଯତୀନ ରହିନଥିଲା ଅବଶ୍ୟ, ଚାଲି ହିଁ ଆସିଥିଲା।

ଚାଲି ଆସିଲା ସତ। କିନ୍ତୁ ଯେଉଁ ଯତୀନ ଯାଇଥିଲା, ସେ ଯତୀନ୍ ଆଉ ଫେରିନି। ଭଗ୍ନ ହୃଦୟ ଦେହଟି କୌଣସି ପ୍ରକାରେ ଘରକୁ ଘୋଷାରି ଆଣିଥିଲା।

ତାପରେ ଦୀର୍ଘ ତିନିବର୍ଷ ବିତି ଯାଇଛି। ଏ କଥା ସତ ଯେ, ପୂର୍ବ ପରି ବେଦନା ତା ମନରେ ଏବେ ଆଉ ନାହିଁ। ଥିଲେ ସେ ପାଗଳ ହୋଇଯାଇଥାନ୍ତାଣି। ସମୟ ତା କ୍ଷତରେ ଅନେକ ଗୁଡ଼ିଏ ପ୍ରଲେପ ଦେଇ ସେ ଜ୍ୱାଲା କୁ ପ୍ରଶମିତ କରିଆଣିଛି। କିନ୍ତୁ ଥରେ ଥରେ ଏପରି ଦିନ, ଏପରି ରାତି ଆସେ ଯେତେବେଳେ ସ୍ମୃତିର ଦଂଶନ ଅସହ୍ୟ ହୋଇ ଉଠେ।

ତେବେ ବି ନୀରବ ହୋଇ ସହ୍ୟ କରିବାକୁ ହୁଏ। ତା ଛଡ଼ା ଆଉ କିଛି ଉପାୟ ବି ତ ନାହିଁ। ଏଇ କେତେ ବର୍ଷ ମଧ୍ୟରେ ମାନସିକ ଯନ୍ତ୍ରଣା ପାଇ ତାର ଶରୀର

ଯାଇଛି, ମନ ଯାଇଛି । ଉସ୍ତାହ ନାହିଁ, ଆଗ୍ରହ ନାହିଁ, ଅର୍ଥ ଉପାର୍ଜନର ସ୍ପୃହା ନାହିଁ । ମାନ-ଅପମାନ ବୋଧ ନାହିଁ ।

ଯିଏ ଯାହା କହିବ କହୁ, କୌଣସି ପ୍ରକାରେ ଦିନ କଟି ଗଲେ ଗଲା । କଣ ଅବା ହେବ । ତେଲି-ମାଲି ଘରେ ଭୋଜି ଖାଇଲେ ବା କଣ ଅଛି ! ଅନାହୂତ ଭାବରେ ଯିବାରେ ଅବା କଣ ଅଛି ! ଲୋକେ ନିନ୍ଦା କଲେ ବି କଣ ଅଛି, ପ୍ରଶଂସା କଲେ ଅବା କଣ ଅଛି !! କିଛି ଭଲ ଲାଗେ ନାହିଁ ।

(୨)

ଯତୀନର ପୈତୃକ ଘରଟି ନିତାନ୍ତ ଛୋଟ ନୁହେଁ । ପୂର୍ବ ପୁରୁଷମାନେ ଏକଦା ମନ ଆନନ୍ଦରେ ଘର ଦୁଆର କରି ଯାଇଛନ୍ତି । ଏବେ ଏପରି ହେଲାଣି ଯେ ସେ ଗୁଡ଼ିକ ମରାମତି କରି ନେବାକୁ ପଇସା ଜୁଟେ ନାହିଁ । ପୂର୍ବ ଦିଗର ଛାତଟା ପଣସ ଡାଲ ପଡ଼ି ଜଖମ ହୋଇ ଯାଇଛି ଦୁଇ ବର୍ଷ ଖଣ୍ଡେ ହେଲା । ମିସ୍ତ୍ରୀ ଲଗାଇବା ଖର୍ଚ୍ଚ ହାତରେ ନାହିଁ ବୋଲି ସେପରି ଅବସ୍ଥାରେ ପଡ଼ି ରହିଛି । ଗତ ତରିଶ ବର୍ଷର କେତେ ପଦଚିହ୍ନ ଏହି ଘର ବାରଣ୍ଡାରେ !! ବାପା.....ମା.....ବଡ଼ ଦିଦି......... ମଝିଆଁ ଦିଦି .... ପିଉସୀ ମା... ଦୁଇ ଦୁଇଟା ଛୋଟ ଭାଇ ..... ଆଶା .... ପୁଅ..ଝିଅମାନେ...

କେତେ ଭଲ ପାଉଥିଲେ ସଭିଁଏ । ସବୁ କିଛି ସ୍ପଷ୍ଟ ହୋଇଗଲା । କେହି ନାହାନ୍ତି ଆଜି... ।

ସେ ଶିକ୍ଷିତ ବୋଲି ଆଗେ... ଗାଁ ଲୋକେ ଖୁବ୍ ମାନି ଚଲୁଥିଲେ । ଏବେ ଦେଖୁଛନ୍ତି ସେ ଶିକ୍ଷିତ ହେଲେବି ତା'ର ଗୋଟିଏ ପଇସା ସୁଦ୍ଧା ଉପାର୍ଜନ କରିବା ଶକ୍ତି ନାହିଁ । ତେଣୁ ଏବେ ସମସ୍ତେ ତାହାକୁ ଘୃଣା କରନ୍ତି । ତା ନାଁ ରେ ଯାହାକୁ ତାହା କହନ୍ତି ।

ଆଶା ଯେତେବେଲେ ପ୍ରଥମ, ପ୍ରଥମରୁ ତା ବାପ ଘରକୁ ଯାଇଥିଲା ସେତେବେଲେ ଲଜ୍ଜା ଓ ଅପମାନ ଢାଙ୍କିବାକୁ ଯାଇ ଯତୀନ ଗାଁର ସମସ୍ତଙ୍କ ନିକଟରେ କହି ବୁଲୁଥିଲା । ଶାଶୁ ଠାକୁରାଣୀଙ୍କ ହାତରେ ଅନେକ ଟଙ୍କା ଅଛି । କେଉଁ ଦିନ ମରିଯିବେ । ବୟସ ତ ହେଲାଣି । ଏଆଡ଼େ ବଡ଼ ଝିଅଟି ସବୁ ବେଲେ ମା ପାଖରେ ରୁହେ । ଟଙ୍କା ସବୁ ଯେପରି ହାତଛଡ଼ା ହୋଇ ନ ଯିବ ତେଣୁ ସେ କହିଲା – ଦେଖ ଏଇ ସମୟରେ କିଛି ଦିନ ମା ଘରେ ରହେଁ । ନ ହେଲେ କିଛି ବି ପାଇବି ନାହିଁ ।

ଏହି କୈଫିୟତ୍ ପ୍ରଥମ ପ୍ରଥମରୁ ବେଶ୍ କାର୍ଯ୍ୟକାରୀ ବି ହୋଇଥିଲା । ତା ପରେ ବର୍ଷ ପରେ ବର୍ଷ ଚାଲିଗଲା । ଏବେ ଲୋକେ ନାନା ପ୍ରକାର ବ୍ୟଙ୍ଗ-ବିଦ୍ରୁପ କରନ୍ତି । କେହ କହେ, ଅନେକ ଦିନ ବିତିଗଲାଣି, ଥରେ ଯାଇ ବହୂକୁ ନେଇ ଆସ ହେ ଯତୀନ୍ । ଶାଶୁବୁଢ଼ୀଙ୍କ ଟଙ୍କାର ମାୟା ଛାଡ଼ । ବୁଢ଼ୀ ସହଜରେ ମରିବେ ନାହିଁ ।

ପଛପଟରୁ କେହି କହେ – ଏଇ ମୋଟର ଗାଡ଼ିର ଶବ୍ଦ ଶୁଭିଲାଣି ଶୁଣ ନା ! ଯତୀନ୍‌ର ସ୍ତ୍ରୀ ଟଙ୍କାର ପୁଟୁଲିଧରି ମୋଟରରୁ ଓହ୍ଲାଇ କହିବେ – ଏଇ ନିଅ ପାଞ୍ଚ ହଜାର ଟଙ୍କା। ତୁମ ଟଙ୍କା ତୁମେ ରଖ। କଣ ସବୁ କରିବ କର। ମୁ ଟିକିଏ ବିଶ୍ରାମ ନିଏଁ ତ ! ଏଇ ଧର ପୁଟୁଲିଟା ! ତା ଛଡ଼ା ଆହୁରି କେତେ ରକମର କଥା କହନ୍ତି। ସେ ସବୁ ଏଠାରେ ବ୍ୟକ୍ତ କରିବା ଉଚିତ ହେବ ନାହିଁ।

ଏହି ସମସ୍ତ ବ୍ୟଙ୍ଗ-ଅପମାନ ଯତୀନ୍‌ କୁ ଦ୍ୱିଧାହୀନ ଭାବରେ ହଜମ କରି ନେବାକୁ ପଡ଼େ। ସହିବାକୁ ପଡ଼େ। ସହି ଶିଖ୍ଯ ନେଲାଣି। ଆଉ ବାଧୁ ନାହିଁ। ମଝିରେ ମଝିରେ କଷ୍ଟ ହୁଏ ମଣିଷର ନିଷ୍ଠୁରତା, ବର୍ବରତା ଦେଖ୍ଯ। କେହି ସହାନୁଭୂତି ଦେଖାଇ କିଛି କହନ୍ତି ନାହିଁ।

କେହି ଏତେ ଟିକିଏ ଦରଜ ଦେଖାନ୍ତି ନାହିଁ। କି ସ୍ତ୍ରୀ କି ପୁରୁଷ। ସଂସାର ଯେ କିପରି ଭୟାନକ ସ୍ଥାନ ଦୁଃଖ କଷ୍ଟରେ ନ ପଡ଼ିଲେ ବୁଝି ହୁଏ ନାହିଁ। ଦୁଃଖୀକୁ କେହି ଦୟା କରନ୍ତି ନହିଁ। ସମସ୍ତେ ଘୃଣା କରନ୍ତି।

ମନୁଷ୍ୟ ହୋଇ ସେହି ମଣିଷକୁ ଏତେ କଷ୍ଟ ଦେଇ ପାରନ୍ତେ ନାହିଁ ଯଦି ଟିକିଏ ଚିନ୍ତା କରନ୍ତେ। କିନ୍ତୁ ଅଧିକାଂଶ ମଣିଷଙ୍କ ଉତ୍‌ପାତ କହିଲେ ନସରେ ! ଏସବୁ ଭାବିଲେ ବଡ଼ କଷ୍ଟ ହୁଏ। କିନ୍ତୁ ଏ ସବୁ ସେ ମନେ ଧରେ ନାହିଁ। ଦେହସୁହା ହୋଇଗଲାଣି ମଣିଷର ନିଷ୍ଠୁରତା, ମଣିଷର ଅପମାନ। ତା ସତ୍ତ୍ୱେ ମଧ୍ୟ ସେ ସେ ଲୋକଙ୍କ ଘରେ ଭାତ ମାଗି ଖାଏ। କେଉଁ ଦିନ ଲୋକେ ଦିଅନ୍ତି। କେଉଁ ଦିନ ଦିଅନ୍ତି ବି ନାହିଁ। କହନ୍ତି – ଘରେ ବେମାର ଅଛନ୍ତି, ରାନ୍ଧିବାକୁ ଲୋକ ନାହାନ୍ତି। ବଡ଼ ଲଜ୍ଜିତ ହେଉଛି ଭାଇ .... ଇତ୍ୟାଦି।

ଯତୀନ୍‌ର ଘର ପଛପଟେ ଛୋଟ ଗୋଟିଏ ବଗିଚା ଅଛି। ସେଠାରେ ଗୋଟିଏ ବଡ଼ ଲେମ୍ବୁ ଗଛ ଅଛି। ଯେଉଁ ଦିନ କୌଣସିଠାରୁ କିଛି ମିଳି ନଥାଏ ଗଛର ଲେମ୍ବୁ ତୋଳି ସେ ବିନୋଦପୁର ହାଟକୁ ବିକ୍ରୀ କରିବାକୁ ଘେନିଯାଏ। ଆମ୍ବ ପଣସ ଫଳିଲେ ଗଛରୁ ଆମ୍ବ, ପଣସ ତୋଳି ମୁଣ୍ଡରେ ବୋହି ହାଟକୁ ନେଇଯାଏ। ଏହା ଦେଖ୍ଯ ଲୋକେ ନିନ୍ଦା କରନ୍ତି – ଶିକ୍ଷିତ ଲୋକ ହୋଇ ଭଦ୍ର ସମାଜକୁ ଲୋକ ହସା କରାଉଛି। ରାୟସାହେବ ଭରସା ରାମ କୁଣ୍ଠ କାହିଁକି ତାର ଏପରି କାମଦାମ ଦେଖ୍ଯ ବ୍ରାହ୍ମଣଙ୍କୁ ନିମନ୍ତ୍ରଣ କରିବାକୁ ସାହସ ନ କରିବେ ?

ଦିନ ଥିଲା। ସେ ବହି ପଢ଼ିବାକୁ ବଡ଼ ଭଲ ପାଉଥିଲା। ଅନେକ ଭଲ ଭଲ ଇଂରେଜୀ ବହିଥିଲା। ସଂସ୍କୃତ ବହିଥିଲା ତା ଘରେ। କେତେ ନଷ୍ଟ ହୋଇ ଗଲାଣି କେତେ ବହି ସେ ବିକ୍ରି ବି କରି ଦେଇଛି ଅଭାବରେ ପଡ଼ି। ଏହିସବୁ ନିର୍ଜନ ରାତିରେ ବହି ଗୁଡ଼ିକ ପାଇଁ ସତରେ ତା ମନରେ କଷ୍ଟ ହୁଏ।

ଏଭଳି ନିର୍ଜନ ରାତିରେ ବହୁ ଦିନ ପୂର୍ବର ଆଉ ଜଣକ କଥା ତା'ର ମନେ ପଡ଼େ। ସେସବୁ ସ୍ୱପ୍ନ ହୋଇଗଲାଣି। ଭୁଲିବି ଯାଇଥିଲା। କିନ୍ତୁ ଆଶା ଚାଲିଯିବାପରେ ସେସବୁ କଥା ତା'ର ଧୀରେ ଧୀରେ ସଜାଗ ହୋଇଉଠୁଛି।

ଗତ ପାଞ୍ଚ ବର୍ଷ ଧରି ଯତୀନ୍ ଅନେକ କିଛି ଶିକ୍ଷା ପାଇଛି। ମନୁଷ୍ୟର ଦୁଃଖ ହୃଦୟଙ୍ଗମ କରି ଶିଖିଛି। ନିଜ ଦୁଃଖକୁ ଉଦାସୀନ ଭାବରେ ସହି ନେବା ଶିଖିଛି। ଜୀବନର ବହୁତ ଅନାବଶ୍ୟକ ଉପକରଣ ଓ ଆବର୍ଜନାକୁ ତ୍ୟାଗ କରି ସହଜ ନିରାଡ଼ମ୍ବର ସତ୍ୟକୁ ଗ୍ରହଣ କରି ଶିଖିଛି।

ବର୍ଷା ଶେଷରେ ଯତୀନ୍ ଅସୁସ୍ଥ ହୋଇ ପଡ଼ିଲା। ଏକାକୀ ରହିବାକୁ ହୁଏ। ପାଣି ଲୋଟାଏ ଦେବାକୁ କେହି ମଣିଷ ନାହାନ୍ତି। ମୁଣ୍ଡ ପାଖରେ ପାଣି ଲୋଟାଏ ରଖି ଦିଏ। ଯେତେ ଦିନ ଦେହରେ ଶକ୍ତିଥାଏ ନିଜେ ପାଣି ଢାଲି ପିଇନିଏ। ଅସହାୟ ଅସମର୍ଥ ହେବାରୁ ସେ ବିଛଣାରେ ଶୋଇ ଅସ୍ପଷ୍ଟ କ୍ଷୀଣ ସ୍ୱରରେ ଚିଁ ଚିଁ କରୁଥାଏ। ଗାଁ ଲୋକେ ଏକବାରେ ଦେଖି ନାହାନ୍ତି ସେପରି ନୁହେଁ। ମାତ୍ର ସେ ଦେଖିବା ଯେ ନିତାନ୍ତ ଲୋକ ଦେଖାଣିଆଁ ଥିଲା। ତା କବାଟରୁ ଉଙ୍କି ମାରି ଦେଖି ଯାଆନ୍ତି, କେବେ କେବେ ଛୋଟ ପୁଅ ଝିଅଙ୍କ ହାତରେ ଟିକିଏ ସାବୁ ପଠାଇଦିଅନ୍ତି। ତା' ବି କାମ ସାରିବା ଭଳି କଥା। ସେ ଦେବାରେ ସ୍ନେହ ମମତାର ଗନ୍ଧ ବି ନଥାଏ।

ଅନେକେ ପରାମର୍ଶ ଦିଅନ୍ତି – ହଇ ହେ ବୋହୂମାଙ୍କୁ ଏବେ ଖଣ୍ଡିଏ ଚିଠି ଦିଅ। ସେ ଆସନ୍ତୁ। ନ ଆସିଲେ ଏ ଅବସ୍ଥାରେ କିଏ ତୁମର ଦେଖା ଶୁଣା କରିବ। କିଏ ପାଣି ଟିକିଏ ହେଲେ ଦେବ ମୁହଁରେ। ଆମେ ତ ଆଉ ସବୁବେଳେ ଆସି ପାରୁ ନାହିଁ। ବୁଝି ପାରୁଛ ତ ନାନା ରକମର ଧନ୍ଦାରେ ପଡ଼ିବାକୁ ହେଉଛି। ନହେଲେ ଇଚ୍ଛା ହୁଏ... ଇଚ୍ଛା ନ ହେଉଛି ତୁମ ପାଖରେ... ଇତ୍ୟାଦି ଏକଥାର କିଛି ଉତ୍ତର ସେ ଦେଇ ନଥାଏ।

ଆଶ୍ୱିନ ମାସ ଭିତରେ ଯତୀନ୍ ଟିକିଏ ସୁସ୍ଥ ହେଲା। ଯାହାର କେହି ନାହିଁ ବୋଧହୁଏ ଭଗବାନ ତାକୁ ବେଶୀ ଦିନ ଯନ୍ତ୍ରଣା ଭୋଗ କରିବାକୁ ଦିଅନ୍ତି ନାହିଁ। କିଛି ନ ହେଲେ ତାକୁ ସୁସ୍ଥ କରି ଦିଅନ୍ତି ଅବା ସୁସ୍ଥ ହେବାକୁ ବ୍ୟବସ୍ଥା କରି ଦିଅନ୍ତି। ସନ୍ଧ୍ୟା ସମୟରେ ସେ ନଦୀ କୂଳ ପଡ଼ିଆକୁ ବୁଲି ଗଲା। ଗୋଟିଏ ସ୍ଥାନରେ ବଡ଼ ଗୋଟିଏ ବମୋର ଗଛର ଗଣ୍ଡି ପଡ଼ିଛି। ତା ଚାରି ପାଖରେ ବୁଦା ଜଙ୍ଗଲ। ସନ୍ଧ୍ୟା ନଇଁଯିବାବେଳ ପକ୍ଷୀମାନଙ୍କ ଦଳ କିଚିରି ମିଚିରି କରୁଛନ୍ତି। କେଲେ କୌଡ଼ା ଲତାରେ ଶରତ ମାସ ଆରମ୍ଭରୁ ସୁସ୍ନିଗ୍ଧ ଫୁଲ ଫୁଟିଛି। ମେଘ ଆକାଶ ଅଭୁତ ରକମର ନୀଳ।

ସେ ଗଛ ଗଣ୍ଡି ଉପରେ ସେ ଦେହ ମେଲାଇ ଅଧେ ଶୋଇବା ଭଙ୍ଗୀରେ

ଶୋଇ ରହିଲା। ଦୁର୍ବଳ ଶରୀରରେ ଅଧିକ ସମୟ ଠିଆ ହେବାକୁ ଅବା ବସିବାକୁ କଷ୍ଟ ହୁଏ।

ତା ମନରେ ଗୋଟିଏ ଭୟାନକ କଷ୍ଟ... ବିଶେଷ କରି ଏହି ଅସୁସ୍ଥତାରୁ ମୁକ୍ତି ପାଇବା ପରେ। ମନ କିପରି ଦୁର୍ବଳ ହୋଇ ଯାଇଛି ପୀଡ଼ିତ ହେବା ଦିନରୁ। ନହେଲେ ଯେଉଁ ଆଶାଲତା ଏତେ ନିଷ୍ଠୁର ବ୍ୟବହାର କରିଛି ତାକୁ ରୋଗ ଶଯ୍ୟାରେ ପଡ଼ି ସେହି ଆଶାଲତାର କଥା ହିଁ ତାର ମନେ ପଡ଼ିବ କାହିଁକି ? ଖାଲି ଆଶା ଲତା .... ଆଶା ଲତା .... ନା, ସେ ଚିଠି ଦେବ ନାହିଁ। ଦେଇ ନଥିଲା ବି। ମରିଗଲେ ବି ଚିଠି ଦେବ ନାହିଁ। ମିଛରେ ଖାଲି ଅପମାନ ପାଇବାକୁ ! ଆଶାଲତା ଆସିବ ନାହିଁ। ଯଦି ନ ଆସେ ତା ହୃଦୟକୁ ବହୁତ ଆଘାତ ପହୁଞ୍ଚିବ ପୂର୍ବ ବ୍ୟବହାରର କିଞ୍ଚିତ। ସେ ଏବେ ଭୁଲିଛି। ସ୍ୱେଚ୍ଛାରେ ଦୁଃଖ ବରଣ କରିବା ନିର୍ବୁଦ୍ଧିତା ତାର ନ ହେଉ। ସେ ଅନେକ ଦୁଃଖ ପାଇଛି। ଆଉ ନୁହେଁ।

ସବୁ ମିଛ..... ସବୁ ଭୁଲ, ପ୍ରେମ, ଭଲ ପାଇବା ସବୁ କିଛି ଦୁଇ ଦିନିଆଁ ମୋହ। ମୂର୍ଖ ମଣିଷ ଯେତେବେଳେ ମଜିଯାଏ, ତନ୍ମୟ ହୁଏ, ସେତେବେଳେ ଶତ ଶତ ରଙ୍ଗୀନ କଳ୍ପନାରେ ପ୍ରେମାସ୍ପଦକୁ ଫୁଟ୍ ଦେଇ ମନ ଭିତରେ ସେ ଭାବ ସମୂହକୁ ମହନୀୟ କରି ନେଇଥାଏ। ମୋହ ଜୁଆର ଯେତେବେଳେ ଭଙ୍ଗା ହୁଏ, ଅପସୃୟମାନ ଭଟ୍ଟାର ଜଳ ତାହାକୁ ଶୁଷ୍କ ବାଲୁକା ଶଯ୍ୟାରେ ଏକାକୀ ପକାଇ ରଖ୍ କେଉଁ ଦିଗକୁ ଅନ୍ତର୍ହିତ ହୁଏ ତାର ହିସାବ କିଏ ଅବା ରଖେ ?

ଏହି ନିଭୃତ ଲତା ବିତାନରେ, ଏଇ ସନ୍ଧ୍ୟାର ନୀଳ ଆକାଶତଳେ ବସି ସେ ଅନୁଭବ କଲା-ଜଗତର କେତେ ଦେଶ, କେତେ ନଗର, କେତେ ପଲ୍ଲୀର ନର ନାରୀ, କେତେ ତରୁଣ, କେତେ ନବ ଯୌବନା ଲଳନା ପ୍ରେମ ବ୍ୟବସାୟରେ ନିଃସ୍ୱ ଦେବାଲିଆ ହୋଇ ଆଜି ଏହି ମୁହୂର୍ତ୍ତରେ କେତେ ଯନ୍ତ୍ରଣା ସହ୍ୟ କରୁଛନ୍ତି। ନିରୂପାୟ, ଅସହାୟ, ନିତାନ୍ତ ଦୁଃଖୀ ସେମାନେ। ଧନ ଦେଇ ସାହାୟ୍ୟ କରିବାରେ ତାଙ୍କ ଦୁଃଖ ଦୂର ହେବ ନାହିଁ। କେହି ତାଙ୍କ ଦୁଃଖ ଦୂର କରିପାରିବେ ନାହିଁ। ଏ ସମସ୍ତ ଦୁଃଖୀଜନ ମଧ୍ୟରେ ସେ ବି ଜଣେ। ଆଜି ପୃଥିବୀର ସମସ୍ତ ଦୁଃଖୀ ସମାଜ ସହିତ ସେ ଯେପରି ଗୋଟିଏ ଅଦୃଶ୍ୟ ଯୋଗସୂତ୍ର ଅନୁଭବ କଲା ନିଜ ବ୍ୟଥା ମଧ୍ୟ ଦେଇ।

ଦାରିଦ୍ର୍ୟକୁ ସେ କଷ୍ଟ ବୋଲିମନେ କରେ ନାହିଁ। କେହି ତାକୁ ଭଲ ପାଆନ୍ତି ନାହିଁ, ଏହି କଷ୍ଟ ହିଁ ତାକୁ ସବୁଠାରୁ ଅଧିକ ଯନ୍ତ୍ରଣା ଦିଏ। ଆଶା ଯଦି ପୁଣି ଗତ ଦିନର ସେହି ପୂର୍ବ ଆଶା ହୋଇ ଫେରିଆସେ, ସେ ପୁଣି ନୂଆ ଜୀବନ ଲାଭ କରନ୍ତା ଏହି ମୁହୂର୍ତ୍ତରୁ। ଦଶ ବର୍ଷ ବୟସ ତାର ଆହୁରି କମି ଯାଆନ୍ତା।

ଛାଡ଼, ଆଶାର କଥା ଆଉ ସେ ଭାବିବ ନାହିଁ ଦିନରାତି ସେଇ ଗୋଟିଏ ଚିନ୍ତା ଅସହ୍ୟ ହୋଇ ଉଠୁଛି । ସେ ପାଗଳ ହୋଇଯିବ ନା କଣ ?

ହଠାତ୍ ସେ ଅନୁଭବ କଲା ସେ ହାଉ ହାଉ କରି କାନ୍ଦୁଛି । ଆରେ ଏ କଣ! ଛିଃ ଛିଃ । ନା' ସେ ସତରେ ପାଗଳ ହୋଇ ଯିବକି ଆଉ! ଯତୀନ କାଠ ଗଣ୍ଡିରୁ ତୁରନ୍ତ ଉଠି ପଦଚାରଣ କରିବାକୁ ଲାଗିଲା । ନିଜକୁ ସଂଯତ କରି ନେଇଛି ସେ । ନା ଆଉ ସେ କଥା ଭାବିବ ନାହିଁ । ଯିଏ ଯାଇଛି, ଇଚ୍ଛା କରି ଯିଏ ଚାଲିଯାଇଛି ତାକୁ ମନରୁ ଏକେବାରେ ବାଦ୍ ଦେବାକୁ ହେବ । ନିଶ୍ଚୟ ଭୁଲିଯିବାକୁ ହେବ । ଭୁଲିଯିବ ହିଁ ଯିବ !

ଯତୀନ୍ ଘରକୁ ଫେରି ଆସିଲା । ଘର ଦୁଆର ସବୁ ଅନ୍ଧାର । ଭଙ୍ଗା ଖଟ ଉପରେ ତା'ର ଭାରି ଶଯ୍ୟା ତ ପଡ଼ିଛି । ବିଛଣାକୁ କେହି ଝାଡ଼ି ନଥାନ୍ତି । ବିଛାଇ ନଥାନ୍ତି ସାଉଁଟି ବି ନଥାନ୍ତି । ଅନ୍ଧକାର ଭିତରେ ଶଯ୍ୟାରେ ଦେହ ପ୍ରସାରିତ କରି ଶୋଇବା ସମୟରେ ଥରେ ତାର ମନେ ହେଲା ସେହି ଆଶା କିପରି ଏତେ ନିଷ୍ଠୁର ହୋଇ ପାରିଲା !

ସେହି ରାତିରେ ହିଁ ଯତୀନ୍‍କୁ ପୁଣି ଭୀଷଣ ଜ୍ୱର ହେଲା । ହୁଏତ ଏତେଗୁଡ଼ିଏ ବାଟ ଯିବା ଆସିବା କରିବା ଦୁର୍ବଳ ଦେହରେ ଏତେ ଥଣ୍ଡାରେ ରହିବା ତାର ଉଚିତ ହୋଇନି । ପରଦିନ ଦୁଇ ପହର ପର୍ଯ୍ୟନ୍ତ ସେ ଘୋର ଅଚେତନ ଅବସ୍ଥାରେ ପଡ଼ି ରହିଲା । କେହି ତାର ଖୋଜ ଖବର ନେଲ ନାହିଁ । ଦୁଇ ପହର ପରେ ବୈଷ୍ଣବ ଘର ବୋହୂ ତାଙ୍କର ପୋଷା ଛେଳି ଖୋଜିବାକୁ ଆସି ଯତୀନର ଘର ବାରଣ୍ଡାରେ ଦେଖିଲେ ଏତେ ବେଳ ଯାଏଁ ଘର କବାଟ ବନ୍ଦ ରହିଛି । ନିଜ ଘରକୁ ବୋହୂ ଆସି ସେ ଖବର ଦେଲେ । ସକାଳରୁ ଆହୁରି ଦୁଇଥର ଏ ଆଡ଼କୁ କଣ କାମରେ ଆସି କବାଟ ବନ୍ଦ ଥିବା ଦେଖି ଯାଇଥିଲେ ।

ଉପରଓଳି ସନ୍ଧ୍ୟା ପୂର୍ବରୁ ତାର ଜ୍ୱର ଟିକିଏ କମିଲାରୁ ସେ ନିଜେ କବାଟ ଖୋଲିଲା । କିନ୍ତୁ ପାଦେ ବି ବାହାରକୁ ବାହାରି ପାରିଲା ନାହିଁ । ପୁଣି ବିଛଣାରେ ଶୋଇ ପଡ଼ିଲା । ଶୋଷ ଯୋଗୁଁ ତାର ତଣ୍ଟି ଶୁଖି ଯାଉଛି । ଆଖପାଖରେ କାହରି ଘର ନାହିଁ ଯେ ଡାକିଲେ ଶୁଣିବେ । କିଟିଏ ଅଧିକ ପାଟି କରି ଡାକିବାର ବି ଶକ୍ତି ନାହିଁ ।

ସକାଳେ କେହି ଦେଖିବାକୁ ବି ଆସିଲେ ନାହିଁ । ଇଦାନୀଂ ଯତୀନର ଘରକୁ ପ୍ରାୟ କେହି ଆସୁନଥିଲେ । କିଟିଏ ତମାଖୁ ବି ଯେଉଁଠାରେ ମିଳିବା ସମ୍ଭାବନା ନାହିଁ ଗାଉଁଲି ଲୋକମାନେ ପ୍ରାୟ ସେ ସ୍ଥାନକୁ ସେତେ ବେଶୀ ଯିବା ଆସିବା କରନ୍ତି ନାହିଁ । ଏପରି ଭାବରେ ଦୁଇଦିନ କଟିଗଲା । ଯତୀନର ଘର କବାଟ ବନ୍ଦ ରହିଲା । କାହିଁକି

ଲୋକଟା କବାଟ ଖୋଲୁ ନାହିଁ ଏହା ଦେଖିବା ଲୋକ ବି ମିଳି ନଥିଲେ। ତା ପରଦିନ ଦିନବେଳା ଅନେକ ବେଳ ଗଡ଼ିଯିବା ପରେ ବୈଷ୍ଣବ ବହୁ ପୁଣି ତାଙ୍କ ଛେଳି ଖୋଜି ଆସି ଏତେ ବେଳ ଯାଏଁ ଯତୀନ୍‌ର କବାଟ ବନ୍ଦ ଦେଖି ଭାବିଲେ – ଯତୀନ୍‌ ଠାକୁର ଏତେବେଳ ଯାଏଁ ଶୋଇଛନ୍ତି ଆଜି! ବେଳ ଆସି ଦଶଟା ବାଜିଲା ଏ ପର୍ଯ୍ୟନ୍ତ କିଛି ଉଠିଥିବା ଶବ୍ଦ ଶୁଭୁ ନାହିଁ। ମଧ୍ୟାହ୍ନ ୧୨ଟାରେ ଆଉଥରେ କଣ ଭାବି ପୁଣି ଆସି ଦେଖନ୍ତି ସେତେବେଳେ ସୁଦ୍ଧା କବାଟ ବନ୍ଦ। ଘଟଣା କ'ଣ ସେ ବୁଝିପାରିଲେ ନାହିଁ। ପଡ଼ାରେ ଖବରଟା ଜଣାଇ ଦେଲେ।

ପଡ଼ାର ଦୁଇ ଚାରିଟା ଷଣ୍ଡା ଗୁଣ୍ଠା ଧରଣର ଯୁବକ ଆସି ଡାକହାକ କରିବାକୁ ଲାଗିଲେ। ହଇହେ ଯତୀନ୍‌ ଦାଦା। ଏତେବେଳ ଯାଏଁ ଶୋଇଛନ୍ତି! କବାଟ ଖୋଲନ୍ତୁ!

– ହଇହେ ଯତୀନ୍‌ ଦାଦା –

କୌଣସି ଶବ୍ଦ ନାହିଁ! ଆହୁରି କିଛି ଲୋକ ଜମା ହେଲେ କବାଟ ଭଙ୍ଗା ହେଲା। ଯତୀନ ବିଛଣାରେ ମରି କାଠ ହୋଇ ଗଲାଣି। କେତେବେଳୁ ମରିଛନ୍ତି କେ ଜାଣେ! ଦୁଇ ଘଣ୍ଟା ପୂର୍ବରୁ ହୋଇଥାଇପାରେ ଦଶ ଘଣ୍ଟା ପୂର୍ବରୁ ବି ହୋଇଥାଇପାରେ।

ସେତେବେଳେ ସମସ୍ତେ ଦୁଃଖିତ ହେବାକୁ ଲାଗିଲେ। ବାସ୍ତବରେ କାହାରି ଦୋଷ ନଥିଲା। ଯତୀନ୍‌ଟା ଆଜିକାଲି କଣ କିମିତି ହୋଇଯାଇଥିଲା କୌଣସି ଲୋକଙ୍କ ସହିତ ବେଶୀ କିଛି ମିଳାମିଶା କରୁନଥିଲା। ସେତେ ବେଶୀ କଥାବାର୍ତ୍ତା କରୁ ନଥିଲା ବୋଲି ଲୋକେ ମଧ୍ୟ ଏ ଆଡ଼କୁ ପ୍ରାୟ ଆସୁ ନଥିଲେ। ସୁତରାଂ ଯତୀନ୍‌ ପୁଣି ଅସୁସ୍ଥ ହେଉଥିବା ଖବର କେହି ରଖି ନଥିଲେ।

ନବୀନ ବେନର୍ଜୀ କହିଲେ – ଆହା ଭବତାରଣ ଦାଦାଙ୍କ ପୁଅ! ତାର ବାପ ସଙ୍ଗେ ଏକାସାଥିରେ ପଶା ଖେଳିଛି ଆମ ଚଣ୍ଡୀମଣ୍ଡପରେ ବସି। ପିଲାଟା ଅନାଥ ହୋଇ ନିରୂପାୟ ହୋଇ ମରିଗଲା। ଆମେ କଣ ଜାଣିଥିଲୁଁ ଯେ ଏପରି ତାର ଭୀଷଣ ଅସୁଖ ହୋଇଛି। (ବାସ୍ତବରେ ସେ ଜାଣି ନଥିଲେ)। ମୋର ସ୍ତ୍ରୀ ଆଉ ମୁ ଆସି ରାତିରେ ଜଗିଥାଆନ୍ତୁ। ଆଉ ସେ ବୋହୂର ବି କି ଦୁର୍ବୁଦ୍ଧି! ଛ' ବର୍ଷ ଭିତରେ ଥରେ ବି ଏଠାକୁ ଆଉ ଆସି ନାହିଁ ଏଁ!!?

ସମସ୍ତେ ଏକାସଙ୍ଗେ ବୋହୂକୁ ଗୁଡ଼ାଇ ଗାଳି ଦେଲେ। ଯତୀନର ମୃତ ଦେହ ଯେତେବେଳେ ଶ୍ମଶାନକୁ ଦାହ କରିବା ପାଇଁ ନିଆ ହେଲା ସେତେବେଳକୁ ଅପରାହ୍ନ ପ୍ରାୟ ଦୁଇଟାରୁ କମ ନୁହେଁ।

ଯତୀନ୍‌ ହଠାତ୍‌ ଦେଖିବାକୁ ପାଇଲା ତା ଖଟ ପାଖରେ ପୁଷ୍ପ ଠିଆ ହୋଇ ତା ଆଡ଼କୁ ଚାହିଁ ମୃଦୁମୃଦୁ ହସୁଛି। ......

ପୁଷ୍ପ! ଦିନଥିଲା ପୁଷ୍ପ ଛଡ଼ା ତା ଜୀବନରେ ଅଧିକ ପ୍ରିୟତର କିଏ ଥିଲା ?

ଉଭୟେ –

ନୈହାଟି ଘାଟେ

ବସି ପାହାଚ ଶେଷେ

କେତେ ଖେଳିଛୁ ଫୁଲସବୁ ପାଣିରେ ଭସାଇ ଭସାଇ। ସେହି ପୁଷ୍ପ। ନୈହାଟିର ଘାଟ ନୁହେଁ – ସାଗଞ୍ଜି କେଓଟାର "ବୁଢ଼ା ଶିବ ଡଲାର ଘାଟ" ନୈହାଟିର ଆର ପାରିରେ। ସେଠାକୁ ପିଲାବେଳେ ତାର ମାଉସୀମାଙ୍କ ଜୀବଦ୍ଦଶାରେ ସେ କେତେଥର ଯାଇଛି। ଏକାଥରକେ ଛ'ମାସ, ଆଠ ମାସ ଧରି ସେ ମାଉସୀମାଙ୍କ ପାଖରେ ରହିଯାଉଥିଲା। ମାଉସୀମାଙ୍କ ପିଲାଝିଲା ନଥିଲେ। ଯତୀନ ତାଙ୍କ ନୟନ ମଣିଥିଲା। ମାଉସୀମା ମରିଯିବା ପରେ ମଉସା ଦ୍ୱିତୀୟ ବାର ପରିଗ୍ରହ କଲେ। ସାଗଣ୍ଡ କେଓଟାର ମାଉସୀମାଙ୍କ ଘର ଦରଜା ଚିରଦିନ ପାଇଁ ତା'ଲାଗି ବନ୍ଦ ରହିଗଲା।

ବୁଢ଼ା ଶିବତଲାର ପୁରୁଣା ମନ୍ଦିର ପାଖରେ ତା'ର ମାଉସୀମାଙ୍କ ଘରଥିଲା ଆଉ ରାସ୍ତାର ସେ ପାଖରେ ଥିଲା ପୁଷ୍ପ ଘର। ପୁଷ୍ପର ବାପା ଶ୍ୟାମଲାଲ ମୁଖର୍ଜୀ ବାଁଶବେଡ଼େର ବାବୁମାନଙ୍କ ଜମିଦାରୀରେ କଣ ଗୋଟିଏ କାମ କରୁଥିଲେ। ପୁଷ୍ପ ବଡ଼ ସୁନ୍ଦରୀ ଝିଅଥିଲା। ତାର ହସ! ସେ ହସ ଖାଲି ପୁଷ୍ପ ହିଁ ହସି ଜାଣେ। ଦୋଷ ଭିତରେ ପୁଷ୍ପ କିନ୍ତୁ ବଡ଼ ଗର୍ବିଣୀ ଝିଅ ଥିଲା। ସେ ଭାବୁଥିଲା ତାପରି ସୁନ୍ଦରୀ ଆଉ ତାର ବାପା ପରି ସଂଭ୍ରାନ୍ତ ଲୋକ ଗଙ୍ଗାନଦୀର ସେ ପାରିରେ ଆଉ କେହି ନାହାଁନ୍ତି।

ଧୀରେ ଧୀରେ ପୁଷ୍ପ ସହିତ ତାର ଆଲାପ ହୁଏ। କ୍ରମେ କ୍ରମେ ତାହା ଅନ୍ତରଙ୍ଗତାରେ ପରିଣତ ହୁଏ। ସେତେବେଳେ ଯତୀନ୍‌କୁ ତେ'ର ବର୍ଷ ବୟସ ଓ ପୁଷ୍ପକୁ ମଧ ତେ'ର ବର୍ଷ ବୟସ ହେଲା। ବୟସ ସମାନ ହେକେ କଣ ହେଲା, ବାଚାଲ ଓ ବୁଦ୍ଧିମତୀ ପୁଷ୍ପ ନିକଟରେ ଯତୀନ ଭାସି ଯାଉଥିଲା। ପୁଷ୍ପ ଆଖ୍ରର ଚାହାଣୀ ଓ ମୁହଁର ଭଙ୍ଗୀରେ କଥା କହେ। ଯତୀନ ସପ୍ରଶଂସ ଦୃଷ୍ଟିରେ ତା'ର ଗର୍ବିତ ସୁନ୍ଦର ମୁହଁକୁ ନୀରବରେ ଚାହିଁ ରହେ। ମସ୍ତବଡ଼ ଅଶ୍ୱଥ ଗଛ ସେ ପୁରାତନ ଘାଟ ଉପରେ ଯାହାର ଦାମ ସେ କାଲରେ ଥିଲା ବୁଢ଼ା ଶିବଲୋର ଘାଟ। ସେହି ଘାଟରେ କେତେଦିନ ସେ ଆଉ ପୁଷ୍ପ ଏକ ସଙ୍ଗରେ ବସି ଗଛ କରିଛନ୍ତି। ଜଗଦ୍ଧାତ୍ରୀ ପୂଜାର ଭସାଣୀ ଦିନ ପାପଡ଼ ଭଜା କିଣି ଘାଟର ପାହାଚ ଉପରେ ବସି ଉଭୟେ ଭାଗ ବଣ୍ଟରା କରି ଖାଇଛନ୍ତି। କାହିଁକି ଓ କିପରି ଭାବରେ ସେଇ ରୂପଗର୍ବିଣୀ ବାଲିକା ତା ଭଲି ସାଦାସିଧା ପୁଅକୁ ଏତେ ପସନ୍ଦ କରୁଥିଲା, ଏତେ ଦିନରାତି ମିଶୁଥିଲା, ପ୍ରତ୍ୟହ ତାଙ୍କ ଘରକୁ ନ ଗଲେ

ଅନୁ ଯୋଗ କରୁଥିଲା, ଏସବୁ କଥା ଯତୀନ୍ ବୁଝିପାରୁ ନଥିଲା। ବୁଝିବା ବୟସ ତା'ର ହୋଇ ନଥିଲା।

ତାହା ଦୁଇଦିନ ଦଶଦିନର କଥା ତ ନୁହେଁ। ଦେଢ଼ ବର୍ଷ ଦୁଇବର୍ଷ ଧରି ଉଭୟେ କେତେ ଖେଳକୁଦ କରିଛନ୍ତି। କେତେ ଗଞ୍ଜ କରିଛନ୍ତି। କେତେ ଝଗଡ଼ା କରିଛନ୍ତି। ପରସ୍ପର ପରସ୍ପରଙ୍କ ନାମରେ ଗୁରୁଜନଙ୍କ ନିକଟ'ରେ କେତେ ଆପତ୍ତି ଅଭିଯୋଗ କରିଛନ୍ତି। ପୁଣି ଉଭୟେ ପରସ୍ପରକୁ ଯଚାଇ ହୋଇ ଖୁସୀମନରେ ଭାବ ବିନିମୟ କରିଛନ୍ତି ସେ ସବୁ ଲେଖିବାକୁ ଗଲେ ଗୋଟିଏ ଇତିହାସର ବୃହତ ବହି ହେବ।

ମାଉସୀମାଙ୍କ ମୃତ୍ୟୁ ପରେ କେଓଟାର ରାସ୍ତା ଯତୀନ ପାଇଁ ବନ୍ଦ ରହିଲା। କିଛି ବର୍ଷ ମଧ୍ୟରେ ପୁଷ୍ପ ମଧ ବସନ୍ତ ରୋଗରେ ପଡ଼ି ମୃତ୍ୟୁ ବରଣ କଲା। ନିଜ ଗାଁରେ ଥାଇ ମଉସାଙ୍କ ଚିଠିରୁ ପୁଷ୍ପର ମୃତ୍ୟୁ ସଂବାଦ ସେ ପାଇଥିଲା। ତାପରେ ତେ'ର ବର୍ଷ ଅତିବାହିତ ହେବାପରେ ଛବିଶ ବର୍ଷ ବୟସରେ ଯତୀନ୍ ବିବାହ କରେ। ବାଲ୍ୟ କାଳର ତେ'ର ବର୍ଷ –ବହୁତ ବେଶୀ। ପୁଷ୍ପ ସେତେବେଳେ କ୍ଷୀଣ ସ୍ମୃତିରେ ପର୍ଯ୍ୟବସିତ ହୋଇଛି। ତାପରେ ଆଶା ଲତା ସହିତ ନୂତନ ଅନୁରାଗଭରା ରଙ୍ଗୀନ ଦିନସବୁ! ପୁଷ୍ପ ତା ଭିତରେ ଚାପା ପଡ଼ିଯାଇଛି। କିନ୍ତୁ ଚାପା ପଡ଼ିଯିବା ଆଉ ଭୁଲିଯିବା ଗୋଟିଏ ଜିନିଷ ନୁହେଁ। ମନୁଷ୍ୟର ମନ ମନ୍ଦିରରେ ଅନେକ କକ୍ଷ। ଗୋଟିଏ ଗୋଟିଏ କକ୍ଷରେ ଗୋଟିଏ ଗୋଟିଏ ପ୍ରିୟ ଅତିଥିର ବାସ। ସେ କକ୍ଷ ସେଇ ଅତିଥିର ହସ କାନ୍ଦ ସୌରଭରେ ପରିପୂର୍ଣ୍ଣ। ଆଉ କେହି ସେ କକ୍ଷକୁ ଟୁଲିପାରେ ନାହିଁ। ପ୍ରେମର ଏହି ଅତିଥିଶାଳା ବଡ଼ ଅଭୁତ! ଅତିଥି ଯେତେବେଳେ ଦୂରରେ ଥାଏ ସେତେବେଳେ ବି ସେ କକ୍ଷ ଯେଉଁ କକ୍ଷ ସେ ଥରେ ଅଧିକାର କରି ନେଇଛି ସେ କକ୍ଷ ତାହାର ହିଁ ହୋଇ ରହିବ ଚିରକାଳ। ଆଉ କେହିବି ସେ କକ୍ଷକୁ ପ୍ରବେଶ କରି ପାରିବେ ନାହିଁ। ସେ ଯଦି କେବେ ବି ଆଉ ଫେରି ଆସି ନଥାଏ, ଚିରଦିନ ପାଇଁ ସୁଦ୍ଧା ଚାଲି ଯାଇଥାଏ ଆଉ ଜଣାଇ ବି ଦେଇଥାଏ ଯେ ଚିରଦିନ ଲାଗି ସେ ଚାଲିଯାଉଛି, ସେତେବେଳେ ତା'ର ସ୍ମୃତି ସୌରଭ ସମ୍ମିଳିତ ସେ ଘରର କବାଟ ବନ୍ଦ କରି ଦିଆଯାଏ। ତାରି ନାମ ହିଁ ଲେଖାଥାଏ ସେ କବାଟ ବାହାରେ। ତାହାରି ନାମରେ ଉତ୍ସର୍ଗୀକୃତ। ସେ ଘର ଆଉ କାହାରି ଅଧିକାରରେ ରହି ନପାରେ। କେହିବି ଦଖଲ କରି ନପାରନ୍ତି।

ପୁଷ୍ପର ଘର କବାଟ ବନ୍ଦଥିଲା। ତାଲା ପଡ଼ିଛି। କବାଟ ବାହାରେ ପୁଷ୍ପର ନାମ ଲିଖିତ। ହୁଏ ତ ଚାବିରେ ମୁରଡ଼ା ଧରିଛି। ହୁଏତ କବାଟରେ ଧୂଲି, ମାଙ୍କଡ଼ସାର ଜାଲ ବୁଣା ହୋଉଥିଲା। ହୁଏତ ଏ ଘର ସମ୍ମୁଖକୁ ଅନେକ ଦିନ ହେଲା କେହି

ଆସିନି । କିନ୍ତୁ ସେ ସମସ୍ତ ଦଖଲ କରିନେବ କାହାର ସାଧ୍ୟ ? ଆଶା ଲତା ସେ ଗରେ ଭୁକିନି । ଆଶାଲତାର ଘର ଅଲଗା । ସେହି ପୁଷ୍ପ ।

ଯତୀନ୍ ଅବାକ୍ ହୋଇ ଚାହିଁ ରହିଲା ! ପ୍ରଥମରୁ ଯେଉଁ କଥାଟା ତାର ମନରେ ଉଦୟ ହେଲା ତାହା ଏହି ଯେ – ପୁଷ୍ପ ସହିତ ଶେଷଥର ଦେଖାହୋଇଥିବା ପରେ ତ ବହୁତ ବର୍ଷ ଅତିବାହିତ ହୋଇଗଲାଣି । ସେ ଦେଖାର ତେର ବର୍ଷ ପରେ ସେ ସେ ବିବାହ କରିଛି ଆଶାଲତାକୁ । ବାହା ହେବା ବି ଆଜକୁ ଦଶ ବର୍ଷ ହେଲା । ଏଇ ଦୀର୍ଘ, ସୁଦୀର୍ଘ ୨୩ ବର୍ଷ ପରେ କେଓଟାର ବୁଢ଼ା ଶିବତଲାର ଘାଟ୍‌ରେ ସେହି ରୂପସୀ ଝିଅ ପୁଷ୍ପ କୋଉଠୁଁ ଆସିଲା ? ଯେଉଁ ବୟସରେ ସେମାନେ ଉଭୟେ –

ନୈହାଟିର ଘାଟେ

ବସି ପାହାଚ ଶେଷେ

ଖେଳିଥିଲେ ଫୁଲ ଭସାଇ ପାଣିରେ – ! ବୁଢ଼ା ଶିବ ତଲାର ଘାଟ ପ୍ରାଚୀନ ସୋପାନ ଶ୍ରେଣୀ ଉପରେ ବଙ୍କା ଭାବରେ ଅସ୍ତ ସୂର୍ଯ୍ୟର ଆଲୋକ ଆସି ପଡ଼ିଛି । ଘାଟ ପାହାଚ ପ୍ରାଚୀରରେ ଶିଉଳି ଲାଗିଛି । ଠିକ୍ ସେ ପାରି ହାଲିସହର ଶ୍ୟାମାସୁନ୍ଦରୀ ଘାଟ ମନ୍ଦିରରେ ଦି ଅସ୍ତସୂର୍ଯ୍ୟର ରଙ୍ଗୀନ ରଶ୍ମି ପଡ଼ିଛି । କିନ୍ତୁ ତାହା ପଶ୍ଚିମ ଦିଗରୁ ସିଧା ଭାବରେ ପଡ଼ିଛି । ଏବେବି ସେହି ପ୍ରାଚୀନ ପକ୍ଷୀଦଲ କିଚିରି ମିଚିରି କରୁଛନ୍ତି ବଡ଼ ଅଶ୍ୱତ୍ଥ ଗଛର ଡାଲେ ଡାଲେ । ଇଲିଶି ମାଛ ଧରା ପୁରୁଣା ମାଛ ଧରା ଡଙ୍ଗା ଧାଡ଼ି ବାନ୍ଧି ଚାଲିଛି ତ୍ରିବେଣୀ ଆଡ଼କୁ । ଯତୀନ ବସି ପୁଷ୍ପ ସଙ୍ଗରେ ଗତ ଯାତ୍ରାରେ ଦେଖୁଥିବା କଣ ଗୋଟିଏ ନାଟକ ବିଷୟରେ ଗଳ୍ପ କରୁଛି ……… । ତେଇଶ ବର୍ଷ ପରେ ପୁଷ୍ପ ବି ଏବେବି ସେହିପରି ଦିଶୁଛି କେମିତି ?

କିନ୍ତୁ ପରେ ପରେ ତାର ମନେ ହେଲା – ପୁଷ୍ପ ତ ନାହିଁ । ସେତ ବହୁତ ଦିନ ହେଲା ମରିଯାଇଛି । କଥା କ'ଣ ସେ ସ୍ୱପ୍ନ ଦେଖୁଛି ନା କ'ଣ ? ପୁଷ୍ପ କିନ୍ତୁ ଆଗେଇ ଆସି ହସହସ ମୁହଁରେ କହିଲା ଅବାକ୍ ହୋଇ ଚାହିଁ ରହିଛ ଯେ । ଚିହ୍ନି ପାରୁଛ ? କହତ ମୁ କିଏ ? ଯତୀନ୍ ଏବେ ସୁଦ୍ଧା ଆଁ କରି ଚାହି ରହିଛି । କହିଲା ହଁ ଚିହ୍ନିଛି । କିନ୍ତୁ ତୁ କେଉଁଠାରୁ ଆସିଲୁ ପୁଷ୍ପ ? ତୁ ତ କେତେ ବର୍ଷ ହେଲା…… ପୁଷ୍ପ ଖିଲିଖିଲି ହସି କହିଲା – ମରିଯାଇଛି । ଅର୍ଥାତ ତୁମେ ଆଶ୍ୱସ୍ତ ହୋଇଥିଲ, ନୁହେଁ ? କିନ୍ତୁ ତୁମେ ବି ଯେ ମରିଯାଇଛ ଯ୍ୟତୁଦା ? ତା'ନ ହୋଇଥିଲେ ତୁମର, ମୋର ଦେଖା କିପରି ହୁଅନ୍ତା ? ତୁମେ ବି ପୃଥିବୀର ମାୟା ଛାଡ଼ି ଆସିଛ ଅର୍ଥାତ ମରିଯାଇଛ ।

ଯତୀନର ହଠାତ୍ ବଡ଼ ଭୟ ହେଲା । ଏ ସବୁ କଣ ଶୁଣୁଛି ! ତା'ର ଜ୍ୱର ହୋଇଥିଲା ଭୀଷଣ, ସେ କଥା ତାର ମନେ ଅଛି । ତାପରେ ମତ୍ତିରେ କଣ ହୋଇଥିଲା

ସେ ଜାଣିପାରି ନାହିଁ। ବର୍ତ୍ତମାନ ବୋଧହୁଏ ତା'ର ଜ୍ୱର ଭୟଙ୍କର ଭାବରେ ବଢ଼ିଛି। ଉତ୍କଟ ଜ୍ୱର ଯୋଗୁଁ ଆଜେ ବାଜେ, ସ୍ୱପ୍ନ ଦେଖୁଛି। ତେବେ ବି ଏତେ କାଳପରେ ପୁଷ୍କୁ ଦେଖିପାରି ବଡ଼ ଖୁସୀ ହେଲା। ସ୍ୱପ୍ନ ହିଁ ତ ବଡ଼ ମଧୁର। ସ୍ୱପ୍ନ କିନ୍ତୁ!

ପୁଷ୍ପ କିନ୍ତୁ ତା'କୁ ଭାବିବାର ଅବକାଶ ଦେଇନଥିଲା। କହିଲା ଗତ ଦିନମାନଙ୍କ ପରି ଦେଖ ଯେପରି ଦୁଷ୍ଟାମୀ କରି ନ ବସ ଯତୁଦା। ଏବେ ତୁମେ ସେତେବେଳର ଛୋଟ ପିଲାଟି ହୋଇ ରହି ନାହଁ। ଏଠାରେ ମୋର ନିଶ୍ୱାସ ବନ୍ଦ ହେବା ଉପରେ। ମୁ ଏଠାରେ ରହି ପାରୁନି – ଏବେ ଆସ ମୋ ସହିତ।

ସେ ହଠାତ୍ ପାଗଳ ହୋଇ ଗଲାନା କ'ଣ? ସେ ତ କିଛି ବି ବୁଝିପାରୁନି? ସେ ପୁଣି ଯିବ କୋଠିକି? ସେତେ ଏବେ ସେହି ତାର ପୁରୁଣା ଘରେ ହିଁ ରହିଛି। ଏଇତ ଚୂନ ବାଲି ଖସି ପଡ଼ିଥିବା କାନ୍ତ। ଏଇତ ବାରଣ୍ଡାରେ ସେ ଅମୃତଭଣ୍ଡା ଗଛ। ଏଇଯେ ପୈତୃକ ଅମଳର ଧାନ ଗୋଲାର ଭଙ୍ଗା ସିଡ଼ି!

ପୁଷ୍କୁ ସେ କହିଲା – ତୁ କେମିତି ଜାଣିଲୁ ମୋର ଦେହ ଅସୁସ୍ଥ? ପ୍ରଶ୍ନ କଲା ସେ ସତରେ। କିନ୍ତୁ ସେ ସଙ୍ଗେ ସଙ୍ଗେ ଭାବିଲା "ଆଶ୍ଚର୍ଯ୍ୟ! କାହାକୁ ମୁଁ ଏ କଥା ପଚାରୁଛି? ପୁଷ୍ପ ଯେ ତେଇଶ ବର୍ଷ ଆଗରୁ ମରିଯାଇଛି। ତାହାକୁ? ବଡ଼ ଅଭୁତ ସ୍ୱପ୍ନ ତ! ଏ ଧରଣର ସ୍ୱପ୍ନ ତ ସତରେ ମୋ ଜୀବନରେ କେବେ ଦେଖିନି?!"

ପୁଷ୍ପ କହିଲା କେମିତି ଜାଣିଲି! ଆଚ୍ଛା କଥାଟିଏ କହିଲ ଯତୁଦା। ତୁମ ଏଇଘରେ ତୁମ ପାଖରେ ମୁ ବସି ରହିନି ଗଲା ପଅରିଦିନ ତୁମ ଜ୍ୱର ହେବା ଦିନ ଠୁଁ? ଦିନ ରାତିତ ତୁମ ମୁଣ୍ଡ ପାଖରେ ବସିଛିଁ! – କଣ କହୁଛୁ ପୁଷ୍ପ। ମୋ ମୁଣ୍ଡ ପାଖରେ ତୁ ବସିଛୁ ଦୁଇଦିନଧରି! ପୁଷ୍ପ ଗୋଟିଏ କଥା କହତ – ମୁ ସତରେ କଣ ପାଗଳ ହୋଇଯାଇ ଯାଇନି ତ ଏ ଜ୍ୱରେ ଆଛନ୍ନ ରହି?

– ସମସ୍ତେ ଏ ଧରଣର କଥା କହନ୍ତି ଯତୁଦା। ପ୍ରଥମେ ପ୍ରଥମେ ଯେଉଁମାନେ ଆସନ୍ତି, ସେମାନଙ୍କ ମଧ୍ୟରୁ ବାରଅଣା ଲୋକ ଏଇକଥା କହନ୍ତି। ସେମାନେ ବୁଝିପାରନ୍ତି ନି ସେମାନଙ୍କର କଣ ହୋଇଛି। ତୁମେ ବି ସେଇ ଧରଣର କଥା କହୁଛ ଯତୁଦା!

କଥା ଶେଷ କରି ପୁଷ୍ପ ତା' ହାତଧରି ଖଟରୁ ଓହ୍ଲାଇ ଆଣିଲାରୁ ଯତୀନ୍ ବେଶ୍ ସୁସ୍ଥ ଓ ହାଲୁକା ଅନୁଭବ କଲା ନିଜକୁ। ତାପରେ କଣ ଭାବି ଖଟ ଆଡ଼କୁ ଥରେ ଦେଖିଦେଲାରୁ ସେ ବିସ୍ମୟରେ କାଠ ହୋଇ ଠିଆ ହୋଇ ରହିଲା। ଖଟ ଉପରେ ତା'ପରି ଗୋଟିଏ ଦେହ ନିର୍ଜୀବ ଅବସ୍ଥାରେ ପଡ଼ିଛି। ଠିକ୍ ତାପରି ଆଖି ମୁହଁ ସବୁକିଛି।

ପୁଷ୍ପ କହିଲା – ଠିଆହୋଇ ଆଉ ରୁହନା ଯତୁଦା–ଆସ ମୋ ସହିତ। କିପରି? ଏବେ ବିଶ୍ୱାସ ହେଲା। ବୁଝିଲ ଏବେ!

ପୁଷ୍ପ ତ ଘରର କବାଟ ଖୋଲିନି ? ତେବେ ସେମାନେ ଘର ବାହାରକୁ ଆସି ଠିଆ ହେଲେ କିପରି। ଏବେବି ରାତି ବହୁତ ଅଛି। ଅନ୍ଧକାର ଅଛି। ମୁଣ୍ଡ ଉପରେ ଅଗଣିତ ତାରା ଜଳୁଛି। ନବୀନ ବେନର୍ଜୀଙ୍କ ଘର ଆଡ଼େ ଗୋଟିଏ କୁକୁର ଭୋ ଭୋ କରୁଛି। ଅଥଚ ଏଇ ଘନ ଅନ୍ଧକାର ରାତିରେ ସେ ଯାଉଛି କେଉଁଠାକୁ ? କାହା ସହିତ ଅବା ଯାଉଛି। ଏବେବି ସେ କଣ ସ୍ୱପ୍ନ ଦେଖୁଛି ?

ପୁଷ୍ପ କହିଲା – ଏବେ ବିଶ୍ୱାସ ହେଲା ଯତୁଦା ? ଘର କାନ୍ଥରୁ ହୋଇ ବାହାରକୁ ଚାଲି ଆସିଛୁଁ ଦେଖିଲ ତ ?

– କିପରି ଭାବରେ ଆସି ପାରିଲୁଁ ?

– ଇଟାର କାନ୍ଥ ଏବେ ତୁମର ମୋର ପାଇଁ କେବଳ ଧୂଆଁ ଭଳି ଆମ ଏଇ ଶରୀରରେ ପୃଥିବୀର ଜଡ଼ ପଦାର୍ଥର ସ୍ପର୍ଶ ଅନୁଭବ ହେବ ନାହିଁ। ଆଉ ଗୋଟିଏ ମଜା କଥା ତୁମକୁ ଦେଖାଇବି। ପାଦରେ ଚାଲି ଯାଆନି। ମନେ ଭାବି ନିଅ ଯେ ଉଡ଼ିଯାଉଛିଁ –

ଯତୀନ ମନେମନେ ସେପରି ଭାବିଲା। ସଙ୍ଗେ ସଙ୍ଗେ ସେ ଦେଖିଲା ତା'ର ଦେହ ରବର ବେଲୁନ ଭଳି ଆକାଶରେ ଉଡ଼ି ଯାଉଛି। ଦୁଇଜଣଯାକ ଚାଲିଲେ। ପୁଷ୍ପ ଆଗେ ଆଗେ ଆଉ ଯତୀନ ତା ପଛରେ। କେଉଁଠାକୁ ଯାଉଛନ୍ତି ଯତୀନ କିଛି ବି ଜାଣିପାରୁ ନାହିଁ।

ସେ ଅନେକ କଥା ଭାବୁଥିଲା ଯାଉଁ ଯାଉଁ। ଏଭଳି ଅଭୂତ ଘଟଣା ତ ଜୀବନରେ ଆଉ କେବେବି ହୋଇନି। ସ୍ୱପ୍ନରେ କଣ ଏଭଳି ସବୁ ଘଟଣା ହୁଏ ! ସ୍ୱପ୍ନ ଯଦି ନୁହେଁ ତେବେ ସେ କଣ ପାଗଳ ହୋଇଗଲା ? ସେ କିପରି ସମ୍ଭବ ? ତେବେ ପୁଷ୍ପ ଜେଉଁଠାରୁ ଆସିଲା। ଅଥବା ଏସବୁ ମନର ଗୋଲକଧନ୍ଦା –

Hallucination ?

ନା – ଏହାକୁ କହନ୍ତି ମୃତ୍ୟୁ ?

ଏହାର ନାମ ଯଦି ମୃତ୍ୟୁ ହୁଏ, ତେବେ ଲୋକେ ଏତେ ଭୟ କରନ୍ତି କାହିଁକି ? କେହିତ କେବେ ତାକୁ କହି ନାହାନ୍ତି ଯେ ମୃତ୍ୟୁପରେ ମଣିଷ ଜୀବିତଥାଏ – ବରଂ ତାର ମନେ ହେଉଛି ସେ ଆହୁରି ଅଧିକ ଜୀବିତ ହୋଇଛି। ବଞ୍ଚିଥାଇ ବରଂ ରୋଗ ଯନ୍ତ୍ରଣାରେ ଦୁର୍ବଳ ହୋଇ ପଡ଼ିଥିଲା।

ହଠାତ୍ ଯତୀନ ଦେଖିଲା ଯେ ସେ ଏକ ନୂଆ ଦେଶକୁ ଆସିଛି। ଦେଶଟା ପୃଥିବୀ ଭଳି। ତା ପାଦ ତଳେ ନଦୀ। ଗଛପତ୍ର ବିସ୍ତୀର୍ଣ୍ଣ ପଡ଼ିଆ ସବୁ ଅଛି। କିନ୍ତୁ ଏହାର ସୌନ୍ଦର୍ଯ୍ୟ ଅନେକ ଅଧିକ। ଆକାଶକୁ ଚାହିଁ ଦେଖିଲା ସୂର୍ଯ୍ୟ ଦେଖାଯାଉ

ନାହିଁ – ଅଥଚ ଅନ୍ଧକାର ବି ନାହିଁ। ବଡ଼ ଚମତ୍କାର ଏକ ରକମ ଅପାର୍ଥିବ ମୃଦୁ ଆଲୋକରେ ସମସ୍ତ ଦେଶଟା ଉଦ୍‌ଭାସିତ। ଗଛଗୁଡ଼ିକର ପତ୍ର ଘନସବୁଜ। ନାନା ଧରଣର ଫୁଲ। ସେଗୁଡ଼ିକ ଯେପରି ଆଲୋକରେ ଗଢ଼ା।

ଗୋଟିଏ ସ୍ଥାନକୁ ଆସି ପୁଷ୍ପ ରହିଗଲା।

ଏ କଣ! ଆରେ ଏଇଟା ତ ସେହି ପୁରୁଣା ଦିନର କେଓଟା ସାଗଜିର ବୁଢ଼ା ଶିବତଲାର ଘାଟ। ଏହି ଯେ ଗଙ୍ଗା। ଏଇସେ ପ୍ରାଚୀନ ଅଶ୍ୱତ୍ଥ ଗଛଟା। ଏହି ଯେ ସେ ବୁଢ଼ା ଶିବତଲାର ଭଙ୍ଗା ମନ୍ଦିର! ପୃଥିବୀରେ ମଝିରେ ମଝିରେ ଗୋଧୂଲି ସମୟରେ ମେଘଭରା ଆକାଶରେ ଯେପରି ଏକ ଅଭୁତ ହଳଦିଆ ଆଲୋକ ହୁଏ। ଠିକ୍‌ ସେହିପରି ଗୋଟିଏ ମୃଦୁ ତାପହୀନ ଅସ୍ପଷ୍ଟ ଆଲୋକ ଗଛପତ୍ରରେ, ଗଙ୍ଗା ପାଣିରେ ବୁଢ଼ା ଶିବତଲା ମନ୍ଦିର ଚୂଡ଼ାରେ ତାହାକୁ ଘାଟର ପାହଚରେ ଏକାକୀ ବସାଇ ପୁଷ୍ପ କେଉଁ ଆଡ଼କୁ ଚାଲିଗଲା। ଯତୀନ୍‌ ଚୁପ୍‌ ହୋଇ ବସି ଏଇ ଅଭୁତ ଆଲୋକରେ ରଞ୍ଜିତ ଗଙ୍ଗା ବକ୍ଷକୁ ଚାହିଁ ରହିଲା। ବାଲ୍ୟ କାଳର ଶତ ଶତ ସୁଖମୟ ଶତଶତ ଆନନ୍ଦ ସ୍ମୃତିର ରଙ୍ଗସ୍ଥଲ ସେହି ପୁରୁଣା ସ୍ଥାନ। ଏଇତ ସେପାରିରେ ଶ୍ୟାମସୁନ୍ଦରୀ ଘାଟ। ଶ୍ୟାମସୁନ୍ଦରୀ ମନ୍ଦିର। କିନ୍ତୁ ଆଶ୍ଚର୍ଯ୍ୟ କଥା କୌଣସି ଆଡ଼େ ଆଉ କୌଣସି ଲୋକ ଦେଖାଯାଉ ନାହାନ୍ତି। ଏତେ ବଡ଼ ସୁବିସ୍ତୀର୍ଣ୍ଣ ସ୍ଥାନ ଏକାବେଳକେ ନିର୍ଜନ। କେହିବି କୌଣସିଠାରେ ନାହାନ୍ତି ତାକୁ ଛାଡ଼ି ଦେଲେ। ଏପରି ସମୟରେ ଅଶ୍ୱତ୍ଥ ଗଛ ତଳ ସେହି ପୁରାତନ ବାଟ ଦେଇ ପୁଷ୍ପ ଆସିବା ଦେଖାଗଲା। ତା ଖୋସାରେ କଣ ଗୋଟିଏ ଫୁଲର ମାଲା ଗୁଡ଼ାଇ।

ଯତୀନ୍‌ କହିଲା – କେଉଁଠାକୁ ମୋତେ ନେଇ ଆସିଲୁ ପୁଷ୍ପ! ଏହା ସେଇ ବୁଢ଼ା ଶିବତଲାର ଘାଟ ନା? ଏଇଟା କଣ ସାଗଞ୍ଜି କେଓଟା?

ପୁଷ୍ପ ଯେ ସତରେ ଦେବୀ, ଯତୀନ ତା ଆଡ଼କୁ ଅନାଇ ଏବେ ଭଲ ଭାବରେ ବୁଝି ପାରିଲା। ଏପରି ଗାଢ଼ ଯୌବନା, ଶାନ୍ତ ଆନନ୍ଦମୟୀ ମୂର୍ତ୍ତି ମାନବୀର ହୋଇ ନପାରେ – କେତେରୂପ ତା ଦେହରେ ଉକୁଟି ଉଠୁଛି। କି ଜ୍ୟୋତିର୍ମୟ ମୁଖଶ୍ରୀ। ଯତୀନ ଅବାକ୍‌ ହୋଇ ତା ଆଡ଼କୁ ଚାହିଁ ରହିଲା।

ପୁଷ୍ପ କହିଲା – ନା ଯତୁଦା – ଏ ସ୍ୱର୍ଗ। ସମସ୍ତଙ୍କ ସ୍ୱର୍ଗ ତ ଗୋଟିଏ ଧରଣର ନୁହେଁ!...

ତାପରେ ମୃଦୁ ହସି ସଲାଜ ସ୍ୱରରେ ତା ମୁହଁ ଆଡ଼କୁ ଅନାଇ କହିଲା ଏହା ଆମମାନଙ୍କ ସ୍ୱର୍ଗ। ତୁମ ଓ ମୋର ସ୍ୱର୍ଗ।

(୫)

ଯତୀନକୁ ପୁଷ୍ପ ଗୋଟିଏ ସୁନ୍ଦର ଛୋଟିଆ ଧରଣର ଘରକୁ ନେଇ ଆସିଲା।

ସେ ଘର ଇଟା, କାଠ, ଗଛର ତିଆରି ନୁହେଁ। ମନେ ହେଲା ଯେପରି ଗୋଟିଏ ଧରଣର ମାର୍ବଲ ପଥରରେ ତିଆରି। କିନ୍ତୁ ମାର୍ବଲ ପଥର ବି ନୁହେଁ ସେ ଜିନିଷ। ଘରର ଚତୁଃଦିଗରେ ଫୁଲ ବଗିଚା। ସବୁଜ ଘାସର ପଡ଼ିଆ। ଦୂରରେ ଗଙ୍ଗାନଦୀ ଦେଖା ଯାଉଛି। ପୁଷ୍ପ କହିଲା ଏସବୁ ମୋର ତିଆରି। ଆଜିକୁ ଅଠର ବର୍ଷ ହେଲା ମୁ ଏ ଦେଶକୁ ଆସିଲିଣି ଜାଣ। ତୁମ ଅପେକ୍ଷାରେ ଘରସଜାଇ ବସି ରହିଛି। ପୃଥିବୀର କେଓଟାର ଗଙ୍ଗା ଘାଟ ଠାରୁ ବଳି ପ୍ରିୟତର ମୋର ଆଉ କିଛି ନଥିଲା। ଏଠାକୁ ଆସି କଳ୍ପନାରେ ତେଣୁ ଏହା ସୃଷ୍ଟି କରିଛି। ଏଠାରେ ଯାହାର ଯେପରି ଇଚ୍ଛା ତାହା କଳ୍ପନା କରି ଗଢ଼ି ନେଇପାରେ। ଏଇ ଘରବି ମୋର କଳ୍ପନାରେ ତିଆରି। ଯତୀନ କହିଲା ଏହା କିପରି ଭାବରେ ହୁଏ?

– ଏ ଦେଶରେ ବସ୍ତୁ ଉପରେ ଚିନ୍ତାର ଶକ୍ତି ଖୁବ୍ ବେଶୀ। ପୃଥିବୀର ବସ୍ତୁ ଭଳି ଏଠାକାର ବସ୍ତୁ ନୁହେଁ। ଆହୁରି ଅନେକ ସୂକ୍ଷ୍ମ–ଅନ୍ୟ ଧରଣର। ତୁମେ ପରେ ନିଜେ ବୁଝିପାରିବ। ଚିନ୍ତା ଶକ୍ତି ପ୍ରୟୋଗ କରିବା– ତୁମକୁ ବି ଶିଖିବାକୁ ହେବ। ସୃଷ୍ଟି କରିବାକୁ ହେଲେ ପୃଥିବୀରେ ଯେପରି ଚିନ୍ତା କରିବାକୁ ହୁଏ, ଏଠାରେ ତା ଅପେକ୍ଷା ଆହୁରି ଅଧିକ ଚିନ୍ତାର ଦରକାର ହୁଏ। ଚିନ୍ତା ଶକ୍ତିକୁ ଯିଏ ବଢ଼ାଇ ପାରିଛି, ଇଚ୍ଛା ଅନୁସାରେ ଚଲାଇ ପାରିଛି, ସେ ଏ ଦେଶର ବଡ଼ କାରିଗର। କିନ୍ତୁ ଏହା ବି ଏକ ସତ୍ୟ, ସେ ବିଷୟରେ ଭୁଲ ନାହିଁ। ପୃଥିବୀର ମନୁଷ୍ୟ ଯାହାକୁ ଚିହ୍ନେ ତାହା ବସ୍ତୁ ନୁହେଁ ତଥାପି ମଧ ତାହା ବସ୍ତୁ ହିଁ ସାରହିଁ ଅଟେ।

– ମୋର ବାପା, ମା କେଉଁଠ ପୁଷ୍ପ?

– ଏଇ ବର୍ତ୍ତମାନ ହିଁ ଆସିବେ। ତୁମ ଦେହ ଅସୁସ୍ଥ ଥିବାବେଳେ ତୁମ ମା ଆଉ ମୁ ତୁମ ମୁଣ୍ଡ ଆଡ଼କୁ ବସି ରହିଥିଲୁଁ। ସେମାନେ ଅନ୍ୟ ଜାଗାରେ ଥାଆନ୍ତି। ପୃଥିବୀରୁ ତୁମକୁ ଆଣିବାକୁ ଯାଇଥିଲେ। କିନ୍ତୁ ସନ୍ତାନର ମରଣର ଦୃଶ୍ୟ ତାଙ୍କୁ ଦେଖିବାରେ କଷ୍ଟ ହେବ ଭାବି ମୁଁ ତାଙ୍କୁ ଯିବାକୁ ମନା କଲି। ତୁମ ପୃଥିବୀର ଦେହଟା ଦେଖିବାକୁ ବଡ଼ ଖରାପ ହୋଇଯାଇଥିଲା ମୃତ୍ୟୁ ପୂର୍ବରୁ। ମା ଗୋ! ଏବେ ବି ଭାବିଲେ ଭୟ ହୁଏ।

ଯତୀନ କହିଲା – ଆଉ ତୁମମାନଙ୍କୁ ଦେଖି ଆମର ଭୟ ହେବ ନି? ତୁମେମାନେ ଯେ ଭୂତ। ତୁମର ମନେ.. ଅଛି ନା?

ପୁଷ୍ପ କହିଲା – ଅରେ ତୁମେ ବି ସେପରି ହେଲଣି ଯେ।

ଯତୀନ କହିଲା – ଏ ଦେଶର ଆଉ ଲୋକମାନେ କାହିଁ ଗଲେ ପୁଷ୍ପ? ଏଠାରେ ତୁମେ ଆଉ ମୁଁ ଖାଲି ଦୁଇଟି ପ୍ରାଣୀ? ତୁମ ବାପା ମା କେଉଁଠ?

ପୁଷ୍ପ ହସି କହିଲା – ଏଇଟା ତୃତୀୟସ୍ତର ଉପର ଅଞ୍ଚଳ। ତୁମେ ଜୀବନରେ ଅନେକ କଷ୍ଟ ପାଇଛ ବୋଲି ଏଠାକୁ ଆସିପାରିଛ। ମୁଁ ଏଠାକୁ ତୁମକୁ ଡାକିଛି। ଭଗବାନଙ୍କୁ କେତେ କାତର ପ୍ରାର୍ଥନା କରିଛି ତୁମ ଦୁଃଖର ଅବସାନ ପାଇଁ, ସେ ସବୁ କଥା ତୁମେ କଣ ଜାଣିବ! ନ ହେଲେ ସାଧାରଣ ଲୋକ ମରିଯିବା ପରେ ଏ ଜାଗାକୁ ଆସିପାରେ ନାହିଁ। ମୋର ବାପା ଏବେ ବି ମରିଯାଇ ନାହାନ୍ତି। ବଡ଼ ବୁଢ଼ା ହୋଇ ଗଲେଣି। କାଳନାରେ ଅଛନ୍ତି ଆମମାନଙ୍କ ଦେଶରେ। ମା ଅନେକ ବର୍ଷ ହେଲା ସ୍ୱର୍ଗକୁ ଆସିଛନ୍ତି। କିନ୍ତୁ ସେ ଅନ୍ୟ ଜାଗାରେ ଅଛନ୍ତି। ଏ ସ୍ତରର ନିୟମ ହେଉଛି ତୁମେ ଯଦି ଇଚ୍ଛାକର ତୁମେ କାହାରିକୁ ଦେଖି ପାରିବ ନାହିଁ। କେହି ବି ତୁମକୁ ଦେଖି ପାରିବେ ନାହିଁ। ତୁମେ ମୁ ଏବେ ଟିକିଏ ନିର୍ଜନରେ ରହିବାକୁ ଚାହୁଁ – କେତେ ଯେ ଦିନ ହେଲା ତୁମକୁ ଦେଖିନି ତୁମ ସଙ୍ଗେ କଥାବାର୍ତ୍ତା କରିନି – ମୁଁ ଚାହେଁ ନି ଯେ ଏବେ ଏଠାକୁ କେହି ଆସନ୍ତୁ।

କଥା ଶେଷ କରି ପୁଷ୍ପ ଅପଲକ ଦୃଷ୍ଟିରେ ଗଙ୍ଗା ଆଡ଼କୁ ଚାହିଁ ରହିଲା। ତାପରେ କହିଲା – ଚାଲ ତୁମକୁ ପୃଥିବୀକୁ ଥରେ ନେଇ ଯାଏଁ। ତୁମ ମୃତ ଦେହକୁ ଶ୍ମଶାନରେ ଦାହ କରୁଛନ୍ତି। ତୁମେ ଦେଖିବା ଉଚିତ।

ପୁଷ୍ପ ଯତୀନ ହାତ ଧରିଲା। ପର ମୁହୂର୍ତ୍ତରେ ସ୍ୱର୍ଗ ଅଦୃଶ୍ୟ ହୋଇଗଲା। ଯତୀନ ଦେଖିଲା। ସେମାନଙ୍କ ଗାଁ ଶ୍ମଶାନରେ ଯତୀନ ଆଉ ପୁଷ୍ପ ଉଭୟେ ଠିଆ ହୋଇଛନ୍ତି। ଚିତାର ଧୂଆଁ ଜିଉଲି ଗଛର ମୁଣ୍ଡ ଯାଏଁ ଉଠି ଯାଉଛି।

ଯତୀନ କହିଲା – ଦେଖୁଛୁ ପୁଷ୍ପ ପୁଣ୍ୟାତ୍ମାର ଚିତାର ଧୂଆଁ କେତେ ଦୂର ଉଠୁଛି! ପୁଷ୍ପ କହିଲା – ମୁଁ ନଥିଲେ ତୁମ ପୁଣ୍ୟାତ୍ମା ଗିର ବାହାରି ପଡ଼ନ୍ତା।

ସେମାନଙ୍କ ପଡ଼ାର ପିଲାମାନଙ୍କ ଦଳ ମୃତ ଦେହ ଆଣିଛନ୍ତି। ବୁଢ଼ାମାନଙ୍କ ଭିତରୁ ଆସିଛନ୍ତି ନବୀନ ବେନର୍ଜୀ। ସେହି ମୁଖାଗ୍ନି ଦେଉଛନ୍ତି। ସଭିଏଁ କିପରି ଆଶାଲତା ପାଖକୁ ଖବର ଦେବାକୁ ହେବ ସେ କଥା ଆଲୋଚନା କରୁଛନ୍ତି।

ଯତୀନ୍ ହଠାତ୍ କହି ଉଠିଲା – ପୁଷ୍ପ ଆଶାଲତାକୁ ଥରେ ଦେଖିବି! ନେଇ ଯିବୁ ମୋତେ! ତାର ବହୁତ ସର୍ବନାଶ କରିଛିଁ। ତା ପାଇଁ ମନଟା ହାଇଁ ପାଇଁ ହେଉଛି।

ପୁଷ୍ପ କହିଲା – ଭାବିନିଅ ଯେ ତୁମେ ଆଶାଲତା ଘରକୁ ଯାଇଛ। ମନକୁ ବହୁତ ଦୃଢ଼ କରି ଭାବିନିଅ।

ଆଶାଲତା ସ୍ୱାମୀର ମୃତ୍ୟୁ ସଂବାଦ ଜାଣିନି। ସେ ଦୁଇ ପହରରେ ଖାଇବା ପରେ ଶାଢ଼ୀ ପଣତ ପକାଇ ଶୋଇଛି। ତାହାକୁ ଏହି ଅବସ୍ଥାରେ ନିଶ୍ଚିନ୍ତମନରେ ମାଟି ଉପରେ ଶୋଇବା ଦେଖି ଦୁଃଖ ଆଉ ସହାନୁଭୂତିରେ ଯତୀନର ମନ ବିଗଳିତ

ହୋଇଗଲା । ଆହା, ହିନ୍ଦୁ ଘରର ଝିଅ ସ୍ୱାମୀ ହରା ହୋଇ ଛୋଟ ଛୋଟ ପୁଅ ଝିଅ ଦୁଇଟାଙ୍କୁ ନେଇ କିପରି ଅସହାୟ ଅବସ୍ଥାରେ ପଡ଼ିଲା ! ଆଜି ହୁଏତ ବୁଝିପାରିବ ନାହିଁ । କିନ୍ତୁ ଦିନେ ନା ଦିନେ ବୁଝିପାରିବ । ମା ପାଖରେ ଛୋଟ ଝିଅଟି ଶୋଇଥିଲା । ପୁଅ ପଦାର ପିଲାମାନଙ୍କ ସଙ୍ଗେ ଖେଳିବାକୁ କେଉଁଠିକି ଯାଇଛି । ଏଇ ବୟସରେ ପିତୃହୀନ ହେଲେ । ସତେ କେତେ ଦୁର୍ଭାଗା ସୋମାନେ ! !

ପୁଷ୍ପ ସେସବୁ ଭାବନା ଯତୀନକୁ ଭାବିବାକୁ ଦେଲା ନାହିଁ । କହିଲା – ଚାଲ ଯିବା । ପୃଥିବୀରେ ଅଧିକ ସମୟ ରହିବା ନିୟମ ନାହିଁ ।

ଆଶାଲତାକୁ ପଣତ ପାରି ମାଟିରେ ଶୋଇବା ଦେଖିବା ପରେ ଯତୀନ ଯେପରି କିମିତି କିମିତି ହୋଇଯାଇଥିଲା । ତାର ଆଦୌ ଇଚ୍ଛା ନାହିଁ ସ୍ୱର୍ଗକୁ ଯିବାଲାଗି । ତା'ମନ ଆଉ କେଉଁଠିକୁବି ଯିବାକୁ ଚାହୁଁ ନାହିଁ । ପୁଷ୍ପ କହିଲା – ଯତୀନ ଦା ତୁମେ ଏତେଭଲ ପାଅ ଆଶାକୁ ! ତା ପରି ହତଭାଗିନୀ ଝିଅ ଦେଖିନି, ସେ ତୁମକୁ ବୁଝିପାରିଲା ନାହିଁ । ସତରେ କଷ୍ଟ ହୁଏ ତା ଲାଗି । କିନ୍ତୁ ତୁମେ ଏଠାରେ ଥାଇ ତାଙ୍କୁ କୌଣସି ସାହାଯ୍ୟ କରି ପାରିବ ନାହିଁ । ଚାଲଯିବା ।

ଗତିର ବେଗରେ ପୃଥିବୀଟା କେଉଁଠି ମିଳାଇଗଲା । ଖାଲି ମେଘ – ସାଦା ମେଘ ଚାରିଆଡ଼େ । ସେମାନଙ୍କ ପାଦତଳେ ବହୁ ଦୂରରେ କେଉଁଠି ହତଭାଗିନୀ ଆଶାଲତା ମାଟିରେ ପଣତ ବିଛାଇ ନିଶ୍ଚିନ୍ତ ମନରେ ଶୋଇ ରହିଲା ।

ଯତୀନ ଘରକୁ ଫେରି ଆସି ଦେଖିଲା ଜଣେ ମହିଲା ତା ପାଇଁ ଅପେକ୍ଷା କରିଛନ୍ତି । ପ୍ରଥମରୁ ଦୂରରୁ ତାର ମନେ ହେଲା ଏହାଙ୍କୁ କେଉଁଠି ସେ ଦେଖିଛି । କିନ୍ତୁ ମହିଲା ଜଣକୁ ଧାଇଁ ଆସି ତାକୁ ଛାତିରେ ଯେମିତି ଜାବୁଡ଼ି ଧରିଲେ ସେତେବେଳେ ତାର ହୋସ ହେଲା !

– ବାବା ମଣ୍ଡୁ । ମୋର ପୁଅ ମୋର ମାଣିକ !

– ମା ତୁମେ ?

ଯତୀନ ମାଙ୍କ ପାଦ ଧୂଳି ନେଇ ପ୍ରଣାମ କଲା । ମାଙ୍କ ମୁହଁକୁ ଚାହିଁ ସେ ଅବାକ୍ ହୋଇଗଲା । ବାଉନ ବର୍ଷ ବୟସରେ ତାରମାଙ୍କ ମୃତ୍ୟୁ ହୁଏ । କିନ୍ତୁ ତାଙ୍କ ମୁହଁରେ ବାର୍ଦ୍ଧକ୍ୟର କୌଣସି ଚିହ୍ନ ବର୍ଷ ନାହିଁ । ତେଣୁ କରି ବୋଧହୁଏ ସେମାନଙ୍କୁ ପ୍ରଥମରୁ ଚିହ୍ନି ପାରି ନଥିଲା ।

– ବାପା କେଉଁଠି ମା ?

ଯତୀନ କଥା ଶେଷ କରି ଘରର କବାଟ ଆଡ଼କୁ ଚାହିଁବାରୁ ବାପାଙ୍କୁ ଦେଖି ପାରିଲା । ପଚାଶ ବର୍ଷ ବୟସରେ ଯତୀନର ବାପା ମୃତ୍ୟୁ ବରଣ କରିଥିଲେ । ଏ

ଟେହେରା ସେତେ ବୟସର ନୁହେଁ। ଏ ଦେଶରେ ପୌଢ଼ିବା ବୃଦ୍ଧ ଲୋକ ନାହାନ୍ତି ? ଯତୀନ ବାପାଙ୍କୁ ପ୍ରଣାମ କରୁ କରୁ ସେ ନିଜେ ଆଗେଇ ଆସି ତାକୁ ଆଶୀର୍ବାଦ କଲେ। କହିଲେ – ତୁମର ଏବେ ବି ଆସିବାର ବୟସ ହୋଇ ନାହିଁ ବାପା। ଆଉ କିଛି ଦିନ ରହିଥିଲେ ବିଷୟ- ସମ୍ପତ୍ତିର କିଛି ଗୋଟାଏ ବଦୋବସ୍ତ କରି ଦେଇ ପାରିଥାନ୍ତ। ମାଖନ ରାୟର ଜମି ଖଣ୍ଡକ କେତେ ସଉକ କରି ଖରିଦ କରିଥିଲି କଚେରୀ ନିଲାମରେ। ତାହା ରଖି ପାରିଲ ନାହିଁ ବାପ ? ଆଉ ବିକ୍ରିକଲ ତ ସେହି ଶଶଧର ଚକ୍ରବର୍ତ୍ତୀଙ୍କ ପାଖରେ ତାଙ୍କ ଛଡ଼ା ଆଉ ଅନ୍ୟ କାହାକୁ ପାଇଲ ନାହିଁ ?

ଯତୀନର ମା କହିଲା – ଆହା! ପୁଅ ଆସିଛି ପୃଥିବୀରୁ ଏତେ କଷ୍ଟ ପାଇ ତୁମର ଏବେ ସମୟ ହେଲା ଛାର ବିଷୟ ସମ୍ପତ୍ତିର କଥା ନେଇ ତାକୁ ଶୋଧ୍ବାକୁ ? କଣ ହେବ ବିଷୟ ଆଶୟ ଏଠାରେ ? କି କାମରେ ଲାଗିବ ମାଖନ ରାୟଙ୍କ ଜମିବାଡ଼ି ଏଠାରେ ମୋତେ ବୁଝାଇବଟି ? ଯତୀନର ବାପା କହିଲେ – ତୁମେ ସ୍ତ୍ରୀ ଲୋକ ବିଷୟ ଆଶୟର କଥା କଣ ବୁଝିବ। ସବୁ କଥା ଉପରେ ପଡ଼ିବାକୁ ତୁମେ ଆସ କାହିଁକି ଯେ ? ମାଖନ ରାୟଙ୍କ ଜମା –

ପୁଷ୍ପ ଘରେ ତୁକିଲାରୁ ଯତୀନର ବାପା କଥା ବନ୍ଦ କରି ବାହାରିଗଲେ। ଯତୀନର ମା କହିଲେ – ପୁଷ୍ପକୁ ଚିହ୍ନି ପାରିଲୁ ନା ମଣ୍ଡ ?

ଯତୀନ କହିଲା – ହଁ, ଠିକ୍ ଚିହ୍ନି ପାରିଲି ମା।

– ତା ଭଳି ତୋତେ ଭଲ ପାଇବା ଜଣେ ଆଉ କାହାକୁ ଦେଖ୍ନି। ଏଇ ଅଠର ଉଣେଇଶୀ ବର୍ଷ ହେଲା ସେ ଏଠାକୁ ଆସିଛି, ଏହି ଘର ସଜାଇ ତିଆରି କରି ତୋ'ରି ଅପେକ୍ଷାରେ ବସି ରହିଛି ବିଚାରୀ ପୁଷ୍ପ ତୋତେ ଆଣିଛି ବୋଲି ତୁ ତୃତୀୟ ସ୍ତରକୁ ଆସିପାରିଛୁ ନହେଲେ କାହିଁ ଆସି ପାରିଥାନ୍ତୁ! ଆଉ ତୋର ବାପା ଦ୍ୱିତୀୟ ସ୍ତରରେ ପଡ଼ି ରହିଛନ୍ତି। ବିଷୟ ସମ୍ପତ୍ତି ତାଙ୍କୁ କାଳ ହୋଇଛି। ଆସିଛନ୍ତି ଏଠାକୁ ଆଜିକୁ ଷୋହଲ ବର୍ଷ ହେଲା, ବିଷୟ ଆଶାର କଥା ଭୁଲି ପାରିଲେ ନାହିଁ। ସେହି ଚିନ୍ତା ଅହରହ। ଏତେ କରି ବୁଝାଏଁ। ଏତେ ଭଲ କଥା ସବୁ କହେଁ, ତାଙ୍କ ଆଖ୍ ସେଇ ପୃଥିବୀର ଜମିଜମା ଆଡ଼କୁ। ଏଣୁ ଉପରକୁ ଉଠି ପାରୁନାହାନ୍ତି ତ।

ଯତୀନର ମା ଦୀର୍ଘ ନିଶ୍ୱାସ ନେଇ କିଛି ସମୟ ଚୁପ୍ ରହିଲେ। ତାପରେ ସ୍ନେହବୋଳା ଦୃଷ୍ଟିରେ ପୁଷ୍ପ ଆଡ଼କୁ ଚାହିଁ କହିଲେ – ଉନ୍ନତି କରିଛି ମୋର ପୁଷ୍ପ ମା। ଏଭଳି କେହି ପାରି ନାହାନ୍ତି। ଏତେ ଅଳ୍ପ ଦିନରେ ସେ ଯେଉଁଠି ଆସି ପହଞ୍ଚିଛି, ଏଠାକୁ ଆସିବା ସମ୍ଭବ ନୁହେଁ ଆଉ କାହା ପକ୍ଷରେ। ତା'ର ପବିତ୍ର ଏକନିଷ୍ଠ ଭଲ ପାଇବା ଏଠାକୁ ଆଣିପାରିଛି। କେତେ ଉଚ୍ଚ ସ୍ତର ଲୋକଙ୍କ ସହିତ ତାର ଆଲାପ

ପରିଚୟ ଅଛି ଏଥର ଦେଖିବୁ। ସେମାନେ ଯେତେବେଳେ ଆସନ୍ତି ମୁ ରହିପାରେ ନି ସେମାନଙ୍କ ସାମନାରେ।

ଯତୀନ କହିଲା – ମା ତୁମେ କେଉଁ ସ୍ତରରେ ଅଛ ?

– ମୁ ତୋର ବାପାଙ୍କ ସହିତ ଦ୍ୱିତୀୟ ସ୍ତରରେ ଥାଏଁ। ତାଙ୍କୁ ଛାଡ଼ି ଆସି ପାରେଁ ନା। ତାଙ୍କୁ ଏତେ କରି କହିଲି ମୋ କଥାକୁ କାନ ଦିଅନ୍ତ ନି। ଦେଖୁଲୁତ ଏଠାରେ ବେଶୀ ସମୟ ରହିପାରିଲେ ନାହିଁ। ବିଶେଷ କରି ପୁଷ୍ପ ଆଗରେ ସେ ଠିଆ ହୋଇ ପାରନ୍ତି ନାହିଁ। ତାର ତେଜ ସେ ସହ୍ୟ କରି ପାରନ୍ତି ନାହିଁ। ପୁଷ୍ପର ମୁହଁ ଲଜ୍ଜାରେ ଲାଲ ପଡ଼ିଗଲା। କହିଲା – ମା କି କଥା ଯେ ତୁମେ କୁହ। ତାପରେ ସେ ଘର ବାହାରକୁ ଚାଲିଗଲା। ଯତୀନର ମା କହିଲେ ଶୁଣ୍ ମଣ୍ଡୁ ସତ କଥା କହୁଛି ଶୁଣ। ତୁ ନୂଆଁ କରି ଆସିଛୁ। ତୋ ପକ୍ଷରେ ଏବେ ଜାଣିବା ସମ୍ଭବ ନୁହେଁ! ପୁଷ୍ପ କେତେ ଉଚ୍ଚସ୍ତରର ଆତ୍ମା। ସେ ଯେଉଁସବୁ ଉଚ୍ଚ ସ୍ତରକୁ ଯାଏ ସେଠାକୁ ଯିବାକୁ କଞ୍ଚନା ବି କରିପାରିବ ନାହିଁ ସାଧାରଣ ଲୋକ ପୃଥିବୀରୁ ଆସି। ତୋ ପାଇଁ ସେ ଏଠାରେ କଷ୍ଟ ପାଇ ରହୁଛି ନ ହେଲେ ତାର ସ୍ଥାନ ବହୁତ ଉଚ୍ଚ ସ୍ତରରେ। ଆଉ କେତେ ଯେ ତାର ତୋତେ ଭଲ ପାଇବା! ସେଇ କେବକାର ପିଲାବେଳେ ସାଗଜି କେଓଟାରେ ଥିବାବେଳୁ ତୋତେ ଭଲପାଇ ବସିଥିଲା। ଜୀବନରେ ସେଇଟା ହିଁ ତାର ଜ୍ଞାନ ଧ୍ୟାନ। ତୋତେ ଆଉ ଭୁଲି ପାରିଲା ନାହିଁ। ତୁ ବୋହୂମାର ବିଷୟରେ ପୃଥିବୀରେ କଷ୍ଟ ପାଇବା ଦେଖି ପୁଷ୍ପ ଏଠାରେ କେତେ ଯେ କାନ୍ଦ!! ତାଭଳି ଆମ୍ଭାର ପୃଥିବୀକୁ ଯିବାରେ କଷ୍ଟ ହୁଏ। କିନ୍ତୁ ସଦାବେଳେ ତୋ ଲାଗି ସେ ସେଠାକୁ ଯାଉଥାଏ। ତାଙ୍କୁ ଦେଖି ପାରିବା ପୁଣ୍ୟର କଥା। ସମ୍ମୁଖସ୍ତୁ ଏଇ ସୁନ୍ଦର ଆକାଶ। ଏଇ କଳକଳ ନାଦିନୀ ଭାଗୀରଥୀ ଅଭୁତ ରଙ୍ଗ ମଣ୍ଡିତ ଜନନୀ। ଅପରିଚିତ ବନଲତାରେ ସର୍ବାଙ୍ଗ ଆଚ୍ଛାଦିତ ଅଚିହ୍ନା ବନ ପୁଷ୍ପରାଜି। ଏଇ ଶାନ୍ତି, ଏଇ ରୂପ ଏ ସବୁ ଯେପରି ସ୍ୱପ୍ନ – ପୁଷ୍ପର କଥା। ପୁଷ୍ପର ଭଲ ପାଇବାବି ସେହିଭଳି ସ୍ୱପ୍ନ। ତା ଜୀବନରେ ସେ କେବଳ ନିଜକୁ ଭୁଲାଇ ଆସିଛି ସୁଖ ପାଉଛିଁ ବୋଲି। କିନ୍ତୁ କିଛି ବି ସେ କେବେ ପାଇନାହିଁ ସତରେ। – ଆଜି ମୃତ୍ୟୁ ଆରପାରି ଦେଶକୁ ଆସି ତା'ର ସାରା ଜୀବନର ସ୍ୱପ୍ନ ସାର୍ଥକ ହେବାକୁ ଯାଉଛି ଏକଥା ସେ ବିଶ୍ୱାସ କରିପାରେ ନାହିଁ। କେଉଁଟା ସ୍ୱପ୍ନ କେଉଁଟା ଅବାସ୍ତବ। ତାର କୁଟୁଲ ବିନୋଦପୁରର ଘର ନା ଏଇ ସ୍ୱପ୍ନ ଲୋକ ? .... ଆଶାଲତା, ନା ପୁଷ୍ପଲତା ?........

ଯତୀନର ମା କହିଲେ – ସେମାନେ ତାକୁ ବହୁତ ଭଲପାଆନ୍ତି ମଝିରେ ମଝିରେ ଅନେକ ଉପରକୁ ନେଇଯାଆନ୍ତି ସେମାନଙ୍କ ରାଜ୍ୟକୁ? ମୁ ତା ମୁହଁରୁ ସେ ସବୁ ଗଛ ଶୁଣିଛି। ଇଚ୍ଛା ହୁଏ ସଙ୍ଗେ ସଙ୍ଗେ ଯିବାକୁ। କିନ୍ତୁ ଆମମାନଙ୍କର ଅନେକ

ବର୍ଷ ବିତିଯିବ ସେ ରାଜ୍ୟକୁ ପହଞ୍ଚିବାକୁ । ତେବେ ସୁଦ୍ଧା ପହଞ୍ଚିପାରିବୁ ନାହିଁ । ସାଧାରଣ ମନୁଷ୍ୟ ପୃଥିବୀରୁ ଯେଉଁମାନେ ଆସନ୍ତି, ସେମାନେ ଏତେ ନିମ୍ନସ୍ତରର ଜୀବ ଯେ ଏଇ ତୁମେ ଯେଉଁ ଦେଶରେ ଅଛ । ଏହି ସ୍ଥାନ ହିଁ ତାଙ୍କ ପକ୍ଷରେ ଉଚ୍ଚ ସ୍ୱର୍ଗ । ଅନ୍ୟ ସବୁ ଉଚ୍ଚ ସ୍ତରର କଥା ଛାଡ଼ ।

ଗୋଟିଏ ଆଶ୍ଚର୍ଯ୍ୟ ଅସ୍ପଷ୍ଟ ଆଲୁଅ ଆକାଶର ଗୋଟିଏ କୋଣରୁ ଆସି ପଡ଼ିଲା । ସମସ୍ତ ସ୍ଥାନଟି ଅଳ୍ପ ସମୟ ପାଇଁ ନୀଳ ଆଲୋକରେ ଉଦ୍‌ଭାସିତ ହୋଇଗଲା । ପୁଣି ସଙ୍ଗେ ସଙ୍ଗେ ତାହା ମିଳାଇଗଲା । ଗୋଟିଏ ଶୀତଳ ସ୍ନିଗ୍ଧ ଆଲୋକର ସାର୍ଚ ଲାଇଟ୍‌ ଯେପରି ଦୁଇ ସେକେଣ୍ଡ ପାଇଁ ଯେପରି କିଏ ବୁଲାଇ ଦେଲା ।
ଯତୀନ୍‌ କହିଲା – ସେ କିପରି ଆଲୁଅ ମା ?
– ମୁ କିଛି କହିପାରିବି ନାହିଁ ବାପ । ଏ ସବୁ ଦେଶର କଥା ବଡ଼ ଅଭୁତ । ଚନ୍ଦ୍ର ସୂର୍ଯ୍ୟର ଦେଶ ଏହା ନୁହେଁ । ମୁ ମୂର୍ଖ ସ୍ତ୍ରୀ ଲୋକ ମୁ କିପରି ଜାଣିବି କଣ କ'ଣ ସବୁ ହୁଏ । ଆଖିରେ ଯାହା ଦେଖି ପରିଥାଏଁ । କାହିଁକି କୋଉଠୁ ହୁଏ, ଏସବୁ ଯଦି ଜାଣିବି ତେବେ ତ ଜ୍ଞାନୀ ଆମ୍ଭା ହୋଇଯିବି । ପୁଷ୍ପ ବି ଜାଣେ ନା । ପୁଷ୍ପ ସ୍ତ୍ରୀ ଲୋକ, ସେ ଭଲପାଇବାଟାକୁ ପୁଞ୍ଜି କରି ଏଠାକୁ ଆସିଛି ଜ୍ଞାନରେ ନୁହେଁ । ସେ ସବୁ କଥାରେ ଉତ୍ତର ସେ ଦେଇ ପାରିବ ନାହିଁ । ଆଛା ଏଥର ଆସୁଛି ମଣ୍ଟ । ନୂଆ ହୋଇ କାଲି ଆସିଲୁ । କ୍ରମେକ୍ରମେ କେତେସବୁ ଅଭୁତ କଥା ଦେଖିବୁ । କେତେ କଣ ନିଜେ ସବୁ ଜାଣିପାରିବୁ । ସମୟ ସରିଯିବ ନାହିଁ । ସମୟ ଏଠାରେ ଅପୁରନ୍ତ, ଅନନ୍ତ ।

ଯତୀନର ମା ଚାଲିଗଲେ ।

(୬)

ଯତୀନ ଦିନେ ପୁଷ୍ପକୁ କହିଲା – କେତେଦିନ ହେଲା ଏଠାକୁ ଆସିଛି କହିପାରିବ ପୁଷ୍ପ ? ଏଠାରେ ଦିନ ରାତିର କିଛି ହିସାବ ପାଏଁ ନି । ପୁଷ୍ପ କହିଲା – ପୃଥିବୀର ଅଭ୍ୟାସ ଦୂର ହେବାକୁ ତୁମକୁ ବହୁତ ଦିନ ଲାଗିଯିବ ଯତୁଦା । ଏଠାରେ ଦିନ ରାତିର ଦରକାର ଯେତେବେଳେ ନାହିଁ ତେଣୁ ତୁମେ ଘଡ଼ି ଦେଖିବା ଅଭ୍ୟାସଟା ଛାଡ଼ି ଦିଅ । ସମୟ ଯେ ଅପୁରନ୍ତ, ଅନନ୍ତ ଯେତେଦିନ ଯାଏଁ ତାହା ଅନୁଭବ ନ କରିବ ସେତିକି ଦିନ ମୁକ୍ତି ମିଳିବ ନାହିଁ । ମନର ଦ୍ୱିଧା, ସଂକୀର୍ଣ୍ଣ ଭାବ ଦୂର ନହେଲେ ମୁକ୍ତି ମିଳିବା ସମ୍ଭବ ନୁହେଁ ଯତୁଦା ।

– କି ଧରଣର ମୁକ୍ତି ?

– କେଜାଣେ ? ମୁ ଏସବୁ ବଡ଼ ବଡ଼ କଥା ଜାଣେନି । ତୁମକୁ ପୁଣି କଣ ବୁଝାଇବି ଯତୁଦା । ତୁମେ କଣ ମୋଠାରୁ କମ ଜାଣ ?

– ବାଜେ କଥା କହି ମୋତେ ଭୁଲାଇବାକୁ ଯାଆନା ପୁଷ୍ପ। ମୁ ଅନେକ କିଛି ଜାଣିବାକୁ ଚାହେଁ ମୋତେ ଶିଖାଇବାର ବ୍ୟବସ୍ଥା କରିଦେବୁ? କେତେ ଯେ କଣ ଜାଣିବାକୁ ଚାହେଁ ତାର ଠିକ ନାହିଁ। କିଏ ମୋତେ କହିଦେବ କହ ତ!!

– ଅଛନ୍ତି, ଲୋକ ଅଛନ୍ତି। ତୁମକୁ ନେଇଯିବି ଦିନେ ସେଠାକୁ। ବହୁତ ଉଚ୍ଚ ଏକ ଆତ୍ମା ମୋତେ ବଡ଼ ସ୍ନେହ କରନ୍ତି। ଆମର ସ୍ତରକୁ ଆସିବାରେ ତାଙ୍କୁ ବଡ଼ କଷ୍ଟ ହୁଏ। ତେଣୁ ମୁ ହିଁ ଯାଇଥାଏଁ ତାଙ୍କୁ ଦେଖା କରିବାକୁ। ତୁମେ ଯିବ ଦିନେ? ମୁ ତାଙ୍କୁ ଗୁରୁଦେବ କହେଁ। ସେ ବୈଷ୍ଣବ ସାଧୁ ଜଣେ ଏକା।

– କିନ୍ତୁ ମୁଁ ସେ ସବୁ ଉଚ୍ଚ ସ୍ତରକୁ କିପରି ଯାଇ ପାରିବି ପୁଷ୍ପ? ମୋତେ ସେ ଦିନ ମାତ୍ର ପୃଥିବୀରୁ ଆସିଛି। ତୁମ ଦୟାରୁ ସିନା ଏତେ ଉଚ୍ଚ ସ୍ତରରେ ଅଛି। ଏଠାରୁ ବଳି ଉଚ୍ଚକୁ କିପରି ଯାଇପାରିବି?

– ଯିବାକୁ ସେତେ ବେଶୀ କଠିନ ନୁହେଁ। କିନ୍ତୁ ରହି ପାରିବ ନାହିଁ ଅଧିକ ସମୟ। ଯେପରି ତୁମେ ସେଠାକୁ ଯାଇ ପାରିବ ତାର ବ୍ୟବସ୍ଥା ମୁ କରିବି।

– ଆଛା ଗୋଟିଏ କଥା ତୁମକୁ ପଚାରିବି ପୁଷ୍ପ। ମୋର ଏବେ ସୁଦ୍ଧା ସନ୍ଦେହ ହୁଏ। ଏସବୁ ସ୍ୱପ୍ନ ନୁହେଁ ତ?

– ଦୂର ହୁଅ ଯତୁଦା। ପାଗଳାମୀ ଛାଡ଼। ତୁମ ଏ କଥାର ଉତ୍ତର ଅନ୍ତତଃ ଶହଥର କହିଲିଣି ତୁମେ ଆସିବା ଦିନଠାରୁ। ଦେଖିବ ଗୋଟିଏ ଜିନିଷ, ଦେଖାଇବି? ଅବଶ୍ୟ ସେ ସ୍ଥାନକୁ ତୁମକୁ ଯିବାକୁ ହିଁ ହେବ।

– ସେଇଟା କଣ?

– ଆଜି ତୁମ ଶ୍ରାଦ୍ଧର ଦିନ। ତୁମ ପୁଅ ନିନୁ ଗଳବସ୍ତ୍ର ହୋଇ ଶ୍ରାଦ୍ଧ କରୁଛି। ପିଣ୍ଡଦାନ ସମୟରେ ତୁମକୁ ସେଠାକୁ ଯାଇ ହାତ ପତାଇ ପିଣ୍ଡ ନେବାକୁ ହେବ।

ପୁଅର କଥା ଶୁଣି ଯତୀନ ଅନ୍ୟମନସ୍କ ଆଉ ବିଷଣ୍ଣ ହୋଇଗଲା। ନିନୁ, ଆହା, ଖିର ଖୁଆ ପିଲାଟି ସେ ତାହାକୁ ଗଳବସ୍ତ୍ର ହୋଇ ଶ୍ରାଦ୍ଧ କରିବାକୁ ହେଉଛି...! ଆହା ସେବଡ଼ କରୁଣ ଦୃଶ୍ୟ!!

ଯତୀନ କହିଲା – ମୁ ସେଠାକୁ ଯିବି ନାହିଁ।

ପୁଷ୍ପ ହସି କହିଲା – ଏଇଯେ ଏବେ କହୁଥିଲି ତୁମେ ଏ ଜଗତର କଥା କିଛି ବି ଜାଣନା। ସେ ପିଲା ଲୋକ। ଯେତେବେଳେ ତାର କଅଁଳିଆ ହାତରେ ଛଳଛଳ ଆଖିକରି ତୁମ ନାମରେ ପିଣ୍ଡଦେବ। ସେ ଏଭଳି ଆକର୍ଷଣ ଯେ, ସେ ତୁମକୁ ଟାଣିନେଇଯିବ। ତୁମର ସାଧ୍ୟ ନାହିଁ ଯେ ତୁମେ ସେଠାକୁ ନ ଯିବ। ବାଧ୍ୟ ହୋଇ ଯିବାକୁ ହେବ। ଖୁବ୍ ଭଲ ପାଇ ସେ ଟାଣିବ। ତାର ଟାଣିବା ଏଡ଼ାଇ ଦେବା ତୁମର

ସାଧ୍ୟାତୀତ ଏ ଜଗତରେ । ପୃଥ୍ବୀର ସ୍ଥୂଳ ଦେହରେ ସ୍ଥୂଳ ମନ ବାସ କରେ –
ଏଠାରେ ତାହା ହେବ ନାହିଁ । ମନଟା ନିଜେନିଜେ ବୁଝିଯିବ କେଉଁଟା ବାସ୍ତବ ସତ୍ୟର
ଭଲପାଇବା । ଏହା ବୁଝିପାରି ସେଟାକୁ ଯିବ । ଆଚ୍ଛା ତୁମେ ଏଠାରେ ବସ, ମୁଁ ଦେଖୁ
ଆସୁଛି ସେ ଆଡ଼େ କଣ ହେଉଛି ।

ପୃଥ୍ବୀର ହିସାବରେ ଦୁଇ ମିନିଟ୍ ଖଣ୍ଡେ ବି ଯାଇନି ପୁଷ୍ପ ହଠାତ୍ କେଉଁଠାକୁ
ଚାଲିଗଲା ଆଉ ଫେରି ଆସି କହିଲା – ସେଠାରେ ଏବେ ସକାଳ ସାତଟା । ଶ୍ରାଦ୍ଧର
ଆୟୋଜନ ଆରମ୍ଭ ହୋଇଛି । ନିନୁ କିନ୍ତୁ ଏବେ ସୁଦ୍ଧା ଶୋଇଲାରୁ ଉଠିନି । ଯତୀନର
ଆଗ୍ରହ ହେଲା ପଚାରିବାକୁ – ଆଶା କଣ କରୁଛି । ସେ ଭୀଷଣ ବ୍ୟାକୁଳ ହେଉଛି
ଆଶାର ଖବର ଜାଣିବାକୁ । କେତେଦିନ ହେଲା ତାର କିଛି ଖବର ପାଇନି । ଆଶା
କାନ୍ଦିଥିଲା । ଆଖ୍ରୁ ଲୁହଢ଼ାଳିଥିଲା ତାର ମୃତ୍ୟୁ ଖବର ଶୁଣି ! !

ଜାଣିବାକୁ ସେ ମରିଯାଉଛି କିନ୍ତୁ ଲଜ୍ଜାରେ ପୁଷ୍ପକୁ ଏକଥା ପଚାରି ପାରୁନି ।
ଯତୀନ ବୁଢ଼ା ଶିବତଳାର ଘାଟ ପାହାଚରେ ବସି ରହିଲା ଚୁପ୍ କରି । ସାମ୍ନାରେ
କୁଲୁକୁଲୁ ବାହିନୀ ଗଙ୍ଗା । ନୀଳ ଆକାଶ ତଳ ଦେଇ ଦଳେ ପକ୍ଷୀ ଉଡ଼ି ଏ ପାରିରୁ ସେ
ପାରିକୁ ଯାଉଛନ୍ତି । ଘାଟ ଉପର ବୃଦ୍ଧ ବଟ ବୃକ୍ଷ ଶାଖାର ନିବିଡ଼ ସ୍ଥାନରୁ ଗୋଟିଏ
ଅଜଣା ପକ୍ଷୀ ଅତି ମଧୁର ସ୍ୱନରେ ଡାକୁଛି । ଯତୀନ୍‌ର ମନ ଆଜି ବଡ଼ ବିଷଣ୍ଣ । ଆଶା
ବହୁତ କାନ୍ଦିଥିଲା ? ଆଶା ବିଚାରିକୁ ବଡ଼ ନିଃସହାୟ ଭାବରେ ସେ ଛାଡ଼ି ଚାଲିଆସିଛି ।
ସ୍ୱାମୀର କର୍ତ୍ତବ୍ୟ ସ୍ତ୍ରୀ ପୁତ୍ରଙ୍କୁ ସୁଖରେ ରଖିବା. ତାର ଅନୁପସ୍ଥିତିରେ ସେମାନେ ଯେପରି
କଷ୍ଟ ନପାଆନ୍ତି ତା’ର ବ୍ୟବସ୍ଥା କରିବା । ସେ ଅକର୍ମଣ୍ୟ ସ୍ୱାମୀ । ନିଜ କର୍ତ୍ତବ୍ୟ କରିବା
ଶକ୍ତି ତାର ନଥିଲା । ଆଶାକୁ ସେ ଦିନକ ପାଇଁ ସୁଦ୍ଧା ସୁଖୀ କରିପାରିଲା ନାହିଁ । ପୁଷ୍ପ
ଆସି କହିଲା – ବହୁ ଦିଦିଙ୍କ କଥା ଭାବି ବଡ଼ ଆକୁଳ ହେଲ ଯେ ଯତୁଦା ! !

ତାପରେ ସ୍ନେହ ଭରେ ତା ପାଖକୁ ଆସି କହିଲା – ଚାଲ ତୁମକୁ ଗୋଟିଏ
ସ୍ଥାନକୁ ନେଇଯିବି । ବହୁ ଦିଦିଙ୍କ ପାଖକୁ ଘେନି ଯାଇଥାନ୍ତି – କିନ୍ତୁ ପୃଥ୍ବୀ ସହିତ
ଅଧିକ ଯୋଗାଯୋଗ ଏବେ ତୁମ ପକ୍ଷରେ ଭଲ ନୁହେଁ । ତାଛଡ଼ା ତୁମେ କୌଣସି
ଉପକାର ବି କରି ପାରିବ ନାହିଁ ଏ ଅବସ୍ଥାରେ ।

– କୋଠିକି ନେଇଯିବୁ ପୁଷ୍ପ ?

– ଅନେକ ଉଚ୍ଚ ଗୋଟିଏ ସ୍ୱର୍ଗକୁ । ନୂଆଁ କରି ଆସିଛ ପୃଥ୍ବୀରୁ ତୁମେମାନେ
ବୁଝି ପାରିବ ନାହିଁ । ମନରେ ଭାବିଦେଲେ ସେଠାକୁ ଯାଇ ହୁଏ ନାହିଁ । ତୁମର ଯିବା
କେବଳ ସମ୍ଭବ ହେବ । ମୁଁ ତୁମକୁ ନେଇ ଯିବି ବୋଲି । ତୁମେ କିନ୍ତୁ ପୃଥ୍ବୀ ସଂବନ୍ଧୀୟ
ସବୁ ପ୍ରକାର ଚିନ୍ତା ମନରୁ ଦୂର କର ।

– ମୁ ତାହା ପାରିବି ନାହିଁ ପୁଷ୍ପ। ତୋର ବହୁ ଦିଦି ବଡ଼ ହତଭାଗିନୀ ତା' କଥା ଭୁଲି ପାରିବି ନାହିଁ।

– ଦୟା। ଅଥବା ସହାନୁଭୂତି ତୁମକୁ ତଳକୁ ନେଇ ପାରିବ ନାହିଁ ଉପରକୁ ଉଠାଇବ। ତେଣୁ ବାବିନିଅ ଯତୁଦା। କିନ୍ତୁ ସାବଧାନ ବିଷୟ ସମ୍ପତି କଥା ଯେପରି ନ ଭାବ!! ତାହେଲେ ତ୍ରିଶଙ୍କୁର ଅବସ୍ଥା ହେବ। ଆସ ମୋ ସହିତ।

ଉଭୟେ ଶୂନ୍ୟ ପଥରେ ନୀଳାଭ ଶୂନ୍ୟ ସମୁଦ୍ର ବକ୍ଷ ଉପରେ ଦେଇ ଉଡ଼ି ଚାଲିଲେ। ବାମ ଦାହାଣ ଦିଗରେ ଅସଂଖ୍ୟ ତାରା ଲୋକ। ମୃଦୁ ନକ୍ଷତ୍ର ଜ୍ୟୋସ୍ନା ଭସା ଜୀବନ ପୁଲକ ସେମାନଙ୍କ ମୁକ୍ତ ଦେହରେ ଆଣିଛି ଶିହରଣ। ପ୍ରାଣରେ ମୁକ୍ତିର ଆନନ୍ଦ - ଦୂରକୁ –ଆହୁରି ଦୂରକୁ ସେମାନେ ଚାଲିଲେ କେତେ ନୂତନ ଅଜଣା ଦେବ ଲୋକ...।

କ୍ରମେକ୍ରମେ ଆଉ ଗୋଟିଏ ନୂତନ ଲୋକ ପାଖାପାଖି ସେମାନେ ପହଞ୍ଚିବାକୁ ଲାଗିଲେ...। ଦୂରରୁ ତାର ସୌନ୍ଦର୍ଯ୍ୟରେ ଯତୀନର ସମସ୍ତ ଜୈବିକ ଚେତନା ଅବଶ ହେବାକୁ ଲାଗିଲା। ବିଲୁପ୍ତ ପ୍ରାୟ ଚୈତନ୍ୟରେ ତାର ମନେ ହେଲା ବହୁତ କଗମ୍ୟ ଗଛ ଯେପରି କେଉଁଠି ମୁକୁଲିତ। ଲତାନିକର ବିକଶିତ, ଜ୍ୟୋସ୍ନା ପ୍ଲାବିତ ଗିରିଗ୍ରାମରେ ବହୁତ ବିହଗ କଣ୍ଠ କାକଲୀ। ପ୍ରେମ.... ସ୍ନେହ ......ସୁଗଭୀର ସ୍ନେହର ନିସ୍ୱାର୍ଥ ଆମ୍ରବଲୀ। ଆଉ କେତେ କଣ... ସେ ସବୁର ସ୍ୱସ୍ପ ଧାରଣା ତାର ନାହିଁ... ତାର ଚେତନା ରହିନଥିଲା...। ପୁଷ୍ପ ବିବ୍ରତ ହୋଇ ପଡ଼ିଲା –ଯତୀନ ଅତି ଉଚ୍ଚ ସ୍ତରରେ ସଚେତନ ରହିପାରିବ ନାହିଁ, ପୁଷ୍ପର ସେ ଆଶଙ୍କା ପୂର୍ବରୁ ଥିଲା। ତେବେ ମଧ୍ୟ ତାର ଆଶାଥିଲା ଚେଷ୍ଟା କରି ଘେନି ଯିବା କଣ ଏତେ ଅସମ୍ଭବ କଥା ହେବ। ଥରେ ଚେଷ୍ଟା କରି ଦେଖାଯାଉ ତ! ବାସ୍ତବରେ ଯତୀନ ସଂଜ୍ଞା ହରାଇଛି! ଯତୀନର ଦେହଟାକୁ ନେଇଯାଇହେବ। କିନ୍ତୁ ତାର ମନ ନିଦ୍ରିତ ହିଁ ରହିବ। କିଛି ବି ଦେଖି ପାରିବ ନାହିଁ। ଜାଣିପାରିବ ନାହିଁ। ଶୁଣିପାରିବ ନାହିଁ। ତେବେ ତାକୁ ନେଇ ଯିବାରେ କି ଲାଭ?

ପୁଷ୍ପ ଡାକିବାକୁ ଲାଗିଲା - ହଇହେ ଯତୁଦା... ଚାହିଁରହି ଥାଅ। କେଉଁଠାକୁ ଯାଉଛ ଭାବିଦେଖ... ମୁ ପୁଷ୍ପ, ଶୁଣୁଛ ଯତୁଦା... ଆଖି ଖୋଲି ଚାହଁ...

ନିକଟରେ ଗୋଟିଏ ବାଇଗଣୀ ରଙ୍ଗର ଶୈଳ ଶୃଙ୍ଗ.......ବନ୍ୟ ଲତା ବିଦା ଆଛୁଥିଲାର ଗୋଟିଏ ଶିଳାଖଣ୍ଡ ଉପରେ ଯତୀନକୁ ଶୁଆଇ ଦେଲା। ସଂଜ୍ଞା ହରାଇବା ସଙ୍ଗେ ସଙ୍ଗେ ଯତୀନର ଗତି ବେଗ ବନ୍ଦ ହୋଇ ଯାଇଛି.. ନିକଟ ଝରଣାରୁ ପାଣି ଆଣି ତା ମୁହଁରେ ସିଞ୍ଚି ପୁଷ୍ପ ତାର ପଣତରେ ତାକୁ ପଙ୍ଖା କରିବାକୁ ଲାଗିଲା। ପରେ ନିଜ ଦେହର ଚୁମ୍ବକୀୟ ଶକ୍ତି ଅଙ୍ଗୁଲି ସାହାଯ୍ୟରେ ତାର ଦେହରେ ଛୁଆଇଁ ସଞ୍ଚାଳିତ କରି ଚାଲିଲା।

ଏପରି ସମୟରେ ପୁଷ୍ପର ଦୃଷ୍ଟି ହଠାତ୍ ଆକୃଷ୍ଟ ହେଲା ସେହି ଉଚ୍ଚ ଶୈଳ ଶିଖର ପ୍ରାନ୍ତ ବେଶରେ। ସେଠାରେ ପରମ ସୁନ୍ଦର ଜଣେ ତରୁଣ ଦେବତା ବହୁ ଦୂରବର୍ତ୍ତୀ ମହାଶୂନ୍ୟକୁ ଦୃଷ୍ଟି ନିବଦ୍ଧ କରି ବସି ରହିଛନ୍ତି ଅନ୍ୟ ମନସ୍କ ହୋଇ। କୌଣସି ଆଡ଼କୁ ତାଙ୍କ ନଜର ନାହିଁ। କଣ ଯେପରି ଭାବୁଛନ୍ତି। ତାଙ୍କ ଅଙ୍ଗର ନୀଳାଭ ଜ୍ୟୋତି ଦେଖି ବହୁଦିନ ଅଭିଜ୍ଞତା ଫଲରେ ପୁଷ୍ପ ବୁଝିଲା ଏହା ଅତି ଉଚ୍ଚଶ୍ରେଣୀର ଆମ୍ମା। ଦେବତା ଗୋତ୍ରକୁ ଚାଲି ଯାଇଛନ୍ତି। ମନୁଷ୍ୟର କୌଣସି ପର୍ଯ୍ୟାୟରେ ସେ ଏବେ ଆଉ ପଡ଼ିବେ ନାହିଁ।

ପୁଷ୍ପ ଜାଣେ ଏହି ଜଗତରେ ଯିଏ ଯେତିକି ପବିତ୍ର ଉଚ୍ଚ, ସେ ଦେଖିବାକୁ ସେତେ ଅଧିକ ରୂପବାନ୍, ସେତିକି ତରୁଣ। ତାରୁଣ୍ୟ ଏଠାରେ ନିର୍ଭର କରେନା ଜନ୍ମ ତାରିଖର ଦୂରତ୍ୱ କି ନିକଟତ୍ୱ ଉପରେ। ଏଠାରେ ଦେହର ନବୀନତା ସୌନ୍ଦର୍ଯ୍ୟ ଏକାମାତ୍ର ନିର୍ଭର କରେ ଆଧ୍ୟାମ୍ମିକ ପ୍ରଗତି ଉପରେ। ଏହାଙ୍କ ରୂପ ଓ ନବୀନତା ପୃଥିବୀ ପୁଷ୍ପ ହିସାବରେ ଷୋହଲ ସତର ବର୍ଷ ବୟସର ଅତି ରୂପବାନ କିଶୋରବାଲକ ଭଲି। ଅତ୍ୟନ୍ତ ଉଚ୍ଚ ସ୍ତରର ଦେବତା ଭିନ୍ନ ଏଭଲି ରୂପ ହୁଏ ନାହିଁ।

ଦେବତାଙ୍କ ଧ୍ୟାନଭଙ୍ଗ କରିବାକୁ ପୁଷ୍ପର ସାହସ ହୋଇନଥିଲା। ସେ ଏତେ ଉଚ୍ଚ ଆମ୍ମା କେବେ ବି ଦେଖି ନଥିଲା। କଣ କରିବ ଭାବୁଛି ଏପରି ସମୟରେ ଦେବତାଙ୍କ ଅନ୍ୟମନସ୍କ ଆଖି ଅଳ୍ପ କ୍ଷଣ ଲାଗି ଏମାନଙ୍କ ଆଡ଼କୁ ପଡ଼ିଲା। ପରମୁହୂର୍ତ୍ତରେ ସେ ଅତ୍ୟନ୍ତ ଜ୍ୟୋତିସ୍ମାନ ଦୃଷ୍ଟି ଦେଇ ଭଲ କରି ଚାହିଁ ଦେଖିଲେ। କିଛି ବିସ୍ମିତ ହୋଇ କହିଲେ – ତୁମେମାନେ କିଏ ?
ପୁଷ୍ପ ପ୍ରଣାମ କରି କହିଲା – ସବୁତ ଜାଣୁଛନ୍ତି ଦେବ।

ଏଥର ପେରି ଦେବତାଙ୍କ ଅନ୍ୟମନସ୍କ ଏକାଗ୍ରତା। କିଛି ଭଗ୍ନ ହେଲା – ବର୍ତ୍ତମାନ ସଂବନ୍ଧରେ ସେ ସଚେତନ ହୋଉ ଉଠିଲେ। କହିଲେ – କଣ କହିବ ଟି ? ମୋର ଯୋଗାଯୋଗ ଏ ସ୍ତର ସହିତ ନାହିଁ। ମୁଁ ବୁଝି ପାରିବି ନାହିଁ।

ପୁଷ୍ପ ଯତୀନ ଆଉ ନିଜ ପରିଚୟ ଦେଇ ଉଭୟଙ୍କ ଗନ୍ତବ୍ୟ ସ୍ଥାନର କଥା ସଙ୍ଗେ ସଙ୍ଗେ ଯତୀନର ଅବସ୍ଥା କଥା ସବୁ କହିଲା।
ଆମ୍ମା କହିଲେ – ତାକୁ ଯେଉଁଠାକୁ ଆଣି ପକାଇଛ ଏବେ ମଧ ତ ତା'ର ଚୈତନ୍ୟ ଫେରିବ ନାହିଁ। ତା ପକ୍ଷରେ ଏଇଟାବି ତ ଅତି ଉଚ୍ଚସ୍ଥାନ। ତଲକୁ ନେଇ ଯାଅ ତାକୁ।

ପୁଷ୍ପ କହିଲା – ଆପଣ କିଏ କହିବା ହୁଅନ୍ତୁ ଦେବତା। ଆମର ଆଜି କେତେ ଶୁଭ ଦିନ। ଆପଣଙ୍କୁ ଦେଖି ପାରିଲୁଁ। ଏତେ କାଲ ହେଲା ତ ଏ ଜଗତରେ ଅଛି।

ଆପଣଙ୍କ ଭଳି ଆମ୍ମା କେବେ ବି ଦେଖିବାର ସୌଭାଗ୍ୟ ମୋର ହୋଇ ନଥିଲା । ଆପଣ କିଏ ଦେବ !

ଆମ୍ମା ଅତି ମଧୁର ପ୍ରସନ୍ନ ହସ ହସି କହିଲେ – ତୁମେ ଏତେ ଜାଣିବାକୁ ଚାହୁଁଛ କାହିଁକି ? ତୁମେ ଭାରତ ବର୍ଷର ଝିଅ । ଭକ୍ତି ତୁମର ଜନ୍ମଗତ । ବିଶ୍ୱାସ କର । ଏତିକି ଜାଣ । ତୁମେ ବି ଖୁବ୍ ଉଚ୍ଚ ସ୍ତରର ଆମ୍ମା । ଅନ୍ୟଥା ମୋତେ ଦେଖି ପାରିନଥାନ୍ତ । ତୁମ ସଙ୍ଗୀକୁ ଯଦି ମୁ ଜାଗ୍ରତ କରିବି ଦିଏଁ ସେ ମୋତେ ଦେଖି ପାରିବ ନାହିଁ । ଯାଅ, ତାକୁ ତଳକୁ ଘେନିଯାଅ ।

ତେବେ ସୁଧା ! ପୁଷ୍ପ ସାହସ ସଞ୍ଚୟ କରି କହିଲା – ଆପଣ କିଏ ଦେବ ? ..... ପର୍ବତ ଚୂଡ଼ାରେ କାହିଁକି ବସିଥିଲେ ? ଏସ୍ତର ତ ଆପଣଙ୍କର ନୁହେଁ ।

କଥାଟା ଶେଷ କରି ପୁଷ୍ପ ବୁଝିପାରିଲା ଆମ୍ମା ସେତେବେଳେକୁ ବଡ଼ ହୁଅନ୍ତି ଯେତେବେଳେ ପ୍ରେମରେ ସେ ବଡ଼ ହୁଅନ୍ତି । ସାମାନ୍ୟ ପୃଥିବୀର ଝିଅର ଏଇ ପ୍ରଗଲ୍ଭ କଥାରେ ଆମ୍ମା ତ ରୁଷ୍ଟ ତ ହୋଇନଥିଲେ, କୌତୁକ ମିଶ୍ରିତ ଗଭୀର ସ୍ନେହରେ ତାଙ୍କ ସୁଶ୍ରୀ ବିଶାଲ ଜ୍ୟୋତିର୍ମୟ ଆଖି ଦୁଇଟି ସ୍ନିଗ୍ଧ ହୋଇଆସିଲା । ଦେଖିବ କଣ ଦେଖୁଥିଲି । ଏଠାକୁ ଆସ ତୁମକୁ ଦେଖାଇବି । ତୁମେ ତାହା ଦେଖିବାକୁ ଉପଯୁକ୍ତ ହୋଇଛ ।

ପୁଷ୍ପ ଆଗ୍ରହର ସହିତ ଆଗେଇ ଗଲା । ଆମ୍ମା ଶୈଳ ଶୃଙ୍ଗର ଶେଷ ସୀମା ଦିଗକୁ ଠିଆ କରାଇ ହାତରେ ତାକୁ ସ୍ପର୍ଶ କରି କହିଲେ – ଦେଖୁଛ ?

ପୁଷ୍ପର ସମସ୍ତ ଶରୀର ଶିହରୀ ଉଠିଲା । ସମ୍ମୁଖରେ ସେ ଏକ ଅନ୍ୟ ପୃଥିବୀ । ବିଶାଲ ଜଳଜ ଭୂମିରେ ବଡ଼ ବଡ଼ ଅତିକାୟ ଜୀବଜନ୍ତୁ କାଦୁଅରେ ଓଲଟ ପାଲଟ ହେଉଛନ୍ତି । ତହିଁର ଗଛପତ୍ର ମଧ୍ୟ ପରିଚିତ ନୁହେଁ । ବତାସରେ ଅସ୍ୱାସ୍ଥ୍ୟକର ଗରମ ଜଳୀୟ ବାଷ୍ପ – ସୂର୍ଯ୍ୟ ତେଜ ଅତି ପ୍ରଖର... ତା ପରେ ଛବି ପରେ ଛବି । କେତେ ଦେଶ କେତେ ଯୁଦ୍ଧ । କେତେ ସୈନ୍ୟଦଳ । କେତେ ପ୍ରାଚୀନ ଦେଶର ବେଶ ଭୂଷଣ ପରିହିତ ଲୋକ ଜନ... ପ୍ରଶସ୍ତ ରାଜପଥ । ପ୍ରାଚୀନ ଯୁଗର ସହର । ପଚାଶଟା ଛୋଟ ଜଳାଶୟ ସହର ରାଜପଥ ନିକଟରେ । ଘୋର ମହାମାରୀରେ ଦଳ ଦଳ ଲୋକ ମରୁଛନ୍ତି । କେତେ ବୀଭତ୍ସ ଦୃଶ୍ୟ !

ଆମ୍ମା କହିଲେ – ବହୁ ଦୂର ଅତୀତକୁ ଫେରି ଚାହୁଁଥିଲି । କେତେ କଣ୍ଠ ପୂର୍ବର ମୋର ହିଁ ବହୁ ପୂର୍ବ ଜନ୍ମ । କେତେ ଲୋକଙ୍କୁ ହରାଇଛି । କେତେ ମଧୁର ହୃଦୟ – ଆଉ କେବେବି ଖୋଜି ଖୋଜି ପାଉ ନାହିଁ । ବିଶ୍ୱର ଦୂରବର୍ତ୍ତୀ ମୋହନାଙ୍କର ବସି ସେମାନଙ୍କ କଥା ସବୁମନେ ପଡୁଥିଲା । ଯାହା ଦେଖିଲ ସେ ସବୁ ମୋ ଜୀବନର

ବିଭିନ୍ନ ଅଙ୍କର ରଙ୍ଗ ଭୂମି । ଲକ୍ଷ୍ମୀ ଝିଅମୋର, ଏବେ ତୁମ ସଙ୍ଗୀ ପୁଥିକୁ ନେଇ ତଳକୁ ଓହ୍ଲାଇ ଯାଅ ।

ପୁଷ୍ପ ତାଙ୍କୁ ପ୍ରଣାମ କରି ବିନୀତ ଭାବରେ କହିଲା – ଆପଣ ଦେଖା ପୁଣି କେବେ ପାଇବି ?

– ଯେତେବେଳେ ସ୍ମରଣ କରିବ । ଏକ ଲୟରେ ସ୍ମରଣ କଲା ମାତ୍ରେ ଆସିବି । କିନ୍ତୁ ଯେତେବେଳେ ପାରି ସେତେବେଳେ ମୋତେ କଷ୍ଟ ଦେବ ନାହିଁ । ମୋର ନାନାଧରଣର କାମ କେତେବେଳେ କେଉଁଠାଏଁ । କଞ୍ଚ ପର୍ବତରେ ଯେଉଁ ଦିନ ସଙ୍ଗୀତ ସ୍ୱର ବାଜିବ, ଚୁମ୍ୱକୀୟ ଢେଉ କମ୍ଥିବ ସେଦିନ ମୋତେ ଡାକିବ ।

କଞ୍ଚ ପର୍ବତର ସଙ୍ଗୀତ କଣ ତାହା ପୁଷ୍ପ ଜାଣିଥିଲା । ଚତୁର୍ଥ ସ୍ତରରେ ଗୋଟିଏ ନିର୍ଜନ ପାହାଡ଼ରେ ବହୁ ଶତାବ୍ଦୀ ଧରି ଗୋଟିଏ ନିର୍ଦ୍ଦିଷ୍ଟ ସମୟରେ ଆପେ ଆପେ ଅତି ମଧୁର ଅପାର୍ଥିବ ସଙ୍ଗୀତ ଧ୍ୱନି ଉଠେ । କେତେ କାଳ ପୂର୍ବରେ ଜନୈକ ପବିତ୍ର ଆତ୍ମା ଏହି ସ୍ଥାନଟିରେ ବସି ନୂତନ ସ୍ୱର ସୃଷ୍ଟି କରୁଥିଲେ । କେଉଁ ବଡ଼ ସୁର ଶିଳ୍ପୀ ହୋଇଥିବେ । ଉପର ସ୍ୱର୍ଗକୁ ଉଠିଯାଇଛନ୍ତି ବହୁ କାଳ ଅବଧି । କେହି ତାଙ୍କୁ ଏବେ ଆଉ ଦେଖି ପାରନ୍ତି ନାହିଁ । କିନ୍ତୁ ସେହି ନିର୍ଦ୍ଦିଷ୍ଟ ସମୟରେ ଏବେ ସୁଦ୍ଧା ତାଙ୍କ ସୃଷ୍ଟ ସୁର ପୁଞ୍ଜରେ ସ୍ୱର୍ଗ ମଣ୍ଡଳର ଅଜ୍ଞାତ କୋଣଟି ଛାଇଯାଏ ।

ଦେବତା ବିଦାୟ ନେଲେ । ବହୁଦୂର ବ୍ୟାପୀ ନଭମଣ୍ଡଳ ଜ୍ୟୋତିର୍ମୟ ହୋଇ ଉଠିଲା ତାଙ୍କ ଦେହ ଜ୍ୟୋତିରେ । ସେ ଅଦୃଶ୍ୟ ହୋଇଯିବା ପରେ ମଧ ଯେପରି ଅନେକ ସମୟ ଆକାଶ ଆଲୋକିତ ହୋଇ ରହିଲା । ପୁଷ୍ପ ଅବାକ୍ ହୋଇ ସେଦିଗକୁ ଚାହିଁ ରହିଲା । ଏତେବଡ଼ ଦେବତାଙ୍କୁ ଏତେ ଦିନରୁ ସେ ଏଠାରେ ଥାଇବି କେବେବି ଦେଖି ପାରିନଥିଲା ।

(୭)

ଯତୀନ୍ଦ୍ର ଚେତନା ଫେରି ଆସିଲା ଘରକୁ ଫେରିବା ବାଟରେ । ପୁଷ୍ପକୁ କହିଲା – ଏହା କେଉଁ ଜାଗାକୁ ଆମେ ଯାଉଛୁ ଏବେ ସୁଦ୍ଧା ପହଞ୍ଚିପାରି ନାହୁଁ ?

ପୁଷ୍ପ କହିଲା –ଚାଲ ଘରକୁ ଫେରିଯିବା । ସେଠାକୁ ତୁମର ଯିବା ସମ୍ଭବ ହେଲା ନାହିଁ । ତୁମେ ବାଟରେ ଏପରି ହୋଇ ପଡ଼ିଲ ଯେ ଚତୁର୍ଥ ସ୍ତର ପାରି ହେଉଣୁ ନହେଉଣୁ ତୁମର ସଂଜ୍ଞା ଲୋପ ପାଇଗଲା । ପଞ୍ଚମ ସ୍ତରକୁ ଆଉ କିପରି ନିଅନ୍ତି ? ଉଃ ଗୋଟିଏ ଅଭୁତ ଜିନିଷ ତୁମେ ଦେଖିଲ ନାହିଁ ।

ତାପରେ ପୁଷ୍ପ ସବିସ୍ତାର କରି ଉନ୍ନତ ଆତ୍ମାଙ୍କ ସହିତ ସାକ୍ଷାତ୍ ହେବା ବୃତ୍ତାନ୍ତ

ବର୍ଣ୍ଣନା କଲା । କହିଲା ମୋର ବହୁତ ଇଚ୍ଛା ଥିଲା ତୁମେ ଟିକିଏ ଦେଖି ପାରନ୍ତ କି ? କିନ୍ତୁ ଜାଣିଲି ସେ ଏବେ ତୁମକୁ ଦେଖା ଦେବାକୁ ଇଚ୍ଛୁକ ନୁହଁନ୍ତି । ତୁମେ ଦେଖିବି ପାରିନଥାନ୍ତ ।

ଯତୀନ୍‌ର ମନେ ପଡ଼ିଲା ତା ମାଙ୍କ ସହିତ ଯେଉଁ ଦିନ କଥା ହେଉଥିଲା ଆକାଶର ଦୂର ସୀମାନ୍ତରେ ଏପରି ଗୋଟିଏ ଅଦୃଷ୍ଟପୂର୍ବ ଜ୍ୟୋତି ରେଖା ଦେଖାଯାଇଥିଲା । ପୁଷ୍ପ ଯେପରି ବର୍ଣ୍ଣନା କରୁଛି ସେଭଳି । ପୁଷ୍ପକୁ ସେ କଥା କହିଲା – ମୁଁ ଜାଣେ । ସେ ସବୁ ଆଲୋକ ଉଚ୍ଚ ଆମ୍ଭାମାନଙ୍କର ଯେଉଁମାନଙ୍କୁ ଆମେ ଦେବତା କହୁଁ । ସେମାନଙ୍କ ଗତିବିଧ୍ୟ ବାଟରେ ଦେଖାଯାଏ । ଉଲ୍କା ପରି ଉଜ୍ଜଳ ହୋଇ ଉଠେ ସେମାନଙ୍କ ବାଟ ଯେତେବେଳେ ସେମାନେ ଯାଆନ୍ତି । ଏପରି ଶୁଦ୍ଧ ଆମ୍ନା କିନ୍ତୁ ଆମ ସ୍ତରକୁ ଅଳ୍ପ ଆସନ୍ତି । ଖୁବ୍‌ କମ ଦେଖାଯାଆନ୍ତି ।

– ଦେଖିଲୁ ପୁଷ୍ପ ମୁ ତୁମର ଏ ସ୍ତରକୁ ଆସି ଭାବୁଥିଲି କେତେ ଉଚ୍ଚସ୍ତରକୁ ଆସିଛି ! ଆଜି ମୋର ସେ ଅହଂକାର ଭାଙ୍ଗିଗଲା । ଏତେ ସବୁ ଉଚ୍ଚ ସ୍ତର ଅଛି ତାହା କଣ ଜାଣିଥିଲି ! !

ପୁଷ୍ପ ହିସହିସ ଗଡ଼ିପଡ଼ିବା ଉପରେ । କହିଲା – ଏକଥାତ କେବେ ଶୁଣି ନଥିଲି । ତୁମେ ଭାବୁଥିଲ ଏହା ଆମମାନଙ୍କ ବୈକୁଣ୍ଠଧାମ ନା କଣ ? ତେବେ, ତୁମେ ନୂଆଁ ହୋଇ ଆସିଛ ପୃଥିବୀରୁ ତୁମର ଅବା କ’ଣ ଦୋଷ । ଯେଉଁମାନେ ଏଠାରେ ଅନେକଦିନ ହେଲା ରହି ଆସିଛନ୍ତି ସେମାନେ ବି ତ ଜାଣନ୍ତିନି । ମୁ ଶୁଣିଥିଲି ଜଣେ ଶୁଦ୍ଧ ଆମ୍ନାଙ୍କ ପାଖରୁ ଯାହାଙ୍କ ପାଖକୁ ତୁମକୁ ଘେନି ଯାଉଥିଲି । ସେ କହନ୍ତି ସପ୍ତମସ୍ତର ପର୍ଯ୍ୟନ୍ତ ଅଛି ଯେଉଁ ସ୍ଥାନକୁ ବି ପୃଥିବୀର ମନୁଷ୍ୟ ପହଞ୍ଚିପାରେ । ତା ଉପରେ ବି ଅସଂଖ୍ୟସ୍ତର ରହିଛି । ତେବେ ସେ ସମସ୍ତ ଅଞ୍ଚଳର ଖବର ସେ ମଧ ଜାଣନ୍ତିନି । ସେ ସବୁ ପୃଥିବୀର ମାଣିଷମାନଙ୍କ ପାଇଁ ନୁହେଁ ।

– ଆଉ ମୁ ଚତୁର୍ଥ ସ୍ତର ଛାଡ଼ୁଁଣୁ ଅଜ୍ଞାନ ହୋଇ ପଡ଼ିଲି ।

– ତା ଯଦି ହୋଇନଥାନ୍ତା । ମୁ ବହୁ ଦିଦିଙ୍କୁ ଆଣି ତୁମ ସହିତ ଦେଖା କରାଇ ଦେଇଥାନ୍ତି ।

ଯତୀନ କିନ୍ତୁ ଆଗ୍ରହର ସହିତ ଅବିଶ୍ୱାସ କରିବା ଢଙ୍ଗରେ କହିଲା ଆଶାକୁ – କିଭଳି ଭାବରେ ?

– ସେ ଶୋଇ ପଡ଼ିଲେ ତାଙ୍କ ସୂକ୍ଷ୍ମ ଦେହ ସ୍ଥୂଲ ଶରୀର ରୁ ବାହାର କରି । ଏପରି କରିହୁଏ । ମୁ ସେପରି କରି ଜାଣେ । କିନ୍ତୁ ଭାଉଜଙ୍କର କୌଣସି ଜ୍ଞାନ ନଥିବ ଯେତେବେଳେ ତାଙ୍କୁ ଏଠାକୁ ଅଣା ହେବ । ସେ ତୁମ ଭଳି ଚେତନା ଶୂନ୍ୟ ହୋଇ ଯିବେ ଦ୍ୱିତୀୟ ସ୍ତର ପାରି ନହେଉଣୁ । ଏହାହିଁ ଏ ଜଗତର ନିୟମ । ଯେଉଁ ସ୍ତରରେ

ଯିଏ ଉପଯୁକ୍ତ ନୁହେଁ ସେ ସ୍ତରକୁ ପହଞ୍ଚିଲେ ତା'ର ଚେତନା ଲୋପ ହୋଇଥାଏ। ଆଉ କାହା ସହିତ କଥାବାର୍ତ୍ତା କରିବ ଯତୁଦା?

— ଆଉ କିଛି ଉପାୟ ନାହିଁ ପୁଷ୍ପ? ଆମେ ପୃଥିବୀକୁ ଯାଇ ଦେଖାଦେଇ ପାରିବା ନାହିଁ?

— ପ୍ରଥମ କଥା ହେଲା ସେପରି ଯାଇ ପାରିବା ଅତି କଷ୍ଟ ସାଧ୍ୟ। ଆଉ ଯଦି ବି ଯାଇ ହେଲା ତାଦ୍ୱାରା ବି କିଛି ଫଳ ହେବ ନାହିଁ। ଭାଉଜ ମଫସଲର ଅଶିକ୍ଷିତ ଝିଅ। ମଣିଷ ମରିଗଲେ କେଉଁଠାକୁ ଯାଏ। ସେମାନଙ୍କ ଅବସ୍ଥା କଣ ହୁଏ। ଏସବୁ ବିଷୟରେ ସେ କିଛି ଜାଣି ନାହାନ୍ତି। ତାଙ୍କ ମନ କୁସଂସ୍କାର ଭରା। ତୁମକୁ ଦେଖି ସେ ଏପରି ଭୟଭୀତ ହେବେ ଯେ ତୁମର ଯେଉଁଥି ପାଇଁ ଯିବା କଥା ଅବା ଦେଖା କରିବା କଥା ତାହା ସଫଳ ହେବ ନାହିଁ।

ଯତୀନ ନଛୋଡ଼ବନ୍ଧା। ତାର ସନିର୍ବନ୍ଧ ଅନୁରୋଧରେ ପୁଷ୍ପ ସବା ଶେଷରେ ତାହାକୁ ଆଶା ନିକଟକୁ ନେଇଯିବା ପାଇଁ ଚେଷ୍ଟା କରି ଦେଖିବାକୁ ରାଜି ହେଲା। ଯତୀନ କହିଲା ଆଜି ହିଁ ଚାଲ ଯିବା।

ପୁଷ୍ପ ମୁଣ୍ଡ ହଲାଇ କହିଲା — ଏବେ ପୃଥିବୀରେ ଶୁକ୍ଳପକ୍ଷର ଜ୍ୟୋସ୍ନା ରାତି। ସେ ଆଲୁଅର ଢେଉ ଆମେମାନେ ଦେହରେ ଧାରଣ କରି ଦେଖା ଦେବା ଆମ ପକ୍ଷରେ ବଡ଼ ବାଧା। କୃଷ୍ଣ ପକ୍ଷ ରାତିରେ ଅନେକଟା ସହଜ ହେବ। କିଛି ଦିନ ଅପେକ୍ଷା କରିନିଅ। ତାପରେ ଦିନେ ସେମାନେ କୃଷ୍ଣ ପକ୍ଷର କୃଷ୍ଣ ସପ୍ତମୀ ତିଥିରେ ଉଭୟେ ପୃଥିବୀକୁ ଓହ୍ଲାଇ ଗଲେ। ଯତୀନ ନୂଆ ହୋଇ ପୃଥିବୀରୁ ଯାଇଛି। ସେ ସ୍ପଷ୍ଟ ଭାବରେ ସବୁ ଦେଖିବାକୁ ଲାଗିଲା। ପୁଷ୍ପ କିନ୍ତୁ ଅନେକ ଦିନ ହେଲା ଉଚ୍ଚସ୍ତରରେ କାଳାତିପାତ କରିଥିବା ହେତୁ ତାହାକୁ ସବୁ କିଛି ଝାପ୍ସ, କୁହୁଡ଼ି ଭଳି ଦେଖାଗଲା। ପୃଥିବୀର ବାୟୁମଣ୍ଡଳରେ ତାର କଷ୍ଟ ହେବାକୁ ଲାଗିଲା।

ସେମାନେ ସେତେବେଶୀ ଅଧିକ ରାତିରେ ଆସି ନଥିଲେ। କାରଣ ଆଶା ସେତେବେଳେ ଶୋଇ ଯାଇଥିବେ ସେମାନଙ୍କୁ କିପରି ଦେଖି ପାରିବେ?

ପୁଷ୍ପ କହିଲା ଖୁବ୍ ଅଧିକ ଇଚ୍ଛା ଶକ୍ତି ପ୍ରୟୋଗ କର। ବହୁତ ଜୋର ଦେଇ ଭାବିନିଅ ଯେ ଆମେ ଆଶାକୁ ଦେଖାଦେବୁଁ। ଦେବୁଁ, ଦେବୁଁ। ତୁମେ ପୃଥିବୀରୁ ବହୁତ ଅଳ୍ପ ଦିନ ହେଲାଯାଇଛ। ତୁମ ସ୍ଥୂଳ ଦେହ ତାଙ୍କୁ ଦେଖାଯିବ।

ପୃଥିବୀର ହିସାବ ଅନୁସାରେ ଦୁଇ ଘଣ୍ଟା ପ୍ରାଣପଣେ ଚେଷ୍ଟା କରି ସୁଦ୍ଧା। ଯତୀନ ନିଜ ଦେହକୁ କୌଣସି ହିସାବରେ ଆଶା ଆଖିକୁ ଦୃଶ୍ୟମାନ କରି ପାରିଲା ନାହିଁ। ଆଶା ରନ୍ଧାଘରକୁ ଯିବା ଆସିବା କରୁଛି। ପିଲାଛୁଆଙ୍କୁ ଖୁଆଇ ଅଡ଼ାଇ ଦେଲା। ଘରକୁ

ଯାଇ ତା ବାପାଙ୍କ ପାଇଁ ପାନ ଭାଙ୍ଗିଲା। ସବା ଉପର ଘରକୁ ଏକାକୀ ଯାଇ ପୁଅ ଝିଅଙ୍କୁ ଶୁଆଇ ଦେଇ ଆସିଲା। ଯତୀନ ତାହାର ପାଖରେ ପାଖରେ, ଘର ଆଗର ଖୋଲା ବାରଣ୍ଡାରେ, ଘର ଭିତରେ, ସବା ଉପର ପାହାଚରେ ଠିଆ ହୋଇ ସୁଦ୍ଧା। କିଛି ବି କରି ପାରି ନଥିଲା। କେତେଥର ଡାକିଲା – ଆଶା! ଏ ଆଶା! ଆଶା! ମୁ ଆସିଛି ତୁମ ସହିତ ଦେଖା କରିବାକୁ।

ଆଶା କିଛି ବି ଜାଣି ପାରିଲା ନାହିଁ। ଏପରି କି ମନରେ ସୁଦ୍ଧା କିଛି ଅନୁଭବ କରି ପାରିଲା ନାହିଁ। ପୁଷ୍ପ କହିଲା ଆଚ୍ଛା ହେଉ ଏବେ ଥାଉ। ତାଙ୍କ ମନ ଏବେ ଚଞ୍ଚଳ ଅବସ୍ଥାରେ ଅଛି। ଯେତେବେଲେ ବିଛଣାରେ ଆସି ଶୋଇବେ, ପ୍ରଥମ ନିଦ୍ରା ଆସିବ, ସେତେବେଲେ ମନ ଶାନ୍ତ, ସ୍ଥିର, ଏକାଗ୍ର ହେବ। ସେତିକିବେଲେ ତାଙ୍କ ସାମ୍‌ନାରେ ଠିଆ ହେବ। ଯତୀନ କହିଲା – ଉହୁଁ ସେ ଶୋଇବ ନାହିଁ। ତାର ହରିକେନ୍ ଲନ୍‌ଠନ୍ ଘରେ ସାରାରାତି ଜାଲି ଶୋଇବାର ଅଭ୍ୟାସ। ସେ ଆଲୁଅରେ ତ କିଛି କାମ ହେବ ନାହିଁ!

– ଆଚ୍ଛା ସେ ସବୁ ଠିକ୍ ହେବ। ତୁମେ ବ୍ୟସ୍ତ ହୁଅନା। ମୁ ଚେଷ୍ଟା କରିବି ଏଥର।

ସେତେବେଲେ ଯତୀନ ପୁଷ୍ପକୁ ସଙ୍ଗରେ ନେଇ ଘର ବାହାରକୁ ଗଲା। ଏଇଟା ତାର ଶ୍ୱଶୁର ଘର ଗାଁ। ପ୍ରଥମରୁ ସେ ଯେତେବେଲେ ଏଠାକୁ ଆସେ ସେତେବେଲେ ସେହି ମକୁମ୍‌ଦାର ଘର ଚଣ୍ଡୀ ମଣ୍ଡପରେ ପଡ଼ାର ଆହୁରି ପାଞ୍ଚଜଣ ନୂଆଁ ଜୁଆଡ଼ିଙ୍କ ସହିତ ପଶା ଖେଲି, ତାସ ଖେଲି କେତେ ଦୁଇ ପହର କଟାଇଛନ୍ତି। ସେହିଏ ସେ ଯଦୁ ଭାଇଙ୍କ ପୋଖରୀ ଯେଉଁଠାରୁ ମସ୍ତ ବଡ଼ ରୋହି ମାଛ ଗିରି କଣ୍ଠାରେ ଧରିଥିଲା ସେଇଟା ପ୍ରଥମ ଓ ଶେଷ ମାଛ ଧରା। ମାଛଟା ସେହି ଖୋଲା ଜାଗାରେ ପଡ଼ି ପାଣିକୁ ପଲାଇ ଯାଉଥିଲା ତା'ର ବଡ଼ ଶଲା, ଆଶାର ଭାଇ ଜାଲରେ ମାଛଟାକୁ ଧରି ପକାଇଥିଲା। ସେସବୁ ଦିନ ଏବେ ଗଲାଣି।

ହଠାତ୍ ପଛପଟରୁ କିଏ କହି ଉଠିଲା – ସେଠାରେ କିଏ ଠିଆ ହୋଇଛ ?

ସେମାନେ ଉଭୟେ ପଛକୁ ଫେରି ଚାହିଁଲେ। ଯଦୁ ଭଦ୍ରର ପୁଅ ଶ୍ରୀଶ ଭଦ୍ର ଗଡ଼ୁ ହାତରେ ପୋଖରୀର ଘାଟକୁ ଓହ୍ଲାଇଲାବେଲେ ଆଁ କରି ଅବାକ୍ ହୋଇ ତା ଆଡ଼କୁ ଚାହିଁଛି। କୋଡ଼ିଏ ପଚିଶ ହାତ ଦୂରରୁ।

ପୁଷ୍ପ କହିଲା ତୁମେ ପୃଥିବୀର ଭାବନା ଖୁବ୍ ମନ ଦେଇ ଭାବୁଥିଲ। ତୁମକୁ ସେ ଦେଖି ପାରିଛି। ପରମୁହୂର୍ତ୍ତରେ ଦେଖାଗଲା ଶ୍ରୀଶ ଗଡ଼ୁ ଘାଟରେ ରଖି ତା ଆଡ଼କୁ ଆଗେଇ ଆସୁଛି। ସେ ପୁଷ୍ପକୁ ଆଦୌ ଦେଖି ପାରୁ ନଥିଲା, ତାହା ବୁଝାପଡ଼ୁଥିଲା।

ତା'ର ବିସ୍ମିତ ଦୃଷ୍ଟି କେବଳ ଯତୀନ୍ ଆଡ଼କୁ ନିବଦ୍ଧ। ପରମୁହୂର୍ଭରେ ସେ କିନ୍ତୁ ଦୂରରେ ଠିଆ ହୋଇ ଭୟରେ ଚିତ୍କାର କରି ଉଠିଲା ଯତୀନ୍ ତ ଏକବାରେ ଆବାକ୍। ଭୟରେ ଚିତ୍କାର କରୁଛି କାହିଁକି। ସେ ବାଘନା ଭାଲୁ!!

ଶ୍ରୀଶ୍ ଭଦ୍ରର ପାଟି ଶୁଣି ସେତେବେଳେ ତାର ଘର ଭିତରୁ, ପାଖଘର ନିମାଇ ଘରଭିତରୁ ତାର ଜ୍ୟେଷ୍ଠ ମହାଶୟ ନନ୍ଦ ଭଦ୍ରଙ୍କ ଘରୁ ଅନେକ ଲୋକ ପିଲାବୁଢ଼ା ବାହାରି ଆସିଲେ। ସମସ୍ତଙ୍କ ପ୍ରଶ୍ନ ଉତ୍ତରରେ ଶ୍ରୀଶ୍ ଦୀର୍ଘ ନିଶ୍ୱାସ ପକାଇ ଥକି ଗଲାଭଳି ହୋଇ କହିଲା ଆରେ ବାବାରେ ସେ କଣ! ଏପରି କାଣ୍ଡ କେବେ ଦେଖା ନାହିଁ। ସମସ୍ତେ କହିଲେ – କଣ, କଣ କ'ଣ ଦେଖ୍ଲୁ କିରେ?

– ସେହିଠାରେ ସାଦାଧଲା ପରି କିଏ ଜଣେ ଠିଆ ହୋଇଥିଲା। ଯେତେବେଳେ ଡାକିଲି ଠିକ୍ ସେତିକିବେଳେ ମିଳାଇଗଲା। ବାବାରେ ମୁ ତ ସ୍ପଷ୍ଟ ଭାବରେ ଦେଖ୍ଛି। ତୁମେ କଣ କହୁଛ ଆଖ୍ର ଭୁଲ୍ ମୁଁ କଣ ଗଞ୍ଜାଇ ଖାଏଁ ଯେ ଆଖ୍ର ଭୁଲି ହେବ?

ସମସ୍ତେ ଗୋଲମାଲ କରିବାକୁ ଲାଗିଲେ। ଜାଣେ ଦୁଇଜଣ ସାହସୀ ଲୋକ ଆଗେଇ ଆସି ଲେମ୍ବୁ ଗଡ଼ ଉହାଡ଼ରେ କେହି ଲୁଚି ରହିଛି କି ବୋଲି ଦେଖ୍ ନେଲେ। ଯତୀନ୍ର ପାଖ ଦେଇ ଯିବା ଆସିବା କରୁଛନ୍ତି ଅଥଚ ସେ ଆଉ ପୁଷ୍ପ ସେଠାରେ ଠିଆ ହୋଇ ରହିଛନ୍ତି।

ଯତୀନ୍ କୌତୁହଳରେ ହସି କହିଲା – ଲୋକମାନେ ଅନ୍ଧ ନା କ'ଣ? ଯାହାକୁ ଖୋଜୁଛନ୍ତି ସେ ଏଠାରେ ଠିଆ ହୋଇ ରହିଛି!!

ପୁଷ୍ପ ଖିଲିଖିଲି କରି ହସି କହିଲା – ଯାହାହେଉ ଭଲ ହେଲା ତୁମକୁ ଚିହ୍ନି ପାରି ନାହାନ୍ତି। ଚିହ୍ନି ପାରିଥିଲେ କହିଥାନ୍ତେ ମୁଖର୍ଜାଙ୍କ ଜୁଆଁ ଭୂତ ହୋଇ ଲୋକଙ୍କ ଆଖ ପାଖରେ ଘୁରି ବୁଲୁଛି। ଭାଉଜ ଶୁଣିଲେ କଷ୍ଟ ହୋଇଥାନ୍ତା ତାଙ୍କର। ଲୋକେ କହନ୍ତେ ତା'ଙ୍କ ସଦ୍ଗତି ହୋଇନି। ତୁମ ସଉକ ମେଣ୍ଟିଲାତ? ନିରୀହ ଲୋକଙ୍କୁ ଆଉ ଭୟ ଦେଖାଇ କଣ ଲାଭ, ଚାଲ ପଳାଇବା। ବୁଢ଼ା ଶିବଲୋର ଘାଟ ଅଶ୍ୱତ୍ଥ ଗଛତଳେ ଯତୀନ ଅନ୍ୟ ମନସ୍କ ହୋଇ ବସିଥିଲା।

ପୁଷ୍ପ ମଝିରେ ମଝିରେ କେଉଁଠାକୁ ଯାଇଥାଏ। ଆଜି ବି ବାହାରିଛି। ତାର କେତେପ୍ରକାର କାମ। କେତେବେଳେ କେଉଁଠାକୁ ଘୁରିବୁଲେ। ପୁଷ୍ପକୁ ଯତୀନ କିଛିଟା ବୁଝିପାରେ ଆଉ କିଛି ବୁଝିପାରି ନଥାଏ ମଧ୍ୟ। ପୁଷ୍ପର ଭଲ ପାଇବା, ସେବା ଯତ୍ନ ନେବାରେ ତା'ର ବହୁ ଦିନର ବୁଭୁକ୍ଷୁ ପ୍ରାଣ ଶୀତଳ ହୋଇଛି ସତ କିନ୍ତୁ ସଙ୍ଗିନୀ ହିସାବରେ ଯତୀନର ମନେ ହୁଏ ପୁଷ୍ପ ଅନେକ ଉଚ୍ଚରେ। ସେ ପୁଷ୍ପକୁ ଭଲପାଏ, ଶ୍ରଦ୍ଧାକରେ ଏପରିକି କିଛିକିଛି ଭୟ ବି କରେ। ତା ସହିତ କିନ୍ତୁ ମନ ଖୋଲି କଥାବାର୍ତ୍ତା

କରିହୁଏ ନାହିଁ। କହିବାକୁ ଚାହିଁଲେ ସୁଦ୍ଧା ମୁହଁରେ କିଛି ଅଟକିଯାଏ। ଏପରି ସୁଖ, ଶାନ୍ତି ଓ ଆନନ୍ଦ ଭିତରେ ବି ଯତୀନ ଅନେକଟା ଏକାକୀ ରହିଯାଇଥିବା ଅନୁଭବ କରିଥାଏ।

ଆଶା – ଆଜି ଯଦି ଆଶା....

ଏହିସବୁ ସୁନ୍ଦର ଦିନମାନଙ୍କରେ, ସୁନ୍ଦର ପ୍ରାକୃତିକ ଦୃଶ୍ୟ ଭିତରେ ବସି ଆଶାର କଥା ହିଁ ମନେ ପଡ଼େ। ଆଉ ମଧ୍ୟ ମନେହୁଏ, ସେବଡ଼ ଅଭାଗିନୀ, ତାର ଏତେ ଭଲ ପାଇବା ଆଶା ବୁଝି ନଥାଏ। ଆଶା ଯଦି ବୁଝିଥାଆନ୍ତା, ତା'ର ମୂଲ୍ୟ ଦେଇ ଥାଆନ୍ତା, ହତଭାଗିନୀ ନିଜେ କେତେ ତୃପ୍ତି ପାଇ ଥାଆନ୍ତା।

ତା'ର ଇଚ୍ଛାହୁଏ ଯେତେବେଳେ ଇଚ୍ଛା ସେତେବେଳେ ଆଶା ପାଖକୁ ଯାଇପାରନ୍ତା। କିନ୍ତୁ ପୁଷ୍ପ ତାହାକୁ ଯିବାକୁ ଦିଏ ନାହିଁ। ଏହାର କାରଣ ଯତୀନ କିଛି ଜାଣି ପାରୁ ନଥିଲା। ଆଶାର ଜୀବନର ଅନେକ ରହସ୍ୟ ପୁଷ୍ପ ଯାହା ଜାଣେ, ଯତୀନ ଜାଣେ ନାହିଁ। ସେସବୁ ଦେଖିଲେ କାଳେ ଯତୀନର ମାନସିକ ଯନ୍ତ୍ରଣା ବଢ଼ିଯିବ। ତେଣୁ କରି ପୁଷ୍ପ ପ୍ରାଣପଣେ ସେ ସବୁ ଜିନିଷ ତା ଦୃଷ୍ଟିରୁ ଲୁଚାଇ ରଖିବାକୁ ଚାହେଁ। ଯାହାର କିଛି ପ୍ରତିକାର କରିବା କ୍ଷମତା ନାହିଁ, ତାହା ତାକୁ ଜାଣିବାକୁ ଦେବାରେ ଲାଭ ନାହିଁ।

ଯତୀନ ଜାଣିଥିଲା, ଆଶା ଗୋଟିଏ ଖିଆଲର ବଶବର୍ତୀ ହୋଇ ଅଭିମାନ କରି ବାପଘରକୁ ଯାଇ ରହିଥିଲା ଏବଂ ସେଇ ଅଭିମାନ ହେତୁ ତା ସହିତ ସାକ୍ଷାତ୍ କରିନଥିଲା। ତା'ର ନିଷ୍ଠୁରତା, ତା' ମଧ୍ୟ ସେଇ ଅଭିମାନ ପ୍ରସୂତ। ଆଶାର ଚରିତ୍ରର ଅସଲ କଥାଟା ପୁଷ୍ପ କେତେ କୌଶଳ କରି ଢାଙ୍କି ରଖିଛି ଯତୀନ ନିକଟରେ। ତାହା କେବଳ ଜାଣିଥିଲେ ଯତୀନର ମା। କାଳେ ତା ଆଖିରେ ବି ସେସବୁ ଧରା ପଡ଼ିଯିବ, ଏହି ଭୟ ଯୋଗୁଁ ନିଜେ ତାହାକୁ ସଙ୍ଗେ ସଙ୍ଗେ ନ ନେଇ ଯତୀନକୁ ଏକାକୀ ଆଶା ପାଖକୁ ଛାଡ଼ି ଦେଉନଥିଲା ପୁଷ୍ପ। ଯତୀନର ଏକାକୀ ପୃଥିବୀକୁ ଯିବାକୁ ପ୍ରବଳ ଇଚ୍ଛା ସତ୍ତ୍ୱେ ମଧ୍ୟ ସେ ସେପରି ସାହସ କରି ପାରେ ନାହିଁ। ଦିନେ ଯିବାର ଚେଷ୍ଟା କରି କିଛି ଦୂର ଯାଇଥିଲାବି। ହଠାତ୍ ବାଟରେ କିଏ ଯେପରି ତାକୁ ଚାରିକୋଣିଆଁ ବାକ୍ସ ଆକାରରେ ଘର ତିଆରି କରି ତା ଭିତରେ ବନ୍ଦୀ କରିବାକୁ ଚେଷ୍ଟା କଲା। ସେ ଆଗେଇ ଯାଏ ଗୋଟିଏ ଘର ଫୋଡ଼ି ବାହାର ହୁଏ। ପୁଣି ସାମ୍ନାରେ ସେ ଭଲି ବିଭବରେ ସଜ୍ଜିତ ଥିବା ଆଉ ଏକ ଘର ତିଆରି ହୋଇଯାଏ। ପୁଣି ତାହାକୁ ଅତି କଷ୍ଟରେ ପାରି ହୋଇଯାଇ ଦେଖେତ ସମ୍ମୁଖରେ ଆଉ ଗୋଟିଏ। ଦ୍ୱିତୀୟ ସ୍ତରର ଅପେକ୍ଷାକୃତ ସ୍ଥୂଳ ଅଥଚ ଅତ୍ୟନ୍ତ ନମନୀୟ ବସ୍ତୁ ପୁଞ୍ଜ ଉପରେ ତା ନିଜ ଚିନ୍ତାଶକ୍ତି କାର୍ଯ୍ୟ କରି ଆପଣା ଭିତରେ

ଏହିଭଳି ବିଭବ-ସଜ୍ଜିତ କାନ୍ତୁ ସବୁର ବେଢ଼ା-ଜାଲ ସୃଷ୍ଟି ହେଉଥିଲା-ଚିନ୍ତାର ସଂଯମତା, ପବିତ୍ରତା ଅଭ୍ୟାସ ନ କଲେ ଏଇସବୁ ନିମ୍ନ ସ୍ତରରେ ଏହିଭଳି ହୁଏ ତାହା ଯତୀନକୁ ଜଣାନଥିଲା। ଯତୀନ ଯେତିକି ଭୟରେ ଭୀତ ହୁଏ ସେତିକି ତାର ମନୋବଳ କମିଯାଏ ଆଉ ସେତିକି ସେତିକି ତାନିଜ ସୃଷ୍ଟ ବିଭବରାଶି ଭିତରେ ନିଜେ ହିଁ ଆବଦ୍ଧ ରହେ। ଜନୈକ ଉଚ୍ଚସ୍ତରର ପଥିକ-ଆମ୍ଭା ତାହାକୁ ସେ ବିପଦରୁ ଉଦ୍ଧାର କରନ୍ତି। ସେହିଦିନଠାରୁ ପୃଥ୍ୱୀକୁ ଏକାକୀ ଆସିବାକୁ ସେ ସାହସ କରିନଥାଏ। ଭରସି ନଥାଏ।

ଆଜିବି ବସି ଭାବିଭାବି ଆଶା ପାଇଁ ସହାନୁଭୂତି ଓ ଦୁଃଖରେ ତା ମନ ପୂର୍ଣ୍ଣ ହୋଇଥିଲା। କିନ୍ତୁ କଣ ଅବା କରିପାରିବ ଆଶାର! ଅଶରୀରୀ ଅବସ୍ଥାରେ ସେ ତା ପାଇଁ କିଛି କରି ପାରିବା ଉପାୟ ନାହିଁ। ଅନ୍ତତଃ କରିବା ଉପାୟ ତାକୁ ଜଣା ନାହିଁ।

ହଠାତ୍ ତାର ପ୍ରବଳ ଆଗ୍ରହ ହେଲା, ଆଉଥରେ ସେ ଆଶା ପାଖକୁ ଯିବାକୁ ଚେଷ୍ଟା କରିବ। ଏଣୁ ତେଣୁ ଚିନ୍ତା ମନରୁ ସେ ଦୂର କରିବ – ଭାବି ଭାବି ଚଣ୍ଡୀର ଗୋଟିଏ ଶ୍ଲୋକ ତା'ର ମନେ ପଡ଼ିଲା.....

ଯା ଦେବୀ ସର୍ବ ଭୂତେଷୁ ଦୟା ରୂପେଣ ସଂସ୍ଥିତା।

ନମସ୍ତସ୍ୟୈ, ନମସ୍ତସ୍ୟୈ ନମସ୍ତସ୍ୟୈ ନମୋ ନମଃ।।

ଏହି ଶ୍ଲୋକଟି ଏକଲୟରେ ଆବୃତ୍ତି କରି କରି ସେ ଇଚ୍ଛା କଲା ଯେ ପୃଥ୍ୱୀକୁ ଯିବ – ଆଶା ରହୁଥିବା ଘରକୁ – ଆଶା ପାଖକୁ। ପର ମୁହୂର୍ତ୍ତରେ ହିଁ ସେ ଅନୁଭବ କଲା- ସେ ମହାଶୂନ୍ୟରେ ମହା ବେଗରେ କେଉଁଠାକୁ ନୀତ ହେଉଛି। ଗତିର ବେଗ ତା ଶରୀରରେ ଶିହରଣ ଓ ରୋମାଞ୍ଚ ସୃଷ୍ଟିକଲା। ମନ ମଝିରେ ମଝିରେ ଅନ୍ୟଦିଗକୁ ଯାଏ। ପୁନି ଫେରାଇ ଆଣି ଜୋର ଜବର ଦସ୍ତ ଚଣ୍ଡୀ ଶ୍ଲୋକ ପ୍ରତି ନିବଦ୍ଧ କରେ।

ଏହିତ ତାର ଶାଶୁଘର ପୋଖରୀ। ଏହି ଯେ ସାମନାରେ ଘର। ବଡ଼ ମଜାର କଥା। ଏ କଥା ଯତୀନ୍ ଏବେବି ବୁଝିପାରି ନାହିଁ କିପରି ସେ ଚିନ୍ତା କରିବା ମାତ୍ରେ ଠିକ୍ ସ୍ଥାନରେ ଆସି ପହଞ୍ଚିଗଲା। ଏରୋପ୍ଲେନ୍ ଯେଉଁମାନେ ଚଳାନ୍ତି ସେମାନଙ୍କ ବି ତ ଦିଗଭ୍ରମ ହୁଏ। ଅବସ୍ଥା ଚକ୍ରରେ ପଡ଼ି କଷ୍ଟ ପାଆନ୍ତି, ଦୈବ ବିପାକରେ ପଡ଼ି, ସଂକଟାବସ୍ଥାରେ ପଡ଼ି କଷ୍ଟ ପାଆନ୍ତି। କିନ୍ତୁ କିଭଳି ନିୟମ ଅଛି ଏ ଜଗତରେ ଯେ ଜନୈକ ଅକ୍ଷ ଆମ୍ଭା କେବଳ ମାତ୍ର ଚିନ୍ତାଦ୍ୱାରା ଗନ୍ତବ୍ୟ ସ୍ଥାନରେ ଆସି ପହଞ୍ଚେ।

ରାତ୍ର... ଆଶା ଢବା ଉପରେ ଶୋଇଛି। ସେ ଯାଇ ତା'ର ମୁଣ୍ଡ ପାଖରେ ବସିଲା। କିଛି କ୍ଷଣ ପରେ ଦେଖିଲା ଆଶା ଦେହ ଭିତରୁ ଠିକ୍ ଆଶା ଭଳି ଆଉ ଏକ ମୂର୍ତ୍ତି ବାହାରୁଛି। ଯତୀନ ଶୁଣିଥିଲା ଗଭୀର ନିଦ୍ରା ସମୟରେ ମନୁଷ୍ୟର ସୂକ୍ଷ୍ମ ଦେହ ତା'ର ସ୍ଥୂଳ ଦେହରୁ ସାମୟିକ ଭାବରେ ବାହାରି ଭୁବଲୋକରେ ବିଚରଣ କରେ।

କିନ୍ତୁ ଆଶାର ଏଇ ସୂକ୍ଷ୍ମ ଦେହ ଦେଖି ଯତୀନ ବିସ୍ମିତ ଓ ବ୍ୟଥିତ ହୋଇଗଲା ! କି ଭଳି ଜ୍ୟୋତି-ହୀନ, ଶ୍ରୀ-ହୀନ ଅପ୍ରୀତିକର ମାଟିଆ ରଙ୍ଗର ଦେହ ଖଣ୍ଡିକ ! ଆଖ୍ ଅର୍ଦ୍ଧ ନିମୀଳିତ, ଭାବ ଲେଶହୀନ, ବୁଦ୍ଧି ଲେଶ ହୀନ – ଟିକିଏ ପରେ ସେ ଦେହର ଆଖ୍ ଦୁଇଟିର ଦୃଷ୍ଟି ଯତୀନ ଆଡ଼କୁ ଚାହିଁଲା କିନ୍ତୁ ସେ ଦୃଷ୍ଟିରେ ଏଭଳି କୌଣସି ଲକ୍ଷଣ ନାହିଁ ଯଦ୍ୱାରା ଯତୀନ ବୁଝି ପାରନ୍ତା ଯେ ଆଶା ତାହାକୁ ଚିହ୍ନିଛି ଅବା ତାର ଅସ୍ତିତ୍ୱ ସଂବନ୍ଧରେ ସଚେତନ ଅଛି। ଯେପରି ମୁମୂର୍ଷୁ ଲୋକର ଚାହାଣୀ ! ଯେପରି କିଛି ବୁଝିପାରୁଛି କିଛି ବୁଝିପାରୁ ନାହିଁ। ଚାହିଁଥାଏ ଅଥଚ ଦେଖେ ନାହିଁ। ଯତୀନ ଭୁବଲୋକର ଅଳ୍ପଦିନ – ସଂଜ୍ଞାତ ସାମାନ୍ୟ ଅଭିଜ୍ଞତାରୁ ବୁଝିପାରିଲା ଆଶାର ସୂକ୍ଷ୍ମ ଦେହ ଅତ୍ୟନ୍ତ ଅପରିଣତ ଏବଂ ଆଦୌ ଉଚ୍ଚତର ସ୍ତରର ଉପଯୁକ୍ତ ନୁହେଁ। ସେ ପଚରିଲା ଆଶା କିପରି ଅଛ ? ମୋତେ ଚିହ୍ନି ପାରୁଛ ?

ଆଶାର ମୁହଁରେ ଟିକିଏ ବି ସଦଗତା ନାହିଁ, ସେ ଯେପରି ନିଦରେ ବାଉଳା। ଯତୀନ ଚତୁର୍ଥ ସ୍ତରରେ ଯେପରି ଅବସ୍ଥାରେ ପଡ଼ିଥିଲା ଆଶାର ଭୁବଲୋକରେ ଅତି ନିମ୍ନ ସ୍ତରରେ ସୁଦ୍ଧା ସେଇ ଅବସ୍ଥା। ଏବେ ଯଦି ସେ ପୃଥିବୀର ସ୍ଥୂଳ ଦେହଟା ହରାଏ, ଏହି ଲୋକକୁ ଆସି ମହାକଷ୍ଟ ପାଇବ। କାରଣ ଯେଉଁ ଦେହଟା ନେଇ ଏ ଲୋକରେ କାରବାର ସେ ଶରୀର ହିଁ ତାହାର ତିଆରି ହୋଇନି ସଦ୍ୟ– ପ୍ରସୂତ ଅନ୍ଧ ବିରାଡ଼ି ମୂଷା ଧରିବ କିପରି ?

ଅର୍ଥାତ ଆଶା ଅତି ନିମ୍ନ ଶ୍ରେଣୀର ଆତ୍ମା। ଯତୀନ ଆହୁରି କେତେଥର ନିଜ ଅସ୍ତିତ୍ୱ ସଂବନ୍ଧରେ ଆଶାକୁ ସଚେତନ କରିବା ପାଇଁ ବୃଥା ପରିଶ୍ରମ କଲା ଓ ବ୍ୟଥାତୁରମନେ ପୃଥିବୀରୁ ବିଦାୟ ନେଲା।

ସେହିଦିନ ହିଁ ବୁଢ଼ା ଶିବତଲା। ଘାଟ ଗଙ୍ଗା ନଦୀ ତୀରରେ ଏକ ରହସ୍ୟମୟ ଘଟଣା ଘଟିଗଲା।

(୯)

ପୁଷ୍ପ ଓ ଯତୀନ ଉଭୟେ ନିଜ ଘର ସମ୍ମୁଖ ବଗିଚାରେ ବସି ଗଳ୍ପ କରୁଛନ୍ତି। ଯତୀନ ପୁଷ୍ପକୁ ପୃଥିବୀ କୁ ଯିବା କିଛି ବି କହିନି। ତେବେ ହେଁ ପୁଷ୍ପ ସବୁ କଥା ଜାଣି ପାରିଛି। କାଲେ ଯତୀନ କଷ୍ଟ ପାଇବ ଏଇଥି ପାଇଁ ଯତୀନକୁ ପୁଷ୍ପ କହି ନାହିଁ ଯେ ସେ ସମସ୍ତ କଥା ଜାଣିଛି ବୋଲି। ହଠାତ୍ ଆକାଶରେ ଗୋଟିଏ କୋଣରେ ନୀଳ ଉଜ୍ଜଳ ଆଲୁଅ ଦେଖାଗଲା – ଗଙ୍ଗାର ଉଭୟ ତଟ, ତାଙ୍କ ଘର, ବଗିଚା, ବୁଢ଼ା ଶିବତଲାର ଘାଟ ଏପରି କି ସେପାରି ଶ୍ୟାମାସୁନ୍ଦରୀଙ୍କ ଘାଟ ପର୍ଯ୍ୟନ୍ତ ସେ ଆଲୋକରେ ଉଦ୍ଭାସିତ ହୋଇ ଉଠିଲା। ପୁଷ୍ପ ବ୍ୟସ୍ତତାର ସହିତ ଠିଆ ହୋଇ କହିଲା – ଦେଖ, ଦେଖ କେଉଁ ଦେବତା ହେବେ। ଚାହିଁ ଦେଖ –

ପରକ୍ଷଣରେ ଯତୀନର ମନେ ହେଲା। ଗୋଟିଏ ପ୍ରଜଳନ୍ତ ବିରାଟ ଉଲ୍କା ସେମାନଙ୍କ ଘର ଅନତି ଦୂରରେ ଉନ୍ମୁକ୍ତ ବନଜ ଲିଲି ବୁଦା ଜଙ୍ଗଲରେ ଏତେ ପ୍ରଖର ଆଲୋକ ବିକାଶ କରି ଆସି ପଡ଼ିଲା ଯେ ଉଭୟଙ୍କ ଆଖି ଝଲସିଗଲା ତାହାର ତୀକ୍ଷ୍ଣ ଉଜ୍ଜ୍ୱଳ ତୀବ୍ରତାରେ।

ସେମାନେ ଆଶ୍ଚର୍ଯ୍ୟ ହୋଇ ଧାଇଁଯାଇ ଦେଖିଲେ ଜଣେ ମହାଜ୍ୟୋତିର୍ମୟଧାରୀ ପୁରୁଷ ବୁଦା ଜଙ୍ଗଲ ପାଖରେ ବସିପଡ଼ିଛନ୍ତି। ଏଭଳି ମହିମାମନ୍ତ ଶ୍ରୀ ଯେ ପୃଥିବୀ ମଣିଷଙ୍କ ହୁଏ ନାହିଁ ତାହା ଦୁଇଥର ଦେଖି ଜାଣିବାକୁ ପଡ଼ିନଥାଏ।

ଉଭୟେ ବିସ୍ମୟରେ ଭୟରେ ଜଡ଼ ହୋଇ ଦୂରରୁ ଅନାଇ ରହିଛନ୍ତି, ଏପରି ସମୟରେ ଦେବତାଙ୍କ ନିକଟରୁ ପୁଷ୍ପ ପାଖକୁ ଗୋଟିଏ ମେଜେଣ୍ଟା ରଙ୍ଗ ଆଲୁଅର ପ୍ରଶସ୍ତ ଶିଖା ସାପ ଭଳି କୁଟିଳ ବକ୍ର ଆକୃତି ଧରି ଥରେ ଖେଳିଗଲା। ଗୋଟିଏ ବଡ଼ ଦଶ ବେଟେରୀ ଯୁକ୍ତ ଟର୍ଚ୍ଚ ଆଲୁଅ କିଏ ଯେପରି ଥରେ ଟିପିଦେଇ ସଙ୍ଗେ ସଙ୍ଗେ ବନ୍ଦ କରିଦେଲା।

ପୁଷ୍ପ ଜାଣିଲା ଏହା କ'ଣ। ଅତି ଉଚ୍ଚ ଶ୍ରେଣୀର ଦେବତାଙ୍କ ବୈଦ୍ୟୁତିକ ଭାଷା !

ପୁଷ୍ପ ପଞ୍ଚମ ସ୍ତରର ସେହି ଆମ୍ଭାଙ୍କ ନିକଟରୁ ଏହା ଶୁଣିଥିଲା। ସେ କହିଥିଲେ, ଊର୍ଦ୍ଧ୍ୱତନ ଲୋକରେ – ନବମ ବା ଦଶମ ସ୍ତର ଉପରେ ଆଉ ଯେଉଁ ସମସ୍ତ ଉଚ୍ଚସ୍ତର ସେଠାରେ ଦେବ ବିବର୍ତ୍ତନର ଜୀବମାନେ ବାସ କରନ୍ତି। ମନୁଷ୍ୟର ସମସ୍ତ ଧାରଣାର ବହିର୍ଭୂତ ସେମାନଙ୍କ କ୍ରିୟା କଳାପ – ସେମାନଙ୍କ ସେ ବିରାଟ ଜୀବନ ସଂବନ୍ଧରେ ପୃଥିବୀର ଲୋକ ଅବା କାହିଁକି, ସାଧାରଣ ପ୍ରେତ ଲୋକ ଆମ୍ଭମାନେ ଅବା କାହିଁକି କେହି ତାଙ୍କ ଖବର ଜାଣିପାରନ୍ତି ନାହିଁ। ମୁହଁର ଭାଷାରେ ସେମାନେ କଥା କହନ୍ତି ନାହିଁ। ସେମାନଙ୍କ ପ୍ରକାଶଭଙ୍ଗୀ ସଂପୂର୍ଣ୍ଣ ସ୍ୱତନ୍ତ୍ର। ଅଗ୍ନି ଅଥବା ବିଦ୍ୟୁତର ଭାଷାରେ ସେମାନଙ୍କ କଥା ବାର୍ତ୍ତା ଚାଲେ।

ପୁଷ୍ପ ହାତ ଯୋଡ଼ି ନୀରବରେ ଠିଆ ହୋଇ ରହିଲା। ପୁନରପି ମହାବ୍ୟସ୍ତ ଓ କ୍ଷିପ୍ର ଆଉ ଏକ ତୀବ୍ର ବିଦ୍ୟୁତ୍ ଶିଖା ତାହାକୁ ଆସି ସ୍ପର୍ଶ କଲାରୁ ତା ମନମଧ୍ୟରେ ଚିନ୍ତାରେ ଏହି ପ୍ରଶ୍ନ ଜାଗୃତ ହେଲା – ମୁଁ କେଉଁଠି ?

ଦେବତାଙ୍କୁ ଦେଖାଯାଏ ନାହିଁ। ସେ ସ୍ଥାନରେ କେବଳ ଗୋଟିଏ ଆଲୋକ – ମଣ୍ଡଳୀ ପରିଦୃଶ୍ୟ ମାନ। ପୁଷ୍ପ କହିଲା – ଦେବ ଆପଣ ପୃଥିବୀର ଆମ୍ଭିକ ଲୋକରେ।

ପୁଣି ବିଦ୍ୟୁତର ଶିଖା + ପୁଷ୍ପ ମନରେ ପୁନରାୟ ପ୍ରଶ୍ନ ଜାଗୃତ ହେଲା – ପୃଥିବୀ କ'ଣ ? ପୁଷ୍ପ କହିଲା – ପୃଥିବୀ ଗୋଟିଏ କ୍ଷୁଦ୍ରଗ୍ରହ। ସୂର୍ଯ୍ୟଙ୍କ ଚାରିଦିଗରେ

ଘୁରେ। ପୁଷ୍ପର ଏ କଥାଗୁଡ଼ିକ କିପରି ଭାବରେ ଦେବତା ବୁଝିଲେ ପୁଷ୍ପ ଜାଣେନା। ବୋଧହୁଏ ଏହି ଉତ୍ତର ଗୁଡ଼ିକ ଚିନ୍ତା ରୂପରେ ଦେବତାଙ୍କ ନିଜ ମନରେ ଉଦୟ ହେଉଥିଲା। ପୃଥିବୀ ଭାଷାରେ ଅନୁବାଦ କଲେ ଦୁଇ ଜଣଙ୍କ କଥାବାର୍ତ୍ତା କିଞ୍ଚିତ୍‌ ନିମ୍ନମତେ ହେବ।

ପୁଣି ପ୍ରଶ୍ନ ହେଲା ?

– ବିଶ୍ୱର କେଉଁ ଅଂଶରେ

ପୁଷ୍ପ ବିପଦରେ ପଡ଼ି ଏକଲୟରେ ସେଦିନର ସେହି ଦେବତାଙ୍କୁ ସ୍ମରଣ କଲା। ଏ ସବୁ ପ୍ରଶ୍ନର ଉତ୍ତର ଦେବା ତାର ସାଧ୍ୟାତୀତ।

ଆଶ୍ଚର୍ଯ୍ୟ ଉପରେ ଆଶ୍ଚର୍ଯ୍ୟ! ସେ ଦିନର ସେହି ଶୈଳଶିଖାରୂଢ଼ ଦେବତା ସେହିକ୍ଷଣି ତା ସମ୍ମୁଖରେ ତାଙ୍କ ଜ୍ୟୋତିର୍ମୟ ରୂପ ନେଇ ଆବିର୍ଭୂତ ହେଲେ। ପୁଷ୍ପ ପ୍ରଣାମ କରି କହିଲା – ଦେବ ମୁଁ ସାମାନ୍ୟ ମାନବୀ। ସେ ଯେଉଁ ପ୍ରଶ୍ନ କରୁଛନ୍ତି ମୁଁ ତାର କି ଉତ୍ତର ଦେବି ? ମୋତେ ଏ ବିପଦରୁ ଉଦ୍ଧାର କରନ୍ତୁ। ତାପରେ ସେ ଦ୍ୱିତୀୟ ଦେବତାଙ୍କ ମୁହଁକୁ କୃତଜ୍ଞତା ଓ ବିସ୍ମୟପୂର୍ଣ୍ଣ ଦୃଷ୍ଟିରେ ଚାହିଁ ରହିଲା। ସେ ସେଦିନ କହିଥିଲେ ତ ସ୍ମରଣ କଲା ମାତ୍ରକେ ମୁଁ ଆସିବି। ଏକଥା ବିଶ୍ୱାସ କରି ନଥିଲା ସେ। ସେ ମହା ଆପରାଧୀ।

ଦେବତାଙ୍କ ନିକଟରେ। ଛି, ଛି, ଛି କି ଅନ୍ଧବିଶ୍ୱାସୀ ତାର ନିଜ ଆତ୍ମା। କିନ୍ତୁ ଏହି ଚିନ୍ତା ଚାପା ପଡ଼ିଗଲା ଆଉ ଏକ ଆଶ୍ଚର୍ଯ୍ୟ ଘଟଣାରେ। ଉଭୟ ଦେବତାଙ୍କ ମଧ୍ୟରେ ଯେପରି ତାର ବିଦ୍ୟୁତ୍‌ ଶିଖାର କ୍ଷିପ୍ର ଆଦାନ ପ୍ରଦାନ ଚାଲିଛି। ପୃଥିବୀର କୌଣସି ଘଟଣାର ଉପମାଦ୍ୱାରା ସେ ସ୍ୱରୂପ ବୁଝାଇ ହେବ ନାହିଁ। ଦୁଇଟି ବୃହତ ଯୁଦ୍ଧ ଜାହାଜ ଯେପରି ପରସ୍ପର ଉପରେ ତୀବ୍ର ଅକ୍ଷ – ହାଇଡ୍ରୋଜେନ ଆଲୁଅର ସାର୍ଚ ଲାଇଟ ବିକ୍ଷେପ କରୁଛନ୍ତି! ଉଭୟ ବିରାଟ ଦେବତାଙ୍କ କଥାବାର୍ତ୍ତା ଚାଲିଥିଲା। ପରେ ଏଇ କଥା ବାର୍ତ୍ତା ପୃଥିବୀ ଭାଷାରେ ଅନୁବାଦ କରି ପୁଷ୍ପର ଦେବତାବନ୍ଧୁ ତାହାଙ୍କୁ ଯାହା କହିଥିଲେ ତା ଏପରି –

ପୁଷ୍ପର ଦେବତାବନ୍ଧୁ ବିସ୍ମିତ ହୋଇ ପଚାରିଲେ – ମୋର ଅଭିନନ୍ଦନ ଗ୍ରହଣ କରନ୍ତୁ। ଆପଣ କିଏ ଦେବ ?

ଆଗନ୍ତୁକ ଦେବତା କହିଲେ – ମୁ ଏବେ କେଉଁଠି ଅଛି ସେ କଥା କହନ୍ତୁ।

– ପୃଥିବୀର ଆମ୍ଳିକ ଲୋକରେ

– ପୃଥିବୀ କ’ଣ ?

– କ୍ଷୁଦ୍ର ଗ୍ରହ, ସୂର୍ଯ୍ୟ ନାମରେ ଗୋଟିଏ ନକ୍ଷତ୍ର ଚାରିଆଡ଼େ ଘୁରି ବୁଲେ।

– ବିଶ୍ୱର କେଉଁ ଦେଶରେ ?

– ଏହି ପ୍ରଶ୍ନର କ'ଣ ଉତ୍ତର ଦେବି ? ଛାୟାପଥ ଦ୍ୱାରା ସୀମାବଦ୍ଧ ଯେଉଁ ନକ୍ଷତ୍ର ଜଗତ, ତାହାରି ଏକ ଅଂଶ। ଆପଣ କେଉଁ ଅଂଶର ଅଧିବାସୀ ?

ଏହାର ଉତ୍ତରରେ ଆଗନ୍ତୁକ ଦେବତା କହିଲେ – ମୋ କଥା ଶୁଣି ହୁଏତ ଆପଣ ବିଶ୍ୱାସ କରିବେ ନାହିଁ। ମୁ ବହୁ ବହୁ ଦୂରବର୍ତ୍ତୀ ଅନ୍ୟ ନକ୍ଷତ୍ର ଜଗତର ଅଧିବାସୀ। ମୁ ବହୁକୋଟି ବର୍ଷ ପୂର୍ବରୁ ଭ୍ରମଣରେ ଏବଂ ନୂତନ ଦେଶ ଆବିଷ୍କାର କରିବାକୁ ବାହାରିଥିଲି। ମୋର ଯେତେବେଳେ ଚୈତନ୍ୟୋଦୟ ହୁଏ ଦେବଧୀ ମୋ ମନରେ ଏକ ଅଦମ୍ୟ ପିପାସା ଥିଲା ବିଶ୍ୱର ପ୍ରତ୍ୟନ୍ତତମ ସୀମା ଆବିଷ୍କାର କରିବି। କଣ କଣ ଦେଶ ସବୁ ଏଠାରେ ଅଛି ଦେଖିବି। ଏତେକାଳଧରି ବେଗମାନ୍ ବିଦ୍ୟୁତ୍ ଅପେକ୍ଷା ମଧ ଦ୍ରୁତତର ଗତିରେ କେବଳ ଶୂନ୍ୟରେ ବୁଲୁଛି। ସଂପ୍ରତି ନକ୍ଷତ୍ରର ଗ୍ରହର ନାନା ଜଗତର ଓ ବିଭିନ୍ନ ଲୋକର ଗୋଲକଧନ୍ଦାରେ ଦିଗହରା ହୋଇ ଏଠାରେ ଶକ୍ତିହୀନ, ଅବସନ୍ନ ଓ ବିମୂଢ଼ ଅବସ୍ଥାରେ ଆସି ପଡ଼ିଛି। ନକ୍ଷତ୍ର ଓ ବସ୍ତୁଜଗତ୍ ଏଠାରେ ଏତେ ଅଧିକ କାହିଁକି ? ଏଦୁଇଟି ପ୍ରାଣୀ କେଉଁଠିକାର ଲୋକ ? ଏହି ଜୀବ ଦୁଇଟି ପୃଥିବୀର ତୃତୀୟସ୍ତରର ଅଧିବାସୀ। ପୁରୁଷଟି ସଂପ୍ରତି ବସ୍ତୁସ୍ତରରୁ ଆମ୍ନିକସ୍ତରକୁ ଆସିଛି। ଅତ୍ୟନ୍ତ ନିରୀହ, ଅକ୍ଷ। ଝିଅଟି କିଛି ଉନ୍ନତ ତାହାବି ଜ୍ଞାନରେ ନୁହେଁ ପ୍ରେମରେ।

ଯତୀନ ଏତେବେଳଯାଏ ଶ୍ରଦ୍ଧାରେ, ଭୟରେ ଜଡ଼ ହୋଇ ପଛପଟ୍ଟରେ ଠିଆ ହୋଇଥିଲା। ସେ ଏହି କଥାବାର୍ତ୍ତାର ବିନ୍ଦୁ, ବିସର୍ଗ ସୁଦ୍ଧା। ବୁଝିପାରୁ ନଥିଲା। ତା ମନରେ ଏତେ ଉଚ୍ଚ ଦେବତାମାନଙ୍କ ଚିନ୍ତା ପ୍ରତିଫଳିତ ହେବାର କୌଣସି ସମ୍ଭାବନା ମଧ ନଥିଲା। ପୁଷ୍ପ ତାଆଡ଼କୁ ଚାହିଁ କଥା କହୁଥିବାରୁ ସେ ବୁଝିଲା ତା ସଂବନ୍ଧରେ କୌଣସି କଥା କୁହାଯାଉଛି। ସେ ଆଗେଇ ଆସି ପ୍ରଣାମ କରି ଚୁପ୍ ହୋଇ ରହିଲା। ଏତେ ବଡ଼ ଜ୍ୟୋତିର୍ମୟ ଆତ୍ମା ସେ ଆଉ କେବେ ଦେଖି ନଥିଲା। ଦେବତା କହିଲେ – ଉଃ କେଉଁଠି ଆସି ପହଞ୍ଚିଛି। ବିଶ୍ୱର କେଉଁ ଅଂଶରେ ଯେ ଅଛି ମୁଁ ତାର କିଛି ବି ବୁଝିପାରୁ ନାହିଁ। ତୁମେ କଣ ଗୋଟିଏ ଗ୍ରହର ନାମ କହିଲ ? ସେ ନକ୍ଷତ୍ରର ଚାରି ଆଡ଼େ ଘୁରିବୁଲେ ତାହା ମୁ ନୂଆ କି ଦେଖିଲି। ନକ୍ଷତ୍ରଟି ଖୁବ୍ ବଡ଼ ନକ୍ଷତ୍ର ଦଳରେ ଗଣ୍ୟ ନୁହେଁ ଏବଂ ତା'ର ଆଲୋକବି ପରିବର୍ତ୍ତନଶୀଳ।

ମୁଁ କେତେଥର ତା' ଆଲୋକ ବଢ଼ିବା କମିବା ଦେଖିଛି। ତାର ନାମ କଣ କହିଲ – ସୂର୍ଯ୍ୟ !

ପୁଷ୍ପ ତା ନିଜ ଚିନ୍ତାର କିଛି ଅଂଶ ଏଥର ଯତୀନ୍‌ର ମନର ସଂଚାଳନ କଲା।

ସେ ବିଚରା ଚୁପ୍ କରି ଠିଆହୋଇ ରହିଛି । ଜାଣିପାରୁ ନାହିଁ କେଉଁ ଭୀଷଣ ମହାପୁରୁଷଙ୍କ ସମ୍ମୁଖରେ ରହି ପୋଡ଼ାମୁହଁ ପୁଷ୍ପ କଥା କହୁଛି । ସେ କିଛି ଜାଣୁ, ବୁଝୁ କିଛିକିଛି ।

ପୁଷ୍ପର ମନ ମଧ୍ୟ ଦେଇ ସେମାନଙ୍କ କଥାବାର୍ତ୍ତା ଯତୀନ୍ ବୁଝିପାରିଲା ଓ ବୁଝିପାରି ଅବାକ୍ ହୋଇ ରହିଲା । ପୁଷ୍ପ ଭାବୁଥିଲା – ଏ ପୁଣି କେତେ ଉଚ୍ଚସ୍ତରର କି ଧରଣର ଲୋକରେ ବାବା ଯିଏ ସୂର୍ଯ୍ୟଙ୍କ ନାମଟା ସୁଦ୍ଧା ଶୁଣି ନାହାନ୍ତି କେବେ । ପୃଥିବୀ ତ ଦୂରର କଥା !!

କଥାଟା ମନେ ଦୋହରାଇ ତାକୁ ବହୁତ ହସ ମାଡ଼ିଲା । ଛି –ହସ ସମ୍ଭାଳି ନେଇ ସେ କହିଲା – ଆପଣଙ୍କ କଥା ଶୁଣି ବଡ଼ ଆଗ୍ରହ ହେଉଛି । ଆପଣ ଆମ ଘରେ ବସି ଟିକିଏ ବିଶ୍ରାମ କରନ୍ତୁ । ଆଉ ଦୟା କରି କହିବେ କଣ ସବୁ ଦେଖିଲେ ଏତେ କାଳଧରି ? ଆଗନ୍ତୁକ ତାଙ୍କ ଘର ବାହାରର ଥିବା ପଥର ବେଞ୍ଚରେ ଆସି ବସିଲେ ।

ଯତୀନ ସଂଭ୍ରମରେ ଉଦ୍‌ଭ୍ରାନ୍ତ ଓ ଦିଗହରା ହୋଇ ହଠାତ୍ ବିନୀତ ଭାବରେ କହି ବସିଲା – ଟିକିଏ ଚା ଖାଇବେ କି ସାର୍ ?

ପୁଷ୍ପ ମୁହଁରେ ପଣତ ଚାପି ଅତି କଷ୍ଟରେ ହସ ଦମନ କରି କହିଲା – କଣ ଯେ ତୁମେ କହ ଯତୁଦା ! ପୃଥିବୀର ଅଭ୍ୟାସ ତୁମର ଏତେ ଦିନେବି ଗଲା ନାହିଁ । ଚା ଖାଇବେ କିଏ ? ଆଉ ସାର୍ କହୁଛ କାହାକୁ ?

ଯତୀନ ଅପ୍ରତିଭ ହୋଇ ଅଧିକତର ବିନୀତ ଭାବଧାରଣ କଲା । ଏହି ଉଭୟ ନବଦୃଷ୍ଟ ଆମ୍ଭାର କାଣ୍ଡ ଦେଖି ଆଗନ୍ତୁକ ଦେବତାଙ୍କ ମନ କୌତୁକ ଓ ଆନନ୍ଦରେ ପୂର୍ଣ୍ଣ ହୋଇଗଲା । କେଉଁଠିକାର ଜୀବ ଏମାନେ ଅଥଚ ଦେଖ କେଡ଼େ ସୁନ୍ଦର ତାଙ୍କ ହସ !! ମହାମହେଶ୍ୱରଙ୍କ ବିଚିତ୍ର ସୃଷ୍ଟି କେବଳ ବିରାଟତ୍ୱ ନେଇ ନୁହେ ଆଧ୍ୟାତ୍ମିକ ସୌନ୍ଦର୍ଯ୍ୟରେ ମଧ୍ୟ ତାଙ୍କ କେତେ ରହସ୍ୟମୟ ମୂର୍ତ୍ତି । ଏମାନେ କାହିଁକି ହସୁଛନ୍ତି । କଣ ନେଇ କଥା କୁହାକହି ହେଉଛନ୍ତି ସେ ତାହା ବୁଝିପାରୁ ନଥିଲେ । ଆଉ ମଧ୍ୟ ଗୋଟିଏ କଥା ବୁଝିପାରୁ ନାହାନ୍ତି, ତେଣୁ ପୁଷ୍ପକୁ ପ୍ରଶ୍ନ କଲେ – ଗ୍ରହର ବଡ଼ ଲୋକ ଆଉ ଆମ୍ଭିକ ଲୋକ କଣ କହୁଛ, କିଛିତ ବୁଝିହେଲା ନାହିଁ ? ସେଇଟା କଣ ?

ପୁଷ୍ପ କହିଲା ପ୍ରଭୁ – ଆମେ ଯେତେବେଳେ ପୃଥିବୀରେ ଜନ୍ମ ଗ୍ରହଣ କରୁ ସେତେବେଳେ ଆମମାନଙ୍କ ଦେହ ଅନ୍ୟ ପଦାର୍ଥରୁ ତିଆରି ହୁଏ । ସେ ଦେହ ସ୍ଥୂଳ ଦେହ । ସେଠାକାର ସମସ୍ତ ଜିନିଷ ସେଇଧରଣର ସ୍ଥୂଳ ପଦାର୍ଥରେ ଗଢ଼ା । ତାପରେ ଗୋଟିଏ ସମୟ ଆସେ ଯେତେବେଳେ ସେଇସ୍ଥୂଳ ଦେହଟି ନଷ୍ଟ ହୋଇଯାଏ– ସେତେବେଳେ ଆମେ ଏଇ ଆମ୍ଭିକ ଲୋକକୁ ଆସୁଁ । ପ୍ରଭୁ, ଆପଣ କଣ ଏ କଥା ଜାଣନ୍ତି ନାହିଁ ?

ଦେବତା କହିଲେ – ଶୁଣିଛି, ମାତ୍ର ଏପରି ହୁଏ କେଉଁ ସବୁ ଗ୍ରହର ଜୀବମାନଙ୍କ କ୍ଷେତ୍ରରେ। ମୋର ଅଭିଜ୍ଞତା ନାହିଁ। ମୋତେ ଥରେ ସେଠାକୁ ନେଇଯିବ – ତୁମମାନଙ୍କ ଏଇ ପୃଥିବୀ ଗ୍ରହର ଜଡ଼ ଲୋକକୁ?

–କିନ୍ତୁ ସେଠାକୁ ଆପଣଯାଇ ପାରିବେ ଦେବ ଏତେ ସ୍କୁଲ ରାଜ୍ୟକୁ? ଦେବତା ହସି କହିଲେ – ମୁଁ ପଥିକ! କେତେ ବିରୁଦ୍ଧଭାବ ମଧ ଦେଇ ଚାଲିବା ଅଭ୍ୟାସ କରିନେବାକୁ ହୋଇଛି ମୋତେ, ତେଣୁ କରି ବିଶ୍ୱ ଭ୍ରମଣ କରିବା ସମ୍ଭବ ହୋଇଛି। ନହେଲେ ତୁମର ଏଇଯେ, ଯାହାକୁ କହୁଛ ଆମ୍ଳିକ ଲୋକ ଏଠାକୁ ଅବା ମୁଁ କଣ ଆସି ପାରିଥାନ୍ତି? ଜଡ଼ ବସ୍ତୁର ନିବିଡ଼ ପ୍ରକାଶ ଆମ୍ଭା କ୍ଷେତ୍ରରେ ମୁ ଦେଖିଛି ଅନ୍ୟ ଅନେକ ଗ୍ରହରେ। ଚାଲଯିବା।

ଟିକିଏ ପରେ ସେମାନେ ତିନିହେଁ ପୃଥିବୀ ଆଡ଼କୁ ଚାଲିଲେ। ପୃଥିବୀ ନିକଟକୁ ଆସି ଦେବତା କହିଲେ – ଉଃ ମେଘଭଳି କଣ ସବୁ ଶ୍ରୀହୀନ ଚିନ୍ତାର ଧୂଆଁ ଚାରିଆଡ଼େ! ତୁମେ ଦେଖପାରୁ ନାହଁ?

ଯତୀନ୍ ତ କିଛି ବି ଦେଖିବାକୁ ପାଇ ନାହିଁ – ପୁଷ୍ପ ଜାଣେ ପୃଥିବୀ ମାଣିଷଙ୍କ ପାପର ଓ ଦୁଃଖର ନାନା ଧରଣର ଚିନ୍ତାର ମେଘ ପୃଥିବୀର ବାୟୁମଣ୍ଡଳରେ ଜମା ହୋଇ ମଥିରେ ମଥିରେ ପୃଥିବାକୁ ଯାତାୟାତ କରିବା ସମୟରେ ତାକୁ କଷ୍ଟ ଦେଇଛି। ତେବେ ସୁଦ୍ଧା ସେ ପୃଥିବୀର ଜୀବ ତାର ସେତେଟା କଷ୍ଟ ହୁଏ ନାହିଁ ଯେତେ କଷ୍ଟ ଦେବତା ପାଇବେ।

ଯେଉଁଠାରେ ଯାଇ ସେମାନେ ଓହ୍ଲାଇଲେ ତାହା ଭାରତ ବର୍ଷର ବିହାର ଅଞ୍ଚଲର ଗୋଟିଏ ଛୋଟ ଗ୍ରାମ। ଗଉଡ଼ମାନେ ମହିଷ ଦଲ ଚରାଉଛନ୍ତି। ତିନି ଜଣ ଝିଅପିଲା ଗୋଟିଏ ମକା କ୍ଷେତ ହିଡ଼ରେ ଠିଆ ହୋଇ ଝଗଡ଼ା କରୁଛନ୍ତି। ପୃଥିବୀରେ ଭାଦ୍ରବ ମାସ। ଶରତର ବେଶ୍ ପରିଷ୍କାର ନୀଲ ଆକାଶ, ବନ୍ୟା ପାଣି ଓହରିଯାଇଛି। ଗାଁ ଭିତରେ ଗୃହ ବାଡ଼ିର ବାରଣ୍ଡାରେ ପଚା କାଦୁଅ। ଗୋଟିଏ ଘରେ ମକ୍କାର ପୁଡ଼ା ଭିତରକୁ ପାଣି ପଶି ମକ୍କା ଦାନାଗୁଡ଼ିକ ପଚାଇ ପକାଇଛି ବୋଲି ଘରର ସ୍ତ୍ରୀ ଲୋକମାନେ ସେ ସବୁକୁ ପକାଇ ଝାଡ଼ୁଛନ୍ତି।

ଦେବତା କହିଲେ – କି ଆଶ୍ଚର୍ଯ୍ୟ, ଏମାନଙ୍କ ଗତିବେଗ ଏତେ ଟିକିଏ ସ୍ଥାନରେ ଆବଦ୍ଧ। ଏଠାରୁ ଅଧିକ ଦ୍ରୁତ ଗତିରେ ଯାଇ ପାରନ୍ତି ନି?

କାଟିହାରରୁ ମୁଙ୍ଗେର ଗାମୀ ଗୋଟିଏ ଟ୍ରେନ ଆସିଲା। ଦେବତା ବିସ୍ମିତ ହୋଇ କହିଲେ ଏପୁଣି କି ରହସ୍ୟ!

– ମନୁଷ୍ୟ ଏହି ଗାଡ଼ିଟି ତିଆରି କରିଛି। ତାହାକୁ କହନ୍ତି ରେଲଗାଡ଼ି। ଖୁବ୍ ଜୋରରେ ମନୁଷ୍ୟକୁ ଗୋଟିଏ ସ୍ଥାନରୁ ଆଉ ଗୋଟିଏ ସ୍ଥାନକୁ ଘେନିଯାଏ ପ୍ରଭୁ।

ଦେବତା କୌତୁକିଆ ଦୃଷ୍ଟିରେ ଚାହିଁ କହିଲେ – ଏହ କଣ ଦ୍ରୁତ ଯିବାର ନମୁନା ? ନମୁନା ଦେଖ୍ ତ ଖୁବ୍ ଆଶା କରିହୁଏ ନାହିଁ ଏମାନଙ୍କ ଦ୍ରୁତଗାମୀତାର ଭବିଷ୍ୟତ ଇତିହାସ ସଂବନ୍ଧରେ । ଏହାର ନାମ କଣ ଜୋର୍‌ରେ ଯିବା ?

ଗୋଟିଏ ସ୍ଥାନରେ ଦୁଇଟି ପୁଅ ଝିଅ ମକ୍କା ଖେତରୁ ମକ୍କା ଚୋରି କରି ଖାଇବାକୁ ଯାଇ କ୍ଷେତ ମାଲିକ ହାତରେ ପଡ଼ି ଖୁବ୍ ମାଡ଼ ଖାଉଛନ୍ତି ଦେଖ୍ ଦେବତା କହିଲେ – ଆହା ଛୋଟ ପୁଅଝିଅ ଦୁଇଟାଙ୍କୁ ଏଭଳି ଭାବରେ ପିଟୁଛି କାହିଁକି ? ପରେ ସେ କ୍ଷେତ ମାଲିକ ମନରେ ସଦୟ ଚିନ୍ତା ବିକ୍ଷେପ କରିବାକୁ ଚେଷ୍ଟା କଲେ । ସ୍ଥୁଲ ଦେହର ସ୍ଥୁଲ ମନରେ ପ୍ରଥମରୁ କିଛି କାର୍ଯ୍ୟକାରୀ ହୋଇ ନଥିଲା । କିନ୍ତୁ ଅସାଧାରଣ ଶକ୍ତିଶାଳୀ ଦେବତାଙ୍କ ତୀବ୍ର ମାନସିକତାରେ ତାହାକୁ ସତ୍ ଚିନ୍ତାର ପ୍ରେରଣା ସ୍ପର୍ଶ କଲା । ସେ ପୁଅଝିଅ ଦୁଇଟାଙ୍କୁ ଛାଡ଼ି ଦେଇ କହିଲା – ଆଛା ଯାଆ, ଯାଆ ଯାହା ନେଇଛ ଏଇ ଥରେ ଲାଗି ନେଇ ଯାଆ – ଆଉ କେବେ ଆସିବ ନାହିଁ ।

ଦେବତା କହିଲେ – ଆହା ଏମାନଙ୍କ ବଡ଼ କଷ୍ଟ, କି ଅଭୂତ ଏଇ ସୃଷ୍ଟି । ଯେତେ ଦେଖୁଛି ସେତିକି ଏହାର ସୌନ୍ଦର୍ଯ୍ୟରେ ମୁଗ୍ଧ ହୋଇଯାଉଛି । ମୋର କଣ ଇଚ୍ଛା ହେଉଛି ଜାଣ ଏମାନଙ୍କ ଭିତରେ ମନୁଷ୍ୟ ହୋଇ ରହନ୍ତି । ଏମାନଙ୍କ ଦୁଃଖ ଦୂର କରିବାକୁ ଚେଷ୍ଟା କରନ୍ତି ।

ପୁଷ୍ପ କହିଲା – ଦେବ ! ଏଇ ନିକଟରେ ଥିବା ପାହାଡ଼ଚୂଡ଼ାରେ ବସି ଆପଣଙ୍କ ଭ୍ରମଣ ଗଞ୍ଜ ଟିକିଏ କହିବେ ଦୟା କରି ? ଶୁଣିବାକୁ ବଡ଼ ଇଚ୍ଛା ହେଉଛି । ଭାଦ୍ରବ ମାସର ଗଙ୍ଗା । ପୂର୍ଣ୍ଣଗର୍ଭା । ଅପରାହ୍ନ ହୋଇଛି । ପଶ୍ଚିମ ଦିଗନ୍ତ ଜାମାଲ୍‌ପୁର ପାହାଡ଼ ପଛପଟେ ରଙ୍ଗୀନ ମେଘସ୍ତୂପ ଉହାଡ଼ରେ ସୂର୍ଯ୍ୟ ଅସ୍ତଗାମୀ !

ପାହାଡ଼ ମୁଣ୍ଡ ଉପରେ ଛୋଟ ଛୋଟ ଜଙ୍ଗଲ ଗୋଟିଏ ଫାଙ୍କା ସ୍ଥାନର ବଣ ହରିଡ଼ା ଗଛ ତଳେ ସେମାନେ ବସିଲେ । ତଳେ ଗଙ୍ଗା ସ୍ରୋତରେ ଗୋଟିଏ ପାଟ ବୋଝାଇ ନୌକାର ନାଉରୀମାନେ ରନ୍ଧାବଢ଼ାର ଉଦ୍ୟୋଗ କରୁଥିଲେ । ଯତୀନ ଭାବୁଥିଲା – ଏଇତ ବୃହତ୍ତର ଜୀବନ । ମୃତ୍ୟୁ ପରେ ଯାହା ସେ ପାଇଛି । କାହିଁ ବଙ୍ଗାଲା ଦେଶର ଗୋଟିଏ ଛୋଟ ଗାଁରେ ସେ ଥିଲା ବନ୍ଦୀ, ସାରା ପୃଥିବୀରେ ବି ଛାଇ ହୋଇଗଲା ତାର ଜୀବନ – ପୃଥିବୀର ଅତୀତ କେତେ ଲୋକ କେତେ ସ୍ତରରେ ଏପରି କେତେ ନିସ୍ତବ୍ଧ ଶରତ୍ ଦୁଇପହରରେ, ଅପରାହ୍ନରେ, କେତେ ବସନ୍ତ ରତୁର ଆସନ୍ନବେଲାରେ କେତେ ଜ୍ୟୋସ୍ନା ରାତିରେ ତାର ଇଚ୍ଛାନୁସାରେ ଅଭିଯାନ ଭବିଷ୍ୟତ କ୍ଷେତ୍ରରେ ଜମା ରହିଛି । ଏପରି ସବୁ ସୁଖ ଦିନମାନଙ୍କରେ କେବଳ ମନେହୁଏ ସେଇ ହତଭାଗୀ –

ଦେବତା ତାଙ୍କ ଭ୍ରମଣ କାହାଣୀ କହିବାକୁ ଲାଗିଲେ। ସେ ସବୁ ବଡ଼ ଚମକ୍କାର କଥା। ତାଙ୍କ ସବୁ କଥା ପୁଷ୍ପ କିମ୍ବା ଯତୀନ୍ ବୁଝି ପାରୁନଥିଲେ। ତଥାପି ସେମାନେ ମୁଗ୍ଧ ହୋଇ ଗଲେ ତାଙ୍କ ଉସ୍ତାହଦୀପ୍ତ ମୁଖଭଙ୍ଗୀରେ, କଥାର ସ୍ୱରରେ।

କେତେ ଲକ୍ଷ ବର୍ଷର ପୂର୍ବରୁ ସେ ବାହାରିଛନ୍ତି ବିଶ୍ୱ ଭ୍ରମଣରେ। କେତେ ଗ୍ରହ, ଉପଗ୍ରହ ନକ୍ଷତ୍ର ଜଗତ, କେତେ ଛାୟାପଥ, ନୀହାରିକା ପୁଞ୍ଜ ମାନସ ଗତିରେ ଭ୍ରମଣ କରିଛନ୍ତି। ଆଲୋକ ଅଥବା ବିଦ୍ୟୁତର ସେ ସ୍ଥାନମାନଙ୍କରେ ପହଞ୍ଚିବାକୁ ଲକ୍ଷ ଲକ୍ଷ ବର୍ଷ ଲାଗିବ - ସେ ସବୁ ସୁନ୍ଦର ନକ୍ଷତ୍ରମଣ୍ଡଳୀ ପାରି ହୋଇ ଲକ୍ଷ ଆଲୋକ ବର୍ଷ ଦୂରବର୍ତ୍ତୀ ଅଞ୍ଚଳକୁ ଚାଲି ଯାଇଛନ୍ତି। ସେତେବେଲେ ବି ଦେଖୁଛନ୍ତି ବହୁ ଦୂରରେ ଆଉ ଏକ ଅଜଣା ବିଶ୍ୱର ସୀମା ମହାଶୂନ୍ୟର ଶେଷ ସୀମାରେ ଝାପସା ଦେଖାଯାଉଛି। ପୁଣି ସେ ବିଶ୍ୱରେ ମଧ୍ୟ ପହଞ୍ଚିଛନ୍ତି। ପୁଣି ଅଗଣିତ ନକ୍ଷତ୍ର, ଗ୍ରହ, ଉପଗ୍ରହ, ନୀହାରିକାରାଜି ମଧ୍ୟରେ ଗତି କରି ଦେବତାଙ୍କ ଅମିତ ଗତିକରି ବହୁ ଶତବର୍ଷ ଧରି ଛୁଟିଯାଇ ଯେପରି ତାର ସୀମାଛାଡ଼ିଛନ୍ତି। ପୁଣି ଦୂରରେ ଦେଖିବାକୁ ପାଇଛନ୍ତି ଆଉ ଏକ ରହସ୍ୟମୟ ଅଜ୍ଞାତ ବିଶ୍ୱର କ୍ଷୀଣ ସୀମାନ୍ତବର୍ତ୍ତୀ କ୍ଷୀଣ ଲୋକ ତାରା ମଣ୍ଡଳୀ। କେତେ ପ୍ରଜ୍ୱଳନ୍ତ ନକ୍ଷତ୍ର, କେତେ ସ୍ୱୟଂ ପ୍ରଭ ବାଷ୍ପମଣ୍ଡଲି ଲକ୍ଷଲକ୍ଷ ଯୋଜନ ବିସ୍ତୃତ ହୋଇ ରହିଛି। ଶୂନ୍ୟର ଦିଗନ୍ତରୁ ଦୂର ଦିଗନ୍ତ... ଅବଶେଷରେ ଏଇ ବର୍ତ୍ତମାନ ବିଶ୍ୱରେ ପହଞ୍ଚ ଗ୍ରହ ନକ୍ଷତ୍ରର ଗୋଲକଧନ୍ଦା ମଧ୍ୟରେ କିଛି ଦିଗହରା ହୋଇ ପଡ଼ିଛନ୍ତି।......

ପୁଷ୍ପ କହିଲା - ଆମମାନଙ୍କୁ ସଙ୍ଗେ ଘେନି ଯିବେ କି ? ଦେବତା କହିଲେ - ତାହା ଅସମ୍ଭବ। ଏଇ ଗ୍ରହର ବିଭିନ୍ନ ଆମ୍ନିକ ସ୍ତର ଛାଡ଼ି ତୁମେମାନେ କୌଣସି ଆଡ଼କୁ ଯାଇପାରିବ ନାହିଁ। ଏହାର ଆକର୍ଷଣ ତୁମକୁ ଟାଣ ରଖିବ। ସେଭଳି ଦେହ ତୁମର ତିଆରି ହୋଇନାହିଁ। ତେବେ ଆଉ କିଛି କାଲ ଅପେକ୍ଷାକର। ଏହାର ପାଖାପାଖି ବହୁତ ଅଭୁତ ଜଗତ୍‌ଅଛି, ସେଠାକୁ ତୁମମାନଙ୍କୁ ନେଇଯିବି। ମୋତେ ସ୍ମରଣ କରିବ ନାହିଁ - ତଦ୍ୱାରା ମୁ ଆସିବି ନାହିଁ। ଯେତେବେଲେ ତୁମେ ଯିବା ପାଇଁ ଉପଯୁକ୍ତ ହୋଇଛ ଜାଣିବି, ମୁ ନିଜେ ଆସିବି। ଏଥର ମୁ ଯାଏଁ। ଆଉ ଗୋଟିଏ ବିଷୟରେ ସାବଧାନଥାଅ ତୁମେ ଦେଖିପାରୁ ନାହିଁ ମୁ ଦେଖିପାରୁଛି। ତୁମମାନଙ୍କ ଏଇ ଗ୍ରହର ଚାରିଦିଗରେ ଘେରି ଗୋଟିଏ ବିରାଟ ଶକ୍ତିଶାଳୀ ଚୁମ୍ବକୀୟ ଢ଼େଉ ବହୁଛି। ତାହା ସବୁବେଲେ ତୁମମାନଙ୍କୁ ପୃଥିବୀ ଆଡ଼କୁ ଟାଣୁଛି ! ! ଏହି ଢ଼େଉରେ ପଡ଼ିଲେ ଘୁରାଇ ନେଇ ଆସି ଏହି ପୃଥିବୀର ଜଡ଼ ଲୋକରେ ତୁମମାନଙ୍କୁ ପକାଇ ପୁନରପି ଜଡ଼ ଦେହ ଧାରଣ କରିବାକୁ ବାଧ୍ୟ କରିବ। ଏହାକୁ ପୁନର୍ଜନ୍ମର ଢ଼େଉ କୁହାଯାଇପାରେ। ଖୁବ୍‌

ସାବଧାନ। ବିଶ୍ୱର ସୀମା ଆବିଷ୍କାର କରିବା ପାଇଁ ଯାହାର ଆଗ୍ରହ ସେ ଯେପରି କ୍ଷୁଦ୍ର ଗ୍ରହର ସ୍ଥୂଳସ୍ତରରେ ପୁଣି ସ୍ଥୂଳ ଦେହ ଧାରଣ ନ କରେ।

ପୁଷ୍ଟ ଓ ଯତୀନ ଉଭୟେ ପ୍ରଣାମ କଲେ। ପୁଷ୍ଟ କହିଲା – ପୁଣି ଯେପରି ଆପଣଙ୍କ ସାକ୍ଷାତ ଲାଭ କରିପାରିବୁ ଦେବ !

ପରମୁହୂର୍ତ୍ତରେ ଦେବତା ଅନ୍ତର୍ହିତ ହେଲେ। ପୁଷ୍ଟ କହିଲା – ଦେଖିଲ ତ ? ଶୁଣିଲ ? ଏଇ ସେହି ଚୁମ୍ବକୀୟ ଢେଉ। ମୋତେ ଏହାର ଅନେକଦିନ ପୂର୍ବରୁ ଆଉ ଜଣେ ଦେବତା ଏକଥା କହିଥିଲେ। ତୁମକୁ ଥରେ ପଞ୍ଚମ ସ୍ତରକୁ ନେଇ ଯାଉଁଯାଉଁ ବିପଦରେ ପଡ଼ିଥିଲି। ତୁମେ ଜ୍ଞାନ ଶୂନ୍ୟ ହୋଇ ଯାଉଥିଲ ମନେଅଛି ? ସେଠର ତାଙ୍କ ସହିତ ଦେଖା ହୋଇଥିଲା।

(୧୦)

ଦିନେ ଗଙ୍ଗା। ନଦୀ ଘାଟରେ ବସିଥିବାବେଲେ ଯତୀନ ଦେଖି ଆଶ୍ଚର୍ଯ୍ୟ ହୋଇଯାଇଥିଲା ଯେ ବଡ଼ ସୁନ୍ଦର ଜ୍ୟୋସ୍ନା ! ଏକେବାର ପୃଥିବୀର ପୂର୍ଣ୍ଣିମାର ଜ୍ୟୋସ୍ନା। ତାର ଶୁଭ ଆଲୋକର ଢେଉ ପଡ଼ିଲା ଗଙ୍ଗା। ବକ୍ଷରେ। ପଡ଼ିଲା ଯାଇ ସେ ପାରିର ଶ୍ୟାମାସୁନ୍ଦରୀ ମନ୍ଦିର ସର୍ବାଙ୍ଗରେ। ତଟବର୍ତ୍ତୀ ପ୍ରାଚୀନ ବଟବୃକ୍ଷରେ ପତ୍ର ଫାଙ୍କମାନଙ୍କରେ।

ଯତୀନ ଭାବିଲା – ଏହା ପୁଣି କ'ଣ ? ଜ୍ୟୋସ୍ନା ତ କେବେ ବି ଏଠାରେ ଦେଖିନି ! ଏଠାରେ ରାତ୍ର ଅବା କଣ ଦିନ ଅବା କଣ ? !

ଏପରି ସମୟରେ ପୁଷ୍ଟ ହସିହସି ପାଖରେ ବସି କହିଲା – କିପରି ଜ୍ୟୋସ୍ନା ହୋଇଛି ଦେଖ। ମନେ ପଡ଼ୁଛି ତୁମେ ଓ ମୁ କେଓଟାର ବୁଢ଼ା ଶିବତଲାର ଘାଟରେ ଏପରି ଜ୍ୟୋସ୍ନା ରାତିରେ କେତେଥର ବସି ଇଲିଶି ମଛ ଧରିବା ଦେଖୁଥିଲେ ?

– କିନ୍ତୁ ଜ୍ୟୋସ୍ନା ହେଲା କିପରି ? ଚନ୍ଦ୍ର ପୁଣି କିପରି ଆସିଲା।

– ତିଆରି କଲି ଜ୍ୟୋସ୍ନାକୁ। ଭାବିଲି ତୁମ ସହିତ ଦିନେ ଜ୍ୟୋସ୍ନା ରାତିରେ ଘାଟରେ ବସାଯାଉ। କେମିତି, ଭଲ ହୋଇନି ?

– ଆଛା ପୁଷ୍ଟ ଯେ କୌଣସି ରୁତୁ, ଯେ କୌଣସି ସମୟକୁ ତିଆରି କରିପାର। ଏହାତ ବଡ଼ ଅଭୁତ କଥା !

– ସମୟ ଏଠାରେ ମନଦ୍ୱାରା ପ୍ରସ୍ତୁତ କରାଯାଏ। ତାହାତ ତୁମେ ଆଖି ଆଗରେ ଦୁଇଓଲି ଯାକ ଦେଖୁଛ। ଆଛା ଯତୁଦା ସାଗଞ୍ଜି କେଉଟା କଥା ମନେ ପଡ଼େ ?

– ବହୁତ ବେଶୀ ପୁଷ୍ଟ। ସେଠର ମୁଁ ଗଛରୁ ପଡ଼ିଯାଇଥିଲି ତୋରମନେ ଅଛି। ତୁ କେତେ ଯେ କାନ୍ଦିଲୁ ! ସତରେ ମୁ ଥରେ ଥରେ ଭାବେ, ଜୀବନରେ କେତେ ପୁଣ୍ୟ

କରିଥିଲି ଯେ ତୋଭଳି ଝିଅର ସାହଚର୍ଯ୍ୟ ପାଇ ଧନ୍ୟ ନ ହୋଉଛି ? ମୋର ଏବେ ସୁଦ୍ଧା ମନେ ହୁଏ ସେ ସବୁ ସ୍ୱପ୍ନ ଥିଲା ଅବା !

ପୁଷ୍ପ ଲଜ୍ଜିତ ସ୍ୱରରେ କହିଲା – ଆହା !

ପୁଷ୍ପ ବୁଝି ପାରେ ଯେ ଯତୀନ ଆଶାର କଥା ଭାବୁଛି । ଘାଟରେ ଆସି ବସିଲାରୁ ତାର ସେ କଥା ମନେ ପଡ଼ିଛି । ଯେତେ ଉଚ୍ଚ ସ୍ତରର ଆମ୍ଭା ହେଲେ ବି ପୁଷ୍ପ ଝିଅ ପିଲା । ତା ମନ ହା ହୁତାଶ ହୋଇଯାଏ । ଯତୁଦାକୁ ସେ ବାଲ୍ୟକାଳରୁ ଭଲପାଏ । ପ୍ରାଣ ଦେଇ ଭଲପାଏ କିନ୍ତୁ ଯତୁଦା ତାଠାରୁ ଯେ ଅଧିକ ଆଶା ଭାଉଜଙ୍କୁ ଭଲ ପାଆନ୍ତି । ଏକଥା ସେ ଜାଣିଲେ ସୁଦ୍ଧା ମନରେ ଅଧିକ ସମୟ ସ୍ଥାନ ଦେଇନଥାଏ । ଉପାୟ କ'ଣ ? ଏହା ତାର ଅଦୃଷ୍ଟ ଲିଖନ । ନହେଲେ ସେ ପିଲାବେଳୁ ପୃଥିବୀ ଛାଡ଼ି ଯତୁଦାଙ୍କୁ ଛାଡ଼ି ଆସନ୍ତା କିପରି ? ଗତ ତେରବର୍ଷ ଧରି ଯତୁଦାଙ୍କ ଜୀବନରେ ପୁଷ୍ପ ନଥିଲା । ଥିଲା ଆଶା । ଏ ଅବସ୍ଥାରେ ଆଶା ସହିତ ଯତୀନର ମନର ଯୋଗ ସୂତ୍ର ଅନେକ ଭାବରେ ଗାଢ଼ବଦ୍ଧ, କାହାରି କିଛି ଦୋଷ ନାହିଁ ।

ପୁଷ୍ପ ମନରେ ଦୁଃଖର ଛାୟା ଆସିଲାରୁ ବାହାରର ଜ୍ୟୋସ୍ନା କ୍ରମଶଃମ୍ଲାନ ହୋଇ ଆସିଲା । ମନ ପ୍ରଫୁଲ୍ଲ ନଥିଲେ ମାନସିକ ସୃଷ୍ଟି କ୍ଷୁଣ୍ଣ ହେବ ହିଁ ହେବ ।

ହଠାତ୍ ପୁଷ୍ପ ଯତୀନ ଆଡ଼କୁ ଚାହିଁ କହିଲା – ଗୋଟିଏ କଥା ଭୁଲି ଯାଇଥିଲି ଯତୁଦା, ଆଜି କଳ୍ପ ପର୍ବତର ଗୀତ ବାଜିବାଦିନ । ଚାଲ୍ ତୁମକୁ ଶୁଣାଇ ଆଣିବି । ସେ ବଡ଼ ଅଭୁତ ଜିନିଷ ।

ସୋମାନଙ୍କ ସ୍ୱର୍ଗରୁ ବାହାରି ଉଭୟେ ଶୂନ୍ୟରେ ବହି ଚାଲିଲେ । ବହୁ ଦୂରରେ ଗୋଟିଏ ସବୁଜ ନକ୍ଷତ୍ର ଆଡ଼କୁ ଅଙ୍ଗୁଳି ଦେଖାଇ ପୁଷ୍ପ କହିଲା – ସେଠାକୁ ଆମକୁ ଯିବାକୁ ହେବ । ସେ ଆଡ଼କୁ ଏକଲୟରେ ଆଖି ରଖ ଭାବ ଯେ ଆମେମାନେ ସେ ସ୍ଥାନକୁ ଯିବୁଁ ।

ନକ୍ଷତ୍ରଟି କ୍ରମେ ବଡ଼ ହେଉଛି । ଯତୀନର ମନେ ହେଲା ସେ ସବେଗରେ ସେ ଆଡ଼କୁ ଟାଣି ହେଉଛି । କି ଅଭୁତ ଏ ଯାତ୍ରା । ଯତୀନ୍ ଆବାକ୍ ହୋଇ ଚାହିଁ ଦେଖୁଥିଲା ଅନେକ ଦୂରରେ ଅନ୍ଧକାର ଭିତରେ ଗୋଟିଏ ପ୍ରକାଣ୍ଡ ଗ୍ରହ ଡୁବି, ଡୁବି ଘୁରୁଛି ।

ପୁଷ୍ପ କହିଲା – ଏହା ହେଉଛି ଶୁକ୍ର ଗ୍ରହ – ସନ୍ଧ୍ୟାବେଳେ ତାହାକୁ ପଶ୍ଚିମ ଆକାଶରେ ଦେଖିହୁଏ ।

ଆକାଶର ରଙ୍ଗ ଏଠାରେ ନୀଲ ନୁହେଁ । ଅନେକଟା ଧୂସର ମିଶ୍ରିତ ବାଇଗଣୀ । ଶୂନ୍ୟ ପଥରେ ଅନେକ ଆମ୍ଭା ସେମାନଙ୍କ ଭଲି ଯିବା ଆସିବା କରୁଛନ୍ତି । ତେବେ

ସେମାନଙ୍କ ମଧ୍ୟରୁ କେହିବି ଉଚ୍ଚ ଶ୍ରେଣୀର ନୁହନ୍ତି। ସେମାନଙ୍କ ଦେହରଙ୍ଗ ଦେଖି ଶ୍ରେଣୀ ଠିକ୍ କରିବା କୌଶଳ ଶିଖିନେଇଛି ଯତୀନ। ଏ ସମସ୍ତ ଆମ୍ଭାର ରଙ୍ଗ କିଛିଟା ମାଟିଆ ସିନ୍ଦୂର ଭଲି ଲାଲ। ଖୁବ୍ ସାଧାରଣ ଶ୍ରେଣୀର ଆମ୍ଭା। ତେବେ ନିମ୍ନ ଶ୍ରେଣୀର ଆମ୍ଭା ଏଠାକୁ ଆସନ୍ତି ନାହିଁ। ସେମାନଙ୍କ ଦ୍ୱିତୀୟ ସ୍ତରର ନିମ୍ନ ପର୍ଯ୍ୟାୟ ଛାଡ଼ି ଉଠି ଆସିବା ସାଧ୍ୟ ନାହିଁ।

ହଠାତ୍ ଯତୀନ୍ କହିଲା – ସେ ପାହାଡ଼ ତ ଚତୁର୍ଥ ସ୍ତରରେ, ସେଠାରେ ପହଞ୍ଚ ପୁଣି ଅଜ୍ଞାନ ହୋଇ ପଡ଼ିବି ନାହିଁ କି ପୁଷ୍ପ?

ପୁଷ୍ପ କହିଲା – ସେପରି ହେଲେ ତୁମ୍କୁ କଣ ଆଣିଥାନ୍ତି ଯତୁଦା? ସେଥର ଯେଉଁଠାରେ ତୁମେ ଅଜ୍ଞାନ ହୋଇଥିଲ। ତାହା ଚତୁର୍ଥ ସ୍ତରର ଉର୍ଦ୍ଧ୍ୱଲୋକ। ଚତୁର୍ଥ ସ୍ତରରେ ଠିକ୍ଥିଲ। ଚତୁର୍ଥ ସ୍ତରର ସେଇ ନୀଳ ହ୍ରଦ ଦେଖିଥିଲ। ଯେଉଁଠାରେ ଦେବ ଦେବୀମାନେ ସ୍ନାନ କରୁଥିଲେ।

ଯତୀନ କହିଲା – କାହିଁ କେଉଁଠାରେ କେବେ ଦେବୀମାନେ ଗାଧୋଉ ଥିଲେ ମୁଁ ତ ଦେଖିନି? ସେତିକିବେଳୁ ମୁଁ ଅଜ୍ଞାନ ହୋଇ ପଡ଼ିଥିଲି ତା ହେଲେ।

ସେମାନଙ୍କ କଥା ଶେଷ ହେଉଣୁ ନହେଉଣୁ ଯତୀନ ଦେଖିଲା ସେମାନେ ଗୋଟିଏ ଅତ୍ୟନ୍ତ ସୁନ୍ଦର ଦେଶରେ ପହଞ୍ଚିଛନ୍ତି।

ଦେଶଟାର ଚାରିଦିଗରେ ଚକ୍ରବାକ ରେଖାର କୂଲେ କୂଲେ ନୀଳ ପାହାଡ଼ ଗଛପତ୍ର ଆଦୌ ତୃତୀୟ ସ୍ତର ଭଲି ନୁହେଁ – କେଉଁ ଗଛର ରଙ୍ଗ ନୀଳ, କେଉଁଟା ବାଇଗଣୀ, କେଉଁଟା ସୁନେଲି। ଫୁଲମାନ ଯେପରି ରଙ୍ଗୀନ ଆଲୁଅରେ ତିଆରି। ପାହାଡ଼ର ଶିଖରଗୁଡ଼ିକ ଯେପରି ଜ୍ୱଳନ୍ତ ରଙ୍ଗୀନ ଆଲୁଅର ଉସ୍ବ। ପୁଷ୍ପ ଗୋଟିଏ ଗଛର ଫୁଲତୋଲି ତାକୁ ଦେଖାଇଲା। ଫୁଲ ତୋଳିବା ମାତ୍ରେ ବୃନ୍ତରେ ଆଉ ଗୋଟିଏ ଫୁଲ କେଉଁଠାରୁ ଆସି ଶୂନ୍ୟ ସ୍ଥାନ ପୂରଣ କଲା। ଆଉରି ଗୋଟିଏ ଆଶ୍ଚର୍ଯ୍ୟ କଥା ପଡ଼ିଆ ଓ ଶୈଳସାନୁର ସମସ୍ତ ଫୁଲ ପ୍ରତି ମୁହୂର୍ତ୍ତରେ ସ୍ପନ୍ଦିତ ହେଉଛି। ଯେପରି ଚୌଦିଗରେ ରାଶି ରାଶି ଲକ୍ଷଲକ୍ଷ ନାନା ବିଚିତ୍ର ବର୍ଣ୍ଣର ଜଲ୍ଜୁଲିଆ ପୋକ ଲିଭି ଯାଉଛନ୍ତି, ଜଲୁଛନ୍ତି, ପକ୍ଷୀମାନେ ଯେତେବେଳେ ଆକାଶରେ ଉଡୁଛନ୍ତି ସେମାନଙ୍କ ଦେହାରେ ଯେପରି ସାତରଙ୍ଗର ଇନ୍ଦ୍ରଧନୁର ଖେଳ। ଏ ଦେଶର ପବନରେ ଗୋଟିଏ ଅଭୁତ ଶାନ୍ତି ଓ ଆନନ୍ଦର ବାର୍ତ୍ତା ଗୋଟିଏ ବିଚିତ୍ର ଜୀବନ – ଉଲ୍ଲାସର ଇଙ୍ଗିତ!

ଯତୀନ ଗୋଟିଏ ଜିନିଷ ଲକ୍ଷ୍ୟ କଲା, ଏଠାକାର ଦୃଶ୍ୟ ଯେଉଁପରି ପୃଥିବୀରେ ଏ ଦୃଶ୍ୟ କଳ୍ପନା ସୁଦ୍ଧା କରିହେବ ନାହିଁ। ଏହାର କୌଣସି ଜିନିଷ ପୃଥିବୀରେ ନାହିଁ। ପୁଷ୍ପକୁ ସେ କଥାଟି କହିଲା।

– ପୃଥିବୀ ସହିତ ଏ ଦେଶର ସାମଞ୍ଜସ୍ୟ ବହୁତ କମ୍। ନୁହେଁ ପୁଷ୍ପ?

ପୁଷ୍ପ କହିଲା – ଯତୁଦା, ଏହାର ଗୋଟିଏ ସହଜ କାରଣ ଅଛି। ଦ୍ୱିତୀୟ ବା ତୃତୀୟ ସ୍ତରର ଆମ୍ଭମାନେ ପୃଥିବୀରୁ ସଦ୍ୟ ଆସିଛନ୍ତି। ପୃଥିବୀର ସ୍ମୃତି ସେମାନଙ୍କ ପାଖରେ ମଳିନ ହୋଇ ନାହିଁ। ଯେତେବେଳେ ସେମାନେ ମାନସ ଲୋକ ସୃଷ୍ଟି କରନ୍ତି, ପୃଥିବୀର ସେହି ସ୍ମୃତି ସେମାନଙ୍କୁ ଅନେକଗୁଡ଼ାଏ ସାହାଯ୍ୟ କରେ। ଫଳତଃ ସେମାନଙ୍କ ତିଆରି ସ୍ୱର୍ଗ ପୃଥିବୀର ଅବିକଳ ନକଲ ହୋଇଥାଏ। କିନ୍ତୁ ଏସବୁ ସ୍ତରର ଆମ୍ଭମାନଙ୍କ ମନରେ ପୃଥିବୀର ସ୍ମୃତି ନିତାନ୍ତ କ୍ଷୀଣ ହୋଇ ଆସିଛି – ଅନେକଙ୍କ ନାହିଁ କହିଲେ ଚଳେ। ତେଣୁ ସେମାନେ ଯାହା ଗଠନ କରନ୍ତି, ନିଜ କଳ୍ପ ଲୋକ ନିଜନିଜ କଳ୍ପନା ଅନୁସାରେ ଗଢ଼ନ୍ତି। ଏଣୁକରି ସବୁ ହୁଏ ନୂତନ, ସବୁ କିଛି ହୁଏ ଅଜବ ଅଭୁତ। ଏ ସମସ୍ତ ଯାହା ଦେଖୁଛ ଏ ସ୍ତରର ଅଧିବାସୀମାନଙ୍କ ସୃଷ୍ଟି ସେହି ପାହାଡ଼, ପର୍ବତ, ଗଛପତ୍ର, ଫୁଲ, ପକ୍ଷୀ ସାଧାରଣ ଦୃଶ୍ୟ ସବୁ।

– କିନ୍ତୁ ତୁମର ମନୁଷ୍ୟମାନେ କାହାନ୍ତି? ଜଣକର ବି ତ ଦେଖା ନାହିଁ?

– ସେମାନେ ଇଚ୍ଛା ନକଲେ ଏସ୍ତରେ ଆମ୍ଭାଙ୍କୁ ତୁମେ ସହଜରେ ଦେଖିପାରିବ ନାହିଁ ଯତୁଦା। କଳ୍ପ ପର୍ବତ ପାଖରେ ଯାହାକୁ ଆମେ ଚୁମ୍ବକ ଶକ୍ତିର ଢେଉ କହୁଁ – ତା ଖୁବ୍ ବେଶୀ ପ୍ରବଳ। ସେଠାକୁ ଗଲେ ତୁମ ଦେହ ଶକ୍ତିମାନ୍ ହେବ, ସେତେବେଳେ ଖୁବ୍ ଉଚ୍ଚସ୍ତରର ଆମ୍ଭାକୁ ବି ଅଳ୍ପ ସମୟ ପାଇଁ, ମାନେ ମାତ୍ର ଯେତେ ସମୟ ସେହି ପର୍ବତ ପାଖରେ ରହିବ ସେତିକି ସମୟ ପର୍ଯ୍ୟନ୍ତ ଦେଖି ପାରିବ।

ଅଳ୍ପ ସମୟ ପରେ ଗୋଟିଏ ଅନୁଚ୍ଚ ପର୍ବତ ସାମନାରେ ଦେଖାଗଲା। ତା ଉପରଟା ଅନେକ ସମତଳ।

ସେ ସମତଳ ଜମି ଖଣ୍ଡକ ଉପରେ ଯେଉଁ ଦୃଶ୍ୟ ଯତୀନର ଦୃଷ୍ଟିରେ ପଡ଼ିଲା ତାହ ଦେଖି ସେ ବିସ୍ମିତ, ମୁଗ୍ଧ ଓ ସ୍ତମ୍ଭିତ ହୋଇଗଲା।

ସେଠାରେ ବହୁ ଦେବ ଦେବୀ ଉପସ୍ଥିତ ହୋଇଛନ୍ତି। ସେମାନଙ୍କ ଅଙ୍ଗର ଜ୍ୟୋତି ଓ ରୂପରେ ସମସ୍ତ ଭୂମିଶ୍ରୀ ଆଲୋକିତ। ସମଗ୍ର ବାୟୁମଣ୍ଡଳ (ଯଦି ଏଠାରେ ବାୟୁ ମଣ୍ଡଳ ବୋଲି କିଛିଥାଏ) ସେମାନଙ୍କ ଦେହ ନିଃସୃତ ଉଚ୍ଚ ବୈଦ୍ୟୁତିକ ଶକ୍ତିର ସ୍ପନ୍ଦନରେ ମୃତ୍ୟୁଞ୍ଜୟୀ ଅମୃତର ନିର୍ଝର ହୋଇ ଉଠିଛି ଯେପରି। ତାଙ୍କ ଦେହଗନ୍ଧ ସୁରଭିରେ ବହୁ ଦୂର ପର୍ଯ୍ୟନ୍ତ ଆମୋଦିତ।

ଯତୀନ ଏପର୍ଯ୍ୟନ୍ତ ଏତେ ଉଚ୍ଚ ଜୀବଙ୍କ ଏକତ୍ର ସମାବେଶ କେବେବି ଦେଖି ନଥିଲା। ସେ ଆସ୍ତେ ଆସ୍ତେ କହିଲା – ଦେଖୁଛି ଏମାନଙ୍କ ଏକାଠିରେ ଭିଡ଼ ଲାଗି ଯାଇଛି ପୁଷ୍ପ! ଉ୪...

ସମସ୍ତେ ଯେପରି କିଛି ଗୋଟିଏ ଅପେକ୍ଷାରତ। ସମସ୍ତଙ୍କ ଦୃଷ୍ଟି ବାଁ ଆଡ଼ର ଗୋଟାଏ ଖୁବ୍‍ ଉଚ୍ଚ ପାହାଡ଼ରେ ନିବଦ୍ଧ। ଯତୀନ କହିଲା – ଏ ପୁଷ୍ପ! ଏହା ଯେପରି ଫୋର୍ଟର ରାମ ପାର୍ଟରେ ମୋହନ ବାଗାନ୍‍ର ଫୁଟବଲ୍‍ ମେଚ୍‍ ଦେଖ୍ ଆସିଛନ୍ତି ସଭିଏଁ ଆହାଟିକେତ୍‍ କିଶିପାରୁ ନାହାନ୍ତି ବିଚାରୀମାନେ!

ପୁଷ୍ପ ତିରସ୍କାର କରି କହିଲା। ତୁମେ ବଡ଼ ହଇରାଣ କରୁଛ ଯତୁଦା ଚୁପ୍ କରି ରହିପାରୁନ ?

ଯତୀନ କଣ କହିବାକୁ ଯାଇ ଚୁପ୍ ରହି ଯାଇଥିଲା। ବାଁ କଡ଼ ସେ ପାହାଡ଼ର ଚୂଡ଼ାରୁ ଗୋଟିଏ ଅପୂର୍ବ ମଧୁର ଶବ୍ଦର ଢେଉ ଉଠିଲା। ଦେବଦେବୀ ସମସ୍ତେ ମୁଣ୍ଡ ନୁଆଁଇ ଶୁଣିବାକୁ ଲାଗିଲେ। କେହି କେହି ପାହାଡ଼ ତ୍ଳାଲୁର ସ୍ୱୟଂପ୍ରଭ ତୃଣଦଳରେ ଶୋଇ ପଡ଼ିଲେ ଅଳସ ଭାବରେ। କେହି ବସି ହାତଦୁଇଟିରେ ମୁହଁ ଢାଙ୍କିଲେ। ଅଧିକତର ଜନ କିନ୍ତୁ ଠିଆ ହୋଇ ଶୁଣିବାକୁ ଲାଗିଲେ।

ସେ ମଧୁର ଶବ୍ଦ କଣ୍ଠ ସଙ୍ଗୀତ ନୁହେଁ। ଯନ୍ତ୍ର ସଙ୍ଗୀତ ଭଲି ଶବ୍ଦ। କିନ୍ତୁ ପରିଚିତ କୌଣସି ଯନ୍ତ୍ରର ଶବ୍ଦ ନୁହେଁ। ଅତ୍ୟନ୍ତ ରହସ୍ୟମୟ ତାର ଉତ୍ପତ୍ତି ସ୍ଥଳ। ଯେପରି ଗଙ୍ଗାର ଧାରା କେଉଁ ଉଚ୍ଚ ପର୍ବତର ତୁଷାର ପ୍ରବାହରେ ତାର ଜନ୍ମ କେହି ସେ ଖବର ରଖନ୍ତି ନାହିଁ। ଯତୀନର ସର୍ବାଙ୍ଗ ବାରମ୍ବାର ଶିହରି ଉଠିବାକୁ ଲାଗିଲା।

ଶୁଣି, ଶୁଣି ଯତୀନର ମନେ ହେଲା ସେ ଆଉ ପୃଥିବୀର ବଦ୍ଧ ଆତ୍ମା ନୁହେଁ। ସେ ଉଚ୍ଚ ଅମୃତର ଅଧିକାରୀ ଦେବତା ହୋଇଯାଇଛି। ସେ ମୁକ୍ତ, ବିରାଟ ତାର ଆତ୍ମା ସମସ୍ତ ବିଶ୍ୱକୁ ବ୍ୟାପୀ ସଚେତନ ହୋଇ ଯିବାକୁ ଚାହେଁ। ତାର ବିରାଟ ହୃଦୟରେ ସମସ୍ତ ପାପୀ, ତାପୀ ମୂର୍ଖ ନିନ୍ଦୁକଙ୍କ ସ୍ଥାନ ରହିଛି। ପତିତର ଉଦ୍ଧାର କରିବାକୁ ଯୁଗେଯୁଗେ ପୃଥିବୀରେ ଜନ୍ମ ନେଇଛି। ସେମାନଙ୍କ ଦୁଃଖ ଯୁଗ ଯୁଗ ଧରି ମୃତ୍ୟୁବରଣ କରିଛି। ବିଶ୍ୱର ମହା ଦେବତାଙ୍କ ପାର୍ଶ୍ୱଚର ସେ – ସେ ନୃତ୍ୟଶୀଳ ଗ୍ରହ ନକ୍ଷତ୍ରର ବଚିତ୍ର ନୃତ୍ୟଛନ୍ଦରେ ଲୀଲାମୟ, ପବିତ୍ର, ପ୍ରେମିକ ମୁକ୍ତ ଦେବତା। ଏହା ଯେ କେତେ ଆନନ୍ଦମୟ। କେତେ ମାଧୁର୍ଯ୍ୟମୟ ଏହା କେତେ ଅଭିନବ ଅନନୁଭୂତପୂର୍ବ ଅମରଣ!

କେଉଁ ଆଡ଼େ ବି ଆଉ କେହି ଠିଆହୋଇ ରହିନାହାନ୍ତି। ସମସ୍ତେ ବସିପଡ଼ିଛନ୍ତି... ନିସ୍ତବ୍ଧ ଚତୁର୍ଦ୍ଦିଗ... ମଧୁର ଅଶରୀରୀ ରହସ୍ୟମୟ ମୋହିନୀ ସଙ୍ଗୀତ ଲହରୀ କେତେବେଳେ ଉଚ୍ଚ, କେତେବେଳେ ମୃଦୁତର ଏକଲୟରେ ବହି ଯାଉଛି.... ବିରାମ ନାହିଁ.... ବିରତି ନାହିଁ। ପୃଥିବୀର କୌଣସି ଭାଷାରେ ତାର ବର୍ଣ୍ଣନା ହେବ ନାହିଁ। କେତେ ଯେ ସମୟ ଅତିକ୍ରାନ୍ତ ତାର ହିସାବ ନାହିଁ। ଅନନ୍ତକାଳ ଧରି ଏପରି ସଙ୍ଗୀତ ପ୍ରବାହିଣୀ ଗୋମୁଖୀ ନିର୍ଗତ ଭାଗୀରଥୀର ଧାରା ଭଲି ବହି ଚାଲିଛି – ଚାଲିଛି...

ଯତୀନ ମନର କେଉଁ ଗୁପ୍ତ କକ୍ଷର ଗଭୀର ଅନୁଭୂତିର ଦ୍ୱାର ଖୋଲିଗଲା। ସେ ଦେଖିପାରିଲା ତାର ପୃଥିବୀରେ ଯାପନ କରିଥିବା ଆହୁରି ଅନେକ ପୂର୍ବ ଜୀବନ... ଏହି ଅନନ୍ତ ଜୀବନ ପ୍ରବାହରେ ସେ ଯୁଗ ଯୁଗାନ୍ତର ଧରି ଭାବ ଆଉ ପ୍ରେମର ସ୍ରୋତରେ ବହି ଆସିଛି... ଆଶା କଣ ଗୋଟିଏ ଜନ୍ମର ଆଶା ନା ପୁଷ୍ପ ଗୋଟିଏ ଜନ୍ମର ପୁଷ୍ପ? କେତେଯୁଗ ଧରି ଯେ ସେମାନେ ତାର ନିତ୍ୟ ସଙ୍ଗିନୀ। ତା ଜୀବନ ଛନ୍ଦରେ ଛନ୍ଦା ଏମାନଙ୍କ ଜୀବନ- କେତେଥର କେତେ ବିରହ–ମିଳନ, ହସ କାନ୍ଦ ମଧ ଦେଇ ସେମାନଙ୍କ ସହିତ କେତେଥର ଦେଖାଶୁଣା। କେତେଥର ଛଡ଼ାଛଡ଼ି - କେତେ ବିସ୍ତୃତ ମରୁଦ୍ୱୀପରେ, କେତେ ଶ୍ୟାମଳ ପଲ୍ଲୀର କୁଞ୍ଜ, କୁଞ୍ଜରେ। କେତେ କ୍ଷୁଦ୍ର ଗ୍ରାମ୍ୟ ନଦୀ ତୀର କୁଟୀରରେ; କେତେ ପାହାଡ଼ ତଳ ଆଦିମକାଳ ଗୁହାରେ... କେତେ ରାଜାଙ୍କ ରାଜ ପ୍ରାସାଦରେ... କେତେ ଦଶାର୍ଶ ଗ୍ରାମର ବ୍ୟାଧରୂପରେ କେତେ ଶାର ଦ୍ୱୀପର କ୍ରୌଞ୍ଚ - ମିଥୁନ ରୂପେ, କେତେ କୁରୁକ୍ଷେତ୍ରର ବେଦଗାୟନ ବ୍ରାହ୍ମଣ ରୂପରେ...

ଯତୀନ ଦେଖିଲା ପୁଷ୍ପ କାନ୍ଦୁଛି– ସେ ନୀରବରେ ପୁଷ୍ପର ହାତରେହାତ ରଖି ତାହାକୁ ନିଜପାଖକୁ ସ୍ନେହରେ ଘେନିଗଲା–

ତାପରେ କେତେବେଳେ ସେ ଅପୂର୍ବ ସଙ୍ଗୀତ ନିରବି ଯାଇଛି ବିଚିତ୍ରରୂପୀ ଜ୍ୟୋତିର୍ମୟ ଜୀବଗଣ ମହାଶୂନ୍ୟରେ ଅଦୃଶ୍ୟ ହୋଇଯାଇଛନ୍ତି - କେତେବେଳେ ସମସ୍ତ ଦେଶଟା ଜ୍ୟୋସ୍ନା ଆଲୋକରେ ଭରିଯାଇଛି ଯତୀନ୍‌ର ତହିଁ ପ୍ରତି ଖିଆଲ ନାହିଁ। ଜ୍ୟୋସ୍ନା.... ଜ୍ୟୋସ୍ନା। ବହୁତ ପୂର୍ଣ୍ଣମୀର ସମ୍ମିଳିତ ଜ୍ୟୋସ୍ନା ଲୋକ ସର୍ବତ୍ର -

ଯତୀନ କହିଲା - ପୁଷ୍ପ ଚାଲ୍‌ଯିବା।

(୧୧)

ଏମାନେ କିଛି ଦୂରକୁ ମାତ୍ର ଆସିଛନ୍ତି - ଗୋଟିଏ ସ୍ଥାନରେ ଦେଖିଲେ ମାଟି ଦେହରେ ଯେପରି ଚନ୍ଦ୍ର ଖସି ପଡ଼ିଛି।

ଉଭୟେ ପାଖକୁ ଯାଇ ଦେଖିଲେ। ପରମରୂପସୀ ଏକ ଦେବୀ ଘାସ ଉପରେ ବସି ବିକଳ ଭାବରେ କାନ୍ଦୁଛନ୍ତି। ସେମାନେ ଅବାକ୍‌ ହୋଇଗଲେ। ଏତେ ଉଚ୍ଚସ୍ତରର ଦେବୀଙ୍କ ପୁଣି ଦୁଃଖ କାହିଁକି ?

ଯତୀନ ପଚାରିଲା - ମା ଆପଣଙ୍କୁ କିଛି ସାହାଯ୍ୟ କରିପାରୁ?

ଦେବୀ ସେମାନଙ୍କ ଆଡ଼କୁ ଚାହିଁଲେ। ଯତୀନର ମନେ ହେଲା ଦେବୀ କଣ ସଉକରେ, ସ୍ୱେଚ୍ଛାରେ ହେବାକୁ ହୁଏ? ଏତେରୂପ ଏତେ ଜ୍ୟୋତି, ଏତେ ମହିମା - ଅଥଚ କେତେ ମମତା, କେଡ଼େ କରୁଣା ଭରା ଦୃଷ୍ଟି! କହିଲେ - ପାରିବ ?

ଉଭୟେ କହି ଉଠିଲେ - ଆଦେଶ କରନ୍ତୁ, ଆପଣଙ୍କ ଆଶୀର୍ବାଦରେ ପାରିବୁଁ।

ଦେବୀ କହିଲେ – କଞ୍ଚ ପର୍ବତ ଦେଖି ଫେରୁଛ ? ତୁମେମାନେ କେଉଁଠି ଥାଅ ?

– ଆଜ୍ଞା ହଁ କଞ୍ଚ ପର୍ବତ ଦେଖି ଫେରୁଛୁଁ। ଆମେ ଏହି ତଳ ସ୍ୱର୍ଗରେ ଥାଉଁ ତୃତୀୟ ସ୍ତରରେ।

– କେତେ ମଧୁର ସଙ୍ଗୀତ। ଶୁଣିଲ ?

ଯତୀନ କହିଲା – ଶୁଣିଲୁଁ ମା। ମୁ ଅଧିକ ଦିନ ହେଲା ପୃଥିବୀ ଛାଡ଼ି ଆସିନି। ଏହି ରହସ୍ୟଟି କଣ ମୋତେ କହିବେ, ଟିକିଏ କହିବେ କି ଦୟାକରି ?

ଦେବୀ କହିଲେ – କହିବି, ଏହାପରେ। ଏବେ ଶୁଣ। ମୁଁଥାଏଁ ଅନ୍ୟ ନକ୍ଷତ୍ର ଲୋକରେ। ପୃଥିବୀର ଗୋଟିଏ ସ୍ଥାନରେ ମନୁଷ୍ୟମାନଙ୍କର ଭୟଙ୍କର କଷ୍ଟ। ମୁଁ ସେ ଦେଶରେ ଜନ୍ମ ନେଇଥିଲି ହଜାର ହଜାର ବର୍ଷ ପୂର୍ବରୁ। ସେମାନଙ୍କ ଦୁଃଖରେ, ଆଉ ଆଜି କଞ୍ଚ ପର୍ବତର ସଙ୍ଗୀତ ଶୁଣି ମୋର ମନ ବହୁତ ବ୍ୟାକୁଳ ହେଉଛି। ଚାଲ ଯିବା ପୃଥିବୀକୁ। ଦେଖିବା କଣ କରାଯାଇପାରେ। କିନ୍ତୁ ଅସୁବିଧା ହେଉଛି ଏଇଯେ ମୁଁ ଏତେ କାଳଧରି ପୃଥିବୀରୁ ଚାଲିଆସିଛି, ଜଡ଼ ଜଗତ ସହିତ ସଂପର୍କ ଏତେ କାଳଧରି ହରାଇଛି ଯେ ହଠାତ୍ କୌଣସି ଗୋଟିଏ କାମ ସେ ଜଗତରେ କରି ପାରିବି ନାହିଁ। ମଧ୍ୟବର୍ତ୍ତୀ ସ୍ତରର ଆମ୍ଭାଙ୍କ ସାହାଯ୍ୟ ଛାଡ଼ି ପୃଥିବୀକୁ ଯାଇ କଣ କରିବି। ତୁମେମାନେ ଯଦି ଯାଅ –

ସେମାନେ କହିଉଠିଲେ, ନିଶ୍ଚୟ ଯିବୁ ମା !

ଦେବୀ କହିଲେ – ଟିକିଏ ଅପେକ୍ଷାକର। ମୋର ଜଣେ ସଙ୍ଗୀ ଅଛନ୍ତି। ସେ ଆମ ଲୋକରେ ରହନ୍ତି। ଉଚ୍ଚ ସ୍ତରର ଜୀବନ। ପୃଥିବୀକୁ ଯାଇ କେବଳ ବ୍ୟସ୍ତ ହୋଇ ପଡ଼ନ୍ତି, ଏତେ ବିବ୍ରତ ହୋଇ ପଡ଼ନ୍ତି ଯେ କିଛି କାମ କରିପାରନ୍ତି ନାହିଁ। ସେ ପ୍ରାଚୀନ ଯୁଗର ଜଣେ ବଡ଼ କବିଥିଲେ। ତାଙ୍କୁ ନେଇଯିବା ଚାଲ। ଆସ ମୋ ସହିତ।

ପୁଣି ନୀଳ ଶୂନ୍ୟରେ ଯାତ୍ରା।........ ବହୁ ଦୂରରେ ଗୋଟିଏ କ୍ଷୀଣ ନକ୍ଷତ୍ର ଜଳୁଥିଲା। ଦେବୀ ସେହି ନକ୍ଷତ୍ରକୁ ଲକ୍ଷ୍ୟରଖି ଚାଲିଲେ। ପର ମୁହୂର୍ତ୍ତରେ ଏକ ସୁନ୍ଦର ଉପବନ। ଗୋଟିଏ କ୍ଷୁଦ୍ର ନଦୀବହିଚାଲିଛି ଉପବନ ମଧ ଦେଇ। ଲତାପତ୍ର କିନ୍ତୁ ପୃଥିବୀ ଭଳି ଶ୍ୟାମଳ ପୃଥିବୀର ଯେପରି ଗୋଟିଏ ଶାନ୍ତ ପ୍ରାଚୀନ କାଳୀନ ତପୋବନ। ମୃଗକୁଳ ନିର୍ଭୟରେ ଖେଳୁଛନ୍ତି। ବିଭିନ୍ନ ଲତରା ବିଚିତ୍ର ବର୍ଣ୍ଣଆଁ ଫୁଲ ସବୁ ଫୁଟିଛି। ଜଣେ ସୌମ୍ୟ ମୂର୍ତ୍ତି, ଜ୍ୟୋତିର୍ମୟ ଆତ୍ମା ଲତାବିତାନରେ ବସି କଣ ଯେପରି ଲେଖୁଛନ୍ତି। ଦେବୀ ସେ ଉଭୟଙ୍କୁ ନେଇ ତାଙ୍କ ସମ୍ମୁଖରେ ଠିଆ କରାଇଲେ। ମୁହଁ ଉଠାଇ ଚାହିଁବାରୁ ଯତୀନ ଓ ପୁଷ୍ପ ଆଗେଇଯାଇ ତାଙ୍କ ପଦଧୂଳି ଘେନି ପ୍ରଣାମକଲେ।

ଦେବୀ କହିଲେ – କଙ୍କ ପର୍ବତ ବାଟରେ ଏମାନଙ୍କ ସହିତ ଦେଖା ହେଲା ପୃଥିବୀକୁ ନେଇ ଯିବାକୁ ଏମାନଙ୍କୁ ସଙ୍ଗରେ ନେଇ ଆସିଲି। ଯତୀନ ଓ ପୁଷ୍ପକୁ ଚାହିଁ ଦେବୀ କହିଲେ – ରାମାୟଣ ରଚୟିତା କବି ବାଲ୍ମୀକି ତୁମମାନଙ୍କ ସମ୍ମୁଖରେ।

ସେମାନେ ଉଭୟେ ଚମକି ଉଠିଲେ। ମହା କବି ବାଲ୍ମୀକି !! ଦେବତା ସ୍ମିତ ହସି ସେମାନଙ୍କୁ ବସିବାକୁ କହିଲେ। ଅଙ୍ଗୁଳି ନିର୍ଦ୍ଧେଶକରି କହିଲେ – ଏହି ମୋର ଆଶ୍ରମ। ସେଇ ପାଖରେ ହିଁ ତମସା ନଦୀ। ସେଇଟା ଆମ ଘର। ପୃଥିବୀରେ ଯାହା ମୋର ପ୍ରିୟଥିଲା ଏଠାରେ ତାହା ହିଁ ସୃଷ୍ଟି କରିଛି। ଏଇ ଆମ ସ୍ୱର୍ଗ। ଆଉ ତୁମ ସମ୍ମୁଖରେ ଏଇ ମୋର ମାନସ-ଦୁହିତା-ସୀତା। ଯିଏ ତୁମକୁ ସାଥୀ କରି ନେଇ ଆସିଛି।

ପୁଷ୍ପ, ଯତୀନ ବିସ୍ମିତ, ସ୍ତବ୍ଧ। ଭାରତ ବର୍ଷର ପୁଅଝିଅ ସେମାନେ। ସୀତାଙ୍କ ନାମରେ ସେମାନଙ୍କ ସର୍ବାଙ୍ଗରେ ବିଦ୍ୟୁତର ଢ୍ରେଉ ଖେଳିଗଲା। କେତେ ଯୁଗଧରି ଭାରତର ଆକାଶ, ବତାସ ଯେଉଁ ପୁଣ୍ୟ ନାମରେ ମୁଖରିତ। ସେଠାକାର ବାଣର ପକ୍ଷୀ ମଧ ଯେଉଁ ନାମରେ ଗୀତଗାଏ ସେହି ଭଗବତୀ ଦେବୀ ଜାନକୀ ସେମାନଙ୍କ ସମ୍ମୁଖରେ !! ଏହା ସ୍ୱପ୍ନ, ମାୟା କିମ୍ବା ମତିଭ୍ରମ ?

ବାଲ୍ମୀକି କହିଲେ – ତୁମେମାନେ ବିସ୍ମିତ ହେଇଛ। ବୋଧହୁଏ ଏ ଲୋକକୁ ଅଛଦିନ ହେଲା ଆସିଛ। ସୀତାକୁ ମୁ ସୃଷ୍ଟି କରିଛିଁ। ଯାହାଥିଲା ପୃଥିବୀରେ ମୋର କଳ୍ପନା ଭିତରେ, ଏ ଲୋକରେ ତାହା ମୂର୍ତ୍ତିମନ୍ତ ହୋଇଛନ୍ତି।

ଯତୀନ କହିଲା – ବୁଝି ପାରିଲୁ ନାହିଁ ଦେବ !

– ଏ ଲୋକରେ ଚିନ୍ତା ଦ୍ୱାରା ଜୀବସୃଷ୍ଟି କରାଯାଏ। କେବଳ ଯେ ଘରଦୁଆର କରାଯାଏ ତା ନୁହେଁ। ସ୍ଥାନ ଓ ସମୟର ମଧ ସୃଷ୍ଟି କରାଯାଇଥାଏ। ଆମ ଆଶ୍ରମର ସମୟ କଣ ଦେଖୁଛ ?

– ଆଜ୍ଞା। ସନ୍ଧ୍ୟା, ଗୋଧୂଳି।

– ଆମର ସମୟ ସନ୍ଧ୍ୟା ଗୋଧୂଳି। ମୁଁ ଭଲପାଏ ଗୋଧୂଳି।

– ସୀତାକୁ ଯେତେ ଆନ୍ତରିକ ଆଗ୍ରହ ନେଇ ସୃଷ୍ଟି କରିଥିଲି ରାମଚନ୍ଦ୍ରଙ୍କୁ ସେତେ ସହାନୁଭୂତିଶୀଳ ହୋଇ ଗଢ଼ି ନାହିଁ। ତେଣୁ ମୋର ସ୍ୱର୍ଗରେ ମୋର ପ୍ରିୟତମ ସୃଷ୍ଟି ସୀତା ହିଁ ଅଛନ୍ତି। ରାମଚନ୍ଦ୍ର ନାହାନ୍ତି। ଲକ୍ଷ୍ମଣ ନାହିଁ, ଭରତ ନାହିଁ କେହି ନାହିଁ।

– ତେବେ ଦେବୀ ସୀତା କିମ୍ବା ରାମଚନ୍ଦ୍ର ସତରେ, ବାସ୍ତବରେ କଣ କେହି ନଥିଲେ ?

– ହୁଏତ ଥିଲେ। ମୁଁ ସେମାନଙ୍କୁ ଜାଣିନି। ମୋର କାବ୍ୟର ରାମ, ମୋର କାବ୍ୟର ସୀତା – ମୋର ହିଁ ସୃଷ୍ଟ ଜୀବ। ସେ ପ୍ରାୟ ମୋର ଏଠାକୁ ଆସେ। ନାନାରକମ

କାର୍ଯ୍ୟରେ ସାରା ଜଗତ, ଘୁରି ବୁଲେ କିନ୍ତୁ ମୋତେ ଭୁଲି ନଥାଏ। କରୁଣା ଦେବୀ କହିଲେ – ବାବା ଏ ସବୁ ଏଥର ଥାଉ। ପୃଥିବୀକୁ ଯିବ ?

ବାଲ୍ମିକୀ କହିଲେ – ତୁ ତ ଜାଣୁ, ପୃଥିବୀକୁ ଯାଇ ମୁ କିଛି କରିପାରି ନଥାଏ। ବହୁକାଳ ପୂର୍ବେ ଭବଭୂତିକୁ ପ୍ରଭାବାନ୍ବିତ କରି ଖଣ୍ଡିଏ କାବ୍ୟ ଲେଖାଇଥିଲି – ଚମକ୍ରାର କାବ୍ୟ ହୋଇଥିଲା। ଆଉ ବାଂଲାଦେଶର ମଧୁସୂଦନକୁ ଧରି ଖଣ୍ଡିଏ କାବ୍ୟ ଲେଖାଇବାକୁ ଯାଇଥିଲି। କିନ୍ତୁ ଅଧିକ ପ୍ରଭାବାନ୍ବିତ କରିପାରିନି। ଯାଇଦେଖେ କେତେ ଜଣ ଭିନ୍ନ ଦେଶୀୟ କବି ତାକୁ ଘେରି ଠିଆ ହୋଇଛନ୍ତି। ସେମାନଙ୍କ ପ୍ରଭାବ ତା ଉପରେ ଅଧିକ କାର୍ଯ୍ୟକାରୀ ହେଲା। ମୁଁ ଯାଇ ଫେରି ଆସିଲି। ତୁ ଏକାକୀ ଯା’ମା।

– ଏମାନଙ୍କୁ ସଙ୍ଗେ ନେଇ ଯା। ଏଇ ପୁଅଝିଅ ଦୁଇଟିଙ୍କୁ। ଏମାନେ ନୂଆଁ ହୋଇ ପୃଥିବୀରୁ ଆସିଛନ୍ତି – ଏମାନଙ୍କୁ ନେଇ ଭଲ କାମ ହୋଇପାରିବ।

ପୁଷ୍ପ କହିଲା– ଚାଲନ୍ତୁ ଦୟାକରି। ଯେଉଁଠାକୁ ଆମକୁ ନେଇଯିବେ ଆମେ ଯିବୁଁ।

ସେମାନେ କିଛି କ୍ଷଣପରେ ପୃଥିବୀରେ ଆସି ପହଞ୍ଚିଲେ। ପୃଥିବୀରେ ସେତେବେଳେ ସକାଳ ଦଶଟା। କିନ୍ତୁ ଦେଶଟାରେ ବହୁତ ଶୀତ। ଖରାର ଭେଟ ନାହିଁ। ଦେଖା ନାହିଁ। କୁହୁଡ଼ିରେ ଚାରିଦିଗ ପୂରିଛି। ପ୍ରଥମରୁ ଗୋଟିଏ ଗ୍ରାମରେ ସେମାନେ ପହଞ୍ଚିଲେ – ସେଠାରେ ଭୟାନକ ଦୁର୍ଭିକ୍ଷ। ପ୍ରତ୍ୟେକ ଘରେ ଅନାହାର ଜୀର୍ଣ୍ଣ ବାପା-ମା-ପୁଅଝିଅ-ରାସ୍ତା କଡ଼ରେ ଅନାହାରରେ ମୃତ ମନୁଷ୍ୟଙ୍କ ଦେହ। ଆଖପାଖ ଗାଁମାନଙ୍କରେ ମଧ ସେ ଅବସ୍ଥା। ନିକଟବର୍ତ୍ତୀ ଗୋଟିଏ ଗାଁ କୁ ମୋଟର ଭ୍ୟାନ୍ ଆସିଛି ମୃତ ଦେହ ଗୋଟାଇ ଫିଙ୍ଗିବାକୁ। ପୁଲିସ୍ ଲୋକେ ଜେଲ୍ କୟେଦିମାନଙ୍କୁ ଧରି ମୃତଦେହ ବୁହାଉଛନ୍ତି। ସେମାନେ ରାସ୍ତା କଡ଼ରୁ ଘରଭିତରୁ ମୃତଦେହଙ୍କ ଗୋଡ଼ ଧରି ହାତଧରି ଘୋଷାରି ଆଣି ମୋଟର ଭେନ୍‌ରେ ବୋଝାଇ କରୁଛନ୍ତି। ଗାଡ଼ିଟି ମଇଲାଫିଙ୍ଗା ଗାଡ଼ି ଭଳି ବୋଝାଇ ହୋଇ ହୋଇଯାଇଛି ମୃତଦେହ ଗଦାଗଦା। ତା ଭିତରେ ପିଲା, ବୁଢ଼ା ଯୁବକ, ଶିଶୁ ସମସ୍ତଙ୍କ ମୃତ ଦେହ ରହିଛି। ପଚା ସଢ଼ା ଶବ ଗନ୍ଧରେ ଚତୁର୍ଦିଗ ଗନ୍ଧଉଛି। କାରଣ ଯେଉଁ ସବୁ ଜେଲ୍ କୟେଦୀ ମୁର୍ଦାର ଫିଙ୍ଗା କାମ କରୁଛନ୍ତି ସେମାନଙ୍କ ନାକରେ, ମୁହଁରେ କପଡ଼ା ବନ୍ଦା। ବୀଭତ୍ସ ଦୃଶ୍ୟ।

ରୋଗୀ ଜୀର୍ଣ୍ଣ ଓ ଅନାହାରଶୀର୍ଣ୍ଣ ଲୋକ ଦଳଦଳ ହୋଇ ସହର ଆଡ଼କୁ ଚାଲିଛନ୍ତି। ସମସ୍ତଙ୍କ ଭାଗ୍ୟରେ ସହରରେ ପହଞ୍ଚିଯିବା ଘଟିବକି ନା ସନ୍ଦେହ। ବାଟରେ ହିଁ ଅଧାଅଧ ଲୋକ ହୁଏ ତ ମରିଯାଇଥିବେ। ତାପରେ ଅଛି ପୋଲିସର ମୋଟର ଭ୍ୟାନ୍ ଓ ଜେଲ୍ କୟେଦୀଙ୍କ ଦଳ। ଯେଉଁମାନେ ସହରରେ ପହଞ୍ଚିଯାଉଛନ୍ତି ସେମାନଙ୍କ

ମାଥରୁ ଅନେକେ ସେଠାରେ ଦୁର୍ବଳ ଶରୀର ନେଇ ହାଡ଼ଭଙ୍ଗା ଶୀତ ଆକ୍ରମଣ ସହ୍ୟ କରି ନପାରି ଫେଭ୍‌ମେଣ୍ଟ ଉପରେ, ଲେମ୍ପୋଷ୍ଟ ତଳେ ମରି ପଡ଼ିରହିବେ। ଆହା ସେମାନେ ଲେମ୍ପୋଷ୍ଟ ତଳେ ଆଶ୍ରୟ ନେଉଛନ୍ତି ଲେମ୍ ଆଲୁଅରୁ ଟିକିଏ ଉଷ୍ମ ପାଇବା ମିଥ୍ୟା ଆଶାରେ! ତାପରେ ତାଙ୍କ ପାଇଁ ରହିଛି ପୋଲିସ୍‌ ଭେନ୍ ଓ ସେହି ଜେଲ୍ କୟେଦୀ ଶ୍ମଶାନ ବନ୍ଧୁଙ୍କ ଦଳ।

ବାଟ କଡ଼ରେ ଗୋଟିଏ ଜାଗାରେ ଦୁର୍ଭିକ୍ଷ କ୍ଲିଷ୍ଟ ଆଠ ବର୍ଷ ବୟସର ବଡ଼ଭାଇ ପାଞ୍ଚ ବର୍ଷ ବୟସର ଶୀର୍ଣ୍ଣକାୟ କଙ୍କାଳସାର ଛୋଟଭାଇକୁ ଭଙ୍ଗା ଲୁଚାକୋଚା, ରାସ୍ତା କଡ଼ର ସାଉଁଟା ଚିଣ ଡବାରେ ମୁସରି ଦାଲିସିଟ୍ୟା ମୁହଁଟେକି ଖୁଆଉଛି। ଏସବୁ ପିଲା କବିଲା ଦୁଃଖ ସବୁଠାରୁ ଅଧିକ—ଦେବୀଙ୍କ ଆଖିରେ ଅଶ୍ରୁ ଏମାନଙ୍କ କଷ୍ଟ ଦେଖି। ଅଧିକାଂଶ ପୁଅଝିଅଙ୍କ ବାପ, ମା ସେମାନଙ୍କୁ ସହରରେ ଛାଡ଼ି ପୋଲିସ୍ ଭୟରେ ପଳାଇ ଯାଉଛନ୍ତି। ଟିକିଏ ଆଶା ନେଇ ଯେ ସହରରେ ରହିଲେ କିଛି ନହେଲେ ପାଞ୍ଚ ଜଣଙ୍କ ଆଖିରେ ପଡ଼ିବୋ କିଛି ଦୟା ହେବ। ଏକାବେଲେକେ ନ ଖାଇ ମରିଯିବେ ନାହିଁ। କିଛି ପୁଅଝିଅଙ୍କ ବାପ, ମା ଅନାହାର ଓ ରୋଗ କଷ୍ଟରେ ରାସ୍ତା କଡ଼ରେ ଇହଲୀଲା ସଂବରଣ କରି ଲାସ୍ ବୋଝାଇ ମୋଟର ଭ୍ୟାନ୍‌ରେ ନିରୁଦ୍ଦେଶ ଯାତ୍ରା କରିଛନ୍ତି।

ଆଉ କେତୋଟି ଆମ୍ମା ଏମାନଙ୍କ ଭିତରେ କାମ କରୁଥିବା ଦେଖାଗଲା।

ଦେବୀଙ୍କୁ ଦେଖି ଗୋଟିଏ ଝିଅ ଆଗେଇ ଆସିଲେ। ଏହାଙ୍କ ଦେହ ଅତିସୁନ୍ଦର, ସ୍ୱଚ୍ଛ, ସୁନୀଲ ଜ୍ୟୋତି ମଣ୍ଡିତ – ଦେଖିଲେ ଜାଣି ହେଉଛି ବହୁତ ଉଚ ଶ୍ରେଣୀର ଆମ୍ମା।

ଏମାନଙ୍କ କାମ କରିବା ଦେଖି ବୁଝିହୁଏ ଦୁର୍ଭିକ୍ଷରେ ମୃତ ବ୍ୟକ୍ତିମାନଙ୍କ ଆମ୍ମା ଯଦ୍ୱାରା ଆମ୍ମିକ ଲୋକକୁ ଆସି ଦିଗହରା ହୋଇ କଷ୍ଟ ନପାଆନ୍ତି ଏସବୁ ଦେଖାଶୁଣା ପାଇଁ ସେମାନେ ସମବେତ ହୋଇଛନ୍ତି।

ଦେବୀ ସେ ଝିଅ ସହିତ ଆଲାପ କଲେ। ଝିଅଟି କହିଲା – ଏହା ଆମ ଦେଶ। ବହୁ ଦିନ ପୂର୍ବେ ଭଲ୍‌ଗା ନଦୀ ତଟରେ ଗୋଟିଏ ଗ୍ରାମର କୃଷକ ପରିବାରରେ ମୁ ଜନ୍ମ ଗ୍ରହଣ କରିଥିଲି। ଜାର ଆଇଭ୍ୟାନ୍‌ଙ୍କ ରାଜତ୍ୱ କାଳରେ। ରୁଷିଆର କୃଷକମାନେ ଚିରଦିନ ଦୁଃଖୀ। ସୋଭିଏତ୍ ଗଭର୍ନ୍‌ମେଣ୍ଟ ଅମଲରେ ଏମାନଙ୍କ କ୍ଷେତର ଫସଲ କାରଖାନା ଶ୍ରମିକମାନଙ୍କୁ ଓ ସହରର ସୁବିଧା ପ୍ରାପ୍ତ ନାଗରୀକମାନଙ୍କୁ ଭାଗ ଦେବାକୁ ହୁଏ। ଅବଶିଷ୍ଟ ଯାହାଥାଏ ତାହା ସେଇ କୃଷକମାନଙ୍କୁ ନିଅଣ୍ଟ ପଡ଼େ। ତେଣୁ ଏହି ଘୋର ଦୁର୍ଭିକ୍ଷ। ଏମାନଙ୍କୁ ଛାଡ଼ି ମୁଁ ଯାଇ ପାରେ ନାହିଁ। ତେଣୁ କରି ଏମାନଙ୍କ ସହିତ ରହିଥାଏଁ। ଆଉ ଜଣେ ଲୋକ ସହିତ ଆପଣଙ୍କର ଆଲାପ କରାଇଦେବି ଆସନ୍ତୁ।

ଜଣେ ସୁନ୍ଦର ସୁଶ୍ରୀ ଯୁବକ କିଛି ଦୂରରେ ଦଳେ ଦୁର୍ଭିକ୍ଷ ପୀଡ଼ିତ ବାଳକବାଳିକାଙ୍କ ଭିତରେ ଠିଆ ହୋଇ କଣ କରୁଥିଲେ।

ଝିଅଟି କହିଲେ – ଏ ହେଉଛନ୍ତି ଡାକ୍ତର ଆମେଣ୍ଟୋ। ରଷିଆ କୃଷକମାନଙ୍କ ପାଇଁ ଏ ମହାତ୍ମା ସାରା ଜୀବନ ବିତାଇଛନ୍ତି ପୃଥିବୀରେ ଥିବାବେଳେ। ଗଭର୍ଷ୍ଟମେଣ୍ଟରକୁଦୃଷ୍ଟିରେ ପଡ଼ି ଲଣ୍ଡନ୍ ପଳାଇଯାଇଥିଲେ ମହାଯୁଦ୍ଧ ପୂର୍ବରୁ। ସୋଭିୟେତ୍ ଗଭର୍ଷ୍ଟମେଣ୍ଟ ସମୟରେ ଫେରି ଆସି ସୁଦ୍ଧା ନାନା ଦୁର୍ଦ୍ଦଶା ଭୋଗ କରିଛନ୍ତି। ଷ୍ଟାଲିନ୍ଙ୍କ ସୁ ନଜର ତାଙ୍କ ଉପରେ ନଥିଲା। ଏହାଙ୍କ ଜୀବନର ଏକମାତ୍ର କାମନା ହେଉଛି ଗରିବ ଓ ଦୁଃଖୀ ଲୋକଙ୍କ ଦୂର କରିବା। ସୋଭିୟେତ୍ ଗଭର୍ଷ୍ଟମେଣ୍ଟଙ୍କ ଅନେକ କଥା ତାଙ୍କୁ ଭଲଲାଗୁ ନଥିଲା। ସେମାନେ ବି ଏହାଙ୍କୁ ଭଲନଜରରେ ଦେଖୁ ନଥିଲେ। ଆଜିକୁ ମାତ୍ର ପାଞ୍ଚ ବର୍ଷ ହେଲା ଆମ୍ଭିକ ଲୋକକୁ ଆସିଛନ୍ତି। ତାହାବି ସେଇ ଗରିମାନଙ୍କୁ ସାହାଯ୍ୟ କରି ପ୍ରାଣ ଦେଇ। ଆମାଶୟ ରୋଗ ଆକ୍ରାନ୍ତ ପଲ୍ଲୀରେ ଡାକ୍ତରୀ କରିବାକୁଯାଇ ସଂକ୍ରାମକ ଆମାଶୟ ରୋଗରେ ହିଁ ପ୍ରାଣ ହରାନ୍ତି। ଏତେ ବଡ଼ ନିଃସ୍ୱାର୍ଥ, ଦୟାଲୁ ଆତ୍ମା ଏ ଯୁଗରେ ଖୁବ୍ କମ୍ ହିଁ ଜନ୍ମ ନେଇଛନ୍ତି। ମୃତ୍ୟୁପରେ ମଧ ଏ ଲୋକକୁ ଆସି ସେଇ ରଷିଆର ଗରିବ ଲୋକଙ୍କୁ ଧରିକାମ କରନ୍ତି। ଯେଉଁଠି ଦୁର୍ଭିକ୍ଷ, ଯେଉଁଠାରେ ରୋଗ, ଶୋକ ସେହି ସ୍ଥାନକୁ ଛୁଟି ଆସିଛନ୍ତି ଚତୁର୍ଥ ସ୍ତରର ଆତ୍ମା। କିନ୍ତୁ ପୃଥିବୀ ଛାଡ଼ି ଅନ୍ୟ ସ୍ଥାନକୁ ଯିବାକୁ ଚାହାନ୍ତି ନାହିଁ।

ଡାକ୍ତର ଆମେଣ୍ଟୋ ଏମାନଙ୍କ ପାଖକୁ ଆସି ହସହସ ମୁହଁରେ ଠିଆ ହେଲେ। କହିଲେ – ଆପଣମାନେ ଭାରତ ବର୍ଷର ଲୋକ ଥିଲେ ନା ? ଦେଖିଲେ ଜଣା ପଡ଼େ। ଏମାନେ ଭଗବାନଙ୍କୁ ଦେଖାଇ ଦେଉଛନ୍ତି ଦେଶରୁ ଯେପରି ଇଟା ପଥର ତିଆରି ଗିର୍ଜା ଭାଙ୍ଗିଲେ ହିଁ ଭଗବାନଙ୍କୁ ତଡ଼ିହୁଏ! ରଷିଆକୁ ଯଦି ଉଚ୍ଚ ଶ୍ରେଣୀୟ ଭାରତୀୟ ମୁକ୍ତାତ୍ମା ଦୟାକରି ଆସନ୍ତି ତେବେ କିଛି କାମ କରି ହୁଅନ୍ତା। ଝିଅଟି କହିଲା – ତାହା ଜଣେ ଦୁଇଜଣଙ୍କ କାମ ନୁହେଁ, ଡାକ୍ତରବାବୁ। ଅନେକ ଆତ୍ମାଙ୍କ ସମବେତ ଚେଷ୍ଟା ଫଳରେ ଯଦି ଚିନ୍ତାର ଚୁମ୍ବକୀୟ ଢେଉର ସୃଷ୍ଟି କରାଯାଏ – ଖୁବ୍ ଶକ୍ତିଶାଳୀ ଢେଉ, ତେବେ ଅବା କିଛି ସମ୍ଭବ ହେବ। ତୁମ ଆମ ଦ୍ୱାରା ତାହା ହେବ ନାହିଁ। ଡାକ୍ତର ଆମେଣ୍ଟୋ କହିଲେ – ଆଉ ଗୋଟିଏ କଥା। ପୃଥିବୀକୁ ଆସି ଦେଖୁଛି, ଆମେ ବଡ଼ ଅସହାୟ ହୋଇ ପଡ଼ିଛୁଁ। ଦ୍ୱିତୀୟ ତୃତୀୟସ୍ତରର ଆତ୍ମାଙ୍କ ସାହାଯ୍ୟ ନନେଇ କିଛି କରିପାରୁ ନାହିଁ। କେତେ ଜଣ ଦ୍ୱିତୀୟ ସ୍ତରରଲୋକ ଆମେ ଯୋଗାଡ଼ କରି ଆଣିଛୁଁ କିନ୍ତୁ ସେମାନେ ମନଦେଇ କାମ କରୁ ନାହାନ୍ତି।

ପୁଷ୍ପ କହିଲା – ଆମ ଉଭୟଙ୍କୁ ଦୟା କରି ଆପଣଙ୍କ ଦଳରେ ନିଅନ୍ତୁ।

ଆମଦ୍ୱାରା ଯାହା ସମ୍ଭବ ହେବ ସାହାଯ୍ୟ କରିବୁ। ଗୋଟିଏ କଥା ଆମମାନଙ୍କ ଭାରତବର୍ଷରେ ବି ଦୁର୍ଭିକ୍ଷ ଓ ବନ୍ୟାରେ ବହୁତ କଷ୍ଟ ପାଆନ୍ତି ଲୋକେ। ସେଠାକାର ଲୋକମାନଙ୍କ ପାଇଁ ମଧ ଆପଣମାନେ ସାହାଯ୍ୟ କରିବେ। ସେମାନେ ବଡ଼ ଦୁଃଖୀ। ତା; ଆମେଣ୍ଠା କହିଲେ। ସେ କଥା ଆପଣ ଭାବିବେ ନାହିଁ ଯେଉଁଠାରେ ବି ଲୋକ ଦୁଃଖ ପାଉଛନ୍ତି ସେଠାରେ ହିଁ ଆମେ ରହିବା। ଦେଶ, ଜାତି, ଧର୍ମର ଗଣ୍ଡି ନାହିଁ ଆମ ପାଖରେ। ସାରା ପୃଥିବୀ ଆମ ଦେଶ। ତେବେ କଣ କି ଏଇ ରଷିଆ ଆମ ଜନ୍ମଭୂମି। ଏଠାକାର ଲୋକଙ୍କ ଦୁଃଖ ଆମମାନଙ୍କ ପ୍ରାଣକୁ ବହୁତ ସ୍ପର୍ଶ କରେ। ଭାରତବର୍ଷକୁ ମଧ ଯେତେବେଳେ ଯିବାକୁ କହିବେ ସେତିକି ବେଳେହିଁ ଆମେ ଯିବୁ। ଆମ ଦଳରେ ଅନେକ ଲୋକ ଅଛନ୍ତି। ସମସ୍ତ ଘେନି ଯିବୁ।

ଯତୀନ୍ କହିଲା – ଆହୁରି ଉଚ୍ଚ ସ୍ତରର ଲୋକ କାହିଁକି ଆସନ୍ତି ନାହିଁ। ପଞ୍ଚମ, ଷଷ୍ଠ କିମ୍ବା ତା ଉପରସ୍ତରର କାହାକୁ ତ ଦେଖିବାକୁ ପାଉନି ?

ଡାକ୍ତର ଆମେଣ୍ଠା କହିଲେ – ସେମାନେ ଆମମାନଙ୍କ ମଧ୍ୟଦେଇ କାମ କରନ୍ତି। ସେମାନେ ଆସିଲେ ବି ଆପଣ ସେମାନଙ୍କୁ ଆଖିରେ ଦେଖି ପାରିବେ ନାହିଁ। ପୃଥିବୀକୁ ଆସିଲେ ସେମାନେ ଆମଠାରୁ ମଧ ଅସହାୟ ହୋଇପଡ଼ନ୍ତି ପୃଥିବୀର ସ୍ଥୁଳ ଲୋକରେ ସ୍ଥୁଳ ମନ ଉପରେ ସେମାନଙ୍କ ପ୍ରଭାବ ଆଦୌ କାର୍ଯ୍ୟକାରୀ ହୁଏ ନାହିଁ। ସେମାନେ ଉତ୍ସାହ ଓ ପ୍ରେରଣା ଦିଅନ୍ତି ଆମମାନଙ୍କୁ – ଆମେ କାର୍ଯ୍ୟ କରିଯାଉଁ।

ଝିଅ କହିଲେ – ଏହା ଭିତରେ ଆହୁରି କଥା ଅଛି। ବଡ଼ ବଡ଼ ଦୁର୍ଭିକ୍ଷ, ମଡ଼କ, ବନ୍ୟା, ଭୂମିକମ୍ପ ପ୍ରଭୃତି ଯଦ୍ୱାରା ଦେଶସାରା ବିଭିନ୍ନ ଜାତି କଷ୍ଟ ପାଆନ୍ତି, ସେ ସବୁ ମୂଳରେ ଅତି ଉଚ୍ଚ ଦେବତା – ଯେଉଁମାନେ ଗ୍ରହମାନଙ୍କ ପ୍ଲାନେଟରି ସ୍ପିରିଟ୍, ସେମାନଙ୍କ ହାତ ରହିଛି। ସେମାନଙ୍କ ଉଦ୍ଦେଶ୍ୟ କିମ୍ବା କର୍ମପ୍ରଣାଳୀ ଆମେ ବୁଝି ପାରିନଥାଉଁ। କିନ୍ତୁ ଏସବୁ ଉଚ୍ଚସ୍ତରର ବଡ଼ ଲୋକ ସେ ସବୁ ବୁଝି ପାରନ୍ତି। ଏମାନଙ୍କର ହୁଏତ କେଉଁଠି କିଛି ବଡ଼ ଉଦ୍ଦେଶ୍ୟ ରହିଥାଏ। ଆମମାନଙ୍କ ଦୃଷ୍ଟି ସେତେଦୂର ପହଞ୍ଚ ପାରିନଥାଏ। ସେମାନେ ତାହା ଦେଖିପାରନ୍ତି। ଫଳତଃ ଗ୍ରହଦେବମାନଙ୍କ କାମରେ ହସ୍ତକ୍ଷେପ କରିବାକୁ ଯାଇନଥାନ୍ତି। ଆପଣ ଆମମାନଙ୍କ ସଙ୍ଗେ କିଛି ଦିନ ରହନ୍ତୁ ଦେଖାଚାହିଁ କରନ୍ତୁ। ଅନେକ କିଛି ଦେଖି ପାରିବେ ଜାଣିପାରିବେ। ଏ ଲୋକର କାଣ୍ଡକାରଖାନା ଏତେ ବିରାଟ ଓ ଜଟିଳ ଯେ ନୂଆ ହୋଇ ପୃଥିବୀରୁ ଆସିଥିବା ମଣିଷ ହତଭମ୍ୟ ହୋଇପଡ଼େ। କିଛି ବି ଧାରଣା କରିପାରିନଥାଏ।

ଯତୀନ୍ କହିଲା – କିନ୍ତୁ ଜାଣିବାକୁ ଆମର ଆଗ୍ରହ ବହୁତବେଶୀ ଦେବୀ।

କିପରି ଭାବରେ ଏହି ବିରାଟ ଆତ୍ମିକ ମଣ୍ଡଳୀ କାମଦାମଚଲାଉଛନ୍ତି ଆମେ ଜାଣିବାକୁ ଚାହୁଁଛୁଁ – ଏମାନେ କଣ କରନ୍ତି, ଏମାନଙ୍କୁ କିଏ ଅଥବା ଚଲାଉଛି। ଯଥାହାକୁ ଗ୍ରହଦେବ କହୁଛନ୍ତି ସେମାନେ ଅବା କେଉଁମାନେ, କେଉଁଠି ରହନ୍ତି, କେତେ ଉଚ୍ଚସ୍ତରର ଆତ୍ମା। ସେମାନଙ୍କୁ ଦେଖା ହୁଏ ନାହିଁ କାହିଁକି ? ସେମାନେ କେଉଁଠାରୁ ଆସିଲେ। ଏସବୁ ନ ଜାଣିଲେ ଆମ ମନରେ ଶାନ୍ତି ନାହିଁ।

ଝିଅଟି କହିଲେ – ଜାଣିବାକୁ ଇଚ୍ଛାଥିଲେ କ୍ରମେ କ୍ରମେ ସବୁ ଜାଣିପାରିବେ। ଏଇ ଆଗ୍ରହ ହିଁ ଅସଲ କଥା। ଅଧିକାଂଶ ଲୋକ ପୃଥିବୀରୁ ଏଠାକୁ ଆସି କିଛି ବି ଜାଣନ୍ତି ନାହିଁ। ବୁଝନ୍ତି ନାହିଁ। ଜାଣିବାକୁ ଚେଷ୍ଟା ବି କରନ୍ତି ନାହିଁ, ଜାଣିବେ। ଜ୍ଞାନ ଛଡ଼ା ଉନ୍ନତି ନାହିଁ। ଏ ଲୋକରେ ଆହୁରି କଠିନ ନିୟମ। ସେବା କହନ୍ତୁ, ଧର୍ମ କହନ୍ତୁ, ପ୍ରେମ କହନ୍ତୁ, ସେତେଦିନ ପର୍ଯ୍ୟନ୍ତ ଉର୍ଦ୍ଧ୍ୱଲୋକରେ ଆପଣଙ୍କ ସ୍ଥାନ ହେବ ନାହିଁ, ଯେତେଦିନ ଜ୍ଞାନର ଆଲୋକ ଆପଣଙ୍କ ମନର ଅନ୍ଧତ୍ୱ ଦୂର ନ କରିଛି।

ଡାକ୍ତର ଆମୋଣ୍ଟୋ କହିଲେ – ପୃଥିବୀରେ ଜଣ ଜାଣନ୍ତି ! ନାନାମୁନିଙ୍କ ନାନାମତରେ ସେଠାରେ ସତ୍ୟର ସମାଧି ପ୍ରାପ୍ତ ହୋଇଛି। ଏଠାରେକି ପୃଥିବୀର ମନ ଆପଣଙ୍କର ଯାଇ ନାହିଁ। ଏହି ଜୀବନର ବିରାଟ ପ୍ରସାରତା ଏବେ ସୁଦ୍ଧା ଆପଣ ଦେଖି ପାରି ନାହାନ୍ତି। ଆପଣ ଅଜର, ଅମର। ଆପଣଙ୍କ ଜୀବନ ଶାଶ୍ୱତ, ଅଫୁରନ୍ତ, ଆପଣଙ୍କ ଜନ୍ମଗତ ଅଧିକାର ଏହି ଜୀବନର ଅମୃତ ପାନରେ। ଆପଣ ତୃତୀୟସ୍ତରର ମନୁଷ୍ୟ ଆପଣ କ'ଣ ଛୋଟ ? ଆପଣ ମଧ୍ୟ ମୁକ୍ତାତ୍ମା। ଆପଣଙ୍କ ସହିତ ଏହି ମହୀୟସୀ ମହିଳା ତ ସାକ୍ଷାତ୍ ଦେବୀ। ଏଇ ସମସ୍ତ ପୃଥିବୀର ହତଭାଗାମାନଙ୍କ ଭରସାସ୍ଥଳୀ ଆପଣମାନେ। ଏମାନେ ଯେତେବେଲେ ଭଗବାନଙ୍କ ନିକଟରେ ପ୍ରାର୍ଥନା କରନ୍ତି, ସେ ପ୍ରାର୍ଥନା ଯାହାଙ୍କ ନିକଟରେ ପହୁଞ୍ଚେ, ସେ ଆପଣଙ୍କ ଭଲି ପବିତ୍ର ମୁକ୍ତାତ୍ମାମାନଙ୍କ ମଧ୍ୟ ଦେଇ ନିଜକୁ ପ୍ରକାଶ କରନ୍ତି। ଏମାନଙ୍କୁ ସାହାଯ୍ୟ କରନ୍ତି। ସେ ଶକ୍ତି ବିକୀର୍ଣ୍ଣ କରିଛନ୍ତି। ଆପଣମାନେ ଯନ୍ତ୍ରବତ୍ ସେହି ଶକ୍ତିକୁ ଧରିଛନ୍ତି। ଧରି କାମରେ ଲଗାଉଛନ୍ତି। ବେତାର ଢେଉର ଆପଣମାନେ ରସିଭର। ଯନ୍ତ୍ର ଯେତେ ଉଚ୍ଚ ଶକ୍ତି ସମ୍ପନ୍ନ ଯେତେ ନିଖୁଣ – ତାଙ୍କ ବାଣୀର ପ୍ରକାଶ ସେଠାରେ ସେତେ ସୁସ୍ପଷ୍ଟ, ସୁନ୍ଦର।

ଯତୀନ୍ ଅଦ୍ଭୁତ ପ୍ରେରଣା ପାଇଲା ଡାକ୍ତର ଆମୋଣ୍ଟୋଙ୍କ ଭଲି ଏଡ଼େ ବଡ଼ ଆମ୍ଭର ପ୍ରଶଂସାରୁ। କିନ୍ତୁ ଲଜ୍ଜିତ ବି ହେଲା ଏତେଗୁଡ଼ାଏ ପ୍ରଶଂସାର ସେ ଉପଯୁକ୍ତ ନୁହେଁ ସେ କଥା ସେ ଜାଣେ। ତେବେ ଯୋଗ୍ୟ ହେବାର ଚେଷ୍ଟା ଆଜିଠାରୁ ତାକୁ କରିବାକୁ ହେବ।

କିଛି ସମୟ ପରେ ପୁଷ୍ପ ଓ ଯତୀନର ପାଦତଲେ ବିଶାଲ ଭଲ୍ଗାନଦୀ ଗୋଟିଏ

ସରୁସୂତା ଭଳି ହୋଇ କ୍ରମଶଃ ଅଦୃଶ୍ୟ ହୋଇଗଲା। ସେଦିନ ସେମାନେ ବିଦାୟ ନେଲେ।

ପୁଷ୍ପ ଓ ଯତୀନର ଶିବତଳା ଘରକୁ ଆଜି କାଲି ଦେବୀ ପ୍ରାୟ ଆସନ୍ତି। ଏହାଙ୍କୁ ଆମେ କରୁଣା ଦେବୀ ବୋଲି ପରିଚୟ ଦେବୁଁ। କରୁଣା ଦେବୀ ଅତି ଉଚ୍ଚସ୍ତରର ନୀଳ ଜ୍ୟୋତି ବିଶିଷ୍ଟ ଆମ୍ଭା। କିନ୍ତୁ ପୃଥିବୀର ପାଖାପାଖି ରହିବାକୁ ସେ ଭଲ ପାଆନ୍ତି, କାରଣ ପୃଥିବୀର ଆର୍ତ ଜୀବକୁଳ ଛାଡ଼ି ଊର୍ଦ୍ଧ୍ୱ ସ୍ୱର୍ଗକୁ ଯାଇ ସେ ଶାନ୍ତି ପାଇପାରନ୍ତି ନାହିଁ। ତାଙ୍କ ଚରିତ୍ର ମାଧୁର୍ଯ୍ୟରେ ଓ ସୁନ୍ଦର ବ୍ୟବହାରରେ ପୁଷ୍ପ ଓ ଯତୀନ ତାଙ୍କପ୍ରତି ଅତିରିକ୍ତ ଆକୃଷ୍ଟ ହୋଇ ପଡ଼ିଥିଲେ।

ଯେତେବେଲେ ବି ସେ ଆସନ୍ତି, ବହୁତଗୁଡ଼ିଏ ଫୁଲ ଓ ଫଳ ଧରି ଆସନ୍ତି ଊର୍ଦ୍ଧ୍ୱ ସ୍ୱର୍ଗ ଲୋକରୁ। ସେ ଫୁଲ ସବୁ ସ୍ୱନ୍ଦନଶୀଳ ଆଲୋକରେ ତିଆରି। ଖୁଆଯାଏ, ଖୁବ୍ ସୁସ୍ୱାଦୁ ଏବଂ ଚମକ୍କାର ହାଲୁକା ହାଲୁକା ସୁଗନ୍ଧଭରା। ସେ ଫଳ ଖାଇଲେ ମନରେ ଶକ୍ତି ଓ ପବିତ୍ରତା ଜନ୍ମେ ଏହିତାର ଗୁଣ। କିନ୍ତୁ ଏହି ନିମ୍ନସ୍ତର ତୃତୀୟ ସ୍ୱର୍ଗରେ ସେଫଳ ଅଧିକଦିନ ରହିପାରେ ନାହିଁ। କିଛି ସମୟପରେ ପରେ ଠିକ୍ କର୍ପୂର ଦାନା ପରି ଉଡ଼ିଯାଉଥିଲା। ଦେବୀ କହନ୍ତି। ଊର୍ଦ୍ଧ୍ୱ ଜଗତର ଏହିସବୁ ଫଳ ପୃଥିବୀ ଭଳି ସ୍ଥୁଲ ଦେହର ସୃଷ୍ଟି ନିମନ୍ତେ ଜନ୍ମେ ନାହିଁ। ମନର ଆଧ୍ୟାମ୍ନିକ ପୁଷ୍ଟି ସାଧନ ପାଇଁ ଖୋରାକ୍ ଯୋଗାଇବା ଏହାର କାମ।

ସେଦିନ, ସେତେବେଲେ ଘରକୁ ସକାଳ ସମୟ କରି ରଖିଛି ପୁଷ୍ପ। ଠିକ୍ ପୃଥିବୀର ସକାଳ ଭଳି, ଲତା ପତ୍ରରେ ଶିଶିର ବିନ୍ଦୁ, ପକ୍ଷୀଙ୍କ ଡାକ ଆଉ ତାଙ୍କ ସେପାରିରେ ସୂର୍ଯ୍ୟ ଉଦୟ ହେଉଛନ୍ତି। ପୁଷ୍ପ ଭୋରରୁ ଗଙ୍ଗାସ୍ନାନ କରି ଶିବ ମନ୍ଦିରକୁ ପୂଜା କରି ଯାଉଛି। ଏପରି ସମୟରେ କରୁଣାଦେବୀ ଆସିଲେ। ପୁଷ୍ପକୁ କହିଲେ। ବେଶ୍ ସକାଳଟିଏ କରି ରଖିଛତ!! ପୂଜା ସାରି ନିଅ। ଚାଲ ତୁମେ ଆଉ ଯତୀନ ଗୋଟିଏ ସ୍ଥାନକୁ ଯିବା।

ଯତୀନ ଘରଭିତରେ ବସି ଝରକାରୁ ବାହାରକୁ ଅନାଇଥିଲା। ଦେବୀଙ୍କୁ ବସିବା ଆସନ ଦେଇ ସେ ଠିଆ ହୋଇ ରହିଲା। କରୁଣା ଦେବୀ କହିଲେ – ତୁମେ ପୂଜା କରନି ?

– ଏଥିରେ ମୋର ବିଶ୍ୱାସ ନାହିଁ। ମୋର ମନେହୁଏ ପୃଥିବୀରେ ଦେବତା ଆଉ ଭଗବାନଙ୍କ ସମୟରେ ଆମର ଯେଉଁ ଧାରଣା ହୋଇଥାଏ। ଏଠାକୁ ଆସି ତାହିଁର ଅମୂଲଚୂଲ ସଂସ୍କାର ଦରକାର। ସେ ପ୍ରକାର ଭାବନାର ଦେବତା ଏଠାରେ କାହାନ୍ତି ? ପୁଷ୍ପ ଝିଅ ପିଲା। ତାମନରେ ଭକ୍ତି ଓ ପୂଜା ଅର୍ଚ୍ଚନାର ପ୍ରବୃତ୍ତି କୌଣସି ପ୍ରଶ୍ନ

ଉଠେ ନାହିଁ। ବିନା ଦ୍ୱିଧା ବିନା ପ୍ରଶ୍ନରେ ସେ ପୂଜାଫୁଲ ତା'ର ମନଗଢ଼ା ଇଷ୍ଟଦେବଙ୍କ ପାଦରେ ଦିଏ। ମୁ ତାହା ପରେ ନାହିଁ। ମୋର ମନେହୁଏ —

କରୁଣା ଦେବୀ କହିଲେ — ତୁମ ଏକଥାରେ ଭୁଲ ରହିଛି ଯତୀନ। ତୁମେ ମନେ ଭାବ ନାହିଁ ଯେ ଭଗବାନଙ୍କ ସମ୍ବନ୍ଧରେ ତୁମେ କିଛି ଧାରଣା କରିପାରିବ! ତୁମେ କାହିଁ? ଆଉ ସେ ବିରାଟ ବସ୍ତୁ ଯାହାଙ୍କୁ ପୃଥିବୀରେ କହନ୍ତି ଭଗବାନ ସେ ବା କାହିଁ? ତେଣୁ ଭକ୍ତି ଆଉ ପୂଜାର୍ଚ୍ଚନା ପ୍ରବୃତ୍ତି ଚରିତାର୍ଥ କରିବାକୁ ହେଲେ ତୁମ ମନମୁତାବକ ଭଗବାନ ତୁମକୁ ଗଢ଼ିଦେବାକୁ ପଡ଼ିବ। ତୁମ ସେହି ମନଗଢ଼ା ଦେବତାଙ୍କ ମାଧ୍ୟଦେଇ ଅର୍ଘ୍ୟ ପହଞ୍ଚିବ ସେହି ବିଶ୍ୱଦେବଙ୍କ ପାଦରେ। ତୁମେ ତୃତୀୟ ସ୍ୱର୍ଗବାସୀ ଜୀବ ଏହାଠାରୁ ଅଧିକ କଣ ଅବା କରିପାରିବ?

ଯତୀନ୍ ଛାଡ଼ି ନଥାନ୍ତା ତର୍କ କରିଥାନ୍ତା ଯେ, ଏପରି ସମୟରେ ପୂଜା ଶେଷକରି ପୁଷ୍ପ ଫେରି ଆସିଲା। ଦେବୀ ସେ ଉଭୟଙ୍କୁ ଧରି ପୃଥିବୀକୁ ଆସିଲେ। ଯେଉଁ ସ୍ଥାନକୁ ସେମାନେ ଆସିଲେ, ସେ ସ୍ଥାନଟି ଗୋଟିଏ ନିର୍ଜନ ସ୍ଥାନଥିଲା। ଛୋଟ ଗୋଟିଏ ନଦୀ ତା କୂଳେକୂଳେ। ଅନେକ ଦୂରବ୍ୟାପୀ ଘନ ଜଙ୍ଗଲ।

ଯତୀନ କହିଲା — ଏହା କେଉଁ ଦେଶ?

ଦେବୀ କହିଲେ — ବାଂଲାଦେଶ, ଚିହ୍ନିପାରୁନ କିପରି? ମଧୁମତୀ ନଦୀ ଏଠାରେ ଥିଲା ବଡ଼ ଗଞ୍ଜ ନକୀବପୁର, ରାଜା ସୀତାରାମଙ୍କ ଅମଲରେ। ଧ୍ୱଂସ ହୋଇ ଏବେ ଜଙ୍ଗଲ ହୋଇଯାଇଛି। ବାଂଲାଦେଶ ହୋଇନଥିଲେ ତୁମମାନଙ୍କୁ ଆଣିନଥାନ୍ତି — କାରଣ ଯେଉଁ କାମ କରିବାକୁ ହେବ ତହିଁରେ ବଙ୍ଗଳା ଭାଷା କହିବା ଦରକାର ହେବ। ଚାଲ ଦେଖାଉଛି।

ନଦୀତଟ ଜଙ୍ଗଲ ଭିତରେ ଗୋଟିଏ ସ୍ଥାନରେ ଖଣ୍ଡିଏ ପୁଆଲଘର। କିନ୍ତୁ ଘର ଖଣ୍ଡିକ ଦେଖ ଯତୀନ ଅବାକ୍ ହୋଇ ଯାଇଥିଲା। ତାହା ପୃଥିବୀର ଜିନିଷରେ ତିଆରି ନୁହେଁ। ଆମ୍ବିକ ଲୋକଙ୍କ ଚିନ୍ତା ଶକ୍ତି ଦ୍ୱାରା ସୃଷ୍ଟ ସୂକ୍ଷ୍ମ ପଦାର୍ଥରେ ନିର୍ମିତ। ପୃଥିବୀରେ ଏପରି ଘର କାହୁଁ ଆସିଲା ଯତୀନ ପଚାରିବାକୁ ଯାଉଛି — ଏପରି ସମୟରେ ଜଣେ ବୃଦ୍ଧ ବୋଡ଼େ କଣ୍ଠ ବୋହି ଘର ସାମ୍ନାରେ ଠିଆ ହେଲା। ଯତୀନ ଆହୁରି ଆଶ୍ଚର୍ଯ୍ୟ ହୋଇଗଲା।

ବୃଦ୍ଧ ଜଣକ ପାର୍ଥିବ ଦେହଧାରୀ ମନୁଷ୍ୟ ନୁହେଁ — ଖୁବ୍ ନିମ୍ନସ୍ତରର ଆତ୍ମା — ପୃଥିବୀରେ ଯାହାକୁ କହନ୍ତି ପ୍ରେତ। ତା ହାତର କଣ୍ଠ ବୋଝଟି ମଧ୍ୟ ସତ୍ୟର କଣ୍ଠ ବୋଝ ନୁହେଁ। ତାହା ଚିନ୍ତା ଶକ୍ତିରେ ଗଢ଼ା ଆମ୍ବିକ ଲୋକର ଜିନିଷ ନେଇ ତିଆରି।

ବୃଦ୍ଧର ହାବଭାବ ଦେଖ ମନେ ହେଲା ସେ ସେମାନଙ୍କ କହାକୁ ହେଲେ ଦେଖ ପାରି ନାହିଁ।

ଯତୀନ ବିସ୍ମିତ ହୋଇ କହିଲା – କଥା କ'ଣ ? ଏହାତ ମନୁଷ୍ୟ ନୁହେଁ। ଏଠାରେ ଏପରି ଭାବରେ କଣ କରୁଛି ?

କରୁଣା ଦେବୀ କହିଲେ – ସେ କଥା କହିବି ବୋଲି ଆଜି ତୁମମାନଙ୍କୁ ଆଣିଛି। ବଡ଼ କରୁଣ ଇତିହାସ ଏହାର। ଏହାର ନାମ ଦାନୁ ପାତ୍ର। ସ୍ତ୍ରୀକୁ ସନ୍ଦେହ କରି ଖୁନ୍ କଲା ଓ ନିରୁଦ୍ଦିଷ୍ଟ ହେଲା। ଦେଶରୁ ପଳାଇ ପୋଲିସ୍ ଭୟରେ ନାମ ଲୁଚାଇ ନକୀବପୁରର ଏହି ଜଙ୍ଗଲରେ ଅନେକ ଦିନ ହେଲା ଘର ତିଆରି କରି ରହିଥିଲା। ଆଠ ଦଶ ବର୍ଷପରେ ତା'ର ନିମୋନିଆଁ ହୁଏ, ସେ ରୋଗରେ ମୃତ୍ୟୁ ହୁଏ। ମୃତ୍ୟୁପରେ ଆଜିକୁ ହୋଇ ଗଲାଣି ତିରିଶ ବର୍ଷ। ଏହି ତିରିଶ ବର୍ଷ ଭିତରେ ସୁଦ୍ଧା ସେ ବୁଝି ପାରି ନାହିଁ ଯେ ସେ ମରି ଯାଇଛି। ସେ ଭାବି ନେଇଛି ତାର ଦେହ କଣ ଅସୁସ୍ଥ ଅଛି। ତେଣୁ ତାକୁ କେହି ଦେଖି ପାରନ୍ତି ନାହିଁ। ଜଙ୍ଗଲ ଭିତରକୁ ଅଳ୍ପ ଲୋକ ଆସନ୍ତି। ଫଳତଃ ଜୀବନ୍ତ ମନୁଷ୍ୟ ସହିତ ତାର କଣ ପାର୍ଥକ୍ୟ ବୁଝିବାକୁ ସୁଯୋଗ ମିଳେ ନାହିଁ। ନିଜେବି ପୋଲିସ୍ ଭୟରେ ଭିତରେ ଲୁଚି ରହେ। ଅଥଚ ଏତେ ସ୍ଥୂଳ ଧରଣର ମନ ଏତେ ନିମ୍ନସ୍ତରର ଆତ୍ମା ଯେ ମୁଁ କେତେଥର ଚେଷ୍ଟା କରି ସୁଦ୍ଧା ତାର କିଛି କରିପାରି ନାହିଁ। ସେ ମୋତେ ଦେଖି ମଧ ପାରେ ନାହିଁ। ତା'ର ନିଜ ଲୋକ ଯେଉଁମାନେ ମରି ଯାଇଛନ୍ତି କେବେବି କେହି ଆସନ୍ତି ନାହିଁ। ତେଣୁ ତୁମମାନଙ୍କୁ ଆଜି ଆଣିଛି।

ଯତୀନ୍ କହିଲା – ଆଶ୍ଚର୍ଯ୍ୟ !

ଦେବୀ କହିଲେ – ମରିଯାଇ ବୁଝି ନପାରିବା ଆମ୍ଭିକ ଲୋକର ଏକପ୍ରକାର ରୋଗ ପୁରାତନ ହୋଇଗଲେ ଏହି ରୋଗ ଆରୋଗ୍ୟ କରିବା ବଡ଼ କଠିନ ହୁଏ। କାରଣ ପ୍ରକୃତ ସ୍ୱରୂପ କେବେ ନ ଜାଣିବା ଯୋଗୁଁ ଏହି ସବୁ ନିମ୍ନ ଆତ୍ମାମାନେ ବଞ୍ଚ ରହିବା ସହିତ ମୃତ୍ୟୁ ପରବର୍ତ୍ତୀ ଅବସ୍ଥାର ସୂକ୍ଷ୍ମ ପାର୍ଥକ୍ୟ ଟିକକ ଆଦୌ ବୁଝି ପାରନ୍ତି ନାହିଁ। ଏପରିକି ବୁଝାଇ ନଦେଲେ ଷାଠିଏ, ସତୁରୀ, ଶହେ, ଦୁଇଶହ ବର୍ଷ ଏପରି ଭାବରେ କଟାଇ ଦିଅନ୍ତି। ଏପରି ବ୍ୟାପାର ବି ବିଚିତ୍ର ନୁହେଁ। ଯତୀନ ଏଭଳି କଥା କେବେ ଶୁଣିନି। ସଙ୍ଗେ ସଙ୍ଗେ ଏହି ହତଭାଗ୍ୟ, ବନ୍ଧୁହୀନ, ସ୍ୱଜନହୀନ ଅସହାୟ ବୃଦ୍ଧ ଉପରେ ତାର ସହାନୁଭୂତି ହେଲା। କରୁଣା ଦେବୀ ସତରେ ବଡ଼ କରୁଣାମୟୀ। ପୃଥିବୀର ଏହିସବୁ ହତଭାଗାମାନଙ୍କୁ ଖୋଜିଖୋଜି ବାହାର କରି ତାହାଙ୍କୁ ସାହାଯ୍ୟ କରିବା ତାଙ୍କ କାମ। ସେ ଯଦି ଦେବୀ ନହେବେ ତ କିଏ ହେବ ?

ଯତୀନ କହିଲା – ଆଚ୍ଛା ଏ ପୁଆଳ ଘରଟି –

ଏଥର ପୁଷ୍ଟ ଉତ୍ତର ଦେଲା – କହିଲା – ବୁଝିପାରୁନା ? ତା'ର ଅସଲ ପୃଥିବୀର

ଘର ଖଣ୍ଡିକ କେଉଁ କାଳରୁ ପଡ଼ି ଭୂମିସାତ ହୋଇଯାଇଛି । କିନ୍ତୁ ସେ ଘରଟିର ଛବି ତ ତା'ମନରେ ରହିଛି । ସେହି ଚିନ୍ତା ଛବି ସାହାଯ୍ୟରେ ଘର ଖଣ୍ଡିକ ଗଢ଼ିଛି । ଯେପରି ଆମ ତିଆରି ଗଙ୍ଗା ଆଉ କେଓଟାର ବୁଢ଼ାଶିବତଲାର ଘାଟ । ଏହି ଲୋକରେ ତାହା ତିଆରି କରିବାତ କଷ୍ଟ କଥା ନୁହେଁ । ଅନେକ ସମୟରେ ମନକୁ ମନ ଛାୟାଁ ହୋଇଯାଏ । ଦେବୀ କହିଲେ – ପୁଷ୍କୁ ଆଉ ମୋତେ ତ ସେ ଦେଖିପାରିବ ନାହିଁ । ଯତୀନ୍‌ ଆଗେଇଯାଇ ଠିଆ ହୁଅ ତ ତା ଆଗରେ !

ସନ୍ଧ୍ୟା ହୋଇଗଲା । ଜଙ୍ଗଲଭିତରେ ଘନ ଅନ୍ଧକାର । ବୁଦା ଜଙ୍ଗଲରେ ଜୁଲୁଜୁଲିଆ ପୋକ ଜଳିଲେ । ଯତୀନ ଯାଇ ବୁଢ଼ା ଆଗରେ ଠିଆ ହେଲା, କିନ୍ତୁ ତାର ଫଳ ହେଲା ଓଲଟା । ବୃଦ୍ଧ ତାହାକୁ ହଠାତ୍‌ ଦେଖିପାରି ଭୟରେ ଚିତ୍କାର କରି ଉଠିଲା । ଆଉ ଥରଥର ହୋଇ କମ୍ପିବାକୁ ଲାଗିଲା । ଦେବୀ କହିଲେ, ସେ ତୁମକୁ ଦେଖି ପାରିଛି ଆଉ ଭାବୁଛି ତୁମେ ଭୂତ ।

ପୁଷ୍ପ କହିଲା – କି କଥା ଦେଖ ! ଭୂତ ହୋଇ ସେ ଭୂତକୁ ଡରୁଛି ।

ଦେବୀ କହିଲେ – ତା ସହିତ କଥା ହୁଅ –

ଯତୀନ୍‌ କହିଲା – ଡରୁଛ କାହିଁକି ବୁଢ଼ା କର୍ତ୍ତା । ଭୟ କରୁଛ କାହିଁକି ? ବୃଦ୍ଧ ଭୟରେ କମ୍ପୁଛି ଆଉ ରାମରାମ କହୁଛି । ଯତୀନ୍‌କୁ ହସମାଡ଼ିଲା କିନ୍ତୁ ଦେବୀ ସାମ୍‌ନାରେ ଅଛନ୍ତି ବୋଲି ସେ ଅତିକଷ୍ଟରେ ହସକୁ ରୋଧକଲା ।

ଯତୀନ୍‌ ପୁଣି କହିଲା – ବୁଢ଼ା କର୍ତ୍ତା, ଭୟ କାହିଁକି ? ତୁମେ ଏଠାରେ ଏକା ରହିଛ କାହିଁକି ?

ଏଥର ବୋଧହୁଏ ବୃଦ୍ଧର କିଛି ସାହସ ହେଲା । ସେ କହିଲା ଆଜ୍ଞା, ମହାଶୟ, ଆପଣ କିଏ ?

– ମୋର ଏଠାରେ ଘର । ଏଇ ପାଖରେ ରହେ । ତୁମେ କେତେ ଦିନ ହେଲା ଏଠାରେ ଅଛ ? ଏକାକୀ କାହିଁକି ରହୁଛ ? ତୁମର କେହି ନାହାନ୍ତି ?

ବୃଦ୍ଧ ଏଥର ଟିକିଏ ବିଗଳିତ ହେଲା । କହିଲା – ବାବୁ ଆପଣ ପୋଲିସ୍‌ର ଲୋକ ନୁହନ୍ତି ? ମୋତେ ଧରାଇ ଦେବେ ନାହିଁ ?

ଯତୀନ୍‌ କହିଲା – ନା ନା କାହିଁକି ଧରାଇ ଦେବି ? କଣ କରିଛ ତୁମେ ? ତାଛଡ଼ା ତୁମର ଯାହା ଅବସ୍ଥା, ପୋଲିସ୍‌ ଏବେ ଆଉ ତୁମର କିଛି କରିପାରିବ ନାହିଁ ।

ବୃଦ୍ଧ ଉତ୍‌କଣ୍ଠିତ ଭାବରେ କହିଲା – କଣ ହୋଇଛି କହନ୍ତୁ ତ ବାବୁ ମୋର ? ଆପଣ କଣ ଡାକ୍ତର । ସତରେ ବାବୁ ମୁଁ ବୁଝିପାରେ ନି ଯେ ମୋର ଏଇଟା କଣ ହେଲା । ଥରେ ଅନେକ ଦିନ ଆଗରୁ ମୋର ଦେହ ବଡ଼ ଅସୁସ୍ଥ ଥିଲା । ତାପରେ

ଅସୁଖ ଛାଡ଼ିଗଲା, କିନ୍ତୁ ସେଇଦିନରୁ ମୋର କଣ ଯେ ହୋଇଛି, ମୋର କଥା କେହି ଶୁଣିପାରନ୍ତି ନାହିଁ। ଲୋକଙ୍କୁ ଡାକି ଦେଖିଛି, ମୋର ଡାକ ନଶୁଣି ସେମାନେ ଚାଲି ଯାଆନ୍ତି। ମାମୁଦପୁର ହାଟକୁ ଯାଏଁ, କେହି ମୋ ସହିତ କଥା ହୁଅନ୍ତି ନି। ମୋ ଶରୀରରୁ ଭୋକ ଶୋଷ ମରିଯାଇଛି। ଆଗେ ଭାତ କିଛି କିଛି ଖାଉଥିଲି। ଏବେ ଭୋକ ହୁଏନି ବୋଲି ବହୁତ ଦିନ ହେଲା ଖାଇବା ଛାଡ଼ି ଦେଇଛିଁ। ଶରୀର ମୋର ହାଲୁକା ବୋଧହୁଏ ଯେପରି ତୁଲା ପରି ହାଲୁକା – ମନେହୁଏ ଯେପରି ଆକାଶରେ ଉଡ଼ି ଯିବି ଶୋଷ କାହିଁ ଦେହରେ। ଆଉ ଗୋଟିଏ ଜିନିଷ ବାବୁ କିଛି ଗୋଟାଏ ଜିନିଷରେ ହାତଦେଲେ ଆଗପରି ଭିଡ଼ି ଧରି ପାରୁନି। ହାତରୁ ଗଲି ଚାଲିଯାଏ। ଏହା କି ରକମର ରୋଗ ବାବୁ ଆଜ୍ଞା ? ପୋଲିସ୍ ଭୟରେ କୋଉଠିକି ଯାଇପାରୁ ନାହିଁ। ନ ହେଲେ ନଲ୍‌ଦୀର ସରକାରୀ ଡାକ୍ତରଖାନାକୁ ଯାଇ ଡାକ୍ତର ବାବୁଙ୍କୁ ଦେଖାଇବି ଭାବୁଥିଲି।

ଯତୀନ୍ କହିଲା – ସବୁ କଥା କହୁଛ। କିନ୍ତୁ ପୋଲିସ୍‌କୁ କାହିଁକି ଏତେ ଭୟ କରୁଛ ? କଣ କରିଥିଲ ?

ବୃଦ୍ଧ ସଂଦିଗ୍ଧ ଦୃଷ୍ଟିରେ ତା ଆଡ଼କୁ ଚାହିଁ କହିଲା – କାହିଁକି ବାବୁ ?

– କହନା ମୁଁ କାହାକୁ କହିବି ନାହିଁ। ମୋର ଅବସ୍ଥା ବୁଝିପାରୁ ନାହଁ ? ମୁ ବି ତୁମ ଦଲର ଜଣେ। ମୁଁ ବି ମନୁଷ୍ୟମାନଙ୍କ ସହିତ ମିଶି ପାରୁନାହିଁ। କଥା ଭିତରେ ଦୁଇରକମ୍ ଅର୍ଥଥିଲା। ବୃଦ୍ଧ ସରଲ ଅର୍ଥଟି ବୁଝିଲା। ବୁଢ଼ି କହିଲା – ଆପଣଙ୍କ ନାମରେ ବି ଫୌଜଦାରୀ ପରଞ୍ଚ ନା ଅଛି ନା କ’ଣ ? କଣ କରିଥିଲେ ଆପଣ ?

– ମୁ ମୋ ସ୍ତ୍ରୀକୁ ଖାଇବାକୁ ଦେଉ ନଥିଲି। ତା ବାପ ଘରେ ପକାଇ ରଖିଥିଲି। ତା ସଙ୍ଗରେ ମୋର ପ୍ରାୟ ଝଗଡ଼ା ହେଉଥିଲା ତାପରେ ଦିନେ –

ବୃଦ୍ଧ କହିଲା – ବାବୁ ଆଜ୍ଞା ଆପଣ ପୋଲିସ୍‌ର ଲୋକ। ମୁ ବୁଝିଲିଣି। ଆପଣ ସବୁ ଜାଣନ୍ତି ଦେଖୁଛ। ହଉ, ମୋତେ ଧରନ୍ତୁ। ମୋର ଯାହା ରୋଗ ହୋଉଛି ବୋଧହୁଏ ଆଉ ବେଶୀ ଦିନ ବଞ୍ଚିବିନି। ଏପରି ବଞ୍ଚଥିବା ମରିବା ସଙ୍ଗେ ସମାନ ବରଂ ଫାଶୀ ପାଇଲେ ଭଲ। ଏତେ ଦିନରେ ମୋର ଭୁଲ ବୁଝି ପାରିଛି ଆଜ୍ଞା।

ମୋର ସ୍ତ୍ରୀର କିଛି ଦୋଷ ନଥିଲା। ସେ ସତୀ ଲକ୍ଷ୍ମୀ ଥିଲା। ମୋ ମନରେ ମିଛରେ ତା ଉପରେ ସଦେହ ହେଲା। କଲୀ ଗଉଡ଼ର ଛୋଟ ଭାଇ ସଙ୍ଗେ ବହୁତ ହସ କୌତୁକ କରୁଥିଲା। ମନାବି କରିଛି ଅନେକଥର ତେବେ ବି ଶୁଣୁ ନଥିଲା। ତାପରେ ଦିନେ ମୁଣ୍ଡ ମୋର ଗରମ! – କିନ୍ତୁ ସତ କହୁଛି ଆଜ୍ଞା ଦାରୋଗ ବାବୁ ଖୁନ୍ କରିବି ବୋଲି ମାରିନି। ବାହାରୁ ଘର ଭିତରକୁ ପାଦ ଦେଉଛ। ଘରେ ଦେଖିଲି କାଲୀ

ଗଉଡ଼ର ଭାଇ ଛି ଚରଣ ଝରଲାବାଟ ଦେଇ ବାହାରିଯାଉଛି । ଚକ୍ଷା ଭୃଷ୍ଣାର ରାଗତ –
କହିଲି – ସେ କାହିଁକି ଘର ଭିତରକୁ ଯାଇଥିଲା ? ମୋର ସ୍ତ୍ରୀ ଉତ୍ତର ଦେବା ଆଗରୁ
ରାଗିଯାଇ ତା ମୁଣ୍ଡରେ ଏକଚୋଟ ..... ବୃଦ୍ଧା ହଠାତ୍ କାନ୍ଦି ପକାଇଲା । କହିଲା –
ତା ପରେ ମୁ ସବୁ ବୁଝିପାରିଥିଲି ଦାରୋଗା ବାବୁ । ଛି ଚରଣକୁ ମୋର ସ୍ତ୍ରୀ ଭାରି ଭଲି
ଦେଖେ । ଛି ଚରଣ ହସ କଥା କହିବା ଜାଣେ । ମୋର ସ୍ତ୍ରୀ ସେ ହସ କଥା ଶୁଣିବାକୁ
ଭଲପାଏ । ମୋର ସ୍ତ୍ରୀର କିଛି ଦୋଷ ନଥିଲା । ସେଇ ପାପରୁ ମୋର ଆଜି ଏହି
ଭୟଙ୍କର ରୋଗ ହୋଇଛି । ମୋର ଆଉ ଏ ଜୀବନରେ ମାୟା ନାହିଁ । ସବୁବେଳେ
ମୋ ସ୍ତ୍ରୀର କଥା ଭାବେ ଆଜିକାଲି । ବହୁତ ଦିନହେଲା ଭାବୁଛି । ଏକାକୀରହି ଏହି
ଜଙ୍ଗଲ ଭିତରେ ଏହି ରୋଗରେ ପଡ଼ି ଆଉ ଦିନସରୁନି ଦାରୋଗା ବାବୁ । ଜେଲକୁ
ଗଲେ ବି ଆଉ ପାଞ୍ଚ ଜଣଙ୍କ ସଙ୍ଗେ କଥାବାର୍ତ୍ତା ତ ହୋଇ ବଞ୍ଚି ପାରିବି !

ଦେବୀ କହିଲେ – ତାକୁ ପଚାର ସେ କଣ ତା ସ୍ତ୍ରୀ ସହିତ ଦେଖା କରିବାକୁ
ଚାହେଁ ?

ଯତୀନ୍ ବୃଦ୍ଧକୁ କଥାଟା ପଚାରିଲା ସେ ଆଶ୍ଚର୍ଯ୍ୟ ହୋଇ ତା ଆଡ଼କୁ ଚାହିଁ
କହିଲା – ତେବେ ହାସ୍ପାତାଲରେ ମୋର ସ୍ତ୍ରୀ ବଞ୍ଚି ଯାଇଥିଲା କି ବାବୁ ?

ଯତୀନ୍ କହିଲା – ସେ କଥା ନୁହେଁ । ତୁମେ ବି ଆଉ ବଞ୍ଚି ନାହଁ ।

ତୁମେ ବି ମରିଯାଇଛି । ତୁମ ସ୍ତ୍ରୀ ବି ମରି ଯାଇଛି । ମୁ ବି ମରିଯାଇଛି । ସମସ୍ତେ
ଆମେ ପରଲୋକରେ ଅଛୁଁ ଏବେ । ତୁମକୁ ଉଦ୍ଧାର କରିବାକୁ ଏଠାକୁ ଆହୁରି ଦୁଇଜଣ
ଦେବୀ ଆସିଛନ୍ତି । ତୁମେ ତାଙ୍କୁ ଦେଖିପାରୁ ନାହଁ । ଏଇ ପାଖରେ ସେମାନେ ଅଛନ୍ତି ।
ତୁମ ଅବସ୍ଥା ଦେଖି ସେମାନଙ୍କର ଦୟା ହୋଇଛି । ଏଥର ତୁମର ଆଉ ଚିନ୍ତା କରିବା
ଦରକାର ନାହିଁ । ତୁମ ସ୍ତ୍ରୀ ସଙ୍ଗେ ମଧ ତୁମର ଦେଖା–ସାକ୍ଷାତ କରାଇ ଦେବୁ ।

ବୃଦ୍ଧ କିନ୍ତୁ ଏକଥା ସବୁ ବିଶ୍ବାସ କଲା ନାହିଁ । ସେ ସଂଦିଗ୍ଧ ହୋଇ କହିଲା –
ତେବେ ମୋର ଏଇ ରୋଗ କାହିଁକି ହେଲା ? ଏ ରୋଗ ଭଲ ହେବାକୁ ଗୋଟାଏ
ବ୍ୟବସ୍ଥା କରି ଦିଅନ୍ତୁ ଦୟା କରି । ସ୍ତ୍ରୀ ସଙ୍ଗେ ଆଉ ଦେଖା କରି କଣ ହେବ ବାବୁ ।
ହାସପାତାଲରେ ସେ ଭଲ ହୋଇଛି ତ ଭଲକଥା ଆଜ୍ଞା ? ତା ଭାଇ ଘରେ ସେ ଅଛି
ନା କଣ ? ସେ ସେଠାରେ ଥାଉ । ଏହି ରୋଗ ଧରି ଆଉ କାହାରି ସଙ୍ଗେ ଦେଖା
କରିବାକୁ ଚାହେଁ ନି ବାବୁ ।

ଯତୀନ୍ ତା ଆଗରେ ପରଲୋକ ଓ ମୃତ୍ୟୁର କଥା ବର୍ଣ୍ଣନା କଲା କିଛି ସମୟ ।
କରୁଣା ଦେବୀ କହିଲେ – ସେ ସବୁ ତାକୁ କହନି ଯତୀନ୍ । ସେସବୁ ଶୁଣି ତାର କିଛି
ଉପକାର ହେବ ନାହିଁ । ସେ କଣ ବୁଝିବ ଏ ସବୁକଥା ? ଦେଖୁ ନାହଁ କେତେ

ନିମ୍ନସ୍ତରର ଆମ୍ଭା ? ବୃଦ୍ଧି ବୋଲି କିଛି ଜିନିଷ ନାହିଁ ତାର ଭିତରେ। ତାକୁ ବୁଝାଇବାକୁ ହେଲେ ଅନ୍ୟବାଟ ଧରିବାକୁ ହେବ। ତା' ସ୍ୱୀକୁ ଆଣିବାକୁ ହେବ ଖୋଜାଖୋଜି କରି କୌଣସି ହିସାବରେ। ତା ସହିତ ଏହାକୁ ଦେଖା ସାକ୍ଷାତ୍ କରାଇ ଦେବାକୁ ହେବ। କିନ୍ତୁ ଦେଖୁଛି ତା'ର ତ କୌଣସି ଭଲ ପାଇବା ଭଲି ବାଁଧନ ଥିବା ଦେଖୁନି ତା ସ୍ତ୍ରୀ ସହିତ। ଏ ଅବସ୍ଥାରେ ଉଭୟଙ୍କ ଯୋଗସ୍ଥାପନ କରିବା କଷ୍ଟ କଥା। ଏହି ଲୋକରେ ଯାହା ସହିତ ଯାହାର ଭଲ ପାଇବା ଅବା ସ୍ନେହ ନାହିଁ ତାର ସହିତ ଅନ୍ୟର ଯୋଗାଯୋଗ ରଖିବା ଯେ ସମ୍ଭବ ନୁହେଁ। ଆହୁରି ଅନେକଥର ଯିବା ଆସିବା କରି ଅନବରତ ଚେଷ୍ଟା କଲେ ସେମାନେ। ବୃଦ୍ଧ କିଛି ବି ବୁଝେ ନାହିଁ। ତାକୁ ତା ଅବସ୍ଥା ବୁଝାଇବା ବଡ଼ କଠିନ ହେଲା। ତାହାକୁ କୌଣସି ପ୍ରକାରେ ବୁଝାଇ ହୁଏ ନାହିଁ ଯେ ସେ ମରିଯାଇଛି। କାହରି ଉପରେ ତାର ଆକର୍ଷଣ ନାହିଁ। ସ୍ତ୍ରୀ, ପୁଅଝିଅ, ନା ଆଉ କାହରି ସହିତ ତାର ଆକର୍ଷଣ ନାହିଁ।

କରୁଣା ଦେବୀ କହିଲେ – କେବଳ ବୁଦ୍ଧିହୀନ ବୋଲି ନୁହେଁ। ଏପରି ଗୋଟିଏ ଅଭୁତ ହୃଦୟ ହୀନ, ପ୍ରେମହୀନ ଆମ୍ଭା ବହୁତ ଅଳ୍ପ ଦେଖିଛି, ମନେ ହୁଏ ପ୍ରେମ, ସ୍ନେହ ଭଲ ପାଇବା ଏସବୁ ଯଦି ଥାଆନ୍ତା ତାହେଲେ ବି ତାର ଉଦ୍ଧାର ହେବା ଏତେ କାଠିକର ପାଠ ହୁଅନ୍ତା ନାହିଁ। କଣ ଯେ କରିବା ଏବେ ଆମେ। କିନ୍ତୁ କି ଅପୂର୍ବ, ନିଃସ୍ୱାର୍ଥ ଦରଦ କରୁଣା ଦେବୀଙ୍କ!! ପତିତ ହତଭାଗ୍ୟମାନଙ୍କ ପ୍ରତି ତାଙ୍କର ମା ଭଲି ଗଭୀର ସହାନୁଭୂତି! କେତେ କଷ୍ଟ କରି ସେ ନିମ୍ନସ୍ତରର ବହୁତସ୍ଥାନ ଖୋଜାଖୋଜି କରି ଦିନେ ଜଣେ ସ୍ତ୍ରୀ ଲୋକକୁ ଆଣି ହାଜର କଲେ ତା ସାମ୍ନାରେ। ଯତୀନ ଆଉ ପୁଷ୍ପ ସବୁବେଳେ ତାଙ୍କୁ ସାହାଯ୍ୟ କରୁଥିଲେ। ତାଙ୍କ ସଙ୍ଗେ ସଙ୍ଗେ ରହୁଥିଲେ। କାରଣ, ଏତେ ନିମ୍ନସ୍ତରରେ ଦେବୀ ସଂପୂର୍ଣ୍ଣ ରୂପେ ଅଦୃଶ୍ୟ। ପୁଷ୍ପ ବି ସେ ଭଲି! ତେଣୁ, ଯତୀନ୍‌ର ସାହାଯ୍ୟ ନନେଲେ କୌଣସି କାମ ସେଠାରେ ହୋଇପାରିବା ସମ୍ଭବ ନଥିଲା। ସ୍ତ୍ରୀ ଲୋକଟିର ମଧ ବୁଦ୍ଧିସୁଦ୍ଧି ନଥିଲା। ମନରେ ପ୍ରେମ, ଭଲପାଇବା ମଧ ତଥୈବଚ! ମାଟିଆ ରଙ୍ଗ ମିଶା ଲାଲ ରଙ୍ଗର ଦେହଧାରୀ ଆମ୍ଭା, ତେବେ ସେ ସକ୍ରିୟ, ଧରଣର ଅଥବା ଅନିଷ୍ଟକାରୀ ଚରିତ୍ର ଝିଅ ନୁହେଁ। ମୋଟାମୋଟି ଭଲମଣିଷ ଆଉ ତା ସ୍ୱାମୀ ଭଲି ପ୍ରେମ କିମ୍ବା ଭଲ ପାଇବାର ଧାର ଧାରେ ନାହିଁ। ବହୁତ କିଛି ଉଚ୍ଚ ଦରର ଆମ୍ଭା ନହେଲେ ବି ବୃଦ୍ଧ ଠାରୁ କିଛି ଉଚ୍ଚ ଧରଣର କିନ୍ତୁ ହଠାତ୍‌ ଖୁନ୍‌ ହୋଇ ମୃତ୍ୟୁ ହୋଇଥିବା ଯୋଗୁଁ ଅନେକ ଦିନଧରି ତାର ଏ ଲୋକରେ ଭଲ ଜ୍ଞାନ ହୋଇନାହିଁ। ସଂପ୍ରତି କିଛି କିଛି ବୁଝି ପାରିବାକୁ ଆରମ୍ଭ କରିଛି।

ଯତୀନ୍‌ ବୃଦ୍ଧକୁ କହିଲା – ଚିହ୍ନିପାରୁଛ। ଆଗେଇ ଆସି ଦେଖିଲ ?

ବୃଦ୍ଧ ଚମକି ଉଠିଲା - କହିଲା - ବଡ଼ ବହୂ ଯେ!!

ତା ସ୍ତ୍ରୀ ହସି ହସି କହିଲା - ହଁ, ମୁଦ୍‌ଗର ମୁଣ୍ଡରେ ମାରି ଭାବିଥିଲୁ ନିସ୍ତାର ପାଇଲି। ତାହା ଆଉ ହେଲା କୋଆଡ଼େ?

ବୃଦ୍ଧ ଆଶ୍ଚର୍ଯ୍ୟ ହୋଇ କହିଲା - ବଡ଼ ବହୂ ତୁ ତାହେଲେ ବଞ୍ଚିଛୁ?

ବଡ଼ ବହୂ କହିଲା - ତୁ ଯାହା ମୁ ବି ତାହା। ଦୁହେଁ ମରି ଭୂତ ହୋଇଯାଇଛୁ। ଆଜି ଏମାନେ ଆସିଛନ୍ତି ବୋଲି ତାଙ୍କ ଦୟାରୁ ଉଦ୍ଧାର ହେଇଗଲୁ। ଏମାନଙ୍କ ପାଦରେ ମୁଣ୍ଡ ଆମାର।

- ପୋଲିସ୍ ଦାରୋଗା ବାବୁଙ୍କୁ?

- ଆଃ ତୋତେ ଯମ ନେଉ? ପୋଲିସ୍ ଦାରୋଗା ବାବୁ କିଏ ପୁଣି ଏହାଙ୍କ ଭିତରେ ପୋଲିସ୍ ପୋଲିସ୍ କହି ମଲା। ଏତେ ଯଦି ପୋଲିସ୍‌କୁ ଭୟ ତେବେ ରାଗିଲା ବେଳେ କାଣ୍ଡ ଜ୍ଞାନ ନଥିଲା କିପରିରେ ପୋଡ଼ା ମୁହଁ? ଏହାଙ୍କୁ ପ୍ରଣାମ କର ଆଉ ଦୁଇଜଣ ଅଛନ୍ତି। ସେମାନଙ୍କୁ ଦେଖିବା ଭାଗ୍ୟ ତୋର। ମାଟିରେ ମୁଣ୍ଡ ରଖି ପ୍ରଣାମ କର। ମୋ ସଙ୍ଗେ ଆ। ତୋତେ ସବୁ ବୁଝାଇ ଦେବି। ଏବେ କିଛି ବୁଝିପାରୁନୁ। ବୃଦ୍ଧ ଯତୀନ୍‌ର ପାଦରେ ହାତ ରଖି ପ୍ରଣାମ କଲା। ସ୍ତ୍ରୀର କଥା ଶୁଣି ସେଇ ଗଛ ତଳେ ଅଦୃଶ୍ୟ ପୁଷ୍ପ ଓ ଦେବୀଙ୍କ ଉଦ୍ଦେଶ୍ୟରେ ପ୍ରଣାମ କଲା। ସ୍ତ୍ରୀ ଲୋକଟି ମଧ୍ୟ ସମସ୍ତଙ୍କୁ ପ୍ରଣାମ କଲା। ତାପରେ ବୃଦ୍ଧକୁ ସଙ୍ଗରେ ଘେନି ଚାଲିଗଲା।

ଫେରିବା ବାଟରେ କରୁଣା ଦେବୀ କହିଲେ - ଯେଉଁମାନେ କିଛି ବୁଝନ୍ତି ନାହିଁ ସେମାନଙ୍କୁ ନେଇ ନିଜ ଉପକାର ବି ହୁଏ ନାହିଁ ଆଉ ପରଉପକାର ବି ହୁଏ ନାହିଁ। ଦେଖିଲ ତ ଆଖି ଆଗରେ?

ଯେଉଁମାନେ ଏଇ ବିରାଟ ବିଶ୍ୱ ରହସ୍ୟର କିଛି ବୁଝନ୍ତି ନାହିଁ ସେମାନେ ନିଜର ଅଦୃଷ୍ଟ ଲିପି, ଆମ୍ଭର ବିରାଟ ଭବିଷ୍ୟତ କଣ ବୁଝିବେ? ଏଇସବୁ ଲୋକଙ୍କୁ କେତେଥର ଯେ ପୃଥିବୀରେ ଜନ୍ମ ଗ୍ରହଣ କରିବାକୁ ହେବ ତେବେଯାଇ ଏମାନେ ଉଚ୍ଚ ସ୍ତରର ଉପଯୁକ୍ତ ହେବେ। ଏମାନଙ୍କୁ ନେଇ ଭାବିବାକୁ ପଡ଼େ ଏପରି!

ଯତୀନ୍ ମନେ ମନେ ଭାବିଲା - ପତିତଙ୍କ ଉପରେ ଏପରି ଦୟା ନଥିଲେ କଣ ଖାଲି କଥାରେ ଦେବୀ ହୁଅନ୍ତି!

ପୃଥିବୀରୁ ଫେରିବା ବାଟରେ ଗୋଟିଏ ସ୍ଥାନରେ ମହାଶୂନ୍ୟ ଭିତରେ କ୍ଷୁଦ୍ର ଗୋଟିଏ ଜଗତ ମହାଶୂନ୍ୟ ରୂପ ସମୁଦ୍ର ଭିତରେ ନିର୍ଜନ ଦ୍ୱୀପପରି ଦେଖାଗଲା। ତାର କିଛି ଉପର ଦେଇଯିବାବେଳେ ଗୋଟିଏ ଦୃଶ୍ୟ ଦେଖି ଯତୀନ ଆଉ ପୁଷ୍ପ ଦୁହେଁ ରହିଗଲେ। ଏ ଜଗତକୁ ଆସି ସେମାନେ ଅନେକ ଉନ୍ନତ ସ୍ତରର ଜ୍ୟୋତିର୍ମୟୀ,

ମହିମାମୟୀ, ରୂପସୀ ଦେବୀମାନଙ୍କୁ ଦେଖୁଛନ୍ତି । ଯେପରି କରୁଣା ଦେବୀ ତାଙ୍କ ସହିତ ରହିଛନ୍ତି । କିନ୍ତୁ ଏଇ ନିର୍ଜନ କ୍ଷୁଦ୍ର ଜଗତଟିର ଗୋଟିଏ ସ୍ଥାନରେ ପଡ଼ିଆ ଭିତରେ ଖଣ୍ଡିଏ ପଥର ଉପରେ ଯେଉଁ ନାରୀଙ୍କୁ ସେମାନେ ବସିଥିବା ଦେଖିଲେ ତାଙ୍କ ଶ୍ରୀ ଓ ମହିମାର କୌଣସି ତୁଳନା ଦେବା ଅସମ୍ଭବ । କି ତେଜ, କି ଦୀପ୍ତି, କି ପ୍ରଜ୍ଜ୍ୱଳନ୍ତ ରୂପ – ଅଥଚ ମୁହଁରେ ଯେପରି କିଛି ଗୋଟିଏ ବିଷାଦର ଛାୟା । ସେଥିପାଇଁ ତାଙ୍କ ମୁହଁଶ୍ରୀ ଆହୁରି ସୁନ୍ଦର ହୋଇଛି ଦେଖିବାକୁ । ସ୍ୱଚ୍ଛ ନୀଳ ଆଭା ତାଙ୍କ ସର୍ବାଙ୍ଗରୁ ବାହାରି ଶିଳାଖଣ୍ଡକୁ ଯେପରି ଦାମିକା ପାନ୍ନାରେ ପରିଣତ କରିଛି ।

କରୁଣା ଦେବୀ ସୁଦ୍ଧା ସେ ଆଡ଼କୁ ଚାହିଁ ଚମକି ରହିଗଲେ । କହିଲେ ତାଙ୍କୁ ଚିହ୍ନ ନାହଁ ? ବହୁ ସୌଭାଗ୍ୟରୁ ଦେଖାପାଇଲ । ବହୁତ ଉଚ୍ଚସ୍ତରର ଦେବୀ ଚାଲ ଦେଖା କରାଇ ଦେବି । ତୁମମାନଙ୍କ ସଙ୍ଗେ ଦେଖା କରାଇ ଦେଲେ ସେ ବହୁତ ଖୁସୀ ହେବେ ଏଇଥି ପାଇଁ କି ସେ ପ୍ରେମର ଦେବୀ । ତାଙ୍କ ନାମ କେବଳ ପୃଥିବୀରେ ଚଲେ ଏପରି ନୁହେଁ – ଗ୍ରହ, ଉପଗ୍ରହ, ସ୍ଥଳ ଆଉ ଆମ୍ଳିକ ଜଗତରେ ବିଶ୍ୱର ବହୁ ଦୂର ଦୂରବର୍ତ୍ତୀ ନକ୍ଷତ୍ର ଭିତରେ ଯେଉଁଠି ଜୀବ ବାସକରେ ସେହି ସବୁ ସ୍ଥାନରେ ଦୁଇଟି ପ୍ରେମିକ ଆମ୍ଭର ମିଳନ ସଂଘଟନ କରିବୁଲନ୍ତି । ସେ ଏକାକୀ ନୁହନ୍ତି । ତାଙ୍କ ଦଳବଳ ବହୁତ । ଅନେକ ସଙ୍ଗୀନୀ ଅଛନ୍ତି ତାଙ୍କର । ସେ ଅସୀମ ଶକ୍ତିମୟୀ ଦେବୀ । ଆଳାପ ହେଲେ ହଠାତ୍ କିଛି ବୁଝିପାରିବ ନାହିଁ । ଏତେ ବଡ଼ ପ୍ରାଣ, ଏତେ ଉଦାର ପ୍ରେମ, ଭଲ ପାଇବା ଆମ୍ଭ ତୁମେ କେବେ ଦେଖ ନାହଁ ।

ଖୁବ୍ ସୌଭାଗ୍ୟ ତୁମମାନଙ୍କର ଯେ ଆଖିରେ ତାଙ୍କୁ ଦେଖି ପାରିଲ ଆଜି, ତା'ର ଏକମାତ୍ର କାରଣ ହେଲା ତୁମେମାନେ ପୃଥିବୀରେ ସେହି ଆତ୍ମାଟିର ଉଦ୍ଧାର କାର୍ଯ୍ୟରେ ସାହାଯ୍ୟ କରିଛ । ସେହି ପୁଣ୍ୟ ହେତୁ ଏହି ମହାଦେବୀଙ୍କୁ ଆଖିରେ ଦେଖିବା ସୌଭାଗ୍ୟ ଲାଭ କଲା ! ନହେଲେ ତୁମର ସାଧ୍ୟ କାହିଁ ତାଙ୍କୁ ଦେଖିପାରନ୍ତ ? ମୋ ସଙ୍ଗରେ ଆସ, ଆଳାପ କରାଇଦେବି ।

ସେମାନେ ଆସି ଦେବୀଙ୍କ ସମ୍ମୁଖରେ ପ୍ରଣାମ କରି ଠିଆ ହେଲେ । ଆପଣଙ୍କ ସହିତ ଦେଖା କରିବାକୁ ଆସିଛନ୍ତି କରୁଣା ଦେବୀ କହିଲେ – ସେମାନେ ପୃଥିବୀର ଲୋକ । ଝିଅଟି ଏହାକୁ ବଡ଼ ଭଲପାଏ । ବାଲ୍ୟପ୍ରେମ । ଝିଅଟି ଆଗରୁ ମରିଯାଏ, ତାପରେ ଏ ଲୋକରେ ସେ ବହୁତ ଦିନ ହେଲା ପ୍ରତୀକ୍ଷାରେ ଥିଲା । ସଂପ୍ରତି ମିଳନ ହୋଇଛି । ପ୍ରଣୟ ଦେବୀ ସ୍ନେହ ପୂର୍ଣ୍ଣ ଦୃଷ୍ଟିରେ ସେମାନଙ୍କ ଆଡ଼କୁ ଅନାଇ ହସ ହସ ମୁହଁରେ କହିଲେ – ମୁ ଜାଣେ ସଖୀ । ଏହାର ନାମ ପୁଷ୍ପ ତା ନାମ ଯତୀନ । ମୁଁ ତାଙ୍କ ଉପରେ ଦୃଷ୍ଟି ରଖ‍ିନି ଭାବିଛ ? ଏମାନେ ହେଲେ ବାସ୍ତବରେ ପ୍ରେମର ଉଦାହରଣ ।

ଯେଉଁଠି ବାସ୍ତବତା ଥାଏ ସେଠାରେ ମୁଁ ରହିଛି । ଚେଷ୍ଟା କରେ ସେମାନଙ୍କ ମିଳନ ପାଇଁ । କିନ୍ତୁ ସବୁ ସମୟରେ ପାରେ ନାହିଁ । ଆହୁରି ଉପରେ ରହିଛନ୍ତି କର୍ମର ଦେବତାମାନେ – ଲିପିକାର ଗଣ । ସେମାନଙ୍କ ପେଞ୍ଚ ଛଡ଼ାଇବା କେତେ କଠିନ କାମ ତୁମର ତ ଜାଣିବାକୁ ବାକି ନାହିଁ ? ଏମାନଙ୍କ ପୂର୍ବ ଜନ୍ମର କର୍ମ ଭଲଥିଲା । ତେବେ ବି ଏଇ ପୁଥିଟିର ଗୋଳମାଳ ରହିଛି ଏଯାଏ । ପରେ ଦେଖପାରିବ । ଯା' ହେଉ ଆଣି ଭଲ କରିଛ । ଆମ ମଣ୍ଡଳୀକୁ ଏମାନେ ଆସନ୍ତୁ କାରଣ ଏମାନେ ଆମ ଦଳର ଉପଯୁକ୍ତ ।

ପୁଷ୍ପ ଓ ଯତୀନ ଉଲ୍ଲସିତ ହୋଇ ଉଠିଲେ ।

ପ୍ରେମ ବ୍ୟାପାରରେ ସେମାନଙ୍କ ଦ୍ୱାରା କଣ ସାହାଯ୍ୟ କାମ ହେବ ସେମାନେ ଜାଣନ୍ତି ନାହିଁ । କିନ୍ତୁ ଏ କଥା ସେମାନଙ୍କ ହୃଦୟର କଥା ଯେ ସେମାନେ ନିଜକୁ, ନିଜର ଜୀବନକୁ ଧନ୍ୟ ମନେ କରିବେ ଯଦି ପୃଥ୍ୱୀର ଗୋଟିଏ ସୁଦ୍ଧା ବ୍ୟର୍ଥ ପ୍ରଣୟୀର ଜୀବନରେ ସାର୍ଥକତାର ଆଲୋକ ଜଳାଇ ଦେଇ ପାରିବେ । ଯେଉଁମାନେ ଯେଉଁ ଦଳର । ଏତେ ଦିନେ ଯତୀନ୍‌ ଓ ପୁଷ୍ପ ଯେପରି ସଗୋତ୍ର ଆପ୍ତୀୟ ମଣ୍ଡଳୀକୁ ଆବିଷ୍କାର କଲେ । ଯତୀନ ଆଶ୍ଚର୍ଯ୍ୟ ହୋଇ ଭାବୁଥିଲା । ବିଶ୍ୱର କେଡ଼େ ଅଭୁତ କାର୍ଯ୍ୟ ପ୍ରଣାଳୀ ଅଦୃଶ୍ୟ ଜଗତର କି ବିରାଟ ସଂଘରାଜି । କି ବିରାଟ କର୍ମ ପ୍ରବାହ । ପୁଷ୍ପ ଭାବୁଥିଲା – କିନ୍ତୁ କରୁଣା ଦେବୀଙ୍କୁ ଛାଡ଼ି ସେମାନେ ଯିବେ କିପରି ?

ତାଙ୍କୁ ଏମାନେ ବଡ଼ ଭଲ ପାଆନ୍ତି । କିନ୍ତୁ ତାଙ୍କ ମନରେ କଷ୍ଟ ଦେଇ ହେବ ନାହିଁ ।

କରୁଣା ଦେବୀ ତା ମନ କଥା ଜାଣିଲା ପରି କହିଲେ – ତୁମମାନଙ୍କ ପ୍ରକୃତ ସ୍ଥାନ ସେ ମଣ୍ଡଳୀରେ । ମୋର ସବୁବେଳେ ଦେଖାପାଇବ । ଯେତେବେଳେ ଚାହିଁବ ସେତେବେଳେ ଦେଖାଦେବି । ସେ ବିଷୟରେ ନିଶ୍ଚିନ୍ତ ଥାଅ । ତୁମେମାନେ ତାଙ୍କ ସହିତ ଯାଅ । ପ୍ରଣୟ ଦେବୀ କହିଲେ – ସେ ଆଉ ମୁଁ ଭିନ୍ନ ଭିନ୍ନ ନୋହୁଁ । ସେ ଯେଉଁଠି ମୁଁ ବି ସେଇଠି ଅଛି ଆଉ ମୁଁ ଯେଉଠି ସେବି ସେଠାରେ ଥାଆନ୍ତି । ପ୍ରେମ ଆଉ କରୁଣା ପରସ୍ପର ଫୁଲ ଆଉ ସୂତା ଭଳି ଏକ ସଙ୍ଗରେ ଥାଉ । ସୂତାକୁ ଫିଙ୍ଗି ମାଳ ଗୁଛା ଯାଏ ନାହିଁ । ଫୁଲକୁ ଛାଡ଼ି ସୂତା ଦେଇ ମାଳା ତିଆରି ହୁଏ ନାହିଁ ।

– କାହିଁକି ବିନା ସୂତାରେ ମାଳା ହୁଏନି ସଖୀ ?

– ବଡ଼ ସତର୍ପଣରେ ଗଳାରେ ଦେବାକୁ ହୁଏ । ବହୁତ କ୍ଷଣସ୍ଥାୟୀ ହୁଏ । କରୁଣା ପ୍ରେମକୁ ସାହାଯ୍ୟ ନକଲେ ପ୍ରେମ ହୁଏ ଭଙ୍ଗୁର । ଏଆଡ଼େ ପ୍ରେମ ପଛକୁ ନଥିଲେ କରୁଣା ରକ୍ତକ୍ଷୟୀ ରୋଗରେ ମରିଯାଏ । ଛଳନା କରୁଛ କାହିଁକି ସଖୀ । ତୁମେ କଣ ଏହା ଜାଣନ !

ପୁଣି ନୀଳ ଶୂନ୍ୟ ପଥରେ, ପୁନରପି ବାଧାହୀନ ତଡ଼ିତ୍ – ଅଭିଯାନ। ଯତୀନ୍ ଆଉ ପୁଷ୍ପ ବୁଢ଼ା ଶିବତଲାର ଘାଟରେ ପହଞ୍ଚିଗଲେ।

(୧୨)

ଯଦିଓ ତୃତୀୟ ସ୍ୱର୍ଗରେ ଦିନ ନାହିଁ, ରାତି ନାହିଁ, ସମୟ ଅବିଭାଜ୍ୟ ଓ ମାତ୍ରା ସ୍ପର୍ଶ ହୀନ ତେବେ ସୁଦ୍ଧା। ଯତୀନର ସୁବିଧା ପାଇଁ ପୁଷ୍ପ ବୁଢ଼ା ଶିବତଲାର ଘାଟରେ ପୃଥିବୀ ଭଳି ଦିନରାତି ସୃଷ୍ଟି କରେ। ଶୋଇବା ଆବଶ୍ୟକ ନଥିଲେ ବି ନିଜ ସୃଷ୍ଟ ରାତିରେ ଶୋଉଥିଲେ। କିଛିଦିନ ପରେ।

ପୁଷ୍ପ ନିଦରୁ ଉଠିଛି। ତା ଶୋଇବା ଘର ବାହାରେଥିବା ପ୍ରକାଣ୍ଡ ମୁଚୁକୁନ୍ଦ ଚମ୍ପାର ଗଛଟିରେ ପକ୍ଷୀକୁଳ କିଚିରିମିଚିର କରୁଛନ୍ତି। ସେ ଝରକା ଦେଇଦେଖିଲା ନୂତନ ଉଇଁ ଆସୁଥିବା ପ୍ରଭାତୀ ସୂର୍ଯ୍ୟାଲୋକର ରଙ୍ଗ କିପରି ଅଭୁତ ଧରଣର ସବୁଜ ଓ ଗୋଲାପୀ। ଆହୁରି ବି ବିସ୍ମିତ ହେଲା ଦେଖି ଯେ ସେଇ ରଙ୍ଗୀନ ଆଲୋକର ମୃଦୁ ଜ୍ୟୋତି ବାଷ୍ପ ଆକାରରେ ତା ଖଟର ଚାରିପାଖେ ଘେରି ରହିଛି। ଯତୀନ୍ ଏ ରହସ୍ୟ ବୁଝି ପାରନ୍ତା ନାହିଁ। ପୁଷ୍ପ ବୁଝିଲା ଉପର ସ୍ୱର୍ଗରୁ କେଉଁ ଉଚ୍ଚତର ଆମ୍ବା ତାକୁ ସ୍ମରଣ କରୁଛନ୍ତି।

ଯତୀନ୍‌କୁ ପୁଷ୍ପ ଏକଥାଟା କହିଲାରୁ ସେ କହିଲା ଚାଲ ମୁଁ ବି ଯିବି, ପୁଷ୍ପ ଦୁଃଖିତ ହୋଇ କହିଲା – ପାରିବ ନାହିଁ ଯତୁଦା ନ ହେଲେ ତୁମକୁ ଛାଡ଼ି ଯିବାକୁ କି ମୋର ଶରଧା ହୁଏ ? ମୋର ମନେ ହେଉଛି ସେ ଦିନତ ସେଇ ଦେବୀ, କରୁଣା ଦେବୀ ଯାହାଙ୍କ ସହିତ ଆଲାପ କରାଇ ଦେଇଥିଲେ, ତାହାଯଦି ହୋଇଥାଏ, ସେ ସ୍ୱର୍ଗକୁ ଯିବା ତୁମ ପକ୍ଷରେ ଏକେବାର ଅସମ୍ଭବ। ତୁମେ ଥାଅ ମୁ ଯାଏଁ। କାମ ସରିବା ପରେପରେ ଚାଲିଆସିବି।

ଗୋଲାପୀ ରଙ୍ଗର ସରଳ ଜ୍ୟୋତିରେଖା ଅନୁସରଣ କରି ସେ ମହାଶୂନ୍ୟ ପଥରେ ଉଠିଲା। ପୁଷ୍ପ ଚତୁର୍ଥ ସ୍ୱର୍ଗର ଆମ୍ବା, ତାର ଶକ୍ତିର ଗତିବେଗ ଯତୀନଠାରୁ ଅନେକ ଅଧିକ। କିନ୍ତୁ ଯତୀନ ସଙ୍ଗେ ଥିଲେ ପୁଷ୍ପ ନିଜକୁ ସଂଯତ କରିଚାଲେ ତା ସହିତ ଖାପ୍ ଖୁଆଇ। ନହେଲେ ନିମିଷକରେ ଲକ୍ଷ ଲକ୍ଷ ମାଇଲ୍ ଅତିକ୍ରମ କରିବା ଶକ୍ତି ତାର ଅଛି।

ପୁଷ୍ପ ଯେଉଁ ସ୍ୱର୍ଗରେ ପହଞ୍ଚିଲା, ପୃଥିବୀର ଭାଷାରେ ତା ରୂପର ବାହାର ରୂପର ଅନେକଗୁଡ଼ିଏ ବର୍ଣ୍ଣନା ଯାଆନ୍ତା, କିନ୍ତୁ ବର୍ଣ୍ଣନ କରିବା ସମ୍ଭବ ନୁହେଁ। ତା'ର ଅନ୍ତଃ ପ୍ରବିଷ୍ଟ ସୁଗଭୀର ଶାନ୍ତି ଆଉ ବହୁ ଗୁଣ ବର୍ଦ୍ଧିତ ସୁଖ ଦୁଃଖ ଅନୁଭୁତିର ସ୍ପନ୍ଦନମାନ ତୀବ୍ରତାର। ସେ ଯେ କେତେ ଭୟାନକ ଜୀବନ ଛନ୍ଦ ! ସେଠାକାର ମାଟିରେ ପାଦ

ଦେଲେ ହିଁ ମନର ସୁଖ, ଦୁଃଖ, ଶୋକ, ସ୍ନେହ, ପ୍ରେମ, କଳ୍ପନା ସମସ୍ତ କିଛି ଶତ ଗୁଣରେ ବଢ଼ିଯାଏ। ଅନୁଭୂତିର ତୀବ୍ରତା ଯେଉଁମାନେ ସହ୍ୟ କରି ନପାରନ୍ତି, ସେମାନେ ସଂଜ୍ଞାହୀନ ହୋଇ ପଡ଼ନ୍ତି ସେଇ ମୁହୂର୍ତ୍ତରେ। ବଳହୀନ ମନ ସ୍ୱର୍ଗ ଲାଭ କରିପାରେ ନାହିଁ।

ପୁଷ୍ପ ଶକ୍ତିମୟୀ, ସେ ଚତୁର୍ଥ ସ୍ତରର ଉଚ୍ଚ ଥାକର ଆମ୍ଭା - ତାହାକୁ ସୁଦ୍ଧା ରୀତିମତ ଚେଷ୍ଟା କରିବାକୁ ହେଲା ପ୍ରାଣପଣେ ସଂଜ୍ଞା ବଜାୟ ରଖିବା ପାଇଁ।

ଚାରିପାଖର ଅଦୃଶ୍ୟ ଇଥର ତରଙ୍ଗ ଯେପରି ତା ଦେହର କେଉଁ ଅଜଣା ଇନ୍ଦ୍ରିୟକୁ ସ୍ପର୍ଶ କରି ତାହାକୁ ସକ୍ରିୟ କରି ରଖିଛି। ସେ ଅଜ୍ଞାତ ଇନ୍ଦ୍ରିୟର କାମ ଅନୁଭୂତି ରାଜିକୁ ମନ ମୁକୁରରେ ପ୍ରତିଭାତ କରାଇବା। ପୃଥିବୀରେ, ଏପରିକି ନିମ୍ନସ୍ତର ସ୍ୱର୍ଗ ଗୁଡ଼ିକରେ ମଧ୍ୟ ସେ ସବୁ ଅନୁଭୂତିର ସହିତ ପରିଚୟ ହୁଏ ନାହିଁ।

ଅଥଚ ପ୍ରତ୍ୟେକ ମନୁଷ୍ୟ ମଧ୍ୟରେ ସେମାନେ ରହିପାରନ୍ତି ଏବଂ ଅଛନ୍ତି ବି। କେବଳ ଆସ୍ୱାଦ କରିବା ଇନ୍ଦ୍ରିୟ ଶୋଇ ରହିଛି। 'ସୁପ୍ତ' ଉଚ୍ଚ ଜଗତର ତୀବ୍ରତର ସ୍ପନ୍ଦନ ତରଙ୍ଗ ତାକୁ ଜାଗ୍ରତ କରିପାରେ। କିନ୍ତୁ ଗଙ୍ଗା ଯେପରି ମର୍ତ୍ତ୍ୟକୁ ଅବତରଣ କରନ୍ତି ସେତେବେଳେ କେହିବି ତାର ବେଗକୁ ସମ୍ଭାଳି ପାରିଲେ ନାହିଁ। ଐରାବତ ସୁଦ୍ଧା ଭାସି ଯାଇଥିଲା - ଉଚ୍ଚ ସ୍ୱର୍ଗର ଦେବତା ମହାଦେବ ଓହ୍ଲାଇ ଆସି ଜଟାକୁ ବିସ୍ତାର କରି ଠିଆହୋଇ ନଥିଲେ କାହାରି କ୍ଷମତା ନଥିଲା ସେ ବେଗବତୀ ସ୍ରୋତ ଧାରାର ମୁହଁରେ ଠିଆ ହେବାକୁ। ଏହି ସବୁ ଅନୁଭୂତିର ବେଗ ସେପରି କେବଳ ଉଚ୍ଚସ୍ତରର ଦେବତାଗଣ ସହି ପାରିବେ। ଚାରିଆଡ଼େ ଫୁଲ ଫୁଟିଛି ସେ ସବୁର ରଙ୍ଗ ବି କେତେ ରକମର। କିନ୍ତୁ ଆଲୋକ ଭଳି କଣ ଗୋଟିଏ ଅଜ୍ଞାତ ଜିନିଷରେ ସେ ସବୁ ଗଛ ସେ ସବୁ ଫୁଲ ତିଆରି - ଗୋଟିଏ ଛିଣ୍ଡାଇ ନେଲେ ତା ସ୍ଥାନରେ ସେ କ୍ଷଣି ଆଉ ଗୋଟିଏ ସେଇଭଳି ଫୁଲ ଫୁଟିଯିବ। ବଡ଼ ବଡ଼ ଜଳାଶୟ ଅଛି ତାର ନୀଳାଭ ନିସ୍ତରଙ୍ଗ ବକ୍ଷ ଉପରେ ଦେଇ ଲୋକମାନେ ପାଦରେ ଚାଲି ଯିବା ଆସିବା କରୁଛନ୍ତି। ଯେପରି ମାଟି ଉପରେ ପୃଥିବୀର ଲୋକେ ଯାଆନ୍ତି। ଅଥଚ ସେଠାରେ ନୌକା ବି ରହିଛି। ନୌକାରେ ବି ବୁଲି ପାରିବେ।

ଗୋଟିଏ ସ୍ଥାନର ସ୍ଫଟିକ ପଥର ଭଳି ସ୍ୱଚ୍ଛ କିଛି ପଦାର୍ଥରେ ତିଆରି ଗୋଟିଏ ଘର ସାମ୍ନାରେ ଯାଇ ସେ ରଙ୍ଗୀନ ଜ୍ୟୋତିରେଖା ଘର ଭିତରକୁ ଚାଲି ଯାଇଛି। ପୁଷ୍ପ ସେଠାରେ ଭିତରକୁ ଯାଇ ଦେଖିଲା ପ୍ରଣୟ ଦେବୀ ଗୋଟିଏ ବଡ଼ ଝରକା କଡ଼ରେ ଠିଆ ହୋଇ କଣ ଦେଖୁଛନ୍ତି ଯେପରି।

ପୁଷ୍ପ ଘରକୁ ଭୁକିଲାରୁ ତା ଆଡ଼କୁ ଚାହିଁ କହିଲେ - ତୁମକୁ ଡାକିଛି ବଡ଼ ବିପଦରେ ପଡ଼ି। ମୋତେ ଟିକିଏ ସାହାଯ୍ୟ କର।

ପୁଷ୍ପ କହିଲା – କହନ୍ତୁ କଣ କରିବାକୁ ହେବ।

ଦେବୀ କହିଲେ – ବସ, ପୃଥିବୀକୁ ଯାଇ କାମ କରି ପାରିବ ସେପରି ଲୋକ ଚାହୁଁଥିଲି। ତୁମ ଛଡ଼ା ଆଉ କାହାରି କଥା ମନେ ପଡ଼ିଲା ନାହିଁ। ଯତୀନ କାହିଁ। ତାକୁ ଆଣିଲ ନାହିଁ କାହିଁକି ?

ପୁଷ୍ପ ସଲଜ୍ଜ ହୋଇ କହିଲା – ଯତୁଦା ଏଠାକୁ ଆସି ପାରିବେ ନାହିଁ। ଆସିବାକୁ ଚାହୁଁଥିଲେ, ମୁ ଆଣିନି।

ଦେବୀ ପ୍ରସନ୍ନ ସହାସ୍ୟେ କହିଲେ – ଆଚ୍ଛା, ଆଜିଠାରୁ ମୁଁ ତାକୁ ନେଇ ଆସିବି।

– ଆପଣ ପାରନ୍ତି – ମୋର ଶକ୍ତି ଅବା କେତେ, ଥରେ ପଞ୍ଚମ ସ୍ୱର୍ଗକୁ ନେଇଯିବାକୁ ଚେଷ୍ଟା କରିଥିଲି। ଚତୁର୍ଥ ସ୍ୱର୍ଗରେ ସେ ଅଚେତ ହୋଇଗଲେ। ଆଉ ମୁଁ ସେ ଦିନରୁ ଚେଷ୍ଟା କରିନାହିଁ। ପୁଷ୍ପ ଗୋଟିଏ ଜିନିଷ ଲକ୍ଷ୍ୟ କଲା।

ପ୍ରଥମ ଦିନ ପ୍ରଣୟ ଦେବୀଙ୍କୁ ଯେଉଁ ମୂର୍ତ୍ତିରେ ଦେଖିଥିଲା – ଏହା ଠିକ୍ ସେ ମୂର୍ତ୍ତି ନୁହେଁ। ସେ ଆହୁରି ତରୁଣୀ ଦେଖା ଯାଉଛନ୍ତି। ମୁଖଶ୍ରୀ ଆହୁରି ସୁନ୍ଦର। ଶରୀରର ସ୍ୱଚ୍ଛ, ସୁନ୍ଦର, ନୀଳାଭ ଶୁଭ୍ର।

ଦେବୀ କହିଲେ – କଣ ଭାବୁଛ ?

– ଆପଣ ଜାଣନ୍ତି କଣ ଭାବୁଛି।

– ମୋ ଚେହେରା ଏବେ ଯାହା ଦେଖୁଛ, ସେତେବେଲେ ଭିନ୍ନ ଧରଣର ଦେଖିଥିଲ। ଏ କଥା ତ ?

ପୁଷ୍ପ କଥାଟି ଜାଣିଥିଲା। ସେ ଶୁଣିଥିଲା ବହୁ ଉଚ୍ଚସ୍ୱର୍ଗର ଅଧିବାସୀମାନଙ୍କ କୌଣସି ନିର୍ଦ୍ଦିଷ୍ଟ ଚାପ ନାହିଁ। ଅଧିକାଂଶ ସମୟରେ ସେମାନେ ଗୋଟିଏ ଅଣ୍ଡାକୃତି ସୁନାରଙ୍ଗର ଆଲୋକଭଲି। ଯେତେବେଲେ କାହା ସହିତ ଦେଖା କରିବା ଆବଶ୍ୟକତା ନଥାଏ ଅଥବା ମୂର୍ତ୍ତି ପରିଗ୍ରହ କରିବା ପାଇଁ ବିଶେଷ କୌଣସି ପ୍ରୟୋଜନ ନଥାଏ – ସେତେବେଲେ ସେମାନେ କେବଲ ଗୋଟିଏ ଚୈତନ୍ୟ ବିନ୍ଦୁରେ ପର୍ଯ୍ୟବସିତ ହୋଇ ଅଣ୍ଡାକୃତି ଆଲୋକ ମୂର୍ତ୍ତିରେ ଅବସ୍ଥାନ କରନ୍ତି। କିନ୍ତୁ ପ୍ରୟୋଜନର ଉପସ୍ଥିତ ହେଲେ ସେମାନେ ଯେକୌଣସି ମୂର୍ତ୍ତି ଇଚ୍ଛାନୁଯାୟୀ ଧାରଣ କରିପାରନ୍ତି – ଅତିସୁନ୍ଦର ତରୁଣର ରୂପ ଅବା ମହିମମୟ ଗମ୍ଭୀର ବୟସ୍କ ଲୋକର ରୂପ, ଅଥବା ପୃଥିବୀ ପ୍ରଚଲିତ ନାନା ଶାସ୍ତ୍ର ଓ ଧର୍ମ ଗ୍ରନ୍ଥାଦିରେ ବର୍ଣ୍ଣିତ ଦେବ, ଦେବୀ, ଦେବଦୂତ ପ୍ରଭୃତିର ରୂପ – ଯଦ୍ୱାରା ମନୁଷ୍ୟମାନେ ସ୍ୱଜାତୀୟ ଓ ସ୍ୱଦେଶୀୟ ଓ ଟ୍ରାଡିଶନ୍ ଅନୁସାରେ ମୂର୍ତ୍ତିରେ ତାହାଙ୍କର ଭକ୍ତି ଓ ଶ୍ରଦ୍ଧା ନିବେଦନ କରିପାରିବେ। ପ୍ରାଣରେ ବଲ ଓ ଉତ୍ସାହ ଲାଭ କରିପାରିନ – ଇତ୍ୟାଦି, ଇତ୍ୟାଦି।

ତେବେ ସୁଧା। ଭଲ କରି ଦେବୀଙ୍କ ମୁହାଁରୁ ଶୁଣିବାକୁ ତାର କୌତୂହଳ ହେଲା। ପ୍ରଣୟ ଦେବୀ କହିଲେ – ଦେଖ, ପୃଥିବୀରେ ମଧ୍ୟ ଏଇ ଏକ ବ୍ୟାପାର ହିଁ ହୁଏ। ଆମ୍ଭର ଅବସ୍ଥାର ସହିତ ବାହାର ଆକୃତି ବଦଳାନ୍ତି। ସାଧୁର ଏକରକମ ଚେହେରା, ନିମ୍ନସ୍ତର ଲୋକଙ୍କ ଆଉ ଗୋଟିଏ ରକମ। କିନ୍ତୁ ପୃଥିବୀର ସ୍ଥୂଳ ପଦାର୍ଥ ଉପରେ ଆମ୍ଭର ପ୍ରଭାବ ସେତେ କାର୍ଯ୍ୟକାରୀ ହୁଏ ନାହିଁ। ଏଠାରେ ସେପରି ନୁହେଁ। ଏପରିକି, ସକାଳେ ସନ୍ଧ୍ୟାରେ ରୂପର ପରିବର୍ତ୍ତନ ହୁଏ ଏଠାରେ। ଅତ୍ୟଧିକ ପ୍ରେମ ବା ସହାନୁଭୂତିର ସମୟରେ ଏଠାରେ ମୁଖଶ୍ରୀ ଦେଖୁଁ ଦେଖୁଁ ଅପୂର୍ବ ସୁନ୍ଦର ହୋଇଯାଏ। ଠିକ୍ ପୃଥିବୀର ଖୁବ୍ ଭାବପ୍ରବଣ, କଳ୍ପନାମୟୀ, ଅପରୂପ ରୂପସୀ କିଶୋରୀ ଭଳି। ପୁଣି ଅନ୍ୟ ଅବସ୍ଥାରେ ଅନ୍ୟ ରୂପ ଫୁଟି ଉଠେ ମୁହାଁରେ ଇଚ୍ଛାନୁଯାୟୀ ପୃଥିବୀରେ ପୋଷାକ ବଦଳାଇ ହୁଏ। ଏଠାରେ ସେହିପରି ମୂର୍ତ୍ତି ବଦଳାଇ ହୁଏ।

ପୁଷ୍ପ କୌତୂହଳୀ ହୋଇ ଭାବିଲା – ଅର୍ଥାତ୍ ସଦାବେଳେ ବ୍ୟବହୃତ ଘର କରଣା ମୂର୍ତ୍ତି, ପୋଷାକୀ ମୂର୍ତ୍ତି, ବନ୍ଧୁବାନ୍ଧବଙ୍କ ସହିତ ଦେଖା ସାକ୍ଷାତ୍ କରିବା ମୂର୍ତ୍ତି, ଭକ୍ତ ନିକଟରୁ ପୂଜା ଘେନିବା ମୂର୍ତ୍ତି–ଏମନେ ଖୁବ୍ ମଜାରେ ଅଛନ୍ତି ତ।

ପ୍ରଣୟ ଦେବୀ ପୃଥିବୀର ଏଇ ପ୍ରଗଳ୍ଭା ବାଳିକାର ଚିନ୍ତା ବୁଝିପାରି ସ୍ନେହମୟୀ ହସ ହସିଲେ। କହିଲେ – ମୁଁ ପୃଥିବୀକୁ ଏବେ ଯାଇପାରୁ ନାହିଁ। ତୁମେ ଯାଥ ଯତୀନକୁ ସଙ୍ଗେ ଧରି। ଏଠାକୁ ଚାଲି ଆସିବ। ଯେଉଁ ବ୍ୟାପାର ପାଇଁ ପଠାଉଛି ଏଠାରେ ଆସି ଦେଖାଠିଆ ହୋଇ।

ସେ ପାଖର ପ୍ରକାଣ୍ଡ ବଡ଼ ଫରାସୀ ବେଡ଼ଉନ୍ଡ୍ରୋ ଭଳି ଝରକା କଡ଼ରେ ସେ ପୁଷ୍ପ ଆସିବା ପୂର୍ବରୁ ଠିଆ ହୋଇ କଣ ଦେଖୁଥିଲେ, ପୁଷ୍ପ ଯାଇ ସେଠାରେ ଠିଆ ହେଲା।

ଠିଆ ହେବା କ୍ଷଣି ତାର ଦୃଷ୍ଟି ଶକ୍ତି ଯେପରି ସହସ୍ର ଗୁଣରେ ବୃଦ୍ଧି ପାଇଲା। ଲକ୍ଷ, କୋଟି, ଯୋଜନ ଦୂରବର୍ତ୍ତୀ ଗୋଟିଏ ଅତି କ୍ଷୁଦ୍ର ଗ୍ରହ – ପୃଥିବୀର ଗୋଟିଏ କ୍ଷୁଦ୍ର ଗ୍ରାମ ତା ଦୃଷ୍ଟିରେ ପଡ଼ିଲା। ଦେଖିବା ମାତ୍ରେ ଜାଣିଲା ବଙ୍ଗଳା ଦେଶ। ସନ୍ଧ୍ୟା ନଇଁ ଆସୁଛି।

ନଡ଼ିଆ, ସୁପାରି ଗଛ ଘେରା ଛୋଟ ଗୋଟିଏ ଏକ ପ୍ରସ୍ତିଆ କୋଠାଘର। ଘରେ ବିବାହ ହେଉଛି। ବାରଣ୍ଡାରେ ଛୋଟ ଶାମିୟାନ ଟଣା ହୋଇଛି। ବାହାର ବୈଠକଖାନାରେ ଚୌକି, ଇତ୍ୟାଦି ବସିବାସ୍ଥାନ। ବରଯାତ୍ରୀ ଦଳ ଏ ପର୍ଯ୍ୟନ୍ତ ଆସି ନାହାନ୍ତି। କନ୍ୟା ପକ୍ଷୀୟ ଲୋକେ ବ୍ୟସ୍ତ ହୋଇ ଯିବା ଆସିବା କରୁଛନ୍ତି। ସମସ୍ତଙ୍କର ଗୋଟିଏ ବ୍ୟସ୍ତତା ଓ ଉତ୍ସାହର ଭାବ। କିନ୍ତୁ ସରୁଧଡ଼ି ଧୋତି ପରିହିତା

ଗୋଟିଏ ସତର ଅଠର ବର୍ଷର କିଶୋରୀ ନିରାନନ୍ଦ ହୋଇ ଘରର କୋଣଟିରେ ଚୁପ୍ ହୋଇ ବସିଛି । ଯେପରି ଆଜିର ଉତ୍ସବ ସହିତ ତାର କୌଣସି ସଂପର୍କ ନାହିଁ । ମଝିରେ ମଝିରେ ଆଖିରୁ ଝରି ଆସୁଥିବା ଅଶ୍ରୁ ପଣତରେ ପୋଛି ପକାଇ ଭୀତ, ସଂକୁଚିତ ହୋଇ ଚକିତ ଦୃଷ୍ଟିରେ ଚାରିଆଡ଼କୁ ଚାହୁଁଛି ଯେପରି କେହି ଦେଖି ନ ପକାନ୍ତି ।

ଦେବୀ କହିଲେ – ସେହି ଯେଉଁ ଝିଅଟି ଦେଖୁଛ, ତାର ନାମ ସୁଧା । ତାର ଛୋଟ ଭଉଣୀର ଏହି ବାହାଘର । ସେହି ଝିଅଟିର ଦୁଃଖରେ ମୁଁ ଏତେ କଷ୍ଟ ପାଉଛି ଯେ ସ୍ୱର୍ଗରେ ରହିବା ମୁସ୍କିଲ ହୋଇ ଉଠୁଛି । ଅତ୍ୟନ୍ତ ପ୍ରେମିକା ଝିଅ । ଏଡ଼େ ଅଳ୍ପ ବୟସରେ, ଏତେ ଭାବପ୍ରବଣ, ପ୍ରେମ ପାଗଳିନୀ ଝିଅ ବଡ଼ ବେଶୀ ଦେଖା ଯାଆନ୍ତି ନାହିଁ । ସେ ଆଜିକୁ ଦୁଇ ବର୍ଷ ହେଲା ବିଧବା ହୋଇଛି । ତେ'ର ବର୍ଷରେ ବିବାହ ହୋଇ ଥିଲା । ତାର ସ୍ୱାମୀ ଦୁଇ ବର୍ଷ ମାତ୍ର ବଂଶ୍ୟ ଥିଲା । ଏଇ ଦୁଇବର୍ଷରେ ସ୍ୱାମୀକୁ ସେ ପ୍ରାଣଦେଇ ଭଲ ପାଉଥିଲା । ପ୍ରତିଦିନ ଲୁଚିଲୁଚି କାନ୍ଦେ । ଆଜି ତାର ଛୋଟ ଭଉଣୀର ବାହା । ତାର ଖାଲି ମନେପଡୁଛି ତା ନିଜର ବିବାହ ଦିନର କଥା । ଆଜି ଦିନ ସାରା ଲୁଚି କାନ୍ଦୁଛି ବାପ, ମା ଯେପରି ଜାଣି ନପାରିବେ ।

ମୁଁ ଆଉ ସହିପାରୁ ନାହିଁ ତାର ଦୁଃଖ – କଣ ଯେ କରିବି । ତାଠାରୁ ଆହୁରି କରୁଣ କଥା ଏହି ଯେ ଝିଅଟିକୁ ତାର ତିନି ଜନ୍ମ ହେଲା ଲକ୍ଷ୍ୟ କରୁଛି । ତିନିଟାଯାକ ଜନ୍ମରେ ତାର ଏଇ ଅବସ୍ଥା । ବିବାହର ଅଳ୍ପଦିନ ପରେ ସେ ବିଧବା ହୋଇ ଯାଉଛି । ଅଥଚ ତାର କେତେ ଯେ ଭଲ ପାଇବାର ତୃଷା ! କେତେବଡ଼ ପ୍ରେମ ପ୍ରବଣ ହୃଦୟ !..... ଆଉ ଦେଖୁଛ ତ ଗରିବ ଘରର ଝିଅ !

ପୁଷ୍ପର ହୃଦୟ ବିଗଳିତ ହେଲା ଅଭାଗିନୀ ଝିଅର ଜୀବନ ଇତିହାସ ଶୁଣି । ଆଖିରେ ଅଶ୍ରୁ ଆସିଲା । ସେ କହିଲା – କିନ୍ତୁ ଆପଣଙ୍କର ତ ଅସୀମ ଶକ୍ତି । ଆପଣ ଇଚ୍ଛା କଲା ମାତ୍ରେ ଉପାୟ ହୁଏ । ଦେବୀ ବିଷଣ୍ଣ ହୋଇ କହିଲେ – ସେଭଳି ହୋଇ ନଥାଏ ପୁଷ୍ପ । କିପରି ହୋଇନଥାଏ ଚାଲ ତୁମକୁ ଦେଖାଇବି । ତୁମେ ଆଗେ ଆଗେ ଯାଅ ମାଁ କିଛି ସମୟ ପରେ ଯିବି । ଯତୀନୁ ନେଇ ତୁମେ ଚାଲିଯାଅ ।

ଲକ୍ଷ ଲକ୍ଷ ମାଇଲ୍ ଆଖିପଲକରେ ଅତିକ୍ରମ କରି ପୁଷ୍ପ ତାଙ୍କର ବୁଢ଼ା ଶିବତଲା ଘରକୁ ଆସିଲା । ଯତନକୁ ସଙ୍ଗରେ ନେଇ ସେ ଚାଲି ଆସିଲା ସୁଧା ଘରକୁ । ସୁଧା ଘରକୁ ସେତେବେଳେ ବର ଆସିଛି । ଝିଅମାନେ ହୁଳହୁଳିଦେଇ, ଶଂଖ ବଜାଇ ବରକୁ ଆଗେଇ ଆସିଲେ । ସୁଧାର ସେଠାକୁ ଯିବ ମନା । ଘରର ବିଧବା ଝିଅ, ମାଙ୍ଗଳିକ କୌଣସି ଅନୁଷ୍ଠାନରେ ଆଜି ତାର ରହିବାକୁ ଚାରା ନାହିଁ । ତେବେ ବି

କୌତୁହଳୀ ହୋଇ ଘର ଝରକାରୁ ବାରଣ୍ଡା ଆଡ଼କୁ ଚାହିଁ ବର ଦେଖୁଛି । କୌତୁହଳ ଅଳ୍ପ ସମୟ ପାଇଁ ତାର ଶୋକକୁ ଜୟ କରିଛି ।

ପୁଷ୍ପ ଆସି ସୁଧା ପାଖରେ ଠିଆ ହେଲା । ସୁଧା ଯେ ଆମ୍ଭା ହିସାବରେ ଉଚ୍ଚ ଶ୍ରେଣୀର ତାହା ସେତେବେଳେ ବୁଝିଲା ପୁଷ୍ପ । କାରଣ ପୁଷ୍ପର ପ୍ରଭାବ ସେ ସଙ୍ଗେ ସଙ୍ଗେ ଅନୁଭବକଲା ମନ ଭିତରେ । ତାର ଓଜନିଆ ମନଟା ତତ୍‌କ୍ଷଣାତ୍ ହାଲୁକା ହୋଇଗଲା । ଜୀବନରେ ସବୁ କିଛି ଶେଷ ହୋଇଯାଇନି । ଆହୁରି ଅନେକ କିଛି ଅଛି । ଜୀବନ ଆରମ୍ଭରୁ ତ ବହୁଦୂର ବାଟର କେଉଁ ବାଙ୍କରେ ନକ୍ଷତ୍ର ଭଳି ସାରାରାତି ଜାଗ୍ରତ ରହିଛି ବନ ଫୁଲର ଦଳ । ଚନ୍ଦ୍ରାଲୋକରେ ଜ୍ୟୋସ୍ନାମୟୀ ହୋଇ ଯାଇଛି ସେ ସ୍ଥାନ । ପୁଣି ମନରେ ଆଶା ଉକୁଟି ଉଠେ । ଅତୀତ ବାସର ରଜନୀର ସ୍ମୃତି ଆନନ୍ଦ ଭଳି ପବିତ୍ର ଅନୁଭୂତିରେ ମନ ଭରିଯାଏ ।

ଯତୀନ ଦେଖିଲା ଗୋଟିଏ ଆମ୍ଭା ଅନେକ ସମୟ ହେଲା ବାହାମଣ୍ଡପର ଏଆଡ଼େ ସେଆଡ଼େ ଘୁରାଘୁରି କରୁଛି । ଯତୀନକୁ ଦେଖି ସେ ତା ପାଖକୁ ଆସିଲା, କହିଲା – ଆପଣ କିଏ ? ଆପଣ ଏଠାରେ କିପରି ?

ଯତୀନ୍ କହିଲା – ଆପଣ କିଏ ?

– ମୁଁ ଏଇ ବିଧବା ଝିଅଟିର ସ୍ୱାମୀ

– ତାହାକୁ ଆଜିଟିକିଏ ସାନ୍ତ୍ବନା ଦିଅନ୍ତୁ ।

– ମୁ ଚେଷ୍ଟା କରୁଛି କିନ୍ତୁ ପାରୁ ନାହିଁ । ଆପଣଙ୍କୁ ଦେଖି ବୁଝିପାରିଛି ଆପଣ ଉଚ୍ଚ ଶ୍ରେଣୀର ଆମ୍ଭା । ତେଣୁ ଆପଣଙ୍କୁ ପଚାରୁଥିଲି ଆପଣ ଏଠାରେ କିପରି ।

– ଏଇ ଝିଅର ଦୁଃଖରେ ଜଣେ ଦେବୀଙ୍କ ମନ ତରଳିଯାଇଛି । ସେ ଆମକୁ ଏଠାକୁ ପଠାଇଛନ୍ତି ।

– କାହିଁ, ଆଉ କେହି ତ ନାହାନ୍ତି ଏଠାରେ ଆପଣ ଏକାକୀ ଅଛନ୍ତି । ଯତୀନ ପୁଷ୍ପ ପାଖରେ ଥିଲା, ସୁଧାର ସ୍ୱାମୀ ଖୁବ୍ ଉଚ୍ଚଦରର ଆମ୍ଭା ନୁହେଁ, ତାକୁ ଦେଖି ଜାଣି ପାରିଥିଲା ସେ ପୁଷ୍ପକୁ ଦେଖି ପାରିନଥିଲା । ଯତୀନ ଏକଥା ବୁଝାଇ ଦେଲାରୁ ସୁଧାର ସ୍ୱାମୀ ବିନୀତ ଭାବରେ ତାହାକୁ ଆଉ ପୁଷ୍ପ ଉଦ୍ଦେଶ୍ୟରେ ପ୍ରଣାମ କଲା ଓ କହିଲା – ମୁଁ ବହୁତ କଷ୍ଟ ପାଉଛି ତାଲାଗି କିନ୍ତୁ କିଛି ବି କରି ପାରୁନାହିଁ । ସେ ଯେତେବେଳେ ଶୋଇଥାଏ ତାକୁ ସାନ୍ତ୍ୱନା ଦେବାକୁ ଚେଷ୍ଟା କରେଁ । କିନ୍ତୁ ମୋଠାରୁ ତାର ଅବସ୍ଥା ଉନ୍ନତ । ମୋର କ୍ଷମତା ନାହିଁ କିଛି କରିବାକୁ । ଯତୀନ କହିଲା – ଉଚ୍ଚ ସ୍ୱର୍ଗର ଜଣେ ଦେବୀ ଆପଣଙ୍କ ସ୍ତ୍ରୀଙ୍କ ଉପରେ କୃପା ଦୃଷ୍ଟି ରଖିଛନ୍ତି – ସେ ଆମମାନଙ୍କୁ ପଠାଇଛନ୍ତି । ସେ ନିଜେ ଏବେ ଏଠାକୁ ଆସିବେ –

ପୁଷ୍ପ କହିଲା – ସେ ଆସିଲେଣି, ଏଇ ଏବେ ଆସିଲେ –

ସୁଧାର ସ୍ୱାମୀ ପୁଷ୍ପର କଥା ଶୁଣି ପାରିଲେ ନାହିଁ। ଯତୀନ ପ୍ରଣୟ ଦେବୀଙ୍କୁ ଦେଖିପାରିଲା ନାହିଁ। କିନ୍ତୁ ପ୍ରଣୟ ଦେବୀଙ୍କ ଶାନ୍ତ କୋମଳ ପ୍ରଭାବ ସେ ମନେମନେ ଅନୁଭବ କରିପାରିଲା। ପ୍ରଣୟ ଦେବୀ ନିଜେ ସବୁ ସମୟରେ ସୁଧା ପାଖକୁ ଆସି ଠିଆ ହୋଇ ରହିଲେ। କହିଲେ – ଏମାନଙ୍କୁ ଛାଡ଼ି ମୋର କାହିଁରେ ସୁଖ ନାହିଁ। ଏଥର ବି ଏମାନଙ୍କୁ ଏପରି ଭୋଗ କରିବାକୁ ହେବ। ସୁଧାର ସ୍ୱାମୀ ସେତେ ଉଚ୍ଚ ଅବସ୍ଥାର ନୁହେଁ – ତାଛଡ଼ା, କାହିଁକି ଏମାନେ ଏପରି କଷ୍ଟ ଭୋଗୁଛନ୍ତି ମୁଁ ଠିକ୍ ଭାବରେ ତାହା ଜାଣିନି। ଜଗତରେ ଏସବୁ ଘଟିଥାଏ ଯେଉଁ ବିରାଟ ଶକ୍ତିର ନିର୍ଦ୍ଦେଶାନୁସାରେ, ସେ ଶକ୍ତି ବଡ଼ ରହସ୍ୟମୟ। ତା'ର କର୍ମ ପ୍ରଣାଳୀ ଅଥବା ପ୍ରକୃତି ସଂବନ୍ଧରେ କିଛି ବୁଝେ ନାହିଁ ଜାଣି ବି ନାହିଁ।

ପୁଷ୍ପ କହିଲା – ସେଇଟା ହିଁ ତ ଭଗବାନ?

ପ୍ରଣୟ ଦେବୀ ଚମକି ଉଠି କହିଲେ – ସେ ନାମ କାନରେ ଶୁଣିଲେ ମନ ଅନ୍ୟ ରକମ ହୋଇଯାଏ। ଯେତେବେଳେ ସେତେବେଳେ ସେ ନାମ ଧରିବ ନାହିଁ। ଭଗବାନ ଯେ କଣ ତାହା ଆମେ ଜାଣିନାହୁଁ ଏ ପର୍ଯ୍ୟନ୍ତ ମଧ। ଯେଉଁ ଶକ୍ତିଙ୍କ କଥା କହୁଛି ହୁଏତ ତାଙ୍କୁ ହିଁ ତୁମେମାନେ ସେହି ନାମରେ ଡାକ। ସୁଧାର ଭଉଣୀର ବିବାହ ହୋଇଗଲା। ବର କନ୍ୟା ବାସର ଘରକୁ ଏଇମାତ୍ର ଚାଲି ଯାଇଛନ୍ତି। ଗରିବ ଘରର ବିବାହ, ତେବେ ବି ବାରଣ୍ଡାରେ ଛୋଟ ସାମିୟାନା ଟଣା ହୋଇଛି ପଡ଼ୋଶୀଙ୍କ ଘରୁ ମାଗି ଆଣି। ଅଧମହଣ ଖଣ୍ଡିଏର ମଇଦାରେ ଲୁଚିଛଣା ହୋଇଛି ବରଯାତ୍ରୀ ଓ ପ୍ରତିବେଶୀ, ପଡ଼ୋଶୀମାନଙ୍କୁ ଖୁଆଇବାକୁ। ସେମାନେ ଖାଇବି ବସିଲେ। ଗାଁ ର ଝିଅ ବୋହୂ ଦଳ ସାଜି ମାଜି ହୋଇ ବାସର ଘରକୁ ତୁକି ବର ଚାରିପାଖରେ ଭିଡ଼ ଜମାଇଛନ୍ତି। ପ୍ରଣୟ ଦେବୀ ଘରେ ତୁକି ଗୋଟିଏ କୋଣରେ ଠିଆ ହୋଇ ପ୍ରସନ୍ନ ଦୃଷ୍ଟିରେ ଘର ଚାରିଆଡ଼କୁ ଚାହିଁଲେ। ଯେପରି ମନେମନେ ସମସ୍ତଙ୍କୁ ଆଶୀର୍ବାଦକଲେ। ଆଜି ଦିନଟି ଏବଂ ଏଇ ସମୟ ତାଙ୍କ ଚରଣ ଧୂଳିର ସ୍ପର୍ଶ ପାଇ ଧନ୍ୟ ହୋଇଗଲା।

କିନ୍ତୁ ଯତୀନ ମନଦୁଃଖରେ ଠିଆ ହୋଇଥିଲା – ଆଜିର ବିବାହ ଉସ୍ବରେ ତାର ମନେ ହେଲା – ଆଶା ସହିତ ଏଇଭଳି ଏକ ଉସ୍ବ ଭିତରେ ତା'ର ବିବାହ ହୋଇଥିଲା; କିନ୍ତୁ ସେ ଆଜି କାହିଁ ଆଉ ଆଶା କାହିଁ!! ସୁଧା ଭଳି ଆଜି ସେ ବି ବିଧବା। ଜୀବନର ସବୁ ଶରଧା ଆଜି ଚାଲିଯାଇଛି –

ପରର ସଂସାର, ପରର ହାତଟେକା ଖାଇ –

ପୁଷ୍ପ ଧମକ ଦେଇ କହିଲା – ଯତୀନ ଦା!

ଏ ସମୟରେ ପ୍ରଣୟ ଦେବୀ କହିଲେ – ସୁଧା ରନ୍ଧାକାର କୋଣଟାରେ ବସି କାନ୍ଦୁଛି । ଥରେ ତା ପାଖକୁ ଯାଇ ଠିଆହୁଅ ପୁଷ୍ପ ।

ପୁଷ୍ପ ଆସି ଦେଖିଲା ସୁଧାର ସ୍ୱାମୀ ବି ସେଠାରେ ଠିଆ । ତା ଆଖିରେ ବି ଅଶ୍ରୁ । ମରଣ ପରର ଯବନିକା ଅନ୍ତରାଳରେ ପ୍ରେମର ଏଇ ଲୀଳା ପୁଷ୍ପକୁ ମୁଗ୍ଧ କଲା । ପ୍ରେମ ମରଣ ଜୟୀ ଏଇସତ୍ୟଟି ପୁଷ୍ପ ମନଭିତରେ ଗଭୀର ଭାବରେ ଅଙ୍କିତ ହୋଇ ରହିଲା ।

ଟିକିଏ ପରେ ପ୍ରଣୟ ଦେବୀ ନିଜେ ସେଠାକୁ ଆସି ଠିଆ ହେଲେ । ସୁଧାର ମୁଣ୍ଡରେ ହାତ ରଖି ସେ କହିଲେ –କିଛି ଦୁଃଖ କରନା, ମୁ ମିଳନ କରାଇ ଦେବି । ତୋଭଳି ଝିଅ ଲକ୍ଷ ଲକ୍ଷ ରହିଛନ୍ତି ଆମ ପୃଥିବୀରେ – ସେମାନଙ୍କୁ ଛାଡ଼ି ସ୍ୱର୍ଗକୁ ମଧ ମୁଁ ଯାଇପାରେ ନାହିଁ ।

ପୁଷ୍ପ କହିଲା – ଆପଣଙ୍କ ଭଳି ଦେବୀ ଇଚ୍ଛା କଲେ ସୁଧାର କିଛି ଉପକାର ହୋଇ ପାରିବ ନାହିଁ – ବିଶ୍ୱଶକ୍ତିକୁ ନିୟନ୍ତ୍ରଣ କରିବାକୁ ମୁଁ କିଏ ? ମୋ ଭଳି ହଜାର ହଜାର ଅଛନ୍ତି ଦେବ ଦେବୀ । ତା ଛଡ଼ା ପୃଥିବୀର ମନୁଷ୍ୟଙ୍କୁ ନେଇ ଆମ କାରବାର । ଅଗଣିତ ଜୀବ ଲୋକ ରହିଛି ବିଶ୍ୱ ବ୍ରହ୍ମାଣ୍ଡରେ । ସେମାନଙ୍କ ପାଇଁ ଅନ୍ୟାନ୍ୟ ଦେବ ଦେବୀ ଅଛନ୍ତି ।

– ସେମାନଙ୍କୁ ଆପଣ ଜାଣନ୍ତି ?

–ଜାଣେ ସେମାନେ ଅଛନ୍ତି । ସମସ୍ତଙ୍କ ସହିତ ପରିଚୟ ନାହିଁ । ଆମମାନଙ୍କ ଶକ୍ତି ମନୁଷ୍ୟଙ୍କଠାରୁ ହୁଏତ ଅଧିକ । ତେବେ ସୁଦ୍ଧା । ସୀମାବଦ୍ଧ ଚାଲ ଆମେ ଏଠାରୁ ଯିବା ।

ସେଦିନ ଯତୀନ ବୁଢ଼ା ଶିବତଲା ଘାଟରେ ଏକାକୀ ବସି ଅନ୍ୟମନସ୍କ ଭାବରେ ଆଶାର କଥା ଭାବିଲା ବହୁ ସମୟଧରି । ପୁଷ୍ପ ପ୍ରଣୟ ଦେବୀଙ୍କ ମୁହଁରୁ ଯାହା ଶୁଣିଥିଲା ସବୁ ଯତୀନକୁ କହିଛି । ସେ ଅଦୃଷ୍ଟକୁ ଓଲଟାଇ ଦେଇପାରିବେ ନାହିଁ । ସେ ନିଜେ କତେ ତୁଚ୍ଛ ତାଙ୍କ ପାଖରେ କଣ କରିପାରିବ ଅବା ସେ । ଆଶାକୁ ତା ନିଜ ଭାଗ୍ୟ ନେଇ ଚଲିବାକୁ ହେବ ।

ପଶ୍ଚିମ ଆକାଶରେ ଅସ୍ତଗାମୀ ସୂର୍ଯ୍ୟଙ୍କ ରଙ୍ଗୀନ ଆଭା । ଗଙ୍ଗା ନଦୀବନ୍ଦରେ ପାଲ ସାଉଁଟି ଛୋଟ ବଡ଼ ନୌକାର ଦଲ ଚାଲିଛି । ଗୋଟିଏ ଦୁଇଟି ମାଛରଙ୍ଗା ପକ୍ଷୀ ଛୁଟିଯାଇ ମାଛ ଧରୁଛନ୍ତି । ଅନତି ଦୂରରେ ନୈହାଟିର ଗଙ୍ଗା, କେଓଟା ସାଗଡିର ଘାଟ ।

କେତେବେଲଧରି ସେ ଏଭଳି ବସିଥିଲା ଜାଣେନା । ହଠାତ୍ ସେ ଚମକି ଦେଖିଲା ଜଣେ ଜ୍ୟୋତିର୍ମୟ ପୁରୁଷ ତା ଆଗରେ ଠିଆ । ଯତୀନ ବ୍ୟସ୍ତହୋଇ ଉଠି ତାଙ୍କୁ ପ୍ରଣାମ କଲା ।

ଆଗନ୍ତୁକ କହିଲେ – ବହୁତ ଭଲ କରି ଏଦୃଶ୍ୟଟି ରଖିଛ ହେ ତୁମେ ! ପୃଥିବୀରୁ
ଅଳ୍ପ ଦିନ ହେଲା ଆସିଛ ନା ?

– ଆଜ୍ଞା ହଁ

– ସେହି କଥାଟା ଦେଖୁଛି ତ। ହୁଗିଲୀ ଜିଲ୍ଲାରେ ଘରଥିଲା ? ସେଇଥିଲାଗି
ତାଙ୍କର ଧାରଟା ଏଭଳି କରିଛି। ଏସବୁ ମାୟା ! ଜଗତ ବା ବିଶ୍ୱବି ମାୟା – ସେହି
ଏକ ଅଖଣ୍ଡ ସଚିଦାନନ୍ଦ ବ୍ରହ୍ମଛଡ଼ା ସମସ୍ତ ମାୟା ! ଆଉ କୌଣସି ପଦାର୍ଥର ବାସ୍ତବତା
ନାହିଁ।

ଯତୀନ ମନଭିତରେ ଆନ୍ଦୋଳନ ହେଲା। ଏ ଧରଣର କଥା ଗୋଟିଏ
ମତବାଦର ସେ ଶୁଣିଥିଲା। ଥରେ ଗୋଟିଏ ପୁସ୍ତକରେ ପଢ଼ିଥିଲା ବୋଧହୁଏ।
ମନେମନେ କହିଲା – ଅଦ୍ୱୈତ ମତ ଏହା ନା ?

ମହାପୁରୁଷ ଯେପରି ଟିକିଏ ବିସ୍ମିତ ହେଲେ – କହିଲେ – ଅଦ୍ୱୈତ ବେଦାନ୍ତ
ସଂବନ୍ଧରେ ତେବେ ତୁମେ ଜାଣ ? ହେଲେ ଖାଲି ବହି ପଢ଼ିଲେ କଣ ହୁଏ ? ପ୍ରତ୍ୟକ୍ଷ
ଅନୁଭୂତି ଦରକାର। ଅଖଣ୍ଡ ସଚିଦାନନ୍ଦର ଅନୁଭୂତି ଦରକାର। ତୁମେ ମୃତ୍ୟୁ ପରେ
ଏଠାକୁ ଆସିଛ। କିନ୍ତୁ ଜ୍ଞାନ ଲାଭହୋଇ ନାହିଁ ଭିତରେ। ଏଠାରେ ହୁଗିଲୀ ଜିଲ୍ଲାର
ଗଙ୍ଗା ଘାଟ ତିଆରି କରି ରଖିଛ। ଏଭଳି ଏଠାରେ ଅନେକେ କରିଛନ୍ତି। ସେ ସବୁମାୟା।
ପୁଣି ପୃଥିବୀକୁଯାଇ ଜନ୍ମଗ୍ରହଣ କରିବାକୁ ହେବ – ଅଦ୍ୟବାଦ ଶତା ନ୍ତେଜା –
ଆଜିହେଉ, ଦୁଇଶହ ବର୍ଷ କି ହଜାରେ ବର୍ଷ ପରେ ବି ହେଉ। ଅଖଣ୍ଡ ସଚିଦାନନ୍ଦଙ୍କ
ଅନୁଭୂତି ଛଡ଼ା ମୁକ୍ତି ନାହିଁ।

ଯତୀନ ଡରିଡରି କହିଲା – ଆଜ୍ଞା, ମୁକ୍ତିମାନେ କଣ ?

–ଭଗବାନଙ୍କ ସହିତ ଏକାମ୍ବୋଧ। ଯୋଗ ସାଧନା ବ୍ୟତୀତ ତାହା ସମ୍ଭବ
ନୁହେଁ। ଉପନିଷଦରେ ଦୁଇଟି ପକ୍ଷୀର ରୂପକ ବର୍ଣ୍ଣନା ଅଛି। ଗୋଟିଏ ଗଛର ଦୁଇଟି
ଡାଲରେ ତଲେ ଉପରେ ଦୁଇଟି ପକ୍ଷୀ ବସି ରହିଛନ୍ତି। ତଲ ପକ୍ଷୀଟି ମିଠା ଫଲ ଖାଉଛି,
କଟୁ ଫଲ ଖାଉଛି – ଉପର ପକ୍ଷୀ ନିର୍ବିକାର ହୋଇ ବସି ରହିଛି। ସୁଖ-ଦୁଃଖରେ
ଉଦାସୀନ। ନିଜ ମହିମାରେ ମଗ୍ନ। ଗୋଟିଏ ପରମାତ୍ମା। ଅପର ପକ୍ଷୀଟି ଇନ୍ଦ୍ରିୟ ସୁଖମଗ୍ନ
ଜୀବାତ୍ମା। ତଲ ପକ୍ଷୀଟି ଯେତେବେଲେ ଉପରକୁ ଯିବ, ଉପର ପକ୍ଷୀ ସହିତ ମିଶିଯିବ।
ଏକ ହୋଇଯିବ–ସେତେବେଲେ ହିଁ ତାର ମୁକ୍ତି।

ତଦା ବିଦ୍ୱାନ୍ ପୁଣ୍ୟ ପାପେ ବି ଧୂୟ ନିରଞ୍ଜନଃ ପରମଂ ସାମ୍ୟମୁପୈତ –

ଯତୀନ ଏଭଳି କଥା କେବେ ଶୁଣିନି। ବିସ୍ମୟ ମୁଗ୍ଧ ହୋଇ ଚାହିଁ ରହିଲା
ସନ୍ୟାସୀଙ୍କ ଆଡ଼କୁ। ସେ ଭାବିଥିଲା ମରଣ ପରେ ଯେତେବେଲେ ବଞ୍ଚ ରହିଛି

ସେତେବେଳେ ତା'ର ଆଉ ଭାବନା କଣ ? କିନ୍ତୁ ଏବେ ତାର ମନେ ହେଲା କେଉଁଠି କିଛି ଭୁଲ୍ ରହିଯାଇଛି । ସେ ବିନୀତ ଭାବରେ କହିଲା – ଆଜ୍ଞା ତେବେ ଆମମାନଙ୍କର ଉପାୟ ? ଆମକୁ କିଏ ଯୋଗ ଶିକ୍ଷା ଦେବ । ଶୁଣିଛି ସେ ବଡ଼ ଉଟ୍‌ପଟାଙ୍ଗ ବ୍ୟାପାର – ସେ ସବୁ କଣ ଆମମାନଙ୍କ ପାଇଁ ?

ସନ୍ୟାସୀ ହସି କହିଲେ – ଏତେ ସହଜ ନୁହେଁ ଆଉ କଠିନ ବି ନୁହେଁ । ମୁଁ ବି ପୃଥିବୀରେ ତୁମ ପରି ମଣିଷଥିଲି । ଯୌବନରେ ସ୍ତ୍ରୀ ବିୟୋଗ ହେଲା । ସଂସାର ମିଥ୍ୟା ମନେ ହେଲା । ତେବେ ମଧ୍ୟ ପାଞ୍ଚ ବର୍ଷ ସଂସାରରେ ରହିଗଲି । ତାପରେ ସନ୍ୟାସ ଗ୍ରହଣ କଲି । ସଦ୍‌ଗୁରୁଙ୍କ ସନ୍ଧାନ ପାଇଲି । ଆସାମର ଗୋଟିଏ ଜଙ୍ଗଲରେ ପନ୍ଦର ବର୍ଷ ଯୋଗାଭ୍ୟାସ କରିବାପରେ ଦିନେ ଗୁରୁଙ୍କ କୃପାରୁ ନିର୍ବିକଳ୍ପ ସମାଧ୍ୟ ହେଲା ।

ଯତୀନ ରଦ୍ଧନିଃଶ୍ୱାସୀ ହୋଇ କହିଲା – ତାପରେ, ସନ୍ୟାସୀ ହସି କହିଲେ – ତା ପରେ ? ତା ପରେ ଆଉ କିଛି ନାହିଁ । ମୁହଁରେ ସେ ଅବସ୍ଥାର କଥା କୁହାଯାଏ ନାହିଁ । ସେ ସବୁ ତୁମେ କଣ ବୁଝିବ ? ଏବେ ବି ତୁମେ ପିଲା ଲୋକମାତ୍ର । ବହୁତ ଉଚ୍ଚ ଅବସ୍ଥାର କଥା ସେ ସବୁ । ତୁମେ ଆଉ ନିର୍ଗୁଣବ୍ରହ୍ମ ଏକ । ମାୟା ତୁମ ସ୍ୱରୂପକୁ ଆବୃତ କରିବସିଛି । ତୁମେ କାହିଁକି ପୃଥିବୀର ସବୁ କିଛି । କେହି ଛୋଟ ନୁହେଁ । ତୁମେମାନେ ସମସ୍ତେ ଅଜର ଅମର, ଶାଶ୍ୱତ ଆତ୍ମା – ତୁମେ ବି ଏହି ଜଗତର ସୃଷ୍ଟି କର୍ତ୍ତା, ଏ ଜଗତକୁ ସୃଷ୍ଟି କରିଛ – ତେବେ ଛୋଟ ହୋଇ ରହିଛ କାହିଁକି ? ଏହି ଲୋକକୁ ଆସିଛ । ଏହାବି ଉପାଧ୍ୟର ଲୋକ । ଏହାରି ଉପରେ ଆହୁରି ଉଚ୍ଚତର ଲୋକ ଅଛି । ମହା ଜ୍ୟୋତିର୍ମୟ ଲୋକ, ଦେବଦେବୀ ଗଣ ସେଠାରେ ବାସ କରନ୍ତି । ତୁମ ଭଳି ଲୋକ ତାର ଧାରଣା କରି ପାରିବ ନାହିଁ । ଜଗତକୁ ସୃଷ୍ଟି ଓ ଲୟ କରି ଦେବାକୁ ସେମାନେ ସମର୍ଥ । କିନ୍ତୁ, ତାହାବି ଅନିତ୍ୟ । ତାହା ବି ଉପାଧ୍ୟ ଓ ସ୍ୱଗୁଣ ସ୍ତରର ଜଗତ । ତା ଠାରୁ ଆହୁରି ଉପରେ ନିରୁପାଧ୍ୟ, ନିର୍ଗୁଣ ବ୍ରହ୍ମ ବିରାଜିତ । ସେଠାକୁ ପହଞ୍ଚିବାକୁ ମଣିଷର ଆଗ୍ରହ ଥିଲେ ହୁଏ । ଅସଲ କଥା ତୁମ ସହିତ ଅଭିନ୍ନତା ତାର କାହିଁ ? ଏ ଜଗତରେ ଦୁଃଖ ନାହିଁ, ପାପ ନାହିଁ, ଶୋକ ନାହିଁ, ଭୟ ନାହିଁ, ମୃତ୍ୟୁ ନାହିଁ ତାହା ଦେଖିଲ, ସ୍ୱଦ୍ରଷ୍ଟ ନାହିଁ । ଏସବୁ କିଛି ନାହିଁ । ଅଛି କେବଳ ଆନନ୍ଦ, ଅମରତ୍ଵ ବିରାଟତ୍ଵ । ଆଉ ତୁମେ ହିଁ ତାର ଅଧିକାରୀ । ଅତଏବ ଉଠ, ଜାଗ୍ରତହୁଅ – ତତ୍ ତ୍ଵମସି – ତୁମେ ହିଁ ସେ । ସନ୍ୟାସୀଙ୍କ ସର୍ବାଙ୍ଗରୁ ଏକପ୍ରକାର ନୀଳ ବିଦ୍ୟୁତ ଭଳି ଜ୍ୟୋତି ଯେପରି ସ୍ୱତଃ ନିର୍ଗତ ହେଉଛି । ତାଙ୍କ ଆଡ଼କୁ ଚାହିଁ ହେଉନାହିଁ । ଯତୀନ ତାଙ୍କ ପଦସ୍ପର୍ଶ କରିବା ପାଇଁ ମୁଣ୍ଡ ତଳକୁ କରିବାକୁ ଯିବାବେଳେ ସେ କହିଲେ – ଊଁ ହୁଁ ଛୋଟ ମନେକରି ମୋ ପାଦ ଛୁଇଁଲେ କଣ ହେବ ? ତୁମେ ଛୋଟ ନୁହଁ । ତୁମେ ହିଁ ଦେବ,

ତୁମେ ହିଁ ଦେବୀ ତୁମେ ହିଁ ସଗୁଣ ଈଶ୍ୱର – ତୁମେ ହିଁ ଜଗତ କାରଣ ନିରୁପାଧୀ ଅଖଣ୍ଡ ସଚିଦାନନ୍ଦ – ଏକହିଁ ଅଛି। ଆଉ କିଛି ନାହିଁ ଜଗତରେ – ଏକମ୍‌ଏବ ଅଦ୍ୱିତୀୟ – ପୃଥ୍ବୀ କିମ୍ୱା ପରଲୋକ ଦୁଇଦିନର ଖେଳ। ପୁଣି ଜନ୍ମ, ପୁଣି ମୃତ୍ୟୁ। ବାରମ୍ୱାର ଯିବା, ଆସିବା ଏସବୁ ଅନିତ୍ୟ। ଜାଗ୍ରତ ହୁଅ! ନିଦଭାଙ୍ଗି ଜାଗ୍ରତ ହୁଅ। ଜାଗିଉଠ।

ସନ୍ୟାସୀ ଏତେ ଜୋର ଦେଇ କହିଲେ – ଯତୀନର ମନେ ହେଲା ତାର ସମସ୍ତ ଶରୀରରେ ହଜାର ଭୋଲ୍ଟର ବିଦ୍ୟୁତ ଖେଳିଗଲା। ସନ୍ୟାସୀଙ୍କ ଦେହରୁ ଯେପରି ସେ ବିଦ୍ୟୁତ ତରଙ୍ଗ ପ୍ରବାହିତ ହେଲା ତା ନିଜ ଶରୀରରେ। ସେ ଆଖି ଆଗରେ କେତେଗୁଡ଼ିଏ ଗୋଲାକାର ଗୋଲକ ଧାଁଦା ଭିତରେ ବେଢ଼ି ହେବାପରି କଣ ଦେଖିଲା। ତା ପରେ ତାର ସଂଜ୍ଞା ଲୋପ ହେଲା। ଯେପରି କି ହଠାତ୍ ଶୋଇ ପଡ଼ିଲା। ନିଦ ଭିତରେ ସେ ଯେପରି କେଉଁଠାକୁ ଯାଉଛି !

ନୀଳ ଆକାଶ, ସୂର୍ଯ୍ୟ ତାରକା ତା ଚାରିଆଡ଼େ ଉପରେ ତଳେ। ବହୁ ଦୂରରେ ନୀଳ ସମୁଦ୍ରରେ ବୁଡ଼ି ଗୋଟିଏ କୁଣ୍ଡଳୀକୃତ୍ ନିହାରିକା ପ୍ରଦକ୍ଷିଣ କରୁଛି। ଲକ୍ଷଲକ୍ଷ କୋଟିକୋଟି ନକ୍ଷତ୍ର, ସୂର୍ଯ୍ୟ। କୁହେଲିକା, କୁଜ୍ଝଟିକା ଢେଉ ଭଳି ଉଲ୍କାପିଣ୍ଡ ଦଳ ବିଭିନ୍ନ ଗ୍ରହ-ନକ୍ଷତ୍ର ବାହାରେ ଭ୍ରାମ୍ୟମାଣ– ଲକ୍ଷଲକ୍ଷ ଜୀବ ଜଗତ୍, କୋଟି କୋଟି ଜୀବ ଜଗତ୍। ଲକ୍ଷ କୋଟି, ଲକ୍ଷ ଜୋଟି ଆମ୍ଳିକ ଲୋକ, କେତେ ଲୀଳା, କେତେ ଖେଳା, କେଡ଼େ ସୁଖ ଦୁଃଖର ଅନନ୍ତ ପ୍ରବାହ ଅନନ୍ତ ଜୀବ ଜଗତ୍....

ଏ ସମସ୍ତ ଛାଡ଼ି ଗୋଟିଏ ଜ୍ୟୋତିର୍ମୟ ରାଜ୍ୟ ଶେଷରେ ଯାଇ ଗୋଟିଏ ଅପୂର୍ବ ଶାନ୍ତିର ଅନୁଭୂତି ସେ ଅନୁଭବ କଲା–ସୁଗଭୀର ଆନନ୍ଦ ଓ ଶାନ୍ତି। ଆଉ ଯେପରି ମନରେ କୌଣସି ଆଶା ନାହିଁ, ତୃଷ୍ଣା ନାହିଁ, ସୁଖ ନାହିଁ, ଦୁଃଖ ନାହିଁ, ପାପର ଭୟ ନାହିଁ, ପୁଣ୍ୟର ସ୍ପୃହା ନାହିଁ, ସ୍ୱର୍ଗ ଭୋଗର ଆକାଂକ୍ଷା ନାହିଁ, ପୁଷ୍ପ ପ୍ରତି ପ୍ରେମ ନାହିଁ, ଆଶାଲତା ପ୍ରତି ଅନୁକମ୍ପା ନାହିଁ, ମନବି ନାହିଁ। କେବଳ ଅଛି "ମୁଁ ଅଛି" ଏଇ ଅନୁଭୂତି। ଆଉ ତା ସହିତ ମିଶି ରହିଛି ଏକ ଅତି ଉଚ୍ଚସ୍ତରୀୟ ଆନନ୍ଦ, ଶାନ୍ତି ମହାନ ଉଚ୍ଚ ଜ୍ଞାନ ସ୍ୱୟଂଭୂ ସ୍ୱପ୍ରତିଷ୍ଠ ଅସ୍ତିତ୍ୱର ଗଭୀର ଅନିର୍ବଚନୀୟ ଆନନ୍ଦ।

ଯତୀନର ମନେହେଲା ସେହି ସନ୍ୟାସୀ ଯେପରି ତା ଆଗରେ ପଥ ଦେଖାଇ କେଉଁଠାକୁ ନେଇ ଚାଲିଛନ୍ତି – କେତେବେଳେ ତାଙ୍କ ଜ୍ୟୋତିର୍ମୟ ଶରୀରର ଦେଖାଯାଏ କେତେବେଳେ ଦେଖା ବି ଯାଏ ନାହିଁ।

ତାପରେ ସେହି ଜ୍ୟୋତିର୍ମୟ ଦେଶର ଅପୂର୍ବ ଶାନ୍ତି ଓ ଆନନ୍ଦର ଆବେଷ୍ଟନୀ ଭିତରେ ସେ ପ୍ରବେଶ କଲା। ସଙ୍ଗେ ସଙ୍ଗେ ସେ ସୁଗଭୀର ପୁଲକରେ ତା ମନ ପୁଣି ପୂର୍ଣ୍ଣ ହେଲା। ଉଜ୍ୱଳ ଜ୍ୟୋତିର୍ମୟ ଦେହଧାରୀ ଦେବଦେବୀ ଗଣ ସେ ରାଜ୍ୟ ମଣ୍ଡଳରେ

ବିଚରଣ କରୁଛନ୍ତି । ସେମାନେ ଯେ ଆସନ ପୀଠ ଉପରେ ଠାକୁର ସାଜି ଜଡ଼ ହୋଇ ବସିଛନ୍ତି ତାହା ନୁହେଁ, ସେମାନେ ଯେପରି ସେ ଜଗତର ସାଧାରଣ ଅଧିବାସୀ । ନିଜ ନିଜ କାମରେ ବ୍ୟସ୍ତ ଅଛନ୍ତି । କେହି କେହି ଆକାଶ ମାର୍ଗରେ ପବନରେ ଚାଲୁଛନ୍ତି । ସମତଳ ଭୂପୃଷ୍ଠ ବିଚରଣଶୀଳ ପୃଥିବୀର ମନୁଷ୍ୟଙ୍କ ଭଳି ନୁହନ୍ତି ସେମାନେ । ଉପରକୁ, ତଳକୁ ସବୁ ଦିଗକୁ ତାଙ୍କର ସାମନ ଗତି । ଜଣେ ଦୁଇ ଜଣଙ୍କୁ ଅତି ନିକଟରୁ ଦେଖିବା ଅବସର ସେ ପାଇଲା --- ପୃଥିବୀର ମନୁଷ୍ୟ ଭଳି ଦେହ ସତ; କିନ୍ତୁ ଯେପରି ବିଦ୍ୟୁତରେ ନିର୍ମିତ । ଦେବୀମାନଙ୍କ ମୁହଁର ସୌନ୍ଦର୍ଯ୍ୟ ଅତୁଳନୀୟ । ସେମାନଙ୍କ ପୃଥିବୀର ଘରେ ପିଲାବେଳେ ଗୋଟିଏ ପ୍ରାଚୀନ ପଟୁଆରେ ଅଙ୍କା ରାଜ ରାଜେଶ୍ୱରୀ ମୂର୍ତ୍ତି କାନ୍ଥରେ ଝୁଲୁଥିଲା, ତା'ର ବୃଦ୍ଧା ଆଈ ପ୍ରତ୍ୟହ ଗାଧୋଇସାରି ଫଟୋକୁ ପୂଜାକରୁଥିଲେ । କିଛି ସମୟ ପାଇଁ ଯେପରି ଫଟୋର ମୁହଁ ହସହସ ଦେଖାଯାଉଥିଲା - ଏତେଦିନ ବିତିଯାଇଥିଲେ ସୁଦ୍ଧା ସେହି ଅଙ୍କିତ ଚିତ୍ର ରାଜ ରାଜେଶ୍ୱରୀର ମୁହଁର ଶ୍ରୀ ଥିବା ଭଳି ସୁନ୍ଦର ଓ କମନୀୟ ମୁଖଶ୍ରୀ ଆଉ ଦେଖିନି ---- ଏଠାରେ ସେ ଗୋଟିଏ ଦୁଇଟି ଦେବୀଙ୍କ ମୁହଁ ଦେଖିବାର ଯାହା ସୁଯୋଗ ପାଇଲା ଚିତ୍ର ଅଙ୍କିତ ସେ ମୁହଁଠାରୁ ଅନେକ ଅନେକ ଗୁଣରେ ସୁଶ୍ରୀ ଆଉ ମହିମାମୟୀ, ବକ୍ର ଚାହାଁଣୀ ଭିତରେ ତ୍ରିଭୁବନ ବିଜୟୀ ଶକ୍ତି ଅଥଚ ମୁହଁରେ ଅନନ୍ତ କରୁଣାରବାଣୀ ମୂର୍ତ୍ତି....

କେଉଁଠି ଯେପରି ରାଶିରାଶି ବଣଫୁଲ ଫୁଟିଛି । ପବନ ଶୂନ୍ୟ ଆକାଶ ତାଙ୍କର ସମ୍ମିଳିତ ସୁବାସରେ ଭରପୁର ।

ଏ ସବୁ ବି ସେ ଛାଡ଼ି ଚାଲିଲା...... ମହାବିଦ୍ୟୁତ ତୁଲ୍ୟ ତା'ର ଗତି । କେଉଁଠି ଅନନ୍ତ ବ୍ୟୋମ, ମହାଶୂନ୍ୟର ସୁଦୂରତମ ସୀମାରେ, ଅନନ୍ତର ଜ୍ୟୋତି-ବାତାୟନ ସେଠାରେ ସବୁଆଡ଼େ ଉନ୍ମୁକ୍ତ... ଦେବ ଦେବୀଙ୍କ ବାସସ୍ଥଳୀ ଏସବୁ ମହାଦେଶ ଯେପରି ଆପେକ୍ଷିକ - ଚୈତନ୍ୟର ରାଜ୍ୟ.... ବାସନାର ରାଜ୍ୟ... ଏହାଠାରୁ ବି ଦୂର, ବହୁଦୂର ଦେଶରେ, ସମସ୍ତ ଆକାଶ ଓ ସମୟର ଆରପାରିରେ ଅତୀତ, ବର୍ତ୍ତମାନ ଓ ଭବିଷ୍ୟତ ଯେଉଁଠାରେ ଏକ ହୋଇ ମିଳିତ - ସୋମ ସୂର୍ଯ୍ୟ ନାହିଁ, ତାରା ନାହିଁ, ଅନ୍ଧକାର ନାହିଁ, ଆଲୁଅ ବି ନାହିଁ ସେପରି ଗୋଟିଏ ବହୁ ଦୂରଦେଶରେ ସେ ଯାଇ ପହଞ୍ଚିଛ - ଏ ଦେଶ ଆକାରଧାରୀ ଜୀବ ଅଥବା ଦେବଦେବୀଙ୍କ ରାଜ୍ୟ ନୁହେଁ । ସର୍ବବିଧ ଆକାର ଏଠାରେ ଜ୍ୟୋତିରେ ଲୁପ୍ତ ଅଥଚ ଏ ଜ୍ୟୋତି ମଧ୍ୟ ଦୃଶ୍ୟମାନ ଆଲୋକର ଜ୍ୟୋତି ନୁହେଁ । ଅଗ୍ନି ନୁହେଁ, ବିଦ୍ୟୁତ ନୁହେଁ, ତାହା ଯେ କଣ ସେ ଜାଣିନି - ତା ଚାରିପାଖରେ ଯେପରି ଜ୍ୟୋତି - ଆଉ ଗୋଟିଏ ବିଚିତ୍ର, ଅନିର୍ବଚନୀୟ ଅନୁଭୂତି - ତା ମନ ଲୋପ ପାଇଯାଇଛି ଅନେକ ବେଳୁ । ଚୈତନ୍ୟ ମଧ୍ୟ ଲୋପ ହେବାକୁ ବସିଛି -

ଅଥଚ ଯତୀନର ମନେ ହେଲା, ଏହି ତାର ନିଜ ସ୍ଥାନ । ଏତେ ଦିନକେ ସେ ନିଜ ସ୍ଥାନକୁ ଫେରି ଆସିଛି । ଏହା ତାର ବହୁ ପରିଚିତ ସ୍ୱଦେଶ –

– ଯୁଗ ଯୁଗାନ୍ତ କେତେ ମହାଯୁଗ ଧରି ସେ ଏଠାକୁ ପୁଣି ଫେରି ଆସିବା ଅପେକ୍ଷାରେ ଥିଲା । ମହାବ୍ୟୋମରେ ଆଉ କେହି ନାହିଁ । ଆଶାଲତା ନାହିଁ, ପୁଷ୍ପ ନାହିଁ ତା ନିଜ ଯତୀନ ବି ନାହିଁ, ସନ୍ୟାସୀ ନାହିଁ । ତାଙ୍କ ଏହିଲୋକରେ ନିର୍ମିତ କେତେ ଆପଣାର ଘର ବା ବୁଢ଼ା ଶିବତଲାର ଘାଟ ନୁହେଁ । ଦେବ ନାହିଁ, ଦେବୀ ନାହିଁ, ପରଲୋକ ନାହିଁ ଏପରିକି ଈଶ୍ୱର ମଧ୍ୟ ନାହାନ୍ତି --

ମହାବ୍ୟୋମର ମହାଶୂନ୍ୟ ଅନାଦି, ଅନନ୍ତ, ସ୍ୱୟଂଭୂ, ନିର୍ବିକାର ନିର୍ବିକଳ୍ପ ସେ କେବଳ ଅଛି – ପାପହୀନ, ପୁଣ୍ୟହୀନ, ମଣ୍ଡଳହୀନ, ଅମଙ୍ଗଳହୀନ, ସୁଖହୀନ, ଦୁଃଖହୀନ ସର୍ବପ୍ରକାର ଉପାଧିହୀନ –

ସେ ହିଁ ଅଛି ମାତ୍ର ଏକା
ନିଃସଙ୍ଗ ବ୍ୟୋମରେ ଆଉ କାହିଁ କିଛି ନାହିଁ, କେହି ନାହିଁ!!
ସେହି ସବୁ ।
ଏପରିକି ଏହି ମହାବ୍ୟୋମ ମଧ୍ୟ ତାର ସୃଷ୍ଟି, ସୃଷ୍ଟ ନୁହେଁ – ସେ ନିଜେ ହିଁ ଯତୀନ ଆଉ କିଛି ଜାଣେ ନାହିଁ ।

ଯେତେବେଳେ ତାର ଚେତନା ହେଲା ସେତେବେଳେ ସେ ଦେଖିଲା ସେହି ମହାସନ୍ୟାସୀ ପାଖରେ ହିଁ ବୁଢ଼ା ଶିବତଲା ଘାଟ ପାହାଚପରି ଉପବିଷ୍ଟ – ସେ ନିଜେ ତାଙ୍କ ପାଖରେ ବସିଛି । ଯେପରି ସେ ନିଦରୁ ଏବେ ଉଠିଛି । ସନ୍ୟାସୀ ହସି କହିଲେ – କଣ ହେଲା, ଦେଖ୍ଲା ?

ଯତୀନ ମୁଗ୍ଧ ଓ ଅଭିଭୂତ ହେବାଭଳି ତାଙ୍କ ମୁହଁ ଆଡ଼କୁ ଚାହିଁ କହିଲା – କଣ ଦେଖିଲି କୁହନ୍ତୁ ତ ଦେଖ୍ ?

– ମୁ ଚାଲିଲି । ଯାହା ଦେଖିଲା, ଦେଖିଲା । ମୁହଁରେ କଣ ବୁଝାଇବି ? ମନ ନିମ୍ନସ୍ତରର ଇନ୍ଦ୍ରିୟ ମାତ୍ର । ତା ଅପେକ୍ଷା ବଡ଼ ଅନୁଭୂତିର କବାଟ ଯେଉଁ ଦିନ ଖୋଲିବ ସେ ଦିନ ମୋତେ ବୁଝାଇବାକୁ ପଡ଼ିବ ନାହିଁ । ନିଜେ ହିଁ ବୁଝିବ । ତୁମକୁ ସେ ଅବସ୍ଥା ମିଳିବାକୁ ଏବେବି ବହୁତ ବିଳମ୍ବ ଅଛି । ଦୁଇ ଚାରିଟା ଜନ୍ମରେ ହେବାର ନୁହେଁ । ଏବେ ମଧ୍ୟ ଅନେକଥର ଧରି ପୃଥ୍ବୀକୁ ଯିବା ଆସିବାକୁ ପଡ଼ିବ । ସେ ଯିବାକୁ ଉଦ୍ୟୋଗ କରୁଛନ୍ତି ଦେଖ୍ ଯତୀନ ବ୍ୟାକୁଳ ଭାବରେ କହିଲା – ପ୍ରଭୁ ଯାଆନ୍ତୁନି । ଯାଆନ୍ତୁ ନି । ପୁଷ୍ପ ବୋଲି ଝିଅଟିଏ ଅଛି । ତାକୁ ଥରେ ମାତ୍ର ଦେଖା ଦେଇ ଯିବେ ଦୟାକରି ।

ସନ୍ୟାସୀ ହସି କହିଲେ – ସମୟ ଆସିଲେ ଉଭୟେ ଦେଖାପାଇବ ପୁଣି।
ତେବେ ସ୍ତ୍ରୀ ଲୋକଙ୍କ ବାଟ ଭକ୍ତିର ବାଟ। ଜ୍ଞାନର ନୁହେଁ। ମୁ ତୁମ ଉଭୟଙ୍କୁ ଜାଣେ।
ଗତ ତିନି ଜନ୍ମ ଧରି ତୁମେମାନେ ମୋର ଦେଖା ପାଇଛ। ତୁମମାନଙ୍କୁ ଭଲ ପାଏଁ। କିନ୍ତୁ
ସେଥିରେ କଣ ହେବ। ସମୟ ହୋଇ ନାହିଁ। ଚକ୍ରପଥରେ ଘୁରିବାକୁ ହେବ ବହୁ ଦିନ।
ମୁ ତୁମମାନଙ୍କ ପଛେ ପଛେ ଅଛି। ତା ହୋଇନଥିଲେ ମୋର ଦେଖା ପାଇନଥାନ୍ତ।

ସନ୍ୟାସୀ ଅନ୍ତର୍ହିତ ହେଲେ।

(୧୭)

ଟିକିଏ ପରେ ପୁଷ୍ଟ ଆସିଲା। କହିଲା – କଣ କରୁଥିଲ ?

ଯତୀନ ସଦିଗ୍ଧ ଦୃଷ୍ଟିରେ ତା ଆଡ଼କୁ ଚାହିଁ କହିଲା – ପୁଷ୍ଟ, ତୁ ମାୟା ?
ମିଥ୍ୟା ?

– କଣ ତୁମେ କହୁଛ ଯତୀନ ଦା, କଥା କଣ ?

– ଏସବୁ ଭେଳିକି ? ତୁମେ ବୁଝିଛ ପରଲୋକ, ଆମେ ମରିଯାଇ ଭୂତ
ହୋଇଯାଇଛୁଁ। ଚକ୍ରପଥରେ ଏବେ ସୁଦ୍ଧା ଆମକୁ ଅନେକ ଘୁରିବାକୁ ହେବ। ପୁଷ୍ଟ
ଖିଲିଖିଲି କରି ହସି କହିଲା – ଏ ତତ୍ତ୍ୱ ତୁମେ ଜାଣିଲ କେଉଁଠୁ। ନୂଆଁ କଥା ତୁମ ମୁହଁରେ
ଯେ !

– ହସ କଥା ନୁହେଁ, ମୋ ମନରେ ଶାନ୍ତି ନାହିଁ। ଜଣେ ମହାପୁରୁଷ ଆସି
ଅଭୁତ ଦର୍ଶନ କରାଇଗଲେ ମୋର ଦେହଛୁଇଁ। ଏବେ ବୁଝିଛି ସବୁକିଛି ମିଥ୍ୟା।

– କିଛି ବି ବୁଝିନ ! ବୁଝିବାକୁ ଅନେକ ବିଲମ୍ବ ଅଛି। ଭଗବାନଙ୍କ ଦୟା
ଯେଉଁ ଦିନ ହେବ ସେଦିନ ବୁଝିବ। ମୁଁ ଏହା ବହୁ ଆଗରୁ ଜାଣେ। କିନ୍ତୁ ସେ ସବୁରେ
କଣ ଅଛି ? ଏତିକିରେ ଆନନ୍ଦ ଅଛି। ଯୁଗ ଯୁଗ ଧରି ଆସିବା, ଯିବା। ଏଥିରେ ଥିବା
ସୁଖ, ଦୁଃଖରେ ଆନନ୍ଦ ଖୋଜି ନେବା। ଲୀଳା ସଙ୍ଗୀହୋଇ ଥିବା ତାଙ୍କରି। ସେ ହିଁ
ଖେଳା କରୁଛନ୍ତି। ଖେଳ ସାମଗ୍ରୀ ନପାଇଲେ କାହାକୁ ନେଇ ଖେଳ କରିବେ। ସମସ୍ତେ
ବ୍ରହ୍ମ ହୋଇ ବସି ରହିଲେ ସବୁ ଶୂନ୍ୟ, ନିରାକାର, ତୁମେ ନାହଁ, ମୁଁ ନାହିଁ, ଜଗତ୍
ନାହିଁ। ଇହ ଲୋକ ନାହିଁ, ପରଲୋକ ନାହିଁ। ସତକଥା କିଛି ବି ନାହିଁ। ପୁଣି ସବୁ
କିଛି ଅଛି। ଦୁଇ ଦିନ ଖେଳି ନିଅ। ଯେତେଦିନ ସେ ଖେଳାଇବେ।

– ତା ପରେ ?

– ତା ପରେ ସମସ୍ତଙ୍କ ଯାହା ଗତି, ତୁମର ବି ସେ ଗତି। ତାଙ୍କଠାରେ ଭକ୍ତି
ରଖ। ସବୁ ହେବ। ତୁମେ ତ ତୁମେ, ମୁଁ ତ ମୁଁ – ଲକ୍ଷ ଲକ୍ଷ ବର୍ଷ ଧରି ଅତି ଉଚ୍ଚଆତ୍ମା
ଯେଉଁମାନେ ଦେବ, ଦେବୀ ହୋଇ ଯାଇଛନ୍ତ, ସେମାନେ ବି ସେପରି।

– ସବୁ ଅନିତ୍ୟ।

– ତୁମେ ଏ ସବୁ କିପରି ଜାଣି ପାରିଲ ?

– କରୁଣା ଦେବୀ ସେ ଦିନ କହିଲେ। ସେ କଥା ଧରି ମନ ଖରାପ କରନି। ସେ ସବୁ ଶେଷ ଅବସ୍ଥାର କଥା। ଯେତେବେଳେ ସେ ଅବସ୍ଥା ଆସିବ ସେତେବେଳେ ଆଉ ବସି ଭାବିବାକୁ ହେବ ନାହିଁ। ସେହିଁ ବାଟ ଦେଖାଇ ଦେବେ। ଏବେଚାଲ ଆଶା ଭାଉଜଙ୍କର ବଡ଼ ବିପଦ। କିଛି କରିପାରିବା ନ ନାହିଁ ଦେଖାଯାଉ।

– ଯତିନ ବ୍ୟସ୍ତ ହୋଇ କହିଲା – କଣ, କଣ, କଣ ହେଲା, କି ବିପଦ ଆଶାର ? କଣ ହୋଇଛି ?

ପୁଷ୍ପ କୌତୁକିଆ ହସରେ ଗଡ଼ିଗଲା। କହିଲା – ହୁଁ! ଏତେବାସନା ଏତେ ମାୟା ଯାହା ଭିତରେ ଭରି ରହିଛି, ସେ ପୁଣି ଜଗତକୁ ଉଡ଼ାଇ ଦେଇ ଭଗବାନଙ୍କଠାରେ ମିଶି ଯିବାକୁ ଚାହାନ୍ତି !! ସନ୍ୟାସୀ ଭେଲିକି ଦେଖାଇଲେ କଣ ହେବ। ସେ ଅବସ୍ଥା ତୁମ ପାଇଁ, ମୋ ପାଇଁ ନୁହେଁ। ପୃଥିବୀ ଛାଡ଼ି ଆସି ଏବେ ସୁଦ୍ଧା ତା ବନ୍ଧନ କାଟିପାରୁ ନାହିଁ। ସେ ପୁଣି ବଡ଼ ବଡ଼ କଥା ଝାଡ଼ନ୍ତି।
ସମୟ କେବଳ ହେଇନି ଯେ ତାହା ନୁହେଁ – ହେବାକୁ ବହୁତ ଡ଼େରି ଅଛି। ସେ କଥା ନେଇ ମିଛଟାରେ ଗଳଦ୍‌ଘର୍ମ ହୁଅନି। କହିଦେଉଛି। ତାଙ୍କର ଲୀଳାସଙ୍ଗୀ ହୋଇରୁହ। ମନେମନେ ତାଙ୍କୁ ସବୁବେଳେ ଭକ୍ତି କରି ଡାକ।

ସେହିଁ ଆଲୋକ ଜଳାଇବା କଡ଼ା। କରୁଣା ଦେବୀ କଣ କମ୍ ଉଚ୍ଚ ସ୍ତରର ଜୀବ ? କିନ୍ତୁ ସେ କହନ୍ତି। ଆମେ ମନରେ ପ୍ରାଣରେ ଝିଅ ପିଲା – ସୁଖ, ଦୁଃଖ, ସ୍ନେହ, ପ୍ରେମ ନେଇ ରହିବାକୁ ଭଲ ପାଉଁ। ତାଙ୍କ ସହିତ ମିଶିଯିବାକୁ ଚାହୁଁନା। ଲୀଳା ସହଚରୀ ହୋଇ ଥାଉଁ ତାଙ୍କ ସୃଷ୍ଟିରେ। ତାଙ୍କୁ ଭଲ ପାଇଁ ମନ ପ୍ରାଣଦେଇ ତାଙ୍କ ଜୀବମାନଙ୍କ ସେବାକରୁଁ ଯୁଗଯୁଗ ଧରି। ଏହା ଆମ ତପସ୍ୟା, ମୁକ୍ତି ଚାହୁଁନା – ସତରେ ଏପରି ନ ହେଲେ ସେ ପୁଣି ଦେବୀ ହେବେ କିମିତି। ଦେବୀ କଣ ସାକ୍ଷାତ୍‌ – ମା! ଜଗତର କରୁଣାମୟୀ ମା। ମୋତେ ଥରେ ଦେଖାଦେବାକୁ କହିବ। ତାଙ୍କ ପାଦର ଧୂଲି ନିଅନ୍ତି। ନା, ନା ଭୁଲ ହେଲା ଧୂଲି ପୁଣି ଏଠାରେ କାହିଁ? ତା ଛଡ଼ା ସେମାନଙ୍କ ପାଦରେ କଣ ଧୂଲି ଲାଗେ। ଏତେ ଉଚ୍ଚ ଜ୍ଞାନ ତାଙ୍କର ଏ କଥା ମୁ ଜାଣି ନଥିଲି।

– ଆଛା, ଏତେ ବିଚାର କରିବାକୁ ହେବ ନାହିଁ ତୁମକୁ। ମୁ କହିବି ତୁମକୁ ଦେଖା ଦେବାକୁ। ସେମାନେ ତ ଦେବୀ। ପୃଥିବୀରେ ତ ସେମାନଙ୍କ ତ ମନ୍ଦିର ପ୍ରତିଷ୍ଠା ହୋଇ ପୂଜା କରାଯାଏ। ସେମାନେ ହିଁ ଦୁର୍ଗା, ସେମାନେ ହିଁ କାଳୀ, ସେମାନେ ହିଁ

ସରସ୍ବତୀ । ନାମରେ କଣ ଯାଏ ଆସେ । ଅନ୍ୟ ଦେଶରେ ହୁଏତ ଅନ୍ୟନାମରେ ପୂଜା କରନ୍ତି ।

– ଏଥର କିଛି କିଛି ବୁଝୁଛି । ପୂର୍ବେ ଏସବୁ କଥା କେବେ ବି ଶୁଣି ନଥିଲି ପୁଷ୍ପ–ସତ କହୁଛି ।

– ସମୟ ନ ହେଲେ ଶୁଣିବାକୁ ବି ପାଆନ୍ତି ନାହିଁ କେହି । ଅବଧୂତ ତୁମକୁ କଣ କହିଲେ – କହନା ।

ଯତୀନ ବର୍ଣ୍ଣନା କଲା । ବର୍ଣ୍ଣନା କଲାବେଳେ ତାର ସମସ୍ତ ଶରୀରରେ କଣ୍ଟା ଫୋଡ଼ି ହେଲା ପରି ଲାଗିଲା । ସେ ଅପୂର୍ବ ଅନୁଭୂତି ଆଉ ପୁଲକର ସ୍ମୃତି ଏବେ ବି ତା ମନରେ ଉଜାଗର – ତେଣୁ ବର୍ଣ୍ଣନା କରିବାକୁ ଯାଇ ଏବେବି ତାର କିଛିଟା ଯେପରି ପୁଣି ସଜାଗ ହୋଇ ଉଠିଲା ମନରେ ।

ପୁଣି ସେହି ଅତିନ୍ଦ୍ରୀୟ ଜଗତ୍ ଯେଉଁଠାରେ ସଂକଳ୍ପ ବି ନାହିଁ, ବିକଳ୍ପ ବି ନାହିଁ । ମନ ପାଚିରି ଉପର ସେହି ଅନିର୍ଦ୍ଧେଶ ରାଜ୍ୟ । କିଛି ସମୟ ପାଇଁ ହେଲେବି ଯା ଭିତରକୁ ପ୍ରବେଶ କରିବା ଅଧିକାର ସେ ପାଇଥିଲା ମହାପୁରୁଷ ଅବଧୂତଙ୍କ କୃପାରୁ – ସେ ଜଗତର ବର୍ଣ୍ଣନା ସେ ମୁହଁରେ କିପରି ଦେବ ? ତାର କଥା ରୁନ୍ଧିହେବା ଭଳି ହେଲା । ଘନ ଘନ ରୋମାଞ୍ଚ ହେବାକୁ ଲାଗିଲା ସେ ଅବସ୍ଥାର ସ୍ମରଣରେ । ପୁଷ୍ପ ସବୁ ଶୁଣି ସ୍ତବ୍ଧ ହୋଇ ବସିରହିଲା । ତାପରେ ହାତ ଯୋଡ଼ି ତାଙ୍କ ଉଦ୍ଦେଶ୍ୟରେ ପ୍ରଣାମ କରି କହିଲା – ତାଙ୍କ ଚରଣରେ ପ୍ରଣାମ କର ଯତୀନ୍ ଦା । ବହୁ ଭାଗ୍ୟରେ ତାଙ୍କ ସାକ୍ଷାତ୍ ପାଇଛ । ସାକ୍ଷାତ୍ ଈଶ୍ବରଙ୍କ ସମାନ ସେମାନେ । କେତେ ପୁଣ୍ୟ ନଥିଲା ତୁମର ସତେ !

ଉଭୟେ ପୃଥିବୀକୁ ଚାଲି ଆସିଛନ୍ତି ।

ସନ୍ଧ୍ୟାର କିଛି ପରେ । ଯତୀନ୍ କବି ନୁହେଁ, କିନ୍ତୁ ପୃଥିବୀର ଏହି ସନ୍ଧ୍ୟା, ତାକୁ ତେତେ ଯେ ଭଲଲାଗିଲା । ପୃଥିବୀରେ ବୈଶାଖ ମାସର ପ୍ରଥମ ଆମ୍ରନିକୁଞ୍ଜର ନଭୃତ ଅନ୍ତରାଳରେ କୋକିଲ ସ୍ବନ, ସନ୍ଧ୍ୟା ହେତୁ ପ୍ରସ୍ଫୁଟିତ ବିଲ୍ବ ପୁଷ୍ପର ଘନ, ଗାଢ଼ ସୁବାସ, ଗୋଟିଏ ଜାମୁ ଗଛରେ କଅଁା ସବୁଜ ପେଣ୍ଟା ପେଣ୍ଟା ଜାମୁ । ରାଘବପୁରର ହାତ ବାହୁଡ଼ା ଗୋରୁଗାଡ଼ିର ଲମ୍ବାଧାଡ଼ି । ରୁଆବା ଡାଙ୍ଗଶୁର କଙ୍କ ସଡ଼କ ଉପରେ ଚାଲିଛି, ଆମ୍ରପଣସ ବଗିଚାର ତଳେତଳେ । କ୍ଷେତମାନଙ୍କରେ ଆଶୁ ଧାନ କ୍ଷେତରେ ସବୁଜ ଧାନ ପେଣ୍ଟା ।

ଆଶା ଘରର ପୋଖରୀ ହିଡ଼ ତେନ୍ତୁଳି ଗଛ ତଳେ ସେମାନେ ବସିଲେ । ଯତୀନ ଭାବିଲା କି ସୁନ୍ଦର ପୃଥିବୀର ବସନ୍ତ ରୁତୁ । ସେହି ବହୁ ପରିଚିତ ପ୍ରିୟ ପୃଥିବୀଛାଡ଼ି

ଚାଲି ଯିବାରେ ଭଲ ହେଲା କି ଭୁଲ ହେଲା ଜାଣେନା । ଏହା କେତେ ସୁଖ, ଦୁଃଖ ଆଶା, ଆନନ୍ଦର ସ୍ଥଳ ! ଏଠାକୁ ଆସିଲେ ମନ ମାନେ ନାହିଁ ଏଠାରୁ ଯିବାକୁ । ଏହି ବୈଶାଖର କଅଁା ଆମ୍ବ ଛୋଲ, ବେଲ ପଣା ଏଇ ନକଟରେଥିବା ବୃଷ୍ଟ ନଦୀରେ ଏହି ଗରମ ଦିନରେ ଅବଗାହନ । ହାତରୁ ପାଚିଲା ତରଭୁଜ କିଣି ଆଣିବା – ନାଃ – ପୃଥିବୀ ହିଁ ଭଲ । ଆଉ କାହିଁରେ ଏ ସବୁ ସୁଖ ମିଳିବ । ଏଠାକାର ସ୍ମତି, ହସ, ଅଶ୍ରୁ ।

ପୁଷ୍ପ ହଠାତ୍ କହିଲା – କଣ ଭାବୁଛ ଯତୀନ ଦା ? ବ୍ରହ୍ମଜ୍ଞାନ ପାଇବାକୁ ଯାଇଥିଲ ନା ?

– ପୁଷ୍ପ, ବହୁତ ଭଲ ଲାଗୁଛି । ଅନେକ ଦିନପରେ ଆସି –

– ପୃଥିବୀର ପବନରେ ବାସନା – କାମନା ଭରି ରହିଛି । ଏଥିଲାଗି ବଡ଼ ବଡ଼ ଆମ୍ଭମାନେ ପୃଥିବୀକୁ ଆସିବାକୁ ଚାହିଁ ନଥାନ୍ତି । ପିଲାବେଳେ ନୈହାଟିରେ ଥରେ ଯାତ୍ରା ହେଉଥିଲା ତହିଁରେ ଗୀତଟିଏ ଶୁଣିଛ ? ଏ ବନ୍ଧନ, ବିଧୁର ସୃଜନ ମାନବ କି ତାହା ପାରିବ ଖୋଲି । ପୃଥିବୀକୁ ଫେରି ଆସି ବେଶୀ ସମୟ ତେଣୁ ରହିବା କଥା ନୁହେଁ । ଏଇ ଛୋଟ ଛୋଟ ସୁଖ–ଦୁଃଖ ସୁନା ଶୃଙ୍ଖଳରେ ବନ୍ଧା ପଡ଼ିବାକୁ ଇଚ୍ଛା ହୁଏ । "ପଞ୍ଚଭୂତର ଫାନ୍ଦେ । ବ୍ରହ୍ମପଡ଼ି କାନ୍ଦେ । ଆଉ ତୁମେ ତ ତୁମେ !!"

– ଯାହା କହୁଛ ପୁଷ୍ପ ସତ, ଦେଖୁଛି ତୁମେ ଅନେକ କିଛିଜାଣ –

– ସତରେ ଯତୀନ ଦା, ମୋର କଣ ଇଚ୍ଛା ନହେଉଛି । ଏବେବି ଇଚ୍ଛା । ବଡ଼ ବଡ଼ ଆମ୍ଭା ସୁଦ୍ଧା ଅନେକ ସମୟରେ ପୃଥିବୀକୁ କିଛି ଦିନ ପାଇଁ ଫେରି ପୁନର୍ଜନ୍ମ ଗ୍ରହଣ କାମନା କରନ୍ତି । ନିମ୍ନ ସ୍ତରର ଦୁର୍ବଲ ଆମ୍ଭାଙ୍କ ତ କଥା ହିଁ ନାହିଁ । ପୃଥିବୀ ପାଖାପାଖି ଆସିବାକୁ । ନାହିଁ ତ ପୁଣି ଫଟ୍ କିନା ଜନ୍ମ ଗ୍ରହଣ କରେ । ସେମାନଙ୍କୁ ଘନ ଘନ ବାରମ୍ବାର ପୃଥିବୀକୁ ଆସିବା ମନା ।

ଯତୀନ ହସି ହସି କହିଲା – ଯେପରି ମୁ

– ତୁମେ କାହିଁକି ? ଅନେକ ମହାରଥୀଙ୍କର ଏହି ଦଶା ହୁଏ । କିନ୍ତୁ ଏପରି ଯଦି ଚାଲିଥିବ ମନୁଷ୍ୟ ଆଗେଇ ଚାଲିବ କେବେ ? ଭଗବାନଙ୍କ ତାହା ଇଚ୍ଛା ନୁହେଁ ଆଗେଇ ଚାଲ, ଆଗେଇ ଚାଲ ଗୋଟିଏ ସ୍ଥାନରେ ବନ୍ଧା ପଡ଼ି ରହିଲେ ଚଳିବ ନାହିଁ । ଅଫୁରନ୍ତବାଟ । ବାଟ କଡ଼ ଫୁଲ ସୁଗନ୍ଧରେ ଗଛତଳେ ଶୋଇବାକୁ ଭଲଲାଗେ ସତ; କିନ୍ତୁ ତାହା ଆମମାନଙ୍କ ଗତିକୁ ରୋଧ କରିବ । ଅଭି, ଭୟ ନାହିଁ, ଆଗେଇ ଚାଲ ଅଭି –

– ଓଃ, ତୁମେ ଏତେକଥା କେବେଠୁ ଜାଣିଲ ପୁଷ୍ପ ?

– କରୁଣା ଦେବୀଙ୍କ ସହିତ କଣ ଏମିତି ସେମିତି ତାଛଡ଼ା ମୁଁ ତୁମଠାରୁ କେତେ

ଆଗରୁ ଏଠାକୁ ଆସିଛି ଜାଣତ ? ଦୟାକରି ସେମାନେ ମୋତେ ଶିଖାଇଛନ୍ତି। ଭଗବାନଙ୍କ ମହାଶକ୍ତି ହିଁ ଆଗେଇ ନେଇ ଚାଲିଛି ସମସ୍ତଙ୍କୁ। ହଠାତ୍ ପୁଷ୍ପ ପୋଖରୀହିଡ଼ ସେ ଦିଗକୁ ଚାହିଁ କହିଲା – ଏଇ ଦେଖ ଯତୀନଦା – ଯତୀନ ଚାହିଁ ଦେଖିଲା ପୋଖରୀହିଡ଼ ଆୟ ବଗିଚା ତଳେ ଲୁଚି ଲୁଚି ଚୋରଭଳି ଜଣେ ଲୋକ ଆସି ଠିଆ ହେଲା। ଟିକିଏ ପରେ ଆଶା ତାଙ୍କ ଘର କବାଟ ଖୋଲି ବାହାରି ଆସିଲା ଆଉ ଗଛତଳେ ଲୋକ ସହିତ ଯୋଗ ଦେଲା। ଯତୀନ ତାର ସର୍ବାଙ୍ଗରେ ଗୋଟିଏ ଜ୍ୱାଳା ଅନୁଭବ କଲା। ସଂସ୍କାରର ପ୍ରଭାବ। ଜ୍ୱାଳା ଶରୀରର ନୁହେଁ। ଅସଲରେ ମନ ଉପରେ।

ସେ ମନେମନେ କହିଲା – ଯଦୁ ମୁଖାର୍ଜୀର ପୁଅ ନିତ୍ୟ ନାରାୟଣ-ପୁଷ୍ପ କହିଲା
– ତାକୁ ଚିହ୍ନିଛ ?

– କାହିଁକି ନ ଚିହ୍ନିବି। ଶ୍ୱଶୁର ଘର ସେ ପଡ଼ାରେ ତାଙ୍କର ଘର। ସେ କଲିକତାରେ କଣ ଚାକିରୀ କରେ ଜାଣେ। ବି.ଏ. ପର୍ଯ୍ୟନ୍ତ ପଢ଼ିଥିଲା, ତା' ବି ଜାଣେ। ଆଶା ପ୍ରାୟ କହିଥାଏ, ଆମ ଗାଁର ନେତ୍ୟ ଦା। ଏଥର ବି.ଏ. ପାସ୍ କରିବେ ? ଉଃ ଆଶା ଯେ ଏତେ ତଳକୁ ଖସିଯିବ! ଏଇ ଦୁଇ ବର୍ଷ ହେଇନି ମୋର ମରି ଯିବାରେ। ଏହାରି ଭିତରେ – ପାପୀୟସୀ ! !

– ଯାତ୍ରା ଦଳର ଭୀମ ଭଳି କଥା ଆରମ୍ଭ କରିଦେଲ ଯେ ଯତୀନଦା। ଆଶା ଭାଉଜଙ୍କ ବୟସର କଥା ଭାବ। ଜଡ଼ ଦେହ ଥିଲେ ହିଁ ତାର କାମନା-ବାସନା ରହିଛି। ବଡ଼ ବଡ଼ ହାତୀ ତଳେଇ ଯାଉଛନ୍ତି ତ ମୂର୍ଖ ଆଶା ଭାଉଜ ! ! ଯତୀନ ବିରକ୍ତ ହୋଇ କହିଲା – ଲେକ୍ଚର୍ ରଖ। ଏହା ଦେଖାଇବାକୁ ନେଇ ଆସିଲ। ଓଃ ଇଚ୍ଛା ହେଉଛି ଲୋକଟିର ବେକ ମୋଡ଼ି ଦିଅନ୍ତି – କାହିଁ ପାରୁଛି ? ହାଡ଼ ଗୋଡ଼ ଯେ ନାହିଁ।

ଏତେ ଅଧୈର୍ଯ୍ୟ ହୁଅନା। ଖୁନ୍ କରିବାକୁ କିପରି ପ୍ରବୃତ୍ତି ହେଉଛି ? କିଛି ଗୋଟିଏ କରିବାକୁ ହେବ। କିନ୍ତୁ ଏପରି ଭାବରେ ନୁହେଁ। ଗୋଟିଏ ପିଲାକୁ ମାଇଲେ ଆହୁରିବି ଅନେକ ପିଲା ଜୁଟି ଯିବେ। ମନ ନୀଚ ହେଲେ ପାଣି ଭଳି ତଳକୁ ତଳକୁ ଗଡ଼ିବ। ଆଶା ଭାଉଜଙ୍କ ଅଦୃଷ୍ଟ ଭଲ ନୁହେଁ। ଏବେବି ଅନେକ ଦୁଃଖ, ଅନେକ ଅପମାନ ଅଛି ତାଙ୍କ ଭାଗ୍ୟରେ। ତୁମେ, ମୁଁ କଣ କରିପାରିବା ? ତାଙ୍କର ସେଇଟା କର୍ମଫଳ। ବିଚାରୀ! ବର୍ତ୍ତମାନ ବି ସେମାନେ ଯାହା କରୁଛନ୍ତି ତହିଁରେ ବଧା ଦେବାକୁ ତୁମେ ମୁ କେହି ନହୁଁ ! ! ମନୁଷ୍ୟ ସ୍ୱାଧୀନ, କିନ୍ତୁ ସେ ପୁତୁଳିକା ମାତ୍ର। ବାସନା ନଦୀ ପାପ ପଥରେବି ବହିଥାଏ ପୁଣ୍ୟ ପଥରେ ମଧ କହେ। ଚାଲ ଗୋଟିଏ କାମ କରିବା।

ଯତୀନ କିନ୍ତୁ ଆଗେଇ ଗଲା, ପୋଖରୀରର ସେ ହିଡ଼ ଆଡ଼କୁ। ଆଶା ସରୁ କଳା ଧଡ଼ି ଥାନ କପଡ଼ା ପିନ୍ଧିଛି। ହାତରେ କେତୋଟି ସୁନାର ଚୂଡ଼ି, ଯତୀନ

ଚିହ୍ନ ପାରିଲା ତାଙ୍କ ଗାଁର ମହେନ୍ଦ୍ର ସୁନାରୀ ଦୋକାନରୁ ବାହା ପରବର୍ଷ ଗଢ଼ା ଯାଇଥିଲା। ଆଶା ବସିପଡ଼ିଛି ଗଛ ଗଣ୍ଡିର ଆଢୁଆଲରେ। ନିତ୍ୟ ନାରାୟଣ କିନ୍ତୁ ଠିଆ ହୋଇଛି।

ଆଶା କହୁଛି – ଘର କରିଦେଲେ ଗାଁର ଲୋକେ ଯଦି କିଛି କହିବେ ? ନିତ୍ୟ ହାତ ହଲାଇ କହିଲା – ମୁଁ କି କେୟାର କରେ। ଏ ଶର୍ମା ଆଉ କାହାକୁ ଭୟ କରେନା। ତୁମେ ଠିକ୍ ରହିଲେ ହେଲା। ତୁମେ କହିବ ବାପଘର ସଂସାର ! ଆଉ ଦୁଇଦିନ ପରେ ଭାଇମାନଙ୍କ ସଂସାର ହେବ। ମୋର ଶ୍ୱଶୁର ଘର ପଇସାରେ ମୁଁ ଘର କରୁଛି। କଥା ମେଣ୍ଟିଲା ! ଆଉ କାହାର କଣ କହିବାର ଅଛି ?

– ସେ ଜମିଟା କିଶିବାକୁ ହେବ ତା ହେଲେ ?

– ସେ ସବୁ ଲେଖାପଢ଼ା ମୁଁ କରିଦେବି। ଠିକ୍ ହେବ। ଇଟାର କାନ୍ଥ ଆଉ ପୁଆଲ ଛାତ କରିଦେବା। ତୁମେ ସେଠାକୁ ଚାଲି ଆସିବ। ପଡ଼ା ବାହାରେ ଘର ହେବ। ଟିକିଏ ଅଧିକ ରାତି ହେଲେ ମୁଁ ଯିବି। ସକାଳ ନ ପାହୁଣୁ ଚାଲି ଆସିବି। ଏପରି ବଣ, ଜଙ୍ଗଲ ଡରୁଆ ଡରୁଆ ମନରେ ଆଉ ଦେଖା କରିବାକୁ ହେବ ନାହିଁ। ସାରାରାତି ମଜା କରିବା। କଣ କହୁଛ ?

– ତୁମେ ଯାହା ବୁଝିବ କର। ମୋ ହାତରେ ମାତ୍ର ଟଙ୍କା ପଚାଶଟା ଜମା ଅଛି। ଘର ତିଆରି ଖର୍ଚ୍ଚ କିନ୍ତୁ ତୁମକୁ ଦେବାକୁ ହେବ।

ନିତ୍ୟ ହସିହସି କହିଲା – ତୁମ ମୁହଁ ଦେଖଁ ? ଏଇ ମୁହଁ ଦେଖ୍ ଖାଲି ଘର କଣ, ପଇସାଥିଲେ ମୋଟର ଗାଡ଼ି କିଣି ଦେଇ ପାରନ୍ତି। କିନ୍ତୁ କହିଦେଉଛି ସେ ଶମ୍ଭୁ ଚକଉତି। ସହିତ ଆଉ କଥା ବି ହୋଇପାରିବ ନାହିଁ କେବେ ବି।

ଆଶା ହସି କହିଲା – ଆହା ! ଶମ୍ଭୁଦା ଉପରେ ତୁମର ଏତେ ଈର୍ଷା କାହିଁକି ? ମୁଁ କେବେ କଣ କରିଛି ତା ସହିତ ? ସେ ଆସେ, ଯାଏ। ପାଖ ଘରପିଲା, ତଡ଼ିତ ଦେଇ ହେବନି ?

– ଅଚ୍ଛା, ଭଲ କଥା, ନିଜ ଘର ହେଲେ ସେ ତ ଆଉ ପାଖ ଘର ପିଲା ରହିବ ନାହିଁ, ସେତେବେଲେ ନୂଆ ଘରକୁ ଯେପରି ନଆସେ।

ଆଶା ଟିକିଏ ଭାବି କହିଲା – ହଇ ଗୋ ! ଏ ସବୁ ଲାଗି ଗାଁରେ କଥା ଉଠିବ ନାହିଁ ତ ? ମୁଁ ଝିଅ ପିଲା କଣ ବୁଝି ପାରିବି କହତ ! ତୁମେ ରାଗି ଯାଅ ନାହିଁ ମୋତେ କିନ୍ତୁ ବଡ଼ ଭୟ ଲାଗୁଛି।

– କିଛି ଭୟ ନାହିଁ। ନିତ୍ୟ ମୁଖର୍ଜୀ ଯେଉଁ କାମରେ ହାତ ଦେବ, ସେଠାରେ କିଛି ଗୋଲମାଲ ହେବ ନାହିଁ। ତୁମେ ଚିନ୍ତା କର ନା କଥା ଶେଷ କରି ନିତ୍ୟ ଆଶା

ପାଖରେ ବସି ପଡ଼ି ତା ହାତକୁ ନିଜ ହାତରେ ନେଇ କହିଲା – ମୋତେ ଭଲ ପାଅ ଆଶା ? ଆଶା ଏଆଡ଼େ ସେ ଆଡ଼େ ଚାହିଁ ଧୀର ସ୍ୱରରେ କହିଲା – ନିଶ୍ଚୟ ।

– ସତ କହୁଛ ?

– କାହିଁକି ସନ୍ଦେହ ଅଛି ନା କଣ ?

– ତୁମର ମନ ସ୍ଥିର ନାହିଁ କିନା ତେଣୁ କହୁଛି । କାଲି ଦୁଇପହରସାରା ଶମ୍ଭୁ ଚକଢ଼ି ସଙ୍ଗେ ଗଫ କରୁଥିଲ ।

– ଆହା !! ମା ସେଠାରେ ସବୁବେଳେ ଥାଏ । ଶମ୍ଭୁଦା ଗୋଟିଏ କବିତାର ବହିପଢ଼ି ଶୁଣାଉଥିଲେ ।

– କିପରି କବିତା ?

– କେ ଜାଣେ । କିନ୍ତୁ ସେଥିଲାଗି ତୁମେ ଭାବୁଛ କାହିଁକି ? ମୋର ଯେଉଁଠି କିଛି ବ୍ୟବସ୍ଥା ହେବ ମୁଁ ସେଠାରେ ରହିବି । ମା ବୁଢ଼ୀ ହେଲେଣି । ମୋ ନିଜ ହାତରେ ସମ୍ବଳ ନାହିଁ । ଭାଇ ବହୂମାନେ ଆସିଲେ ଯଦି ଜଳାଇପୋଡ଼ାଇ ମାରିବେ । ଦୁଇ କଥା ଗରଗର କରି କହିବେ । ସେ ପରିବାରରେ ରହିବା ମୋତେ ପୋଷାଇବ ନାହିଁ । ଯଦି ଅଦୃଷ୍ଟ ମୋର ଖରାପ ନଥାଏ ତେବେ ଏତେ ଶୀଘ୍ର ମୋର କପାଳ ହୀନ ହେବ କାହିଁକି ?

ଆଶା ମୁହଁ ତଳକୁ କରି ପଣତରେ ଆଖି ପୋଛିଲା । ଯତୀନର ମନ କରୁଣା ଓ ସହାନୁଭୂତିରେ ଭରିଗଲା । ତାହେଲେ ଜୀବନର ଏସବୁ ସଙ୍କଟ ସମୟରେ ଆଶା ତା’ରି କଥା ସ୍ମରଣ କରୁଛି ! ଏବେ ସୁଦ୍ଧା ତାହାକୁ ସେ ଭୁଲିନି ! ପୁଷ୍ପ ତା ପାଖକୁ ଆସି ମୃଦୁ ସ୍ୱରରେ କହିଲା – ଚାଲିଆସ ଯତୀନଦା । ଏଠାରେ ଆଉ କିଛି କରି ପାରିବ ନାହିଁ ।

ଗଭୀର ରାତି ।

ଆଶା ସେମାନଙ୍କ ଘର ଛୋଟ ବଖରାଟିଭିତରେ ପଟା ଖଟଉପରେ ମଶିଣା ପକାଇ ମଇଲା ତକିଆ ଉପରେ ମୁଣ୍ଡ ରଖି ଶୋଇଛି । ଗରମ ଯୋଗୁଁ ମୁଣ୍ଡ ପାଖ ୫ରକା ଖୋଲା ରହିଛି । ପୋଖରୀ ହିଡ଼ ଅଭିସାରୁ ଫେରି ସେ ମୁଠି ମୁଠାଏ ଖାଇ ଶୋଇଛି । ଗରିବ ଘରର ବିଧବା, ରାତିରେ ଲୁଚି ପରଟା କାହୁଁ ମିଳିବ ?

ଯତୀନ କହିଲା – କଣ ଖାଇଲା ଦେଖିଲତ ପୁଷ୍ପ ? ପେଟ ପୂରା ଖାଇବାକୁ ବି ମିଳେନି ।

– ତାହାତ ଠିକ୍ କଥା ଯେ, ସେ ଏ ଯାଏଁ ଶୋଇନି ଭଲ ଭାବରେ । ଗରମରେ ଶୋଇପାରୁ ନାହିଁ । ଆମକୁ ଅପେକ୍ଷା କରିବାକୁ ହେବ । ଏବେ ତ ସାମ୍ନାକୁ ଯାଇନି ।

ଏପରି ତନ୍ଦ୍ରା ଅବସ୍ଥାରେ ସେ ତୁମକୁ ଦେଖ୍ ନେଇପାରେ । ତୁମ ଶରୀର ବି ଏ ପର୍ଯ୍ୟନ୍ତ ସେ ଭଳି ସୂକ୍ଷ୍ମ ହୋଇନି । ତା ଦ୍ୱାରା ଫଳ ଓଲଟା ହେବ । ସେ ଚିଲ୍ଲେଇ ଉଠିବ ଭୂତ ଦେଖୁଛି ବୋଲି । ଗତଥର ସେଇଥୁ ଲାଗି ତ ?

ଯତୀନ ବାହାର ବାରଣ୍ଡାରେ ଯାଇ ଠିଆ ହେଲା । ଯତୀନର ବୃଦ୍ଧାଶାଶ୍ୱବୁଢ଼ୀ ପାଖ ବଖରାରେ ଗାଢ଼ ନିଦରେ ଶୋଇଛନ୍ତି । ଯତୀନର ମନେ ପଡ଼ିଲା, ଆଶା ସହିତ ତାର ପ୍ରଥମ ବାସର ରାତି ଏ ଘରେ ହୋଇଥିଲା । ତାପରେ ଜୁଆଇଁ ଷଷ୍ଠୀରେ ଶ୍ୱଶୁର ଘରେ ସେ ନବବିବାହିତା ବଧୂ ସହିତ ରାତ୍ରି ଯାପନ କରିଛି । କାହିଁ ଗଲା ସେ ସବୁ ଦିନ । ତାର ଇଚ୍ଛା ନାହିଁ ଅନ୍ୟ କୋଉଆଡ଼କୁ ଯିବା ପାଇଁ । ଆଶା ବିପନ୍ନ । ସେ ଏଠାରେ ଆଶା ପାଖରେ ହିଁ ରହିବ । ସ୍ୱର୍ଗ, ନର୍କ ତା'ଲାଗି ନୁହେଁ । ଏଇ ସେ ଫୁରୁଲା (କୁଲୁଙ୍ଗି), ଆଶା ପାଇଁ ଗୋଟିଏ ବାସନା ତେଲ କିଣି ଆଣିଥିଲା ଥରେ । ସେ ଫୁରୁଲାରେ ତାହା ରହୁଥିଲା । ଉଭୟେ ମାଖୁଥିଲେ । ତା ମୁଣ୍ଡରେ ଜବରଦସ୍ତି ବେଶୀ ତେଲ ଢ଼ାଲି ଦେଇ ଆଶା ନିଜ ହାତରେ ମଖାଇ ଦେଉଥିଲା । ଉଭୟେ ଟଣା ଓଟରା ହୋଇ ମଖାମଖି ହେଉଥିଲେ ।

ଏଇ ଆଶା କାହିଁକି ଏପରି ହୋଇଗଲା ?

ପୁଷ୍ପ ଆସି କହିଲା – ଆସ ଯତୀନ ଦା । ଆଶା ଭାଉଜ ଶୋଇଗଲେଣି । ଆଶା କିଛି ସମୟ ପୂର୍ବରୁ ଶୋଇଛି । ମଇଲା ତକିଆଟାରେ ମୁଣ୍ଡରଖୁ ଛିଣ୍ଡା ମସିଣା ଉପରେ ଶରୀର ଲୋଟାଇ ଦେଇଛି । ଯତୀନର ମନ କରୁଣାରେ ଭରିଗଲା । ଢିଅପିଲା ମାତ୍ରକେ ଅସହାୟ । ସେମାନଙ୍କର ଦୋଷ କଣ । ସଂସାରରେ ବହୁ ଲୋକ ସୁଯୋଗର ଅପେକ୍ଷାରେ ଥାଆନ୍ତି ସେମାନଙ୍କୁ ବିଭ୍ରାନ୍ତ କରି ଭୁଲ୍ ଭାଟରେ ନେଇ ଯିବା ଲାଗି । କିଟିଏ ଆଶ୍ରୟ ଆଶାରେ ସେମାନେ ନବୁଝି ନସୁଝି ସେ ବାଟରେ ଧାଁଆନ୍ତି । ଯତୀନ ପାଖକୁ ଯାଇ ଡାକିଲା ଆଶା ?

ପୁଷ୍ପ କହିଲା – ରୁହ, ଖାଲି ଡାକିଦେଲେ ହେବ ନାହିଁ । ଲେକ୍ଚର କରିବା କାମ ନୁହେଁ । ତାଙ୍କ ମନରେ ତୁମ ଦୁହିଁଙ୍କ କିଛି ଗୋଟିଏ ସୁଖ ରାତ୍ରିର ଛବି ଫୁଟାଅ । ଧରିନିଅ ତୁମ ଦୁହିଁଙ୍କ ମଧୁଶଯ୍ୟାର ରାତ୍ରି । ତୁମ ଗାଁ ଘରେ ।

– ତାହା କିପରି କରିବି ?

– ସେ ଦିନର କଥା ଏକ ଲୟରେ ଚିନ୍ତା କର –

ଟିକିଏ ପରେ ଆଶାର ସୂକ୍ଷ୍ମ ଶରୀର ତା ଦେହରୁ ବାହାରି ଯତ ଅଭିଭୂତ ଥିବାପରି ଚାରିଆଡ଼କୁ ଚାହିଁଲା । ପୁଷ୍ପ କିନ୍ତୁ ସେ ଦେହ ଦେଖ୍ ହିଁ ବୁଝି ପାରିଲା । ଏ ଦେହ ଇନ୍ଦ୍ରିୟଗ୍ରାହ୍ୟ ସ୍ଥୂଲ ଜଗତ ଊର୍ଦ୍ଧର ଅତି ନିମ୍ନସ୍ତରରେ ମଧ ନିଜର ଚୈତନ୍ୟ ପୂର୍ଣ୍ଣ ପ୍ରକାଶ କରିବାକୁ ଅସମର୍ଥ ।

ପୁଷ୍ପ କହିଲା - ତାଙ୍କୁ ଛବି ଦେଖାଅ ଯତୀନଦା -

- ଛବି କିଏ ଦେଖିବ ? ତା'ର ତ ଏହି ଧାମରେ ଜ୍ଞାନ ନଥିବା ଦେଖୁଛି -

- ଛବି ଦେଖାଅ, ତା' ହେଲେ ଟିକିଏ ସାନ୍ତ୍ୱନା ହୋଇଯିବ। ମଧୁଶଯ୍ୟାର ରାତିରେ।

ଅଥବା ଯେକୌଣସି ଗୋଟିଏ ସୁଖ ଦିନର। ପାରିବ ତ ? ମୋ ଦ୍ୱାରା ତ ହେବ ନାହିଁ। ତୁମ ନିଜର ଛବି ତୁମକୁ ଦେଖାଇବାକୁ ପଡ଼ିବ। ଯତୀନ ଦୃଢ଼ ଭାବରେ ମନରେ ଚିନ୍ତା କରି ସତରେ ଗୋଟିଏ ଛବି ତିଆରି କରିବାରେ ସଫଳ ହେଲା - ଗୋଟାଏ ପୁରୁଣା କୋଠାଘର ଆଶାକୁ ଏବଂ ସେ ସମସ୍ତଙ୍କୁ ଯେପରି ଚାରିଦିଗରୁ ଘେରିପକାଇଲା। ପଇଶ ଗଛର ପୁରୁଣା ପଟା ଖଟରେ ଶୋଇ, କମ୍ବଳ ବିଛା ହୋଇଥିବା ବିଛଣା। ଯତୀନର ପୈତୃକ ଝରକାର ବାହାରେ ମନସାଲତାର ଆମ୍ବଗଛଟି। ଘର ଭିତରେ ସ୍କୁଲ୍ ଉପରେ ଘସାମଜା ହୋଇଥିବା ପୁରୁଣା ପିତଳ କଂସା। ଯତୀନର ମା'ଙ୍କର ତାହା। ଯତୀନର ଶୋଇବା ଘରଟି ଏପରି ବାସ୍ତବ ହୋଇ ଯାଇଥିଲା ଯେ ଆଶାର ଘର ମେଣ୍ଟିଗଲା ସେକ୍ଷଣି। ଯତୀନର ମଧ୍ୟ ଅବାକ ହେଲା ତା ଚିନ୍ତା ଶକ୍ତିର କାର୍ଯ୍ୟଦେଖ୍। ଆଶା ତା ଶାଶୁଘରେ ଶୋଇଛି। ଶ୍ୱଶୁର ଘର ପ୍ରାୟ ଠିକ୍ଠାକ୍ ଅଛି। କାନ୍ଥରେ ଟଙ୍ଗା ହୋଇଥିବା ଦର୍ପଣ ସୁଦ୍ଧା ଅଛି। ଆଶାର ସୂକ୍ଷ୍ମ ଦେହ ଏବେ ସୁଦ୍ଧା ଅର୍ଦ୍ଧଚେତନ ଯତୀନ ସ୍ନେହପୂର୍ଣ୍ଣ ସ୍ୱରରେ ଡାକିଲା ଆଶା, ଏ ଆଶା-

ଆଶା ଯେପରି ନିଦରୁ ଉଠି ଚାରି ଆଡ଼କୁ ଚାହିଁଲା ଆଉ କଣ ଦେଖିଟିକିଏ ଆଶ୍ଚର୍ଯ୍ୟ ହେଲା। ଯତୀନ୍ ପୁଣି ଡାକିଲା ଆଶା ଏ ଆଶା।

ଆଶା ଯତୀନର ମୁହଁକୁ ବିସ୍ମିତ ହୋଇ ଚାହିଁ ରହିଲା ଯେପରି କିଛିବୁଝି ପାରୁ ନଥିଲା।

-ଆଶା ଭଲ ଅଛି ?

ପୁଷ୍ପ କହିଲା - ଏ ଧରଣର କଥା କହନା। ଛବି ସହିତ ଖାପ୍ ଖୁଆଇ ପୁରୁଣା ଦିନ ଭଲି କଥା କହ।

ଯତୀନ କହିଲା - ଆଶା କାଲି ସକାଳରୁ ଉଠି କପାସଡାଙ୍ଗାକୁ ଯିବି। କାମ ଅଛି। ଭୋର‌ରୁ ଟିକିଏ ଚା କରି ଦେଇପାରିବ ?

ଆଶା କହିଲା - ଖୁବ୍ ଭୋରରୁ ଯିବ ? କେତେ ଭୋରରୁ ?

- ସାତଟା ଭିତରେ।

ଆଶାର ଆଖିର ସେତେବେଳେ ସୁଦ୍ଧା ଅପସରି ନଥିଲା। ସେ କହିଲା - ମୁଁ କେଉଁଠି ?

ଯତୀନ କହିଲା – କାହିଁକି। ତୁମ ଶାଶୁଘରେ ଅଛ। ଚିହ୍ନି ପାରୁନ ? କଣ ହୋଇଛି ତୁମର। ତା କରିଦେବ ନା ?

– ହଁ

– ଖାଇବାକୁ ଦେବ ନା ?

– କଣ ଖାଇବ ? ଚୂଡ଼ା ଆଉ ଘୋଳ ଦହି ଖାଇବ।

ଦିନେ ସତରେ ଆଶା ଏଇ କଥା କହିଥିଲା। ଯତୀନର ଆଖିରେ ଲୁହ ଆସିଲା ଆବେଗରେ। ସେ ପୁଣି ତାର ପୁରୁଣା ପୈତୃକ ଘରକୁ ଫେରିଯାଇଛି ନବବିବାହିତା ଆଶା ପାଖକୁ। ଯତୀନର ଅନୁଭୂତିର ତୀବ୍ରତା ହେତୁ ସଙ୍ଗେ ସଙ୍ଗେ ଛବି ଆହୁରି ସ୍ପଷ୍ଟ ହୋଇ ଉଠିଲା। ଆଶା ଏଥର ଆହୁରି ସଜାଗ ହୋଇଯାଇ ଚାରି ଆଡ଼କୁ ଚାହିଁଲା। କିନ୍ତୁ ତାର ବିସ୍ମୟଭାବ ଏ ପର୍ଯ୍ୟନ୍ତ ଅପସରି ଯାଇ ନାହିଁ।

ଯତୀନ କହିଲା – ହେଉ ତା ହେଲେ। ମୋତେ ତୁମେ ଭଲ ପାଅ ଆଶା ?

କଥା କହୁଁ କହୁଁ ନିତ୍ୟ ଚକଢ଼ିର ଭଳି ସେ ଆଶାର ହାତ ନେଇନିଜ ହାତ ଭିତରେ ରଖିଲା। ତାପରେ ପଛକୁ ଅନାଇ ଦେଖିଲା ପୁଷ୍ଟ ସେଠାରେ ନାହିଁ। ଝିଅପିଲା ଯେତେ ଉଚ୍ଚସ୍ତରରେ ହେଲେ ବି ପ୍ରେମାସ୍ପଦ ଅନ୍ୟ କାହାକୁ ଭଲ ପାଉଛି !! ଏଥରେ ତା ମନ ସ୍ଥିର ରଖି ପାରିନଥାଏ। ଆଶା କହିଲା – ହଇଗୋ ତୁମେ ଏବେ ଆସିଲ ?

– କେଉଁଠାରୁ ଆସବି ?

– ଯେପରି ତୁମେ ବହୁତ ଦିନରୁ ଘରେ ନଥିଲ !

– ନିଶ୍ଚୟ ଥିଲି। କେଉଁଠିକୁ ମୁଁ ଯିବି ? କଣ ପାଗଳ ହେଲକି ଆଶା ? ଆଶା ଆଶ୍ୱାସନା ପ୍ରାପ୍ତ ଛୋଟ ଝିଅର ସ୍ୱରରେ କହିଲା – ଯାଇନ ତା ହେଲେ ?

– ନା ଆଶା, କେଉଁଠିକି ଯିବି ?

– ମୋ ପାଇଁ ଦୁଇଖଣ୍ଡ ଶାଢ଼ୀ କାଲି ଆଣିଦେବ। ଘରପିନ୍ଧା ଶାଢ଼ୀ ନାହିଁ।

– କେତେ ହାତ ?

– ଏଗାର ହାତ ଆଶ। ଦଶହାତିରେ ମା ସାମ୍ନାରେ ଓଢ଼ଣା ଦେଇ ପାରେଁ ନି, ଲାଜ ଲାଗେ।

– ଆଚ୍ଛା

ତା ପରେ ଆଶା ଭାବି ଭାବି କହିଲା, ଆଚ୍ଛା ମୋର କଣ ହୋଇଥିଲା କହତ। କିଚ୍ଛି ବି କିଚ୍ଛିରେ ଯେପରି ମନ ଲାଗୁ ନାହିଁ।

– କଣ ପୁଣି ହେବ ? କିଚ୍ଛି ନାହିଁ।

– ଓ ! ତେବେ ବୋଧହୁଏ ସ୍ୱପ୍ନ ଦେଖୁଥିଲି। ନୁହେଁ ?

– ହଁ ହେଇଥିବ, ଲକ୍ଷ୍ମୀ ମୋର ସେ ସବୁ ଚିନ୍ତା କରିବାର ନୁହେଁ। ତୁମେ ମୋତେ ଭଲ ପାଅ ?

ଆଶା ସଲଜ୍ଜ ହୋଇ କହିଲା – ହୁଁ ଉଁ ––

ଯତୀନ ଭାବିଲା କେଉଁ ଜଗତ ସତ୍ୟ ? ଏହି ଛବିରେ ଗଠିତ ସ୍ୱପ୍ନଜଗତ୍ ନା ବାସ୍ତବ ଜଗତ ? କିମ୍ବା ସବୁ କିଛି ସ୍ୱପ୍ନ। ସେଦିନ ସେଇ ଅବଧୂତ ଯାହା କରିଯାଇଥିଲେ। ଜଗତଟା ହିଁ ଜାଗ୍ରତ ଛଡ଼ା ଆଉ କଣ ? କାହିଁର ଆଶା, କଣ ସେ ଦେଖୁଛି, କିଏ ତାକୁ କଣ ଭାବୁଛି। ଅଥଚ ଆଶା ଭାବୁଛି ଏଇଟା ସତ୍ୟ। ଭଗବାନ କଣ ଜୀବକୁ ଛବି ଦେଖାଉଛନ୍ତି ନା ତାଙ୍କ ସୃଷ୍ଟ ଜଗତ ମଧ୍ୟଦେଇ, ଯେପରି ସେ ଏବେ ଦେଖାଉଛି ଆଶାକୁ ?

ସେ ସସ୍ନେହରେ କହିଲା – ତା ହେଲେ ତୁମେ ଶୋଇପଡ଼ ଆଶା, ରାତି ହେଲାଣି–

–ଆଜି ବହୁତ ଗରମ ନା ? ନିଦ ହେଉ ନି। ଗୋଟାଏ ମସାରୀ ଆଣି ଦେବ ବହୁତ ମଶା –

– ହଁ, ଆଣିବ। ସକାଳରୁ ଭୋରରୁ ଉଠି ଚା କିଦେବ ତା ହେଲେ ?

– ଆଛା।

ପୁଷ୍ପ ବାହାରୁ କହିଲା – ଚାଲ ଯତୀନଦା ଦିନକରେ ଏଠାରୁ ବେଶୀ କିଛି ତୁମେ କରିପାରିବ ନାହିଁ।

ଏମାନେ ଚାଲିଯିବାର ଟିକିଏ ପରେ ଆଶାର ନିଦ ଭାଙ୍ଗିଗଲା। ସେ ଧଡ଼ପଡ଼ କରି ବିଛଣାରୁ ଉଠି ଚାରିଆଡ଼କୁ ଦେଖିଲା। ସେ ଏବେ କେଉଁଠି ଅଛି ତେବେ ? ଏପରି ସ୍ପଷ୍ଟ ସ୍ୱପ୍ନ ସେ ଆଉ କେବେ ଦେଖିନି। କେତେ ଦିନପରେ ସେ ତା ସ୍ୱାମୀକୁ ଏତେ ସ୍ପଷ୍ଟ ଭାବରେ ଦେଖିଛି। ଏଇ ମାତ୍ର ସେ ଯେପରି ପାଖରେ ବସିଥିଲେ। କେତେ ସମୟ ଧରି ସେ ସ୍ୱପ୍ନର କଥା ଭାବିଲା। ସବୁ କଥା ତାର ମନେ ନାହିଁ। ଏଇ ଟିକକ ମନେ ଅଛି। ସେ ଯେପରି କହୁଛନ୍ତି, ଟିକିଏ ଚା କରି ଦେଇପାରିବ ? ଚା ଖାଇବି –

ସେହି ପୁରୁଣା ହସ। ପୁରୁଣା ଦିନର ସ୍ନେହଶୀଳ ସ୍ୱାମୀଙ୍କ ଆଖି ! ଆଶା ଉଦ୍‌ଭ୍ରାନ୍ତ ଭଳି ଝରକା ବାହାରକୁ ଚାହିଁ ରହିଲା। କେଉଁଠାରେ ଆଜି ତା'ର ସ୍ୱାମୀ। କେଉଁଠି ତାର ଶାଶୁ ଶ୍ୱଶୁର ଘର।

ନିଜ ପରି କାରୁଣ୍ୟରେ ତା ମନ ପୁରିଗଲା ଆଖିରେ ଲୁହ ଆସିଲା।

(୧୪)

ସେ ଦିନ ପୁଷ୍ପ କହିଲା – ଯତୀନଦା ମନ ଖରାପ କରି ବସିଛ କି ? ଚାଲ କରୁଣା ଦେବୀଙ୍କ ପାଖକୁ ଚାଲ।

– ମୁ ସେଠାକୁ ଯାଇପାରିବିନି । ଏତେ ଉପରକୁ ଉଠିଲେ ମୋର ସଂଜ୍ଞା ନଥାଏ ଜାଣ ତ – ସବୁବେଳେ ତାଙ୍କୁ ଦେଖିବି ପାରେ ନି । କଣ କରିବି କହ । ତାଛଡ଼ା ମୋର ଅନ୍ୟାନ୍ୟ ଅନେକ ରକମର ଚିନ୍ତା –

– ଚିନ୍ତା ତ ଜାଣେ । ତାହା ଭାବି କଣ ଲାଭ ଅଛି ? ଯାହାର ଯେପରି ଭାଗ୍ୟରେ ଅଛି, ସେ ପରି ହେବ । ଚେଷ୍ଟାତ କରିଛି ଅନେକ । ତାର କର୍ମଫଳ ତା'କୁ ସେ ବାଟରେ ନେଇଯାଉଛି । ତୁମେ ମୁଁ କଣ କରିବା କହ ।

ଆହୁରି କେତେ ମାସ ବିତିଯାଇଛି । ଆଶା ଲତାର ମନରେ ଅବସ୍ଥା କିଛି ଦିନ ପାଇଁ ଟିକିଏ ଭଲ ହୋଇଥିଲା କିନ୍ତୁ ସ୍ଥାୟୀ କୌଣସି ଫଳ ମିଳିନାହିଁ । ନେତ୍ୟ ତା ଲାଗି ଗାଁ ଶେଷରେ ଅଲଗା ଘର ବି କରି ଦେଉନି । ତାକୁ ଭୁଲାଇ ତାର କେତେଗୁଡ଼ିଏ ସୁନା ଗଜଣା ହାତକରି ସେହି ଟଙ୍କାରେ ତାକୁ କଲିକତାକୁ ଆଣି ରଖିଛି । ଯତୀନ ପ୍ରତ୍ୟହ ସେଠାକୁ ଯାଏ ରାତିରେ । ଗୋଟିଏ ଲମ୍ବ। ବାରଣ୍ଡ। ଭଳି ପୁରୁଣା ଘରର ଗୋଟିଏ ଛୋଟ କୋଠରୀର ସଂକୀର୍ଣ୍ଣ ବାରଣ୍ଡାରେ ଆଶା ବସି ରନ୍ଧାବଢ଼ା କରେ । ଏଠାରେ ସେ ପାଖ ଉତ୍ରାଦାରଙ୍କ ଆଗରେ ସାମାଜିକତା ବଜାୟ ରଖିବାକୁ ଯାଇ ବିଧବାର ବେଶ ଛାଡ଼ି ନେତ୍ୟର ସ୍ତ୍ରୀ ସାଜିଛି । ହାତରେ ଚୁଡ଼ି ପିନ୍ଧେ କପାଳରେ ସିନ୍ଦୂର ଦିଏ । ପ୍ରଥମ ଯେଉଁ ଦିବ ନେତ୍ୟ ତା ପାଖରେ ଏଇ ପ୍ରସ୍ତାବ ଦେଲା ଯତୀନ ସେଠାରେ ଉପସ୍ଥିତ ଥିଲା ।

ନେତ୍ୟ କହିଲା – ରାସ୍ତାରୁ ହିଁ ତୁମକୁ ଏହା କରିବାକୁ ହେବ ଆଶା । ଯେଉଁଠାକୁ ଯିବ ସେ ଜାଗାର ଆଖପାଖରେ ଅନେକ ଫେମିଲି ରହନ୍ତି । ସେମାନଙ୍କ ଆଗରେ କଣ କହି ଠିଆ ହେବ ? କଣ ପରିଚୟ ଦେବ ? ଘରବାଲା ଅବା ଜାଗା ଦେବ କାହିଁକି ?

ଆଶା କହିଲା – ନା ମୁଁ ତାହା ପାରିବି ନାହିଁ । ବ୍ରାହ୍ମଣ ଘରର ବିଧବା ହୋଇ ପୁଣି ଧଡ଼ି ଥିବା କପଡ଼ା ପିନ୍ଧିବି ? ସିନ୍ଦୂର ମାଖିବି । ଏସବୁ ହେବ ନାହିଁ ମୋ ଦେଇ ନେତ୍ୟ ତା ।

ନେତ୍ୟ ବ୍ୟଙ୍ଗ କରି କହିଲା – ନିଅ ନିଅ ଆଉ ବାହାନା କରିବାକୁ ହେବ ନି ବ୍ରାହ୍ମଣ ବିଧବାର ତ ସବୁ ରଖିଲ । ଏଥର ଯାହା ସଙ୍ଗେ ବାହାରି ଆସିଲ ତା'ର କଥା ଅନୁସାରେ ଚଲ ।

ଆଶା ବିସ୍ମିତ ହୋଇ କହିଲା – ବାହାରି ଆସିଲ !!

– ଆହା – ହା ବାହାରି ଆସିବାକୁ କଣ ହାତୀ ଘୋଡ଼ା ଅଛି ନା କଣ। ପୁଣି ତୁମେ ଘରକୁ ଫେରି ଯାଥ ତ ମୋ ଧନ । ଏତେ ବେଲକୁ ଗାଁ ଉଠୁଥବ ପଡୁଥବ ଦେଖାଯାଇକି –!!

– ଆଚ୍ଛା, ତମେ ମୋତେ କହିଲ କଲିକତାରେ ଅଲଗା ବସା କରିଦେବାକୁ। ମୁଁ ମୋର ଗହଣା ଗଣ୍ଠି ବିକ୍ରି କରି ଚଳାଇବି – ତାପରେ ମାକୁ ନେଇ ଆସି ସେଠାରେ ରଖା ହେବ। କହି ନାହିଁ ?

– ହଁ, ହଁ ଏବେବିତ ତାହା ହିଁ କହୁଛି। କହୁ ନାହିଁ କି ? ମୋ ହାତ ଧରି ଯେତେବେଳେ ଘର ବାହାରକୁ ପାଦ କାଢ଼ିଛ, ସେତେବେଲୁ ତୁମେ ପଳାଇ ଆସିଛ! ତାହାକୁ କହନ୍ତି – । ଏବେ ଆଉ ଫେରିଯିବା ବାଟ ନାହିଁ। ଯାହା କହୁଛି ସେପରି କର। ତୁମ ଭଲ ପାଇଁ ତ କହୁଛି। ଦେଖ କେତେ ସୁବିଧା ହେବ। କଲିକତାରେ ବଡ଼ ବଡ଼ ଲୋକଙ୍କ ସଙ୍ଗେ ଆଲାପ ହେବ। ଶେଷରେ ଭଲ ହେବ କି ନା ଦେଖିବ ?

ଯତୀନ ସେ ଦିନ ଫେରି ଆସି ପୁଷ୍ପକୁ ସବୁ କହିଥିଲା, ପୁଷ୍ପ କହିଲା – ଆଶା ଦିଦି ବଡ଼ ନିର୍ବୋଧ, ନେତ୍ୟ ମଣିଷଟା ତାକୁ ଭୁଲାଇ ଏହି କାଣ୍ଡ ଘଟାଇଛି। କିନ୍ତୁ କିଛି କରିହେବ ନାହିଁ।

– କାହିଁକି ପୁଷ୍ପ – ଏ କିପରି କଥା ଗୋଟିଏ ଅବଳା ଝିଅର ସର୍ବନାଶ ହେଉଛି ତହିଁରୁ ତାକୁ ନିବୃତ କରି ପାରିବ ନାହିଁ ତୁମେମାନେ ?

– କାହିଁ କରି ହେବ। ଯିଏ ଯାହାର କର୍ମଫଳର ବାଟ ଧରିବ କିଏ କାହାକୁ ସମ୍ଭାଳିବ ?

ଏହାପରେ ତିନି ମାସ ପ୍ରାୟ ଯାଇଛି। ଆଶା ତ ନେତ୍ୟ ବସାଘରେ ବେଶ୍ ପକ୍କା ସ୍ୱାମୀ-ସ୍ତ୍ରୀ ପରି ସଂସାର କରୁଛନ୍ତି। ନେତ୍ୟ ବଜାର ସଉଦା ନେଇ ଆସେ। ଆଶା ପାଖରେ ବସି ଗପସପ କରେ। ଦୁଇଥର ସିନେମା ଦେଖାଇବାକୁ ନେଇଯାଇଛି। ଥରେ ପାଖ ଘର ଭଡ଼ାବାସିନୀ ଜଣକ ସଙ୍ଗେ କାଳୀଘାଟ ଯାଇ ବୁଲିଆସିଛି ଆଶା।

ପୁଷ୍ପ କେତେ ଚେଷ୍ଟା କରିଛି ଯତୀନ୍କୁ ସେଠାରୁ ଆଣିବାକୁ, କିନ୍ତୁ ଯତୀନ ଶୁଣେ ନାହିଁ। ପୁଷ୍ପଠାରୁ ଲୁଚି ଲୁଚି ସେ ପ୍ରାୟ ଆଶା ପାଖକୁ ତା ବସାକୁ ଚାଲିଆସେ। ଦିନେ ସେ ଆଶାକୁ ସ୍ୱପ୍ନଟିଏ ବି ଦେଖାଇଥିଲା। ମାତ୍ର ପୁଷ୍ପର ସାହାଯ୍ୟ ବ୍ୟତିରେକେ ସେ ସ୍ୱପ୍ନ ବଡ଼ ଅସ୍ପଷ୍ଟ ହୋଇଥିଲା। ତଦ୍ୱାରା ଆଶା ନିଦରୁ ଉଠି ସାରା ସକାଳ ସମୟଟା ମୌନ ରହି ନେତ୍ୟଠାରୁ ଗାଲି ଖାଇଥିଲା।

ପୁଷ୍ପ କହିଲା – ଚାଲ ଆଜି କରୁଣା ଦେବୀଙ୍କ ପାଖକୁ ଯାଇ କହିବା –

– ଏଇ ସ୍ଥାନକୁ ତୁମେ ତାଙ୍କୁ ନେଇ ଆସ। ମୁଁ ଅନ୍ୟ କେଉଁଠାକୁ ଯିବି ନାହିଁ।

– ପୃଥ୍ୱୀରେ ଭୂତ ହୋଇ ଘୁରି ବୁଲିବ ଏଭଳି ?

– କଣ କରିବି କହ। ଆମେ ତ ଖୁବ୍ ଉଚ୍ଚସ୍ତରର ମନୁଷ୍ୟ ନୋହୁଁ, ତୁମମାନଙ୍କ ଭଳି ଏଇ ଆମର ପରିଣାମ। କର୍ମ ଫଳ!

ଯତୀନର ଠେସ୍ କରି କହିବା କଥାରେ ପୁଷ୍ପ ମନରେ ଆଘାତ ପାଇଥିଲେ ବି ମୁହଁରେ କିଛି କହିନଥିଲା। ସେ ଠିକ୍ ବୁଝିଛି ଯତୀନ ଦାକୁ ଏହି ବାଟରୁ ଓହରାଇ ନ ଆସିଲେ, ନିବୃତ୍ତ ନକଲେ ତା'ର ଉନ୍ନତି ହେବ ନାହିଁ। ଯେତେଦିନ ଆଶା ବଞ୍ଚିବ ତା ପଛେ ପଛେ ଯତୀନ ଅସ୍ଥାନ ହେଉ କୁ ସ୍ଥାନ ହେଉ ନିଶ୍ଚୟ ଘୁରି ବୁଲିବ। ତାଦ୍ୱାରା କୌଣସି ପକ୍ଷର କିଛି ସୁବିଧା ହେବ ନାହିଁ।

ଇତି ମଧ୍ୟରେ ଦିନେ ଗୋଟିଏ ଘଟଣା ଘଟି ଗଲା ଆଶାର ବସାଘରେ। ଆଶାର ଗାଁ ର ଶମ୍ଭୁ ଚକଡ଼ି ବୋଲି ସେ ପିଲାଟି ଅନେକ ଖୋଜ ଖବର ନେବାପରେ ଆଶାର ସନ୍ଧାନପାଇ ସେଟାକୁ ଆସିଲା। ଆଶା ସେତେବେଳେ ରାନ୍ଧୁଛି। ଶମ୍ଭୁକୁ ଆସିବା ଦେଖି ତା ମୁହଁ ଶୁଖିଗଲା। ଶମ୍ଭୁ ଆସି କହିଲା – କଣ ଆଶା ଦିଦି ଚିହ୍ନିପାରୁଛ ? ଆଶା ଶୁଖିଲା ମୁହଁରେ ଡରିଡରି କହିଲା –ଆସ ବସ ଶମ୍ଭୁ ଦାଦା କିପରି ଜାଣିଲ ଠିକଣା ?

– ନେତ୍ୟ ସ୍କାଉନ୍ଟ୍ରେଲ୍ଟା କାହିଁ ଗଲା ? ମୁଁ ଥରେ ତାକୁ ଦେଖି ନିଅନ୍ତି। ତା ଛଡ଼ା କଣ ଭାବି ତୁମେ ଏଠାକୁ ଆସି ରହିଛ ?

– କାହାରି ଦୋଷ ନାହିଁ ଶମ୍ଭୁଦା ମୁଁ ନିଜ ଇଚ୍ଛାରେ ହିଁ ଆସିଛି।

– ଗାଁରେ କିଭଳି ହୋହଲ୍ଲା ପଡ଼ିଛି ତୁମେ ଜାଣିନା। କାହିଁକି ତୁମେ ଏପରି ଭାବରେ ଆସିଲ ? କେତେଦୂର କଥାଟା ଖରାପ ହେଲା ସେ କଥା ବୁଝୁଛ ?

– ଗାଁ ରେ ରହିବି କଣ କରିଥାନ୍ତି ଶମ୍ଭୁଦା। ଏଠାରେ ଠିକ୍ ଅଛି ଆମ ଭଳି ମଣିଷଙ୍କ ପାଇଁ ଗାଁ ଆଉ ଅଣ ଗାଁ ଆଉ କଣ ? କଣ ଥିଲା ଜୀବନରେ ? ମା ମରିଗଲେ କେଉଁଠି ଠିଆ ହୁଅନ୍ତି ? ଏଠାରେ ରହିଛି ମନ୍ଦ ନୁହେଁ। ଫେରି ଯେତେବେଳେ ଯାଇ ପାରିବ ନାହିଁ ତେବେ ସେ କଥା ଭାବି ଆଉ କଣ ହେବ ?

– ମୁ ତୁମକୁ ଭଉଣୀ ଭଳି ଭଲ ପାଏଁ ଆଶା। ଚାଲ ତୋତେ ଏଠାରୁ ନେଇ ଅନ୍ୟ ସ୍ଥାନରେ ରଖିଦେବି।

ଆଶା କଣ ଗୋଟିଏ ଜବାବ ଦେବାକୁ ଯାଉଛି ଏପରି ସମୟରେ ନେତ୍ୟ ଆସି ପହଞ୍ଚିଲା। ଶମ୍ଭୁକୁ ସେଠାରେ ଦେଖି ସେ ମନେମନେ ଖୁବ୍ ରାଗିଗଲା; କିନ୍ତୁ କିଛି କହିଲା ନାହିଁ। ପରେ ଆଶାକୁ ଯଥେଷ୍ଟ ତିରସ୍କାର ଓ ଅପମାନ ଦେଲା। ତା'ର ଧାରଣା ଆଶା ହିଁ ଶମ୍ଭୁକୁ ଲୁଚାଇ ଖବର ଦେଇ ଅଣିଥିଲା।

ଯତୀନ ଠିଆ ହୋଇ ସବୁ ଦେଖିଲା। ଆଜିକାଲି ସେ ସନ୍ଦେହ କରୁଛି ଏହି ନେତ୍ୟ ଲାଗି ଆଶା ଶାଶୁ ଘରକୁ ଆସିବାକୁ ଚାହୁଁ ନଥିଲା। ପୁଷ୍ପ ସବୁ ଜାଣେ କିନ୍ତୁ ତାହାକୁ କେବେବି କିଛି କହେ ନାହିଁ। ତେବେ ସୁଦ୍ଧା ରାଗ ହୁଏ ନାହିଁ ଆଶା ଉପରେ। ଗଭୀର ଅନୁକମ୍ପା ! ସେ ଦ୍ୱିତୀୟ ସ୍ତରର ପ୍ରେତ ଯଦି ହୋଇଥାନ୍ତା, ତେବେ ନେତ୍ୟକୁ

ଦିନେ ଏପରି ବିଭୀଷିକା ଦେଖାନ୍ତା ଯେ ସେ ମରି କାଠ ହୋଇଯାଆନ୍ତା। କିପରି ନେତ୍ୟ ଯେ ସେ ଦେଖ୍ ନିଅନ୍ତା!

କରୁଣା ଦେବୀଙ୍କ ପାଖକୁ ଏଇଥୁ ଲାଗି ସେ ଗଲା ପୁଷ୍ପକୁ ନେଇ। ଗୋଟିଏ କ୍ଷୁଦ୍ର ଦ୍ୱୀପ ପରି ସ୍ଥାନ, ଅସୀମ ବ୍ୟୋମ ସମୁଦ୍ରରେ, ଚାରିଆଡ଼େ ଉପବନ, କୁସୁମିତ ବନ୍ୟଲତା, କିଛି ଦୂରରେ ଝରଣାଟିଏ ଝରୁଛି ପାହାଡ଼ ମୁଣ୍ଡ ଉପରେ। ବନାନୀ ପାଇଁ ସୌନ୍ଦର୍ଯ୍ୟ ଓ ଉପବନର ଶୋଭା ଏକ ହୋଇ ମିଶିଛି। ଗୋଟିଏ ପ୍ରାଚୀନ ବୃକ୍ଷତଳେ ଗଛଝରାପତ୍ର ରାଶି ଉପରେ ଦେବୀ ଆଉଜି ଶୋଇ ପଡ଼ିଛନ୍ତି। କେହି କେଉଁଠି ହେଲେ ନାହିଁ। ଶୂନ୍ୟ ଦ୍ୱୀପ, ଶୂନ୍ୟ ବ୍ୟୋମତଳ। ଦେବୀଙ୍କ ଅପରୂପ ସୌନ୍ଦଯ୍ୟରେ ସେହି ପ୍ରାଚୀନ ବନସ୍ଥଳୀ ଉଜ୍ଜ୍ୱଳ ହୋଇ ଯାଇଛି। ଯତୀନ ଭାବିଲା ଏଇ ତ ସ୍ୱର୍ଗ ଏହି ସୌନ୍ଦଯ୍ୟ ଦେଇ ନିର୍ମିତ ଯେଉଁ ଛବି ତାହା ସ୍ୱର୍ଗଛଡ଼ା ଆଉ କିଛି ନୁହେଁ। ପୃଥ୍ବୀରେ ଏପରି ବନ ଅରଣ୍ୟରସମାବେଶ କାହିଁ। ଯଦିବା ଥାଏ ଏପରି ରୂପସୀ ଛିଅ କାହିଁ। ତାହାବି ଯଦିଥାଏ। ଏତେ ନିର୍ଜନତା କାହିଁ। ଯଦିବା ଥାଏ, ସେ ତିନି ପଦାର୍ଥର ଅଭୁତ ସମାବେଶ କାହିଁ? ଦେବୀଙ୍କ ମୁଣ୍ଡରେ କଣ ଏମିତି ଧାରଣା ରହିଛି। ହୁଏତ ତାହା ହିଁ। ଏତେ ଟିକିଏ ଛୋଟ ଗ୍ରହ ବା ଉପଗ୍ରହ କେବଳ ବନ–ଅରଣ୍ୟରେ ପୂର୍ଣ୍ଣ। ସେଠାରେ ପୁଣି ତାଙ୍କଛଡ଼ା ଆଉ କେହି ନାହାନ୍ତି ପୁଣି ଦିବ୍ୟ ପକ୍ଷୀର ସ୍ୱନ ବି ରହିଛି। କରୁଣା ଦେବୀଙ୍କ ମୁଖଶ୍ରୀ କେତେ ସୁନ୍ଦର! ଆଉ କେତେ ସହାନୁଭୂତି ଓ କରୁଣାରେ ସାମାନ୍ୟ ବିଷାଦମଗ୍ନ! ମାତୃମୂର୍ତ୍ତିର ଏପରି ଅପୂର୍ବ ମହିମାମୟ ଜୀବନ୍ତ ଆଲେଖ୍ୟ ତା ସମ୍ମୁଖରେ ଥିଲେ ସୁଦ୍ଧା ଯଦି ସେ ଈଶ୍ୱରଙ୍କ ଦୟାରେ ଅଥବା ଦେବଦେବୀଙ୍କୁ ବିଶ୍ୱାସ ନକରେ ତେବେ ସେ ନିତାନ୍ତ ନିର୍ବୋଧ ନୁହେଁ ତ ଆଉ କଣ? କେବଳ ପୁଷ୍ପଲାଗି ସିନା ସେ ଏଠାକୁ ଆସିପାରିଛି କିୟା ଦେବୀଙ୍କୁ ଦେଖୁପାରୁଛି ନହେଲେ ତାଙ୍କ ଦର୍ଶନଲାଭ କରିବା ତା ପକ୍ଷରେ କଣ ସହଜ ହୋଇଥାନ୍ତା?

ଯତୀନର କହିବା କଥା ପୁଷ୍ପ ହିଁ କହିଲା – ଆଶା ଭାଉଜ କଲିକତାର ବସାଘରଟିରେ କାଲି ରାତିରେ ମାଡ଼ ବି ଖାଇଛି। ସାରାରାତି କାନ୍ଦିଛି। ଯତୀନର ମନରେ ବଡ଼ କଷ୍ଟ। ଏହି ଆକର୍ଷଣ ତାକୁ ପୃଥ୍ବୀକୁ ସବୁବେଳେ ଟାଣୁଛି। ଏବେ କଣ କରାଯିବ ?

କରୁଣା ଦେବୀ ସବୁ ଶୁଣି କହିଲେ – ଏଠାରେ କିଛି କରିବା କଥା ନାହିଁ ? କନ୍ୟା ଯେତେଦିନ ନାନା ବାଧାବିଘ୍ନ ପାଇ ବି ନ ଶିଖିଛି ତାର ଜ୍ଞାନ ହେବନାହିଁ।

ଯତୀନ ଭାବିଲା– ଏହା କିପରି ହେଲା! ଏତେ ବଡ଼ ଦେବୀଙ୍କ ମୁହଁରେ ଏପରି କିପରି। ପାର୍ଥିବ ମଣିଷର ଭାଷା, କଥାବାର୍ତ୍ତା! ଏଭଳି କଥା ତ ପୃଥ୍ବୀର

ଯେକୌଣସି ଜମିଦାର ଘରଣୀ କି ଦାରୋଗା ଇନିସ୍ପେକ୍ଟରଙ୍କ ଘରଣୀ ବି କହିପାରିବ ?

ସେ କହିଲା – ଆପଣ ଚାହିଁଲେ କଣ ତାକୁ ଦୟା କରି ପାରନ୍ତେ ନାହିଁ ?

କରୁଣା ଦେବୀ ହିସ କହିଲେ – ମୁଖଟି ମରେ, ଭାବି ମରେ ! ଦୟା କଣ ସେପରି ଭାବରେ କରିହୁଏ ବସ ! ସେମାନଙ୍କର ଯେଉଁ ଦିନ ସେ ଦିନ ମୋରବି ଛୁଟୀ । ଏସବୁ ବଡ଼ ନିମ୍ନସ୍ତରର ଆତ୍ମା, କେହି ତାଙ୍କମାନଙ୍କୁ ଇଚ୍ଛା କରି କଷ୍ଟ ଦେଉ ନାହିଁ । ନିଜ କର୍ମଫଳ ହେତୁ କଷ୍ଟ ପାଉଛନ୍ତି । ଭଗବାନ୍ ପ୍ରତ୍ୟେକଙ୍କୁ ଉନ୍ନତ ଦେଖିବାକୁ ଚାହାନ୍ତି । ସତ୍ ସୁନ୍ଦର ନିର୍ମଳ ଦେଖିବାକୁ ଚାହାନ୍ତି । ଉଚ୍ଚ ପ୍ରକୃତି ଜାଗ୍ରତ ହେଲା କି ନା ଦେଖିବାକୁ ଚାହାନ୍ତି – ଯେପରି ଧର ସେବା, ସ୍ୱାର୍ଥତ୍ୟାଗ, ଦୟା, ଭକ୍ତି, ଭଲପାଇବା ଏସବୁ ଯାହା ଭିତରେ ନାହିଁ ସେ ଜାଗ୍ରତ ନୁହେଁ । ସେମାନଙ୍କର ସେ ସବୁ ଜାଗ୍ରତ କରି ଦେବା କୌଶଳ ତାଙ୍କୁ ଜଣା ଅଛି । କଷ୍ଟ ଦେଇ ଶୋକର ବୋଝା ଦେଇ ଯେକୌଣସି ପ୍ରକାରେ ହେଉ ଇହଲୋକ କି ପରଲୋକରେ ତା ଆଖି ଖୋଲିଯିବାର ଚେଷ୍ଟା ନିଶ୍ଚିତ ଭାବରେ ହୁଏ । ଯେଉଁଗ୍ରହ ପୃଥିବୀଠାରୁ ମଧ ଧୀର ଭାବରେ ଚଲେ, ଧୀର ଗତିରେ ଚାଲେ, ସେଠାରେ ଲୋକେ ଧୀରେ ଧୀରେ ଆସ୍ତେ ଆସ୍ତେ ଅନେକ ସମୟଧରି ସବୁ ଜିନିଷ ଶିଖନ୍ତି । ଜଡ଼ ବୁଦ୍ଧିଜୀବମାନେ ଶୀଘ୍ର ଶୀଘ୍ର ଶିଖିପାରନ୍ତି ନାହିଁ । ସେଇଟା ସେମାନଙ୍କ ପାଇଁ ଉପଯୁକ୍ତ ପାଠଶାଳା । ଏହି ଲୋକରେ ସୁଦ୍ଧା ନର୍କଭଳି ଯନ୍ତ୍ରଣାଦାୟକ ଅବସ୍ଥା ଅଛ । ଅତି ନିମ୍ନ ସ୍ତରରେ ପାପୀ ଜୀବମାନେ ସେଠାରେ ଅନୁଭବକରି ନାନା ବାଧା ବିଘ୍ନ ପାଇ ପାଇ ମନୁଷ୍ୟ ହେଉଛନ୍ତି । ଏହା ଗୋଟିଏ ମସ୍ତବଡ଼ ବିଦ୍ୟାଳୟ । ଦେଖିବାକୁ ଚାହଁ ? ଥରେ ତୁମକୁ ଘେନି ଯିବି –

ପୁଷ୍ପ ପଚାରିଲା – ତା ହେଲେ ଆଶା ଭାଉଜଙ୍କର କଣ ହେବ କରନ୍ତୁ – ମୁ ବି ଟିକିଏ ଭାବି ଦେଖୁଛି ରୁହ ।

ପରେ ସେ ଆଖିବୁଜି କିଛି ସମୟ କଣ ଭାବିଲେ । ଆଖି ଖୋଲି ସେମାନଙ୍କୁ ଦେଖି କହିଲେ – ଏବେ ବି ତିନିଜନ୍ ତା ହୃଦୟରେ ପ୍ରେମ ନାହିଁ । ସବୁ ସ୍ୱାର୍ଥ । ସେ କୌଣସି ଲୋକକୁ ସୁଦ୍ଧା ଭଲ ପାଇଲେ ତ ବୁଝନ୍ତି । ଏବେ ଯାହା ସହିତ ଅଛି ତାକୁ ବି ସେପରି କିଛି ଭଲପାଏ ନାହିଁ । ସାଂସାରିକ ସ୍ୱାର୍ଥ । ବୁଢ଼ୀମାର ସେବା ନକରି ଛାଡ଼ି ଆସିଛି । ଯତୀନର ମନରେ ଭଲ ପାଇବା କଥା ଅଛି । ତେଣୁ ସେ ସେଠାକୁ ଯାଏ; କିନ୍ତୁ ତା'ର ସ୍ତ୍ରୀର କୌଣସି ଉପକାର ଆପାତତଃ କିଛି ହେବ ନାହିଁ ।

ଯତୀନ କହିଲା – ତା ପାଇଁ ମନ ବଡ଼ ବ୍ୟାକୁଳ, ତା କଷ୍ଟ ଦେଖି –

– ତୁମେ ଯାହାକୁ ଭାବୁଛ କଷ୍ଟ କି ପାପ ସେ ତା'କୁ ଭାବୁଛି ସୁଖ, ସାଂସାରିକ

ସୁବିଧା । ସେ ଯେଉଁ ଦିନ ପାପ ବୋଲି ଭାବି ତ୍ୟାଗ କରିବ ସେଦିନରୁ ହିଁ ତାର ଉନ୍ନତି । ତୁମ ଭାବନାରେ କଣ ହେବ ?

– ମୁ କ'ଣ ତାର କିଛି ଉପକାର କରିପାରିବି ନାହିଁ ? ଆପଣ ଯଦି ପାପୀ ବୋଲି ଭାବି ଦୟା କରି ତାକୁ କିଛି ସାହାଯ୍ୟ କରି ପାରନ୍ତେ –

– ପାପ ବୋଲି ଯିଏ ନ ବୁଝିଛି ନିଜେ, ନିଜର ଅନୁତାପ ଯଦି ନ ହୋଇଛି, ପାପକୁ ଯିଏ ଆନନ୍ଦର ମାର୍ଗ ବୋଲି ଭାବୁଛି, ଯାହା ମନରେ ତ୍ୟାଗ ନାହିଁ କର୍ତ୍ତବ୍ୟ ବୁଦ୍ଧି ନାହିଁ, କୌଣସି ଉଚ୍ଚଭାବ ନାହିଁ, ଆସିବାକୁ ଚେଷ୍ଟା ବି ନାହିଁ ତାହାକୁ କେବଳ ଦୟାକରି କିଛି କରାଯାଇ ପାରିବ ନାହିଁ । ଯେଉଁମାନଙ୍କ ହାତରେ ସେ ଭାର ଅଛି, ସେମାନେ ଅସୀମ ଜ୍ଞାନର ପ୍ରଭାବରେ ଜାଣନ୍ତି ଏଇ ସବୁ ନିମ୍ନ ଶ୍ରେଣୀର ମନକୁ କିପରି ଭାବରେ ସଂଶୋଧନ କରିହୁଏ । ସେହି ପଥ ଦେଇ ସେମାନେ ଉଠିବେ । କୌଣସି ଆମ୍ଭର ପ୍ରଭାବ ତା ମନରେ ରେଖାପାତ କରିବ ନାହିଁ ।

ଯୁଷ କହିଲା – ଯଦି ପ୍ରତ୍ୟହ ଆମେ ତା ମନରେ ଭଲଭାବ ଆଣିବାକୁ ଚେଷ୍ଟା କରୁଁ ?

– ଚାଙ୍ଗର ଭୂଇଁରେ ବୀଜ ପଡ଼ିଲେ କଣ ହୁଏ ? ଯିଏ ଚାହେଁ, ସେ ପାଏ । ଯିଏ କାନ୍ଦି କହେ ଭଗବାନ ମୋତେ କ୍ଷମା କର । ମୋତେ ବାଟ ଦେଖାଇଦିଅ । ସେ ପାପ ପୁଣ୍ୟ ବୁଝିଛି । ସେତେବେଲେ ଆମେ ସାହାଯ୍ୟ କରିବାକୁ ଛୁଟି ଯାଉଁ । ଯିଏ ଯାହା ଚାହେଁ, ସେ ତାହା ପାଏ । ଯିଏ ଜ୍ଞାନ ଚାହେଁ ତାକୁ ଜ୍ଞାନର ବାଟ ଦିଆଯାଏ । ଯିଏ ଭଗବାନଙ୍କ ପ୍ରତି ଭକ୍ତି ଚାହେଁ, ତାକୁ ସାଧୁ ସନ୍ତଙ୍କ ସହିତ ମିଳିତ କରି ଦିଆହୁଏ । ମନରେ ଭକ୍ତିର ସଞ୍ଚାର କରି ଦିଆଯାଏ ।

– ଯିଏ କହେ ମୁ ଭଗବାନଙ୍କୁ ଦେଖ୍‌ବି ?

– ଭଗବାନ ତାଙ୍କୁ ଦେଖାଦିଅନ୍ତି ।

ଯତୀନ ବିସ୍ମିତ ହୋଇ କହିଲା – ସେ ଦେଖାଦିଅନ୍ତି ।

– ଅବିଶ୍ୱାସ କରିବାର କଣ ଅଛି କହ ? ସେ ଯେଉଁ ଭାବରେ ଚାହେଁ ସେହି ରୂପ ଧରି ତାକୁ ଦେଖାଦିଅନ୍ତି । ଭଗବାନଙ୍କ ଉପର ଧାରଣା କିଏ କରିପାରେ । ଇଷ୍ଟ ମୂର୍ତ୍ତିରେ ଦେଖ୍‌ବାକୁ ଚାହେଁ ଯାହାର ଯାହା ଅଭୀଷ୍ଟ ।

ଯେଉଁ ରୂପ ସେ ଭଲପାଏ, ତାଙ୍କୁ ସେ ସେହି ରୂପରେ ଦେଖାଦିଅନ୍ତି । ସେ କରୁଣାର ସାଗର, କେତେ ଅସୀମ କରୁଣା ତାଙ୍କର ତାହା ତୁମେ ଜାଣିନା । ବୁଝିବି ପାରିବ ନାହିଁ । କ୍ଷୁଦ୍ର ବୁଦ୍ଧିର ଗମ୍ୟ ହୋଇ କ୍ଷୁଦ୍ର ସମ୍ବନ୍ଧ ରକ୍ଷା, ମା ଭାଇ, ଭଉଣୀ, ସନ୍ତାନ ବନ୍ଧୁ ସାଜି ଦେଖାଦିଅନ୍ତି ।

– ଆମପ୍ରତି ଗୋଟିଏ ଆଦେଶ କରନ୍ତୁ ଦେବୀ। ଆପଣ ପାଖକୁ ଆସିଛୁଁ ବହୁତ ଆଶାକରି, ଖାଲିହାତରେ ଫେରିଯିବୁଁ?

– ମୁଁ ଯାହାକରି ପାରିବି ଏବେ ତାହା କରିବି ନାହିଁ। ଉପଯୁକ୍ତ ସମୟ ଜାଣିଲେ ପୃଥିବୀର ଯେକୌଣସି ଭ୍ରାନ୍ତ ପୁଅ ଝିଅଙ୍କୁ ସାହାଯ୍ୟ ନିମନ୍ତେ ମୁ ସମସ୍ତଙ୍କଠାରୁ ଆଗେ ଛୁଟି ଯିବି ବସ୍‌। ଆଶାଲତାର କଥା ମୋ ମନରେ ରହିଲା। କିନ୍ତୁ ଏବେ ସୁଦ୍ଧା ଅନେକ ବାକି, ଅନେକ ବିଲମ୍ବ ଅଛି ମୁଁ ଯେତେଦୂର ଜାଣେ। ତୁମେ ପୃଥିବୀକୁ ଅଧିକ ଯିବା ଆସିବା କର ନହିଁ। ପୃଥିବୀକୁ ଗଲେ ଏପରି ସବୁ କାମନା ବାସନା ଉଦୟହେବ ଯାହା ଖାଲି ତୁମକୁ କଷ୍ଟ ହିଁ ଦେବ। କାରଣ ପୃଥିବୀର ମନୁଷ୍ୟ ଭଳି ଦେହ ନଥିଲେ ସେ ସବୁ ବାସନା ପରିତୃପ୍ତ ହୋଇନଥାଏ। ସେତେବେଲେ ହୁଏତ ତୁମର ଇଚ୍ଛା ହେବ ପୁଣି ମନୁଷ୍ୟ ହୋଇ ଜନ୍ମ ନିଅନ୍ତି। ପ୍ରବଲ ଇଚ୍ଛା ହିଁ ତୁମକୁ ପୁଣି ପୁନର୍ଜନ୍ମ ଗ୍ରହଣ କରାଇବ। ଅଥଚ ଏବେ ପୁନର୍ଜନ୍ମ ଗ୍ରହଣ କରି କଣ କରିବ ? ଗତ ଜନ୍ମରେ ଯାହା କରି ଆସିଛ ପୁଣି ତାହା ହିଁ କରିବ। ସେହି ଗୋଟିଏ ଖେଲ ପୁଣି ଖେଲିବ। ତାଦ୍ୱାରା ତୁମର ଉନ୍ନତି ହେବ ନାହିଁ। ଅଥଚ ଯାହା ପାଇଁ କରିବାକୁ ଯାଉଛ ତା’ର ବି କିଛି କରିପାରିବ ନାହିଁ। କାରଣ ସେ ସବୁ ଭଲମନ୍ଦ କରିବା କର୍ତ୍ତା ତୁମେ ନୁହଁ। ଯିଏ ଯାହାର ବାଟରେ ଚାଲିଛି। ତୁମ ବାଟ ତୁମର ତା ବାଟ ତା’ର। ପର୍ବତକୁ ଟଲାଇ ପାରିବ ନାହିଁ। ବିଶ୍ୱ ଜଗତର ନିୟମ ବଡ଼ କଡ଼ା। ବାଲ ସମାନ ବି ଏପାଖ ସେପାଖ କରିବା ଭଳି ଶକ୍ତି କାହରି ହେଲେ ନାହିଁ।

– ଆପଣଙ୍କର ବି ନାହିଁ ?

କରୁଣା ଦେବୀ ହସି କହିଲେ– ତୁମେ ଏ ପର୍ଯ୍ୟନ୍ତ ପିଲା ହୋଇଅଛ। ମୁଁ ତ ମୁଁ ପୃଥିବୀର ଗ୍ରହଦେବ ବି ସ୍ୱୟଂ ପାରିବେ ନାହିଁ। ସେତ ଆସାଧାରଣ ଶକ୍ତିଧର ଦେବତା। ଭଗବାନଙ୍କ ଐଶ୍ୱର୍ଯ୍ୟର ଚିତ୍ର ତାଙ୍କ ଭିତରେ। ତେବେ ଆମେ ଯେଉଁଠାକୁ ଯାଉଁ ସମୟ ହୋଇଛି ଜାଣିଯାଉଁ। ଯେଉଁଠାରେ ସାହାଯ୍ୟ କଲେ ସତ୍ୟ, ବାସ୍ତବ ଉପକାର ହେବ ଆମ୍ଭାର, ଏହା ମୁଁ ମନେମନେ ଜାଣି ପାରେ। ସେ କ୍ଷମତା ଆମମାନଙ୍କର ଅଛି। ସେ ସ୍ଥାନକୁ କେବଲ ଯାଉଁ। ଏଇଯେ କହିଲି ପାପକୁ ଚିହ୍ନିପାରି ଯିଏ ସେ ବାଟରୁ ଫେରିବାକୁ ଚାହେଁ। ଭଗବାନଙ୍କୁ ପ୍ରାଣପଣେ ଡାକେ, କହେ, ମୁଁ ଭୁଲ ଜାଣି ପାରୁଛି ମୋତେ କ୍ଷମା କର। ଦୟାକରି ବାଟ ଦେଖାଇ ଦିଅ। ଭଗବାନ ସେଠାରେ ଶୀଘ୍ର ପହଞ୍ଚ ଯାଆନ୍ତି – ତାଙ୍କର କେତେ ଅଧିକ କରୁଣା, କେତେ, ପ୍ରେମ କେତେ ଆକର୍ଷଣ ଜୀବ ପ୍ରତି ! ! ଏକଥା କେତେ ଜଣ ଅବା ବୁଝନ୍ତି ? ପୃଥିବୀର ସମସ୍ତେ ଟଙ୍କା ନେଇ ଯଶ ନେଇ ମାନ ନେଇ ଉନ୍ମତ୍ତ –

ଯତୀନ ଆଉ ପୁଷ୍ପ ତାଙ୍କୁ ପ୍ରଣାମ କରି ଚାଲି ଆସିବାକୁ ଉଦ୍ୟତ ହେବାରୁ ସେ ତାଙ୍କ ଆଡ଼କୁ ଚାହିଁ ପ୍ରସନ୍ନ ମୁଦ୍ରାରେ ଟିକିଝିଅ ପରି କୋମଳ ସ୍ୱରରେ କହିଲେ – ମୋର ଏ ସ୍ଥାନଟି ତୁମକୁ କିପରି ଲାଗିଲା ?

ଉଭୟେ କହିଲେ – ବଡ଼ ଚମତ୍କାର ସ୍ଥାନଟି ସତେ ! ଏପରି ସ୍ଥାନ ସେମାନେ କେବେ ଦେଖି ନାହାନ୍ତି।

ଦେବୀ ଟିକି ଝିଅପରି ଖୁସି ହେଲେ ସେମାନଙ୍କ କଥା ଶୁଣି। କହିଲେ – ମଝିରେ ମଝିରେ ଏହି ସ୍ଥାନରେ ବିଶ୍ରାମ କରୋ। ତୁମେ ମଝିରେ ମଝିରେ ଆସିବ ଏକାକୀ ହିଁ ଥାଏଁ।

ଯତୀନ ବିନୀତ ହୋଇ କହିଲା – ଗ୍ରହଦେବ ଶ୍ରବଣଙ୍କୁ ଥରେ ଦେଖାଇବେ କରୁଣା ଦେବୀ ହସି କହିଲେ – ତୁମର ଦେଖୁଛି ବଡ଼ବଡ଼ ଆଶା ରହିଛି। ଯତୀନ ମୁଗ୍ଧ ହୋଇ ଯାଇଥିଲା। ଫେରିବା ବାଟରେ ସେ ପୁଷ୍ପକୁ କହିଲା ଏପରି ହୋଇ ନଥିଲେ ସେ କି ଦେବୀ ! କେତେ ସରଳତା। ତାଙ୍କ ଜାଗାଟି ବିଷୟରେ ଆମମାନଙ୍କ ସାର୍ଟିଫିକେଟ୍ ପାଇ ଖୁସି ହୋଇଗଲେ।

ଉଚ୍ଚ ସ୍ୱର୍ଗକୁ ଆଜି ନେଇଗଲେ ପୁଷ୍ପକୁ ପ୍ରେମ – ଦେବୀ। ବହୁ ବିଚିତ୍ର ବର୍ଷର ମେଘ ଭିତରେ ଦେଇ ସେ ଅପୂର୍ବ ଯାତ୍ରା। ଅନନ୍ତର ଜ୍ୟୋତି ବାତାୟନ ଖୋଲିୟାଇଛି ଯେପରି। ସମଗ୍ର ବିଶ୍ୱରେ ବିଛାଡ଼ି ହୋଇପଡ଼ିଛି ସେ ଆଲୋକ।

ଦେବୀ କହିଲେ – ସମସ୍ତ ପୃଥିବୀରେ ପ୍ରେମ ନିମନ୍ତେ ଏତେ ଦୁଃଖ ଯାଏ ମଣିଷ। ଇଚ୍ଛାହୁଏ ସବୁ ମିଳନ କରିଦିଅନ୍ତି।

– କାହିଁକି ସେପରି କରୁ ନାହାନ୍ତି ଯେ ଦେବୀ ?

ମିଳିତ କରି ଦିଏଁ ତ। ସେ କାମଟି ମୋର। ମୋର ଯାହା କ୍ଷମତା ତାହା କରେ। ତେବେ ଆମ କ୍ଷମତାର ବି ସୀମା ଅଛି। ଦେଖୁଛ ତ ସୁଧାର କିଛିକରି ପାରୁନାହିଁ। ସୁଧା ଭଲି ଲକ୍ଷଲକ୍ଷ ନରନାରୀ ପୃଥିବୀରେ। ତେବେ ଆମେ ବଡ଼ ବ୍ୟସ୍ତ ହୋଇଯାଇ ନଥାଉଁ ତୁମମାନଙ୍କ ପରି। ସମୟ ଅନନ୍ତ, ସୁଯୋଗ ଅନନ୍ତ – ତୁମେମାନେ ଭାବ ଅମୁକ ଦିନ ମିରିଯିବି। ତେବେ ପୁଣି ଏ କାମ କରିବି। ଅମେମାନେ ଜଗତ୍କୁ ଭିନ୍ନ ଦୃଷ୍ଟିରେ ଅନାଉଁ।

ପୁଷ୍ପ ହସି କହିଲା – ଅନେକ ଦିନ ହେଲା ମରିତ ସାରିଛି। ତେବେ କାହିଁକି ପୁଣି ଏହି ଅନୁଯୋଗ ଦେବୀ।

ପ୍ରଣୟ ଦେବୀ ହଠାତ୍ ସ୍ଥିର ହୋଇ ଠିଆ ହୋଇଗଲେ ଆଉ କହିଲେ – ଆହା, ଆଜି ଏକାଦଶୀ – ସୁଧା ଶୋଇ ରହିଛି କବାଟ ଝରକା ବନ୍ଦକରି – ଏଠାକୁ ଆସି ଦେଖ।

ଗୋଟିଏ ଆଲୋକିତ ରାସ୍ତା ଯେପରି ତିଆରି ହୋଇଯାଇଛି ଏହି ଅସୀମ ବ୍ୟୋମ ମଧ୍ୟରେ ତା ହୃଦୟ ବିଦାରି। ପୃଥ୍ୱୀର ଗୋଟାଏ କ୍ଷୁଦ୍ର ଗ୍ରାମର କ୍ଷୁଦ୍ର ଭଙ୍ଗା କୋଠାର ଭଙ୍ଗା ଘରକୁ ତାର ଲୁଣ ଧରା, ଚୁନ ବାଲି ଖସି ପଡ଼ିଥିବା କାନ୍ଥର ବ୍ୟବଧାନ ଘୁଞ୍ଚାଇ ମିଳିତ କରିଛି ଅନନ୍ତ ତାରାଲୋକ ଖଚିତ ମହାକାଶ ସହିତ ଦେବଯାନ ରାସ୍ତାରେ।

ପୁଷ୍ପର ଦେହସାରା ଆନନ୍ଦ ଓ ସତ୍ୟର ଅନୁଭୂତିରେ ଶିହରି ଉଠିଲା – ଯେଉଁଠି ପ୍ରେମ, ଯେଉଁଠାରେ ସତ୍ୟ, ଯେଉଁଠାରେ ଗଭୀର ରସାନୁଭୂତି କିମ୍ୱା ଦୁଃଖ ବୋଧ ସେଠାରେ ସ୍ୱର୍ଗ ସହିତ ମର୍ତ୍ୟର ଯୋଗ ପ୍ରତିମୂର୍ତ୍ତିରେ ନିବିଡ଼ ହୋଇଥାଏ ଅଥଚ ସେ ଅଦୃଶ୍ୟ ଯୋଗାଯୋଗର ବାର୍ତ୍ତା ପୃଥ୍ୱୀର ମଣିଷ ଜାଣିପାରେ ନାହିଁ। କରେ ନାହିଁ।

କୋକିଲ ବୈଶାଖର ଅପରାହ୍ନରେ ରାବେ ସୁଶୀତଳ ଛାୟାଚ୍ଛନ୍ନ ସ୍ଥାନରେ, ନଦୀ ତଟରେ। ସେ ସ୍ୱନର ଭିତରୁ ପୃଥ୍ୱୀର ବଣଲତା ଯୁକ୍ତହୁଏ ସୁର ଲୋକର ଆନନ୍ଦ ବୀଣା ଝଙ୍କାର ସହିତ। କିଏ ଅବା ଜାଣେ ସେକଥା।

– ଆଉ ଗୋଟାଏ ଦେଖିବ ? ଏ ଆଡ଼େ ଚାହାଁ –

ପୁଷ୍ପ କିନ୍ତୁ ସେ ଦେଶ ଚିହ୍ନିପାରିଲା ନାହିଁ। ଖୁବ୍ ଗୌରବ ବର୍ଷ ଝିଅଟି ବୟସ ନିତାନ୍ତ କମ୍ ନୁହେଁ। ଦେଖିବାକ୍ଷଣି ମନେହୁଏ ଆଧ୍ୟାତ୍ମିକ ଉନ୍ନତ ଅବସ୍ଥାର ଝିଅ। ଗୋଟିଏ ପୁରୁଣା ସୋଫାରେ ବସି କଣ ପରିଷ୍କାର କରୁଛି। ପୁଷ୍ପ ଜିନିଷଟି କେବେ ଦେଖି ନାହିଁ। ବୁଝି ପାରିଲା ନାହିଁ।

ଦେବୀ କହିଲେ – ତାର ସ୍ୱାମୀ ଥିଲା ଶିକାରୀ, କାର୍ପେଥୁଅନ୍ ପର୍ବତକୁ ଶିକାର କରିବାକୁ ଯାଇ ବନ୍ୟ-ଶୂକର ହାତରେ ମୃତ୍ୟୁ ହେଲା। ଆଜିକୁ ସତର ଅଠର ବର୍ଷ ପୂର୍ବର ଘଟଣା। ସ୍ୱାମୀଙ୍କ ତମାଖୁ ଖାଇବା ନଳଟି ଯନ୍ତ୍ରର ସହିତ ପ୍ରତ୍ୟହ ପରିଷ୍କାର କରେ। ଫୁଲରେ ସଜାଏ। ସୁନ୍ଦରୀ ଥିଲା। ବିଧବା ବିବାହ କରିବାକୁ କେତେ ଲୋକ ଆଗେଇ ଆସିଥିଲେ କାହାରି ଆଡ଼କୁ ଫେରିଚାହିଁନି। କେଡ଼େ ଦୁଃଖ କଷ୍ଟ ପାଇ ଆସିଛି। ଖାଇବାକୁ ପାଏ ନାହିଁ। ତେବେ ସୁଦ୍ଧା ସ୍ୱାମୀଧ୍ୟାନ, ସ୍ୱାମୀ ଜ୍ଞାନ। ପୁଷ୍ପ କଣଭାବି କହିଲା – ବିବାହିତ ସ୍ୱାମୀ ଯଦି ନହୁଏ, ତେବେ କଣ ଆପଣମାନଙ୍କ ଦୃଷ୍ଟି ସେ ଦିଗରେ ପଡ଼ିନଥାଏ ?

ପ୍ରଣୟ ଦେବୀ – ହସି କହିଲେ – ପୁଷ୍ପ !!

ପୁଷ୍ପ ସଲଜ୍ଜ ହୋଇ ମୁହାଁ ତଳକୁ କଲା।

ଆମକୁ ଅବିଶ୍ୱାସ କରିବ ନାହିଁ ପୁଷ୍ପ – ଛି – ମୁ ତୁମକୁ

କେତେଦିନରୁ ଦେଖୁଛି ଜାଣ। ଯେତେ ଦିନଠାରୁ ପୃଥ୍ୱୀରୁ ଏଠାକୁ ଆସିଲା।

ଯତୀନ ସହିତ ତୁମକୁ ମୁ ହିଁ ମିଳାଇ ଦେଇଛି । ଅନ୍ୟଥା ତୁମେ ତାର ଦେଖା ପାଇନଥାନ୍ତ । ପ୍ରେମର ଆକର୍ଷଣ ନଥିଲେ ପୃଥିବୀ ଛାଡ଼ି ଆସି ସମସ୍ତଙ୍କ ସହିତ ଦେଖା ନହୋଇବିପାରେ ।

— ଏପରି ହୁଏ ?

— କାହିଁକି ନ ହେବ ? ତାହା ତ ଅଧିକ ସଂଖ୍ୟାରେ ହୁଏ । ଗୋଟିଏ ଝିଅକୁ ଜାଣେ ସେ ପୃଥିବୀରୁ ଆସିଲାଣି ଆଜିକୁ ତିନିଶହ ବର୍ଷ ହେଲା । ତା'ର ସ୍ୱାମୀ ଆସିଛି ତା ଆସିବାର ପଚିଶ ବର୍ଷପରେ । କିନ୍ତୁ ସେମାନଙ୍କ ପରସ୍ପର ଦେଖା ହୋଇନି ଆଜି ପର୍ଯ୍ୟନ୍ତ । ଏହି ତିନି ଶହ ବର୍ଷ କାରଣ ପ୍ରେମ ନାହିଁ । ପ୍ରେମ ନଥିଲେ ଆମେ ମିଳାଇ ଦେଇ ନଥାଉଁ । ତା ଦ୍ୱାରା ପରସ୍ପର ଆମ୍ଭାର କ୍ଷତି ଛଡ଼ା ଲାଭ ହେବ ନାହିଁ କିଛି ।

ପୁଷ୍ପ ବିସ୍ମିତ ହୋଇ କହିଲା – ଉଃ, ତିନି ଶହ ବର୍ଷ ହେଲା ସ୍ୱାମୀ–ସ୍ତ୍ରୀଙ୍କ ଦେଖା ହେଇନି ?

ଦେବୀ କହିଲେ – ମାନେ, ଆଉ ହେବ ବି ନାହିଁ । ସେମାନେ ପରସ୍ପରର କେହିନୁହନ୍ତି । ଏଠାରେ ଆଶ୍ଚର୍ଯ୍ୟ ହେବାର କିଛି ନାହିଁ । ବାସ୍ତବିକ ପ୍ରେମ ଦୁଇଟି ଆମ୍ଭାକୁ ପରସ୍ପର ସଂଯୁକ୍ତ କରେ । ଯେଉଁ ପ୍ରେମ ଯେତେ ବାସନା କାମନା ଶୂନ୍ୟ ସେ ପ୍ରେମ ସେତେ ଉଚ୍ଚକୋଟୀର । ଏହି ଧରଣର ପ୍ରେମ ପାଇଁ ଆମମାନଙ୍କର କେତେ ପରିଶ୍ରମ ।

ପୁଷ୍ପ ଫେରିଆସି ଦେଖିଲା ଯତୀନ ନାହିଁ । ପୁଣି ଚାଲି ଯାଇଛି ପୃଥିବୀକୁ ଆଶା ପାଖକୁ । ପୁଷ୍ପ ମନରେ କେମିତି ଗୋଟାଏ ବ୍ୟଥା ହେଲା । ଏତେ କରିବି ଯତୀନଦା ଆପଣାର ହେଲେ ନାହିଁ । ପରମୁହୂର୍ତ୍ତରେ ସେ ନିଜ ଦୁର୍ବଲତାକୁ ଛାଡ଼ି ଫିଙ୍ଗି ଦେଲା । ପୃଥିବୀର ସଂପର୍କକୁ ଦେଖିଲେ ଆଶା ଭାଉଜର ଅଧିକାର ତା ଅପେକ୍ଷା ଅନେକ ବଡ଼ ଅନେକ ନ୍ୟାୟ୍ୟ !! ସେମାନଙ୍କ ପାଖକୁ ଯାଇ ରହିବାକୁ ହେବ ତାକୁ ।

ଯତୀନ କଲିକତାର ସେହି ଛୋଟ ବସାଘରେ ପୁଣି ଆସି ଠିଆ ହୋଇଛି । ନେତ୍ୟ ବସାରେ ଅଛି । କିନ୍ତୁ ଶୋଇଛି । ଆଶା ପୂର୍ବ ଦିନର ରନ୍ଧାବଢ଼ା ପାଇଁ କଦଳୀଫୁଲ କାଟୁଛି ବସିବସି । ଯତୀନର ମନେହେଲା ଏଭଳି ଦିନେ ସେ କୁତୁଲ ବିନୋଦପୁର ଘରଟି ବାରଣ୍ଡାରେ ବସି ଆଶାକୁ କଦଳୀ ଫୁଲ କାଟିବା ଦେଖିଥିଲା । ଯତୀନର ମା ସେତେବେଲେ ଜୀବିତ ଥିଲେ । ତା ପାଖରେ ସେ ବି ବସିଥିଲେ ସେଦିନ । ଯତୀନ କେଉଁଠାରୁ ଆସି ପହଞ୍ଚିଯାଇ ଏ ଦୃଶ୍ୟ ଦେଖି ବହୁତ ଆନନ୍ଦ ଲାଭ କରିଥିଲା । ପଲ୍ଲୀ ସଂସାରର ସେହି ଶାନ୍ତ ପରିଚିତ ପରିବେଶ । ଏବେ ବି ତାହା ହିଁ ଅବିକଳ ସେହି ଛବି କିନ୍ତୁ କିଭଳି ଅବସ୍ଥା ଏବେ !! କାହିଁ ମା !! କାହିଁ କୁତୁଲ ବିନୋଦପୁରର ଯତ୍ନେ

ଚାଲିଥିବା ଘରସଂସାର। ସେ ଏବେ କେଉଁଠି !! କେଉଁଠି ଯେପରି ଲୁଚିଥିଲା ଆପାତ ପ୍ରତୀୟମାନ ବାସ୍ତବତାର ପଞ୍ଚପଟେ। ସଂସାରର ଅସଲ ରୂପକୁ ଚିହ୍ନିବାକୁ ଦେଇ ନଥାଏ। ପିଲାବେଳେ ମାତ୍ରାବେର ସେଇଗୀତ ମନେ ପଡ଼ିଲା –

କିଏ ବା କାହାର ପର କିଏ କାର ଆପଣାର

କାଳଶଯ୍ୟା ଉପରେ ମୋହତନ୍ଦ୍ରା ଘୁରେ

ଦେଖୁଁ ପରସ୍ପର ଅସାର ଆଶାର ସ୍ୱପନ।

ସବୁ ମିଛ। ସେହି ସନ୍ୟାସୀଙ୍କ ଦେଖାଇଥିବା ନିର୍ବିକଳ୍ପ ସମାଧିର ଅବସ୍ଥା ମନେ ପଡ଼ିଲା। କେହି କାହାରି ନୁହନ୍ତି। ସବୁ ସ୍ୱପ୍ନ, ସବୁ ମାୟା, ସବୁ କିଛି ଅନିତ୍ୟ। ପୁଷ୍ପ ଆସି ପାଖରେ ଠିଆ ହେଲାରୁ ଯତୀନର ମୋହ ଭାଙ୍ଗିଲା। ଏ ତ ଆସିଛି, ଏହାକୁ ମିଥ୍ୟା ବୋଲି ମନେ ହୁଏ ନାହିଁ ତ? ନୈହାଟିର ଘାଟେ ବସି ପାହାଚ ଶେଷେ! ଏଇ ପୁଷ୍ପ କଣ ଅଖଣ୍ଡ ସତ୍ୟରୂପରେ ବିରାଜିତା। ଚିରଦିନ ସେହି ଖଣ୍ଡିତ ସତ୍ୟର ଖଣ୍ଡିତ ସତ୍ତା ଜୀବନର ଆଗତ ପ୍ରତୀୟମାନ ସ୍ଥାୟିତ୍ୱ ଭିତରେ?

ଆଶା କଦଳୀ ଫୁଲ କାଟିବାରୁ ଉଠି ନେତ୍ୟକୁ ଡାକିବାକୁ ଲାଗିଲା ହଇମୋ ଉଠ ଭାତ ବାଢ଼ୁଛି।

ନେତ୍ୟ ବିଳିବିଳାଇ କଣ କହିଲା। ତାପରେ ଆଖି ପୋଛି ପୋଛି ଉଠି ବସିଲା ବିଛଣାରେ। କହିଲା–କଣ? ଏତେବେଳ ଯାଏ ବସି ବସି କଦଳୀଫୁଲ କାଟିଲ? କେତେ ରାତି ହେଲାଣି?

– ମୁଁ କିପରି ଜାଣିବି

– ଦେଖ ଆସ ଚୌଧୁରୀ ମହାଶୟଙ୍କ ଘରୁ।

– ହଁ, ଏବେ ବୁଢ଼ା ଖଟି ଖଟି ଆସି ଶୋଇଛି, ମୁଁ ଯାଇ ଉଠାଇବି –

– ଶମ୍ଭୁ ଚକଢି ଆଜି ଆସିଥିଲା?

– ମୁଁ ଜାଣେ ନାହିଁ ଏଣୁ ତେଣୁ କଥା, ଏବେ ଉଠି ଦୟାକରି ଖାଇଦେଇ ମୋତେ ଟିକିଏ ଅବସର ଦିଅ।

ଏ କଥା ଶୁଣି ନେତ୍ୟ ପୁଣି ବିଛଣାରେ ଶୋଇଯାଇ ଗୋଟିଏ ଅଶ୍ଳୀଳ କଥା ଉଚ୍ଚାରଣ କରି ଆଖି ବୁଜିଲା।

ପୁଷ୍ପ କହିଲା – ଯତୀନଦା ତୁମେ ଚାଲିଆସ ଏଠାରେ ରହନି।

– ପୁଷ୍ପ ତୁମେ ଚାଲିଯାଅ, ମୁ ଆଉ ଟିକିଏ ରହୁଛି।

ଯତୀନର ମୁହଁ ଆଉ ଆଖିର ଭାବ କିପରି ବଦଲି ଯାଇଛି। ସେ ମୋହଗ୍ରସ୍ତ ହୋଇ ପଡ଼ିଛି ପୃଥିବୀର ସ୍ଥୁଲ ବାତାବରଣରେ। ଏସବୁ ସ୍ଥାନରେ ଅଧିକ ସମୟ ରହିବା

ତା ପକ୍ଷରେ ଭଲ ନୁହେଁ। ଚୁମ୍ବକ ଭଳି ପୃଥିବୀର ଯେତେ କାମନାବାସନା ଆମ୍ଭିକ ଜୀବକୁ ଉଠିବାକୁ ଦିଏ ନାହିଁ। ଟାଣି ଆଣି ବାନ୍ଧି ରଖିବାକୁ ଚେଷ୍ଟା କରେ। ଅବଶ୍ୟ ଯିଏ ବାସନା କାମନା ବିସର୍ଜନ ଦେଇଛି ସେ ସ୍ୱାଧୀନ, ମୁକ୍ତ। ଶତ ପୃଥିବୀ ସୁଦ୍ଧା ତାହାକୁ ବାନ୍ଧିପାରେ ନାହିଁ। କିନ୍ତୁ ଯତୀନ ଭଳି ଆମ୍ଭା ପକ୍ଷରେ ଏପରି ବାରମ୍ବାର ଯିବା ଆସିବା ବଡ଼ ବିପଦଜନକ।

ପୁଷ୍ପ କିଛି କହିବା ପୂର୍ବରୁ ଯତୀନ ପୁଣି କହିଲା ମୋର ବହୁତ ଇଚ୍ଛା ହେଉଛି, କରୁଣା ଦେବୀଙ୍କୁ ଆଉଥରେ ଆଶା ବିଷୟରେ କହନ୍ତି। ତୁମେ ମତ କ'ଣ ?

– ଯତୀନଦା କିଛି ଲାଭ ହେବ ନାହିଁ। ଆଶା ଭାଉଜଙ୍କ କର୍ମ ତାଙ୍କୁ ଘୁରିବୁଲାଉଛି। କେହି କିଛି କରିପାରିବେ ନାହିଁ। ତୁମେ, ମୁ କଣ କମ୍ ଚେଷ୍ଟା କଲେଣି ? ତାଙ୍କ ମନ ତାଙ୍କୁ ନୀଚ ଗତି ଆଡ଼କୁ ଟାଣୁଛି। ଅଧଃପତନ ଆଡ଼କୁ ଟାଣୁଛି। ବାଧା ଦେବାକୁ କାହାରି କ୍ଷମତା ନାହିଁ। କେବଳ ଭଗବାନ ଯଦି ତାଙ୍କୁ ସାହାଯ୍ୟ କରିବେ, ଦୟା କରିବେ –

ଏକଥାରେ ଯତୀନର ମନ ମାନିଲା ନାହିଁ। ସେ କହିଲା – ଭଗବାନ ସାହାଯ୍ୟ କରିଥିଲେ ଏଇ ଅବସ୍ଥାରେ ଆଜି ସେ ପଡ଼ିଥାଆନ୍ତା ? ସେ ଆଖିବୁଜି ଦେଇଛନ୍ତି।

ପୁଷ୍ପ କହିଲା। – ତୁମେ ଭୁଲି ଯାଉଛ ଯତୀନଦା, ଭଗବାନ ତାହାକୁ ସାହାଯ୍ୟ କରନ୍ତି ଯିଏ ନିଷ୍କପଟ ଭାବରେ ସତ୍ ହେବାକୁ ଚେଷ୍ଟା କରେ ଓ ତାଙ୍କଠାରେ ଶରଣ ନେଇ ତାଙ୍କ ସାହାଯ୍ୟ ଭିକ୍ଷାକରେ। ନିଜେ ଯଚାଇ ହୋଇ ଆସି ସାହାଯ୍ୟ କରିବାକୁ ଗଲେ ତାଦ୍ୱାରା କିଛି ଫଳ ହେବ ନାହିଁ ବୋଲି ତାଙ୍କ ପାଖରୁ ସାହାଯ୍ୟ ଆସିନଥାଏ।

– କାହିଁକି ?

– ଯିଏ ଭଗବାନଙ୍କୁ ଚିହ୍ନେ ନାହିଁ, ତାଙ୍କୁ ସ୍ୱୀକାର କରେ ନାହିଁ ତାର ଚେତନା ଢାଙ୍କି ହୋଇ ରହିଛି। ତା ଅପେକ୍ଷା ଯିଏ ଭଲ ତାକୁ କୁହାଯାଏ ସଂକୁଚିତ ଚେତନାର ଜୀବ। ଏହି ଉଭୟ ଧରଣର ଲୋକଙ୍କୁ ଭଗବତ୍ କଥା ଶୁଣାଇଲେ ଓଲଟା ଫଳହୁଏ। ଆଶା ଭାଉଜଙ୍କ ଆଚ୍ଛାଦିତ ଚେତନ ତେବେ ଆଲୁଅ ଜଳାଇଲେ କଣ ହେବ। ଢାଙ୍କୁଣି ଭିତରକୁ ଆଲୋକ ପଶିପାରିବ ନାହିଁ ଏମାନଙ୍କ ଉପରେ ମୁକୁଳିତ ଚେତନ। ସବୁଠାରୁ ଉପରେ ପୂର୍ଣ୍ଣ ବିକଶିତ ଚେତନା ଯେପରି – ବଡ଼ ବଡ଼, ଭକ୍ତ, ସାଧକମାନେ। କେତେ ନିମ୍ନରେ ଆଶା ଭାଉଜ ଆଉ ନେତ୍ୟର ଦଳ ପଡ଼ି ରହିଛନ୍ତି ଭାବିଲ !

ଯତୀନ କୌତୁହଳୀ ହୋଇ କହିଲା – ଆରେ ବାପରେ ତୁମ ଭିତରେ ଏତେ କଥା। ନବଦ୍ୱୀପର ଭଟ୍ଟାଚାର୍ଯ୍ୟମାନଙ୍କ ଭଳିକଥା ଆରମ୍ଭକଲତ ! ତୁମର କିଭଳି ଚେତନ

ପୁଷ୍ପ ? ବିକଚିତ ନା ପୂର୍ଣ୍ଣ ବିକଚିତ ? ଆଉ ମୁଁ ବି ବୋଧହୁଏ ଆଚ୍ଛାଦିତ ଚେତନ –
ନା କଣ କହୁଛ ?

ପୁଷ୍ପ ଖିଲିଖିଲି ହସି କହିଲା – ଅଲବତ୍‌। ନହେଲେ ତୁମେ କଣ ଭାବୁଛ
ତୁମେ ଖୁବ୍‌ ଉନ୍ନତି କରିଛ ?

– ନା, ନା ତୁମଠାରୁ ତାହା ଜାଣିବାକୁ ଚାହୁଁଛି।

– ମୋଠାରୁ ଜାଣିଲେ ଯାଇକି ? ନିଜେ ବୁଝିପାରୁନ ? କେବେ ଭଗବାନଙ୍କୁ
ଡାକିଛ ? ତାଙ୍କ ଆଡ଼କୁ ଜୀବନରେ ମନ ଢଳିଛି ତୁମର ? ତାଙ୍କୁ ବୁଝାଇବା ତ ଦୂରର
କଥା। ମୋ କଥା ଛାଡ଼ି ଦିଅ ଯତୀନଦା। ମୁଁ ତୁଚ୍ଛା ଦପି ତୁଚ୍ଛ। କିନ୍ତୁ ବଡ଼ ବଡ଼ ବିଦ୍ୱାନ,
ଜ୍ଞାନୀ ଗୁଣୀ ଜନଙ୍କ ଭିତରେ ବି ଅନେକ ମୁକୁଳିତ ଚେତନର ନୁହନ୍ତି। ପୂର୍ଣ୍ଣ ବିକଶିତ ତ
ଛାଡ଼। ବିକଚିତ ଚେତନ ଅବା କେତେ କଣ ? ପୃଥିବୀରେ ଅଥବା ଏଇଲୋକରେ
କୌଣସି ବାଟଘାଟରେ ସେ ଜିନିଷଟା ମିଳେ ନାହିଁ। ତେବେ ନିତାନ୍ତ ନାହିଁ ତାହା
ନୁହେଁ; ଅଛନ୍ତି।

– ଦିନେ ସେଭଳି ଜଣକ ପାଖକୁ ମୋତେ ନେଇଯିବ ?

– ମୋର କି ସାମର୍ଥ୍ୟ ଅଛି ଯତୀନଦା ? ସେମାନଙ୍କ ଦେଖା ମିଳିବା ବଡ଼ କଠିନ।
ସହଜରେ ସେମାନେ ଦେଖାଦେବାକୁ ଚାହିଁ ନଥାନ୍ତି। ମୁଁ ଜଣେ ବ୍ୟକ୍ତିଙ୍କୁ ଜାଣେ; କିନ୍ତୁ
ଯିବସେଠାକୁ ? ଚାଲ ଟିକିଏ ମାତ୍ର ସମୟ ମୁ ତୁମକୁ ଦେଖାଇ ଦେବି। ଖାଲି ଦେଖି ଫେରି
ଆସିବ। କିଛି କଥାବାର୍ତ୍ତା କରିବ ନାହିଁ। ଆଶା ଭାଉଜଙ୍କୁ ଛାଡ଼ି ତୁମେ ଚାଲିଲଟି କି !

ପୃଥିବୀର ଅବହାଓ୍ୱା ତୁମ ପକ୍ଷରେ କେତେ ଖରାପ ତୁମେ ତାହା ବୁଝି ପାରିବ
ନାହିଁ।

ଯତୀନ ହସି କହିଲା– କଣ ମେଲେରିଆ ହେବ ?

– ଆମ୍ଭାକୁ କଣ ମେଲେରିଆ ହୁଏ ? ଦେହରୁ ମୁକ୍ତି ମିଳିଛି ବୋଲି କେତେ
ଅହଂକାର କରୁଛ ? ମନ–ଆମ୍ଭାରେ ଏପରି ମେଲେରିଆ ଧରିବଯେ କାନ୍ଦି କାନ୍ଦି ଥକିଯିବ
ଯତୀନଦା। ସେତେବେଳେ ଡାକ୍ତରଙ୍କୁ ଦେଖାଇବାକୁ ହେଲେ ଏଇଛାର ପୁଷ୍ପ
ହତଭାଗିନୀକୁ ହିଁ ଖୋଜା ପଡ଼ିବ।

ଦେଖୁଁ ଦେଖୁଁ ପୃଥିବୀ ତଳକୁ ଚାଲିମିଳାଇଗଲା ସେତେବେଳେ। ଧଳା ଧଳା
ମେଘ, ଅନଲ ଆକାଶ, ସୂର୍ଯ୍ୟାଲୋକ। ଆହୁରି ସାଦା ମଣିଷର ସ୍ଥୁଲ ଆଖି ହେଲେ
ଆଖି ଝଲସି ଯାଆନ୍ତା। ଯତୀନ ଭାବିଲା ଏଇତ ରାତି ଥିବା ଦେଖି ଆସିଲି କଲିକତା
ସହରରେ। ଏଠାରେ ଯେ ଆଖି ଝଲସା ସୂର୍ଯ୍ୟଙ୍କ ଆଲୋକ ! ଜଗତରେ ସବୁ କୁହୁକ।
କିନ୍ତୁ ପୃଥିବୀରେ ବସି ବୁଝିପାରିବା ସାଧ୍ୟ ନାହିଁ।

ଭୁବନଲୋକର ବିଶାଳ ଆଲୋକ ସରଣୀ ଏ ଦିଗରୁ ଦିଗନ୍ତ ସର୍ପିଲ ଗତିକରି ରହିଛି ତାଙ୍କ ସମ୍ମୁଖରେ। ବହୁଲୋକ ଯିବା ଆସିବା କରୁଛନ୍ତି। କିଏ ଧୂସର ବର୍ଣ୍ଣର, କିଏ ଲାଲ୍ ମାଟିଆ ସିନ୍ଦୂର ରଙ୍ଗର କ୍ବଚିତ ଜଣେ ଅଧେ ନୀଳ ରଙ୍ଗ ଧାରୀ। ପୁଷ୍ପକୁ ଯତୀନ କହିଲା – ଦେଖ ଅଧିକାଂଶ ଆତ୍ମା ଧୂସର ରଙ୍ଗର ତ ଲାଲ ରଙ୍ଗର। ନୀଲରଙ୍ଗ ଆତ୍ମା ବାଟ ଘାଟରେ କେତେ ଅଳ୍ପ।

ପୁଷ୍ପ ହସି ହସି କହିଲା – ତୁମେ ବି ତାଙ୍କ ଦଳର। ତୁମେ ଭାବ ନାହିଁ ଯେ ତୁମ ବର୍ଷ ନୀଲ! ନୀଳ ଆତ୍ମା ଅନେକ ଉଚ୍ଚନୀତ ସେମାନେ। ସେମାନଙ୍କୁ ବାଟ ଘାଟରେ କିପରି ଦେଖିପାରିବ? ତୁମେ ଯାହା ଏବେ ଦେଖୁଛ, ସେମାନେ ସେତେ ବେଶୀ ଉଚ୍ଚ ସ୍ତରର ନୁହନ୍ତି। ପଞ୍ଚମ ସ୍ବର୍ଗ ଲୋକଙ୍କ ଦେହ ଉଜ୍ଜ୍ବଳ–ନୀଲ, ଦାମିକା ନୀଲ ରଙ୍ଗର ହୀରକଖଣ୍ଡ ଭଳି, ସେଭଳି ଆତ୍ମାକୁ ବେଶୀ କିଛି ଦେଖିପାରିବ ନାହିଁ।

– ତା ଉପରେ?

– ଉଜ୍ଜ୍ବଳ ଧଳା। ଷଷ୍ଠ, ସପ୍ତମ ସ୍ବର୍ଗ ଆତ୍ମାମାନେ ଦେବ ଦେବୀ ସେମାନଙ୍କ ଆଡ଼କୁ ଚାହିଁ ଦେଖିଲେ ଆଖି ଝଲସିଯାଏ।

– ତୁମ ଭଳି?

ହଠାତ୍ ଯତୀନ ଲକ୍ଷ୍ୟକଲା। ସେ ଏପରି ଏକ ସ୍ଥାନକୁ ଆସି ପହଞ୍ଚିଛି ସେଠାକାର ବାୟୁମଣ୍ଡଳରେ ଗୋଟିଏ ପ୍ରକାର ଅଭୁତ ନିସ୍ତବ୍ଧତା ଓ ପବିତ୍ରତା ଆମ୍ରର ଚିର ଯୌବନାବସ୍ଥା ନିର୍ଦ୍ଦେଶ କରୁଛି ଯେପରି। କିଭଳି ସୁଗନ୍ଧ ସବୁଆଡ଼େ, ସେଇ ଗନ୍ଧଭରା ବଣବାଟରେ ଛିପିଛିପି ଅନ୍ଧକାରରେ ଶତଶତ ଚିର ଯୌବନୀ ଅଭିସାରିକା ଯେପରି ଚାଲିଛନ୍ତି ସେମାନଙ୍କ ପରମପ୍ରିୟଙ୍କ ମିଳନ ଆକାଂକ୍ଷା ନେଇ। କେତେ ଯୁଗର କେତେ ରାଜ୍ୟ, ସାମ୍ରାଜ୍ୟର ଅତୀତ କାହାଣୀ। ତାର ଦୁଃଖ ବେଦନା ଯେପରି ଏହି ପରିବେଶକୁ କୋମଳ କରୁଣ କରି ରଖିଛି। ମୁହଁ କଥାରେ ଠିକ୍ ଭାବରେ ବୁଝାଇ ହେଉନାହିଁ। କିନ୍ତୁ ଯତୀନ ହଠାତ୍ ବୁଝିପାରିଲା ସେ ଅନନ୍ତକାଳର ଶାଶ୍ବତ ଅଧିବାସୀ, ଚିର ଯୌବନ ଅମର ଆତ୍ମା। ଅନାଦ୍ୟନ୍ତ ବିଶ୍ବର ଲୀଳା ସହଚର। ସେ ଛୋଟ ନୁହେଁ, ପାପୀ ନୁହେଁ। ଘରମୁଖାପେକ୍ଷୀ ନୁହେଁ। ଭଗବାନଙ୍କ ଚିହ୍ନିତ ଶିଷ୍ଣ, ଅନ୍ୟ ହତଭାଗା ଆତ୍ମାକୁ ଟାଣି ଆଣିବା ପାଇଁ ତାର ଜନ୍ମ ମୃତ୍ୟୁର ଆବର୍ତ୍ତ ପଥରେ ସୁଖ ଦୁଃଖମୟ ପରିଭ୍ରମଣ।

ଅଦୂରରେ ଗୋଟିଏ ଧଳା ପଥର ନିର୍ମିତ ମନ୍ଦିର। ମନ୍ଦିରଛଡ଼ା ଗମ୍ବୁଜ ଅପେକ୍ଷା ଟିକିଏ ଅଧିକ ଲମ୍ବ ବୋଲି ମନେହେଲା ଯତୀନର। କିନ୍ତୁ ଆଶ୍ଚର୍ଯ୍ୟ ଧରଣର ଦୁଗ୍ଧ ଧବଳ କିଭଳି ଏକ ପଥରରେ ତିଆରି ମାର୍ବଲ ନୁହେଁ, ଏଲାବେସ୍ତାସ ଯେପରି ସ୍ବୟଂପ୍ରଭ ପାଲିସ୍ କରାହୋଇଥିବା ସ୍ଫଟିକ ପ୍ରସ୍ତରରେ ତାର ବିମାନ ଓ ଜଂଘା ଗୁନ୍ଥା।

ପୁଷ୍ପ କହିଲା। – ବହୁତ ବଡ଼ ଜଣେ ସାଧକଙ୍କ ଆଶ୍ରମକୁ ତୁମକୁ ଆଣିଛି ମନ୍ଦିର ଚାରିଆଡ଼େ ବହୁତ ବଡ଼ ଗୋଟିଏ ବଗିଚା, ପ୍ରାୟ ସମସ୍ତ ଫୁଲର ଗଛ। ଏତେ ସୁନ୍ଦର ଓ ସୁଗନ୍ଧିତ ଫୁଲ ଏ ପର୍ଯ୍ୟନ୍ତ ଯତୀନ ଅଖ୍ଯରେ ଦେଖନ୍ଥିଲା। ଖୁବ୍ ବଡ଼ ଉଦ୍ୟାନ ଶିକ୍ଷିକା ନିର୍ମାଣର ପରିଚୟ ସେଠାକାର ପ୍ରତିଟି ଫୁଲ ଗଛର ଧାଡ଼ିରେ ଲତାବିତାନର ସମାବେଶ। ଯତୀନ ଭାବିଲା। ଏଭଳି ସ୍ୱରର ବି ବଗିଚା ଥାଏ ? ଏ ସବୁ କିଏ କରିଛନ୍ତି। କିଏ ଗଛ ସବୁ ଲଗାଇଛନ୍ତି କିଜାଣେ। ପୃଥିବୀ ଭଳି କୋଦାଳରେ ଖୋଳି ଏପରି ଭାବାରେ ଗଛ ପୋତାଯାଏ ନା କଣ ?

ପୁଷ୍ପ ଗୋଟିଏ ନିଭୃତ କତା ବିତାନର ସମ୍ମୁଖରେ ଠିଆ ହେଲା ଯତୀନ ସହିତ। ଭିତରୁ କେହି କହିଲେ – ଆସ ମା ତୁମକୁ ଅପେକ୍ଷା କରିଛି।

ପୁଷ୍ପ ଓ ଯତୀନ ଉଭୟେ ଲତା କୁଞ୍ଜ ଭିତରକୁ ଭୁକି ଦେଖ୍ଲେ ଜଣେ ବ୍ୟୋତିର୍ମୟ ଦେହ, ସୁଶ୍ରୀ ବୃଦ୍ଧ ପଥର ବେଦୀ ଉପରେ ଉପବିଷ୍ଟ। ଉଭୟେ ପଦସ୍ପର୍ଶ କରି ପ୍ରଣାମ କଲେ।

ଭରୁଭରୁ ସୁବାସ ଚନ୍ଦନ ଓ ଫୁଲମାନଙ୍କର। ଅଥଚ ସୌଖୀନ ବିଳାସ ଲାଳସା ଥିବା ମନେ ହୁଏ ନାହିଁ ସେ ସୁଗନ୍ଧରେ। ମନେ ହୁଏ ଅତୀତକାଳର ଭକ୍ତଗଣଙ୍କ ପ୍ରେମୋଚ୍ଛଲ ଅନୁଭୂତି, ମନେହୁଏ ଭଗବାନଙ୍କ ନୈକଟ୍ୟ, ଶାନ୍ତ ପବିତ୍ରତାର ଆନନ୍ଦମୟ ମର୍ମକେନ୍ଦ୍ର। ଦିଗନ୍ତରେ ବିଲୀନ ପ୍ରେମଭକ୍ତିର ମଧୁର ବେଣୁସ୍ୱନ କାନଡ଼େରି ଶୁଣ ଏଠାରେ ବସି। ଶୁଣିଶୁଣି ନବଜନ୍ମ ଲାଭ କର।

ବୃଦ୍ଧ କହିଲେ – ପ୍ରଥମେ ଗୋପାଳ ଦର୍ଶନ କରି ଆସ –

ମନ୍ଦିର ପାଖକୁ ଯାଇ ସେମାନେ ଦେଖ୍ଲେ ନୀଳ ରଙ୍ଗ ପଥରର ଅତି ସୁଶ୍ରୀ ଗୋଟିଏ ଗୋପାଳମୂର୍ତ୍ତି। ଯେପରି ହସୁଛନ୍ତି। ଏତେ ଜୀବନ୍ତ !! ନାନା ରଙ୍ଗର ଫୁଲରେ ବିଗ୍ରହଙ୍କ ପାଦପୀଠ ସଜ୍ଜିତ। ଗଳାରେ ବନ ଫୁଲର ମାଲା। ପୁଷ୍ପ କେତେ ସମୟଧରି ତନ୍ମୟଭାବରେ ଠିଆହୋଇ ରହିଲା। ଯତୀନ ଉଚ୍ଚ-ଫଚ୍ଚ ନୁହେଁ। ସେ ଟିକିଏ ଅଧୀର ହୋଇ ପୁଷ୍ପର ଭାବ, ତନ୍ମୟତା ଭାଙ୍ଗିବାକୁ ପ୍ରତୀକ୍ଷା କଲା।

ଯତୀନ ଶେଷରେ ପୁଷ୍ପକୁ କହିଲା – କିଏ ଏମାନେ ?

– ଏମାନେ କିଏ ମୁ ଜାଣିନି। ସେ କାଳର ଜଣେ ବଡ଼ ବୈଷ୍ଣବ ଆଚାର୍ଯ୍ୟ– ପୃଥିବୀରେ ଏହାଙ୍କ ଆବିର୍ଭାବ ଓ ତିରୋଭାବର ଉସ୍ବ ହୁଏ ଆଜିସୁଦ୍ଧା। ବହୁ ଦିନ ହେଲା ପୃଥିବୀ ଛାଡ଼ି ଆସିଲେଣି।

ବୈଷ୍ଣବ ସାଧୁ ପଚାରିଲେ – ବିଗ୍ରହ ଦର୍ଶନ କଲ ?

ଯତୀନ କହିଲା - ଦେଖିଲୁ ଅତି ଚମତ୍କାର। ପ୍ରଭୁ, ଆପଣ କେତେ ଦିନ ହେଲା ପୃଥିବୀ ଛାଡ଼ି ଆସିଲେଣି ?

- ଅନେକ କାଳ ହେଲା। ଏଠାରେ ସେ ସବୁ ହିସାବ ରଖ୍ବାକୁ ମନହୁଏ ନାହିଁ। କଣ ହେବ ଅବା ପୃଥିବୀର ହିସାବ ରଖ୍ ?

ଯତୀନର ମନରେ ଅନେକ ପ୍ରଶ୍ନ ଉଙ୍କିମାରୁଥିଲା। କିଛି ସମୟ ଚୁପ୍ ରହି ସେ କହିଲା - ପ୍ରଭୁ, ଏଠାରେ ସୁଦ୍ଧା ବିଗ୍ରହ ?

- କାହିଁକି, କଣ ହେଲା କି ? ତୁମର ଆପତ୍ତି କାହିଁକି ?

- ଏହା ତ ସ୍ୱର୍ଗ। ଭଗବାନଙ୍କ ସାକ୍ଷାତ୍ ଏଠାରେ ମିଳିପାରେ। କାଠ ପଥରର ମୂର୍ତ୍ତି ପୃଥିବୀରେ ଦରକାର ହୋଇପାରେ। ଏଠାରେ କଣ ଦରକାର ?

ବୈଷ୍ଣବ ଭକ୍ତ ଜନକ ହସି କହିଲେ - ଭଗବାନଙ୍କ ସାକ୍ଷାତ୍ ଲାଭ ତୁମେ ଯେଉଁ ଭାବରେ କହୁଛ ସେପରି ଭାବରେ ମିଳେ କିନା ଜାଣୋନା। ମୁଁ ପୃଥିବୀରେ ଏହି ବିଗ୍ରହଙ୍କ ପୂଜାରୀ ଥିଲି। ବଡ଼ ଭଲ ପାଏଁ। ତାଙ୍କୁ ଛାଡ଼ି ରହିପାରେ ନା। ତେଣୁ ଏଠାକୁ ଆସି ଏହି ମନ୍ଦିର ସ୍ଥାପନ କରି ବିଗ୍ରହ ପ୍ରତିଷ୍ଠା କରିଛି। ତାଙ୍କ ସେବା ଆରାଧନା କରି ଆନନ୍ଦରେ ଦିନ କାଟୁଛି। ମନ୍ଦିର ଆଉ ବଗିଚା ସବୁ କିଛି ମାନସୀ କଳ୍ପନାରେ ସୃଷ୍ଟି କରିଛିଁ। ଏହି ସ୍ୱର୍ଗରେ ତାହା କରାଯାଏ। ଏହା ନିଶ୍ଚୟ ଜାଣିଥିବ।

- ଆଜ୍ଞା ହଁ, ତାହା ଏଠାରୁ ତଳ ସ୍ୱର୍ଗରେ ଦେଖିଛି।

- ମୋର ଦେବତା କେବଳ ପଥର ମୂର୍ତ୍ତି ନୁହନ୍ତି। ସେ ଜୀବନ୍ତ ହିଁ ଅଟନ୍ତି। କିନ୍ତୁ ତୁମକୁ ତ ଦେଖାଇ ପାରିବି ନାହିଁ। ମୋର ମା ଦେଖ୍ପାରନ୍ତି। ଦେଖିଛନ୍ତି ବି ଥରେ।

ପୁଷ୍ଟ ଅଳି କଳାଭଳି କହିଲା - ଆପଣ ଦୟା କଲେ। ଏ ବି ଦେଖ୍ପାରିବେ ବାବା।

ସାଧୁ ହସି କହିଲେ - ସେ ଦେଖ୍ପାରିବେ ନାହିଁ। ସେ ଭାବନ୍ତି ଭଗବାନଙ୍କୁ ନେଇ ମୁ ପୁତୁଳି ଖେଳ କରୁଛି। ବାଳ ଗୋପାଳ ବଡ଼ଲାଜୁକ। ଏହାଙ୍କ ସାମ୍ନାରେ ବାହାରିବେ ନାହିଁ। ଯିଏ ତାଙ୍କୁ ମନ ଅର୍ପଣ କରି ଭଲ ନ ପାଇଛି। ବିଶ୍ୱାସ ନକରିଛି - ସେ ଯଚାଇ ହୋଇ ଅପମାନ ପାଇବାକୁ ସେଠାକୁ ଯିବେ ? ଭଗବାନ ଯେତେବେଳେ ଈଷ୍ଟ ଦେବଙ୍କ ବେଶରେ ଲୀଲା କରନ୍ତି କୃଷ୍ଣ ସାଜି, କାଳୀ ସାଜି - ସେତେବେଳେ ସେ ମନୁଷ୍ୟର ଅଥବା ଦେବଦେବୀଙ୍କ ମନୋଭାବ ଯେପରି ରାଗ, ଲଜ୍ଜା, ମାନ ଅଭିମାନ ଏପରିକି ଭୟ ମଧ ପାଆନ୍ତି। ଏହାତ ଲୀଲା, ଏହାରି ନାମ ଲୀଲା। ବିରାଟ ଐଶୀ ଶକ୍ତି ଯାହା ବିଶ୍ୱ ରଚନାର ନିୟନ୍ତ୍ରଣ କରୁଛି। ତାହାକୁ କିଏ ଭଲପାଇପାରେ

ନିଜର ମନେକରି ? ଶତଶତ ନକ୍ଷତ୍ର, ଶତଶତ ସୂର୍ଯ୍ୟ ଯାହାର ଇଙ୍ଗିତରେ ଲୟ ହୁଏ, ଯିଏ ପଲକରେ ସୃଷ୍ଟି, ପଲକରେ ସ୍ଥିତି, ପଲକରେ ପ୍ରଳୟ କରିପାରେ – ତାକୁ କିଏ ଭକ୍ତି କରିପାରିବ। ଯଦି ସେ ନିଜେ –

ମନ୍ଦିରରୁ ଚଞ୍ଚଳ, ମଧୁର ସଜୀବ କଣ୍ଠରେ କିଏ କହିଲା – ସେଠାରେ ବସି ବକ୍ ବକ୍ ନକରି ଏଠାକୁ ଆସି ମୋତେ ଥରେ ପାଣି ପିଇବାକୁ ଦିଅନ୍ତ ଭଲା ଶୋଷରେ ଯେ ମରିଯାଉଛିଁ –

ସାଧୁ ଚମକି ଉଠିଲେ, ପୁଷ୍ପ ଓ ଯତୀନ ଚମକି ଉଠିଲେ।

ପୁଷ୍ପ ହସି ହସି କହିଲା – ଯାଆନ୍ତୁ ପାଣିପିଆଇ ଆସନ୍ତୁ –

ଯତୀନ ଅବାକ୍ ହୋଇ କହିଲା – ପିଲାଟି କିଏ ?

ସାଧୁ ଯତୀନ ଆଡ଼କୁ ଚାହିଁ କହିଲେ – ବୁଝିପାରିଲ ନାହିଁ ? ସେ ତ ବାଲ ଗୋପାଳ। ତୁମର ଖୁବ୍ ଭାଗ୍ୟ ତୁମକୁ ଗଳାର ସ୍ୱର ଶୁଣାଇ ଦେଲେ। ମୋର ପୁଷ୍ପମା'ର ଭାଗ୍ୟ। ଯାଏଁ ମୁଁ।

ସାଧୁଙ୍କ ମୁହଁରେ ସ୍ନେହ ବାସଲ୍ୟର ରେଖା ଫୁଟି ଉଠିଲା, ତୃଷାର୍ତ୍ତ ସନ୍ତାନକୁ ପାଣି ପିଇବାକୁ ଦେବା ବ୍ୟାକୁଳତା ନେଇ ସେ ମନ୍ଦିର ଆଡ଼କୁ ଚାଲିଗଲେ।

ଯତୀନ ଭାବିଲା – ଏହା ପୁଣି ପଉଳୀ ଖେଳ ନୁହେଁ ପରା !

ପରକ୍ଷଣରେ ନିଜକୁ ସମ୍ଭାଳି ନେଲା। ସାଧୁ ଅନ୍ତର୍ଯ୍ୟାମୀ, ସମସ୍ତଙ୍କ ମନ କଥା ବୁଝିପାରନ୍ତି। ଅନ୍ତତଃ ତା ନିଜର ଅନ୍ଧିସନ୍ଧି ଖୋଜି ବାହାର କରିଛନ୍ତି। ଏଠାରେ କିଛି ଭାବି ହେବ ନାହିଁ।

ପୁଷ୍ପ ହଠାତ୍ କହିଲା – ମନେ ପଡ଼ିଲା – ଏହାଙ୍କ ନାମ ବୈଷ୍ଣବ ଆଚାର୍ଯ୍ୟ ରଘୁନାଥ ଦାସ।

ବେଲଗଡ଼ି ଯେପରି ଅପରାହ୍ନ ହେଲାଣି। ଅପୂର୍ବ ପୁଷ୍ପ ସୁବାସରେ ଆଶ୍ରମ ଆମୋଦିତ। ବୈଷ୍ଣବ ସାଧୁ କହିଲେ – ସନ୍ଧ୍ୟା ବଡ଼ ଭଲ ଲାଗେ ତେଣୁ ସୃଷ୍ଟି କରେ। ନହେଲେ ଏଠାରେ ସକାଳ ସନ୍ଧ୍ୟା କଣ ? ସୂର୍ଯ୍ୟ ନାହିଁ ଚନ୍ଦ୍ର ନାହିଁ। ଅନ୍ଧକାରବି ନାହିଁ। ହଁ କଣ ସନ୍ଦେହ ଯତୀନ ତୁମର। ତାହା ଏବେ ସୁଦ୍ଧା ଗଲା ନାହିଁ। ଅନ୍ଧକାର ବଡ଼ ଅବାଧ୍ୟ। ତଡ଼ିହୁଏ ନାହିଁ।

– ପ୍ରଭୁ କଣ କରିବି କହନ୍ତୁ। ଆପଣ ବୈଷ୍ଣବ ଆଚାର୍ଯ୍ୟ, କେତେଦିନର ଲୋକ ଆପଣ।

– ମହାପ୍ରଭୁଙ୍କ ସମସାମୟିକ। ସପ୍ତଗ୍ରାମର ନାମ ଶୁଣିଥିଲ। ସେହି ସପ୍ତଗ୍ରାମରେ ଆମର ଘରଥିଲା।

- ଆପଣ ଏଠାରେ କିପରି ଏକାକୀ। ଆଉ ସମସ୍ତେ ଆପଣଙ୍କ ଦଳର କେଉଠି ?
ସାଢ଼େ ତିନିଶହ ବର୍ଷଧରି ଏଇ ପୁଅଲୀ ଖେଳ ନେଇ ତୁମ ମନ ଏବେବି କଞ୍ଚା। ମୁ ତ
ତୁମକୁ କହିଛି ମୁକ୍ତି ଚାହେଁନି। ସପ୍ତଗ୍ରାମରେ ହରିଦାସ ଶିକ୍ଷା ଦେଇଥିଲେ, ଭକ୍ତ ଚାହେଁ
ଭଗବାନଙ୍କ ପ୍ରତି ଭକ୍ତି। ତାଙ୍କପ୍ରତି ଯେପରି ମନ ରହିବ। ଆମମାନଙ୍କର ଆନନ୍ଦ
ସେଇଠି। ତାଙ୍କ ଭଜନ ଆରାଧନା ନେଇହିଁ ରହିଛି। ବଡ଼ ସୁଖରେ ଅଛି। ମହାପ୍ରଭୁ
ଭଗବାନଙ୍କ ସହିତ ମିଳାଇ ଯାଇଛନ୍ତି। ସେ ନାରାୟଣଙ୍କ ଅଂଶ। ମଝିରେ ମଝିରେ
ଆମମାନଙ୍କ ଆବାହନରେ ପ୍ରକଟ ହୁଅନ୍ତି। ଏହି ଆଶ୍ରମକୁ ଆସନ୍ତି। ତାଙ୍କର ପୃଥିବୀରୁ
ଏଠାକୁ ଆସିବା ଦିନ ଆଶ୍ରମରେ ଉତ୍ସବ ହୁଏ। ସେ ଉପଲକ୍ଷରେ ବଡ଼ବଡ଼ ବୈଷ୍ଣବ
ଆଚାର୍ଯ୍ୟ ଏପରି କି ଜୀବଗୋସ୍ୱାମୀ ମୀରା ବାଇ ପର୍ଯ୍ୟନ୍ତ ଆସନ୍ତି। ସେମାନେ ଆହୁରି
ଉଚ୍ଚଲୋକରେ ଅଛନ୍ତି। ଅନେକେ ଜୀବମାନଙ୍କୁ ଶିକ୍ଷା ଦେବା ପାଇଁ ଥରେ ଦୁଇଥର
ଇତିମଧ୍ୟରେ ପୃଥିବୀକୁ ଓହ୍ଲାଇଥିଲେ ବି।

- ଆଉ ଗୋଟିଏ କଥା ଆପଣଙ୍କୁ -

- ବୁଝିଲି। ତୁମେ ଯାହା ପଚାରିବ ତାର ଉତ୍ତର ମୁହଁରେ ଶୁଣିବାକୁ ଚାହଁ
ନା ସେ ଜଗତକୁ ଦେଖିବାକୁ ଚାହଁ। ଅର୍ଥାତ ତୁମେ ଜାଣିବାକୁ ଚାହଁ ପୃଥିବୀ ଛଡ଼ା
ଅନ୍ୟ ଜୀବଲୋକ ଅଛି ନା ନାହିଁ - ନୁହେଁ କି ? ବହୁତ ବହୁତ ଅଛି। ବିଶ୍ୱର
ଅଧିଦେବତାଙ୍କ ଭଣ୍ଡାର ଅନନ୍ତ। କେତେକ ଜଗତ ପୃଥିରବୀଠାରୁ ମଧ ତରୁଣ,
ସଜୀବ। ସେଠାରେ ସବୁ ମଣିଷ ଅତ୍ୟନ୍ତ ଶୀଘ୍ର କାମ ଶେଷ କରନ୍ତି। କାମସାରି ଶୀଘ୍ର
ମରିଯାଆନ୍ତି। ପୁଣି ବୃଦ୍ଧ ଜରାଗ୍ରସ୍ତ ଜଗତ ଅଛି। ସେଠାରେ ମଣିଷ ପୃଥିବୀଠାରୁ
ଅନେକ ଦୀର୍ଘଜୀବୀ, ଧୀରେ ସୁସ୍ତେ ଜୀବନର ସବୁ କାମ କରେ। ପୃଥିବୀ ହିସାବରେ
ଯାହାର ବୟସ ପଚିଶ ବର୍ଷ ସେବି ବାଳକ। ଷାଠିଏ ବର୍ଷ ବୟସ ଯେଉଁମାନଙ୍କ
ସେ ନବ ଯୁବକ। ଯାହାର ଉନ୍ନତି ହେବାକୁ ବିଳମ୍ୟ ହେବ ଜଣାଯାଏ। ପୃଥିବୀରେ
ଏପରି ସବୁ ଆତ୍ମାକୁ ଜନ୍ମଗ୍ରହଣ କରିବାକୁ ଦିଆଯାଇ ନଥାଏ। ଏପରି ଜନ୍ମ ଦେଲେ,
ସେ ପୂର୍ବ ଜନ୍ମର ଜୀବଭଳି ତାର ପୁନରାବୃତ୍ତି କରେ ମାତ୍ର। ତେଣୁ ସେମାନଙ୍କୁ
ଏଇସବୁ ଧୀର, ସାନନ୍ଦ ପୃଥିବୀକୁ ପଠାଯାଇଥାଏ। ଅନେକ ଦିନଧରି ସମୟ
ପାଇଥାଏ ବୋଲି ଶିଖିବାର ଓ ସୁଧୁରି ଯିବାର ଅବକାଶ ଓ ସୁଯୋଗ ପାଏ। ବିଶ୍ୱ
ଦେବତାଙ୍କ ଏପରି ଆଇନ। ସମସ୍ତଙ୍କୁ ଅନନ୍ତ ମଙ୍ଗଳ ମାର୍ଗରେ ଯିବାକୁ ହେବ।
ଯିଏ ସହଜରେ ନଯିବ, ତାକୁ ଦୁଃଖ ଦେଇ ପୀଡ଼ା ଦେଇ ଆଖ୍ ଖୋଲାଇବେ। ସେ
ସବୁ ପୃଥିବୀରେ ଜୀବଶିକ୍ଷା ନିମନ୍ତେ ଉଚ୍ଚସ୍ତରର ଆତ୍ମାମାନେ ଓହ୍ଲାଇଥାନ୍ତି ଦେହଧାରୀ
ହୋଇ। ପୃଥିବୀରୁ ମଧ ଅଧିକ କଷ୍ଟ ପାଇଥାନ୍ତି ସେମାନେ ସେ ସବୁ ସ୍ଥାନରେ।

କିନ୍ତୁ ଭଗବାନଙ୍କ କାମ ଯେଉଁମାନେ କରନ୍ତି ସେମାନେ ଜାଣନ୍ତି ସେ ଦେହ ଦୁଇଦିନିଆଁ। କଷ୍ଟ ବି ଦୁଇଦିନିଆଁ, ଆମେମାନେ ବି ଦୁଇଦିନିଆଁ। ଶାଶ୍ୱତ ଆମ୍ଭାଙ୍କୁ କୌଣସି ବିକାର ସ୍ୱର୍ଶ କରିନଥାଏ ତାର ଜରା ନାହିଁ, ମୃତ୍ୟୁ ନାହିଁ।

ଯତୀନ ମୁଗ୍ଧ ହୋଇ ଶୁଣୁଥିଲା ମହାପୁରୁଷଙ୍କ କଥା। ଏହା ଭିତରେ ଅବିଶ୍ୱାସ କରି ଲାଭ ନାହିଁ। ଆଜି ତାର ଅତି ଶୁଭଦିନ। ଏପରି ଜଣଙ୍କ ଦର୍ଶନ ଲାଭ କରିଛି ସେ।

ବୈଷ୍ଣବ ସାଧୁ ଆବୃତ୍ତି କରୁଛନ୍ତି ମୂକଂ କରୋତି ବାଚାଳଂ ପଙ୍ଗୁଂ ଲଙ୍ଘୟତେ ଗିରିଂ

ଯତ୍ କୃପା ତମହଂ ବନ୍ଦେ ପରମାନନ୍ଦ ମାଧବମ୍।

ଯତୀନ୍ଦ୍ର ଆଡ଼କୁ ଚାହିଁ କହିଲେ – ତୁମକୁ ଯାହା କିଛି କହିଛି ସବୁ ତାଙ୍କରି କୃପା। ଶ୍ରୀଧର ସ୍ୱାମୀଙ୍କ ଏଇ ଶ୍ଲୋକ ତ ଶୁଣିଲ। ମୂକକୁ ବାଚାଳ କରନ୍ତି ସେହିଁ। ଗୋପାଳଙ୍କ ଏଭଳି କୃପା, ଏଭଳି ଶକ୍ତି। ବିଶ୍ୱ ତାଙ୍କରି, ସେ ସବୁ କିଛି କରିପାରନ୍ତି।

ଯତୀନ କହିଲା – ଏପରି ଭାବରେ କେତେଦିନ ରହିବେ ଆଉ ?

– ଅନନ୍ତ କାଳ ପର୍ଯ୍ୟନ୍ତ ରହିପାରେ। ଯଦି ତା'ଙ୍କ ଇଚ୍ଛା ହୁଏ।

ହଠାତ୍ ସେ ଉତ୍କର୍ଷ ହୋଇ କହିଲେ – ବୃନ୍ଦାବନରେ ଗୋବିନ୍ଦ ବିଗ୍ରହଙ୍କ ଆରତି ହେଉଛି। ଚାଲ ଦେଖି ଆସିବା –

ପୁଷ୍ପ ଖୁସି ହୋଇ କହିଲା – ଆମକୁ ନେଇଯିବେ ! ଆପଣଙ୍କର ବହୁତ କୃପା– ବୈଷ୍ଣବ ସାଧୁଙ୍କ ଜ୍ୟୋତିର୍ମୟ ଈଷତ୍ ନୀଳାଭ ଦେହ ବ୍ୟୋମ ପଥରେ ସେମାନଙ୍କ ଆଗରେ ଆଗରେ ଉଡ଼ିଯାଉଛି। ସେମାନେ ତାଙ୍କରି ପଛେ ପଛେ ଚାଲିଛନ୍ତି। ନଭୋଚାରୀ ଗୋଟିଏ ଦୁଇଟି ଆହୁରି ଅନ୍ୟ ଆମ୍ଭାଙ୍କୁ ସେମାନେ ଥରେ ଦେଖିପାରିଲେ। ଯତୀନ କେବେ ବୃନ୍ଦାବନ ଦେଖିନି, ତେଣୁ ବୈଷ୍ଣବ ସାଧୁ ତାକୁ ଚାରି ପାଞ୍ଚଟି ବଡ଼ବଡ଼ ଗଛର କ୍ଷୁଦ୍ର ବଗିଚାଟିଏ ଦେଖାଇ କହିଲେ – ସେହି ଦେଖ ଚୀର ଘାଟ। ସେଠାରେ ମହାପ୍ରଭୁ ଶ୍ରୀ ଚୈତନ୍ୟ ସ୍ନାନ କରି ଉଠି ଗୋପାଳଙ୍କ ଦେଖା ପାଇଥିଲେ। ବଡ଼ ପୁଣ୍ୟ ସ୍ଥାନ ପ୍ରଣାମ କର।

ତାପରେ ଗୋଟିଏ ବଡ଼ ମନ୍ଦିରର ଗର୍ଭଗୃହରେ ସେକାଳର ଝୁଲନ୍ତ ପ୍ରଦୀପର ଆଲୋକରେ ଗୋଟିଏ ସୁନ୍ଦର ବିଗ୍ରହ ସମ୍ମୁଖରେ ସେମାନେ ଯାଇ ଠିଆହେଲେ। ଅନେକ ଲୋକ ସେଠାରେ ଆରତି ଦର୍ଶନ କରୁଛନ୍ତି। ଗୋଟିଏ ଆଶ୍ଚର୍ଯ୍ୟ ଦୃଶ୍ୟ ଯତୀନ୍ ଏଠାରେ ପ୍ରତ୍ୟକ୍ଷ ଭାବରେ ଦେଖିଲା। ସ୍ୱର୍ଗ–ମର୍ତ୍ୟର ଅପୂର୍ବ ସମନ୍ୱୟ ! ଦେହଧାରୀ ଦର୍ଶକମାନଙ୍କ ମଧ୍ୟରେ ବହୁ ଅଶରୀରୀ ଦର୍ଶକ ଆସି ଠିଆ ହୋଇ ବିଗ୍ରହଙ୍କ ଆରତି

ଦର୍ଶନ କରୁଛନ୍ତି । ସେମାନଙ୍କ ମଧ୍ୟରେ କେତେକ ଆମ୍ଭଙ୍କ ଦିବ୍ୟ ଜ୍ୟୋତିର୍ମୟ ଦେହଦେଖ୍ ଯତୀନ ବୁଝିଲା ସେମାନେ ଉଚ୍ଚ ଶ୍ରେଣୀର ଭକ୍ତସାଧକ ।

ଯତୀନ ଓ ପୁଷ୍ପର ସଙ୍ଗୀ ବୈଷ୍ଣବ ସାଧୁ ଜଣକୁ ଦେଖାଇ ଏମାନଙ୍କୁ ଚିହ୍ନାଇ କହିଲେ – କବି କ୍ଷେମ ଦାସ । ସେ ବୃନ୍ଦାବନର ବଡ଼ ଭକ୍ତ । ଏହି ମନ୍ଦିର, ଏହାର କୁଞ୍ଜବନ ଛାଡ଼ି ରହିପାରନ୍ତି ନି ।

ଯତୀନ କହିଲା – କଥାଟିଏ ଶୁଣିଥିଲି । ଆମ୍ଭିକଲୋକରୁ ବାରମ୍ବାର ଆସିଲେ ପରା ଆମର ଅନିଷ୍ଟ ହୁଏ ?

ସାଧୁ କହିଲେ – ଆସ କବିଙ୍କୁ ପ୍ରଶ୍ନଟି ପଚାରିବା ।

ସାଧୁ ଓ କବି ପରସ୍ପରଙ୍କୁ ଆଲିଙ୍ଗନରେ ଆବଦ୍ଧକଲେ । ସାଧୁଙ୍କ ପ୍ରଶ୍ନ ଶୁଣି କବି କ୍ଷେମ ଦାସ ହସି ଲହିଲେ – ଶ୍ରୀ ରୂପ ଗୋସ୍ୱାମୀଙ୍କ ଉଜ୍ଜ୍ୱଳ ନୀଲମଣିରେ ଗୋପୀମାନଙ୍କ ବିରହର ଦଶ ଦଶାର ବର୍ଣ୍ଣନା ଅଛି । ଚିନ୍ତା, ଉଦ୍ୟୋଗ, ପ୍ରଲାପ ଏପରିକି ମୃତ୍ୟୁ ଦଶା, ଉନ୍ମାଦ ରୋଗ ପର୍ଯ୍ୟନ୍ତ । ମୋର ଏପରି ଗୋଟିଏ ସମୟଥିଲା ବୃନ୍ଦାବନର ଯମୁନାତଟ ନ ଦେଖିଲେ ପ୍ରାୟ ସେପରି ଅବସ୍ଥା-ପ୍ରାପ୍ତି ହେଉଥିଲା । ବୃନ୍ଦାବନ ଭଳି ସ୍ଥାନକୁ ଆସିଲେ ଅନିଷ୍ଟ ହୁଏ ନାହିଁ । କୃଷ୍ଣଙ୍କଠାରେ ଆସକ୍ତି ତ ଆମ୍ଭର ଇଷ୍ଟ ହିଁ କରେ, ଊର୍ଦ୍ଧ୍ୱଲୋକକୁ ନେଇଯାଏ ।

ବୈଷ୍ଣବ ସାଧୁ କହିଲେ – କୃଷ୍ଣଙ୍କଠାରେ ଆସକ୍ତି କୃଷ୍ଣ ପଦେ ମତି ଆଣିଦିଏ । ହରି ଦାସ ସ୍ୱାମୀ କଣ କହିଥିଲେ ସପ୍ତଗ୍ରାମରେ ମନେ ନାହିଁ ?

କ୍ଷେମ ଦାସ କହିଲେ – ଶୁଣିଛି, ଶୁଣିଛି, ତେବେ ମନେ ରଖିବେ ମୁ କବିଥିଲି ଭକ୍ତଥିଲି ନା । ଆପଣଙ୍କ ଭଳି । ଆପଣମାନେ ଥିଲେ ଶ୍ରୀ ଚୈତନ୍ୟଙ୍କ ପାର୍ଶ୍ୱରେ ଆପଣମାନଙ୍କ ଭଳି ଭାଗ୍ୟ ମୁଁ କରିନି । ମୋ କୃଷ୍ଣ ବିଶ୍ୱ-ବନରେ ବଂଶୀ ବାଦନ କରି ବୁଲନ୍ତି । ବାଳକ ସ୍ୱଭାବ – ଉଦାସ, କେହି ଯଦି ଡାକେ ତା ପାଖକୁ ଯାଆନ୍ତି । ନ ଡାକିଲେ ନିଜ ମନରେ ଏକାକୀ ରହନ୍ତି । ଅନାଦିକାଳରୁ ଏପରି । ତାଙ୍କୁ ଯଦି ଭଲ ପାଇ କେହି ଡାକେ ତେବେ ସେ ସଙ୍ଗୀପାଇ ଖୁସୀ ହୁଅନ୍ତି । ସେ କରୁଣସ୍ୱଭାବ କୋମଳ ଭଲପାଇବାରେ ବଶୀ ।

ପୁଷ୍ପ କହିଲା – ଏକାକୀ କାହିଁକି ରହନ୍ତି ? ରାଧା କେଉଁଆଡ଼େ ତେବେ ?

– ସେ ସବୁ କଳ୍ପନା । ଏ ସମସ୍ତ ଭକ୍ତ-ପ୍ରଭୁମାନେ ଗଢ଼ିଛନ୍ତି । କିଏ ରାଧା ? ଯେଉଁ ନାରୀ ତାଙ୍କୁ ଭଲପାଏ ସେହିଁ ରାଧା । ସେହିଁ ତାଙ୍କ ନିତ୍ୟ ଲୀଳାର ସହଚରୀ । ମୀରାବାଈ ଯେଭଳି ।

– ମୀରାବାଈ ଅଛନ୍ତି ?

– ଅଛନ୍ତି । ସେମାନେ ଭଗବାନଙ୍କ ନିତ୍ୟ ଲୀଳାର ସହଚରୀ ଯିବେ କେଉଁଆଡ଼େ । ବହୁ ପୁଣ୍ୟରେ ସେମାନଙ୍କ ଦର୍ଶନ ମିଳେ । ବହୁ ଉର୍ଦ୍ଧ୍ୱ ଲୋକରେ ସେମାନଙ୍କ ଅବସ୍ଥିତି । ପୁଣି ବିଶ୍ୱବ୍ୟାପୀ ସେମାନଙ୍କ ଅବସ୍ଥାନ ତାହାବି କହିପାର । ପୃଥିବୀର ବ୍ୟକ୍ତିତ୍ୱ ତାଙ୍କର ନଷ୍ଟ ହୋଇ ଯାଇଛି ବହୁକାଳ ପୂର୍ବରୁ । ତାହାତ ସ୍ଥୂଳ ଦେହ ଧରି ଲୀଳା କରିବା ନିମନ୍ତେ ଯିବା । ସେ ସବୁ କିଛି ନୁହେଁ । ପୃଥିବୀର ମୀରାବାଈଙ୍କୁ କୌଣସିଠାରେ ପାଇବ ନାହିଁ । ଅଛନ୍ତି ଖାଣ୍ଟି ଭାବରେ ସେ – ଅର୍ଥାତ ଯିଏ ଶୁଦ୍ଧ, ବୁଦ୍ଧ ଓ ଚୈତନ୍ୟ ରୂପେ ଆମ୍ଭା ମୀରାବାଈ ସାଜି ଅବତୀର୍ଣ୍ଣ ହୋଇଥିଲେ ଦୁଇ ଦିନ ପାଇଁ । ସେ ଅଛନ୍ତି ।

ଯତୀନ କହିଲା – ହଁ, ଆପଣଙ୍କ ଭଳି ଜଣେ କବି କହିଛନ୍ତି – All the world is a stage and the men and women are merely Players. ଅର୍ଥାତ୍ କ୍ଷେମ ଦାସ ମୃଦୁ ହସି କହିଲେ – ବୁଝିଲି । ଗଭୀର ସତ୍ୟ ବାଣୀ । ନାନା ଦିଗରୁ ସତ୍ୟ, ନାନା ଭାବରୁ ସତ୍ୟ ।

ଯତୀନ ଟିକିଏ ବିସ୍ମିତ ହୋଇ କହିଲା – ଆପଣ କ'ଣ ଇଂରାଜି ଜାଣନ୍ତି ? ଭାଷାର ସାହାଯ୍ୟରେ ବୁଝିନି । ତୁମ ମନର ଚିନ୍ତାରୁ ସେ ଭକ୍ତିର ଅର୍ଥ ବୁଝିଛି । ତାଙ୍କ ସହିତ ମୋର ଦେଖା ବି ହୋଇଛି । ପଞ୍ଚମ ସ୍ତରରେ କବି ସମ୍ମେଳନ ହୁଏ । ସେଠାକୁ ପୃଥିବୀର ସବୁ ଦେଶର ବଡ଼ ବଡ଼ କବି ଆସନ୍ତି ।

ଯତୀନ ବ୍ୟାକୁଳ ଆଗ୍ରହ ହୋଇ କହିଲା – ଆପଣ କାଳିଦାସଙ୍କୁ ଦେଖିଛନ୍ତି ? ଭବଭୂତି ?

– ସେ ସୌଭାଗ୍ୟ ମୋର ହୋଇଛି । ପୃଥିବୀର ସେ କାଳିଦାସ ନୁହନ୍ତି – ସେ ନିତ୍ୟମୁକ୍ତ କବିଆମ୍ଭା କାଳିଦାସ ରୂପରେ ଅବତୀର୍ଣ୍ଣ ହୋଇଥିଲେ । ସେହି ଆମ୍ଭା ସହିତ ମୋର ପରିଚୟ ଥରେ ନୁହେଁ, ଅନେକଥର । ନାନା ଦେଶରେ ନାନା ପ୍ରକାର ପ୍ରାକୃତ ଦେହ ଧାରଣ କରି ସେ ଅବତୀର୍ଣ୍ଣ ହୋଇଥିଲେ । କିନ୍ତୁ ବାସ୍ତବରେ ସେ ଅପ୍ରାକୃତ ଦେହଧାରୀ ଚିଦାନନ୍ଦମୟ ଆମ୍ଭା । ଆଜି ନାମ କାଳିଦାସ କାଲି ନାମ ଚଣ୍ଡୀ ଦାସ, ପରେ କ୍ଷେମ ଦାସ – ତହିଁରେ କଣ ଅଛି ?

– କବି-ସମ୍ମେଳନ ହୁଏ କେଉଁ ସମୟରେ ?

କ୍ଷେମ ଦାସ ପଚାରିଲେ – ତୁମେ ବୋଧହୁଏ ନୂଆ ଆସିଛ ପୃଥିବୀରୁ ତୁମ କଥାରୁ ଜଣାପଡ଼ୁଛି । ଏଠାରେ ସମୟର କ'ଣ ସୀମା ଅଛି ? କାଲୋ ହ୍ୟୟଂ ନିରବଧ୍ୟଃ– ଅନନ୍ତ କାଲ ଧରି ବାୟୁ ପରି ଶନ୍ ଶନ୍ ପ୍ରବାହିତ । ବିଦଗ୍ଧ ମାଧବରେ ଶ୍ରୀ ରୂପ ଗୋସ୍ୱାମୀ ତେଣୁ କହିଛନ୍ତି – ଅନର୍ପିତଚରୀଂ ଚିରାତ୍ – ରୂପ ଗୋସ୍ୱାମୀ ମଧ କବି, ସେ ବି ଆସନ୍ତି । ଆଉ ତୁମେ ଜାଣିନ ଯାହାଙ୍କ ସଙ୍ଗରେ ଆସିଛ ଏଇ ଆଚାର୍ଯ୍ୟ

ରଘୁନାଥ ଦାସ ମଧ୍ୟ କବି। ଏହାଙ୍କ ରଚିତ ଚୈତନ୍ୟସ୍ତବ କଣ ତୃଷ ପଢ଼ିଛ କି ? ପଢ଼ିଛି ବୋଲି ତ ମନେ ହେଉ ନାହିଁ। ଶୁଣ ତେବେ –

କ୍ଵଚିନ୍ଦ୍ରୀବାସେ ବ୍ରଜପତି ସୁତ ସ୍ୟାରୁ ବିରହାତ୍
ଶ୍ଳଥାତ୍ ଶ୍ରୀ ସନ୍ଧି ଦ୍ଵାର୍ ବଧତି ଦୌର୍ଘ୍ୟଂ ଭୁଜ ପଦୌଃ।
କିପରି ଛନ୍ଦ ? କିପରି ଲାଗୁଛି ତାଙ୍କ ଶ୍ଲୋକ ?
ଯତୀନ୍ ବିଷଣ୍ଣ ମୁହଁରେ କହିଲା – ଆଜ୍ଞା। ଭଲ !

ବୃନ୍ଦାବନର ଗୋବିନ୍ଦ ମନ୍ଦିରର ଆରତି ବହୁତ ସମୟ ହେଲା ବନ୍ଦ ହେଲାଣି। ପାଖ ରାଜ ପଥରେ ଗୋଟିଏ ଦୁଇଟି ଗାଡ଼ି ଯିବା ଆସିବା କରୁଛି। ମନ୍ଦିରର ବଡ଼ ବଡ଼ ଦ୍ଵାରରେ ଆଲୁଅ ଜଳୁଛି। କେଉଁଠାରୁ ଉଗ୍ର ବଉଳ ଫୁଲର ଗନ୍ଧ ଭାସି ଆସୁଛି ପବନରେ। ମନ୍ଦିର ସାମ୍ନାରେ ଗୋଟିଏ ହିନ୍ଦୁସ୍ତାନୀ ଟାଙ୍ଗାବାଲା ଯାତ୍ରୀ ସହିତ ଭଡ଼ା ନେଇ କଣ ବାକ୍‌ବିତଣ୍ଡା କରୁଛି। ଯତୀନ ଭାବିଲା ସ୍ଵର୍ଗ–ମର୍ତ୍ତ୍ୟର କିଭଳି ଅଭୁତ ସମ୍ବନ୍ଧ ! ଅଥଚ ପୃଥିବୀର ଲୋକେ ବଞ୍ଚିଥିବା ବେଳେ ଏ ସବୁ ରହସ୍ୟ କିଛି ଜାଣନ୍ତି ନାହିଁ। ମୃତ୍ୟୁ ଭୟରେ ଭୀତ ହୁଅନ୍ତି। ଏତେ ବଡ଼ ଜୀବନର ଖବର ଯଦି କେହି ରଖନ୍ତା ପ୍ରେମ ଭକ୍ତିର ଏ ସଂପର୍କ ଯଦି ରଖି ଜାଣନ୍ତା ଭଗବାନଙ୍କ ସହିତ – ତେବେ କଣ ତୁଚ୍ଛ ବିଷୟ – ଆଶୟ, ଟଙ୍କା ପଇସା, ଜମିଦାରୀ ନେଇ ବ୍ୟସ୍ତ ରହନ୍ତା ? ଏଇମାତ୍ର ସେ ଲୋକଟା ସାମ୍ନା ରାସ୍ତା ଦେଇ ମୋଟର ଚଢ଼ିଗଲା, ସେ ହୁଏତ ଜଣେ ମାରୱାଡ଼ୀ ମହାଜନ। ସାରା ଜୀବନ ବେଙ୍କ୍‌ରେ ଟଙ୍କା ଜମା କରି ଆସିଛି। ଜୀବନର ଅନ୍ୟ କୌଣସି ଅର୍ଥ ତାକୁ ଜଣାନାହିଁ। କେବଳ ଦେବୀ–କାଳୀ, ଲାଭ–ଲୋକସାନ ଏହାହିଁ ବୁଝିଛି। ଜୟପୁର ସହରରେ ତାର ହୁଏତ ସାତ ତଳ ଅଟ୍ଟାଳିକା। କିନ୍ତୁ ହୁଏତ ପିଲାମାନେ ଆବାଧ୍ୟ। ବେଶ୍ୟାସକ୍ତ। ସ୍ତ୍ରୀ କୁ ଚରିତ୍ରା। ମନରେ ସୁଖ ନାହିଁ – ଅଥଚ ସେ କଣ ଜାଣିଛି, ଏଇ ପାଖରେ ହିଁ ମଦନ ମୋହନଙ୍କ ମନ୍ଦିରରେ ଏହି ଗଭୀର ରାତିରେ ଭିନ୍ନ ଭିନ୍ନ ସ୍ଵର୍ଗ ଲୋକର କବି, ସାଧୁ ସନ୍ତ ଗଣ ଆଜି ସମବେତ ହୋଇଛନ୍ତି, ସେଠାରେ ପୁଷ୍ପଭଳି ନାରୀର ସ୍ନେହ, କେତେ ଶତାଧୀ ପୂର୍ବଠାରୁ ଭାସି ଆସୁଥିବା ଅମର ମହାପୁରୁଷମାନଙ୍କ ବାଣୀ, ବଉଳ ଫୁଲର ସୁବାସ, ଭଗବାନଙ୍କୁ ଅର୍ପିତ ମଧୁର ପ୍ରେମ ଭକ୍ତିର ପରିବେଶ – ଏହିଠାରେ ହିଁ ସ୍ଵର୍ଗମର୍ତ୍ତ୍ୟର ବିଶାଳ ବ୍ୟବଧାନ ରଚନା କରିଛି। ହାୟରେ ଅନ୍ଧ ପୃଥିବୀର ମଣିଷ ! !

(୧୫)

ପୃଥିବୀର ହିସାବରେ ଦୀର୍ଘ ଦୁଇ ବର୍ଷ ବିତି ଗଲା।
ସେଦିନ ପୁଷ୍ପ ଓ ଯତୀନ ବସି କଥା ହେଉଛନ୍ତି ବୁଢ଼ା ଶିବତଳାର ଘାଟରେ।

ଏପରି ସମୟରେ ହଠାତ୍ ପୁଷ୍ପ ଚିତ୍କାର କରି କହିଲା – ଏ! ରହ – ରହ –, ଖବରଦାର। ପର ମୁହୂର୍ତ୍ତରେ ସେ ବ୍ୟାକୁଳ ଉଦ୍‌ବିଗ୍ନ ହୋଇ ବହୁଦୂର ଆକାଶ ଆଡ଼କୁ ଚାହିଁ କହିଲା – ଯତୀନଦା, ଯତୀନଦା –

ଯତୀନ ବିସ୍ମିତ ହୋଇ କହିଲା – କଣ ହେଲା, ପୁଷ୍ପ କହିଲା – କିଛି ନୁହେଁ। ଯତୀନ ନଛୋଡ଼ବନ୍ଧା। ସେ ବାରମ୍ବାର କହିବାକୁ ଲାଗିଲା – କଣ ହେଲା ପୁଷ୍ପ? କହିବ ନାହିଁ?

ଶେଷରେ ପୁଷ୍ପ କହିଲା – ଆଶା ଭାଉଜଙ୍କୁ ଖୁନ୍ କରିବାକୁ ଯାଉଛି ତାର ସେହି ଉପପତି ନେତ୍ୟ –

– ଆଚ୍ଛା!

– ଏଇ ଯେ ଦେଖପାରୁ ନା?

ଯତୀନ ବ୍ୟସ୍ତ ହୋଇ କହିଲା – ଚାଲ ଚାଲ ସେଠାକୁ ଯାଇ ସମ୍ଭାଳି ନେବା। ମୁଁ ତ କୌଣସି ଆଡ଼େ କିଛି ଦେଖ ପାରୁନି! ଉଠ! ବିସ୍ମିତ ଯତୀନ ପୁଷ୍ପ ଆଡ଼କୁ ଅନାଇ ଦେଖିଲା ଯେ ତା'ର ଯିବାକୁ କୌଣସି ବ୍ୟସ୍ତତାଥିବା ଜଣା ପଡୁନି। ସେ ଚୁପ୍ କରି ବସି ହିଁ ରହିଲା। କିଛି ସମୟପରେ ପୁଷ୍ପ ବିଶାଳ ଆୟତ ଆଖି ଦୁଇଟିରେ ଲୁହ ଗଡ଼ି ପଡ଼ିଲା।

ଯତୀନ କହିଲା – କଣ ହୋଇଛି! ଚାଲ, ଚାଲ ଯିବା।

– ଯାଇ କଣ ହେବ! ଏଥର ବଞ୍ଚି ଯାଇଛନ୍ତି ଯାହା –

– ବଞ୍ଚି ଯାଇଛି?

– ଆପାତତଃ। ଆହା, ଆଶା ଭାଉଜଙ୍କର କେତେ ଦୁଃଖ ନ ହେଲା।

– ମୁଁ ସେଠାକୁ ଯିବି ପୁଷ୍ପ। ଚାଲ ଦେଖା ଯାଉ –

– ନା!

– ତୁମର ଏ ସବୁ କଥା ମୋତେ ଭଲ ଲାଗେନି ପୁଷ୍ପ, ସତ କହୁଛି, ମୁଁ ଅଲବତ୍ ଯିବି ସେଠାକୁ। ମୋ ମନ ଯେ କଣ ହୋଇଯାଉଛି କହତ?

– ସେଇଥ ଲାଗି ତ ତୁମର ସେଠାକୁ ଯିବା ଉଚିତ ନୁହେଁ। ଦେଖ କଷ୍ଟ ପାଇବ ଯାହା।

– ଚାଲ ପୁଷ୍ପ, ତୁମ ଗୋଡ଼ ଧରୁଛି। ତୁମେ ତ ସବୁ କଥା ବୁଝିପାର। କିନ୍ତୁ ମଝିରେ ମଝିରେ –

ଅଗତ୍ୟା ପୁଷ୍ପ ତାହାକୁ ନେଇ କଲିକତାର ଆଶାର ବସାକୁ ଯାଇ ଉପସ୍ଥିତ ହେଲା। ସେତେବେଲେ ଯତୀନ ବୁଝିପାରିଲା କାହିଁକି ପୁଷ୍ପ ତାକୁ ଏଠାକୁ ଆଣିବାକୁ

ଚାହୁଁ ନଥିଲା । ନେତ୍ୟ ଆଜିକାଲି ମଦଖାଏ । ମାତାଲ୍ ହୋଇ ସେ ଦିନ ଦୁଇ ପହରଟାରେ ଆଶାକୁ ଏପରି ବାଡ଼େଇଛି ଯେ, ସେ ଘର ଖଟରେ ପଡ଼ି ଭୟାର୍ଡ଼ ଆଖିରେ ଦୁର୍ଦ୍ଦାନ୍ତ ମାତାଲଟା ଆଡ଼କୁ ଚାହିଁ ରହିଛି । କବାଟ ଦୁଆରବନ୍ଧର ଏ ପାଖରେ ଗୋଟିଏ ନେପାଲୀ କୁଡ଼ି ପଡ଼ିଛି । ସମ୍ଭବତଃ ନେତ୍ୟର ହାତରୁ ଛିଟ୍ କି ପଡ଼ିଛି । ତାଙ୍କ ଘର ବାହାର ଆଖପାଖ ଭଡ଼ାଟିଆମାନେ ଜମା ହୋଇ ଉଙ୍କିମାରି ମଜା ଦେଖୁଛନ୍ତି । ନେତ୍ୟ ମତ୍ତ ଅବସ୍ଥାରେ ଢଳୁଛି ଆଉ ହାତ ହଲାଇ ପାଟି କରି ଅଙ୍ଗାଳନ କରୁଛି । ତାକୁ ଆଜି ମୁଁ ଖୁନ୍ କରିବି – ଆଛା ! ପାଲ୍ ମହାଶୟ ଆପଣ ବିଚାର କରନ୍ତୁ । ତାକୁ କିଏ ଖାଇବାକୁ ଦେଉଛି । ପିନ୍ଧିବାକୁ ଦେଉଛି ? ସେ ଦେଶରେ ଖାଇବାକୁ ନପାଇ ମରୁଥିଲା କି ନାହିଁ, ତାକୁ ପଚାରନ୍ତୁ ନା ? ମୁଁ ମହାଶୟ ହକ୍ କଥା, ହକ୍ କାମକୁ ବହୁତ ଭଲପାଏଁ । ମୁଁ ଆଣିଲି ତାକୁ ଏଠାକୁ, ଖୁଆଏଁ, ପିନ୍ଧାଏଁ, ଅଥଚ ସେ ଶମ୍ୟ ଶଳା ଆସି ତଳେତଳେ ଫୁର୍ତ୍ତି ମାରେ । କେତେ ଥର ତାକୁ ବାରଣ କରିଛି – କରିନି ? ସେପରି ବାପର ମୁଁ ନୁହେଁ । ଆଜି ତୋତେ ଖୁନ୍ କରି ଫାଶୀ ଯିବି । ସେ କଥା କଣ କେୟାର କରେ ଏଇ ଶର୍ମା । ଏତେ ବଡ଼ ତୋର ବଦ୍ମାସି । ତୋ ପାଇଁ ମୁଁ କମ୍ ଘାଣ୍ଟି ହୋଇଛି । ତୋର ନିଜ ବାହା ହୋଇଥିବା ଭର୍ତ୍ତା କେବେବି ତୋତେ ଖାଇବାକୁ ଦେଇନି । ଦେଇଛି କେବେ ସେ ଯତୀନ ?

ଏହି ସମୟରେ ଆଶା ଅର୍ଦ୍ଧବସା ଅବସ୍ଥାରୁ ଉଠି ଚିତ୍କାର କରି ଉଠି କହିଲା – ଖବର ଦାର । ସେ ସ୍ୱର୍ଗକୁ ଯାଇଛନ୍ତି । ତାଙ୍କ ନାମରେ କିଛି କହନି ।

ନେତ୍ୟ ବିଦ୍ରୁପ କରି କହିଲା – ଆହାରେ ଶୋର ସ୍ୱାମୀ ସୋହାଗିନୀ ସତୀରେ ତା ମୁହଁରେ ଝାଡ଼ୁମାର୍ । କହିବାକୁ ଲାଜମାଡୁନି ? ମୁଁ କହୁଛିଁ ନା ତୁ କହନ୍ତୁ ସେ ଯତୀନ୍ଟା ବଞ୍ଚିଥିଲେ । ଫେର୍ ସ୍ୱାମୀ ସୋହାଗ ଦେଖାଉଛି । ମରୁ ନାହୁଁ ? ଭଲ ସ୍ୱାମୀ ଥିଲା ତ ମନଜାଣି । ଆଲୋ ମୁ ସବୁ ଜାଣେ । ବାହା ହୋଇ ଖଣ୍ଡିଏ ଶାଢ଼ୀ କିଣି ଦେବାକୁ, ମୁଠାଏ ଭାତ ଦେବାକୁ କ୍ଷମତା ନଥିଲା –

ଆଶା ପୁଣି ଉଠି କହିଲା – ପୁଣି ସେ କଥା ! ସେ ମରି ସ୍ୱର୍ଗକୁ ଗଲେଣି ତାଙ୍କ ନାମରେ କାହିଁକି କହିବ କି ?

ନେତ୍ୟ ହଠାତ୍ ଉଠୁଁକି ଆସି ଆଶା କାନ୍ଧରେ ଲାଠିମାରି କହିଲା ସ୍ୱାମୀ ସୋହାଗ ଉଛୁଳି ପଡୁଛି ମଦ୍ମାସ ବେଶ୍ୟା କାହାଁକା । ଯିଏ ଘରୁ ଗୋଡ଼ କାଢ଼ିଛି ତା ମୁହଁରେ ଫେର – ଦଉଡ଼ି ଦେଇ ମରୁନୁ ?

ଆଶାର ଚେହେରା ପୂର୍ବଠାରୁ ଆହୁରି ଖରାପ ହୋଇ ଯାଇଛି । ଦେହର ରଙ୍ଗରେ ପୂର୍ବଭଳି ଚମକ ନାହିଁ । ଲାଠିଖାଇ କିନ୍ତୁ ସେ ପୁଣି ଚିହିଁକି ଉଠିଲା । କହିଲା, ହଁ, ଦଉଡ଼ି ଦେବି । ଗଳାରେ ଦଉଡ଼ି ଦେଇ ଯଦି ପୋଲିସ୍ ହାତରେ ତୁମକୁ ଧରାଇ ନ ଦେଇଛି –

- ଚୁପ୍, ପୁଲିସ୍ ତୋର ବାପ କି ?

- ପୁଣି ମୁହଁରେ ସେସବୁ କଥା । -

ଏଥର ଜଣେ ପ୍ରୌଢ଼ା ସ୍ତ୍ରୀ ଲୋକ ଆଗେଇ ଆସି ଘର ଭିତରେ ଠିଆ ହେଲେ । କହିଲେ - ଆପଣମାନଙ୍କ ଏଇଟା କି ରକମ ବ୍ୟାପାର । ଆପଣମାନେ ଉଦର ଲୋକଟି ? ଆଖପାଖ ଘରମାନଙ୍କର ଗୃହସ୍ତ ଝିଅ ବୋହୂ ସମସ୍ତେ ରହିଛନ୍ତି । ଏଠାରେ ମଦଖାଇ ଇମିତି ହୋହଲ୍ଲା ଚଳିବ ନାହିଁ । ହାଙ୍ଗାମା କରିବାକୁ ଯଦି ମନ, ନାକରା ହେବାକୁ ଯଦି ଇଚ୍ଛା, ସରକାରୀ ରାସ୍ତା ପଡ଼ିଛି । ଏଠାରେ ଏସବୁ କଲେ ପୋଲିସ୍‌ରେ ଖବର ଦେବାକୁ ହେବ -

ପାଲ ମହାଶୟ ବୋଧହୁଏ ଏଥର ସାହସ ପାଇ ଆଗେଇ ଆସିଲେ - କହିଲେ - ମୁଁ ବି ସେ କଥା କହୁଛି । କହିଲି ଏଠାରେ ସେ ସବୁ କରନି - କଥା କଣିକି ମାତାଲ୍ ଆଗକୁ ଯିବାକୁ କ'ଣ ସାହସ ହେଉଛି ? !

ପ୍ରୌଢ଼ା ସ୍ତ୍ରୀ ଜଣକ ଆଶାକୁ ଧରି ଘର ବାହାରକୁ ଆଣୁ ଆଣୁ କହିଲେ - ମାତାଲ ସାମନାରେ ତର୍କ କରୁଛ, ଛି ! ଦେଖୁ ନା ତା ଦେହରେ କଣ ଏବେ ଜ୍ଞାନ ଅଛି ? ଆସ ମୋ ଘରକୁ -

ଆଶା ଚାଲିଯିବା ଦେଖୁ ନେତ୍ୟ ଅତ୍ୟନ୍ତ କର୍କଶ ଓ ଉଚ୍ଚ ଅସ୍ପଷ୍ଟ ସ୍ୱରରେ କହିଲା । - ଏ ଅନ୍ୟ କୋଠିକି ଯାଇନା କହି ଦେଉଛି । ତୋରହାଡ଼ ଭାଙ୍ଗି ଚୂନା କରିଦେବି ଖବରଦାର । ଏ ହଇରେ ଏ ମୁଁ ଏକ୍ଷଣି ଚା ଆଉ ଅଣ୍ଡା ଭଜା ଖାଇବି । ତା ନ କରି ଯଦି ଯିବୁ - ନେଇ ଯାଇନି ମାଉସୀ -

ପ୍ରୌଢ଼ା ସ୍ତ୍ରୀ ଜଣକ ଯାଉଁ ଯାଉଁ କହିଲେ - ଆଛା ଅଛା ଚା କରି ଅଣ୍ଡା ଭାଜି ଆମଘରୁ ପଠାଇ ଦେଉଛି ବାବା - ଆପଣ ଟିକିଏ ଶାନ୍ତ ହୋଇ ଶୋଇ ଥାଆନ୍ତୁ -

ପାଲ୍ ମହାଶୟ ଉପସ୍ଥିତ ଲୋକମାନଙ୍କୁ ଦେଖୁ କହିଲେ - ଚାଲ, ଚାଲ - କଣ ସବୁ ଏଠାରେ ଦେଖୁଛ ? ଦୁଇ ଦୁଇ ଯୋଡ଼ା ହାତ ଗୋଡ଼ କାହାର ବାହାରିଛି ନା ଠାକୁରାଣୀ ଧରିଛି ? କହୁଛି ସେତେବେଳୁ ଆରେ ଯିଏ ଯାହା ଘରେ ଯାହା କରୁ । ତୁମର କଣ ଅଛି । ଆମ ଘରକୁ ଆସିବ ଟିଭି ଦେଖିବା ! କେତେ ବଡ଼ ବାପର ପୁଅ ସେ ! !

ଶେଷ କଥା କେତୋଟି ପୌରୁଷ ଗର୍ବ ବ୍ୟଞ୍ଜକ ଉଚ୍ଚାରଣ କରିବା ବେଳେ ସେ ନିତ୍ୟ ନାରାୟଣର ଘରଠାରୁ ବେଶ୍ କିଛି ଦୂର ବାରଣ୍ଡାର ପ୍ରାୟ ସେ ପାଖକୁ ଚାଲି ଯାଇଛନ୍ତି ଯଦିଓ - ତେବେ ସୁଦ୍ଧା ଯାଉଁ ଯାଉଁ ଥରେ ପଛକୁ ଲେଉଟି ଚାହିଁ ଦେଖୁ ନେଲେ ଦୁର୍ଦ୍ଦାନ୍ତ ମାତାଲଟୋ ତାଙ୍କ କଥା ଶୁଣି ପାରିଛି କି ନା ।

ଯତୀନ ଦୀର୍ଘ ନିଶ୍ୱାସ ପକାଇ କହିଲା – ଏତେ ତଳକୁ ଖସି ଯାଉଛି ସେ! ତା' ମୁ ଭାବିନଥିଲି।

ପୁଷ୍ପ କହିଲା – ଭାବିବା ଉଚିତ ଥିଲା। ଏସବୁ କଥାର ପରିଣାମ ଏପରି ହୁଏ। ଚାଲ ଏଠାରୁ ଯିବା। ଯତୀନ୍ ଚୁପ୍ ହୋଇ ବସିଥିଲା। ଆଶାର ଦୁର୍ଦ୍ଦଶା ତାମନରେ ଗଭୀର ରେଖାପାତ କରିଛି। ସେ ଦୁଃଖିତ ହୋଇ କହିଲା – ତୁ ମୋ ଖାଲି ଆସି ଚାଲିଯିବା କଥା ଜାଣ। କିନ୍ତୁ ମୁଁ କେଉଁଠାକୁ ଯାଇ ଶାନ୍ତି ପାଇବି ପୁଷ୍ପ! ମୋ କର୍ତ୍ତବ୍ୟ ଠିକ୍ କରି ପାରିନି ବୋଲି ଆଜି ତା'ର ଏ ଦୁର୍ଦ୍ଦଶା! ମୁଁ ଯଦି ସ୍ୱାମୀର କର୍ତ୍ତବ୍ୟ ପାଳନ କରିଥାନ୍ତି, ଯଦି ଆଶା ପାଇଁ ସେପରି କିଛି ଟଙ୍କା ପଇସା ରଖିଯାଇ ପାରିଥାନ୍ତି ତେବେ –

– ତୁମର ଭୁଲ୍ ଏବେ ବି ଗଲା ନାହିଁ।

– କାହିଁକି? ଠିକ୍ କଥା କହୁ ନି ମୁଁ? ଭୁଲ୍ – ରହିଲା କେଉଁଠ? ପୁଷ୍ପ ମୃଦୁ ହସି ତା' ପାଖକୁ ଆସି କହିଲା – ତୁମକୁ ଏତେ ଭଲ ଭଲ ବାବାମାନଙ୍କ ପାଖକୁ ନେଇଥିଲି। ତୁମ ବୁଦ୍ଧିଟା ଯେପରି ସ୍ଥୁଲ – ସେପରି ହିଁ ରହିଗଲା।

– କାହିଁକି?

– ଆଶା ଭାଉଜ ନିଜ କର୍ମଫଳ ଏବେ ସୁଦ୍ଧ। ଅନେକ କାଲ ଏହିପରି ଭୋଗିବେ। ତୁମର ତାଙ୍କ କର୍ମର ବନ୍ଧନ କଟାଇ ପାରିବା ସାଧ୍ୟ ନାହିଁ? ଟଙ୍କା ରଖି ଯାଇଥାନ୍ତ। ଟଙ୍କା ସବୁ ଉଡ଼ିଯାଇଥାନ୍ତା। ବଡ଼ ଲୋକଙ୍କ ପୁଅମାନଙ୍କ ପାଇଁ ତାଙ୍କ ବାପ ମା ତ ବହୁତ ଟଙ୍କା ରଖି ମରିଯାଇଆଛନ୍ତି। ସେମାନେ ଉଚ୍ଛନ୍ନ ହୁଅନ୍ତି ନାହିଁ କି?

– ମୁଁ ଏଠାରେ ରହିବି ପୁଷ୍ପ। ତା'କୁ ଏ ପରି ଭାବରେ ପକାଇ ଯାଇ ପାରିବିନି।

– ତୁମେ କାହିଁକି? ଦରକାର ହେଲେ ମୁଁ ବି ରହିବି। ଏଠାରେ ରହିବାରେ ମୋର ରୀତିମତ କଷ୍ଟ ହୁଏ – ତେବେ ବି ତୁମ ପାଇଁ ଯଦି ଆଶା ଭାଉଜଙ୍କ ଏତେଟିକିଏ ବି ଉପକାର କରିପାରନ୍ତି, ତେବେ ଏଠାରେ ରହିବାକୁ ଟିକିଏ ବି ଆପତ୍ତି କରନ୍ତି ନାହିଁ। କିନ୍ତୁ ତୁମେ ଏବେ ସୁଦ୍ଧା ଅନେକ କଥା ବୁଝିପାରି ନାହିଁ। ଏସବୁ ନିଷ୍ଫଳ ଚେଷ୍ଟା। କରୁଣା ଦେବୀଙ୍କ ମୁହଁରୁ ଶୁଣିଛି କରୁଣାର ପାତ୍ର ମେଲାଇବା ବଡ଼ ଦୁଃସାଧ୍ୟ। ନହେଲେ କରୁଣା ଦେବୀଙ୍କ ଭଳି ଶକ୍ତିଶାଳିନୀ ଦେବୀ ଆଶା ଭାଉଜଙ୍କୁ ଏଠାରୁ ଉଦ୍ଧାର କରିବାକୁ ସମର୍ଥ ହୁଅନ୍ତେ ନାହିଁ। ସଙ୍ଗେ ସଙ୍ଗେ ପାରିବେ – କିନ୍ତୁ ସେମାନେ ଜାଣନ୍ତି ତାହା ସମ୍ଭବ ନୁହେଁ। ଜୀବ ନିଜ ଚେଷ୍ଟାରେ ଉନ୍ନତି କରିବ। ବାଉଁଶ ଦେଇ ଠେଲି ଉଚ କରିଦେଲେ ଜୀବ ଉନ୍ନତି କରେନି? ନହେଲେ ଭଗବାନ ଗୋଟିଏ ନିମିଷରେ ସମସ୍ତ ପାପୀ ଉଦ୍ଧାର କରି ପାରନ୍ତେ। ସେମାନଙ୍କ ଉଦ୍ଦେଶ୍ୟ ବୁଝି କାମ କରିବାକୁ ହୁଏ। ସେ କଥା ତୁମେ, ମୁଁ ବୁଝି ନାହୁଁ। କିନ୍ତୁ କରୁଣା ଦେବୀ, ପ୍ରେମ

ଦେବୀ ଭଳି ଦେବ ଦେବୀମାନେ ଅନେକ ଜିନିଷ ବୁଝନ୍ତି – ତେଣୁ ସେମାନେ ଅପାତ୍ରରେ...

– ମୁ ବୁଝିପାରେନି। କିନ୍ତୁ ତୁମେ ଠିକ୍ ବୁଝି ପାର। ତୁମ ଦେଖିବା ଦକ୍ଷତା ମୋଠାରୁ ଅନେକ ଅଧିକ। ତେବେ ବି ତୁମ ସହିତ ଏଠାକୁ ସେଠାକୁ ଯାଇ ମୋର ଅନେକ ଉନ୍ନତି ହୋଇଛି ପୂର୍ବାପେକ୍ଷା। ଆଜିକାଲି ବୁଝାଇ କହିଲେ ବୁଝିପାରେଁ। ତୁମ ସେଇ ସନ୍ୟାସୀଙ୍କ ମତରେ ଏବେ ବୋଧହୁଏ ମୋର ମୁକୁଳିତ ଚେତନ – ନେହେଲେ ବୁଝାଇ କହିଲେ ବି ବୁଝିପାରନ୍ତି ନାହିଁ। ମନରେ ସଂଶୟ ରହନ୍ତା। ଅବିଶ୍ୱାସ ହୁଅନ୍ତା।

ତା ହେଲେ ସେସବୁ ତତ୍ତ୍ୱ ମୋର କୌଣସି କାମରେ ଲାଗନ୍ତା ନାହିଁ।

ଏହି ସମୟରେ ନେତ୍ୟ ନାରାୟଣ ଡାକିବାକୁ ଲାଗିଲା ପାଟିକରି – ଏ ଆଶା ଏଆଡ଼େ ଶୁଣ – ଏ ଆଶା –

ପ୍ରୌଢ଼ା ଘରବାଲୀ ବାରଣ୍ଡାକୁ ବାହାରି କହିଲା – ଟିକିଏ ଚା ଖାଉଛି। ଆପଣଙ୍କ ପାଖକୁ ପଠାଇବି ତିଆରି ହେଲେ। ଆଶା ଏବେ ଯାଇ ପାରିବ ନାହିଁ।

ନେତ୍ୟ ରାଗିଯାଇ କହିଲା – କାହିଁକି ଆସିପାରିବ ନାହିଁ। ଶୁଣି ପାରେଁ କି? ସେ ମୋର ସ୍ତ୍ରୀ। ମୁଁ ଯେତେବେଳେ ଡାକିବି ଅଲବତ୍ ଆସିବ। ତାର ବାପ ଆସିବ।

ଏଇକଥାଟି ଯତୀନର ଛାତିରେ ଯେପରି ଶୂଳ ପରି ବିନ୍ଧିଲା। ଆଶା ତା’ରି ସ୍ତ୍ରୀ! ବୈଦିକ ମନ୍ତ୍ର ଉଚ୍ଚାରଣ କରି ଯାହା ସହିତ ସେ ପରିଣୟ ସୂତ୍ରରେ ଆବଦ୍ଧ ହୋଇଛି – ସେହି ଆଶା ଅପର ଜଣକର ସ୍ତ୍ରୀ? ନେତ୍ୟର ହୁକୁମରେ ତାକୁ ଚଳିବାକୁ ହେବ? ଯତୀନର ମୁଣ୍ଡ ଯେପରି ବୁଲାଇ ଦେଲା। ଗୋଟିଏ ମୁହୂର୍ତ୍ତରେ ସମସ୍ତ ଦୁନିଆଁ ବିସ୍ୱାଦ, ମିଥ୍ୟା, ବୃଥା ଭଳି ମନେହେଲା।

– ମସ୍ତ ଗୋଟିଏ ଠକେଇ, ମସ୍ତ ଗୋଟିଏ ଧପ୍ପାବାଜିରେ ସେ ପଡ଼ିଯାଇଛି। ପୁଷ୍ଟ, ଟୁଷ୍ଟ, ସନ୍ୟାସୀ, ଫନ୍ୟାସୀ ସବୁକିଛି ଏଇ ଜୁଆଚୁରିର ଅନ୍ତର୍ଗତ ବ୍ୟାପାର। ନହେଲେ ଅଗ୍ନିସାକ୍ଷୀ ରଖି, ହୋମ କରି, ବୈଦିକ ମନ୍ତ୍ର ଉଚ୍ଚରାଣ କରି ଯାହାକୁ ସେ ସହଧର୍ମିଣୀ କରିଥିଲା –

କିୟ ଏହା ହୁଏତ ନରକ!!

ସେ ହୁଏତ ନରକ ଭୋଗ କରୁଛି – ସ୍ତ୍ରୀ ପ୍ରତି କର୍ତ୍ତବ୍ୟ କରିନି। ବାଧ୍ୟ କରି ତାକୁ ଶ୍ୱଶୁର ଘରୁ ଆଣି ପାଖରେ ରଖି ସଂଶୋଧନର ରବେଷ୍ଟ କରିନି। କ୍ଳୀବଭଳି ନିଷ୍କେଷ୍ଟ ହୋଇଥିଲା। ଏହାବି ତମୋ ଗୁଣ। ତା ଲାଗି ଏହି ନିଦାରୁଣ ନରକ ତାକୁ ସ୍ୱତଂସୁରେ ଦେଖିବାକୁ ପଡୁଛି। କିଏ ଯେପରି ଟାଣି ନେଇ ଆସୁଛି ତାକୁ ଏଠାକୁ। ଏହି

ଶୋଚନୀୟ ଦୃଶ୍ୟ ଦେଖିବାକୁ କିଏ ଯେପରି ତାକୁ ବାଧ୍ୟ କରୁଛି । ନିୟତି ଭଳି ନିଷ୍ଠୁର ସେ ଆକର୍ଷଣ ତାକୁ ମୁକ୍ତି ଦେବ ନାହିଁ ।

ପୁଷ୍ପ କହିଲା – ଚାଲ ଯତୀନ୍‌ଦା । ଆଉ ଏଠାରେ ରହି କଷ୍ଟ ପାଅ ନାହିଁ । ଯତୀନ ଦୁଃଖ ବୋଲା ହତାଶାରେ କହିଲା – ତୁମେ ବଡ଼ କରୁଣାମୟୀ ପୁଷ୍ପ । ତୁମେ ଜାଣ ଯେ ଏହା ମୋର କର୍ମ ଫଳ । ନରକ ଭୋଗ । ତୁମେ ମାତ୍ର ମୋତେ ଦୟା କରି ଏଠାରୁ ଅପସାରଣ କରି ନେଇ ଯିବାକୁ ଚାହୁଁଛ । ମୁଁ ସବୁ ଏଥର ବୁଝି ପାରୁଛି । କିନ୍ତୁ ପୁଷ୍ପ ଦୟାମୟୀ, ମୋର ଚାରା କାହିଁ ଯିବାକୁ! ଚୁମ୍ବକ ଯେପରି ଲୁହାକୁ ଟାଣେ, ଆଶାର ଭାଗ୍ୟ ଆଉ ମୋର କର୍ମଫଳ ପରସ୍ପରକୁ ସେପରି ଟାଣୁଛି । ଟାଣି ଆଣୁଛି କାହିଁ ତୁମର ସେହି ତୃତୀୟ ସ୍ତରରୁ । ମୋତେ ସେ ଆକର୍ଷଣରେ ଆସିବାକୁ ହେବ । ମୁଁ ଅନ୍ୟତ୍ର ଯାଇବି ପାରିବି ନାହିଁ ।

ପୁଷ୍ପ ଦୃଢ଼ ସ୍ୱରରେ କହିଲା – ତୁମେ ଦୁର୍ବଳ ହୋଇ ହତାଶ ହୋଇ ପଡ଼ନା ତାହା କଣ ପୁରୁଷର କାମ । ବୀରର କାର୍ଯ୍ୟ ? ତାଛଡ଼ା ଏଇ ବନ୍ଧନରୁ ମୁଁ ତୁମକୁ ବଞ୍ଚାଇବି । ନୋହିଲେ ତୁମେ ବୁଝି ପାରୁନ କି ବିପଦ ତୁମ ସମ୍ମାନରେ –। କିନ୍ତୁ ଯତୀନ ନିତାନ୍ତ ଯିବାକୁ ନ ଚାହିଁବାରୁ ପୁଷ୍ପ କିଛି ସମୟ ପୃଥିବୀରେ ରହି ଚାଲିଗଲା – କହିଲା – ପୃଥିବୀକୁ ଭୋଗ ପାଇଁ ସେ ପୁଣି ଫେରି ଆସିବ । କିନ୍ତୁ ରାତି ଦୁଇଟା ପରେ ନେତ୍ୟ ମଦ୍ୟପାନ ଜନିତ ଅବସାଦରେ ଶୋଇ ପଡ଼ିଲାରୁ ଯତୀନ ଭାବିଲା ଏଥର ସେ ସ୍ୱସ୍ଥାନକୁ ଫେରିଯିବ । ଆଶା ତ ଘରବାଲୀର ଘରେ ଶୋଇଛି । ସୁତରାଂ ଏବେ ଆଉ କିଛି ଭୟ ନାହିଁ । ଉଦ୍‌ବେଗ ନାହିଁ । ଯେପରି ଭୟ ବା ଉଦ୍‌ବେଗଥିଲେ ସେ କିଛି ସାହଯ୍ୟ କରିପାରିଥାନ୍ତ !! ପୃଥିବୀ ଛାଡ଼ି ବାହାର ଆକାଶ ତଳକୁ ଆସି ସେ ଦେଖିଲା ରାସ୍ତାଗୁଡ଼ିକ ଏକେବାରେ ଶୂନ୍ୟ । କେହି କୌଣସିଠାରେ ନାହିଁ । ଏକାବେଳେ ଜନ ଶୂନ୍ୟ । ଯତୀନ ଟିକିଏ ବିସ୍ମିତ ହୋଇଗଲା । ପୃଥିବୀର ଲୋକଙ୍କର ଅବା ଦେଖାମିଲନ୍ତା ନାହିଁ; କିନ୍ତୁ ଅସୀମ ବ୍ୟୋମର ନାନା ସ୍ଥାନରୁ ବିଶେଷତଃ ଭୂପୃଷ୍ଠରୁ ଶହେ ଦେଢ଼ଶହ ଗଜ ଉପରୁ ମେଘର ସମାନ୍ତରାଲ ଅବା ତା ଠାରୁ ଉର୍ଦ୍ଧ୍ୱ ବହୁତ ରାସ୍ତା ସୀମା ସଂଖ୍ୟାହୀନ ଅନନ୍ତ ଆଡ଼କୁ ନିରୁଦ୍ଦେଶ୍ୟ ଯାତ୍ରା କରିଛି । ଏସବୁ ରାସ୍ତା କୌଣସି ଧରାବନ୍ଧା ସୁରକି ସିମେଣ୍ଟର ତିଆରି ରାସ୍ତା ନୁହେଁ–ଆମ୍ନିକ ଜୀବ, ଦେବଦେବୀ ଉଚ୍ଚ ଜୀବଗଣଙ୍କ ଗମନାଗମନ ଦ୍ୱାରା ସୁନିର୍ଦ୍ଧିଷ୍ଟ ଗୋଟିଏ ଅଦୃଶ୍ୟ ଜ୍ୟୋତିରେଖା ମାତ୍ର ।

ସାଧାରଣତଃ ବିଶ୍ୱର ଏହି ରାଜମାର୍ଗ ଗୁଡ଼ିକରେ ଆମ୍ନିକ ପୁରୁଷମାନେ ସର୍ବଦା ଯାତାୟତ କରନ୍ତି । ଆଜି କିନ୍ତୁ ସେଠାରେ କେହି ବି ନାହାନ୍ତି ଏକବାରେ । ତା'

ଉପରକୁ ଆସି ଦେଖିଲା ଯେଉଁ ସ୍ଥାନରେ ଧୂସର ବର୍ଷ ଆମ୍ଭାମାନଙ୍କ ଅଧିଷ୍ଠାନ ଭୂମି । ତାହା ବି ଜନହୀନ ! !

ଯତୀନ ବୁଝିପାରିଲା ନାହିଁ ଏ ରହସ୍ୟର କଣ କାରଣ ? ସେ ଆମ୍ଭିକ ଲୋକର ତୃତୀୟ ସ୍ତରକୁ ଏତେ ବର୍ଷ ହେଲା ଆସିଲାଣି କିନ୍ତୁ ଏପରି ବ୍ୟବସ୍ଥା ତ କେବେ ଦେଖିନି । ତା' ମନରେ ଯେପରି କିଛି ଗୋଟିଏ ଭୟର ସଞ୍ଚାର ହେଲା । ଅଥଚ କଣ ପାଇଁ ଭୟ ସେ ଜାଣି ପାରିଲା ନାହିଁ । ଯିଏ ଥରେ ମରିଛି, ସେ ଆଉ ମରିବ ନାହିଁ ତେବେ ଭୟ କ'ଣ ପାଇଁ ହେଉଛି ବୁଝି ପାରିଲା ନାହିଁ ।

ହଠାତ୍ ଯତୀନ ଦେଖିଲା ଜଣେ ଲୋକ ଆତଙ୍କରେ ଚାରିଆଡ଼କୁ ଚାହିଁ ଚାହିଁ ଝଡ଼ ବେଗରେ ଉଡ଼ି ଦ୍ୱିତୀୟ ସ୍ତର ଆମ୍ଭିକ ଲୋକଠାରୁ ଆହୁରି ଉର୍ଦ୍ଧ୍ୱଲୋକ ଆଡ଼କୁ ପଳାଉଛି । କଥା କ'ଣ ? ଏହାର କିଛି ଗୋଟିଏ ଗୁରୁତର କାରଣ ଅଛି ।

ଯତୀନ ତାକୁ କିଛି ପଚାରି ଯିବା ପୂର୍ବରୁ ସେ ଅନ୍ତର୍ହିତ ହେଲା । ମନେହେଲା ପଳାୟମାନ ଲୋକ ଯେପରି ହାତର ଇଙ୍ଗିତରେ ତାହାକୁ କିଛି ଗୋଟାଏ କହିଲା – କଣ କିଛି ଗୋଟିଏ ବିଷୟରେ ସାବଧାନ ହେବାକୁ କହିଲା ।

ଲୋକଟି ଅଦୃଶ୍ୟ ହେବାର କିଛି ସମୟ ପରେ ହିଁ ଯତୀନର ମନେ ହେଲା କ'ଣ ଗୋଟିଏ ଭୟଙ୍କର ଆକର୍ଷଣ ତାକୁ ତଳ ସ୍ତରକୁ ଟାଣି ନେଇଯାଉଛି । ଅତି ଭୀଷଣ ସେ ଆକର୍ଷଣର ବେଗ । ତିମିର ଯେପରି କେଉଁ ବିଶାଳ ଚୁମ୍ବକୀୟ ଶକ୍ତି ଜଗତ୍ ବ୍ରହ୍ମାଣ୍ଡ ଚୃର୍ଷ୍ଣବିଚୃର୍ଷ୍ଣ କରି ତାର ଜାଲ ବିସ୍ତାର କରିଛି – ଯତୀନର ସମ୍ମୁଖ, ପାଖ, ଦୂର ଚାରିଆଡ଼େ ଝଡ଼ ଭଳି କେଉଁଠାରୁ ସେହି ଭୀଷଣ ଶକ୍ତିର ଲୀଳା ନିମିଷକରେ ବ୍ୟାପ୍ତ ହୋଇଗଲା । ଯତୀନ ଯେପରି ଭୟଙ୍କର ଆବର୍ତରେ ତଳାତଳ ପାତାଳ ଅଭିମୁଖରେ କେଉଁଠାକୁ ଚାଲିଛି । ତା'ର ସଂଜ୍ଞା ଲୋପ ପାଇ ଆସୁଛି । କେବଳ ଏତିକିମାତ୍ର ସେ ଲକ୍ଷ୍ୟକଲା ଖାଲି ସେ ନୁହେଁ ଝଡ଼ ମୁହଁରେ ତା ଭଳି ବହୁ ଜୀବାମ୍ଭା କୁଟା କାଠି ଭଳି କେଉଁ ଆଡ଼କୁ ଯାଉଛନ୍ତି ବିଷମ ଘୂର୍ଷ୍ଣିର ଆକର୍ଷଣରେ । ତାପରେ ଗୋଟିଏ ଆର୍ତ ଚିତ୍କାରର ସ୍ୱର, ଗୋଟିଏ ବହୁ ସମ୍ମିଳିତ କଣ୍ଠର ଆର୍ତନାଦ ଯତୀନ ଠିକ୍ ଭାବରେ ବୁଝିପାରୁ ନାହିଁ । ତାର ସଂଜ୍ଞା ଲୁପ୍ତ । ଅତି ପ୍ରାକୃତ କଣ ଗୋଟିଏ ବିଷମ ଶକ୍ତିର ଅମୋଘ ଆକର୍ଷଣ ତାହାକୁ ଖେଳଣାର କଣ୍ଢେଇରେ ପରିଣତ କରିଛି ।

ଭୟାନକ ଅନ୍ଧକାର ତା ଚାରିଆଡ଼େ । ଏହାକି ତଳାତଳ ପାତାଳ ? ପୃଥିବୀ କେଉଁଠି, ବିଶ୍ୱ ବ୍ରହ୍ମାଣ୍ଡ ଚନ୍ଦ୍ର, ସୂର୍ଯ୍ୟ କାହିଁ । ପୁଷ୍ପ କାହିଁ ? କରୁଣା ଦେବୀ କାହିଁ । ହତ ଭାଗିନୀ ଆଶା କେଉଁଠି – ସମସ୍ତ ଲୁପ୍ତ ଏକାବେଳକେ ! କେଉଁ ରସାତଳକୁ ସେ ଯାଉଛି ଏଇ ଅଲଂଘନୀୟ ଆକର୍ଷଣରେ !

ଅନେକ ସମୟ, ଅନେକ ଯୁଗ ଯେପରି ବିତିଯାଇଛି – ଯତୀନର ହୋସ୍ ନାହିଁ। ବହୁଦିନ ଧରି ସେ କଣ ଗୋଟିଏ ଗଭୀର ନିଦ୍ରାରେ ଅଚେତନ ହୋଇ ପଡ଼ିଥିଲା। ସବୁ ଅନ୍ଧକାର, ବିସ୍ମୃତି.....ପୁଷ୍ପ ଡାକରେ ତା'ର ଚେତନା ଆସିଲା। ପୁଷ୍ପ ତାକୁ ଡାକୁଛି ହଇହେ ଯତୀନଦା, ହେ ଯତୀନ ଦା, ବାହାରି ଆସ। ପୁଷ୍ପ ଆଉ ଜଣେ ତାହାକୁ ପ୍ରାଣପଣେ ଡାକ ଛାଡ଼ିଛନ୍ତି। ଯେପରି କାହିଁ କେତେ ଦୂରରୁ --

ଯତୀନ କହି ଉଠିଲା - ଐଁ!!

– ଜଲ୍‌ଦି ଚାଲିଆସ – ଓଁ କୃଷ୍ଣ, ଓଁ କୃଷ୍ଣ ନାମ ଉଚ୍ଚାରଣ କର। ଓଁ କୃଷ୍ଣ, ଓଁ କୃଷ୍ଣ, ଓଁ କୃଷ୍ଣ – ପୁଷ୍ପ, ପୁଷ୍ପ ଡାକୁଛି!! ଯତୀନର ଜ୍ଞାନ ଧୀରେ ଧୀରେ, ଆସ୍ତେ ଆସ୍ତେ ଫେରି ଆସିଛି। ଏଇଟା କେଉଁ ସ୍ଥାନ!

କିଏ ଜଣେ ଯେପରି ତା ହାତ ଧରିଲେ ଆସି। ପୁଷ୍ପର କଣ୍ଠ ସ୍ୱର ତା କାନକୁ ପୁଣି ଶୁଭିଲା। ପୁଷ୍ପ ଡାକି କହୁଛି ଯେପରି – ଏଥରକ ଯତୀନ ଦା ବଞ୍ଚିଗଲେ। ତେବେ ଏବେସୁଦ୍ଧା। ଠିକ୍ ଜ୍ଞାନ ହୋଇନି -

ପୁଣି ଆମ୍ଭିକ ଲୋକର ନିର୍ମଳ ବାୟୁସ୍ତରରେ ତା'ର ନିଃଶ୍ୱାସ ପ୍ରଶ୍ୱାସ ସହଜ ଓ ଆନନ୍ଦମୟ ହୋଇ ଆସୁଛି। ଯତୀନ ଜ୍ଞାନ ଫେରିପାଇ ଦେଖିଲା ତା ସମ୍ମୁଖରେ ପୁଷ୍ପ ଓ ପୁଷ୍ପରମା। ସେ ଆଶ୍ଚର୍ଯ୍ୟ ହୋଇ ତାଙ୍କ ଆଡ଼କୁ ଚାହିଁ କହିଲା – କଣ ହୋଇଥିଲା କହତ ? ଏହା କି ପ୍ରକାର କଣ ହେଲା। ଏପରି ତ କେବେ ବି -

ତାପରେ ସେ ଚାରିଆଡ଼କୁ ଚାହିଁ ଆହୁରି ଅବାକ୍ ହୋଇଗଲା। ସେ ପୃଥିବୀର ଗୋଟିଏ ଗରିବ ଗୃହସ୍ଥର ପୁରାତନ କୋଠାଘର ଭିତରେ। ପୃଥିବୀରେ ଏହା ରାତ୍ରିର ସମୟ, ବୋଧହୁଏ ଗଭୀର ରାତି। ବର୍ଷା କାଳ। ବାହାରେ ଗାଢ଼ ଅନ୍ଧକାର, ଝିପିଝିପି ବର୍ଷା ହେଉଛି। ଘର ପଛପଟ ବାଉଁଶ ବଣରେ ବର୍ଷା ଶୁଭୁଛି। ଘରର ଗୋଟିଏ କୋଣରେ କିଛି ପିଉଲ, କଁସାର ବାସନ ଗୋଟିଏ ଟେବୁଲ୍ ଉପରେ। ଗୋଟିଏ ପୁରୁଣା ପଟାଖଟ। ଦୁଇ ତିନୋଟି ବସ୍ତା – ଗୋଟିଏ ବସ୍ତା ଉପରେ ଆଉ ଗୋଟିଏ ରଖା ହୋଇଛି। ସମ୍ଭବତଃ ଧାନ। ଘର ବାରଣ୍ଡାର ଗୋଟିଏ ପାଖରେ ଗୋଟିଏ ବାଲ୍‌ଟି। ସେମାନଙ୍କ ଠିକ୍ ସାମ୍ନା ଚଟାଣ ଉପରେ ମଳିନ କନ୍ଥା ବିଛା ହୋଇଥିବା ବିଛଣାର ଗୋଟିଏ ପାଖରେ ଛୋଟଛୋଟ ତକିଆ ପଡ଼ିଛି। – ଆଉ ଗୋଟିଏ ଛୋଟ ବିଛଣା ପଡ଼ିଛି। ସେ ବିଛଣାଟି ଶୂନ୍ୟ। ଆଉ ବିଛଣା ସାମ୍ନା ଚଟାଣ ଉପରେ ହିଁ ମଳିନ ଶାଢ଼ୀ ପରିହିତା ଗୋଟିଏ ଝିଅ ବସି ହେଁକେଇ ହେଁକେଇ କାନ୍ଦୁଛି। ଝିଅର କୋଳରେ ଗୋଟିଏ ମୃତ ଶିଶୁ, ସମ୍ଭବତଃ ଛଅ, ସାତ ମାସର। ଘର କବାଟ ପାଖରେ ଗୋଟିଏ ପୁରୁଣା ହାରିକେନ୍ ଲଣ୍ଠନ୍ ବୋଧହୁଏ ମଇଲା ଲାଲ କିରୋସିନ ତେଲରେ ଜଳୁଛି। କାରଣ ଆଲୁଅଠାରୁ

ଧୂଆଁ ବେଶୀ ହୋଇ ଲ୍ୟାଣ୍ଠନ କାଚର ଗୋଟିଏ ପାଖ କଳା କରିପକାଇଛି । ଘର ଭିତରେ ଆହୁରି ଦୁଇ ତିନୋଟି ଝିଅ ଓ ପୁରୁଷ ଲୋକ ସଭିଏଁ କ୍ରନ୍ଦନରତା ଝିଅଟିକୁ ଘେରି ନିଶବ୍ଦରେ ବସିଛନ୍ତି ।

ଝିଅଟି କାନ୍ଦୁଛି ଓ ବିଲାପ କରି କହୁଛି – ଏମୋର ସୁନା, ହସି ଦେରେ ମାଣିକ ମୋର, ଆଖ୍ ଫିଟାଇ ଚାହାଁ ପୁଅ । ମୋ କୋଲ ଖାଲି କରି ପଳାନାରେ ପୁଅ, ମୋର ସୁନା । କେଉଁଠିକୁ ଯିବୁରେ ଧନ ମୋତେ ଏଠାରେ ଛାଡ଼ି ?

ଯତୀନ ବିସ୍ମିତ ହୋଇ ପୁଷ୍ଟ ଆଉ ପୁଷ୍ଟର ମାଙ୍କୁ ଚାହିଁ କହିଲା – ଏସବୁ କଣ ହେଲା । କଥା କଣ । ଏମାନେ କିଏ, ମୁଁ କେଉଁଠି ?

– କାଲିଠାରୁ ତୁ ଥରେ ବି ମୋର ଦୁ ପିଈ ନାହୁଁ ପୁଅ । ମୋ ଦୁ'ରେ ମୁହଁ ବି ଦେଇନୁ । ଦୁ ଖାଆରେ ପୁଅ, ଧନମୋର । ଆଖ୍ ଫିଟାରେ ମାଣିକ ମୋର –

ଝିଅଟିର ଆକୁଲ କ୍ରନ୍ଦନରେ ଯତୀନର ମନ ଭିତରେ ଗୋଟିଏ ଅଭୁତ ଧରଣର ଚଞ୍ଚଳତା ଦେଖାଦେଲା । ଅନ୍ୟ କାହାରି କାନ୍ଦଣା ଶୁଣି ତାର କେବେ ଏପରି ହୋଇନାହିଁ । କେଉଁ ଅନୁଭୂତିରେ ତା ଆଖ୍ରେ ଲୁହ ଆସିଗଲା ।

ପୁଷ୍ଟ କହିଲା ଚାଲି ଆସ ଯତୀନ ଦା । ଚାଲ ସମସ୍ତେ ଯିବା । ତୁମେ ପୁନର୍ଜନ୍ମର ଆକର୍ଷଣରେ ପଡ଼ି ପୃଥିବୀରେ ଜନ୍ମ ହୋଇଥିଲ ଆଜିକୁ ଛଅ ସାତ ମାସ ହେବ । ସେ ତୁମର ମା କାନ୍ଦୁଛି । ଆଜି ପୁଣି ଦେହରୁ ମୁକ୍ତି ପାଇଲ । ଏଇ ମୃତ ଶିଶୁଟି ତୁମେ ନିଜେ । କେତେ ଯେ ବଡ଼ ବିପଦରେ ଆମମାନଙ୍କୁ ପକାଇଥିଲ ତୁମେ ।

ଯତୀନ ଅବାକ୍ ହୋଇ କହିଲା – ପୁନର୍ଜନ୍ମର ଆକର୍ଷଣ ! ସେ କଣ ! ମୁଁ ଏଇ ଘରେ !

– ଏଇ ଘରେ ଜନ୍ମିଥିଲ । ଏମାନେ ବ୍ରାହ୍ମଣ । ଗାଁର ନାଁ କୋଲାବଲରାମପୁଅ ଜିଲ୍ଲା ଯଶୋର । ଭଗବାନଙ୍କୁ ବହୁତ ଡାକି ଆଉ କରୁଣାଦେବୀଙ୍କ ଦୟାରୁ ଆଜି ଉଦ୍ଧାର ହେଲ । – ନହେଲେ ଦେହଧରି ଏହିସବୁ ପୁରୁଣା ପଡ଼ାଗାଁରେ ଏବେଠୁ ବହୁତ ଦିନଧରି କଟାଇବାକୁ ହୋଇଥାଆନ୍ତା । – ପୁନର୍ଜନ୍ମର ଧକ୍କା ବୁଝିପାରନ୍ତ । ବାରମ୍ବାର ପୃଥିବୀକୁ ଯିବା ଆସିବା କରିବା କୁଫଲ, ତା'ର କୁ ପରିଣାମ ଏଥର ବୁଝ୍ ପାରୁଛନ୍ତି କି ? କେତେଥର ତୁନକୁ ମୁଁ ମନା ନକରିଛି ?

ଯତୀନର ମନ ସେତେବେଳେ ପୁଷ୍ଟର ସେସବୁ ଆଧ୍ୟାତ୍ମିକ ତିରସ୍କାର ଆଡ଼କୁ ନଥିଲା । ତା ସାମ୍ନାରେ ବସି ଏହି ତାର ପୃଥିବୀରମା ଗରିବ ଘରରମା ତାହାରି ହିଁ ବିୟୋଗ ବ୍ୟଥାରେ ବ୍ୟାକୁଲ । ଅଶ୍ରୁମୁଖୀ । ଗତ ଛଅ ମାସର ଶୈଶବଟି କୌଣସି ଦାଗ ଟାଣି ନାହିଁ ତାର ଶିଶୁ ମସ୍ତିଷ୍କରେ; କିନ୍ତୁ କେତେ ବିନିଦ୍ର ରଜନୀ ଯାପନର

ମୌନ ଇତିହାସ ଏଇ ଦରିଦ୍ରା ଜନନୀର ତରୁଣ, କରୁଣ ମୁହଁଟିରେ। ତାହାରି ମା, ନବଜନ୍ମର ଦୁଃଖୀନୀ ଜନନୀ, ଯାହାଙ୍କ ବତ୍ରିଶ ନାଡ଼ୀ ଛିଣ୍ଡାଇ ଛଅ ମାସ ପୂର୍ବରୁ ଏଇ ଦରିଦ୍ର ଘରେ କେତେ ଆଶା, ଆନନ୍ଦର ଢେଉ ଖେଳାଇ ଦିନେ ସେ ପୁନରପି ଧରଣୀ ମାଟିରେ ଭୂମିଷ୍ଠ ହୋଇଥିଲା। କି ଅଭୁତ ମୋହ, କି ଆଶ୍ଚର୍ଯ୍ୟ ମାୟାର ବନ୍ଧନ। ମନେ ହେଉଛି ସ୍ୱର୍ଗ ଚାହେଁନି, କରୁଣା ଦେବୀଙ୍କୁ ଚାହେଁନି, ପୁଷ୍କୁ ଚାହେଁନି, ଆଶାକୁ ଚାହେଁନି। ଆଧ୍ୟାତ୍ମିକ ଉନ୍ନତି ପୁଂନ୍ନତି ଚାହେଁନି। ଏଇ ପୃଥିବୀର ମାଟିରେ ପୃଥିବୀର ଏହିମା'ଙ୍କ କୋଳରେ ସୁଖ ଦୁଃଖରେ ସେ ପୁଣି ମନୁଷ୍ୟ ହୁଅନ୍ତା! ଏହି ଝିପିଝିପି ବର୍ଷାଧାରା। ଏହି ବର୍ଷା ରାତିଟି ଏହି ଗରିବମା'ଙ୍କ ତାରି ଲାଗି ଏତେ ଆକୁଳ କ୍ରନ୍ଦନ, ବୁକୁ ଫଟାବିଳାପ।

– ଏସବୁ ଜୀବନ ସ୍ୱପ୍ନର କେଉଁ ଗଭୀର ରହସ୍ୟମୟ ଅଙ୍କ ଅଭିନୟର ବିଚିତ୍ର ଦୃଶ୍ୟପଟ। ଭଗବାନ୍ ହିରଣ୍ୟ ଗର୍ଭଙ୍କ ଅଧୃଷ୍ଟିତ ସ୍ୱପ୍ନ ତାହାର ମନେ ପଡ଼ିଲା ଯାତ୍ରା ଦଳରେ ଶୁଣିଥିବା ଗୀତର ଦୁଇଟି ଧାଡ଼ି –

ଏହି ନାଟକର ଏହି ଅଙ୍କରେ ପାଇଛିସ୍ଥାନ ତୋହରି ଅଙ୍କେ, ହୁଏତ ଯିବି ପର ଅଙ୍କରେ ପୁତ୍ର ସାଜି ପରର ଅଙ୍କେ।। ସେମାନଙ୍କ ଭିତରୁ ଜଣେ ପ୍ରୌଢ଼ା କହିଲେ – ଆଉ କାନ୍ଦନା ବୋହୂ। ଯାହା ହେବାର ହୋଇଗଲା। ଏଥ ଉଠ, ହୃଦୟ ଟାଣକର। ମନରେ ଭାବ ଏହା ତୁମ ପୁଅ ନୁହେଁ। ବଞ୍ଚରହିବାକୁ ଆସିଥିଲେ କୋଳ ଛାଡ଼ି ତୁମକୁ ଛାଡ଼ି ଚାଲି ଯାଇନଥାନ୍ତା। ସେ ବଞ୍ଚ ରହିବାକୁ ତ ଆସିନଥିଲା – କାନ୍ଦନା –

ଜଣେ ଅର୍ଦ୍ଧ ବୃଦ୍ଧ ବୟସର ଲୋକ କହିଲେ – ବର୍ଷା ବେଳେ ଆଉ ଏବେ କେଉଁଠିକୁ ଯିବା। ସକାଳ ହେବାକୁ ଆଉ ବେଶୀ ଡେରି ନାହିଁ। ସାଧନ ଆଉ ହରିଚରଣକୁ ନେଇ ମୁଁ ଯିବି ଏବେ –

ପ୍ରୌଢ଼ କହିଲେ – ବର୍ଷା ତ କମୁ ନାହିଁ ବାବା। ସେଇ ଯେ ଆରମ୍ଭ କରିଛି ସନ୍ଧ୍ୟାରେ ଆଉ ସାରାରାତି –
କଥାବାର୍ତ୍ତା ହେଉଁ ହେଉଁ କାଉ, କୋଇଲି ଡାକ ଦେଉଁ ଦେଉଁ ରାତି ଫରଚା ହୋଇ ଆସିଲା। ପୁଷ୍ର ବାରମ୍ବାର ଡାକରେ ସୁଦ୍ଧା ଯତୀନ ସେଠାରୁ ଘୁଞ୍ଚିଲା ନାହିଁ। ପୁତ୍ରହରା ଜନନୀର ଆକୁଳ କାନ୍ଦ ସେ ଆଉଳି କାଉଳି ଭିତରେ ସେହି ଅର୍ଦ୍ଧବୃଦ୍ଧ ଲୋକଟି ଓ ଦୁଇ ଜଣ ଯୁବକ ମୃତ ଶିଶୁର ଦେହ ଧରି ବର୍ଷା ମୁଖର ବେଳଟାରେ ସୁଦ୍ଧା ବାଉଁଶ ବଣ ବାଟ ଧରିଲେ। ଯତୀନ ପୁଷ୍, ପୁଷ୍ର ମା ମଧ ଗଲେ ସେମାନଙ୍କ ସହିତ। ଘରୁ ଅଳ୍ପ ଦୂରରେ ଗୋଟିଏ ଛୋଟ ନଦୀ। ବିଭିନ୍ନ ଜଳଜ ଉଭିଦରେ ନଦୀ ସ୍ରୋତ ଅଧେ ଖଣ୍ଡେ ବୁଜି ହୋଇ ଯାଇଛି। ସେମାନେ ଶାବଳରେ ଗାତ ଖୋଲି ମୃତ ଦେହଟି ନଦୀ

କୂଳରୁ କିଛି ଉଚ୍ଚ ସେ ଜାଗାଟାରେ ପୋତି ଦେଲେ। ସେତେବେଳକୁ ବି ଭଲକରି ଦିନ ଫରଚା ହୋଇନି। ବୃଷ୍ଟି ଧାରା ଲାଗି ସବୁ ଆଡ଼େ ଝାପସାଝାପସା ଦେଖାଯାଉଛି। ବାଟ ଘାଟରେ ଲୋକବାକ କେହି ଯିବା ଆସିବା କରୁ ନାହାନ୍ତି ଏବେସୁଦ୍ଧା। ବର୍ଷାକାଳର ଧାରା ମୁଖର ପ୍ରଭାତ କାଳ ଏହା।

(୧୬)

ପୁଷ୍ପ ଯତୀନକୁ ସଙ୍ଗରେ ନେଇ ପୃଥିବୀର ବୃଷ୍ଟିପାତ ମୁଖର ଝାପସା ଆକାଶର ଉର୍ଦ୍ଧ୍ୱରେ ଗୋଟିଏ ସୁଉଚ୍ଚ ପର୍ବତ ଚୂଡ଼ାରେ ଆସି ବସିଲା। ପୁଷ୍ପରମା' କହିଲେ – ମା ପୁଷ୍ପ ମୁ ଯାଉଛି। ତୁମେମାନେ ବସିଥାଅ।

ତଳେ ପୃଥିବୀର ଚାରିଆଡ଼େ ମେଘରେ ମେଘରେ ବିଦ୍ୟୁତ୍ ଗର୍ଭ ମେଘପୁଞ୍ଜରୁ ବିଦ୍ୟୁତ୍ ଚମକୁଛି। ଚକ୍ରବାଳରେ ସୂର୍ଯ୍ୟୋଦୟ ହେଉଛି। ବହୁଦୂର ପର୍ଯ୍ୟନ୍ତ ଆକାଶ ରଙ୍ଗିନ। ସୋମାନେ ଯେପରି ପାର୍ଥିବ ବାସନା, କାମନାର ବହୁ ଉପରେ କେଉଁ ନିର୍ମଳ ଦେବ ଲୋକରୁ ପୃଥିବୀକୁ ଚାହିଁ ରହିଛନ୍ତି ତଳମୁହାଁ ହୋଇ। ବଙ୍ଗଳା ଦେଶର ଉତ୍ତର ଦିଗରେ ଏହା ବୋଧହୁଏ ହିମାଳୟ ପର୍ବତର ଚୂଡ଼ା। ଦୂରରେ ପାଖରେ ତୁଷାର ରାଶି ସୂର୍ଯ୍ୟାଲୋକରେ ଝକମକ କରୁଛି। ଯତୀନର ମନେ ହେଉଥିଲା ଏହି ସବୁ କିଛି ମାୟା, କୁହୁକ। ଭଗବାନଙ୍କ କୁହୁକ। ମୃତ୍ୟୁର ଅସତ୍ୟତା ସେ ଭଲ ଭାବରେ ବୁଝିଛି। ମୃତ୍ୟୁ ବୋଲ ତା ହେଲେ କିଛି ବି ଜିନିଷ ନାହିଁ। ଏଇତ ସେ ଯଶୋର ଜିଲ୍ଲାର କୋଲା ବାଲରାମପର ଗ୍ରାମରେ ମରି ଗଲା ଶେଷ ରାତିରେ। ଅଥଚ ସେ ପର୍ବତ ଶିଖରରେ ସୁସ୍ଥ ଶରୀରରେ ସମାସୀନ। ମରଣ ନାହିଁ। ଦୁଃଖ ନାହିଁ। ଆମେମାନେ ଅମର। ଜୀବନ ମରଣ ସହିତ ସୁଖ-ଦୁଃଖ ସହିତ-ସନାତନ ନିତ୍ୟ, ଅବିନଶ୍ୱର ଆମମାନଙ୍କର ଏହା କ୍ଷଣିକ ଲୀଳା ଖେଳା।

ପୁଷ୍ପ ଯତୀନର ମନର ଭାବ ବୁଝିପାରିଲା। ଯାହାବି ହେଉ ଯତୀନଦା ତାର ପୁରୁଣା ମଣିଷ! ୟୁନିଭରସିଟିର ଛାତ୍ର ଥିଲା। ମର୍ମ ସଙ୍ଗେ ସଙ୍ଗେ ଧରିପାରେ, ବୁଝିପାରେ। ପେଟ ଭିତରେ ଏକା ବେଳକେ ବିଦ୍ୟା ନଥିଲେ ଅନ୍ଧକାର ଘୁଞ୍ଚିବ ? ସେ ଗମ୍ଭୀର ହୋଇ କହିଲା – ଏଥର ବଞ୍ଚିଗଲ ସତରେ। କିନ୍ତୁ ବାରମ୍ବାର ଆଶା ଭାଉଜଙ୍କ ପାଖକୁ ଯିବାଆସିବା କରିବା ହେତୁ ତୁମର ଏହି ବିପଦ ହେଲା। ଅନେକଥର ତୁମକୁ ସାବଧାନ କରିଥିଲି। ତୁମେ ଶୁଣିନା। ପୂର୍ବଜନ୍ମର ଆବର୍ତ୍ତ ମେଘରେ ମେଘରେ ଆମ୍ଭିକ ସ୍ତରରେ ଝଡ଼ବେଗରେ ଆସି ପହଞ୍ଚିଯାଏ। କେଉଁଠାରୁ ଆସେ ତାହା ଜାଣିନି। କେତେ ଅବା କଥା ଆମେ ଜାଣୁ ବିଶାଳ ଜଗତର !! ସେହି ସମୟରେ ଯିଏ ତା ମୁହାଁରେ ପଡ଼େ

ତାହାକୁ ନେଇ ପୃଥିବୀରେ ଫିଙ୍ଗି ଘୁରାଇନିଏ। ସେଠାରୁ ପରିତ୍ରାଣ ନାହିଁ। ତେଣୁ ଫଳସ୍ୱରୂପ ଆସି ଜନମିଥିଲ ପୃଥିବୀରେ –

– ମୋର ମନେ ଅଛି ସେ ଭାଷଣ ଆକର୍ଷଣର କଥା – ମୋର ଜ୍ଞାନ ନଥିଲା।

– ତୁମେ ଆଶା ଘରେ ଏତେବେଳଯାଏ ରହିବା ଆଦୌ ଉଚିତ ନଥିଲା। ତାହା ଗୋଟିଏ ଝଡ଼ ଭଲି ଭୂମିକମ୍ପ ଭଲି ବିପର୍ଯ୍ୟୟ। ତେବେ ତୃତୀୟ ସ୍ତରର ତଳ ଅଞ୍ଚଳମାନଙ୍କରେ ଏଇ ଘୂର୍ଣ୍ଣି ଆବର୍ତ୍ତର ସୃଷ୍ଟି। ଚତୁର୍ଥ ସ୍ତରର ଆମ୍ଭମାନେ ସେତେ ବିପଦଗ୍ରସ୍ତ ହୁଅନ୍ତି ନି ଏହାଦ୍ୱାରା। ଯଦିଓ ପଳାଇ ଯାଆନ୍ତି ସମସ୍ତେ, ତାହା ଗୋଟିଏ ଅନ୍ଧ ଶକ୍ତି – ତାହାକୁ ବିଶ୍ୱାସ ନାହିଁ। କେଉଁଠାକୁ ଘୁରାଇ ନେଇ ପକାଇ ଦେଇ ପୁନର୍ଜନ୍ମ ଘଟାଇବ ପୃଥିବୀରେ। ଅନେକେ ପୃଥିବୀରେ ଜନ୍ମ ନେବାକୁ ଚାହାନ୍ତି ନାହିଁ। ପ୍ରାୟ ସମସ୍ତେ ଏଇଟାକୁ ଭୟକରନ୍ତି।

– ତୁମେ ମୋତେ କୌଣସି ଦିନ ଏଇ ରହସ୍ୟମୟ କଥା କହିନାହିଁ ତ ?

– ଭୂମିକମ୍ପର କଥା ସମସ୍ତଙ୍କୁ ସଭିଏଁ କହି ବୁଲନ୍ତି ? ସମୟ ମିଳିବ ଏସବୁ କଥା କହି ବୁଝାଇବାକୁ !! ହୁଏତ ଏ ଜନ୍ମରେ ଘଟି ପାରିବ ନାହିଁ। ନୁହେଁ ତ ଭୁକମ୍ପ ଆସି ସବୁ କିଛି ଓଲଟ୍ ପାଲଟ୍ କରି ଦେଇଗଲା – ଏଇଟାଭି ସେଭଲି। ପୃଥିବୀର ବାସନା, କାମନା, ଆସକ୍ତି ଯେତେବେଳେ ମନ ଭିତରେ ଅଧିକ ହୁଏ କିମ୍ବା ଯେତେବେଳେ ତୃତୀୟ ସ୍ତରଠୁଁ ତଳକୁ ଥିବା ଆମ୍ଭିକ ଲୋକରେ ଥାଏ। ସେ ସମୟର ଆବର୍ତ୍ତ ବଡ଼ ବିପଦ ଜନକ। ସେଇଥିଲାଗି ତୁମକୁ ବାରମ୍ୱାର ମନା କରୁଥିଲି। ତୁମକୁ ଏକାକୀ ଆଉ ବାହାର ଯିବାକୁ ଦେବି ନାହିଁ –

– ତୁମେ କେତେବେଳେ ଜାଣି ପାରିଲ ?

– ସେତେବେଳେ। ମୁଁ ସେତେବେଳେ ବସିଛି – ଲଜ୍ଜାରେ ପୁଷ୍ପ ନିଜକୁ ହଠାତ୍ ସମ୍ଭାଲି ନେଲା। ସେ ଜପ-ଧ୍ୟାନ କରିଥାଏ ଲୁଚି ଲୁଚି। ଯତୀନଦାର ଆଗରେ ସେ ମସ୍ତବଡ଼ କେଉଁ ଯୋଗୀନୀ ସାଜିବାକୁ ଚାହେଁ ନା।

– ହଁ ହଁ – ତା ପରେ ?

– ତାପରେ ତତ୍କ୍ଷଣାତ୍ ବୁଝିଲି, ତୁମେ ମାତୃଗର୍ଭରେ ପଶିଯାଇଛ। ତୁମର ସଙ୍ଗେ ସଙ୍ଗେ ବିସ୍ମୃତି ହୋଇଯାଇଥିଲା। ମୁଁ ଏଣେ ତେଣେ ଧାଁ ଧପଡ଼ କରି ମଲି। ଧାଇଁଲି କରୁଣା ଦେବୀଙ୍କ ପାଖକୁ। ମୋ ଗୁରୁଦେବଙ୍କ ପାଖକୁ ଧାଇଁଲି। କରୁଣା ଦେବୀ କହିଲେ – ମା'ର ମନରେ ଦୁଃଖ ଦେଇ ତୁମକୁ ବଞ୍ଚାଇ ପାରିବେ ନାହିଁ।

ଯତୀନ ହସି ହସି କହିଲା – ପୃଥିବୀରେ ମରିଗଲି। ଆଉ ତୁମ ଏଠାକାର ଭାଷାରେ ବଞ୍ଚଗଲି। ଏଇଟା ବଡ଼ ମଜାଲିଆ କଥାଟିଏ କହିଲ ଏକା ପୁଷ୍ପ ? ଆହୁରି

ଏହା ଆଗରୁ ଦୁଇଥର କହିଲଣି ବଞ୍ଚିଗଲ ଯତୀନ୍ଦା। ଆରେ ମରିହିଁ ତ ଯାଇଛି ଆଜି ସକାଳେ ପୃଥିବୀରେ ?

ପୁଷ୍ପ ହସି କହିଲା – ତାପରେ କଣ ହେଲା ଶୁଣ। କରୁଣା ଦେବୀତ କହିଲେ ମା'କୁ କନ୍ଦାଇ ପାରିବେ ନାହିଁ। ଗୁରୁଦେବ କହିଲେ –ତୁମକୁ ମାତୃଗର୍ଭରେ ଦଶମାସ– ଦଶଦିନ ରହିବାକୁ ହେବ – ତାପରେ ଭୂମିଷ୍ଠ ହେବାକୁ ପଡ଼ିବ। ତାପରେ ସେ ଚେଷ୍ଟା କରିବେ ।

– କଣ ଚେଷ୍ଟା କରିବେ ଶିଶୁ ହତ୍ୟାର ?

– ତୁମ ଅଜ୍ଞାନ ଅନ୍ଧକାର ଯାଇନି ଦେଖୁଛି ଏତେବେଳଯାଏ।

– ନା, ମୋ ମନରେ ଝଟ୍କା ଲାଗିଛି। ପୁଷ୍ପ ତୁମମାନଙ୍କ ଭାଷାରେ ମୋତେ ବଞ୍ଚାଇ ଖୁବ୍ ଭଲ କରିଛି। କିନ୍ତୁ ସେ ଝିଅଟିର କାନ୍ଦ ମୋ ମାଙ୍କର ସେଇ କାନ୍ଦ....

ଯତୀନର ଆଖିରେ ଲୁହ ଆସିଲା।

ପୁଷ୍ପ ହସି କହିଲା – ଚାଲ ତୁମକୁ ଗୁରୁଦେବଙ୍କ ପାଖକୁ ନେଇଯିବି। ଏତେ ଦିନ ହେଲା ମୁଁ ତୁମକୁ ତାଙ୍କ କଥା କହି ନଥିଲି – ତୁମ ମନ ଆଜି ଭଲ ନାହିଁ। ମୋ ସହିତ ଚାଲ –

– କେତେ ଦୂର ?

– ପଞ୍ଚମ ସ୍ୱର୍ଗର ଦ୍ୱିତୀୟ ସ୍ତରକୁ – ତୁମକୁ ଘୋଡ଼ାଇ ଦେଇ, ଶକ୍ତିଦେଇ ନେଇଯିବି। ନହେଲେ ତୁମର ସଂଜ୍ଞା ରହିପାରିବ ନାହିଁ ଏତେ ଉପରେ। କିନ୍ତୁ କିଛି ଦେଖି ପାରିବ ନାହିଁ –

ଯତୀନ୍ କିଛି ସମୟ କଣ ଭାବିଲା। ତାପରେ କହିଲା – ବସପୁଷ୍ପ ଦେଖିଥାଆସେ ମା କ'ଣ କରୁଛନ୍ତି –

ପୁଷ୍ପ ଧମକ ଦେଇ କହିଲା – କିଏ ମା ? କିପରି ମା। ବୈଷ୍ଣବୀ ଭାଷାର ଭୁଲିନି। ଅନନ୍ତ ପଥରେ କେତେ ମା, କେତେ ବାପା, କେତେ ପୁଅଝିଅ, କେତେ ସ୍ତ୍ରୀ। ସମସ୍ତେ ଅବିନାଶୀ ଆତ୍ମା। ପ୍ରତ୍ୟେକ ଲୀଳା କରୁଛନ୍ତି। ଚାଲ –

– ନା ପୁଷ୍ପ, ଏବେ ସୁଦ୍ଧା ତୁମ ଭଳି ମୋର ଜ୍ଞାନ ହୋଇନି। ଏବେ ସୁଦ୍ଧା ମାୟା, ଦୟା ମନରୁ ଏକାବେଲକେ ପୋଛି ଦେଇ ପାରିନି। ତୁମମାନଙ୍କ ବ୍ରହ୍ମ ଜ୍ଞାନ ଧରି ତୁମେ ରହ। ମୁଁ ସେ ଭିତରକୁ ଯିବିନି ସତ କହୁଛିଁ। ମୋତେ ମାକୁ ଦେଖି ଯିବାକୁ ହେବ। ଆଜି ସକାଳରେ ତା'ର ବକ୍ଷବିଦାରକ କାନ୍ଦ। ମୁଁ ତାଙ୍କ ପୁଅ ହୋଇ କିପରି ଅବା ସହି ପାରିବି, ଭୁଲି ଯିବି ? ପୁଷ୍ପ ମୃଦୁ ହସି ଟିକିଏ ଧୀର ଭାବରେ କହିଲା – ଓଃ ଜେତେ ବଡ଼ ବନ୍ଧନ ! ତାହାହିଁ ଦେଖୁଛି ! ମାୟାର ଅଭୁତ ଶକ୍ତି ରହିଛି ସତରେ !

ପରିତ୍ୟାଗ କରି ଦେବା କଣ ଏତେ ସହଜ ? ମନୁଷ୍ୟକୁ ନେଇ ପୃଥିବୀର ଲୀଳା ନହେଲେ ହେବ କିପରି ?

ତାପରେ ସେ ହଠାତ୍ ସୁସ୍ୱରରେ ଗାଇ ଉଠିଲା ମାତ୍ର ଦୁଇଟି ଫଙ୍କ୍ତି ।

ବିଧିର ସୃଜନ ଏହି ଯେ ବନ୍ଧନ ମାନବ କି ତା ପାରିବ ଖୋଲି ?

ଭାଙ୍ଗିକି ପାରିବ ସେହି କାରାଗାର କାହାଣୀ ମାୟାର ବିଚିତ୍ର କଳି !!

ଯତୀନ ବିଦ୍ରୂପ କରି କହିଲା – ଥାଉ ଥାଉ ତୁମର ବ୍ରହ୍ମ ବିଦ୍ୟା । ଏବେ ରଖ ସେ ସବୁ ମୋତେ ଶୁଣାନା । ମୋ ଦେହରେ ଯାଉନି ।

– ଚମତ୍କାର !

– ତୁମେ ଏବେ ମା' ପାଖକୁ ନ ଯାଇ ପରେ ଯିବ ।

– ମୁଁ ଥରେ ଦେଖି ଆସେ, ବସ –

ପୁଣି ସେଇ କଳା-ବଳରାମପୁର ଗାଁ । ସମୟ ଦୁଇ ପ୍ରହର । ବର୍ଷା ବନ୍ଦ ଅଛି । କିନ୍ତି ମେଘ-ମେଦୁର ଆକାଶ । ଥଣ୍ଡା ପବନ ବହୁଛି । ରାତିସାରା ବର୍ଷା ହୋଇଥିବାରୁ ରାସ୍ତାଘାଟ ପାଣିରେ ଭରିଛି । ବୃଷ୍ଟିସିକ୍ତ ଲତା ଗୁଳ୍ମର ପତ୍ରପୁଞ୍ଜରୁ ଟୁପଟାପ ପାଣି ଝରି ପଡୁଛି ଏବେ ସୁଦ୍ଧା ।

ରଙ୍ଗା ଘର ବାରଣ୍ଡାରେ ଝିଅଟି ଖାଇ ବସିଛି । ମୁଗ ଡାଲି, କଦଳୀ ଫୁଲ ସନ୍ତୁଲା ଆଉ କଞ୍ଚା କଦଳୀ ଭଜା । ସକାଳର ସେହି ପ୍ରୌଢ଼ା ବି ପାଖରେ ବସି ଖାଉଛନ୍ତି । ସେ ଖାଇ ଖାଇ କହିଲେ ଟିକିଏ ଡାଲି ଦେବି ବହୂ ?

– ନା, ମୁଁ ଆଉ କିଛି ଖାଇବି ନି ମାଉସୀ । ସକାଳଟାରେ ଯାହାଖାଇଛି ପେଟ ପୂରି ଯାଇଛି ।

–ଛିଃ, ଏପରି କଥା କହନ୍ତି ନାହିଁ ବହୂ । ପୁଣି କୋଳ ପୁରାଇ ପୁଅ ପାଇବ । ହାତରେ କାଚ, ମଥାରେ ସିନ୍ଦୂର ବଜାୟ ଥାଉ ।

ଝିଅଟି ଭାତ ଖାଇବା ବନ୍ଦ କରି କହିଲା – ମୁହଁ, ଆଖି, ନାକ କେତେ ସୁନ୍ଦର ମାଉସୀ । ସେ ଯେ ବଞ୍ଚିବ ନି ତାହା ମୁ ଜାଣିଥିଲି । ମୋ କପାଳରେ କଣ ଏପରି ପିଲା ବଞ୍ଚରହିବ । ସେଥର ରାତିରେ କଣ କାମୁଡ଼ିଲା ଯେ ପୁଅ ବିକଳ ହୋଇ କାନ୍ଦି ଉଠିଲା । ମୁଁ ସଙ୍ଗେ ସଙ୍ଗେ ଡିବିରି ଜାଳି ଦେଖେ ପୁଅର କଚ୍ଚାତଳେ ଏତେ ବଡ଼ କଙ୍କଡ଼ା ବିଛା ! ସେହି ରାତିରେ କଞ୍ଚା ଭାଜି ଚେର ବାଟି ଗିଲପଡ଼ା ବାରିକଘରୁ ଆଣି ଦେଲି । ଆହା ଦଶହରା ମାସରେ ଏପରି କାଶ ହେଲା ଯେ ତା'ର ନିଶ୍ୱାସ ରୁଦ୍ଧି ହୋଇ ଯାଉଥିଲା । ଶିବୁ ଡାକ୍ତର କଣ ଯେ କହିଲେ । ହୁପିଂ କାଶନା କଣ । ଯେତେଦିନ ବଞ୍ଚିଥିଲା ଖାଲି

କଷ୍ଟ ହିଁ ପାଇଛି ବଚ୍ଛା ମୋର! ପ୍ରୌଢ଼ା କହିଲେ – କାନ୍ଦନା ବହୁ ଛିଃ। ଭାତଥାଲି ଆଗରେ କାନ୍ଦନ୍ତିନି ଦୁଇପହର ବେଳଟାରେ। ଏହା ଭଲ ଲକ୍ଷଣ ନୁହେଁ।

ଝିଅଟି କାନ୍ଦି କାନ୍ଦି କହିଲା – ମୋର ଅଲକ୍ଷଣ, ସୁଲକ୍ଷଣସବୁ ଯାଇଛି ମାଉସୀ। ତୁମେ କହ‌ତ ମୁଁ ହେଲେ ତାସଙ୍ଗେ ଚାଲିଯାଇ ଶାନ୍ତି ପାଆନ୍ତି। ମୁ ତା ମୁହଁ ନଚାହିଁ କିପରି ବଞ୍ଚ ରହିବି ମାଉସୀ!

ଝିଅଟି ଏଥର ଭୋ କରି ଲାଦି ଉଠିଲା ହାତ ଆଣ୍ଠୁ ଉପରେ ରଖି।

ଛିଃ ଛିଃ ବହୁ ଖାଇନିଅ। ଏପରି ହୁଅନା। ତୁମେ ତ ଅବୁଝା ଝିଅ ନୁହେଁ। ପୁଣି ହେବ। ଆମେ ସ୍ତ୍ରୀ ଲୋକ ଚିନ୍ତା କରନା। କୋଳ ପୂରାଇ ପୁଣି ପାଇବ।

ଯତୀନକୁ ସେଠାରୁ ଟଣାଓଟରା କରି ଆଣିବା କାଠିକର ଥାଏ। ଅନେକ କଷ୍ଟ କରି ପୁଷ୍ଟ ତାକୁ ବୋଲା ବଲରାମପୁର ବେନର୍ଜୀ ଘରୁ ଉଦ୍ଧାରକରି ନେଇ ଆସିଲା ବୁଢ଼ା ଶିବତଲାକୁ।

କହିଲା – ମନକୁ ବହୁତ ବାଧୁଛି ମା'ଙ୍କ ଲାଗି ?

– ସତେ, ଏତେ କଷ୍ଟ ଦେଇ କାହା ମନରେ ଏଇ ସ୍ୱର୍ଗରେ ମୋର କିଛି ସୁଖ ହେବ ନାହିଁ। ଏହା ପାଣିଚିଆ ହୋଇଗଲାଣି। ଜଗତରେ ଯେତେବେଳେ ଏତେ କଷ୍ଟ, ସେତେବେଳ ମୁଁ ସୁଖରେ ଥାଇ ଜଣ କରିବି ପୁଷ୍ଟ। ଆମ ଲାଗି ପୃଥିବୀ ହିଁ ଭଲ। ମୁଣ୍ଡ ଝାଲ ତୁଣ୍ଡରେ ମାରି ସେଠାରେ ଜମି ଚାଷ କରିବି। ସ୍ତ୍ରୀ ପୁଅଙ୍କୁ ଖୁଆଇବି। ମା'ଙ୍କୁ ଖୁଆଇବି। ଦେଖିଲ ତ ଖାଇପାରିଲେ ନାହିଁ ? ମୁଁ ସେ ମାୟାବାଦୀ ସନ୍ୟାସୀଙ୍କୁ ପାଇଲେ ଥରେ ପଚାରନ୍ତି–ସମସ୍ତେ ଯଦି ସମାଧ୍ୟ ଲାଭ କରି ବ୍ରହ୍ମରେ ଲୟ ହେବ! ତେବେ ଜଗତ୍ ସଂସାର ଚଲିବ କାହାକୁ ଧରି ? ସବୁ ନେଇତ ସଂସାର। ଚଷା ଯଦି ହଳ ଲଙ୍ଗଳ ବଷ୍ଷିବ ନାହିଁ, ତନ୍ତୀ କପଡ଼ା ବୁଣିବ ନାହିଁ, ମଜୁରିଆ ଯଦି ତୁମ ଆମ ମଜୁରୀ ନ ଖଟିବେ, ତେବେ ସଂସାର କିପରି ଚଲିବ ଚଲୁତ ଦେଖ!! ତୁମେ ତ କହୁଛ ସବୁ ମିଛ। ସବୁ ଭୁଲ –

– ଏ କଥାର ଉତ୍ତର ମୁଁ ତୁମକୁ ଏକ୍ଷଣି ଦେଇ ପାରନ୍ତି ଯେ ତୁମେ କିନ୍ତୁ ବିଶ୍ୱାସ କରିବ ନାହିଁ ମୋ ମୁହଁରୁ ଶୁଣି। ଏ ଯୋଗୁଁ ଜବାବ ଦେଉନି।

– ଜବାବର ଦରକାର ନାହିଁ। ତୁମେ ମୋତେ ପୃଥିବୀରୁ ନେଇ ଆସିଲ କାହିଁକି ?

– କାହିଁକି ନେଇ ଆସିଲି ! ଶୁଣିବ ତେବେ ? ମୁଁ ଆଣିନି। ତୁମ ଭାଗ୍ୟ ତୁମକୁ ପୃଥିବୀରେ ଜନ୍ମ ଗ୍ରହଣ କରାଇଥିଲା। ସେହି ଭାଗ୍ୟ ହିଁ ପୁଣି ଆଣିଛି। ପୃଥିବୀରେ ପୁନର୍ଜନ୍ମ ନେବା ସମୟ ତୁମର ଆସିନି। ଦୈବ ଦୁର୍ବିପାକରେ ପୁନର୍ଜନ୍ମର ଆକର୍ଷଣରେ

ଜନ୍ମ ନେବାକୁ ବାଧ୍ୟ ହୋଇଥିଲ। ତାହା ଗୋଟିଏ ଦୁର୍ଘଟଣା। ଯେପରି ଭୂମିକମ୍ପ। ସେଥାରୁ ତୁମ କର୍ମ ଫଳ ତୁମକୁ ମୁକ୍ତ କରି ଆଣନ୍ତା। ଆଣିଛି ବି। ମୁଁ କିଏ ? ମୁଁ ସାହାଯ୍ୟ କରିଛି ମାତ୍ର। ପୁନର୍ଜନ୍ମ ପାଇଁ ଏତେ ଚିନ୍ତା କରନା। ତାହା ଯେତେବେଳେ ହେବ କେହି ବନ୍ଦ କରିଦେଇ ପାରିବେ ନାହିଁ।

— ମୋତେ ଭଲଲାଗୁନି–ପୃଥ୍ବୀରେ ଏତେ କଷ୍ଟ। ଏଠାରେ ନିଶ୍ଚିନ୍ତ ହୋଇ କିପରି ଭାବରେ–ସେ ଆଡ଼େ ଆଶା ଏଣେ ମୋର ମା –

— ତୁମେ ଏବେ ପୃଥ୍ବୀର ମନୁଷ୍ୟ ନୁହଁ, ଏକଥାଟି ଭୁଲିଯାଉଛ। ଯେତେବେଳେ ପୃଥ୍ବୀର ମନୁଷ୍ୟ ଥିଲ, ସେତେବେଳେ ଏକଥା କହିଥିଲେ ମାନନ୍ତା। ବିଧାତାର ନିୟମ ହିଁ ଏହା ଯେ ପୃଥ୍ବୀର ଜୀବନରୁ ହିଁ ଏଠାକୁ ଆସିବାକୁ ହୁଏ। ସମସ୍ତଙ୍କ ଲାଗି କଷ୍ଟ କରିବି ବୋଲି କହିଦେଲେ ସୁଦ୍ଧା। ତୁମ କଥା କିଏ ଶୁଣିବ ? ନିୟମମାନି ତୁମକୁ ଚଳିବାକୁ ହେବ। ଭଗବାନ ତୁମ ଆମ ଅପେକ୍ଷା ଅଧିକ ବୁଝି ପାରନ୍ତି। ତାଙ୍କ ଆଇନ ମାନିବାକୁ ହିଁ ପଡ଼ିବ। କାହିଁକି ଏଭଳି ହେଲା ? ଏହାର ଉତ୍ତର ସେ ଦେଇ ପାରିବେ। ମୋର ଗୁରୁଦେବଙ୍କ ପାଖକୁ ଯିବ ? ସେ ତୁମକୁ ବୁଝାଇ ପାରିବେ।

— ନା, ମୋର ଗୁରୁ–ଟୁରୁର ଦରକାର ନାହିଁ ପୁଷ୍ପ। ତୁମେ ମୋତେ ମାଫ୍ କର ବହୁତ ହୋଇଗଲା। ମୋର ବଡ଼ ଇଚ୍ଛା ସେ ମାୟାବାଦୀ ସମାଧିବାବା ସନ୍ୟାସୀ ସହିତ –

— ମହାପୁରୁଷମାନଙ୍କ ସଂପର୍କରେ ତୁମ ମୁହଁର ଭାଷା ଟିକିଏ ଭଦ୍ର କରିନିଅ ଯତୀନ୍ ଦା।

ଏପରି ସମୟରେ ବୁଢ଼ୀ ଶିବତଳାର ଘାଟରେ ଗୋଟିଏ ଅଭୁତ ବ୍ୟାପାର ଘଟିଲା। ହଠାତ୍ ଉଭୟେ ଆଶ୍ଚର୍ଯ୍ୟ ହୋଇ ଚାହିଁ ରହିଲେ ପଶ୍ଚିମ ଦିଗ ଆକାଶ ଯେପରି ପ୍ରଜ୍ବଳିତ ଉଲ୍କା ଭଳି କେଉଁ ଆଲୋକରେ ବହୁଦୂର ପର୍ଯ୍ୟନ୍ତ ଆଲୋକିତ ହୋଇ ଉଠିଛି। ଆଉ କିଛି ସମୟପରେ ସେମାନେ ଦେଖିପାରିଲେ ବହୁଦିନ ପୂର୍ବର ସେହି ପଥିକ ଦେବତା ଶୂନ୍ୟ ପଥରେ ଚାଲିଛନ୍ତି। ମନେ ହେଲା ସେ ଏମାନଙ୍କ ଆଡ଼କୁ ଆସୁଛନ୍ତି। ସେପରି ଗୋଟିଏ ନୀଳ–ଆଭା–ଆଲୋକ ସେମାନଙ୍କ କେଉଟାର ଘାଟ ପର୍ଯ୍ୟନ୍ତ ଆସି ପଡ଼ିଲା। କିନ୍ତୁ ତତ୍କ୍ଷଣାତ୍ ତାଙ୍କ ବାଟ ବଦଳିଗଲା ସେ ଆହୁରି ଦୂରରେ ଥିବା କେଉଁ ଗ୍ରହଲୋକ ଆଡ଼କୁ ଯାତ୍ରା କଲେ। ଯତୀନ୍ ପ୍ରଥମରୁ ଚିହ୍ନ ନପାରି ପଚାରିଲା ସେ କିଏ ପୁଷ୍ପ ?

— ଚିହ୍ନି ପାରିଲନି ଯତୀନ୍‍ଦା ? ସେ ସେଇ ପଥିକ ଦେବତା। ଗୋଟିଏ କଳ୍ପ ପୂର୍ବରୁ ଯିଏ ଯାତ୍ରାରମ୍ଭ କରିଛନ୍ତି ଏଇ ବିଶ୍ବର ଶେଷ ଦେଖିବେ ବୋଲି। କିନ୍ତୁ ଆଜି

ସୁଦ୍ଧା ତା'ର ଏକାଂଶ ମଧ୍ୟ ଦେଖ୍ୱପାରି ନାହାନ୍ତି – କେତେ ନୀହାରିକା କେତେ ନକ୍ଷତ୍ର ଲୋକ, କେତେ ଗ୍ରହ ଲୋକ ସେ ବୁଲିଲେଣି। ଏପରି କେତେ ଲକ୍ଷ, ଲକ୍ଷ ପୃଥ୍ବୀ – ତେବେ ହେଁ ଏହାର କୌଣସି କୂଳକିନାରା ପାଉ ନାହାନ୍ତି। ତୁମର ମନେ ନାହିଁ। ସେହିଏ ଥରେ ଏଠାରେ କ୍ଲାନ୍ତ ହୋଇ ଆସି ପହଞ୍ଚଥିଲେ? ପୃଥ୍ବୀ ନାମ ଶୁଣି ପଚାରିଥିଲେ ଏଇଟା ପୁଣି କେଉଁ ଗ୍ରହ!! ସୂର୍ଯ୍ୟ କେଉଁଟା ଚିହ୍ନିପାରି ନଥିଲେ।

– ହଁ, ହଁ ମନେ ପଡୁଛି!

ପୁଷ୍ପ ଟିକିଏ ପ୍ରଚ୍ଛନ୍ନ ତିରସ୍କାର କହି କହିଲା – ତେଣୁ ସିନା କହୁଛି ଯତୀନଦା ଏଇ ସାମନ୍ୟ ସୌର ଜଗତର ଏଇ କ୍ଷୁଦ୍ର ପୃଥ୍ବୀର ମାୟା ତୁମେ କଟାଇ ପାରୁନ। ଅଥଚ ଦେଖ ତୁମେ ଯେଉଁ ଲୋକକୁ ଆସିଛ ସେଠାରେ ସାଧନା କଲେ ତୁମେ ଏପରି କେତେ ଲକ୍ଷ, ଲକ୍ଷ ସୌର ଜଗତ୍ ତାର କୋଟିକୋଟି ଗ୍ରହର ଜୀବନ ଯାତ୍ରା ଦେଖ୍ୱପାରିବ! କେତେ ଯେ ଦେଖ୍ୱବା ଜିନିଷ ରହିଛି, କେତେ ଜାଣିବା କଥା ଅଛି ଯତୀନ ଦା ସେସବୁ ଦେଖ୍ୱବାକୁ ଜାଣିବାକୁ ତୁମ ଇଚ୍ଛା ହୁଏନି?

ଯତୀନ ସଙ୍ଗେ ସଙ୍ଗେ କିଛି ଉତ୍ତର ଦେଇପାରିଲା ନାହିଁ। କିଛି ସମୟ ସ୍ତବ୍ଧ ହୋଇ ବସି ରହିଲା। ତାପରେ ସହସା ଉତ୍ତେଜିତ ହୋଇ କହିଲା – ମୁଁ ସବୁ ଦେଖ୍ୱବି, ବୁଝିବି ପୁଷ୍ପ। ମୋର ଆଖ୍ୱ ସେ ଅନେକଟା ଯେପରି ଖୋଲି ଦେଇଗଲେ। ଚାଲ କରୁଣା ଦେବୀଙ୍କ ପାଖକୁ –

– ଏବେ?

– ଏତେ ଟିକିଏ ବି ବିଳମ୍ବ ନୁହେଁ।

ପୁଣି ସେହି ଉଚ୍ଚ ଆମ୍ଳିକ ଲୋକ ବାୟୁସ୍ତର। ପଲକ ନପଡୁଣୁ ପୁଷ୍ପ ସାହାଯ୍ୟରେ ଯତୀନ ଶତ ଶତ ଯୋଜନ, ଯୋଜନ ପରେ ଯୋଜନ ପାରି ହୋଇ ଚାଲିଲା। କରୁଣାଦେବୀଙ୍କ ସେହି କ୍ଷୁଦ୍ର ଗ୍ରହରେ ଆସି ପହଞ୍ଚ ଦେଖ୍ୱଲେ କେହି କୌଣସିଠାରେ ନାହାନ୍ତି। ସେହି କୁସୁମିତ ଉପବନ, ସେଇ ପ୍ରାଚୀନ ବୃକ୍ଷତଳ ଯେଉଁଠାରେ ରାଜ ରାଜେଶ୍ୱରୀ ଭଳି ରୂପସୀ ଦେବୀ ସେଦିନ ଆଲୁଲାୟିତ ହୋଇ ଶୋଇ ପଡ଼ିଥିଲେ। ଆଜି ସେ ସ୍ଥାନ ଜନ ଶୂନ୍ୟ।

ଯତୀନ ହତାଶ ହୋଇ କହିଲା – ଏଇ ତ ଦେଖ୍ୱଲେ ସେ ନାହାନ୍ତି!!

– ଜଗତ୍ ସଂସାରର କାମରେ ସବୁବେଳେ ଘୁରି ବୁଲୁଛନ୍ତି। କେ ଜାଣେ କେଉଁଠିକି ଗଲେ –

– କିନ୍ତୁ କେତେ ସୁନ୍ଦର ଏଇ ଦେଶଟା! ମୋର ଇଚ୍ଛାହୁଏ ଏହିଠାରେ ହିଁ ରହନ୍ତି। ବୁଢ଼ା ଶିବ ତଲାରଘାଟ ଏପରି ଭାବରେ ହୋଇପାରିବ ନାହିଁ?

– ଅନେକ ଅଧିକ ଶକ୍ତି ଦରକାର ଏପରି ଦେଶ ଗଢ଼ିବାରେ। ମୋର ସେତେ ଶକ୍ତି ନାହିଁ ଯତୀନ୍ଦା। ଏ ଦେଶ କେବଳ ବାହାର ପ୍ରାକୃତିକ ଦୃଶ୍ୟ ନେଇ ସୁନ୍ଦର ହୋଇନି। ମନ ଉପରେ ଏହାର ପ୍ରଭାବ ବୁଝିପାରୁଛ ନିଶ୍ଚୟ। ଆମେ ଯେପରି ଅନେକ ଉଚ୍ଚ ଜୀବ ହୋଇ ଯାଇଛୁଁ। ଶ୍ରାନ୍ତି ନାହିଁ, କ୍ଲାନ୍ତି ନାହିଁ, ଦେହମନ କେତେ ଉଚ୍ଚ ଧରଣର ହୋଇଯାଇଛି।

ଏପରି ସମୟରେ ଗୋଟିଏ ବିସ୍ମୟକର ଆବିର୍ଭାବ ଭଳି କରୁଣାଦେବୀ ହଠାତ୍ ଯେପରି ଜ୍ୟୋତିଃ ପଦ୍ମ ପରି ପ୍ରସ୍ଫୁଟିତ ହୋଇ ଉଠିଲେ ସେହି ବନସ୍ଥଳର ସୀମାରେ। ସ୍ନେହ ଓ ପ୍ରସନ୍ନତା ଦେବୀଙ୍କ ବିଶାଲ ଚକ୍ଷୁ ଦ୍ୱୟର ଘନନୀଲ ତାରକାରେ। ହସି କହିଲେ – ମୁଁ ତୁମମାନଙ୍କୁ ଦେଖି ଗୋଟିଏ ସ୍ଥାନରୁ ଫେରିଆସିଲି –

ପୁଷ୍ପ ଲଜ୍ଜିତ ଓ ଅପ୍ରତିଭ ସ୍ୱରରେ କହିଲା – ଆପଣଙ୍କ କାମରେ ବାଧା ଦେଲୁଁ ଦେବୀ ?

କରୁଣା ଦେବୀ ହସି କହିଲେ – ନା, ମୁ ଇଚ୍ଛା କରିଥିଲି ତୁମେମାନେ ଆଜି ଏଠାକୁ ଆସ – ବସ, ଆସ ଏଇ ଗଛ ତଳକୁ।

ଯତୀନ ଓ ପୁଷ୍ପ ଗଛ ତଳେ ତାଙ୍କ ପାଖରେ ବସି ପଥିକ ଦେବତାଙ୍କ ଅଭୁତ ଆବିର୍ଭାବର କଥା କହିଲେ। କରୁଣା ଦେବୀ ସମସ୍ତ ଶୁଣି କହିଲେ – ଭଗବାନ୍ ଅବା ବ୍ରହ୍ମଙ୍କ ଅସ୍ତିତ୍ୱରେ ଅବିଶ୍ୱାସୀ କୌଣି ନାସ୍ତିକ ଦେବତା ହୋଇଥିବେ। ତେବେ ବହୁ ଶକ୍ତିଧର ସତରେ!

ମୁଁ କିନ୍ତୁ ଜାଣେନା।

ଯତୀନ କହିଲା – ଏତେ ଯିଏ ଦେଖ ବୁଲୁଛନ୍ତି ସେ ନାସ୍ତିକ ?

– ସେମାନେ ଅନ୍ୟ ବିବର୍ତ୍ତନର ପ୍ରାଣୀ।

– ପୃଥିବୀର ନୁହେଁ ?

– ନା, ଅନ୍ୟ କକ୍ଷର। ସେସବୁ ଶୁଣିବ ଏବେ। ଚାଲ ଯେଉଁ ସ୍ଥାନର କାମ ପକାଇ ଦେଇ ଏଠାକୁ ଆସିଛି। ସେଠାକୁ ତୁମମାନଙ୍କୁ ନେଇଯାଏ।

ଉଭୟେ ଅଖି ବୁଜିଲେ – ଯତୀନର ଜ୍ଞାନ ଯଦ୍ୱାରା ରହିପାରିବ ତା'ର ବ୍ୟବସ୍ଥା କରିବାକୁ ହେବ। ନହେଲେ ସେ ଉଚ୍ଚସ୍ତରକୁ ଯାଇ ବି ଦେଖିପାରିବନି। ବୁଝିପାରିବନି। ଏକ ମୁହୂର୍ତ୍ତ ଭିତରେ ସେମାନେ ଅନୁଭବ କଲେ, ଖୁବ୍ ଅଭୁତ ଗୋଟିଏ ସ୍ଥାନକୁ ଆସିଛନ୍ତି। ସେମାନେ ନିମିଷକରେ ଯେପରି ବିରାଟ ଆମ୍ଭା ହୋଇଯାଇଛନ୍ତି। ବାଧା ବନ୍ଧନହୀନ ସର୍ବ ସଂସ୍କାର ମୁକ୍ତ ଦେବାତ୍ମା। ଦେଶ ଓ କାଳର ଉପନ୍ୟାସର କାହାଣୀ

ଯେପରି – ଏବେ ଥିଲେ କେଉଁଠି ପୁଣି ଏଇ ଆସିଲେ କେଉଁଠିକି। ଦେଶ ଅତିକ୍ରମ କରିବାକୁ ହୋଇନି। କାଳର ବ୍ୟବଧାନ କାହିଁ ଅନୁଭୂତ ତ ହେଲା ନାହିଁ ?

ସେଇଟା ବି ଏକ ବିଚିତ୍ର ଦେଶ। ପବନରେ ଯେପରି ନବ ପ୍ରସ୍ଫୁଟିତା ମୃଣାଳିନୀର ସୁଗନ୍ଧ। ଗୋଟିଏ ବିଶାଳ ସୁନୀଳ ସମୁଦ୍ର ଢେଉ ଅଡ଼ାଢ଼ି ହୋଇ ପଡୁଛି କୂଳରେ। ସମୁଦ୍ର ମଝିରେ ମଝିରେ ମେଜେଣ୍ଟା ରଙ୍ଗର, ଧୂସର କଳା ରଙ୍ଗର ଛୋଟ ବଡ଼ ପର୍ବତ ଏଣେତେଣେ ପଡ଼ିରହିଛି। ସମୁଦ୍ର ତଟରେ ଗୋଟିଏ ଅରଣ୍ୟ ବୃକ୍ଷ ତଳେ ଜଣେ ରୂପବାନ ଜ୍ୟୋତିର୍ମୟ ତରୁଣ ଦେବତା ବସି ଏକ ଲକ୍ଷ୍ୟରେ ଚିନ୍ତା କରୁଛନ୍ତି।

ଯତୀନ ଏପରି ଦୃଶ୍ୟ କେବେ ବି ଦେଖିନି। ଏପରି ଅପୂର୍ବ ରୂପବାନ୍ ମହାଜ୍ୟୋତିଷ୍ମାନ ଦେବମୂର୍ତି। ସେ ଶ୍ରଦ୍ଧାରେ, ବିସ୍ମୟରେ ଅଭିଭୂତ ହୋଇ ଚାହିଁ ରହିଲା।

ପୁଷ୍ପ ତାକୁ ଦେଖି କିଛି ଅବାକ୍ ହୋଇଗଲା ଅନ୍ୟ କାରଣ ନେଇ – ଏହାକୁ ସେ ଅନେକ ବର୍ଷ ଆଗରୁ ଦେଖିଥିଲା। ଯେଉଁ ଦିନ ସେ ଯତୀନ୍‌କୁ ପଞ୍ଚମସ୍ତରକୁ ନେଇଯିବା ବେଳେ ତାର ସଂଜ୍ଞାହୀନ ଦେହ ଘେନି ବିପଦଗ୍ରସ୍ତ ହୋଇଥିଲା ସେହି ତରୁଣ ଦେବତା, ଯିଏ ସେଦିନ ଶୈଳ ଶିଖରରେ ବସିଥିଲେ।

ଦେବତା କରୁଣା ଦେବୀଙ୍କୁ ଚାହିଁ କହିଲେ – ଏମାନେ କିଏ ?

ପୁଷ୍ପ କହିଲା – ଦେବ, ଆପଣ ଆମକୁ ଏହା ପୂର୍ବରୁ ଦେଖିଛନ୍ତି। ସେ ଯେଉଁ ଦିନ –

କରୁଣା ଦେବୀ କହିଲେ – ଏମାନଙ୍କ କଥା ତୁମକୁ କହିଥିଲି – ଏହାର ନାମ ପୁଷ୍ପ, ତାର ନାମ ଯତୀନ୍। ତୁମ ପୃଥିବୀର ନାମ ବାପ –

ଦେବତା ପ୍ରସନ୍ନ ହୋଇ ସେମାନଙ୍କୁ ଦେଖି କହିଲେ – ଓ ବୁଝିଛି।

ପରେ ଯତୀନ ଆଡ଼କୁ ଚାହିଁ କହିଲେ – କିନ୍ତୁ ଏହାକୁ ନେଇ ଆସି ଭଲ କରିନ। ଏହାର ଏବେ ବହୁତ ଡେରି। ପାର୍ଥିବ ତୃଷ୍ଣା ଏହାର ଏବେ ସୁଦ୍ଧା ଯାଇନି। ଏତେ ଉଚ୍ଚ ସ୍ୱର୍ଗକୁ ଏହାକୁ ଆଣିଲେ ତାର ଫଳ ଏହି ହେବ ଯେ – ଆଗାମୀ ଜନ୍ମରେ ତାର ସ୍ମୃତି ତାକୁ କଷ୍ଟଦେବ। କାହିଁ କିଛିରେ ତା’ର ମନ ସ୍ଥିର ରଖିପାରିବ ନାହିଁ। ତୁମେ ତ ଜାଣ, ତୃତୀୟ ସ୍ତରର କୌଣସି ଲୋକକୁ ଏଠାକୁ ଆସିବା ସେଇ ବ୍ୟକ୍ତି ପକ୍ଷରେ ହିଁ କ୍ଷତିକର।

କରୁଣା ଦେବୀ ଝଗଡ଼ା କରିବା ସ୍ୱରରେ କହିଲେ –ଠିକ୍ କରିଛି। ଯାଆ, ତାର ସବୁ ସ୍ମୃତି ପୋଛିଦିଅ। ନହେଲେ ମୁଁ ପୋଛି ଦେବି। ଦେଖାଇବାକୁ ଖାଲି ଆଣିନି। ତାର ଅନେକ ପ୍ରଶ୍ନ ଅଛି। ତାର ଜାଣିବାକୁ ଇଚ୍ଛା ହେଉଛି। ଯତୀନ ଭାବୁଥିଲା ତାର

କେତେ ମହାପୁଣ୍ୟ ଥିଲା, ଆଜି ଏପରି ଦୁଇଟି ଜ୍ୟୋତିର୍ମୟ ଦେବତାଙ୍କ ଦର୍ଶନ ଲାଭର ସୌଭାଗ୍ୟ ହେଲା ତାର। କେତେ ଅଭୂତ ରୂପ!

ସେ ବିନୀତ ହୋଇ କହିଲା – ଯଦି ଦେଖିବା ସୌଭାଗ୍ୟ ଜୁଟିଲା, ତେବେ ଦେବତା ଆମକୁ ଏପରି କରିଦିଅନ୍ତୁ ଯା' ଦ୍ୱାରା ଏଠାକୁ ବାରମ୍ବାର ଆସିପାରିବୁ ଓ ଆପଣଙ୍କ ଦେଖା ପାଇ ପାରିବୁ। ତା'ର ବ୍ୟବସ୍ଥା କରିଦିଅନ୍ତୁ।

ତରୁଣ ଦେବତା କରୁଣା ଦେବୀଙ୍କ ଆଡ଼କୁ ଚାହିଁ ହସିହସି କହିଲେ – ଏଇ ଦେଖିଲ ତ କଣ କହୁଛନ୍ତି? ଏମାନଙ୍କ ଅଜ୍ଞାନତା ଦୂର ହେବାକୁ ବହୁ ବିଳମ୍ବ ଅଛି।

ପୁଷ୍ପ ହାତ ଯୋଡ଼ି କହିଲା – ଆପଣ ତାଙ୍କୁ ଦୟା କରି କ୍ଷମା କରିଦେବେ। ସେ ନୂଆ ହୋଇ ଏସ୍ତରକୁ ଆସିଛନ୍ତି। ଏଠାକାର କିଛି ବି ଜାଣନ୍ତିନି।

ଯତୀନ ଅପ୍ରତିଭନ ହୋଇ କହିଲା – ଆପଣ ଦୟା କଲେ ସବୁ ସମ୍ଭବ। କିଛି ସମୟ ପୂର୍ବରୁ ଆମମାନଙ୍କ ସେ ଆଡ଼କୁ ଜଣେ ଆସିଥିଲେ ତାଙ୍କ କଥା ଯାହା ଶୁଣିଲୁ ତାଦ୍ୱାରା ଆମେ ଆଶ୍ଚର୍ଯ୍ୟ ହୋଇଗଲୁ। ଆମର ବହୁତ ଇଚ୍ଛା ସବୁ ଜାଣିବାକୁ। ସେ କେତେ ଗ୍ରହ ନକ୍ଷତ୍ର ବୁଲି ଆସିଛନ୍ତି। ଆମକୁ ଏହା ପୂର୍ବରୁ କହିଥିଲେ ତାଙ୍କ ସାଙ୍ଗରେ ଘେନି ଯିବାକୁ –

ଦେବତା କହିଲେ – କିଏ?

କରୁଣା ଦେବୀ କହିଲେ – କେହି ପଥିକ ହୋଇଥିବେ। ବିଭିନ୍ନ ଦେଶ ବୁଲିବା ତାଙ୍କ କାମ ହୋଇଥିବ ବୋଲି ମନେ ହେଲା। ନାସ୍ତିକ ଦେବତା। ତରୁଣ ଦେବତା କିଛି ସମୟ ଚୁପ୍ ରହି କହିଲେ – ନାସ୍ତିକ କିଏ? ସେପରି ମନେ ହୁଏ ନି। ସେମାନଙ୍କ ଉପାସନା ପଦ୍ଧତି ହିଁ ତାହା ହୋଇଥିବ। ବିଶ୍ୱ ବ୍ରହ୍ମାଣ୍ଡରେ ଏପରି ଅନେକ ଆବିଷ୍କାରକ ଅଛନ୍ତି। ସେମାନଙ୍କ ଶକ୍ତି ଖୁବ୍‌ବେଶୀ। ତେଜ ଅସୀମ। ସେମାନଙ୍କ ଭିତରୁ କେହି ହୋଇଥିବେ। ଆଛା ତୁମେମାନେ ମୋ ସହିତ ଆସ ଆଉ ଗୋଟିଏ ସ୍ଥାନ ଦେଖାଇ ଆଣିବି –

ଯତୀନ କହିଲା – ଦେବ! ଆପଣଙ୍କ କଥା ଆମେ ସେ ଝିଅଟି ମୁହଁରୁ ଆଗରୁ ଶୁଣିଛୁଁ। ତେବେ ଆପଣଙ୍କୁ ଦେଖିବା ସୌଭାଗ୍ୟ ଆମର ହୋଇ ନଥିଲା। – ନା, ଦେଖିବ କିପରି। ପୁଷ୍ପ ଆଉ ତୁମେ ଗୋଟିଏ ସ୍ତରରେ ଲୋକ ନୁହଁ।

ପୁଷ୍ପ କହିଲା – ସେ ଗୋଟିଏ ବିପଦରେ ପଡ଼ିଥିଲେ। ଚୁମ୍ବକୀୟ ଢେଉରେ ପଡ଼ି ପୃଥିବୀରେ ଯାଇ ଜନ୍ମ ଗ୍ରହଣ କରିଥିଲେ। ଏଇମାତ୍ର ଆସିଛନ୍ତି ସେଠାରୁ। ଦେବତା ଧୀର ଭାବରେ କହିଲେ – ତାହା ସମ୍ପୂର୍ଣ୍ଣ ସମ୍ଭବ। ଖୁବ୍ ସାବଧାନ ହୋଇ ଚଳାବୁଲା କର। ସେହି ଯେ ପଥିକ ଦେବତାଙ୍କ କଥା କହୁଥିଲ। ସେମାନେ ଏ କକ୍ଷର ଜୀବ

ନୁହନ୍ତି । ପୂର୍ବ କକ୍ଷରେ ତାଙ୍କର ଦେବତ୍ୱ ପ୍ରାପ୍ତି ହୋଇଛି । ମୁକ୍ତ ଆତ୍ମା ହୋଇ, ବହୁ ଉର୍ଦ୍ଧ୍ୱଗମନ କରି, ବହୁତ ତେଜ ସଂଚୟ କରିଛନ୍ତି । ତେବେ, ସେମାନେ ମଧ୍ୟ ପୁନର୍ଜନ୍ମର ଆକର୍ଷଣକୁ ଭୟକରି ଚଳନ୍ତି । ତେବେ ଏହି ଲୋକଟିର ଅନେକ ଜନ୍ମ ବାକି – ଏହାକୁ ପୃଥିବୀରେ ଜନ୍ମ ନେବାକୁ ହେବ ଅନେକଥର ।

ଯତୀନ ବାରମ୍ବାର ସେହି ସେହି କଥା ଶୁଣି ଟିକିଏ ବିରକ୍ତ ହୋଇ ଉଠିଥିଲା । ସେ ବିରକ୍ତିକୁ ରୋଧ କରିନପାରି କହି ଉଠିଲା – ଦେବ ତା ଲାଗି ମୁଁ ଦୁଃଖିତ ନୁହେଁ । ପୃଥିବୀରେ ଜନ୍ମ ନେଲେ କଷ୍ଟଟା ଅବା କଣ ହେଲା ? – ମୁଁ ଜାଣେ । ଯିଏ ଜାଣେ ସେ ବି ବିଶ୍ୱର ସବୁ କିଛି ଆଉ ବିଶ୍ୱଦେବ ଗୋଟିଏ ଜିନିଷ ଏଭିତରେ କିଛି ପାର୍ଥକ୍ୟ ନାହିଁ । ତା ପକ୍ଷରେ ପୃଥିବୀ ଅଥବା ସ୍ୱର୍ଗ ସମାନ ହୋଇ ଯାଇଛି । ଯିଏ ଜାଣେ ପୃଥିବୀ ସବୁ କିଛି ହିଁ ସେ; ତାପାଖରେ ପୃଥିବୀ ଓ ସ୍ୱର୍ଗ ଏକ ସ୍ୱରରେ ବନ୍ଧା ମୋହନ ସଂଗୀତ । ତୁମମାନଙ୍କ ଜ୍ଞାନୀ ଲୋକମାନେ ତେଣୁ ତୁମମାନଙ୍କ ଶ୍ରୀକୃଷ୍ଣଙ୍କୁ ବଂଶୀଧାରୀ କଳ୍ପନା କରିଛନ୍ତି; କିନ୍ତୁ ଏଭଳି ଆଖିରେ ପୃଥିବୀର ସମସ୍ତେ ଦେଖିପାରନ୍ତି କି ? ସାଧାରଣ ମଣିଷ କର୍ମ ଅନୁସାରେ ପ୍ରଥମ ତିନିସ୍ତରରେ ଯାତାୟାତକରେ । ମୃତ୍ୟୁପ୍ରାପ୍ତ ହୋଇ ଭୂଲୋକରୁ ଭୁବର୍ଲୋକକୁ ଆସେ, ସେଠାରୁ ଉନ୍ନତି କରୋ ସ୍ୱର୍ଗ ଲୋକକୁ ଆସେ – ପୁଣି ସେଠାରୁ ଜନ୍ମନିଏ ପୃଥିବୀରେ, ପୁଣି ମୃତ୍ୟୁପ୍ରାପ୍ତି ପୁଣି ଜନ୍ମ ଗ୍ରହଣ, ପୁଣି ମୃତ୍ୟୁ । ଏହାକୁ କହନ୍ତି ମାନବ – ଆବର୍ଭ । ଚକ୍ର ପରି ଘୁରୁଛି ଏଇ ଆବର୍ଭ – ଚାଲ ଗୋଟିଏ ବ୍ୟାପାର ତୁମକୁ ଦେଖାଏଁ । ପୃଥିବୀକୁ ଚାଲ, ସେଠାରେ ତୁମେମାନେ ସହଜ ଆଉ ସ୍ୱଚ୍ଛନ୍ଦ ଅବସ୍ଥାରେ ରହିବ । ଚାଲ ତୁମ ଦେଶକୁ ହିଁ ନେଇଯାଏଁ –

ମହାଶୂନ୍ୟର ପଥହୀନ କରୁଣାଦେବୀ ସେମାନଙ୍କଠାରି ଆଗେ ଆଗେ ଚାଲିଲେ । ଦୂରରେ କଣ ଗୋଟିଏ ବିଶାଳ ଗ୍ରହ ନିରନ୍ତ ଅନ୍ଧକାର ସମୁଦ୍ରରେ ପଡ଼ି ଘୁରିଚାଲିଛି । ଶୀଘ୍ର ଶୀଘ୍ର ହୋଇଖସି ଆସିଲା । – ଟିକିଏ ପରେ ପୃଥିବୀର ଗୋଟିଏ ତୁଷାରାବୃତ ପର୍ବତ ଶିଖର ଡେଇଁ ସେମାନେ ଗୋଟିଏ ନଦୀର ଉପରେ ଥିବା ଶୂନ୍ୟରେ ସ୍ଥିର ହୋଇ ଠିଆହେଲେ । ଦେବତା ପଛେ ପଛେ ଆସୁଥିଲେ । କହିଲେ – ଚିହ୍ନିପାରୁଛ ଏଇଟା କି ନଦୀ ?

ଯତୀନ କହିଲା – ନା ଦେବ ! ପୃଥିବୀରେ ଘୋର ଅନ୍ଧକାର । କିଛି ଦେଖିପାରୁନି । ଏବେ ବୋଧହୁଏ ମଧ୍ୟ ରାତି ହେବ ।

କରୁଣା ଦେବୀ ହସି କହିଲେ – ଏତେ ବଡ଼ ନଦୀ ବଙ୍ଗଳା ଦେଶରେ କେତେଟା ଅଛି । ଅନୁମାନ କରି କହ ?

– ଆଜ୍ଞା ଗଙ୍ଗା ନହେଲେ ପଦ୍ମା ।

– ସେହି ଭଳି କିଛି, ଏଇଟା ଗଙ୍ଗା ।

ଦେବତା ହସି କହିଲେ – ତୁମେ ବି ସଠିକ୍ କହି ପାରିଲ ନାହିଁ । ଗଙ୍ଗା ତ ନିଶ୍ଚୟ । ମୁର୍ଶିଦାବାଦର ଗଙ୍ଗା । –

ଯତୀନ୍ ବିସ୍ମିତ ହୋଇ କହିଲା – ଆପଣ ବଙ୍ଗାଳା ଦେଶର ସବୁ ଖବର ଜାଣନ୍ତି ଦେଖୁଛି ।

କରୁଣା ଦେବୀ ମୃଦୁ ସସ୍ନେହ ହସରେ ତାକୁ ରୁପି ରୁପି କହିଲେ – ସେପରି କହନ୍ତିନି । ସେ କିଏ ତୁମେମାନେ ଜାଣିନ ପରେ କହିବି ।

ଗୋଟିଏ ଛୋଟ ଖାତ । ଗୋଟିଏ ଆମ୍ର ବଗିଚା । ମୁର୍ଶିଦାବାଦ ଜିଲ୍ଲା । ସୁତରାଂ ବଣ, ବଗିଚା ଅଧିକ ନାହିଁ । ଗୋଟିଏ ଆଡ଼େ ମସ୍ତବଡ଼ ଖୋଲାପଡ଼ିଆ, ଅନ୍ୟ ଦିଗରେ ଛୋଟ ଗାଁଟିଏ । ଯତୀନ ଆଶ୍ଚର୍ଯ୍ୟ ହୋଇ ଲକ୍ଷ୍ୟ କଲା ସେଇ ଘୋର ଅନ୍ଧକାର ଭିତରେ । ଗାଁ ଘର କୋଣ ଅନୁକୋଣରେ ଅନେକଗୁଡ଼ିଏ ନିମ୍ନ ସ୍ତରର ଧୂସର ଓ ମାଟିଆ ରଙ୍ଗର ଆମ୍ରା ଘୁରି ବୁଲୁଛନ୍ତି । କେହି ଏ ଘର କେହି ସେ ଘର । ସେମାନେ ଯଦି ମନୁଷ୍ୟ ହୋଇ ଏପରି ଘର କଣମାନଙ୍କରେ ଏପରି ଭାବରେ ବୁଲିବା ଦେଖାଯାଆନ୍ତା ଏମାନେ ଚୋର ଅବା ଡକାଇତ ଲୋକ ବୋଲି ନିଶ୍ଚୟ ସନ୍ଦେହ ହୁଅନ୍ତା ।

ଯତୀନ୍ ଅବାକ୍ ହୋଇ କହିଲା – ଆରେ ଏମାନେ ସବୁ କଣ କରୁଛନ୍ତି ? ଏଠାରେ ପୁଷ୍ଟ ହସି ହସି କହିଲା – ମୁଁ ଅନେକଟା ବୁଝି ପାରୁଛି ଯଦି ତାହା ହୁଏ ଯାହା ଭାବିଛି –

ଯତୀନ କହିଲା – କ'ଣ ପୁଷ୍ଟ ?

ତରୁଣ ଦେବତା କହିଲେ – ପୁଷ୍ଟ ବୁଝିଛ । ସେମାନେ ପୃଥିବୀରେ ଜନ୍ମ ନେବା ନିମନ୍ତେ ଘୁରି ବୁଲୁଛନ୍ତି । ପ୍ରତି ରାତିରେ ଏପରି ଲୋକଙ୍କ ଘର ଆଖପାଖରେ ବୁଲନ୍ତି । କିନ୍ତୁ ବହୁତ ଭିଡ଼ । ସମସ୍ତେ ସୁବିଧା ପାଆନ୍ତି ନି । ତୃଷା ହିଁ ପୁନର୍ଜନ୍ମ ଗ୍ରହଣ କରାଏ । ଭୁବର୍ଲୋକ ସେମାନଙ୍କୁ ଭଲ ଲାଗୁନି । ସେଠାରେ ପୃଥିବୀର ସ୍ଥୂଳ କାମନା ବାସନାରେ ପରିତୃପ୍ତି ହୁଏନି । ତେଣୁ ସେମାନେ ପୁଣି ଦେହ ଧାରଣ କରିବାକୁ… । କିନ୍ତୁ ଏମାନେ ଅନେକ ପ୍ରାର୍ଥୀ । ତେଣୁ ସେମାନେ ଜନ୍ମ ନେବାକୁ ଚାହିଁଲେ ବି ଜନ୍ମ ନେଇ ପାରନ୍ତି ନାହିଁ । ଉଚ୍ଚତର ଆମ୍ରାଙ୍କ ବଂଶ ଦେଖି ପିତାମାତା ଦେଖିବୁଲନ୍ତି ଜନ୍ମ ଗ୍ରହଣ କରବା ପାଇଁ ଟିକିଏ ଉଚ୍ଚ ଆମ୍ରା । କିନ୍ତୁ ଏମାନଙ୍କ ସେ ସବୁ ନାହିଁ । ଯେକୌଣସି ବଂଶ, ଜାତି, କୁଳ ହେଲେବି ଚଳିବ । ଖାଲି ଦେହ ଧାରଣ କରିପାରିଲେ ହେଲା ।

ଯତୀନ କହିଲା – ଦେବ ଏମାନେ କେତେଦିନ ଧରି ଏପରି ଘୁରନ୍ତି ?

– ପୃଥିବୀର ହିସାବରେ କେହି କେହି ଦଶ ବର୍ଷ ଧରି ଘୁରନ୍ତି । ଏହା ଗୋଟିଏ

ଯନ୍ତ୍ରଣା ଦାୟକ ଅବସ୍ଥା – ଏଇ ଅବସ୍ଥାକୁ ପ୍ରେତତ୍ୱ କୁହନ୍ତି ସେମାନେ। କାହରି ସ୍ୱାଧୀନ କାମରେ ଆମେ ବାଧା ଦେଉନା। ଜୀବ ଯେତେବେଳେ ନିଜ ଭୁଲ ଭୁଝିବ, ସେତେବେଳେ ସେ ନିବୃତ୍ତ ହେବ। ଯେତେ ଦିନଯାଏ ତୃଷ୍ଣା ଥିବ ସେତେଦିନ ତାକୁ ବାଧା ଦେଇବି କିଛି ସୁଫଳ ମିଳିବ ନାହିଁ। ସେ ଭୁବଲୋକରେ ଅସୁଖୀ ଅବସ୍ଥାରେ ରହିବ – ତା ଅପେକ୍ଷା ଯାଆ ବାବା ପୃଥ୍ୱୀରେ ଯାଇ ସୁଖୀ ହୁଅ। ଚାଲଯିବା ଏଠାରେ କଷ୍ଟ ହେଉଛି – ଆଉ ନୁହେଁ –

ଏମାନେ ଯେଉଁ ସ୍ଥାନରେ ଯାଇ ବସିଲେ ସେଇଟା ଗୋଟାଏ ପର୍ବତ ଚୂଡ଼ା। ପାଇନ୍ ଗଛର ଓ ଦେବଦାରୁ ଗଛ ନିର୍ଜନ ଅରଣ୍ୟର ଚମତ୍କାର ସ୍ଥାନଟିଏ। (ଗଛମାନଙ୍କ ଡାଲରେ ପରଗଛଲତାମାନଙ୍କରେ ବିଭିନ୍ନ ରଙ୍ଗର ଫୁଲ ଫୁଟିଛି)। ପାଦତଳେ ପୃଥ୍ୱୀ ଅନ୍ଧକାରରେ ବୁଡ଼ିଯାଇଛି। ଗଭୀର ରାତି ସମୟ। ଆକାଶର ମଝିରେ ଓସାରିଆ ଆଲୋକର ଛାୟାପଥ। ଅସଂଖ୍ୟ ଝଲମଲ୍ କରୁଥିବା ଅସଂଖ୍ୟ ତାରକା। ବ୍ରହ୍ମାଣ୍ଡର ବିରାଟତ୍ୱର ସଙ୍କେତ।

ତରୁଣ ଦେବତା କହିଲେ – ଏହା ହେଲା ହିମାଳୟ। ବଙ୍ଗଳା ଦେଶର ଠିକ୍ଉପରେ। ଏଇ ଦେଖ ଦୂର ପାହାଡ଼ରୁ ଗୋଟିଏ ନଦୀ ତଳକୁ ବହିଆସିଛି।

ଯତୀନ କହିଲା – ତା ହେଲେ ବୋଧହୁଏ ତିସ୍ତା –

– ତୁମେ ଦେଖ୍ଲତ ମଣିଷର ଅବସ୍ଥା?

– ଆଶ୍ଚର୍ଯ୍ୟ ଲାଗିଲା। ଏପରି ହୁଏ ବୋଲି ମୁଁ ଜାଣି ନଥିଲି ଦେବ! ଆପଣ ଯାହାକୁ ମାନବ – ଆବର୍ତ କହିଲେ। ତାର ଉଚ୍ଚତର ଅବସ୍ଥା କଣ?

– ଉଚ୍ଚତର ସାଧନା ମନୁଷ୍ୟକୁ ଦେବଯାନ– ପଥରେ ଉଚ୍ଚତର ଲୋକକୁ ନେଇଯାଏ। ସ୍ୱଃ ଜନଃ, ମହଃ, ତପଃ ତାହାକୁ ସତ୍ୟ ଲୋକ କହିଛନ୍ତି ଭାରତ ବର୍ଷର ଜ୍ଞାନୀ–ଲୋକେ। କଳ୍ପକାଳ ଅବଧି ସେଠାରେ ରହନ୍ତି ଉଚ୍ଚତର ଜୀବାମ୍ମା।

– କଳ୍ପ କ'ଣ?

– ପ୍ରତ୍ୟେକଥର ସୃଷ୍ଟିପରେ ପ୍ରଳୟ, ପ୍ରଳୟପରେ ପୁଣି ସୃଷ୍ଟି ଏହି କାଳ ବ୍ୟାପ୍ତିର ନାମ କଳ୍ପ। କଳ୍ପାନ୍ତେ ଉଚ୍ଚତର ଜୀବାତ୍ମାଙ୍କ ମଧ ପତନ ହୁଏ। ତେବେ ସତ୍ୟ ଲୋକଠାରୁ ମଧ ଦୂରରେ ବ୍ରହ୍ମାଣ୍ଡର ବହିଃସ୍ଥିତ ଯେଉଁ ବ୍ରହ୍ମ ଲୋକ, ସେଠାକୁ ଯେଉଁମାନେ ଯାଆନ୍ତି ଭଗବାନଙ୍କ ସହିତ ସେମାନେ ଏକ ହୋଇଯାଆନ୍ତି। ମନୁଷ୍ୟ ଆବର୍ତକୁ ସେମାନେ ଆଉ ଫେରି ଆସନ୍ତି ନାହିଁ।

– ଏହାରି ନାମ ମୁକ୍ତି?

– ଏହାକୁ ହିଁ ଭାରତ ବର୍ଷର ଋଷିମାନେ ମୁକ୍ତି କହିଛନ୍ତି। ଚାଲ, ତୁମକୁ

ଭାରତ ବର୍ଷର ଜଣେ ପ୍ରାଚୀନ କବିଙ୍କ ପାଖକୁ ନେଇଯିବି । ଉପନିଷଦ ବୋଲି ଦାର୍ଶନିକ କବିତା ଭାରତବର୍ଷର । ସେ ମଧ୍ୟ ତହିଁର ଜଣେ ରଚୟିତା । ଭ୍ରାମ୍ୟମାଣ କବି । ସବୁବେଳେ ପାହାଡ଼ରେ ସମୁଦ୍ରତଟରେ, ଅରଣ୍ୟର ନିର୍ଜନସ୍ଥାନରେ କାଳାତିପାତ କରନ୍ତି । ପୃଥିବୀ ଭିତରେ ଏଇ ହିମାଳୟ ଏବଂ ଆହୁରି ଅନେକ ଉଚ୍ଚତର ପର୍ବତ ବନାନୀରେ । ବୃକ୍ଷ ଲତାର ମଞ୍ଜିରେ ରୂପର ଧ୍ୟାନରେ ମଗ୍ନ ଥାଆନ୍ତି । ଆଉ ମିଶର ଦେଶର ଜଣେ ଉଚ୍ଚଆମ୍ମଙ୍କ ସହିତ ପରିଚୟ କରାଇବି ।

– ତାହେଲେ ତ ଦେବ, ପୃଥିବୀର ଆସକ୍ତି ତାଙ୍କର ଏଯାଏ ଯାଇନି ? ମୁଁ ସେଇ ଉପନିଷଦୀୟ କବିଙ୍କ କଥା କହୁଛି –

– ତାଙ୍କ ଆସକ୍ତି ବିଶୁଦ୍ଧ ସୌନ୍ଦର୍ୟ୍ୟର ଧ୍ୟାନ । କୌଣସି ପାର୍ଥିବ ତୃଷ୍ଣା ନୁହେଁ । ତେଣୁ କରି ଜନଲୋକର ଅଧିବାସୀ । ନିଜ ଆନନ୍ଦ ପାଇଁ ଓହ୍ଲାଇ ଆସନ୍ତି ପୃଥିବୀକୁ । ତାଙ୍କ ଆଗମନରେ ପୃଥିବୀର ଅନେକ ଉପକାର ହୁଏ । ବହୁ ଲେଖକ ଓ କବିଙ୍କୁ ଅଦୃଶ୍ୟ ଭାବରେ ପ୍ରେରଣା ଦିଅନ୍ତି । ସେଇଥିଲାଗି ସେ ପୃଥିବୀକୁ ଆସିବାକୁ ଭଲ ପାଆନ୍ତି । ପୃଥିବୀର ହିସାବରେ କହିବାକୁ ଗଲେ ବହୁ ଶତାବ୍ଦୀ ଧରି ପୃଥିବୀରେ ଏ କାମ ସେ କରିଛନ୍ତି ।

– ତାଙ୍କ କାମ ହିଁ ତାହା । ମୋ ସହିତ ତାଙ୍କର ଯଥେଷ୍ଟ ବନ୍ଧୁତା । ମୋ ନିଜ କାମରେ ସେ ମୋତେ ଯଥେଷ୍ଟ ସାହାଯ୍ୟ କରନ୍ତି । ଏଥର ପୁଷ୍ପ ବିନୀତ ଭାବରେ କହିଲା – ଦେବ ! ଦିନେ ଦୟା କରି ଆମ କୁଟୀରକୁ ପଦାର୍ପଣ କରନ୍ତୁ । ଆପଣଙ୍କର ବଂଧୁ ସେଇ କବିଙ୍କୁ ବି ନେଇ ଆସନ୍ତୁ । ପରେ ଦେବୀଙ୍କୁ ଦେଖି କହିଲେ ଏମାନେ ବି କହିଛନ୍ତି ମୋତେ ଦୟାକରି ଆମ କୁଟୀରକୁ ଯିବାକୁ ।

ତରୁଣ ଦେବତା କହିଲେ – ଯିବା ।

ପୁଷ୍ପ ତାଙ୍କ ପଦସ୍ପର୍ଶ କରି ପ୍ରଣାମ କରି କହିଲା – ଆପଣଙ୍କର ଆମମାନଙ୍କର ଉପରେ ଥିବା ଏହି କରୁଣା ପାଇଁ ଅଶେଷ ଧନ୍ୟବାଦ ।

ଯତୀନ କହିଲା – ପ୍ରଭୁ ମୋ ସହିତ ଗୋଟିଏ ମାୟାବାଦୀ ସନ୍ୟାସୀଙ୍କ ଦେଖା ହୋଇଥିଲା । ସେ ତାଙ୍କ ନିଜ ଶକ୍ତି ମୋ ଭିତରେ ସଂଚାରିତ କରି ମୋତେ ନିର୍ବିକଳ୍ପ ସମାଧି ଲାଭ କରାଇଥିଲେ । ତାହା ଗୋଟିଏ ଅପୂର୍ବ ଅନୁଭୂତି । ସେ କଥାକୁ ବର୍ତ୍ତମାନ ସୁଦ୍ଧା ଭୁଲି ନାହିଁ – ସେ କୌଣସ ଯୋଗୀ ସାଧକ ହେବେ । ବ୍ରହ୍ମରେ ଲୀନ ହେବାର ଆସ୍ୱାଦ ଇଚ୍ଛାନୁସାରେ ଭୋଗ କରନ୍ତି – ମୁକ୍ତ ପୁରୁଷ । ତାଙ୍କ ଇଚ୍ଛାନୁଯାୟୀ କାୟାବ୍ୟୁହ ରଚନା କରି ଯେକୌଣସି ଦେହରେ ପ୍ରବେଶ କରି ପାରନ୍ତି । ସମସ୍ତ ଐଶ୍ୱର୍ୟ୍ୟ ତାହାଙ୍କ ସଂକଳ୍ପ ମାତ୍ରକେ ହାଜିର ହୁଏ ।

– ପ୍ରଭୁ ଭାରତ ବର୍ଷ ଛଡ଼ା ଅନ୍ୟ କୌଣସି ଦେଶରେ ଏହି ରହସ୍ୟର ଚର୍ଚ୍ଚା ଥିଲା ?

– ନିଶ୍ଚୟ । ଯେ କୌଣସି ଦେଶ କେହି ସତ୍, ଈଶ୍ୱର ଭକ୍ତିମାନ ପୁରୁଷ ମାନବ ଆବର୍ତ୍ତକୁ ଜୟ କରିପାରନ୍ତି । ବିଶ୍ୱର ଯିଏ କର୍ତ୍ତା ସେ କୌଣସି ବିଶେଷ ଦେଶ ଅଥବା ବିଶେଷ ଜାତିକୁ କୃପା କରନ୍ତି ନାହିଁ ।

– ଆଛା ଆମ ଦେଶରେ ଯେଉଁମାନେ କହନ୍ତି ଭଗବାନଙ୍କ ନାମ ଜପ କଲେ ମୁକ୍ତି, ଯେପରି ଧରନ୍ତୁ ବୈଷ୍ଣବ ସଂପ୍ରଦାୟ, ସେମାନଙ୍କ ମତ କଣ ସତ ?

– ଭକ୍ତି ଦ୍ୱାରା ସେମାନେ ଭଗବାନଙ୍କଠାରେ ଆସ୍ତୁ ହୋଇ ଦେବଯାନ ପ୍ରାପ୍ତ ହୁଅନ୍ତି । ଜୀବ ମାତ୍ରକେ ବ୍ରହ୍ମଙ୍କ ଅଂଶ ଏହା ବୁଟିବ । ଉପାଧ୍ ନାମରୂପ ତ୍ୟାଗକରି ଫରଂବ୍ରହ୍ମରେ ହୀନ ହୋଇଯିବା ନାମହିଁ ମୁକ୍ତି । ବିଭିନ୍ନପଥ, ବିଭିନ୍ନ ମତ । କିନ୍ତୁ ଜ୍ଞାନୀ ଲୋକ ଧ୍ୟାନଦୃଷ୍ଟ ଦ୍ୱାରା ସେହି ଏକ ହିଁ ସତ୍ୟକୁ ଉପଲବ୍ଧ କରିଛନ୍ତି ବହୁ ପ୍ରାଚୀନ ଯୁଗରୁ । ଖାଲି ଏହି କଣ୍ଠ ନୁହେଁ । ପୂର୍ବ ପୂର୍ବ କଣ୍ଠମାନଙ୍କରେ ମଧ ତାହାହିଁ ହୋଇଥିଲା । ପୂର୍ବ, ପୂର୍ବ କଣ୍ଠର ମୁକ୍ତ ପୁରୁଷଗଣ ଏହି କଣ୍ଠରେ ପୃଥିବୀରେ ଦେହ ଧାରଣ କରି ତାଙ୍କ ପୂର୍ବ ଜୀବନର ସାଧନ ଲବ୍ଧ ଜ୍ଞାନ ପ୍ରଚାର କରିବାକୁ ଓହ୍ଲାନ୍ତି । ସେହିମାନେ ହି ତୁମମାନଙ୍କର ଶ୍ରୀକୃଷ୍ଣ, ବୁଦ୍ଧ, ଯୀଶୁ, ଶଙ୍କର, ଚୈତନ୍ୟ ବାଲ୍ମୀକି, କୃଷ୍ଣ ଦ୍ୱୈପାୟନ ପ୍ରମୁଖ –

– ଏହି ପର୍ଯ୍ୟନ୍ତ କହି ସେ ଚୁପ୍ ହୋଇଗଲେ । ହଠାତ୍ ପୂର୍ବଦିଗନ୍ତରେ ସୂର୍ଯ୍ୟୋଦୟ ହୋଇ ଦୂର ଦୂରାନ୍ତରର ତୁଷାରାବୃତ ଶୈଳ ଶିଖର ଅନୁରଞ୍ଜିତ କରି ଅପୂର୍ବ ମହିମାରେ ସ୍ୱପ୍ରକାଶିତ ହେଲା ଗୋଟିଏ ମୁହୂର୍ତ୍ତରେ । ନିମିଷକରେ ଶିଖରରୁ ଶିଖରାନ୍ତରେ ବିଭିନ୍ନ ରଙ୍ଗର ଢେଉ ଖେଳିଗଲା । ସମସ୍ତେ ଅବାକ୍ ହୋଇ ଚାହିଁ ରହିଥିଲେ ସେ ମହିମାମୟ ସୌନ୍ଦର୍ଯ୍ୟକୁ ଲକ୍ଷ୍ୟକରି ।

କରୁଣା ଦେବୀ ଆଗ୍ରହ ସହକାରେ କହିଉଠିଲେ – ଚାଲ ମାନସ ସରୋବରକୁ ଯିବା । ଶୀଘ୍ର –

ସେତିକିବେଳେ ଠିକ୍ ଦୃଶ୍ୟ ପଟ ପରିବର୍ତ୍ତନ ଭଳି ଗୋଟିଏ ବ୍ୟାପାର ଘଟିଲା । ଏହି ମୁହୂର୍ତ୍ତରେ ଥିଲା ଅରୁଣରାଗ ରଞ୍ଜିତ ଶୈଳ ଶିଖର ଓ ଅରଣ୍ୟରାଜୀ । ସେତେବେଳେ ହିଁ ଯତୀନ ଆଉ ପୁଷ୍ପ ଦେଖିଲେ ବିସ୍ମିତ ହୋଇ ସେମାନଙ୍କ ସମ୍ମୁଖରେ କେଉଁ ବିଶାଳ ଜଳାଶୟର ନୀଳ ଜଳରାଶି ବିସ୍ତୃତ । ଅପର କୂଳରେ ତୁଷାରାବୃତ ଶୈଳଚୂଡ଼ା । ଏବେ ପ୍ରଭାତ ହୋଇଛି; କିନ୍ତୁ ସେହି ତୁଷାରାବୃତ ମେରୁବତ୍ ପ୍ରଦେଶରେ କୌଣସି ବିହଙ୍ଗ କାକଳୀ ନାହିଁ କୌଣସି ଦିଗରେ । ସମସ୍ତ ପାର୍ବତ୍ୟହୃଦରେ ଗଭୀର ସୌନ୍ଦର୍ଯ୍ୟ ଯତୀନ ଓ ପୁଷ୍ପକୁ ମୁଗ୍ଧ କଲା ।

କରୁଣା ଦେବୀ କହିଲେ – ସେଇ ସେ ଦୂରରେ ରାବଣ ହ୍ରଦ। ସାମ୍ନାରେ ଏଇଟା ମାନସ-ସରୋବର।

ତରୁଣ ଦେବତା କହିଲେ – ସମ୍ମୁଖର ସେଇ ପାହାଡ଼ର ଚୂଡ଼ା ଗୁରଲା ମାନଧାତା ଆଉ ସେଇ ଦୂରରେ କୈଳାସ –

ପୁଷ୍କର ମନେ ପଡ଼ିଲା କୈଳାସ ପର୍ବତରେ ଅନେକ ସିଦ୍ଧ ପୁରୁଷ ଲୋକଚକ୍ଷୁ ଅନ୍ତରାଳରେ ବାସ କରନ୍ତି – ସେମାନଙ୍କ ମଧ୍ୟରୁ କାହାକୁ ହେଲେ ଦେଖିବାର ଇଚ୍ଛା ଅନେକ ଦିନପୂର୍ବରୁ ତା'ର ଅଛି। କରୁଣା ଦେବୀଙ୍କ ଆଗରେ ସେ କଥା କହିଲାରୁ ସେ ତରୁଣ ଦେବତାଙ୍କୁ ପୁଷ୍କର ବାସନା ଜଣାଇଲେ।

ସେ କହିଲେ – ଜଣେ ଜୀବନ୍ମୁକ୍ତ ସାଧୁ ସେଠାରେ ଅଛନ୍ତି। ମୁଁ ଥରେ ଦୁଇଥର ତାଙ୍କୁ ସାହାଯ୍ୟ କରିଥିଲି କେଉଁ କାମରେ। ତେବେ ସେ ମୋତେ ଦେଖିନାହାନ୍ତି। ଚାଲ ସେଠାକୁ ନେଇଯିବି।

କୈଳାସ ପର୍ବତ ଓ ସମ୍ମୁଖବର୍ତ୍ତୀ ଗୁରଲା ମାନଧାତା ଚୂଡ଼ାର ମଧ୍ୟଭାଗ ବରଫର ବିଶାଳ କ୍ଷେତ୍ର – ଯତୀନ୍ କେବେହେଲେ ଗ୍ଲେସିୟାର ବା ତୁଷାର ପ୍ରବାହ ଦେଖିନି। ତାମନରେ କଥାଟି ପଡ଼ିଲା ଯହ। ସାମନାରେ ଦେଖୁଛି ତାହାହି ବୋଧହୁଏ ଗ୍ଲେସିୟାର। ତରୁଣ ଦେବତା ତା ମନକଥା ବୁଝି କହିଲେ – ତୁମେ ଯାହା ଭାବୁଛ ଏଇଟା ତାହା ନୁହେଁ। ଚାଲ ଏଠାରୁ ତୁମକୁ ଶତପଟୁ ବରଫ ସ୍ରୋତ ଦେଖାଇ ଆଣିବି –

ସେମାନେ କୈଳାସ ପର୍ବତକୁ ଯାଇ ଦେଖିଲେ କୈଳାସ ଗୋଟିଏ ସମ୍ପୂର୍ଣ୍ଣ ଅଲଗା ପର୍ବତ। ତାର ତୁଷାର ମଣ୍ଡିତ ପିନାକ ସଦୃଶ ଶିଖର ନିମ୍ନ ଭାଗରେ ଅନେକଗୁଡ଼ିଏ ଗୁହା, ସାଧୁ ଯୋଗୀମାନଙ୍କ ଆବାସ। ଗୋଟିଏ ଗୁହାରେ ଜଣେ ଶୀର୍ଷକାୟ ସାଧୁଙ୍କୁ ଦେଖାଇ ଦେବତା କହିଲେ – ଏହାଙ୍କ କଥା କହୁଥିଲି। ସେ ଏକ୍ଷଣି ସ୍ଥୂଳ ଦେହର ସ୍ଥୂଳ ଚକ୍ଷୁରେ ଆମକୁ ଦେଖି ପାରିବେ ନାହିଁ – ନିର୍ବିକଳ୍ପ ସମାଧିସ୍ଥ ଅବସ୍ଥାରେ ସେ ବ୍ରହ୍ମ ସହିତ ଏକ ହୋଇଯାଆନ୍ତି। ତେବେ ସ୍ଥୂଳ ଦେହରେ ସେମାନେ ସାଧାରଣ ମନୁଷ୍ୟ ସହିତ ସମାନ।

ଯତୀନ କହିଲା – ଆଛା, ଏମାନେ ଏକାକୀ ରହିଛନ୍ତି କାହିଁକି ?

– ନିର୍ଜନତା ଆମ୍ଭର ଉନ୍ନତିର ଗୋଟିଏ ପ୍ରଧାନ ଉପାୟ। ନିମ୍ନ ଜଗତର କୌଣସି ଭାବ ଏହି ଉତ୍ତୁଙ୍ଗ ଜନହୀନ ପର୍ବତ ଚୂଡ଼ାରେ ଏମାନଙ୍କ ଦେହ ମନକୁ ସ୍ପର୍ଶ କରେ ନାହିଁ। ନିର୍ଜନତାରେ ଏମାନେ ଶକ୍ତି ଅର୍ଜନ କରନ୍ତି। ବ୍ରହ୍ମଜ୍ୟୋତିଃ ଏହାଙ୍କ ମନରେ ପ୍ରବେଶ କରେ ଧୀରେ ଧୀରେ ଏଇ ଅବସ୍ଥାରେ।

– ମୁଁ ଏହାଙ୍କ ସହିତ ଗୋଟିଏ ଦୁଇଟି କଥା ହୋଇପାରିବ ?

– କିପରି ଭାବରେ ? ତୁମେ ସ୍ଥୂଳ ଦେହ ତ୍ୟାଗ କରିଛ । ସେ ଏବେ ଦେହରେ ଅବସ୍ଥାନ କରିଛନ୍ତି । ଏସମୟରେ ତାହା ସମ୍ଭବ ନୁହେଁ ।

– ଆଚ୍ଛା ଏହି ଯେ ଜଣେ ତନ୍ଦ୍ରୀ ଲୋକ ମାନସ–ସରୋବର କୂଳରେ ବୁଲୁଥିଲା ସେତେବେଳେ । ସେମାନେ କିଭଳି ଅବସ୍ଥାରେ ଅଛନ୍ତି ? ସେମାନଙ୍କ ମୁକ୍ତି ବା ଉନ୍ନତି –

ଦେବତା ହସି କହିଲେ – ସେମାନଙ୍କ ଅଲଗା ଶ୍ରେଣୀ । ନିମ୍ନ ସ୍ତରର ଚୈତନ୍ୟ ନେଇ ଜନ୍ମ ହୋଇଛନ୍ତି – ସଂକୁଚିତ ଚେତନା । ସେମାନେ ମରିବେ । ସେହିପରି ଅଳ୍ପ ଦିନପରେ ପୁଣି ଦେହ ଧାରଣ କରି ପୃଥିବୀରେ ଜନ୍ମ ହେବେ । କାରଣ ଭୁବର୍‌ଲୋକରେ ସେମାନଙ୍କ ଚୈତନ୍ୟ ମୋଟେ ନଥାଏ । ଯଦିବି ଥାଏ ଖୁବ୍‌ ଅଳ୍ପଥାଏ । ଦେହ ଧାରଣ ନକଲେ ଆଉ ଅନ୍ୟ ଉପାୟ ନାହିଁ – ସୁତରାଂ ଦୀର୍ଘ ସମୟଧରି ସେମାନଙ୍କୁ ପ୍ରାୟ ସ୍ଥୂଳ ଦେହରେ ରହିବାକୁ ହୋଇଥାଏ । ପୃଥିବୀର କାମନା ବାସନାରୁ ଉପରକୁ ଉଠିବା ସେମାନଙ୍କ ପକ୍ଷରେ ବହୁତ ବିଳମ୍ୱ । ସଭ୍ୟ ସମାଜରେ ଏପରି ଅନେକ ଅଛନ୍ତି – ଖୁନୀ, ଦସ୍ୟୁ, ଅଳସୁଆ, ଚୋର, ପରପୀଡ଼ନ ଇତ୍ୟାଦି ।

କରୁଣା ଦେବୀ ହସି ଦେବତାଙ୍କ ଆଡ଼କୁ ବକ୍ର ଦୃଷ୍ଟିରେ ଚାହିଁ କହିଲେ – ଏକଥା ତୁମେ ଖୁବ୍‌ ଭଲ ଭାବରେ ଜାଣ, କାରଣ ତୁମ ହାତର କାମ ଏଛଟା । କିଏ କେତେଦିନ ଭୁବର୍‌ଲୋକରେ ବାସ କରିବ କଣ ନୂତନ ଜନ୍ମ ନେବ । ଉଃ ଗୋଟିଏ ଦୁଇଟି ଘଟଣା ଏପରି ନିଷ୍ଠୁର ଆଉ କରୁଣ ହୋଇଯାଏ ଯେ ସେତେବେଳେ ମୁଁ ଅନୁରୋଧ କରିବାକୁ ବାଧ୍ୟ ହୁଏ ।

ତରୁଣ ଦେବତା କେବଳ ହସିଲେ ମାତ୍ର – ସେ ହସରେ କେତେ ଅସୀମଦୟା, ଅନନ୍ତ ଜ୍ଞାନ ଆଉ ଗଭୀର ଶକ୍ତିର ଆଭାସ ।

ପୁଷ୍ପ ଆସ୍ତେ ଆସ୍ତେ ଦେବୀଙ୍କୁ ପଚାରିଲା – ଆଚ୍ଛା ଏମାନେ କିଏ ? ଏହି ଅଭୁତ ଦେବତା ?

– ସେ ?

ପରେ ହସି ଦେବତାଙ୍କ ଆଡ଼କୁ ଚାହିଁ କହିଲେ – ଏଥର ଏମାନଙ୍କୁ କହିଦିଏ ? କହି ଚୁପ୍‌ ହୋଇ ରହିଲେ ।

ପୁଷ୍ପ ବିସ୍ମିତ ହୋଇ କହିଲା – ଆମ ସହିତ ଏପରିଭାବରେ ମିଶୁଛନ୍ତି ! ଏତେବଡ଼ ସିଏ !! ଅଥଚ –

ଦେବତା ଏଥର ହସି ଆଗେଇ ଆସି କହିଲେ – ମନୁଷ୍ୟ କି କୀଟ ? ତୁମେମାନେ ବି ସେଭଳି । ତୁମମାନଙ୍କ ଋଷିମାନେ ହିଁ କହିଛନ୍ତି । କିଞ୍ଚିଦ୍‌ ନତୁ ତ୍ୱାଂ

ଭୃତ୍ୟବତ୍ ଯାଚେ ? ଯୋହସୌ ଆଦିତ୍ୟ ମଣ୍ଡଲ ସ୍ଥୋ ବ୍ୟାହୃତା ବୟ୍ୟବ୍ୟ ସୋହହଂ ଭବାମି –

ମୁ ଭୃତ୍ୟଭାବେ ତୁମର ସାକ୍ଷାତ୍କାର ଯାଚଞ୍ଚା କରୁ ନାହିଁ – ସବିତୃ ମଣ୍ଡଲରେ ଯିଏ ଓଁକାରମୟ ପୁରୁଷ, ମୁହିଁ ସେହି। ତୁମେ ମୁଁ ଭିନ୍ନତା କାହିଁ ? ଛୋଟ ଭାବୁଛ କାହିଁକି। ତେଣୁ କରି ଛୋଟ ହୋଇଥାଅ। ବଡ଼ ହୁଅ, ବୀର୍ଯ୍ୟବାନ୍ ହୁଅ। ସଚେତନ ହୋଇ ଯଦି ତୁମେମାନେ ଆମମାନଙ୍କର ଇଚ୍ଛା ବିରୁଦ୍ଧରେ ଠିଆହୁଅ ବିଦ୍ରୋହ ପାଇଁ ତାହା ମଧ ଭଲ। ତାଦ୍ୱାରା ଶକ୍ତି ଅର୍ଜନ କରିବ। ଯିଏ ଦୁର୍ବଳ ତାଦ୍ୱାରା କି କାମ ହେବ ? ଯିଏ ଶକ୍ତିମାନ୍ ଅଥଚ ବିଦ୍ରୋହୀ – ତାକୁ ଠିକ୍ ବାଟକୁ ଘେନି ଆସିବା କଥା ଆମେ ଜାଣୁ।

ଯତୀନ୍ କୌତୁହଲର ସହିତ କହିଲା –ଏହାତ ଯୁଦ୍ଧ ! ଜାତି ଜାତି ମଧରେ ରକ୍ତର ତାଣ୍ଡବ– ଏହା କ'ଣ ଆପଣଙ୍କ ଅଭିରୁଚି ?

– ତୁମେ ବୁଝି ପାରିଲନି – ପ୍ରତ୍ୟେକ ଘଟଣା ମନୁଷ୍ୟକୁ ଉନ୍ନତି ପଥରେ ନେଇଯାଏ। ଯୁଦ୍ଧ ଜାତି ଜାତିରେ ସଂଘର୍ଷ – ଏତଦ୍ୱାରା ଜାତି ଶକ୍ତିମାନ ହୁଏ। ଯୁଦ୍ଧରେ କ'ଣ ହୁଏ ? ମନୁଷ୍ୟ ମରେ। ଆରାମରେ ବ୍ୟାଘାତ ହୁଏ। ଏଇତ ? କିନ୍ତୁ ମୃତ୍ୟୁର ଅସତ୍ୟତା ତୁମେ ଏତେ ଦିନେ ବୁଝିଛ। ଆରାମରେ ଅତ୍ୟନ୍ତ ସୁଯୋଗ ମନୁଷ୍ୟକୁ ଅଳସ ପଶୁବତ୍ କିରଦିଏ। ଆମ ପୃଥିବୀ କେତେଗୁଡ଼ିଏ ଆରାମ ପ୍ରିୟ, ରୋମନ୍ଥନକାରୀ, ନିଜ ଅବସ୍ଥାରେ ବହୁତ ଅଧିକ ପରିତୁଷ୍ଟ ଗୋରୁଙ୍କ ଦଳରେ ଭର୍ତି ହୋଇ ରହନ୍ତୁ ଏହା ଆମେ ଚାହୁଁନା। ଶକ୍ତିମାନ୍ ହୋଇ ଉଠନ୍ତୁ ସମସ୍ତେ। କିଏ କାହାକୁ ହତ୍ୟା କରୁଛି। ସବୁମିଛ। ଦୁଇ ଦିନର ଆରାମ କାହିଁ ପାଇଁ ? ଅନନ୍ତ ବିଶ୍ୱ ତୁମମାନଙ୍କ ପଦ ତଲେ। ସଂକଳ୍ପଦେବ ତତ୍ସୃଷ୍ଟେ୪, ଯାହା ଯେତେବେଳେ ଭାବିବ, ସଂକଳ୍ପ କରିବ। ମୁକ୍ତ ପୁରୁଷଗଣ ସେତେବେଳେ ହିଁ ତାହା ଲାଭ କରିବେ। ପୃଥିବୀର ସ୍ଥୁଲ କାମନା ବାସନାକୁ ଜୟକରି – ଆରାମ କରିବା ଇଚ୍ଛାକୁ ମନରୁ ତଡ଼ିଦିଅ। ତା ନହେଲେ ଶୋଇ ରହିବ।

କରୁଣା ଦେବୀ କହିଲେ – ଏମାନଙ୍କୁ ବୃହସ୍ପତି ଗ୍ରହର ଦୁଇଟା ଉପଗ୍ରହକୁ ନେଇଯାଇ ଦେଖାଇ ଦିଅନା ?

– ଦେଖାଇବି। ସେ ଦୁଇଟି ଧୀରଗାମୀ ଜଗତ୍। ଯେଉଁମାନେ ପୃଥିବୀରେ ସୁବିଧାନୁସାରେ ଉନ୍ନତି କରିପାରୁ ନାହାନ୍ତି, ଆମେମାନେ ଏଇସବୁ ମନ୍ଥର ଗତି ଜଗତକୁ ପଠାଇ ଦେଉଁ ସେଠାରେ ଜନ୍ମ ନେବାକୁ। ସେଠାକୁ ଗଲେ ଆଶ୍ଚର୍ଯ୍ୟ କଥାସବୁ ଦେଖିବ।

କରୁଣା ଦେବୀ କହିଲେ – ସେମାନଙ୍କୁ ଏହି କ୍ଷଣିନେଇଯାଇ ଦେଖାଇ ଦେବା– ପୁଣି ମାନସ ସରୋବର ଓ ହିମାଲୟ ସେମାନଙ୍କ ପାଦତଲେ ଦେଖୁ ଦେଖୁ ମିଳାଇଗଲା।

ପୁଣି ଅସୀମ ବ୍ୟୋମ– ଅନ୍ଧକାରରେ ବୁଡ଼ି ପୃଥିବୀ ଦିଗନ୍ତହୀନ ଆକାଶରେ ଅଦୃଶ୍ୟ ହେଲା। ଆକାଶର ଅଭୂତ ଦୃଶ୍ୟ ଦିନବେଳା ବି ସବୁ ଦିଗ ନକ୍ଷତ୍ର ପୂର୍ଣ୍ଣ।

ତାପରେ ନକ୍ଷତ୍ର ଜ୍ୟୋସ୍ନାରେ ପ୍ଲାବିତ ଆକାଶ ପଥରେ ଗୋଟିଏ ବିଶାଲ ମହାଗ୍ରହ ସେମାନଙ୍କ ଆଡ଼କୁ ଯେପରି ଦ୍ରୁତ ଭାବରେ ଧାଇଁ ଆସୁଛି। କରୁଣା ଦେବୀ କହିଲେ – ବୃହସ୍ପତି !! କିନ୍ତୁ ବୃହସ୍ପତି ଖୁବ୍ ବଡ଼ ମଶାଲର ଆଲୁଅ ଭଲି ସେମାନଙ୍କ ଦକ୍ଷିଣରେ ଦୂରରେ ପଡ଼ିରହିଲା। ସେମାନେ ଅନ୍ୟ ଗୋଟିଏ ପୃଥିବୀର ଖୁବ୍ ପାଖକୁ ଆସି ତାହାର ବାୟୁମଣ୍ଡଲରେ ଭୁକି ପଡ଼ିଲେ।

ଯତୀନ କହିଲା – କେଉଁଠି ଯେପରି ପଢ଼ିଥିଲି, ପୃଥିବୀ ଛଡ଼ା ସୋଲାର୍‍ସିଷ୍ଟମ୍‍ର ଅନ୍ୟ କେଉଁଥିରେ ମନୁଷ୍ୟ ନାହିଁ !

ଗ୍ରହ ଦେବ କହିଲେ – ସେ ସବୁକଥା ଏବେ ଥାଉ। ଏହି ପୃଥିବୀଟା ଆଗେ ଦେଖନିଅ।

ପୃଥିବୀ ଭଲି ଅବିକଲ ସେ ସ୍ଥାନ ବହୁତ ଫୁଲ, ଛୋଟ ବଡ଼ ନଦୀ। ବସନ୍ତ ବତାସ ବହୁଛି। ବିହଙ୍ଗ କାକଲୀ ସର୍ବତ୍ର। ନିର୍ମଲ ଜଲାଶୟ। ଗ୍ରହଟିର ଗୋଟିଏ ଦିଗରେ ରାତ୍ରିର ଅନ୍ଧକାର। ଅନ୍ୟ ଦିଗରେ ଦିନର ଆଲୁଅ। ଯେଉଁ ଅଂଶକୁ ସେମାନେ ଗଲେ ସେଠାରେ ମନୁଷ୍ୟର କର୍ମ ବ୍ୟସ୍ତତା ଆଦୌ ନାହିଁ। ନିଶ୍ଚିନ୍ତ ମନରେ ସମସ୍ତେ ନିଜ ନିଜ ଘରେ ବସିଛନ୍ତି। ଗୃହ ସ୍ଥାପତ୍ୟ ଅତି ସୁନ୍ଦର। ସମସ୍ତ ପ୍ରକାର ଶିଳ୍ପ କଲାର ଅଭୂତ ଉନ୍ନତି ହୋଇଛି ସେଠାରେ। ଦେଖି ମନେ ହେଲା ସବୁଠାରେ ସଙ୍ଗୀତ, ବାଦ୍ୟ, ନୃତ୍ୟ। ଅତ୍ୟନ୍ତ ସୁନ୍ଦରୀ ଝିଅମାନେ ବନ ଉପବନରେ ଭ୍ରମଣ କରି ବୁଲୁଛନ୍ତି ନିଶ୍ଚିନ୍ତ ମନରେ ଯେପରି ସେମାନଙ୍କ ହାତରେ ଅତି ସୁଦୀର୍ଘ ଅବକାଶ। ଯେପରି ଦିନସାରା କେବଲ କମଲ ବଣରେ ଅଲସ ପାଦ ଚାରଣ ଜୀବନର ସମସ୍ତ ମୁହୂର୍ତ୍ତମାନ ଭରିଦେବ ଅମୃତରେ। ଶାନ୍ତି ଓ ଅପରୂପ ସୌନ୍ଦର୍ଯ୍ୟ ରୂପାୟନରେ ସେ ପୃଥିବୀର ସୁଶ୍ୟାମଲ ଖୋଲା ପଡ଼ିଆରେ। ପ୍ରସ୍ଫୁଟିତ ବଣରେ ସୁଗନ୍ଧଭରା କୁଞ୍ଜ ତଲେ ବୃହସ୍ପତିର ଆଲୋକ ପଡ଼ି ଯେଉଁ ଅଂଶ ରାତ୍ରର ଅନ୍ଧକାର ସେ ଅଂଶର ଶୋଭା ମଧ ଚମତ୍କାର। ତେବେ ସମଗ୍ର ପୃଥିବୀଟି ଗୋଟିଏ ନିଶ୍ଚିନ୍ତ, ନିରୁପଦ୍ରବ ଶାନ୍ତିର ଗଭୀରତାରେ, ବ୍ୟସ୍ତତା ବିହୀନ – ଜୀବନ ମୁହୂର୍ତ୍ତମାନଙ୍କରେ ପୁଞ୍ଜିଭୂତ ଭାବରେ ଶୋଇଛି।

ଯେପରି କେଉଁ ଅଲୀକ ସ୍ୱପ୍ନରେ ଦିନରାତି ବିଭୋର। କରୁଣା ଦେବୀ କହିଲେ – ଏହି ଦେଖ ଯେଉଁ ପୃଥିବୀର କଥା କହୁଥିଲି – ସ୍ଲୋ, ମାନେ ଧୀର ଗାମୀ ପୃଥିବୀ ?

କରୁଣା ଦେବୀ ହସି ପକାଇବାରୁ ଯତୀନ ଅପ୍ରତିଭ ହୋଇ କହିଲା – ନା

ଇଂରାଜୀଟା ଆପଣ ହୁଏତ ଜାଣନ୍ତିକିନା – ମୁହଁରୁ ବାହାରିଗଲା ସେ ଭାଷା କ'ଣ ଆପଣମାନେ – ମାନେ ମ୍ଲେଚ୍ଛ ଭାଷା –

– ଗ୍ରହ ଦେବ କହିଲେ – ତୁମେ ଏ ପର୍ଯ୍ୟନ୍ତ ବୁଝିଲ ନାହିଁ, ଆମମାନଙ୍କ କୌଣସି ଭାଷା ନାହିଁ। ଯେତେବେଳେ ଯେଉଁ ପୃଥିବୀରେ, ଯେଉଁ ମନୁଷ୍ୟ ସହିତ କଥା କହୁଁ ସେମାନଙ୍କ ଭାଷା ହିଁ ଆମର ଭାଷା। ପୃଥିବୀରେ ପ୍ରଚଳିତ ଯେକୌଣସି ଭାଷା ହେଉ – ତାହା ଆମମାନଙ୍କର ନିଜର ଭାଷା। ଇଟାଲୀ ଦେଶର କୌଣସି ଲୋକ ସହିତ କଥା କହିବା ସମୟରେ ସେମାନଙ୍କ ଭାଷାରେ କହିବୁ–

– ଆପଣମାନଙ୍କ ମଧ୍ୟରେ କଥାବାର୍ତ୍ତା ତାହେଲେ କେଉଁ ଭାଷାରେ – କାହିଁକି, ବଙ୍ଗଳାରେ ହିଁ ତ ଆପଣମାନଙ୍କ ମଧ୍ୟରେ କଥାବାର୍ତ୍ତା ହେଉଥିଲେ ?

କରୁଣା ଦେବୀ କହିଲେ – ମୁହଁରେ କଥା କହିବା ଦରକାର ହୁଏ ନାହିଁ କୌଣସି ସ୍ୱର୍ଗରେ, ଚତୁର୍ଥ ସ୍ତର ଉପରେ କେଉଁଠାରେ ମଧ୍ୟ ନୁହେଁ। ମନ ଭିତରୁ ପରସ୍ପରର କଥା ଫୁଟି ଉଠେ। ଆହୁରି ଉପରେ ସ୍ୱର୍ଗରେ ରଙ୍ଗୀନ୍ ଆଲୋକ ବିଦ୍ୟୁତ୍ ଶିଖା ଭଳି ଆଲୋକର ଭାଷାରେ ଆଦାନ ପ୍ରଦାନ କଥାବାର୍ତ୍ତା ଚାଲେ। ଆମମାନଙ୍କ ଭାଷା ତୁମମାନଙ୍କ ଭଳି "କାଳର ଭିତର ଦେଇ ମରମେ ପଶିଲା ଗୋ" ସେପରି ନୁହେଁ। ମରମରେ ପ୍ରଥମରୁ ପଶେ – କାନ ଶୁଣିପାରେ ନାହିଁ – ଶୁଣିବାର ଦରକାର ନଥାଏ। କିନ୍ତୁ ତୁମମାନଙ୍କ ସହିତ ବ୍ୟବହାର କରିବାକୁ ହେଉଛି ବୋଲି ଆମେମାନେ ମୁହଁର ଭାଷା ବ୍ୟବହାର କରୁ।

ପୁଷ୍ପ କହିଲା – ଏଇ ପୃଥିବୀ କିନ୍ତୁ ମୋତେ ବେଶ୍ ଭଲ ଲାଗୁଛି। ଟିକିଏ ବୁଲା ଚଲା କରି ନେଲେ କ୍ଷତି କ'ଣ ?

ବୈଶ୍ରବଣ କହିଲେ – ଭଲ କଥା। ଭଲ ଭାବରେ ଦେଖି ଆସିପାରେ।

ଗୋଟିଏ ହ୍ରଦରେ କେତେ ଜଣ ନରନାରୀ ସୁସଜ୍ଜିତ ହୋଇ ନୌକାରେ ପ୍ରମୋଦ ବିହାର କରୁଥିଲେ। ଦେବତା ସେଠାକୁ ଯାଇ କହିଲେ – କେତେ ବର୍ଷ ହେଲା ଏହିପରି ଭାବରେ ଏମାନେ ପ୍ରମୋଦ ବିହାର କରୁଛନ୍ତି ଜାଣ ? ତୁମମାନଙ୍କ ପୃଥିବୀର ହିସାବରେ ତିନି ବର୍ଷ ହେବ। ତରବର ହେବାର କିଛି ନାହିଁ ଏମାନଙ୍କ।

ଯତୀନ ବିସ୍ମିତ ହୋଇ କହିଲା – ତିନି ବର୍ଷ ହେଲା !!

– ଏଇ ଯେ କହିଲି ଧୀରେ ସୁସ୍ଥେ ଏଠାରେ ସବୁ ସମ୍ପନ୍ନ ହୁଏ। ନୌକାରେ ଜଳ ବିହାର ଚାଲିଛି ତ ଚାଲିଛି। ଏମାନଙ୍କୁ ଯଦି ଏ କଥାଯାଇ କହିବ, ସେମାନେ ଆଶ୍ଚର୍ଯ୍ୟ ହେବେ।

ଯତୀନର ମନେପଡ଼ିଗଲା ପିଲାବେଳେ କଲେଜ – କ୍ଲାସ୍‌ରେ ପଠିତ

ଟେନିସନ୍‌ଙ୍କ କବିତାର ସେହି ମୃଣାଳି – ଭୋଜୀ ଦେଶ ବା Land of Lotus-eaters!! ... ସେଠାରେ ମଧ୍ୟ ସବୁ ଲୋକ –

ପରେ କାହା ସହିତ କଥା କହିବାକୁ ଯାଉଛି ଭାବି ସେ ନୀରବିଗଲା। ଦେବତା କହିଲେ – ଚାଲ ଆହୁରି ଦେଖିବ।

ଗୋଟିଏ ପାହାଡ଼ରେ ଶ୍ୟାମସାନୁରେ ବନପୁଷ୍ପ ବିକଶିତ ନିର୍ଜନ ଅଞ୍ଚଳରେ ସେ ଦେଶର କବିକୁଳଙ୍କ ମଜଲିସ୍ ବସିଛି। ସେଠାରେ ସୁଦୀର୍ଘ ସମୟ ବ୍ୟାପୀ ଗୋଧୂଳିରେ ସେମାନେ ଆରାମରେ କାବ୍ୟ ଆଲୋଚନା କରୁଛନ୍ତି। ପରସ୍ପର ପରସ୍ପରଙ୍କୁ ଆବୃତ୍ତି କରି ଶୁଣାଉଛନ୍ତି ନୈସର୍ଗିକ ଶୋଭା। ବଣ ଫୁଲର ଲାବଣ୍ୟ ସଂପର୍କିତ ନାନା କବିତା। ନାରୀ ପ୍ରେମ ନେଇ କେତେ ସଂଗୀତ ରଚନା କରି କାବ୍ୟ ଯନ୍ତ୍ର ସାହାଯ୍ୟରେ ଅତି ସୁକୁମାର ମାଧୁର୍ଯ୍ୟର ସହିତ ଲଳିତ କଣ୍ଠରେ ଗାଉଛନ୍ତି – ଯେପରିକି ଜୀବନ ଅନନ୍ତ – ସମୟ ଅନନ୍ତ। ସେ ସଙ୍ଗୀତର ନିଦ୍ରା ମାଧୁର୍ଯ୍ୟ ବାସ୍ତବରେ ଆଖିରେ ନିଦ ଆଣିଥାଏ, ଶୁଣି ଯତୀନ୍‌ର ମନେ ହୋଇଥିଲା ଦିଗନ୍ତର ପାଣ୍ଡୁର ଶୋଭା ଶୈଳସନୁତଟରେ ଯେଉଁ ଶାନ୍ତି ଓ ଶ୍ରୀ ବିସ୍ତାର କରିଛି ତାଦ୍ୱାରା ସମସ୍ତ ଭୁଲି ଯିବାକୁ ପଡ଼ୁଛି। ଜୀବନଯୁଦ୍ଧ ଅବାସ୍ତବ କାହାଣୀ – ଜୀବନ କେବଳ ଏପରି ନିଶ୍ଚିନ୍ତ, ନିରୁପଦ୍ରବ ଗୋଧୂଳି ଭରା – ଆଉ କୋଉଁଠ ଧାଁଦଉଡ଼ର କି ଦରକାର। ଏହିଠାରେ ଶୋଇଯିବା ଉଚିତ ନିଶ୍ଚିନ୍ତହୋଇ।

ଯତୀନ କହିଲା। – ଆମ ପୃଥିବୀର ଏପରି ବ୍ୟବସ୍ଥା ନାହିଁ କି ଦେବ?

– ଅଛି। ତାହା ଭିନ୍ନ ଧରଣର। ଏମାନେ ଏହି ଦେଶର ବସନ୍ତ କାଳଟାସାରା ଏଭଳି ଉତ୍ସବ କରୁଛନ୍ତି। ଏମାନଙ୍କ ବସନ୍ତର ସ୍ଥାୟିତ୍ୱ କେତେ ଜାଣ? ନଅ ବର୍ଷ ପୃଥିବୀର ହିସାବରେ।

ଯତୀନ କାବା ହୋଇ ଚାହିଁ ରହିଲା ଦେବତାଙ୍କ ମୁହଁକୁ। କରୁଣା ଦେବୀ ତା'ର ବିସ୍ମୟକୁ ଦେଖି କୌତୁକ ଅନୁଭବ କଲେ। କହିଲେ – ନହେଲେ ତୁମ ଭାଷାରେ ହେବ କିପରି?

ସେ ଆହୁରି ଆଶ୍ଚର୍ଯ୍ୟ ହୋଇ କହିଲା – ବାଃ ବାଃ ଆପଣ ଯେ ଇଂରେଜୀ-ସବୁ ଭାଷାରେ ଆମେ କଥା ବାର୍ତ୍ତା ହୋଇ ପାରୁଁ। କହିନଥିଲି। ଭାଷା କିଛି ହିଁ ନୁହେଁ ଆମମାନଙ୍କ ପାଖରେ। ତାପରେ ଶୁଣ, ଏମାନଙ୍କ ବର୍ଷ କେତେ ଦିନରେ ହୁଏ କ'ଣ? ପୃଥିବୀର ଷାଠିଏ ବର୍ଷରେ ଏମାନଙ୍କ ଦେଶରେ ବର୍ଷଟିଏ ହୁଏ। ଏଇ ଦେଖ ବୃହସ୍ପତି ଗ୍ରହ ଘୁରୁଛି କେତେ ଆସ୍ତେ ଆସ୍ତେ। ସୂର୍ଯ୍ୟଠାରୁ ଯେଉଁ ଗ୍ରହ ଯେତେ ଦୂର ତା'ର ଆବର୍ତ୍ତନ ସେତିକି ସ୍ଲୋ। ପୁଣି ଏଇ ଗ୍ରହର ଗୋଟିଏ ନିଜସ୍ୱ ଆବର୍ତ୍ତନ ଅଛି ନିଜ

କକ୍ଷରେ – ସବୁ ମିଶାଇ ଦୀର୍ଘଦିନ, ଦୀର୍ଘ ରାତ୍ରି, ଦୀର୍ଘ ପଥ, ଦୀର୍ଘ ବର୍ଷ ଏଠାରେ।
ମନୁଷ୍ୟ ବି ଧୀର ଗତିରେ ଚାଲେ। ବହୁ ସମୟ ଧରି କାମ କରେ। ବହୁ ସମୟ ଧରି
ଆମୋଦ କରେ। ବଦଳି ବି ଥାଏ ଅନେକ ସମୟ ପରେ। ପୃଥ୍ୱୀ ଭଲି ବ୍ୟସ୍ତତା
ନାହିଁ। ଚଳ ଚଞ୍ଚଳା ନାହିଁ।

– ଏମାନଙ୍କ ଆୟୁଷ ?

– ପ୍ରାୟ ତିନି ଶହ ବର୍ଷ, ତୁମ ପୃଥ୍ୱୀ ହିସାବରେ। ଧୀରଗାମୀ ଆତ୍ମା। ପୃଥ୍ୱୀର
ପଚାଶ, ଷାଠିଏ ବର୍ଷ ବୟସରେ ଯେଉଁମାନେ ଉନ୍ନତି କରି ପାରିବେ ନାହିଁ।
ବୁଝିପାରିବେ ନାହିଁ। ଏଠାରେ ତାଙ୍କୁ ପୁନର୍ଜନ୍ମ ଗ୍ରହଣ କରାଇ ଦେବାକୁ ହୁଏ। ଏଠାରେ
ଯେପରି ଶୋଇ ନପଡ଼ିବେ ତା'ର ବ୍ୟବସ୍ଥା ଅଛି।

– କିଭଳି ବ୍ୟବସ୍ଥା। ଜାଣିବାକୁ ବଡ଼ ଇଚ୍ଛା ହେଉଛି।

ଦେବତା ହସି କହିଲେ – ରୁଦ୍ର ବ୍ୟବସ୍ଥା କିଛି ନାହିଁ। ପୃଥ୍ୱୀରେ ଯେପରି
ଅଛି ଯୁଦ୍ଧ ବିଗ୍ରହ, ବ୍ୟାଧି, ମହାମାରୀ, ବିପ୍ଲବ, ଦୁର୍ଭିକ୍ଷ। ଏଠାରେ ମଣିଷମାନେ ଟିକିଏ
ଅଳସୁଆ, ଟିକିଏ ଧୀର ବୁଦ୍ଧି – ଏମାନଙ୍କ ଉପରେ ଦୟା କରିବାକୁ ହୁଏ ଅନେକ
ଅଧିକ। ସବୁକିଛି ତାଙ୍କରି ବ୍ୟବସ୍ଥା। (ଏଠାରେ ଗ୍ରହଦେବଙ୍କ ଶ୍ରଦ୍ଧାରେ, ସଂଭ୍ରମରେ,
ଭକ୍ତିରେ କୋମଳ ହୋଇଗଲା), ସେ ତାଙ୍କ ଅସୀମ କରୁଣାରେ ଏହି ବ୍ୟବସ୍ଥା କରିଛନ୍ତି
– ଆମେମାନେ ତାଙ୍କରି ନିଯୋଜିତ ଭୃତ୍ୟମାତ୍ର। ଏହା କ'ଣ ଦେଖୁଛ। ଏହା ଅପେକ୍ଷା
ମଧ ଆହୁରି ଧୀରଗାମୀ ଜଗତ୍ ଅଛି ତେବେ ତାହା ସୌର ମଣ୍ଡଳରେ ନୁହେଁ। ସେହି
ଏହିସବୁ ଅଳସ, ଜଡ଼ବୁଦ୍ଧି ଜୀବଙ୍କ ଜଗତରେ ଉଚ୍ଚସ୍ତରୀୟ ଦେବଦୂତ ପ୍ରେରଣ କରନ୍ତି।
ସେମାନେ ଦେହ ଧାରଣ କରି ଆସନ୍ତି ଏମାନଙ୍କୁ ଶିକ୍ଷା ଦେବାକୁ। ସେହିମାନେ ହିଁ
ଏହି ସବୁ ପୃଥ୍ୱୀର ଶ୍ରୀକୃଷ୍ଣ, ବୁଦ୍ଧ, ଯିଶୁ, ଶ୍ରୀ ଚୈତନ୍ୟ, ବ୍ୟାସ ଦ୍ୱୈପାୟନ –
ସମସ୍ତଙ୍କୁ ନେଇ ତାଙ୍କ ଲୀଳା ସହଚର ନକରିନେଲେ ତାଙ୍କୁ ସୁଖ ଲାଗେ ନାହିଁ। ତାଙ୍କ
ଅପାର ଅନନ୍ତ କରୁଣାର କଥା ତୁମେମାନେ କଣ ଜାଣ ? କେବଳ ଦୁଃଖ ହୁଏ ମନୁଷ୍ୟ
ପ୍ରଥମରୁ ହିଁ ତାଙ୍କୁ ଭୁଲ୍ ବୁଝିଛି। କିଏ ତାଙ୍କୁ ଜାଣେ ବା ଜାଣିବାକୁ ଚେଷ୍ଟା କରେ ?
ମନୁଷ୍ୟ ଯଦି ପାଦେ ଆଗେଇଯାଏ, ସେ ତିନିପାଦ ଆଗେଇ ଆସନ୍ତି ମନୁଷ୍ୟ ନିକଟକୁ।
ଅଥଚ ସଭିଏଁ ନିଜକୁ ନେଇ ଉନ୍ମତ୍ତ, ପୃଥ୍ୱୀରେ ସୁଖୀ ହେବାକୁ ଉଦ୍‌ଭ୍ରାନ୍ତ – ସେ
ଉଦାସୀନ। କେହି ତାଙ୍କୁ ଚାହେଁ ନାହିଁ ଦେଖ, ଅପେକ୍ଷା କରି କରି ଦୁଆରରୁ ପ୍ରତ୍ୟାବର୍ତ୍ତନ
କରନ୍ତି। କେହି ଗ୍ରାହ୍ୟ ବି କରେ ନାହିଁ। ଜଗତ୍ ଯାକର ବଣ ଫୁଲ ମାଳ ତାଙ୍କ
ଗଳାରେ – ଅଥଚ –

ପୁଣ୍ଟର ଆଖିରେ ଲୁହ ଆସିଗଲା ଗ୍ରହଦେବଙ୍କ ଅପୂର୍ବ କଣ୍ଠସ୍ୱର ଶୁଣି। ସେ

ହାତ ଯୋଡ଼ି କହିଲା – ପ୍ରଭୁ ଗୋଟିଏ କଥା ପଚାରିବି ? ଗ୍ରହଦେବ ସେତେବେଳ
ସୁଦ୍ଧା ଆତ୍ମସ୍ତ୍ୱବିଭୋର ଅବସ୍ଥାରେ କହି ଚାଲିଛନ୍ତେ ପୂର୍ବକଥାର କ୍ରମଧରି – ଦେଖ
ତୁମେମାନେ ପୃଥିବୀର ପୁଅଝିଅ। ମୁ ତୁମମାନଙ୍କୁ ଭଲପାଏଁ କାରଣ ତୁମମାନଙ୍କ
ଜନ୍ମଜନ୍ମାନ୍ତର ନିଜ ହାତରେ ଗଢ଼ିଛି। ତାଙ୍କ ଜ୍ୟୋତିର୍ବାତାୟନ ଅସୀମ ଏହି ସମସ୍ତ
ଶୂନ୍ୟତାରେ ଭରିରହିଛି। ଆଶ୍ଚର୍ଯ୍ୟର କଥା ସେ ଆଡ଼କୁ କେହି ଚାହେଁ ନାହିଁ। ସଭିଏଁ
ଅନ୍ଧ। ନରକରୁ ଉଦ୍ଧାର କରିବାକୁ ଚାହେଁ କିନ୍ତୁ ପାରେ ନାହିଁ। ଅନ୍ଧ ଭଲି ଧାଇଁ ଯାଏ
ସେଦିଗକୁ। ତାଙ୍କୁ ଦେଖ – ସେ ସତ୍ୟଲୋକର ମଧ୍ୟ ଊର୍ଦ୍ଧ୍ୱତନସ୍ତରରେ ଦେବୀ; କିନ୍ତୁ
ନିଜସୁଖ ଚାହାନ୍ତି ନି। ପୃଥିବୀର ପୁଅଝିଅଙ୍କ ଦୁଃଖରେ ପ୍ରାଣ କାନ୍ଦେ ବୋଲି କୌଣସି
ଊର୍ଦ୍ଧ୍ୱଲୋକରେ ରହିପାରନ୍ତି ନାହିଁ। ସେ ସୌର ମଣ୍ଡଳର ସମସ୍ତ ଜଗତର ମା।
ତୁମୋମନେ କଣ ଆମମାନଙ୍କ ଦେଖାପାଆନ୍ତ ? ଆମକୁ ଦେଖିବା ପାଇଁ ଆଖିପାଇଛ
କେବଳ ତାଙ୍କ କୃପାରୁ। ନହେଲେ ତାଙ୍କ ନିଜସ୍ତରରେ ସେ ଦନୟ ମହୟ, ତପୟ
ଲୋକ ଜୀବମାନଙ୍କର ଅଦୃଶ୍ୟ। ଏଠାରେ କୌଣସି ଲୋକର ଅଧିବାସୀ ସେମାନଙ୍କ
ଊର୍ଦ୍ଧ୍ୱ ଲୋକ ଅଧିବାସୀଙ୍କୁ ଦେଖିପାରେ ନାହିଁ। ଦେଖିବା ସମ୍ଭବ ନୁହେଁ। ଏଇ ଝିଅଟିକୁ
ଭଲପାଆନ୍ତି ବୋଲି ଆଜି ତୁମମାନଙ୍କ ଏହି ସବୁ ସୌଭାଗ୍ୟ। ସେ ମୋଠାରୁ ମଧ୍ୟ
ଊର୍ଦ୍ଧ୍ୱ ଲୋକର ଦେବୀ, ଦୟାକରି ଆମକୁ –

କରୁଣା ଦେବୀ ସଲଜ୍ଜ ସ୍ୱରରେ କହିଲେ – ପୁଷ୍ପ ଶୁଣ ତେବେ – ସେ କିଏ
ଜାଣ ? ସେ ଗ୍ରହଦେବ ବୈଶ୍ରବଣ। ତୁମମାନଙ୍କ ପୃଥିବୀର ସୃଷ୍ଟି, ସ୍ଥିତି, ପ୍ରଳୟର
କର୍ତ୍ତା। ଯୁଗ ଯୁଗାନ୍ତର ଧରି ତାଙ୍କ ନିର୍ଦ୍ଦେଶାନୁସାରେ ସେ ପୃଥିବୀ ପରିଚାଳନା କରୁଛନ୍ତି।
ପୂର୍ବ କକ୍ଷର ଦେବତା ସେ। ତାଙ୍କ ପୂର୍ବ କକ୍ଷରେ ସେ ଦେବଯାନ ପଥରେ ଜନ୍ମମୃତ୍ୟୁର
ଆବର୍ତ୍ତ ଅତିକ୍ରମ କରନ୍ତି। ବହୁଦୂର ପଥର ଯାତ୍ରୀ ସେ। ତାଙ୍କ ସ୍ୱରୂପ, ତାଙ୍କୁ ସତ୍ୟ
ଲୋକର ଜୀବଗଣ ମଧ୍ୟ ଦେଖିପାରନ୍ତି ନାହିଁ। ଆଖି ଝଲସିଯାଏ ତାଙ୍କ ତେଜରେ।
ଦୟାକରି ତୁମମାନଙ୍କ ଦୃଷ୍ଟିରେ ଉପଯୁକ୍ତ କାୟା ଧାରଣକରି ଦେଖା ଦେଲେ। ତେଣୁ
ତାଙ୍କୁ ଦେଖ ପାରୁଛ।

ସଂଭ୍ରମରେ, ବିସ୍ମୟରେ, ଭୟରେ ଓ ଭକ୍ତିରେ କ୍ଷୁଦ୍ର ପୃଥିବୀର ପୁଅଝିଅ, ପୁଷ୍ପ
ଓ ଯତୀନ୍ ଏକବେଳକେ ବାକ୍ ଶୂନ୍ୟ ହୋଇଗଲେ। ପୁଷ୍ପ କ'ଣ ପ୍ରଶ୍ନ କରିବାକୁ
ଚାହିଁଥିଲା ଏକାବେଳକେ ଭୁଲି ଯାଇଥିଲା। ଏବେ ମନେ ପଡ଼ିବାରୁ ସେ ପୁଣି
ହାତଯୋଡ଼ି କହିଲା – ପ୍ରଭୁ, ଆମମାନଙ୍କର ଜନ୍ମାନ୍ତରେ କେତେ ସୌଭାଗ୍ୟଥିଲା
ଯେ ଆପଣମାନଙ୍କର ସାକ୍ଷାତ–ମୋର ଗୋଟିଏ ପ୍ରଶ୍ନ ଅଛି –
ବୈଶ୍ରବଣ କହିଲେ – ଆମକୁ ଧନ୍ୟବାଦ୍ ଦିଅ ନାହିଁ ପୁଷ୍ପ, କୃତଜ୍ଞତା ଜଣାଅ

ସେହି ମହେଶ୍ୱର, ବିଶ୍ୱ ବ୍ରହ୍ମାଣ୍ଡର ଅଧିଦେବତା ଯିଏ, ତାଙ୍କୁ। ଆମେମାନେ ତାଙ୍କଭୃତ୍ୟମାନଙ୍କ ନିର୍ଦେଶରେ ଚଲୁ–ତାଙ୍କ ଦାସାନୁଦାସ। ଏହି ଅନନ୍ତ କୋଟି ବ୍ରହ୍ମାଣ୍ଡ ତାଙ୍କ ଇଙ୍ଗିତରେ ଚଲେ – ଅଥଚ କିଏ ତାଙ୍କୁ ଜାଣେ ? ତୁମମାନଙ୍କ ପୃଥିବୀର କ'ଣ ଲୋକମାନେ ଜାଣିଥିଲେ – ତେଣୁ କହିଯାଇଛନ୍ତି – ଅସ୍ୟ ବ୍ରହ୍ମାଣ୍ଡସ୍ୟ ସମସ୍ତତଃ ସ୍ଥିତାନ୍ୟେ ତାଦୃଶା ନ୍ୟୁନନ୍ତ କୋଟି ବ୍ରହ୍ମାଣ୍ଡାନି ସାବରଣାନି ଜ୍ୱଲନ୍ତି – ଏହି ବ୍ରହ୍ମାଣ୍ଡର ଆଖପାଖରେ ଏହିଭଳି ଅନନ୍ତ କୋଟି ବ୍ରହ୍ମାଣ୍ଡ ଆବରଣର ସହିତ ପ୍ରଜ୍ୱଳନ୍ତ ଅବସ୍ଥାରେ ଅବସ୍ଥିତ। ସେ ସବୁ ବ୍ରହ୍ମାଣ୍ଡ ଆମେ ମଧ ଦେଖି ନାହୁଁ। ତୁମେ ଯେଉଁ ପଥିକ ଦେବତାଙ୍କ ସାକ୍ଷାତ୍ ଲାଭ କରିଥିଲ ତାହାଙ୍କ ଭଳି ବିରାଟ ଦୁର୍ଦ୍ଧର୍ଷ। ଆମ୍ଭାମାନେ ତାହାଙ୍କ କୃପା ହେତୁ ବହୁ ସୌରମଣ୍ଡଳ, ବହୁ ନିହାରିକା ନକ୍ଷତ୍ର ଜଗତ୍ ଅତିକ୍ରମ କରି ଏହି ଅନନ୍ତ ବିଶ୍ୱରେ ଘୁରି ବୁଲିବାର ଅଧିକାର ଓ ଶକ୍ତି ପାଇଛନ୍ତି। ବିଗତ କଳ୍ପରେ ଆଉ ଜଣେ ଏପରି ଦେବଦୂତଙ୍କୁ ମୁଁ ଜାଣିଥିଲି – ସେ ପୃଥିବୀର ଗୋଟିଏ ଆବର୍ତକାଲ ଅର୍ଥାତ୍ ପ୍ରାୟ ବାଇଶ ହଜାର ବର୍ଷଧରି ବିଦ୍ୟୁତ ଅପେକ୍ଷା ମଧ ଅଧିକ ଦୃତଗତିରେ ପରିଭ୍ରମଣ କରି ମଧ କେବଳ ଆମମାନଙ୍କର ଏହି ବ୍ରହ୍ମାଣ୍ଡଟିର କୂଲ୍‍କିନାରା ପାଇନଥିଲେ। ତା ଛଡ଼ା ଆହୁରି ଅନନ୍ତ କୋଟି ବ୍ରହ୍ମାଣ୍ଡାନି ସାବରଣାନି ଜ୍ୱଲନ୍ତି। କେଉଁଠି ତାଙ୍କ ଠିକଣା, କେଉଁଠି ତାଙ୍କ କୂଲ୍‍କିନାରା, କାହିଁ ତାଙ୍କର ସୀମା। ଏଥର ଭାବ ଏହି ସମୁଦାୟ ବିଶ୍ୱ ଯାହାଙ୍କ ଇଙ୍ଗିତରେ ଚଲୁଛି – ପୃଥିବୀର ପିଲାମାନଙ୍କ ଖେଳଣା କ୍ରୀଡ଼ନକ ପୁତଲା ଭଳି ବନ୍‍ବନ୍ କରି ଘୁରୁଛି – ତାହାଙ୍କୁ କିଏ ଜାଣନ୍ତା, ଯଦି ସେ ନିଜ ଦୟାରେ କୃପାକରି –

ପୁଷ୍ପ ଅନେକ ସମୟ ପୂର୍ବରୁ ଯେଉଁ ପ୍ରଶ୍ନ କରିବାକୁ ଚାହୁଁଥିଲା, ଏଥର ତାର ସୁଯୋଗ ପାଇ ମୃତ ପ୍ରାୟ ହୋଇ କହିଲା – ପ୍ରଭୁ ମୁଁ ବି ଏହି ପ୍ରଶ୍ନ କରିବାକୁ ଚାହିଁଥିଲି। ଆପଣ ଅନ୍ତର୍ଯ୍ୟାମୀ ମୋ ଅନ୍ତର ଜାଣିପାରି ତା'ର ଉତ୍ତର ଦେଲେ। ମୁଁ ବି ଜାଣିବାକୁ ଚାହୁଁଥିଲି ଭଗବାନଙ୍କୁ ଆପଣ କ'ଣ ଦେଖିଛନ୍ତି ? ଦୟାକରି ମୋର ଏହି କୌତୂହଲ –

କରୁଣା ଦେବୀ ଏଥର ତା'ର ଉତ୍ତର ଦେଲେ, କାରଣ ଗ୍ରହଦେବ ସେତେବେଲେ ଆପଣା ଭାବରେ ବିଭୋର। ବିଶ୍ୱର ଭଗବାନଙ୍କ କଥା ମନରେ ଜାଗ୍ରତ ହେବାରୁ ଅନ୍ୟ ପ୍ରଶ୍ନ ଆଡ଼କୁ ତାଙ୍କ ମନ ନଥିଲା। ଯଦି ମନ ନାମକ ଅତି କ୍ଷୁଦ୍ର ମାନବୀୟ ଇନ୍ଦ୍ରିୟ ତାଙ୍କ ଭଳି ବିରାଟ ଦେବତାଙ୍କ ଉପରେ ଆରୋପ କରି ଦିଆଯାଇପାରେ ଆକ୍ଷାରେପାରେ। କହିଲେ – ନା ପୁଷ୍ପ ସେ ଦେଖି ନାହାନ୍ତି। ମୁଁ ବି ଦେଖିନି। ଅଥଚ ତାହାଙ୍କୁ ଅନୁଭବ କରିଛି। ସେ କେଉଁଠି ନାହାନ୍ତି ? ବିଶ୍ୱର ପ୍ରତି

ବାଷ୍ପକଣାରେ, ଜ୍ୟୋତି କଣାରେ, ପୃଥିବୀ ସମୂହର ପ୍ରତି ତୃଣରେ, ପ୍ରତି ଧୂଳିକଣାରେ ସେ ବିଦ୍ୟମାନ । ସେ ଅଛନ୍ତି ତେଣୁ ଆମେମାନେ ଅଛୁ, ତୁମେମାନେ ଅଛ । ବିଶ୍ୱ ଅଛି । ସେ ସମସ୍ତଙ୍କର । ତୁମେ ଚାହିଁଲେ ତୁମର, ମୁଁ ଚାହିଁଲେ ମୋର ।

ଗ୍ରହଦେବ କହିଲେ – ପୁଷ୍ଟ ବୁଦ୍ଧି ଖଟାଇ ତାଙ୍କୁ ବୁଝିବା ସମ୍ଭବ ନୁହେଁ । ସେ ଇନ୍ଦ୍ରିୟ ତୁମମାନଙ୍କର ନାହିଁ । ତେବେ ତାଙ୍କୁ କେବଳ ଭଲପାଇବା ଦ୍ୱାରା ମନ ଓ ବୁଦ୍ଧିକୁ ଅତିକ୍ରମ କରି ଏପରି ସ୍ଥୁଳ ଲାଭ କରାଯାଏ, ଯେଉଁ ସ୍ଥଳରୁ ତାଙ୍କୁ ଅନୁଭବ କରିହୁଏ । ନହେଲେ ଯାହାର ସେ କ୍ଷମତା ନାହିଁ ସେ ମଧ୍ୟ ଯଦି ଆକୁଳ ହୋଇଉଠିକେ – ତା ମନର ଓ ବୁଦ୍ଧିର ଗମ୍ୟ ହୋଇ ନିଜକୁ ଖୁବ୍ ଛୋଟ କରି ସେ ଭକ୍ତଙ୍କୁ ସେ ଦେଖାଦିଅନ୍ତି । ପୃଥିବୀର କେତେ ଲୋକ ତାଙ୍କୁ ଇଷ୍ଟରୂପେ ଭଜନ କରନ୍ତି । ଛୋଟ ନିକଟରେ ଛୋଟହୋଇ ସେ ଦେଖାଦିଅନ୍ତି । କେତେ କୃପା ତାଙ୍କରି । କିନ୍ତୁ ଯେଉଁ ରୂପ ତାଙ୍କ ନିଜର – ସେ ରୂପରେ ତାଙ୍କୁ କିଏ ଦେଖିବାକୁ ପାଇବ ।

– ପ୍ରଭୁ କେହି ବି ପାଆନ୍ତି ନି ?

– ବ୍ରହ୍ମ ଲୋକର ବହୁ ଉର୍ଦ୍ଧ୍ୱରେ ତାଙ୍କ ନିଜ ଧାମ । ଦେଖିନି, ତେବେ ଜ୍ଞାନ ଦ୍ୱାରା ଅନୁଭବ କରିପାରେ । ସେଠାରେ ହଜାର ହଜାର କଳ୍ପ ପୂର୍ବର ମୁକ୍ତ ଆମ୍ମାଗଣ ଅଛନ୍ତି । କେବେବି ଦେଖିନି ସେମାନଙ୍କୁ, ସେମାନେ ମହାଶକ୍ତିଧର, ବିଶ୍ୱର ସୃଷ୍ଟି, ସ୍ଥିତି, ଲୟ କରିବା କ୍ଷମତାର ଅଧିକାରୀ ସେମାନେ । ସେହିମାନେ ହୁଏତ ତାଙ୍କୁ ସ୍ୱରୂପରେ ଦେଖିଥିବେ । କିନ୍ତୁ ମନୁଷ୍ୟ ରୂପରେ ଦେଖିବାକୁ ଚାହିଁ । ତୁମେ ବି ପାଇବ । ଭକ୍ତିପୂର୍ଣ୍ଣ ଭାବରେ ଚାହିଁବ । ଏତେ ବଡ଼ ବି କେହି ନୁହେଁ । ପୁଣି ଏତେ ଛୋଟ ବି କେହି ନୁହେଁ ।

ଯତୀନ କହିଲା – ପ୍ରଭୁ, ଏହି ପୃଥିବୀର ମନୁଷ୍ୟ କ'ଣ ଭଗବାନଙ୍କୁ ଜାଣେ ? ସବୁ ପୃଥିବୀର ଅବସ୍ଥା ହିଁ ସମାନ । ସତ୍ୟ ଜାଣିବାକୁ ଚାହାନ୍ତି କେତେ ଜଣ ? ଏଠାରେ ତ ଦେଖୁଛ ଇନ୍ଦ୍ରିୟଜ ସୁଖ ନେଇ ସଭିଏଁ ମଉ । ସେହି ବିରାଟ ଶକ୍ତିଙ୍କ ଧାରଣା କରିବା ଏମାନଙ୍କ ପକ୍ଷରେ ସହଜ ନୁହେଁ । ଅବଶ୍ୟ ଏମାନେ ପୃଥିବୀର ଜୀବଙ୍କଠାରୁ ଅଧିକତର ଜଡ଼ବୁଦ୍ଧି ସମ୍ପନ୍ନ । ବହୁକାଳ, ଯୁଗଯୁଗାନ୍ତର ବିତିଯିବ, ଏମାନଙ୍କ ସମସ୍ତ ଜଡ଼ତା ମନର ମଳିନତା ଦୂର କରି ସେ ଧାରଣାରେ ଉଦ୍‌ବୁଦ୍ଧ କରିବାକୁ । କିନ୍ତୁ ବିଶ୍ୱର ଭଗବାନଙ୍କ ଅସୀମ ଧୈର୍ଯ୍ୟ । କାହାରିକୁ ସେ ଅବହେଳା କରନ୍ତି ନାହିଁ । ତେବେ ବହୁ ବିଳମ୍ୱ ହୋଇଯିବ । ଯେଉଁମାନେ ନିରଳସ ଆମ୍ମା, ଆଧ୍ୟାମ୍ମିକ ଜ୍ୟୋତି ଯେଉଁମାନଙ୍କ ଭିତରେ ଜଳୁଛି ସ୍ୱୟଂପ୍ରଭ ମହିମାରେ, ସେମାନେ ଗୋଟିଏ ଜନ୍ମରେ ଜାଗ୍ରତ ହୋଇ ଚାହିଁ ଦେଖନ୍ତି । ଯେପରି କହିଥିଲେ ତୁମମାନଙ୍କ ଗ୍ରହର ଜଣେ ପ୍ରାଚୀନ କବି – ବେଦାହ

ମେତଂ ପୁରୁଷଂ ମହାନ୍ତମ୍, ଆଦିତ୍ୟ ବର୍ଣ୍ଣଂ ତମସଃ ପରସ୍ତାତ - ମୁଁ ଅନ୍ଧକାର ସେ ପାଖର ସେହି ଆଦିତ୍ୟ ବର୍ଣ୍ଣ ମହାନ୍ ପୁରୁଷଙ୍କୁ ଜାଣିଛି - ଆହେ ଶୁଣ ସମସ୍ତେ ଶୁଣ ଶୃଣ୍ୱନ୍ତୁ ବିଶ୍ୱେ ଅମୃତସ୍ୟ ପୁତ୍ରାଃ। କେତେ ଆନନ୍ଦ! ଆନନ୍ଦର ଭାଗ ସମସ୍ତଙ୍କୁ ନ ବାଣ୍ଟିଲେ ଯେପରି ଚଳୁ ନାହିଁ!! କିନ୍ତୁ ଭାବ କେତେ ଜଣ ସେଥିପାଇଁ ବ୍ୟଗ୍ର ?? ଆଦିତ୍ୟ ବର୍ଣ୍ଣ ପୁରୁଷଙ୍କୁ ନଜାଣିଲେ ସୁଦ୍ଧା ସେମାନଙ୍କ ଜନ୍ମ ପରେ ଜନ୍ମ, ଯୁଗ ପରେ ଯୁଗ ଏପରିକି କଳ୍ପପରେ କଳ୍ପ ପରମ ଆରାମରେ ଅନ୍ଧଭଳି ବିତିଯାଉଛି ଚିର ଅନ୍ଧକାରରେ। ତାର ଆର ପାରିରେ କଣ ଅଛି କିଏ ସନ୍ଧାନ କରୁଛି ? ଯତୀନ୍ଦ୍ରର ମନରେ ଗୋଟିଏ ସନ୍ଦେହ ଉଦୟ ହେଲା। ପ୍ରଶ୍ନ କଲା - ତାହାଙ୍କ ଭଳି ଅସୀମ ଶକ୍ତିଧର ଦେବତା କୃପା କଲେ ତ ଦିନ ଗୋଟାକରେ ସମସ୍ତେ ଉଦ୍ଧାର ପାଇଯାଆନ୍ତେ! ସତ୍ୟର ପ୍ରଚାର କରି ଦେଲେ ତ ହୁଅନ୍ତା ?

ଦେବତାଙ୍କ ମୁହଁରେ ଅନୁକମ୍ପାଭରା ହସ ଫୁଟି ଉଠିଲା–କହିଲେ – ତାହା କଣ ସମ୍ଭବ ? ଯେଉଁ ପୃଥିବୀ ଯେଉଁ ସତ୍ୟ ନିମନ୍ତେ ପ୍ରସ୍ତୁତ ନୁହେଁ, ସେ କଥା ଯେଉଁ ମନୁଷ୍ୟ ବୁଝିବନି, ସେଠାରେ ସେ ସତ୍ୟ ପ୍ରଚାର କରାହୁଏ ନାହିଁ। ସେ ମନୁଷ୍ୟକୁ ସେ କଥା ଜୋରଜବରଦସ୍ତି ଶୁଣାଇବା ଉଚିତ ନୁହେଁ। ସ୍ୱାତୀ ନକ୍ଷତ୍ରର ଜଳକଣା ଶାମୁକାରେ ପଡ଼ିଲେ ମୁକ୍ତା ହୁଏ - କିନ୍ତୁ ଧୂଲିରେ ପଡ଼ିଲେ ? ଭଗବାନ୍ ମହାଜ୍ଞାନୀ। ଯହା ହୁଏ ନାହିଁ, ତାହା ସେ କରନ୍ତି ନାହିଁ।

ପୁଷ୍ପ କହିଲା - ତେବେ ମନୁଷ୍ୟର ମୁକ୍ତି କିପରି ଭାବରେ ହେବ ?

- ମନୁଷ୍ୟ ଯେତେବେଳେ ସ୍ୱେଚ୍ଛାରେ ଆଗେଇ ଯିବ। ତାହାଙ୍କ ପ୍ରତି ଉନ୍ମୁଖ ଯେଉଁ ମନ ସେମାନର ସମସ୍ତ ଭ୍ରାନ୍ତି ସେ ଘୁଞ୍ଚାଇ ଦେଇ ସତ୍ୟର ପ୍ରଦୀପ ଜଳାଇ ଦିଅନ୍ତି।

- ଦେବ, ସହଜ କଥାରେ କହନ୍ତୁ ଆମେମାନେ କ'ଣ କରିବୁ ? ଆମମାନଙ୍କର କଣ କର୍ତ୍ତବ୍ୟ ?

- ତ୍ୱମେବ ବିଦିତ୍ୱା ମୃତ୍ୟୁ ମେତି - ତାହାଙ୍କୁ ନିଜକୁ ହିଁ ମୃତ୍ୟୁକୁ ଅତିକ୍ରମ କରିବାକୁ ହେବ।

- କି ଭଳି ପ୍ରଭୁ? ମୃତ୍ୟୁକୁ ଅତିକ୍ରମ କରିବା ମାନେ କ'ଣ ?

- ସାଧାରଣ ମଣିଷ ମରୁଛି, ପୁଣି ଜନ୍ମ ହେଉଛି, ପୁଣି ମରୁଛି। ଏହାକୁ କୁହାଯାଏ ମାନବ ଆବର୍ତ୍ତ। ଏହାକୁ ଜୟ କରିବା ଅର୍ଥ ମୃତ୍ୟୁକୁ ଅତିକ୍ରମ କରିବା। ତାହାଙ୍କୁ ନ ଜାଣିଲେ କିଛିରେ ସୁଦ୍ଧା ଏହି ଆବର୍ତ୍ତ ଘୁଞ୍ଚାଇ ହେବ ନାହିଁ। ନାନ୍ୟଃ ପନ୍ଥା ବିଦ୍ୟତେ ଅୟନାୟ - ଆଉ ଦ୍ୱିତୀୟ ପଥ ନାହିଁ।

– ପଥ କହି ଦିଅନ୍ତୁ ଦେବତା – ଆମେମାନେ ଆପଣଙ୍କ ନିକଟରେ ଶରଣାଗତ। ଗ୍ରହଦେବ ଗମ୍ଭୀର ହୋଇ କହିଲେ – ତାହାଙ୍କୁ ଡାକ। ତାହାଙ୍କଠାରୁ ଆଲୋକ ଭିକ୍ଷା କର। ତାଙ୍କ ନିକଟରେ ସର୍ବଦା ପ୍ରାର୍ଥନା କର। ଅନ୍ୟକୁ ଭଲ ପାଅ। ଯେଉଁଠାରେ ପ୍ରେମ, ଭକ୍ତି, ସ୍ନେହ, କ୍ଷମା –, ସେହିଠାରେ ସେ ବିଦ୍ୟମାନ। ସେ ହିଁ ତାକୁ ବୁଝିବାକୁ ଶକ୍ତି ଦେବେ। ତାହାଙ୍କ ଲାଗି ଯିଏ ସର୍ବତ୍ୟାଗୀ, ତାହାକୁ ହାତଧରି ସେ ହିଁ ନେଇ ଯାଆନ୍ତି। ପର ପାଇଁ ଯିଏ ସର୍ବ ତ୍ୟାଗୀ, ତାହାକୁ ହାତଧରି ସେ ହିଁ ନେଇ ଯାଆନ୍ତି।

– ଏହା ମନୁଷ୍ୟର ଧର୍ମ।

– ଏହାଠାରୁ ବଡ଼ ଧର୍ମ ନାହିଁ ପୃଥିବୀର ମନୁଷ୍ୟଙ୍କ ଲାଗି। ଯେଉଁମାନେ ନିରଳସ ହୋଇ ତାଙ୍କୁ ଡାକନ୍ତି, ଭଲ ପାଆନ୍ତି। ଅନ୍ୟର ସେବା କରନ୍ତି। ଜଣେ ଦିବ୍ୟପୁରୁଷ ସେହିମାନଙ୍କ ହାତଧରି ଦେବଯାନ ପଥରେ ଜନ୍ମ ମୃତ୍ୟୁର ଦୁସ୍ତର, ଅକୂଳ ମହାସମୁଦ୍ର ପାରିକରି ନେଇ ଯାଆନ୍ତି। ଭଗବାନ ନିଜେ ହିଁ ସେହି ଦିବ୍ୟ ପୁରୁଷ। ଅପାର କରୁଣାରେ ଯିଏ ନିଜେ ହିଁ ଆଗେଇ ଆସି ହାତଧରନ୍ତି ଅସହାୟର, ଶରଣାଗତର। ପୃଥିବୀ ସୃଷ୍ଟିର ଆଦିମ କାଳର ଏବାଣୀ। କାରଣ ଯାହା ସତ୍ୟ, ତାହା ଚିରଦିନ, ଚିର ଯୁଗ ପାଇଁ ସତ୍ୟ। ଏହି ଗୋଟିକ ହିଁ ବାର୍ତ୍ତା ଯୁଗ ଯୁଗ ଧରି ପୃଥିବୀରେ ପ୍ରଚାର କରାଯାଇଛି। ଦୃତ ପରେ ଦୃତ ଆଗେଇ ଆସିଛନ୍ତି "ଅନ୍ଧ ଜାଗ୍ରତ ହୁଅ!! କି ରାତ୍ର କି ଦିବସ।" ଆଖ୍ ଅଛି କେହି ଦେଖନ୍ତି ନି! କାନ ଅଛି କେହି ଶୁଣନ୍ତି ନାହିଁ।

ସେମାନେ ସେ ପୃଥିବୀର ଗୋଟିଏ ସୁରମ୍ୟ ହ୍ରଦ ଭଳି ଜଳାଶୟ କୂଳରେ ବସିଛନ୍ତି। ଯତୀନ ଅନାଇ ରହିଥିଲା, ସେମାନଙ୍କ ଦକ୍ଷିଣରେ ପୃଥିବୀର ଦେବଦାରୁ ବୃକ୍ଷଭଳି ଏକ ପ୍ରକାର ଘନ ସବୁଜ ବୃକ୍ଷର ଧାଡ଼ି କିନ୍ତୁ ତହିଁରେ – ଭଳି ରଙ୍ଗୀନ ଫୁଲ ଏତେ ଫୁଟିଛି ଯେ ବଡ଼ ବଡ଼ ଶାଖା ପ୍ରଶାଖା ନିର୍ମଳ ସ୍ଫଟିକ ତୁଲ୍ୟ ଜଳରାଶିର କୂଳରେ ନଇଁ ପଡ଼ିଛି ଦୂର ପର୍ଯ୍ୟନ୍ତ। ବେଳ ଗଡ଼ିଯାଇଛି। ନୀଳ କୃଷ୍ଣ ଦିଗନ୍ତ ରେଖା ଆଡ଼କୁ ଚାହିଁ ହଠାତ୍ ସେ ଦେଖିଲା ବିଶାଳକାୟ ଦଶମୀ କିବା ଏକାଦଶୀର ଚନ୍ଦ୍ର ଉଦୟ ହେଉଛି!! ଏତେ ବଡ଼ ଚନ୍ଦ୍ର। ଆକାଶର ଗୋଟିଏ ଦଗକୁ ମାଡ଼ି ଆଲୋକିତ କରି ନେଇଛି ସମସ୍ତ ଦିଗ ଚକ୍ରବାକ।

ସେ ଅବାକ୍ ହୋଇ କହିଲା – ସେଇଟା କିଭଳି ଚନ୍ଦ୍ର ପରି – ଏତେବଡ଼ – କରୁଣା ଦେବୀ ହସି କହିଲେ –ବୃହସ୍ପତି। ତା'ର ଜ୍ୟୋସ୍ନା ପଡ଼ିବ ଏକ୍ଷଣି। ପୃଥିବୀର ଜ୍ୟୋସ୍ନା ଅପେକ୍ଷା ଅନେକ ଅଧିକ ଜ୍ୟୋସ୍ନା ଆଉ ଅଭୁତ ଶୋଭା। ଆଉ ଗୋଟିଏ ରହସ୍ୟ ତୁମମାନଙ୍କ ପୃଥିବୀ ଭଳି ଅମାବାସ୍ୟା ଏଠାରେ ନାହିଁ। ଉପଗ୍ରହର କ୍ଷୁଦ୍ର ଦେହ

ଏତେ ବିରାଟ ବୃହସ୍ପତି ଗ୍ରହକୁ ଡ଼ାଙ୍କିପାରେ ନାହିଁ, ସୁତରାଂ ସପ୍ତମୀଠାରୁ ପୂର୍ଷ୍ମା ପର୍ଯ୍ୟନ୍ତ କଳାହୁଏ – କିନ୍ତୁ ଦୁଇ ବର୍ଷ ଧରି ଶୁକ୍ଲା ରାତ୍ରି ଚାଲେ।

ସେ ମୁଗ୍ଧ ହୋଇଗଲା। ଏହି ସୁଦୂରତର ପୃଥିବୀର ଅଭୁତ ଜ୍ୟୋସ୍ନାମୟ ରଜନୀର ଶୋଭାରେ। ହ୍ରଦର ସେ ଦିଗରେ ଜଳଜ ଘାସ ଆଢ଼ୁଆଲରେ ଗଛମାନଙ୍କରୁ ପଡ଼ୁଥିବା ଫୁଲ ପଦଦଳିତ କରି ଦଲେ ପରମା ସୁନ୍ଦରୀ ନାରୀ ପାଣିରେ ପଶିଲେ ସ୍ନାନାର୍ଥେ। କିଏ ଜାଣିଥିଲା ପୁଣି ଏପରି ସବୁ ସ୍ଥାନ ଅଛି ଆଉ ସେଠାରେ ବି ମଣିଷ ଅଛନ୍ତି !! ଭଗବାନଙ୍କ ଯେଉଁ କଥା ଗ୍ରହଦେବ କିଛି ଆଗରୁ କହିଥିଲେ। ତଦ୍ଵାରା ତାମନ ମୁଗ୍ଧ ହୋଇଛି। ଯେଉଁ ଆଦିତ୍ୟ ବର୍ଷ ପୁରୁଷଙ୍କ ମାସରୁ ଏହି ସବୁ ପୃଥିବୀ, ଏହି ଜ୍ୟୋସ୍ନା ପାହାଡ଼ ପର୍ବତ ବେଣୁ-ବୀଣା ଝଙ୍କାର ଭଲି ସୁନ୍ଦରୀମାନଙ୍କ ଉପୂଢ଼ି, ତାଙ୍କଠାରେ ପୁଣି ଲୟ ପ୍ରାପ୍ତ ହେବା କଷ୍ଟାନ୍ତରେ, ସୃଷ୍ଟି ଆଉ ପ୍ରଳୟ ଯାହାଙ୍କ ନିଶ୍ଵାସ ଆଉ ପ୍ରଶ୍ଵାସ – ସେ କେଉଁଠି ? କିଏ ତାହାଙ୍କୁ ଜାଣେ ? କିଭଲି ଭାବରେ ତାହାଙ୍କୁ ଜାଣିହୁଏ। କିଏ ଦେଖାଇଦେବ ତାହାଙ୍କୁ ?

ହଠାତ୍ ଚମକିତ ହୋଇ ସେ ଦେଖିଲା। ସେମାନେ ତିନି ଜଣମାତ୍ର ଅଛନ୍ତି। ଗ୍ରହଦେବ ବୈଶ୍ରବଣ ଯେତେବେଳକୁ ଅନ୍ତର୍ହିତ ହୋଇଗଲେଣି। କରୁଣା ଦେବୀ କହିଲେ – ସେ ଏ ସବୁ ବାୟୁମଣ୍ଡଳରେ ଅଧିକ ସମୟ ରହି ପାରନ୍ତି ନାହିଁ।

ପୁଷ୍ପ କହିଲା – ଆମମାନଙ୍କ ବହୁ ସୌଭାଗ୍ୟ ଯେ ତାଙ୍କ ଦେଖାପାଇଛୁଁ। ଅବଶ୍ୟ ଆପଣଙ୍କ ଦୟାରୁ।

ଫେରିବା ବାଟରେ ଆକାଶକୁ ଉଠି ପୁଷ୍ପକୁ ଦେବୀ ଦେଖାଇଲେ, ପୃଥିବୀର ଚାହିଦିଗ ଆକାଶରେ କୁୟାଶା ଭଲି, ମେଘଭଲି ପିଙ୍ଗଳ ପ୍ରଭାରେ ଆବେଷ୍ଟିତ କରାହୋଇଛି କ'ଣ ସବୁ ଦ୍ଵାରା। କହିଲେ – ପୃଥିବୀର ତାବତ୍ ଏତେ ସମୟ ଧରି ଏହାର ଅଧିବାସୀମାନଙ୍କ ବାସନା, କାମନା ମେଘ ଭଲି ଜମା ହୋଇଛି ସେ ବାୟୁମଣ୍ଡଳରେ। ସେମାନଙ୍କ ନିକଟରେ ଅଦୃଶ୍ୟ, ଯେପରି ସେମାନଙ୍କ ଆଖିରେ ଆମେମାନେ ଅଦୃଶ୍ୟ। ତୁମମାନଙ୍କ ପୃଥିବୀର ସହରମାନଙ୍କରେ ତ ଆହୁରି ବେଶୀ। ଟଙ୍କାର ନିଶା, ସୁରାର ନିଶା, ରୂପର ନିଶା ଦ୍ଵାରା ତାରି ଆକାଶ ଧୂସର ବାଷ୍ପରେ ଛାଇ ହୋଇରହିଛି। ସେଠାରେ ବିଷ ଅଛି। ଆମମାନଙ୍କ ପକ୍ଷରେ ସେସବୁ ଠେଲି କରିଯିବା କେତେ କଷ୍ଟ ! କଣ କରିବା, ପୃଥିବୀ ଭଲି ସ୍ଥୁଲ ଦେହର ଆବରଣ ତିଆରି କରି ଯିବାକୁ ହୋଇଥାଏ। କିନ୍ତୁ ଗଲେ କ'ଣ ହେବ। ଆମମାନଙ୍କ ସୁଦ୍ଧା ବୁଦ୍ଧି ହଜିଯାଏ। ଭଲ ଭାବରେ କିଛି ଦେଖିହୁଏ ନାହିଁ। ନିଜ ସ୍ଵରୂପ ଢାଙ୍କି ଗଲେମଧ୍ୟ କିଛି ଦେଖ ପାରୁନା। ତୁମେମାନେ ଯାଅ ତାହେଲେ –

ତାଙ୍କ ପାଦତଳେ ବୁଢ଼ା ଶିବତଳାର ଘାଟ ଦେଖାଗଲା। ବେଶ୍ ଦୁଇ ପହର ସମୟ। ଦୂର ପୃଥ୍ବୀର ଜ୍ୟୋସ୍ନା ଇନ୍ଦ୍ରଜାଲ ପରି ମିଳାଇ ଯାଇଛି। ତାହାର ଅପରୂପ ରୂପସୀ ଜଳ କେଳୀ ରତା ନାରୀଙ୍କ ସହ। ଯତୀନ୍ କହିଲା – ନାଃ, ଏତେଦିନେ ବୁଝିଲି ଜଗତଟା ମାୟା। ପୁଷ୍ପ କୌତୁକ କରି କହିଲା – ଏତେ ବଡ଼ ଦୀର୍ଘ ନିଶ୍ୱାସ ଗୋଟିଏ ନେଲ ଯେ ? ସେଇଟା କଣ ଦାର୍ଶନିକ ନିଶ୍ୱାସ ନା ସେଠାକାର ସେଇ ସୁନ୍ଦରୀମାନଙ୍କ ଅଦର୍ଶନ ଜନିତ –

– ଘୁଷ୍ଟ, ଘୁଷ୍ଟ, ମନ ଭଲ ଲାଗୁ ନାହିଁ। ମନ ବଡ଼ ଚଞ୍ଚଳ। ମୁଁ ଏହିକ୍ଷଣି ଯିବି। ମୋ ମା କାନ୍ଦୁଛନ୍ତି ମୋ ପାଇଁ।

– କେଉଁ ମା ?

– ଆରେ କେଉଁ ମା କ'ଣ ? ପୃଥ୍ବୀର ସେହି ସେଦିନର –

ପୁଷ୍ପ ଖିଲି ଖିଲି କରି ହସି କହିଲା – ଜଗତଟା ମାୟା। କହୁଥିଲ ନା ଏବେ ଯତୀନଦା ? ଯତୀନ୍ ବିରକ୍ତ ହୋଇ କହିଲା – ସବୁ କଥାରେ ତୁମର ଠଟ୍ଟା। ମୋର ବ୍ୟଥା ମୁଁ ଜାଣେ।

– ଆଚ୍ଛା ଭଲ କଥା। ଯାଅ, ଯାଇ ଦେଖି ଶୁଣି ଆସ। ଆହାରେ ମୋର ମା'ଙ୍କ ଟିକି ପୁଅ।

– ତୁମେବି ଚାଲ, ବାଟରେ ନାନା ବିପଦ, ଚୁମ୍ବକର ଢେଉ କେତେବେଳେ କି ପ୍ରକାର ହେବ। ସେସବୁ ମୁଁ ବୁଝି ପାରେ ନି। ଶେଷରେ ପୁଣି କେଉଁଠି ଯାଇ ପଶିଯିବି ଅନ୍ୟ ଜନ୍ମ ନେଇ। କଣ ବିଶ୍ୱାସ। ତା ଅପେକ୍ଷା ତୁମେ ମୋ ସାଙ୍ଗେ ଚାଲ।

କଳା ବଲରାମପୁର ଗାଁରେ ଶରତର ଦୁଇପହର ଝାଁ ଝାଁ କରୁଛି। ନିବିଡ଼ ବାଉଁଶ ବଣରେ ଘୁ, ଘୁ ପାରା ଫଡ଼ୁଁକା ଘୁମୁରୁ ଘୁମୁରୁ କରୁଛନ୍ତି। ଉଦାସ ମଧ୍ୟାହ୍ନ ବେଳଟାରେ। ବଣମାନଙ୍କରେ ତିତ୍‌ପଲ୍ଲାର ହଳଦିଆ ଫୁଲସବୁ ଫୁଟିଛି। ଯତୀନ ଅନେକ ଦିନପରେ ବଙ୍ଗାଲାର ଶରତ ରତୁର ଏଇ ସୁପରିଚିତ ଦୃଶ୍ୟସବୁ ଦେଖିଲା। ବାଉଁଶ ବଣରେ ସୁନାର ବର୍ଣ୍ଣା ଭଳି ନୂଆ ବାଉଁଶର ଚାରା ଠେଲି ବାହାରୁଛି। ବଣ ସିମ୍‌ଜଳରେ ବାଇଗଣୀ ଫୁଲ ଫୁଟି ବୁଦା ମୁଣ୍ଡ ଆଲୋକିତ କରିଛି। ବର୍ଷା ଶେଷର ତୁଡ଼ାର ପାଣି ଶୁଖି ଯାଉଛି। ପୋଖରୀ ନଦୀ ସବୁଠାରେ କୂଳ ପାଖ ତଟକା କାଦୁଅରେ ଧଳା ବଗ ସବୁ ଗୋଣ୍ଠା ଘୁଲି ଖୋଜି ବୁଲୁଛନ୍ତି। ପାଣିଧାରରେ କାଶତଣ୍ଡି ଫୁଲର ଜଙ୍ଗାଲରୁ ପବନରେ କାଶ ତଣ୍ଡିଫୁଲର ପାପଡ଼ି ସବୁ ତୁଲାଭଳି ପାଖୁଡ଼ା ଉଡ଼ାଉଛି।

ଯତୀନ କହିଲା – କି ଚମକ୍‌ର ପୁଷ୍ପ। ବଙ୍ଗାଲାର ସବୁ ପଡ଼ାଗାଁ ମାନନଙ୍କରେ ଏହିଭଳି। ମନ ଖରାପ ହୋଇଗଲା। ଏଥ୍‌ସହିତ ଜୀବନର କେତେ ସ୍ମୃତି ଜଡ଼ିତ !

ପିଲାବେଲେ ଏଭଳି ଶରତ୍‌ରେ ପୂଜା ଛୁଟୀରେ ସ୍କୁଲ ବୋର୍ଡିଂରୁ ଘରକୁ ଆସୁଥିଲି – ଦେଖ ଦେଖ ସେ ଘରର ବାରିରେ କ'ଣ ଶିଉଲି ଫୁଲଟି ତଳେ ପଡ଼ି ରହିଛି ! ! ଆହା ! ! !

ପୁଷ୍ପ କହିଲା – ଦୁଇ ପହରିଆ ଖରାରେ ଏବେ ସୁଦ୍ଧା ଶୁଖ୍ ଯାଇନାହିଁ । ଘଷ ଛାଇକିନ ?

ଯତୀନ୍ – ଆଖିରେ କହିଲା – କେତେ କାଳ ପରେ ନିଜ ମାଟିଘରକୁ ଫେରି ଆସିଲି ପୁଷ୍ପ । ଏପରି ସ୍ନିଗ୍ଧ, ଏପରି ଆପଣାର – ଚାଲ...

ଘର ଭିତରେ ବିଛଣା ବିଛା ହୋଇଛି – ସେଠାରେ ଯତୀନ୍‌ର ସେହି ତରୁଣୀ ମା ଅଧା ମଇଲା କନ୍ଥା-କମ୍ବଳ ଘୋଡ଼ାଇ ହୋଇ ମେଲେରିଆ ଜ୍ବର ଭୋଗୁଛନ୍ତି । କେବଳ ଏ ଘରେ ନୁହେଁ । ପାଖ ଘରଟିରେ ମଧ ସେଇୟା । ଝରକା ପାଖରେ ଛୋଟ ପଟା ଖଟଚାରେ ଆଉ ଜଣେ ବୋହୂ ଶୋଇ ଜ୍ବରରେ ଏକଡ଼ ସେକଡ଼ ଲେଉଟୁଛି ଜ୍ବର ପ୍ରକୋପରେ । ତା ପାଖରେ ଦୁଇଟି ଛୋଟଛୋଟ ପୁଅ-ଜ୍ବରରେ କମ୍ପୁଛନ୍ତି । ରନ୍ଧା ଘରେ ଜଣେ ବୃଦ୍ଧା ମୁଗ ଦାଲିର ସମ୍ବରା ଦେଇଛନ୍ତି । ତାରି ସୁଗନ୍ଧ ଜ୍ବରାକ୍ରାନ୍ତ ଘରଟିର ସର୍ବତ୍ର ବ୍ୟାପିଛି । ପାଖ ଘର ବୋହୂ ଚିଁ ଚିଁ କରି କହୁଛି – ଟିକିଏ ପାଣି ଦେଇଯାଥ ପିଉସୀମା ।

ବୃଦ୍ଧା କହୁଛନ୍ତି – ଜଣେ ବୋଲି ମଣିଷ । କେଉଁ ଆଡ଼କୁ ହେବି । କେତୋଟି ହାତ ପାଦ ମୋର ? କାଲି ଏକାଦଶୀ ଯାଇଛି । ଆଜି ଏଇ ଖଟିଶ, ଟିକିଏ ଦନ୍ତ ଧର । ଗାଈ ଗୋରୁ ଦି'ଟା କୋଉ ସକାଳରୁ ବାନ୍ଧିଦେଇ ଆସିଛି ନଈ କୂଳ ଜମିରେ ଟିକିଏ ପାଣି ଦେଖାଇ ଆସିବାକୁ ସମୟ ମୁଲୁନି ଏତେବେଳ ହେଲା ।

ଯତୀନ ଆସି ତା'ର ନୂଆଁ ମା ବିଛଣା ପାଖରେ ଠିଆ ହେଲା । ଟିକିଏ ଆଗରୁ ତା'ମା ତା'ରି କଥା ଭାବି ଭାବି କାନ୍ଦିଛନ୍ତି ଜ୍ବର ପ୍ରକୋପରେ । ଏଇତ ଗତ ବର୍ଷା ମାସରେ ସେ ମା'ର କୋଳ ଶୂନ୍ୟ କରି ଚାଲିଗଲା । ସେ ସ୍ମୃତି ତା'ମାର ମନରେ ଏବେବି ଅତି ସ୍ପଷ୍ଟ । ଆଖିର ଲୁହ ଗଡ଼ି ଯାଇଛି ତକିଆରେ । ମାତୃ ହୃଦୟର ନିଶବ୍ଦ ବ୍ୟଥାର ଅଭିବ୍ୟକ୍ତି । ଯତୀନ ବୁଝିପାରିଲା ମା'ର ଏଇ ଲୁହ । ହୃଦୟର ବ୍ୟଥା ତାକୁ ଆଜି ସପ୍ତସ୍ବର୍ଗରୁ ଟାଣି ଆଣିଛି ଏଠାକୁ । ମାତୃଶକ୍ତିର ଆକର୍ଷଣ ଅଦମ୍ୟ । କେହି ତାହାକୁ ତୁଚ୍ଛ ଜ୍ଞାନ କରି ଅବହେଳା କରି ପାରିନାହିଁ । ହେଲାବି ଅବା ମାଟି ଘରର ଦୁଇ ଦିନର ମା । ସବୁମା ତ ଦୁଇ ଦିନର ।

ପୁଷ୍ପ କହିଲା – ଯାହା ଭାବୁଛ, ତାହା ନୁହେଁ ଯତୀନ ଦା' । ମାୟା ବୋଲି କହି କଥାଟାକୁ ଉଡ଼ାଇ ଦେବାକୁ ହୁଏ ନାହିଁ ପୃଥିବୀର ସ୍ନେହ, ପ୍ରେମକୁ । ତୁମର କି

ଶକ୍ତି ଅଛି ମାତୃଶକ୍ତିକୁ ଅବହେଳା କରି ପାରିବ। ନିଜ ନିଜ ସ୍ଥାନରେ କାହାରି ଶକ୍ତି ନ୍ୟୂନ ନୁହେଁ।

ଯତୀନ କୃତ୍ରିମ ରାଗି କହିଲା – ଓଃ, ଏବେ ଯଦି ସେହି ସମାଧିବାଜ ସନ୍ୟାସୀକୁ ପାଇଆନ୍ତି – ବୁଝାଇ ଦିଅନ୍ତି ତାକୁ –

– ମହାପୁରୁଷଙ୍କ ନାଁରେ ସେପରି କୁହନା। ଛିଃ! ସେ ଯେଉଁ ଭୂମିରୁ ଉଠି ଜଗତକୁ ମାୟାବୋଲି ଦେଖୁଛନ୍ତି, ତୁମର ସେ ଜ୍ଞାନ କାହିଁ। ଯାହାର ଯେଉଁ ଅବସ୍ଥା, ତାହାହିଁ ତା ପାଖରେ ସତ୍ୟ ଆଉ ସହଜ। ତୁମ ନିକଟରେ ଏହା ସତ। ବଦ୍ଧ ଜୀବ ତୁମେ।

– ତା ହେଲେ ପୁଷ୍ଟ, ଜଗତଟା କଣ କୁହୁକ ଭଳି କେତେ ପରିମାଣରେ ବୋଧ ହେଉନି ? ବଦ୍ଧ ଜୀବ କହି ଗାଳିମନ୍ଦ ତ ଦେଉଛ –

– ପୁଣି ତୁମର ବୁଝିବାରେ ଭୁଲ ହେଉଛି। ଥାଉ, ସେ ସବୁ ବଡ଼ ବଡ଼ କଥା। ସେ ଯେତେବେଳେ ବୁଝାଇବେ ସେତେବେଳେ ବୁଝିବ। ଏବେ ତୁମ ମା'ଙ୍କ ସେବାକର। ମୁ ଯାଉଛି ପାଖ ଘର ବୋହୂଟି ପାଖକୁ – ଜ୍ୱର ପ୍ରକୋପରେ ବାନ୍ତି କରୁଛି। ଏଇ ଶୁଣ। ଆହା!!

– ତା' ବାହାରେ ଘରେ ତ ଦେଖୁଛି ଖଣ୍ଡାଧାର ଭଳି ପିଉସୀ ଶାଶୁ ଛଡ଼ା ମୁହଁରେ ପାଣି ଟିକିଏ ଦେବାକୁ କେହି ନହାନ୍ତି –

ଯତୀନ ବସି ମା'ଙ୍କ ମୁଣ୍ଡରେ ହାତ ବୁଲାଉଁ ବୁଲାଉଁ ଘର ଚାରିଆଡ଼କୁ ଦେଖିବାକୁ ଲାଗିଲା। ଅତି ଦରିଦ୍ର ଘରକରଣା। ମାଇଲା କନ୍ଥା, ଛିଣ୍ଡା ମସିଣା ଆଉ ମାଟି ହାଣ୍ଡି ସରେଇର ଗୃହସ୍ତୁଲି। ଟିକିଏ ଆଗରୁ ପାଖଘର ଗୋଟିଏ ସ୍ଥାନରେ କିଏ ପଖାଳ ଖାଇ ଅଝୁଣ୍ଟା ବାସନକୁସନ ପକାଇ ରଖିଛି – ଗୋଟିଏ ବିରାଡ଼ି ରୁଆ ବାସନ ପାଖରେ ବୁଲୁଛି। ହୁଏତ ତା' ମା ଜ୍ୱର ଆସିବା ଆଗରୁ ପଖାଳ ଗଣ୍ଡିଏ ଖାଇଥିବେ। ଗରିବ ଘରେ ଉପଯୁକ୍ତ ପଥ୍ୟ କାହିଁ ? କାହିଁକି ତାକୁ ପୁଷ୍ଟ ଏଠାରୁ ନେଇଗଲା ? ଏଇ ଘରଟିରେ ମା କୋଳ ପୂରାଇ ସେ ସୁଖରେ ଥାଆନ୍ତା। ତା' ପରେ ଦିନେ ଏଇ ସୁଖ, ଦୁଃଖ ପାଇ ବଡ଼ ହୋଇ ଥାଆନ୍ତା। ଭଲ ଛାକିରୀ କରି ଏଇ ଦରିଦ୍ର ଗୃହିଣୀ ମାଙ୍କ ସେବା କରିଥାଆନ୍ତା। ଭଙ୍ଗା ଘର ମରାମତି କରାଇ ଥାଆନ୍ତା। ମାଙ୍କ ଲାଗି ଭଲ ଭଲ ଶାଢ଼ୀ, କାନର ଦୁଲ୍‌, ହାତର ଚୁଡ଼ି କିଣି ଦିଅନ୍ତା। ମେଲେରିଆ ସମୟରେ ଏଠାରୁ ନେଇ ଯାଆନ୍ତା ଦେଓଘର ମଧ୍ୱପୁରକୁ। ସେଠାରେ ସଜନା ଗଛ ତଳେ ବଡ଼ ରନ୍ଧାଘର ତିଆରି କରିଦିଅନ୍ତା। ସାହାନାଇ ବାଜା ଘେନି ଦିନେ ବାହାହେଲା ଘରକୁ ବୋହୂ ଆଣି ମା'ଙ୍କ ହୃଦୟରେ ସୁଖର ଢେଉ ଖେଲାଇଥାନ୍ତା। ନାନା ଦିଗରୁ ମା ଙ୍କ ଶହ ଶହ କାମନା ପୂରଣ କରନ୍ତା।

ଆଜି ଏହି ଯେ ଅସହାୟା ଅଶିକ୍ଷିତା ପଲ୍ଲୀବଧୂ ଜ୍ୱର ପ୍ରକୋପରେ ତାହାକୁ ହିଁ ସ୍ମରଣ କରି କିଛି ସମୟ ଆଗରୁ କାନ୍ଦିଛି – କି ଅପୂର୍ବ ! ସ୍ନେହଭରା ଅମୃତ ତା ବୁକୁରେ ଜମା ହୋଇ ରହିଛି ତା ପାଇଁ ଏଇଥୁ ପାଇଁ ତା ମନ ପିପାସିତ, ଛଷିଡ଼ – କ'ଣ ହେଲା ତା'ର ସ୍ୱର୍ଗକୁ ଯାଇ ।

ସ୍ୱର୍ଗତ ଆଉ ପଲାଇ ଯାଉନଥିଲା ।

ଏଇ ସମୟରେ ବାହାର ବାରଣ୍ଡାରେ ଡାକପିଅନ ଡାକଛାଡ଼ିଲା – ମନିଅର୍ଡର ଅଛି । ଘରେ ଆଉ କେହି ନାହିଁ । ଯତୀନର ମା ଧଡ଼ପଡ଼ କରି ଉଠି କହିଲେ – ଆରେହେ ଶୈଲ, ଶୈଲ କୋଉଠିକି ଗଲୁ ? ମାଗୋ ମୋତେ ସଭିଁକି ମିଶି ଖାଇଲେ । କିଏ ଯଦି ଘରେ ଥାଏ – ଶୈଲ –

ରୋଗିଣୀର ଡାକରାରେ କେଉଁଠାରୁ ଆଠ ଦଶ ବର୍ଷ ବୟସର ଗୋଟିଏ ପୁଅ ଦଉଡ଼ି ଆସି କହିଲା – କଣ କାକୀମା – କଣ ହେଲା ?

– ମୋର ମୁଣ୍ଡ ଗଣ୍ଠି ହେଲା ? ଦୁଇ ପହରଟାରେ କୋଆଡ଼େ ସବୁ ଯାଆ ଯେ – ଘରେ କେହିବି ନାହିଁ – ମନି ଅର୍ଡର ଆସିଛି । ନେଇଯା ଡାକ ପିଅନ ପାଖରୁ । ମୋର ଏପରି ଜ୍ୱର ହେଲା ଯେ ମୁଣ୍ଡ ଉଠାଇ ପାରୁନି – ଶୈଲ କାହିଁ ?

– ଦିଦି ତାସ୍‍ ଖେଲୁଛି ପଞ୍ଚୁଘରେ ।

ପୁଅଟି ମନି ଅର୍ଡର ଫର୍ମଟି ହାତରେ ଧରି ପୁଣି ଘରକୁ ଗଲା । ତା'ର କାକୀମା କହିଲେ କେତେ ଟଙ୍କା ?

ପୁଅ ମୁଣ୍ଡ ହଲାଇ କହିଲା – ସେ ଜାଣିନି । ବାହାରୁ ପିଅନ ପାଟି କରି କହିଲା

– ସାତ ଟଙ୍କା ! ମା ଠାକୁରାଣୀ – ଦସ୍ତଖତଟି କରି ଦିଅନ୍ତୁ ।

ପିଅନ ଫର୍ମ ଦସ୍ତଖତ କରାଇ ଟଙ୍କା ଦେଇ ଚାଲିଗଲା । ପିଲାଟି ଟଙ୍କା ଆଣି ରୋଗିଣୀ ହାତରେ ଦେଲାରୁ ରୋଗିଣୀ ତିନିଚାରିଥର ଗଣି ତକିଆ ପାଖରେ ରଖି ଦେଲା । ଯେପରି ଭାବରେ ବୋହୂଟି ବଡ଼ ଆଦର ଯତ୍ନରେ ସତର୍କତାର ସହିତ ଟଙ୍କା କେତୋଟି ବାରମ୍ବାର ଗଣିଲା ତାଦ୍ୱାରା ଯତୀନର ମନେ ହେଲା ଏହି ଦରିଦ୍ର ସଂସାରରେ ଗୃହଲକ୍ଷ୍ମୀ ପାଖରେ ଏହି ସାତଟି ଟଙ୍କା ଯେପରି ସାତଟି ମୋହର । ସେ ଯଦି ବଡ଼ ହୋଇ ମା'ଙ୍କ ହାତରେ ଥଲି ଭର୍ତି ଟଙ୍କା ଆଣି ଦେଇ ପାରନ୍ତା ! ଆଜି ସତରେ ତାର ମନେ ହେଲା ପୁଷ୍ପ ତାହାକୁ ଯେତେବି ଟଣାଟଣି କରୁ ଉଚ୍ଚ ସ୍ୱର୍ଗର ସେ ଉପଯୁକ୍ତ ନୁହେଁ । ମାଟିର ପୃଥିବୀ ତାକୁ ମାଆ ଭଲି ଜାବୁଡ଼ି ଧରି ରଖିବାକୁ ଚାହେଁ । ଶତ ବନ୍ଧନରେ ତା ମନରେ ଅନୁଭୂତି ଉଜାଗର କରେ ଏହି ସଂସାରର ଛୋଟ ଛୋଟ ସୁଖଦୁଃଖ, ଆଶାହତ, ଅସହାୟ ନରନାରୀଙ୍କ ବ୍ୟଥା । ତା'ର ଏହିମାକୁ ଏକୁଟିଆ

ପକାଇ, ଆଶାଲତାକୁ ନିଷ୍ଠୁର ଭାଗ୍ୟର ହାତରେ ସମର୍ପି ସେ କେଉଁ ସ୍ୱର୍ଗରେ ଯାଇ ସୁଖ ପାଇବ ?

ଯତୀନ୍‌ର ଅଦୃଶ୍ୟ ଉପସ୍ଥିତି ଓ ସ୍ୱର୍ଶ ହୀନ ସ୍ୱର୍ଶ ତା'ର ମାକୁ କିଞ୍ଚିତ ସୁସ୍ଥ କରି ଦେଲା । ପୁଷ୍ପ ଆସି କହିଲା – ତୁମ ମାକୁ ଛବିଟିଏ ଦେଖାଇବି ଯତୀନ୍‌ ଦା ? ଯେପରି ଏକ ଅଦୃଶ୍ୟ ଦେବତା ତାଙ୍କ ପୁଅଭଳି ଆସି ମୁଣ୍ଡରେ ହାତ ବୁଲାଇ ଦେଉଛି – ମିଠା ମିଠା କଥା କହୁଛି – ଦେଖାଇବି ?

– ପାଖ ଘର ବୋହୂ କିପରି ଅଛନ୍ତି ?

– ଶୁଆଇ ଦେଇ ଆସିଲି । ମୁଣ୍ଡ ବିନ୍ଧୁଥିଲା, ମୁଣ୍ଡ ବିନ୍ଧା ଉପଶମ କରି ଆସିଲି ।

– ଖଣ୍ଡାର ପିଉସୀ ଶାଶୁ କଣ କରୁଛି ? ବୁଢ଼ୀଟା ?

ପୁଷ୍ପ ହସି କହିଲା – ପିଉସୀ ଶାଶୁର ଏତେ ଦୋଷ ଦିଅନା । ବୋହୂର ଚରିତ୍ର ଭଲ ନୁହେଁ ।

ଯତୀନ୍‌ର ମନେ ପଡ଼ିଲା ଆଶା ଲତାର କଥା – ସେ ଟିକିଏ ରାଗି କହିଲା – ଝିଅ ପିଲା କିନା ? ତେଣୁ ଅନ୍ୟ ଝିଅ ପିଲାର ଚରିତ୍ର କଥାଟି ଆଗରୁ ଆଖିରେ ପଡ଼େ । କାହିଁ ମୋର ମନେ ପଡ଼େ ନାହିଁ ? ଦେଖୁଁ ଦେଖୁଁ ଜାଣି ପକାଇଲ ? ପୁଷ୍ପ କହିଲା – ତା' ନୁହେଁ । ତା ମନରେ ସବୁ କଥା ଲେଖା ଅଛି ମୁଁ ପଢ଼ିଆସିଲି । ସେ ଚିନ୍ତା କରୁଛି ତାର ଗୋଟିଏ ପ୍ରଣୟୀକୁ ତାର ନାମ ହରିପଦ । ଏଇ ଦୁଇପହରଟାରେ ନଦୀଘାଟରେ ଯାଇ ତା ସହିତ ଲୁଚିଲୁଚି ଦେଖାକରିବା କଥା ଥିଲା । ଜର ଆଗତୁରା ମାଡ଼ି ଆସିଗଲା ।

– ଯାଇ ପାରିନାହାନ୍ତି ବୋଲି ଭାବୁଛନ୍ତି ବୋଧହୁଏ ? ଆହା !!

– ହଠାତ୍‌ ଏତେ ଶ୍ରଦ୍ଧା ହୋଇଗଲା ଯେ ତା' ଉପରେ । ଏତେ ଦରଦ ହେଲା କଣ ପାଇଁ କି ? ଜାଣ ଯତୀନ୍‌ ଦା – ମୋର ଗୋଟିଏ କଥା ଆଜି କାଲି ମନେ ହେଉଛି କୌଣସି ଲୋକ ପାଖରେ ଟିକିଏ ସମୟ ରହିଗଲେ ଅବା ବସିଲେ ମୁଁ ତା'ର ମନର କଥା ଜାଣି ପାରୁଛିଁ । ସବୁ ବୁଝି ପାରୁଛି । ସେ ବୋହୂ ପାଖରେ ଯାଇ ବସିଲାରୁ ଜାଣିଲି ସେ ଖାଲି କେଉଁ ହରିପଦ କଥା ହିଁ ଭାବୁଛି । ଛାଡ଼ ସେ କଥା । ତୁମ ମା କିପରି ଅଛନ୍ତି ?

– ଏଇ ଟିକିଏ ଭଲ ଅଛନ୍ତି । ମା'ଙ୍କ ମନି ଅର୍ଡର ଆସିଛି କେଉଁଠାରୁ ସାତ ଟଙ୍କା । ତୁମେ ଯଦି ଦେଖିଥାନ୍ତ ମା'ଙ୍କ କେତେ ଆନନ୍ଦ ତାହା ପାଇ !! ପୁଷ୍ପ ମୋତେ ତୁମେ କାହିଁକି ନେଇଗଲ ? ଏହି ଦରିଦ୍ର ସଂସାରର ଯଦି କିଛି ଉପକାର କରି ପାରିଥାନ୍ତି ବଞ୍ଚିଥାଇ । ମୁଁ ହୁଏତ ଚାକିରୀ କରି –

– ମୁଁ ନେଇଯିବି। ମୋର କାହିଁ ସେ ଶକ୍ତି? ଯିଏ ସାରା ସଂସାରର ମାଲିକ ତାହାଙ୍କ ଇଚ୍ଛା ନଥିଲେ –

– ତୁମେ କଣ ଏଇ ସଂସାରର ମାଲିକ ସହିତ ପରାମର୍ଶ କରି ଏକାମ କରିଥିଲ ପୁଷ୍ପ?

ଏହି ସମୟରେ ଯତୀନ୍‌ର ମା ବିଛଣାରୁ ଉଠି ବାହାର ବାରଣ୍ଡାରେ ଖରାରେ ଯାଇ ବସିଲେ। ମେଲେରିଆ ରୋଗୀକୁ ଖରାରେ ବସିବାକୁ ଭଲଲାଗେ। ଦୁଇ ଜଣ ପଡ଼ୋଶିନୀ ବାରଣ୍ଡାକୁ ଆସିଠିଆ ହୋଇ ଗଛ କରିବାକୁ ଲାଗିଲେ ଯତୀନର ମାଙ୍କ ସହିତ। ଜଣେ କହିଲା ଜ୍ୱର କେତେବେଳେ ଆଜି ଆସିଲା ବୋହୂ?

– ଭାତ ଦୁଇଟି ଖାଉଉଠିଛି। ଥାଲି ସାଉଟି ନି – ଏପରି ଭୂତ ନନୀ ଜ୍ୱାସି ପହଞ୍ଚଗଲା। ଏବେ କିନ୍ତୁ ଯେପରି ଭଲ ଲାଗୁଛି। ହଠାତ୍‌ ଆଜି ଜ୍ୱର କମିଗଲା।

– ହଁ, ତ ଆଜି କଣ ତୋରି ଟଙ୍କା କେତେଟା ଆସିଛି?

– ହଁ ଦିଦି ସାତଟଙ୍କା।

– ଯାହେଉ ଜୀବନ ରହିଲା। କେତେ ଦିନ ହେଲା ତ ଗୋଟିଏ ପ୍ରକାଇ ନଖାଇ ରହୁଥିଲୁ। ବଡ଼ ବାବୁ ଟଙ୍କା ପଠାଇବାରେ ଏତେ ବିଲମ୍ବ କାହିଁକି କରନ୍ତି ସେ?

ପୂଜା ଏଇ ଆସିଗଲା କହ – ଯଦି ଏତେ ଡେରି କରି ଟଙ୍କା ପଠାଇବାର ତେବେ ଆଉ କିଛି ବେଶୀ କରି –

– କେଉଁଠୁ ପାଇବେ ଯେ ପଠାଇବେ ଦିଦି, ଏଇତ ସେବି ଘରୁ ଗଲେ। ପନ୍ଦରଟଙ୍କା ତ ମୋତେ ଦରମା। ମୁନିବ ତ ହତଭାଗ୍ୟ ଲୋକ। ଟଙ୍କେ ଦୁଇଟଙ୍କା ଆଗୁଆ ଚାହିଁଲେ ବି ଦେବେନି। ଏହାଙ୍କ ଶରୀର ବି ଭଲ ନାହିଁ – ତୁମେ ସବୁ ଜାଣ। ସେଥର ସେଇ ବଡ଼ ଅସୁଖ ପରେ ଆଉ ଶରୀର ଭଲ ରହୁ ନାହିଁ। ସେଇ ଲୋକଟାକୁ ଏକା ଏକା ଘରୁ ପଠାଇ ଦେଇ କେତେ ଅଶାନ୍ତିରେ ଘରେଥାଏଁ – ତା ପରେ ମୋ ପୁଥ ଚାଲିଯିବାପରେ ସେ ଏକାବେଳକେ –

ଯତୀନର ମା’ ନିଶଢରେ କାନ୍ଦିଲେ। ପ୍ରତିବେଶିନୀମାନେ ସାନ୍ତ୍ୱନ ଦେବାକୁ ଲାଗିଲେ। ଜଣେ କହିଲେ ଯାଅ ବୋହୂ ଖରାଟାରେ ବସନି। ବାନ୍ତି ହେବ, ଘରେ ଯାଇ ଶୋଇବ ଯାଅ। କଣ କରିବ କୁହ। ସବୁ ଭାଗ୍ୟ।

ଯତୀନର ମା ଲୁହ ଭିଜା କଣ୍ଠରେ କହିଲେ – ତୁମେମାନେ ଆଶୀର୍ବାଦକର ଦିଦି ସେ ଭଲରେ ଥାଆନ୍ତୁ। ଏଇ ସାତଟି ଟଙ୍କା ମୋ ପାଇଁ ସାତଟି ସୁନା ମୋହର। ପୂଜା ସମୟରେ ଆସି ପାରିବେ ନାହିଁ ବୋଲି କୋପନରେ ଲେଖିଛନ୍ତି। ତାହା କ’ଣ

ମୋ ଲାଗି କମ୍ ଦୁଃଖର କଥା। ପୋଡ଼ା ମୁହାଁ ମୁନିବ ଜମିଦାରୀ ତାଲୁକକୁ ଖଜଣା ଅସୁଲିରେ ପଳାଇବ। ଛୁଟି ମିଳିବ ନାହିଁ।

ପୁଷ୍ପ ହଠାତ୍ କହି ଉଠିଲା – ମୁଁ କହୁଛି ସେ ଆସିବେ, ଆସିବେ ନିଶ୍ଚୟ! ଯତୀନ ଅବାକ୍ ହୋଇ ପୁଷ୍ପ ଆଡ଼କୁ ଚାହିଁ ରହିଲା। ପୁଷ୍ପ ମୁହଁରେ ଗୋଟିଏ ଅଦ୍ଭୁତ ଜ୍ୟୋତି ଫୁଟି ଉଠିଲା। ତା'ର କଣ୍ଠ ଯେପରି ଦୈବବାଣୀ ଭଳି ଶକ୍ତିମାନ୍ ଓ ଅମୋଘ।

କଥା ଶେଷ କରି ଯେତେବେଳେ ପୁଷ୍ପ ତା' ଆଡ଼କୁ ଚାହିଁଲା ସେତେବେଳେ ପୁଷ୍ପ ଆଖିରେ ଲୁହ।

ଯତୀନ୍ କହିଲା – କଣ ହେଲା ତୁମର ପୁଷ୍ପ ?

ପୁଷ୍ପ ସେତେବେଳେ ସୁଦ୍ଧା ସ୍ୱାଭାବିକ ଅବସ୍ଥାକୁ ଆସି ନଥିଲା, କହିଲା–ସତୀ ଲକ୍ଷ୍ମୀ ସେ – ତାଙ୍କର ଜୟହେଉ, ପାଦରେ ହାତ ଦେଇ ପ୍ରଣାମ କଲା ମା'ଙ୍କୁ।

ତା'ପରେ ଉଭୟେ ଆହୁରି ଅନେକ ବେଳ ସେଠାରେ ରହିଲେ। ଯତୀନ୍ର ମା'ଙ୍କ ଜ୍ୱର ଛାଡ଼ିଯାଇନି। ସେ ପୁଣି ଶଯ୍ୟାକୁ ଯାଇ ଶୋଇ ପଡ଼ିଲେ। କିଛି ସମୟ ଏକଡ଼ ସେକଡ଼ ହୋଇ ଜ୍ୱର କମିଯିବାକୁ ସେ ନିର୍ଜୀବ ଭାବରେ ନିଦରେ ପଡ଼ିଲେ। ଯତୀନ୍ କହିଲା – ଭଲକଥା। ମା'ଙ୍କୁ ଏଥର ସେ ଛବିଟି ଦେଖାଅନା ? ଯେପରି ଗୋଟିଏ ଦେବଶିଶୁ ତାଙ୍କ ମୁଣ୍ଡ ପାଖରେ ବସି ହାତ ବୁଲାଇ ଦେଉଛି। ଏହି ଶୋଇ ରହିଥିବା ଅବସ୍ଥାରେ ସ୍ୱପ୍ନଟି ବେଶ୍ ସ୍ପଷ୍ଟ ହେବ।

ପୁଷ୍ପ କହିଲା – ନା, ତୁମେ ଜାଣନା ଯତୀନ୍ ଦା। ତାପରେ ଚିନ୍ତା କରିଦେଖିଲି ଏସବୁ ସ୍ୱପ୍ନ ଯିଏ ଦେଖନ୍ତି, ସେ ସଂସାର କରି ପାରନ୍ତି ନାହିଁ। ମନ ଚଞ୍ଚଳ ହୋଇଯାଏ। ପୃଥିବୀର ମନ ଗୋଟିଏ ପ୍ରକାର, ଭୁବର୍ଲୋକର ମନ ଅଲଗା ପ୍ରକାର। ଏଥୁ ସହିତ ତାଙ୍କୁ ଟାଣିବା ଠିକ୍ ନୁହେଁ। ଏସବୁ ଦର୍ଶନ ହୁଏ କେଉଁମାନଙ୍କର, ଯେଉଁମାନେ ଆଧ୍ୟାମ୍ନିକ ଜୀବନ ଆରମ୍ଭ କରନ୍ତି। ସଂସାରୀ ଲୋକଙ୍କୁ ଏଭଳି ସ୍ୱପ୍ନ ଦେଖାଇବା ଠିକ୍ ନୁହେଁ। ମୁଁ ଦେଖାଇ ପାରିବି। ତୁମ ମା ଶୋଇ ଉଠିବାପରେ କାନ୍ଦିବେ। ଉଦାସ ହୋଇ ରହିବେ କେତେଦିନ ଯାଏଁ। ସଂସାରର କିଛି ଭଲ ଲାଗିବ ନାହିଁ। ସବୁ ଦିନିଆଁ ସାଂସାରିକ ଜୀବନରେ ମନ ଲାଖୁରହିବ ନାହିଁ। କଣ ଲାଭ ସୁସ୍ଥ ଶରୀରକୁ ବ୍ୟସ୍ତକରି।

ଯତୀନ ଆଗ୍ରହୀ ହୋଇ କହିଲା – ନହେଲେ ମା'ଙ୍କୁ ଥରେ ନିଦ ଭିତରେ ଭବଲୋକକୁ ନେଇ ଗଲେ କିମିତି ହୁଅନ୍ତା। ଥରେ ବୁଲି ଆସନ୍ତୁ।

– ସେ ଏବେଠାରୁ ତାର ଉପଯୁକ୍ତ ହୋଇ ନାହାନ୍ତି। କିଛି ବୁଝି ପାରିବେ ନାହିଁ। ହୁଏତ ତାଙ୍କ ସୁସ୍ଥ ଶରୀର ସଂଜ୍ଞା ହରାଇ ବସିବ। ସବୁ ଗୋଟିଏ ଅଜବ ସ୍ୱପ୍ନ ବୋଲି ଭାବିବେ। ବୃଥା ପରିଶ୍ରମ। ଚାଲିଯିବା ବେଳ ଗଡ଼ି ଯାଉଛି।

ପାଖରେ ଗୋଟିଏ ବୁଦାର ହଳଦିଆ ଫୁଲରେ ରଙ୍ଗୀନ ପ୍ରଜାପତିଦଳ ଉତ୍ଥୁଥିବାର ଦେଖ ସେମାନେ ସେଠାକୁ ଯାଇ ଠିଆହେଲେ। ପୁଷ୍ପ କହିଲା – କେତେ ସୁନ୍ଦର – ନୁହେଁ? ସମ୍ବାଲୁଆପୋକରୁ କିପରି ଚମତ୍କାର ରଙ୍ଗୀନ ଜୀବ ତିଆରି ହେଇଛି ଦେଖ। ସମ୍ବାଲୁଆ ମରିଯାଏ ସେଇ ଗୁଟିକାଟି ପ୍ରଜାପତି ଉଡ଼ି ବାହାରେ! ମାଟିରେ କେତେ ଆସ୍ତେ, ଧୀରେ ଚାଲେ ସମ୍ବାଲୁଆ – ଆଉ ଦେଖ କିପରି ପ୍ରଜାପତି ନୀଳ ଆକାଶ ତଳେ ଫୁଲରେ ଫୁଲରେ ଉଡ଼ିବୁଲୁଛି। ସମ୍ବାଲୁଆ କଳ୍ପନା କରିପାରିଥାଏ ମରିଯିବାପରେ ସେ ପ୍ରଜାପତି ହେବ?

ଯତୀନ ହସି କହିଲା – ମନୁଷ୍ୟ କଳ୍ପନା କରି ପାରିଥାଏ ମୃତ୍ୟୁ ପରେ ସେ ବିଶ୍ୱର ନୀଳ ଆକଶ ତଳେ ବିଦ୍ୟୁତ୍ ଗତିରେ ଘୁରି ପାରିବ ବୋଲି? ସମ୍ବାଲୁଆର ମନ ଅନ୍ଧ। ମନୁଷ୍ୟ ମଧ ସେଭଳି ଅନ୍ଧ।

ପ୍ରଦୋଷ ଲୋକରେ ମ୍ଲାନାୟମାନ ଧରଣୀ ହଠାତ୍ ସେମାନଙ୍କ ପଦତଳେ କେଉଁଠି ଅସ୍ପଷ୍ଟ ହୋଇ ମିଳାଇଗଲା। ସେହି ଧରଣୀର ଗୋଟିଏ କୋଣରେ ଯତୀନ୍‌ର ଦରିଦ୍ରା ଜନନୀ ଗଭୀର ନିଦ୍ରାରେ ଶୋଇ ରହିଲେ। ଜାଣିବି ପାରିଲେ ନାହିଁ ତାଙ୍କର ଭଙ୍ଗା ଘରଟାରେ ଏପରି ଆତ୍ମିକ ଆବିର୍ଭାବର ରହସ୍ୟ।

ସେଦିନ ପୁଷ୍ପ ହିଁ ପ୍ରଥମରେ ତାହାଙ୍କୁ ଦେଖିଲା। ସେଦିବ ସେମାନେ ବୁଢ଼ା ଶିବତଲାର ଘାଟକୁ ଫେରି ଆସୁଥିଲେ ପୃଥିବୀରୁ – ଫେରିବା ବାଟରେ ଗୋଟିଏ କ୍ଷୁଦ୍ର ପାହାଡ଼ ଉପରେ ବସିଛନ୍ତି ହଠାତ୍ ଆକାଶରେ ବିଦ୍ୟୁତ୍ ଲେଖା ଭଳି ଉଜ୍ଜ୍ୱଳ ଜ୍ୟୋତି ଦର୍ଶନ କରି ପୁଷ୍ପ କହିଲା – ଦେଖ ଦେଖ, କେଉଁ ଦେବତା ଆସୁଛନ୍ତି! ଯତୀନ୍ ବି ଦେଖିପାରିଲା ଗୋଟିଏ ବିଶାଳ ଉଳ୍କା ଯେପରି ଅଗ୍ନି ଅକ୍ଷରରେ ଶୂନ୍ୟତାର ପାତ୍ରରେ ତା'ର ବାର୍ତ୍ତା ଘୋଷଣା କରୁଛି – ଆଖିପିଛୁଲାକେ ସେହି ପଥିକ ଦେବତା କାୟା ଧାରଣ କରି ସେମାନଙ୍କ ସମ୍ମୁଖରେ ଆବିର୍ଭୂତ ହେଲେ। ପୁଷ୍ପ ଓ ଯତୀନ ଉଭୟେ ଚିହ୍ନିଲେ – ଯେଉଁ ଦେବତା ଥରେ ମହାଶୂନ୍ୟରେ ବାଟ ହରାଇ ସେମାନଙ୍କ କୁଟୀର ପ୍ରାଙ୍ଗଣରେ ବିଭ୍ରାନ୍ତ ଅବସ୍ଥାରେ ଆସି ପଡ଼ିଥିଲେ, ସେହି ଭ୍ରାମ୍ୟମାଣ ଆବିଷ୍କାରକ ଦେବତା।

ଦେବତା କହିଲେ – ତୁମମାନଙ୍କ କଥା ମନେ ରଖିଛି। ପୁଣି ଦେଖା କରିବି କହିଥିଲି, ମନେ ହେଉଛି ନା ଝିଅ?

ପୁଷ୍ପ ଓ ଯତୀନ ଦେବତାଙ୍କ ପଦ ବନ୍ଦନା କଲେ। ପୁଷ୍ପ କହିଲା – ଦେବ ଆପଣ ଭ୍ରମଣର କାହାଣୀ କହନ୍ତୁ।

ଯତୀନ କହିଲା – ଗୋଟିଏ କଥା ଦେବ। ଆମ ପୃଥିବୀର ପଣ୍ଡିତମାନେ

ଅନୁମାନ କରିଛନ୍ତି ଆମ ଏହି ସୌର ଜଗତର ବାହାରେ ଅନ୍ୟ କୌଣସି ନକ୍ଷତ୍ରରେ ଗ୍ରହ ନାହିଁ । ଏକଥା କଣ ସତ ?

ଦେବତା ହସି କହିଲେ – ଭୁଲ କଥା । ବିଶ୍ୱର ଏହି ଅଞ୍ଚଳରେ ହିଁ ବିଭିନ୍ନ ନକ୍ଷତ୍ରରେ ଲକ୍ଷ ଲକ୍ଷ ଗ୍ରହ ବିଦ୍ୟମାନ । ବହୁ ଶ୍ରେଣୀର ଜୀବ ତହିଁରେ ବାସ କରନ୍ତି । ତୁମମାନଙ୍କ ପୃଥିବୀ ଯେତେ ଟିକିଏ, ଏହାଠାରୁ ଅନେକ ବୃହତ୍ତର ଓ ସୁନ୍ଦରତର ଗ୍ରହ ବିଶ୍ୱର ଏହି ଅଞ୍ଚଳରେ ବହୁତ ନକ୍ଷତ୍ରରେ ବିଦ୍ୟମାନ୍ ।

ଯତୀନ୍ କହିଲା – ଦେବ, ବିଶ୍ୱର ଏହି ଅଞ୍ଚଳ ବୋଲି ଆପଣ କେତେ ଟିକିଏ ଜିନିଷର କଥା କହୁଛନ୍ତି ।

– ବିଦ୍ୟୁତ୍ ବେଗରେ ଯଦି ଯାଅ, ତେବେ ଏକ କୋଟି ବର୍ଷ ଲାଗିବ ତୁମମାନଙ୍କୁ ଏହି ନକ୍ଷତ୍ର ମଣ୍ଡଳ ପାରି ହେବାକୁ । ଏଭଳି ଲକ୍ଷ ଲକ୍ଷ ନାକ୍ଷତ୍ରିକ ବିଶ୍ୱ ବିଛାଡ଼ି ପଡ଼ି ରହିଛି ଚାରିଆଡ଼େ । ମୁଁ ବିଶ୍ୱର ଏହି ଅଞ୍ଚଳ ବୋଲିବା ଅର୍ଥ ତୁମମାନଙ୍କର ଛାୟାପଥର ନିକଟବର୍ତ୍ତୀ ଅଞ୍ଚଳର କଥା କହୁଛି ।

ପୁଷ୍ପ କହିଲା – ଆମକୁ ଥରେ ନେଇ ଯିବେ କହିଥିଲେ ସେ ସବୁ ଦୂର ଦେଶକୁ ?

ଆଖ୍ଖବୁଜ । ଗତିର ପ୍ରଚଣ୍ଡ ବେଗର ତେଜ ତୁମେମାନେ ସହିପାରିବାରେ ଅଭ୍ୟସ୍ତ ନୁହଁ – ସଂଜ୍ଞା ଲୋପ ପାଇଯିବ । ଉଭୟେ ଆଖ୍ଖବୁଜ – ପ୍ରସ୍ତୁତ ହୁଅ – ମଧ୍ୟ ପଥର କୌଣସି ନକ୍ଷତ୍ର ବା ଗ୍ରହଲୋକ ତୁମମାନଙ୍କ ଦୃଷ୍ଟି ଗୋଚର ହେବ ନାହିଁ ।

ଗତିର କୌଣସି ଅନୁଭୂତି ହିଁ ସେମାନଙ୍କର ହୋଇନଥିଲା । ଆଖ୍ଖପତା ପକାଇବାରେ କେତେ ବିଳମ୍ବ ହୁଏ, ସମୟ ଲାଗେ । ସେତିକି ସୁଦ୍ଧା ମନେ ହେଲା ନାହିଁ – ପଥିକ ଦେବତା କହିଲେ – ଆଖ୍ଖି ଖୋଲି ଦେଖ୍ଖପାରେ –

ପୁଷ୍ପ ଓ ଯତୀନ୍ ସମ୍ମୁଖର ଦୃଶ୍ୟ ଦେଖ୍ଖି ଚମକି ଉଠିଲେ । ସେମାନେ ଏବେ କେଉଁଠି ଆସି ପହୁଞ୍ଚଛନ୍ତି – ଗୋଟିଏ ବିରାଟ ଅଗ୍ନି ମଣ୍ଡଳ ସେମାନଙ୍କ ସମ୍ମୁଖରେ । ସେ ଅଗ୍ନିମଣ୍ଡଳ ମଧ୍ୟରେ ବହୁ ଲକ୍ଷବିଶାଳକାୟ କଡ଼େଇରେ ଯେପରି ଲକ୍ଷ କୋଟି ମହିଷ ଧାତୁ ତରଳ ହେଉଛି ଏକା ଥରକେ – ଲକ୍ଷ ଲକ୍ଷ ମାଇଲ୍ ଉପରକୁ ଉଠୁଛି ରକ୍ତବର୍ଣ୍ଣ ସ୍ୱୟଂପ୍ରଭ ବାଷ୍ପଶିଖା –ରକ୍ତ – ଅଗ୍ନିର ଶିଖା ଭଳି । ପିଲାବେଳେ ଜଳସ୍ତର ଛବି ଦେଖ୍ଖିଥିଲା ଯତୀନ୍ ପୃଥିବୀର ପାଠଶାଳାର କେଉଁ ପୁସ୍ତକରେ । ଏବେ ତାର ଆଖ୍ଖି ଆଗରେ ଧାରିଣାର ଅତୀତ ବିଶାଳକାୟ ଅଗ୍ନି ଓ ପ୍ରଜ୍ୱଳନ୍ତ ବାଷ୍ପ ସିଧା ଠିଆ ଉଚ୍ଚ ସ୍ତମ୍ଭଭଳି ଆଖ୍ଖି ପିଛୁଲକେ ଉଠିଯାଇଛି ଯେପରି ଦଶ ହଜାର ମାଇଲ । ଯେଉଁ ଆଡ଼କୁ ଆଖ୍ଖି ପାଉଛି ଖାଲି ଦାଉ ଦାଉ କରୁଛି କେବଳ ଅଗ୍ନି – ଅଥଚ ପୃଥିବୀର ଅଗ୍ନିପରି ଠିକ୍

ନୁହେଁ। ଜ୍ୱଳନ୍ତ ବାଷ୍ପରାଶି ହୁଏତ ଅଗ୍ନିମଣ୍ଡଳର ଚାରିଆଡ଼େ ଶୁଭ୍ର ଓ ଲାଲ ଅଗ୍ନିର ଛଟା-ଗ୍ରହଣ ଯୋଗରେ ଦୃଶ୍ୟମାନ ସୂର୍ଯ୍ୟ ଚାରିପାଖରେ ଦୃଷ୍ଟ ସୌର କୀରିଟି (Corema) ଭଳି। କେଉଁ ରୁଦ୍ର ଭୈରବଙ୍କ ପ୍ରଚଣ୍ଡ ଆବିର୍ଭାବ ଏହା !! ଏଠାରେ ନାହାନ୍ତି ନାରୀ, ନାହାନ୍ତି ଶିଶୁ, ନାହିଁ ବି ବଣ ପୁଷ୍ପର ଶୋଭା, ନାହିଁ ସୁଧା ଜୀବର ଜୀବନ ସ୍ୱରୂପ ପାଣି। କିନ୍ତୁ ଏହି ରୁଦ୍ରର ବାମ ମୁଖ ପ୍ରତ୍ୟକ୍ଷ ଭାବରେ ଦେଖିବା ସୁଯୋଗ କାହାରି ଘଟି ନାହିଁ। ଏହି ଭୟଙ୍କର ମୂର୍ତ୍ତିକୁ ଦେଖିପାରି ଅନ୍ତରାମ୍ଵା ଯେପରି ଥରଥର କମ୍ପିତ ହୋଇ ଉଠିଲା ସେମାନଙ୍କର। ଯେପରି ତାଙ୍କର ମନେ ହେଲା ଏହି ଅଦ୍‌ଭୁତ ଭୟାବହତାର ଆବିର୍ଭାବ ଓ ଅସ୍ତିତ୍ଵର ସମ୍ମୁଖରେ ସେମାନଙ୍କ ସମସ୍ତ କ୍ଷୁଦ୍ରତା ଓ ସଂକୀର୍ଷତା। ଏଠାକାର ବାୟୁମଣ୍ଡଳର କଟାହରେ ବିଗଳିତ ବହୁ ଲୌହ, ତାମ୍ର, ନିକେଲ, ଏଲୁମିନିୟମ, କୋବାଲ୍‌ଟ, ପ୍ରସ୍ତର, ସୁବର୍ଷ, ରୌପ୍ୟ ଭଳି ଦ୍ରବୀଭୂତ କେବଳ ନୁହେଁ ବାଷ୍ପିଭୂତ ହୋଇଯାଇଥାଏ ସେପରି ହୋଇଯାଉଛି।

ଦେବତା କହିଲେ – ଏହା ଗୋଟିଏ ନକ୍ଷତ୍ର। କିନ୍ତୁ କାମଚାରୀ ବା ବିଦ୍ୟୁତଚାରୀ ନ ହେଲେ ତୁମେମାନେ ଏହି ବିରାଟତ୍ଵ କିଛିବି ବୁଝିପାରିବ ନାହିଁ। ତୁମମାନଙ୍କ ଜଡ଼ଜଗତର ଅବସ୍ଥାନ କାଳର କୌଣସି ମାପକାଠି ବ୍ୟବହାର କରି ଏ ନକ୍ଷତ୍ରର ଆକଳନ କରି ପାରିବ ନାହିଁ। ଚେଷ୍ଟା କର – ଚାଲ –

ପୁଷ୍ପ ଓ ଯତୀନ ଯେଉଁ ବେଗରେ ଯିବାକୁ ଇଚ୍ଛା କଲେ ତାହାକୁ ପୃଥିବୀର ରେଲ୍‌ଗାଡ଼ିର ବେଗ କୁହାଯାଇପାରେ। ଦେବତା ତାଙ୍କ ନିଜର ବେଗ ହ୍ରାସ କରି ତାଙ୍କ ସହିତ ଚାଲିଲେ। ସେମାନେ ବହୁ ବେଗରେ ଯେପରି ଉଡ଼ିଯାଉଛନ୍ତି ଗୋଟିଏ ଅଗ୍ନି ମହାସମୁଦ୍ର ଉପର ଦେଇ ଏବଂ ଗୋଟିଏ ଜ୍ୱଳନ୍ତ ଅଗ୍ନି କୁଣ୍ଡ-ଶିଖାର ଭିତର ଦେଇ– ତାଙ୍କର ଚାରିପାଖରେ ଘେରି ଅଗ୍ନି ଦେବତାଙ୍କ ରକ୍ତ ଚକ୍ଷୁ। ବହୁ ସମୟ ଧରି ସେମାନେ ଗଲେ। ପୃଥିବୀ ହିସାବରେ ଦଶ, ବାଅାର ଘଣ୍ଟା। ସେମାନଙ୍କର ମଧ କ୍ଲାନ୍ତି ନାହିଁ। ପଥଯାତ୍ରାର ବି ସମାପ୍ତି ନାହିଁ। ମହା ଅଗ୍ନି-ସମୁଦ୍ରର କୂଲ କିନାରା ନାହିଁ।

ଦେବତା କହିଲେ – ତୁମେମାନେ ଯଦି ଜଡ଼ ବସ୍ତୁର ଉପାଦାନରେ ନିର୍ମିତ ହୋଇଥାନ୍ତ ଏହି ଜ୍ୱଳନ୍ତ ନକ୍ଷତ୍ରର ବହୁଦୂର ପୂର୍ବରୁ ତୁମମାନଙ୍କ ଦେହପୋଡ଼ି, ଜଳି ବାଷ୍ପାକାର ହୋଇ ଉଡ଼ି ଯାଅାନ୍ତାଣି – ଆକର୍ଷଣ ଯୋଗୁଁ ସେ ବାଷ୍ପ ଟିକକ ଏଇ ବୃହତ୍ତର ବାୟୁମଣ୍ଡଳରେ ପ୍ରଜ୍ଵଳିତ ଅବସ୍ଥାରେ ପ୍ରବେଶ କରି ମିଳାଇ ଯାଇଥାନ୍ତା।

ପୁଷ୍ପ କହିଲା – ଆଉ ସହ୍ୟ କରି ହେଉନାହିଁ। ଆମକୁ ଫେରାଇନେଇ ଚାଲନ୍ତୁ ଦେବ ଦୟାକରି।

ଦେବତା ପ୍ରସନ୍ନତାର ହସ ହସି କହିଲେ – ବିଶାଲ ବିଶ୍ୱର ରୂପ ସଭିଏଁ

ସହ୍ୟକରି ପାରନ୍ତି ନାହିଁ । ଦେଖ୍ବାକୁ ମଧ ଚାହିଁ ନଥାନ୍ତି । ଶକ୍ତିମତୀ ହୁଅ । ଭଗବାନ ତାହାକୁ ହିଁ ଦେଖାନ୍ତି ଯିଏ ତାଙ୍କର ବିଶ୍ୱର ବିରାଟତ୍ୱ ଦେଖ୍ ଭୟଭୀତ ହୋଇନଥାଏ । ମୁଁ ସୁଦୀର୍ଘ ଜନ୍ମ ଜନ୍ମାନ୍ତର ଧରି ଏହି ସାଧନା କରିଥିଲି – ତାପରେ ? ଜଡ଼ଜଗତରୁ ଆସି ବହୁକାଳ ଧରି କେବଳ ବିଶ୍ୱଭ୍ରମଣ କରି ବୁଲୁଛି । ଏହା ମୋର ସାଧନା । ଏଥିରେ ମୁଁ ସିଦ୍ଧି ଲାଭ କରିଛି । କିନ୍ତୁ ମୁଁ ବି ସମୟ ସମୟରେ ଦିଗହରା ହୋଇଯାଏ । ତୁମେମାନେ କଣ ଅବା ଦେଖିଲ । ଏହା ଗୋଟିଏ କ୍ଷୁଦ୍ର କଣିକା ମଧ ନୁହେଁ ।

ପୁଷ୍ପ କହିଲା – ଆଉ କଣ ଦେଖାଇବେ କହନ୍ତୁ ଦେବ । ଏହି ଅଗ୍ନିମୟ ଦୃଶ୍ୟ ଆମେ ସହିପାରୁ ନାହୁଁ ।

– ତୁମକୁ ଏଠାରୁ କି ବୃହତ୍ତର ନକ୍ଷତ୍ର ଅଗ୍ନିମଣ୍ଡଳକୁ ଘେନିଯିବି, ଚାଲ । ଶକ୍ତିମତୀ ହୁଅ । ଏଥର ଆଖ୍ ଖୋଲା ରଖ ଚାଲ । ସେତେବେଳେ ତୁମକୁ ଆଖ୍ ବୁଜି ଦେବାକୁ କାହିଁକି କହିଥିଲି ଜାଣ ? ତୁମକୁ ଜଡ଼ ଜଗତର ଅତି ନିମ୍ନ ପଥ ଅତିକ୍ରମ କରିବାକୁ ହେବ ଆସିବାବେଳେ । ତାହା ବଡ଼ କଦର୍ଯ୍ୟସ୍ତର । ତୁମେ ଦେଖ୍ଥିଲେ ଭୀତ ହୋଇଥାନ୍ତି, ତେଣୁ ଦେଖାଇନି ।

ଯତୀନ ଆଗ୍ରହୀ ହୋଇ କହିଲା – ନରକ ? ତାହା ଦେଖ୍ବାକୁ ବଡ଼ଇଚ୍ଛା ହେଉଛି ଦେବ । ଦୟାକରି –

ଦେବତା ଗମ୍ଭୀର ହୋଇ କହିଲେ – ପ୍ରତ୍ୟେକ ଜଡ଼ ଜଗତର ଏପରି ନିମ୍ନତର ଆମ୍ବିକସ୍ତର ଅଛି । ଜଡ଼ ଜଗତର ଅପୁଷ୍ଟ ଆମ୍ଭା ସେଠାକୁ ଆସନ୍ତି । ପୃଥ୍ବୀର ନରକ ତ ଟିକିଏ ଭଲ । କାରଣ ଗ୍ରହ ହିସାବରେ ପୃଥ୍ବୀର ଜୀବମାନଙ୍କ ଆଧ୍ୟାତ୍ମିକ ପ୍ରଗତି ଅନେକ ବେଶୀ । ତୁମମାନଙ୍କୁ ଦେଖ୍ ସେପରିମନେ ହେଉଛି । ଏପରି ଗ୍ରହ ତୁମମାନଙ୍କୁ ଦେଖାଇ ପାରେ ଯେଉଁଠିକାର ଜୀବମାନଙ୍କ ଚୈତନ୍ୟ ନିମ୍ନସ୍ତରର । ତୁମ ପୃଥ୍ବୀରେ ଏପରି ଶ୍ରେଣୀର ଜୀବ ନାହାନ୍ତି ।

ସେମାନେ ଅନନ୍ତ ବ୍ୟୋମର ଯେଉଁ ଅଂଶ ଦେଇ ଯାଉଥିଲେ, ଯତୀନ୍ ତାର ଚାରି ଆଡ଼କୁ ଚାହିଁ କୌଣସି ପରିଚିତ ନକ୍ଷତ୍ର ମଣ୍ଡଳ ଦେଖ୍ବାକୁ ପାଇଲା ନାହିଁ – ସପ୍ତର୍ଷି ମଣ୍ଡଳ, କାଳ ପୁରୁଷ, ଧ୍ରୁବତାରା ଏପରିକି ବୃଶ୍ଚିକ ନକ୍ଷତ୍ର ସୁଦ୍ଧା ଦେଖ୍ପାରିଲା ନାହିଁ । ଅସୀମ ବିଶ୍ୱର କେଉଁ ସୁନ୍ଦର ଅଂଶରେ ସେମାନେ ଆସି ପହଞ୍ଚିଛନ୍ତି ଯେଉଁଠାରୁ କି ସପ୍ତର୍ଷିମଣ୍ଡଳ ବା ବୃଶ୍ଚିକ ଅଥବା କ୍ୟାସିଓପିୟା ଦେଖା ଯାଉନାହିଁ ? ପ୍ରଶ୍ନଟି ସେ ପଥ ପ୍ରଦର୍ଶକ ଦେବତାଙ୍କୁ ପଚାରିଲା ?

ଦେବତା ହସି କହିଲେ – ମୁଁ ତୁମମାନଙ୍କର ସେ ନକ୍ଷତ୍ର ଚିହ୍ନି ନାହିଁ ।

ତୁମର ଜଡ଼ ଜଗତକୁ ଚିରଦିନ ଦେଖ୍ ଆସୁଛ କୋଲି ସେ ସବୁ ପୃଥ୍ବୀର

ଜୀବମାନଙ୍କର ସୁପରିଚିତ। ବିଶ୍ୱର ପଥିକ ମୁଁ। ମୋ ପାଖରେ ସେଭଳି ଲକ୍ଷକୋଟି ଧ୍ରୁବ ଆଉ ସପ୍ତର୍ଷି ଅଗଣିତ ଜ୍ୟୋତିର୍ଲୋକ ଭିଡ଼ରେ ମିଳାଇ ଯାଇଛି।

ପୁଷ୍ପ ଅନେକ ସମୟଧରି ଲକ୍ଷ୍ୟ କରୁଥିଲା ଆକାଶର ଅପରଦିଗକୁ ବଗର ପକ୍ଷୀ ପରି ବହୁଦୂର ବ୍ୟାପୀ ରଙ୍ଗୀନ ମେଘ ରାଶି ଗୋଟିଏ ସ୍ଥାନରେ ସ୍ଥିର ଛବି ଭଳି ଦୃଶ୍ୟମାନ।

ପୁଷ୍ପ କୌତୂହଳୀ ହୋଇ କହିଲା – ଏଇ ମେଘ ପରି କଣ ସେଗୁଡ଼ାକ ଦେବ ?

– ମୁଁ ଜାଣେ, କିନ୍ତୁ କେବେବି ଦେଖିନି। ସେ ସବୁ ବହୁ ଉଚ୍ଚସ୍ତରର ଜୀବ ଲୋକ।

– ବଡ଼ ଦେହଧାରୀ ଜୀବ।

– ନା, ତୁମେମାନେ ଯାହାକୁ କହିବ ଆମ୍ଭିକ ଲୋକ –

– ଅନେକ ଉଚ୍ଚସ୍ତରର ଆମ୍ଭା ?

– ଖୁବ୍ ଉଚ୍ଚସ୍ତରର।

ଯତୀନ ସେମାନଙ୍କ କଥା ଶୁଣୁଥିଲା। ସାଗ୍ରହେ କହିଲା, ଗୋଟିଏ ପ୍ରଶ୍ନ ପଚାରିବି ଯଦି କିଛି ମନେ ନକରିବେ ସାର – ଆଇମିନ୍ – ମାନେ, ଦେବ।

ପୁଷ୍ପ ଭୃକୁଟି କରି କହିଲା – ତୁମର ଏ ପର୍ଯ୍ୟନ୍ତ ବି ପୃଥିବୀର ସଂସ୍କାର ଗଲାନି ଯତୀନଦା ?

ଦେବତା ସେମାନଙ୍କ ମନୋବୃତ୍ତି ଅନେକ ସମୟଧରି ଠିକ୍ ବୁଝି ପାରନ୍ତି ନାହିଁ। କ୍ରୋଧ, ଅଶ୍ରଦ୍ଧା, ହିଂସା ପ୍ରଭୃତି ମନୋଭାବର ବହୁଉର୍ଦ୍ଧ୍ୱରେ ସେମାନେ। ସେ ଅନେକ ପରିମାଣରେ ସରଳ ଶିଶୁ ଭଳି। ପୁଷ୍ପ ଲକ୍ଷ୍ୟ କରିଛି – କରୁଣା ଦେବୀ ମଧ୍ୟ ଅନେକ ସମୟରେ ବାଆର ବର୍ଷର ପାର୍ଥିବ ଝିଅ ଭଳି କଥା କହନ୍ତି। ସେପରି ବ୍ୟବହାର ବି କରନ୍ତି। ଉଚ୍ଚତର ଦେବ ଚରିତ୍ରର ଏଦିଗଟି ଆଜିକାଲି ବେଶୀ କରି ସେ ଉଭୟଙ୍କ ଆଖିରେ ପଡ଼ିଛି।

ଯତୀନ, ଅହୁରି ବିନୀତ ହୋଇ କହିଲା – ଗୋଟିଏ ପ୍ରଶ୍ନ ଥିଲା – ଆପଣ ସେଠାକୁ ଯାଆନ୍ତି ନାହିଁ କାହିଁକି ?

ଦେବତା କହିଲେ – ତାର ଉଭର ବହୁତ ସରଳ। ସେ ସବୁ ଲୋକ ମୋ ପାଖରେ ଅଦୃଶ୍ୟ।

ପୁଷ୍ପ ଓ ଯତୀନ ଉଭୟେ ବିସ୍ମୟରେ ସ୍ତବ୍ଧ। ପୁଷ୍ପ କହିଲା – ଆପଣଙ୍କ ପାଖରେ ମଧ୍ୟ ଅଦୃଶ୍ୟ ? ଦେବ, ଠିକ୍ ଭାବରେ ବୁଝିପାରିଲି ନାହିଁ।

ଏଥର ସେମାନେ ବହୁଦୂରରୁ ଦେଖିବାକୁ ପାଇଲେ ସାରା ଆକାଶବ୍ୟାପୀ

ଗୋଟିଏ ବିଶାଳ ନକ୍ଷତ୍ର ସେମାନଙ୍କ ଆଡ଼କୁ ଯେପରି ଛୁଟି ଆସୁଛି । ଘୋର ଶୁଭ୍ରବର୍ଣ୍ଣ ମହାପ୍ରଜ୍ଵଳନ୍ତ ବାଷ୍ପ ପରିବେଶ ମଝିରେ ମଝିରେ ସେଠାରୁ ସହସ୍ର ଯୋଜନବ୍ୟାପୀ ବାଷ୍ପାଗ୍ନି ବହୁ ଉର୍ଦ୍ଧ୍ୱକୁ ଉଠି ମହାରୁଦ୍ର ପରି ସର୍ବ ଧ୍ୱଂସକାରୀ ପ୍ରଳୟର ହୁଙ୍କାର ଛାଡୁଛି । ସେ ଦୃଶ୍ୟ ଦେଖି ପୁଷ୍ପର ଚେତନା ଲୁପ୍ତପ୍ରାୟ ହେଲା ।

ଯତୀନ ସେଇ କାଳାଗ୍ନିର ଭୈରବ ଦୃଶ୍ୟ ଆଡ଼କୁ ପଛକରି କହିଲା – ଭୀଷଣ ବ୍ୟାପାର, ଆମ ପକ୍ଷରେ ସେ ଦୃଶ୍ୟ ନ ଦେଖିବା ହିଁ ଭଲ । ଭୟ ହେଉଛି ପ୍ରଭୁ ।

ଦେବତା ହସି କହିଲେ – କେବଳ ବିଶ୍ୱ ଦେବଙ୍କ ମୋହନ ମୂର୍ତ୍ତି ହିଁ ଦେଖିବ ? ତାହାଙ୍କ କରାଳ ରୁଦ୍ର ରୂପ ଦେଖିବାକୁ ଡରିବ କାହିଁକି । ଧ୍ୱଂସ ଦେବଙ୍କ ଧ୍ୱନି ଶୁଣାଇବି ତୁମମାନଙ୍କୁ । ଆମ୍ଭାର ଦୁର୍ବଳତା ଦୂରକର ।

– କିନ୍ତୁ ଆପଣଙ୍କ ଶିଷ୍ୟା ଯେ ଚେତନା ହରାଇଛି ! ସେ ଝିଅ ପିଲା ତାହାକୁ ସେ ରୂପ ଆଉ ଦେଖାନ୍ତୁ ନାହିଁ ଦେବ ।

ସେଇ ବିରାଟ କାଳାଗ୍ନି ବେଷ୍ଟିତ ମହାଦେଶ ସେତେବେଳେ ତାଙ୍କ ନିକଟରେ । ଯତୀନର ମନେ ହେଲା ଗୋଟିଏ ପ୍ରଜ୍ଵଳନ୍ତ ବିଶ୍ୱପୃଥିବୀ ତା ସମ୍ମୁଖରେ । ଅଳ୍ପ କ୍ଷଣ ପରେ ହିଁ ଦେବତାଙ୍କ ଅଦ୍ଭୁତ ଶକ୍ତି ବଳରେ ସେ ଉଭୟେ ସେହି ବିରାଟ ଅଗ୍ନିମଣ୍ଡଳ ଭିତରେ ଯାଇଥିଆ । ସେମାନଙ୍କ ଚାରିଆଡ଼େ ଖାଲି ଶୁଭ୍ରଜ୍ୱଳନ୍ତ ହିଲିୟମ୍ ଓ କ୍ୟାଲସିୟମ୍ ବାଷ୍ପରାଶି ମହାବେଗରେ ଘୂର୍ଣ୍ଣନରତ । କେଉଁଠି ରଙ୍ଗୀନ ଶିଖା ନାହିଁ – କେବଳ ଶ୍ୱେତ– ଶୁଭ୍ର–ପୁଣି ବହୁଦୂର ଅଗ୍ନିମୟ ଦିଗନ୍ତ ଲହଲହ ରଙ୍ଗୀନ ହାଇଡ୍ରୋଜେନ୍ ଶିଖା ଅଜଗର ଭଳି ଫଁ, ଫଁ କରି ଗର୍ଜନ କରି ଧାଇଁ ଯାଉଛି ନିମିଷକରେ ଲକ୍ଷଲକ୍ଷ ମାଇଲ୍ । ଧ୍ୱଂସ ଦେବଙ୍କ ବିଷାଣ ଧ୍ୱନି ପରି ଭୈରବ ହୁଙ୍କାର ସେ କାଳାଗ୍ନିମଣ୍ଡଳର ଚାରିଦିଗରୁ ଏକାସଙ୍ଗେ ଅନବରତ ଶୁଣା ଯାଉଛି । ସାରା ବ୍ରହ୍ମାଣ୍ଡ ଯେପରି ଦାଉ ଦାଉ କରି ଜଳୁଛି । ଅତିଭୀଷଣ ରୌଦ୍ରଚାପ ପ୍ରକୃତିର ।

ଭୟରେ ବିସ୍ମୟରେ ଯତୀନ୍ ସ୍ତାଣୁ ହୋଇ ଚାରିଆଡ଼କୁ ଚାହିଁ ଦେଖିଲା । ଭୈରବ ନରକ ବର୍ଣ୍ଣନା ସେ କେଉଁଠି ଯେପରି ପଢ଼ିଥିଲା ତାର ପୃଥିବୀର ବାଲ୍ୟ ଜୀବନରେ । ଏହା କଣ ସେ ଭୈରବ ନରକ ? କେଉଁ ଦେବତାଙ୍କ ତାଣ୍ଡବ ନୃତ୍ୟର ପଦଚିହ୍ନ ଏହାର ପ୍ରତି ଅଗ୍ନିଶିଖାର ଦେହରେ ଅଙ୍କିତ । ଉଦ୍ଧତ ଓ ଭୟାବହ ମୃତ୍ୟୁ ଦହନ ଏହାର କାଳାଗ୍ନି ପରିବେଶରେ । ପ୍ରତି ଅଣୁ ପରମାଣୁର ମର୍ମ ସ୍ଥଳରେ ?

ଦେବତା କହିଲେ – ଭୟ କରନା । ଏହାଠାରୁ ହିଁ ସୃଷ୍ଟି । ଠିଆହୋଇ ଦେଖ । କେବଳ ଅନ୍ଧବେଗରେ ଧାବମାନ ଅଣୁ ପରମାଣୁ ପୁଞ୍ଜର ସଂଘର୍ଷରେ ଉତ୍ପନ୍ନ ଏହି ବିଶାଳ ଅଗ୍ନିମୟ ମହାଦେଶ ଯେପରି ଚାରିଦିଗରୁ ସେମାନଙ୍କୁ ଘେରିଛି – ଏହାର

ଶେଷ କେଉଁଠ ? ଅତି ନୀଳାଭ ଶୁଭ୍ର ଅଗ୍ନିଗର୍ଭ, ବାଷ୍ପପୁଞ୍ଜ, ଉର୍ଦ୍ଧ୍ୱରେ ନିମ୍ନରେ, ଦକ୍ଷିଣରେ ବାମରେ – ଭୀମବେଗରେ ସଂଚରଣଶୀଳ, ଆଲୋଡ଼ନରେ ଓ ଆକ୍ଷେପରେ ଉନ୍ମାଦ ସେ ବର୍ଦ୍ଧିମାନ୍ ବ୍ରହ୍ମାଣ୍ଡ । ଧରାର ମଣିଷ ସହିନେଇ ପାରିବ ନାହିଁ । ଯତୀନ ଅନୁଭବକଲା ସେ ମଧ ଉନ୍ମାଦ ହୋଇଯିବ ଏହି ଦୃଶ୍ୟ ଅଧିକ ସମୟ ଦେଖିଲେ । ମନେ ପଡ଼ିଲା ଗ୍ରହଦେବଙ୍କ ସେଦିନଟାର କଥା । ସେଇ ଅଦ୍ଭୁତ ସତ୍ୟ କଥା– ଅସ୍ୟ ବ୍ରହ୍ମାଣ୍ଡସ୍ୟ ସମନ୍ତତଃ ସ୍ଥିତାନ୍ୟେୟାତା – ଦୃଶାନାନ୍ତ କୋଟି ବ୍ରହ୍ମାଣ୍ଡାନି ସାବରଣାନି ଜ୍ୱଲନ୍ତି – ପୃଥ୍ୱୀର ପ୍ରାଚୀନ ଯୁଗର ଜ୍ଞାନୀଜନ ଯେଉଁ ବାଣୀ ଉଚ୍ଚାରଣ କରି ଯାଇଥିଲେ ତପସ୍ୟା ଦ୍ୱାରା ସତ୍ୟକୁ ଅନୁଭବ କରି ।

ହଠାତ୍ ପଥିକ ଦେବତା ଭାବାବେଗରେ ସମାଧିସ୍ଥ, ନିସ୍ତବ୍ଧହୋଇ ଗଲେ କିଛି କ୍ଷଣ ପାଇଁ । ସୁନ୍ଦର ଅକ୍ଷ ଦୁଇଟି ମୁଦ୍ରିତକରି ସେହି ଅଗ୍ନିଶିଖା ଭିତରେ ସେ ସ୍ଥିର, ପ୍ରଶାନ୍ତ ବଦନରେ ଠିଆହୋଇ ଆପଣା ମନେମନେ ଅସ୍ପୁଟ ସ୍ୱରରେ କହି ଚାଲିଲେ – ହେ ଅନଲ, ହେ ସର୍ବେଶ୍ୱର, ସ୍ୱରୂପ, କାରଣରେ ତୁମେ ବିଦ୍ୟମାନ, କାର୍ଯ୍ୟରେ ମଧ ବିଦ୍ୟମାନ୍, ଧନ୍ୟ ତୁମେ-ଧ୍ୱଂସ ମଧ୍ୟରେ ତୁମର ସୃଷ୍ଟି ସାର୍ଥକ ହେଉ । ଏମାନଙ୍କ ଆଡ଼କୁ ଚାହିଁ କହିଲେ – ଚାଲ । କନ୍ୟା ଏବେ ସୁଦ୍ଧା। ଅଚେତନ ? ଏଇ ନକ୍ଷତ୍ରର ଅଗ୍ନିମଣ୍ଡଳ ଛାଡ଼ି ଯିବାପରେ ସେ ଜ୍ଞାନ ଫେରି ପାଇବ । ଯତୀନ ସଶଙ୍କ ବିସ୍ମୟରେ ଚାହିଁ ରହିଥିଲା ଦେବତାଙ୍କ ଧ୍ୟାନ ପ୍ରଶାନ୍ତ ଗମ୍ଭୀର ରୂପକୁ । ଅଭୁତ ଏହି ମୂର୍ତ୍ତି । ସାକ୍ଷାତ୍ ସବିତୃ- ମଣ୍ଡଳ-ମଧ୍ୟବର୍ତ୍ତୀ ଜ୍ୟୋତିର୍ମୟ ନାରାୟଣ ଯେପରି ତା ସମ୍ମୁଖରେ । ସେ ବଦନମଣ୍ଡଳରେ ଅନାୟାସ କରୁଣା ଓ ଗଭୀର ମୈତ୍ରୀର ଚିହ୍ନ ବ୍ରହ୍ମାଣ୍ଡର ଜରାମରଣ ଚକ୍ର-ବଦ୍ଧ ଜୀବ – କୁଳକୁ ଯେପରିକି ଅଭୟ ଦାନ କରୁଛି । କିଏ କହିଥିଲା ଏହାଙ୍କୁ ନାସ୍ତିକ ?

ଦେବତା କହିଲେ – ଜାଣିରଖ, ପ୍ରତ୍ୟେକ ଗ୍ରହ ବା ନକ୍ଷତ୍ର, ପ୍ରତ୍ୟେକ ଜଡ଼ ବା ବାଷ୍ପପିଣ୍ଡ ଯାହା ଆକାଶରେ ବିଛାଇ ରହିଛନ୍ତି – ତୁମାନଙ୍କ ସୂର୍ଯ୍ୟ ନାମକ ସେହି କ୍ଷୁଦ୍ର ନକ୍ଷତ୍ର ଏହାଙ୍କ ଭିତରେ – ପ୍ରତ୍ୟେକଟା ଗୋଟିଏ ଗୋଟିଏ ଚୁମ୍ବକ । ଏମାନେ ପରସ୍ପର ପରସ୍ପରକୁ ଆକର୍ଷଣ କରୁଛନ୍ତି । ସମଗ୍ର ବ୍ୟୋମବ୍ୟାପୀ ଏହି ବିରାଟ ଚୁମ୍ବକୀୟ କ୍ଷେତ୍ର । କୌଣସି ଜଡ଼ ଦେହଧାରୀ ଜୀବର ଶକ୍ତି ନାହିଁ ଏହି ବିଶାଳ ଚୁମ୍ବକୀୟ କ୍ଷେତ୍ରର ଆକର୍ଷଣ ଶକ୍ତିକୁ ଜୟ କରି ସ୍ୱେଚ୍ଛାରେ ଅଗ୍ରସର ହୋଇପାରିବ ।

ଯତୀନ୍ କହିଲା – ଦେବ ଆମମାନଙ୍କ ସୂର୍ଯ୍ୟ ମଧ ବଡ଼ ଚୁମ୍ବକ ?

– ତୁମମାନଙ୍କ ପୃଥ୍ୱୀ ମଧ । ସୂର୍ଯ୍ୟ ତ ନିଶ୍ଚୟ । ପ୍ରତ୍ୟେକ ନକ୍ଷତ୍ର ମଧ । କିଛି ମୁହୂର୍ତ୍ତ ମାତ୍ର ସମୟ ଭିତରେ ସେମାନେ ବହୁଦୂର ଚାଲି ଆସିଲେ ସେ ନକ୍ଷତ୍ରଟା

ନିକଟରୁ। ସେମାନଙ୍କ ମୁଣ୍ଡ ଉପର ବହୁତ ଦୂରବର୍ତ୍ତୀ ସ୍ଥାନରେ ଗୋଟିଏ ବିଶାଳ ବହ୍ନିଗୋଳକ ପରି ତାହା ଜଳୁଛି ସେତେବେଳକୁ।

ହଠାତ୍ ଯତୀନ୍‌ର ମନେ ପଡ଼ିଲା ସେଇ ପୂର୍ବ କଥାଟି।

ସେ କହିଲା। – ଦେବ, ଆପଣ ସେତେବେଳେ କହିଥିଲେ ସେହି ଯେଉଁସବୁ ମେଘଭଳି ଦେଖାଯାଉଛି ଯାହାକି ଆପଣଙ୍କ ପାଖରେ ସୁଦ୍ଧା ଅଦୃଶ୍ୟ ଜୀବଲୋକ ?

ଦେବତା କହିଲେ – ଜୀବଲୋକ କହିନି – ସ୍ଥୂଳ ଦେହଧାରୀ ଜୀବ ସେଠାରେ ନାହାନ୍ତି। ଆମ୍ବିକ ଲୋକ କହିଛି।

ପୁଷ୍ପର ଏଥର ଚେତନା ଫେରି ଆସିଲାଣି। ସେ ବିସ୍ମିତ ହୋଇ ସେମାନଙ୍କ ଆଡ଼କୁ ଆଖି ଖୋଲି ଅନାଇ କହିଲା – ଆମେ କୋଉଠିକି ଯାଉଛୁଁ? ଯତୀନ୍ ହସି କହିଲା। – ତା’ ଅପେକ୍ଷା କେଉଁଠାରୁ ଆସୁଛୁ କହିଥିଲେ ପ୍ରଶ୍ନଟା ଅତିସୁନ୍ଦର, ସତ୍ୟ ଓ ନିଖୁଣ ହୋଇଥାନ୍ତା। ଆମେମାନେ ଆସୁଛୁଁ ବହୁ ଦୂରବର୍ତ୍ତୀ ନକ୍ଷତ୍ରଲୋକ ଦେଖି।

– ମୁଁ କେଉଁଠାରେ ଥିଲି ?

– ଚେତନା ଶୂନ୍ୟ ହୋଇ ପଡ଼ିଥିଲା।

ପୁଷ୍ପର ଏଥର ସଂପୂର୍ଣ୍ଣ ଜ୍ଞାନ ଫେରି ଆସିଥିଲା। ସେ କହିଲା – ମନେ ପଡ଼ୁଛି ଏଥର। ଦୂରରୁ ଯାହା ଦେଖିଛି ତାହାହିଁ ଯଥେଷ୍ଟ। ସେ ଦେବତା – ଆମେ ସାମାନ୍ୟ ମନୁଷ୍ୟ – ତାହା ସହ୍ୟ କରି ପାରିବା କଣ –

ଯତୀନ୍ ପ୍ରତିବାଦ କରି କହିଲା – ଆମେମାନେ ଏଯାଏଁ ସୁଦ୍ଧା ସାମାନ୍ୟ ମନୁଷ୍ୟ ? ଏତେ କାଳହେଲା ସ୍ଥୂଳ ଦେହ ଛାଡ଼ି ଆସି ଏବେ ସୁଦ୍ଧା ସାମାନ୍ୟ ମନୁଷ୍ୟ ?

ପଥିକ ଦେବତା ହସି କହିଲେ – ତୁମ ପୂର୍ବ ପ୍ରଶ୍ନର ଉତ୍ତର ଆଉ ଏହି ପ୍ରଶ୍ନର ଉତ୍ତର ଏକାସଙ୍ଗେ ଦେଉଛି। ଶୁଣ – ଏଇଯେ ମେଘ ଭଳି ଦେଖାଯାଉଛି ବହୁ ଦୂରରେ ସେସବୁ ବହୁତ ଉଚ୍ଚସ୍ତରର ଆମ୍ବିକ ଲୋକ। ସେଠାରେ ଯେଉଁମାନେ ବାସ କରନ୍ତି ଏବଂ ତାହାଙ୍କ ବାସଭୂମି ଦୁଇଟାଯାକ ମୋ ପାଖରେ ସଂପୂର୍ଣ୍ଣ ଅଦୃଶ୍ୟ। ଅଥଚ ମୁଁ କେତେ କାଳଧରି କେବଳ ଭ୍ରମଣ କରିହିଁ ବୁଲୁଛି। କେତେ ଯୁଗ ହେଲା ଆସିଲିଣି ଆମ୍ବିକ ଲୋକକୁ ଆଉ ତୁମେମାନେ ଦୁଇଦିନ ହେଲା ଆସି –

ଯତୀନ ବିସ୍ମୟରେ କେମିତି ହଡ଼ବଡ଼େଇ ଗଲା। ଏ ଜଣେ ମହାନ୍ ଦେବତା ସେ ପୁଣି କ୍ଷୁଦ୍ର ଅଟନ୍ତି ! ତାହେଲେ ସେମାନେ ଯେଉ କେଉଁଠାରେ ଗଣା ! ! ? କୀଟସ୍ୟ କୀଟ – କେବେ ସୁଦ୍ଧା କେତେ ଅହଂକାର ? କିନ୍ତୁ କି ବିଶାଳ, ଅନନ୍ତ ଏ ବ୍ରହ୍ମାଣ୍ଡ – କେତେ ଅସଂଖ୍ୟ ଜୀବଲୋକ, ଆମ୍ବିକଲୋକ, ଅନାଦି, ଅନନ୍ତ ସମୟବ୍ୟାପୀ କି

ଅନନ୍ତ ବିବର୍ତ୍ତନ !! ସେମାନଙ୍କ ସବୁଠାରୁ ଉର୍ଦ୍ଧ୍ୱରେ ସେହି ବିଶ୍ୱନିୟନ୍ତା !! ବାସ୍ତବରେ ଭଗବାନଙ୍କ ସାନ୍ନିଧ୍ୟ କିଏ ପାଇବ। ସେ କାହିଁ ଆଉ ଆମେମାନେ କାହିଁ !!

ଯତୀନ କହିଲା – ଆପଣ କେବଳ ଘୁରିବୁଲୁଛନ୍ତି କାହିଁକି ଦେବ?

– କାହିଁକି କହତ?

– ଆଜି ଆପଣଙ୍କୁ ଯେଉଁ ଆଖିରେ ଦେଖିଲୁଁ – ଅନୁଗ୍ରହ କରି କିଛି ମନେକରିବେ ନାହିଁ ସାର୍ – ମାନେ, ମାନେ –

ପୁଷ୍କର ଭ୍ରୁକୁଟି ତାହାକୁ ନିର୍ବାକ କରିଦେଲା।

ଦେବତା ନିଜେ ହିଁ ବୋଧହୁଏ ତା'ର ମନ ବୁଝି ଜବାବ ଦେଲେ।

– ଏଇ ଭ୍ରମଣ ହିଁ ମୋର ଉପାସନା। କେତେ ସୌନ୍ଦର୍ଯ୍ୟ ଦେଖିଛି, କେତେ ଭୟାନକ ରୂପ ଦେଖିଛି ତାହାଙ୍କରି !! – ଯେପରି ତୁମେମାନେ ଆଜି ଦେଖିଲ। ଏଇଟାବି କିଛି ନୁହେଁ। ଏହାଠାରୁ ମଧ୍ୟ ଅତି ଭୀଷଣ ରୂପ ଅଛି ସୃଷ୍ଟିରେ। ସେସବୁ ସହ୍ୟ କରି ପାରିବ ନାହିଁ – ତୁମେମାନେ। ମୁଁ ଏହାରି ଭିତରେ ହିଁ ତାହାଙ୍କୁ ଦେଖେ।

ଯତୀନଠାରୁ ପୁଷ୍କର ଆଧ୍ୟାତ୍ମିକତା ଅଧିକ। ସେ କହିଲା – ପ୍ରଭୁ ଆପଣ ତାହାଙ୍କୁ ଦେଖୁଛନ୍ତି?

ସେମାନେ ଗୋଟିଏ ଅପରିଚିତ ଓ ଗ୍ରହର ନିକଟ ଦେଇ ଯାଉଥିଲେ। ଆକାଶ ପଥରୁ ତା'ର ବିଚିତ୍ର ଧରଣର ଗଛ ପତ୍ର। ପାହାଡ଼, ପର୍ବତ ସବୁଦେଖାଯାଉଥିଲା। ଗ୍ରହରେ ସତେବେଳେ ଗଭୀର ରାତ୍ର! ଲୋକାଳୟ ସେଠାରେ ନିତାନ୍ତ ଅଳ୍ପ। କେବଳ ଅରଣ୍ୟାନି ସମାଚ୍ଛନ୍ନ ଶୈଳମାଳା ଓ ଉପତ୍ୟକା। ତା'ରି ଗୋଟିଏ ସାଥୀ ଉପଗ୍ରହରୁ ନୀଳ ଜ୍ୟୋସ୍ନା ପଡ଼ି ସେ ସବୁ ଏପରି ସୌନ୍ଦର୍ଯ୍ୟ ଭୂଷିତ କରିଛି – ପୃଥିବୀରେ କାହିଁକି, ଏପର୍ଯ୍ୟନ୍ତ ସ୍ୱର୍ଗ ଲୋକରେ ସୁଦ୍ଧା ସେଭଳି ସେମାନେ ଦେଖି ନଥିଲେ। ଅପାର୍ଥିବ ତ ନିଶ୍ଚୟ ହିଁ। ଅଜୀବ ମଧ୍ୟ ତାହା। ବଣରେ ବଣରେ ନୀଳଜ୍ୟୋସ୍ନା – ସେମାନେ ମୁଗ୍ଧ ହୋଇଗଲେ ସେ ଗ୍ରହର ଗଭୀର ରାତ୍ରିର ନୀଳ ଜ୍ୟୋସ୍ନା–ସ୍ନାତ ଗଭୀର ଉତ୍ତୁଙ୍ଗ ଶୈଳାରଣ୍ୟର ରୂପରେ।

ଦେବତା କହିଲେ – କ'ଣ ଦେଖୁଛ? ଏହା ଗୋଟିଏ ଜୀବଜଗତ। ଖୁବ୍ ଉଚ୍ଚସ୍ତରର ଜୀବ ଏଠାରେ ବାସ କରନ୍ତି। ଚାଲ, ଏହାର ବଣ ଭିତରେ ବସିବା। ତୁମମାନଙ୍କ ପରିଚିତ ସ୍ଥୂଳ ଜଗତଠାରୁ ବହୁ ଜନ୍ମପରେ ଯେତେବେଳେ ଲୋକଙ୍କମନ ତାହାଙ୍କ ଆଡ଼କୁଯାଏ, ସେତେବେଳେ ସେମାନେ ଏଠାରେ ପୁନର୍ଜନ୍ମ ଗ୍ରହଣ କରନ୍ତି। କେବଳ ତୁମ ପୃଥିବୀରୁ ନୁହେଁ – ଏ ଧରଣର ଆହୁରି ଅନେକ ନିମ୍ନସ୍ତରର ସ୍ଥୂଳ ଜଗତ୍ଠାରୁ ମଧ୍ୟ। ଆମ୍ଭର ସେଇ ବିଶେଷ ଅବସ୍ଥା ନ ହେଲେ, ଏହି ଗ୍ରହକୁ ଆସିବା

ସମ୍ଭବ ନୁହେଁ । ଏଠାରେ କର୍ମ ବନ୍ଧନ ଅଛ । ଭଗବାନ୍‌ଙ୍କଠାରେ ଯେଉଁମାନେ ଆମ୍ସମର୍ପଣ କରିଛନ୍ତି । ସେମାନଙ୍କ ମନଜାଣି ଅନ୍ତର୍ଯ୍ୟାମୀ ବିଶ୍ୱ ଦେବତା ଏଠାରେ ଏବଂ ଆହୁରି ଏହିଭଳି ବହୁ ଗ୍ରହ ଅଛି, ସେସବୁ ଲୋକରେ – ଜନ୍ମଗ୍ରହଣ କରିବାକୁ ନିର୍ଦ୍ଧେଶ କରନ୍ତି । ଦେଖୁଚ ନା ଏଠାରେ ଜୀବଙ୍କ ବସତି କେତେ କମ୍ । ଭିଡ଼ ନାହିଁ । ଜୀବନ–ଯୁଦ୍ଧ ସରଳ ଓ ସହଜ । ସବୁ ପ୍ରକାର ଭ୍ରମ, କୁସଂସ୍କାର, ଅଜ୍ଞାନତାର ବନ୍ଧନ ଯେଉଁମାନେ ଅତିକ୍ରମ କରିଛନ୍ତି ସେମାନେ ହିଁ ଏଠାକୁ ଆସନ୍ତି ଶେଷ ଜୀବନ ନିମନ୍ତେ । ଆଉ ସ୍ଥୂଳ ଶରୀର ଗ୍ରହଣ କରିବାକୁ ହୁଏ ନାହିଁ ସେମାନଙ୍କର ଏଠାକାର ମୃତ୍ୟୁପରେ ।

– ତା ହେଲେ ପୃଥିବୀର ଲୋକେ ପୁନର୍ଜନ୍ମ ଗ୍ରହଣ କରି କେବଳ ଯେ ପୃଥିବୀକୁ ହିଁ ଫେରି ଆସିବେ ତାହା ନୁହେଁ ?

– ପୃଥିବୀ ସହିତ ମୋର ପରିଚୟ ବହୁତ କମ୍ – ତେବେ ବି ମୁଁ ଜାଣେ କୌଣସି ଜୀବାମ୍ୱା ପୁନର୍ଜନ୍ମ ସମୟରେ ସେ ଯେଉଁ ସ୍ଥୂଳ ଜଗତ୍‌ଠାରୁ ଆସିଥିଲା ସେଠାରେ ହିଁ ଜନ୍ମନେବ – ତାର କଣ ମାନେ ଅଛି !! ଅବସ୍ଥା ଅନୁସାରେ ଜୀବର ଅଗ୍ରଗତି ପଶ୍ଚାଦ୍‌ଗତି ନିର୍ଦ୍ଧିଷ୍ଟ ହୁଏ । ଯେଉଁଠାକୁ ପଠାଇଲେ ଯିଏ ଉନ୍ନତି କରିପାରିବ ତାହାକୁ ସେଠାକୁ ହିଁ ପଠାଯାଏ । ଅନନ୍ତ ଉନ୍ନତିରେ ଜୀବାତ୍ମାର ଅଧିକାର ସେହିଁ ଦେଉଛନ୍ତି । ଯିଏ ଏ ବିଶ୍ୱ ରଚନା କରିଛନ୍ତି । କିଏ ବୁଝିପାରିବ ତାଙ୍କର କରୁଣା ଓ ମୈତ୍ରୀ । ଖୁବ୍ ଉଚ୍ଚ । ଖୁବ୍ ଉଚ୍ଚ ଅବସ୍ଥାରେ ଆମ୍ୱା ନହେଲେ ବୁଝିପାରେ ନାହିଁ । ଛାୟା ଶୀତଳ ଶିଳାତଟ ଘନ ବଣରେ ଆବୃତ । ସେମାନେ ସେଠାକୁ ଆସି ବସିଛନ୍ତି । ଯତୀନ୍ ଓ ପୁଷ୍ପ ଦେଖି ଲାଗିଲେ ଏସବୁ ଗଛ ପତ୍ର ସେମାନଙ୍କର ଅଚିହ୍ନା । ପୃଥିବୀରେ ଏତେ ବଡ଼ ଏତେ ଚମତ୍କାର ତରୁ ଶ୍ରେଣୀର ସମାବେଶ କାହିଁ ? ଉଗ୍ର ଲୋଭ ଏଠାକାର ବଣକୁ ନଷ୍ଟ କରେ ନାହିଁ ବ୍ୟବସାୟରେ ଟଙ୍କା ଉପାର୍ଜନ ନିମନ୍ତେ । ବଣ ଫୁଲର ସୁଗନ୍ଧ, ଝରଣାର କଳକଳଧ୍ୱନି, ପକ୍ଷୀ–କୂଜନ, ଅବ୍ୟାହତ ଶାନ୍ତି ଆଉ ପବିତ୍ରତା – ସବୁ ମିଶାଇ ସ୍ଥାନଟି ଯେପରି ତପୋବନ ପରି ମନେ ହେଉଛି । ସେ ଯାହା କହୁଛନ୍ତି ସେହି ସାବରେ ଦେଖିଲେ ସମଗ୍ର ଗ୍ରହଟାହିଁ ତାହେଲେ ଗୋଟିଏ ସୁବିଶାଳ ତପୋବନ । ପୁଷ୍ପ ସମୟ ଜାଣି, ପୂର୍ବ ପ୍ରଶ୍ନଟି ଏଠାରେ ପୁଣି ପଚାରିଲା । କହିଲ – ଆପଣ ତାଙ୍କୁ ଦେଖୁଛନ୍ତି ପ୍ରଭୁ ?

ପଥିକ ଦେବଙ୍କ ମୁହଁ ହଠାତ୍ ସଂଭ୍ରମରେ ଓ ଭକ୍ତିରେ କୋମଳ ହୋଇ ଆସିଲା ସେ ଶିଶୁ ଭଳି ସରଳ ସ୍ୱରରେ କହିଲେ – ନା ।

– ଆପଣ ସୁଦ୍ଧା ଦେଖ ନାହାନ୍ତି ତାହାଙ୍କୁ !

ପୁଷ୍ପର ସ୍ୱରରେ ବିସ୍ମୟ ଫୁଟି ଉଠିଛି ।

– ମୁଁ ତାହାଙ୍କ ରୂପ ଦେଖୁଛି, ତାହାଙ୍କ ବିଶ୍ୱ ସୃଷ୍ଟି ମଧ୍ୟରେ। ତାହାଙ୍କୁ ଆଖିରେ ଦେଖିହୁଏ ମୁଁ ଜାଣେ। କିନ୍ତୁ ମୁ ତପସ୍ୟା କରିନି ତାହାଙ୍କୁ ସେ ଭାବରେ ପାଇବାକୁ। ମୁଁ ଭ୍ରମଣକାରୀ, ତାହାଙ୍କୁ ଦେଖୁବୁଲେ ତାଙ୍କରି ସୃଷ୍ଟ ଲୋକ ଲୋକାନ୍ତରରେ। ଭ୍ରାମ୍ୟମାଣ ଆତ୍ମା ହୋଇ ମୋର ଆନନ୍ଦ। ତେଣୁ ଅନେକେ ମୋତେ ନାସ୍ତିକ କହନ୍ତି। ଯତୀନର ହଠାତ୍ ମନେ ପଡ଼ିଲା କରୁଣା ଦେବୀଙ୍କ କଥା। ସେ ବି ଏଇପରି କହିଥ୍‌ଲେ। ପୁଷ୍ପ କହିଲା – ପ୍ରଭୁ, ଏଇ ଗ୍ରହରେ ସ୍ତ୍ରୀ ଲୋକ ଅଛନ୍ତି ?

– କାହିଁକି ନଥ୍‌ବେ ? ନାରୀ ବିଶ୍ୱ ଶକ୍ତିର ଅଂଶ। ଆସ ଦେଖ୍‌ବ। ଗ୍ରହର ଏହି ଅଂଶଟାରେ ରାତ୍ରି। ଅନ୍ୟ ଅଂଶରେ ଦିନବେଳା –ଏମାନଙ୍କ ଘର ସଂସାର ଦେଖାଇବି – ଖୁବ୍ ଶାନ୍ତ ଜୀବନ – ଯାତ୍ରା ଏମାନଙ୍କର। ବହୁ ପ୍ରବୃତ୍ତି ଓ ବାସନା ସହିତ, ବିରୁଦ୍ଧ ଶକ୍ତି ସହିତ ସଂଗ୍ରାମ କରି, ଜୟଲାଭକରି ଅଭିଜ୍ଞ ହୋଇ, ଏ ଜନ୍ମରେ ପୂର୍ବ ଜନ୍ମର ଜ୍ଞାନ ଓ ସଂଯମର ପ୍ରଭାବରେ ଏମାନେ ସମାହିତ ଓ ଆୟ୍ୟସ୍ତ ହୋଇଛନ୍ତି।

– ଏମାନଙ୍କ ସମାଜ କିପରି ? ଇଚ୍ଛା ହେଉଛି ପ୍ରଭୁ – ଜାଣନ୍ତି –

– ଏଇ ଗ୍ରହର କଥା ମୁଁ ଠିକ୍ ଜାଣିନି – ତେବେ ବିଶ୍ୱର ଏହି ଅଂଚଳରେ ଏହିପରି ବହୁତ ଗ୍ରହ ଅଛି। ସମସ୍ତ ଉଚ୍ଚସ୍ତରର ଜୀବ ଜଗତ। ଜୀବମାନଙ୍କ ମଧ୍ୟରେ ଯୁଦ୍ଧ, ରକ୍ତପାତ ନାହିଁ ଏସବୁ ଗ୍ରହମାନଙ୍କରେ। ଅତ୍ୟନ୍ତ ପରାର୍ଥପର ଏଠାକାର ମନୁଷ୍ୟ। ପର ପାଇଁ ପ୍ରାଣ ଦେବେ। ଅନେକ ଜାତି ନାହିଁ, ଭେଦ ବୁଦ୍ଧି ଅତ୍ୟନ୍ତ ଅଳ୍ପ। ସହଜରେ ଖାଦ୍ୟ ମିଳେ। ସ୍ଥୂଳଶରୀର ଧାରଣର ଉପଯୁକ୍ତ। ଆୟୁ କିନ୍ତୁ ଦୀର୍ଘ ନୁହେଁ। ଅଳ୍ପ, ସମୟ ମଧ୍ୟରେ ଅଧିକ କାମ କରିବାକୁ ହୁଏ – ତାଦ୍ୱାରା ଆଳସ୍ୟର ସ୍ଥାନ ନାହିଁ। ଅସାର ବସ୍ତୁରେ ଲୋଭ ନାହିଁ – ଯେପରି ଅତ୍ୟଧିକ ଖାଦ୍ୟ ସଂଚୟ, ବୃହତ୍ ଆବସ ଗୃହ, ଉଜ୍ଜ୍ୱଲ ପରିଚ୍ଛଦ – ମାନ – ଯଶ – ଅହଂକାର, ଅଭିମାନ।

ଯତୀନ କହିଲା – କିନ୍ତୁ ସ୍ତ୍ରୀ ଜାତି ରହିଛନ୍ତି ଯେ ପ୍ରଭୁ, ସେମାନେ ଥ୍‌ଲେ ହିଁ – ପୁଷ୍ପ ଭ୍ରୁକୁଟି କରି କହିଲା – କି କଥା ଯତୀନ ଦା ?

ଦେବତା ହସି ପିତାଙ୍କ ପରି ସସ୍ନେହରେ ପୁଷ୍ପର ପୃଷ୍ଠଦେଶ ଥାପୁଡ଼େଇ କହିଲେ – କନ୍ୟା ମନରେ ଆଘାତ ଦିଅ ନାହିଁ। ସେଠିକ୍ କହିଛି। ସେମାନେ ଥ୍‌ଲେ ହିଁ ଗୋଳମାଳ ହୁଏ ଏପରି ନୁହେଁ। ବାସନାରୁ ପାପ, ଗୋଳମାଳ। ଏଠାକାର ଜୀବ ବାସନା କ୍ଷୟ କରି ଆସିଛନ୍ତି ବହୁ ଅତୀତ ଜନ୍ମମାନଙ୍କରେ। ଏମାନଙ୍କ ନିମ୍ନସ୍ତରର ବାସନା ଜାଗିନଥାଏ। ତୀବ୍ର ଭାବରେ ଉଚ୍ଚ ଜ୍ଞାନର, ଶିକ୍ଷର, ସଂଗୀତର ସାଧନା କିମ୍ୱା ଭଗବତ୍ ସାଧନା ନେଇ ଏମାନେ ରହନ୍ତି। ଭଗବାନଙ୍କ ଜ୍ଞାନ ଅବା ପ୍ରତ୍ୟକ୍ଷଦର୍ଶନ ଏମାନଙ୍କ ମଧ୍ୟରୁ ଅନେକଙ୍କ ହୋଇଛି। ସୁତରାଂ ଯେଉଁସବୁ ପଦାର୍ଥ ଜୀବନରେ ସ୍ୱପ୍ନ

ଭଳି ଅସ୍ଥାୟୀ ଏହାର ଅସାରତା ଏମାନେ ବୁଝିଛନ୍ତି । ଅତ୍ୟନ୍ତ ସାଧୁ, ନିଷ୍କୃହ, ସରଳ ଉଚ୍ଚସ୍ତରର ଜୀବନ ଏଠାରେ – ମାନେ ଏଇସବୁ ଗ୍ରହରେ ।

ଯତୀନ୍ କହିଲା – ବାଃ କି ଚମକ୍କାର ଜୀବନ ଏଠାକାର – ଇଚ୍ଛାହୁଏ ଜନ୍ମନିଅନ୍ତି –

ଦେବତା ତା ଆଡ଼କୁ ଚାହିଁ କହିଲେ – ତୁମକୁ ଏଠାରେ ଦିନେ ଜନ୍ମ ନେବାକୁ ହେବ । କାରଣ ଏହି ସ୍ୱର୍ଗ ଲୋକ, ଯେଉଁଠାରେ ତୁମେମାନେ ଅଛ । ଏହାବି ମାୟାର ଅଧୀନ । ହୁଏତ ବହୁତ କାଳଧରି ଏଠାରେ ରହିବ । ସ୍ତରରୁ ସ୍ତରାନ୍ତରକୁ ଯିବ –କିନ୍ତୁ ସ୍ୱର୍ଗ ବି ଦୁଇଦିନର । ବ୍ରହ୍ମଚକ୍ରରେ ଜନ୍ମ-ମୃତ୍ୟୁ ଆବର୍ତ୍ତିତ ହୋଇଛି । ମଣିଷ ପୁଣି ଜନ୍ମ ଗ୍ରହଣ କରିବ, ପୁଣି ମରିବ, ପୁଣି ଜନ୍ମ ନେବ – ଯେତେଦିନ ବାସନାର ଶେଷ ନ ହୋଇଛି । ଅସତ୍ୟରୁ ସତ୍ୟକୁ ମୃତ୍ୟୁରୁ ଅମୃତକୁ, ଅନ୍ଧକାରରୁ ଜ୍ୟୋତିକୁ ନୟାଇଛି । ଭଗବାନଙ୍କୁ ଜାଣିଲେ, ଜୀବ ନିଜକୁ ଜାଣିପାରିବ – ସେତେବେଳେ – ଛୁଟି । ସ୍ଥୂଳ ଦେହରେ ଜନ୍ମ, ସାଧାରଣତଃ ଏହି ସବୁ ଗ୍ରହରେ ହୁଏ । ଏଠାରେ ଆମ୍ୟଦର୍ଶନର ଓ ସାଧନାର ସୁଯୋଗ ଓ ସମୟ ବହୁତ ବେଶୀ । ଦୟାକରି ବିଶ୍ୱର ଅଧିଦେବତା ଜ୍ଞାନୀ ଓ ମୁମୂକ୍ଷୁ ଜୀବମାନଙ୍କୁ ପୁନର୍ଜନ୍ମ ଗ୍ରହଣ କରାଇଥାଆନ୍ତି ।

– ଦେବ ଆପଣ ଘୁରି ବୁଲୁଛନ୍ତି କାହିଁକି ? ଆପଣ ଏତେ ଉଚ୍ଚ –

– ଏହି ରଜନୀର ତାରାଲୋକର ବ୍ୟାପ୍ତିରେ, ବଣ ଫୁଲର ସୁବାସ ଓ ଏହିସବୁ ଅଭୁତ ଗ୍ରହମାନଙ୍କ ନିର୍ଜନତା ଓ ବନ ବିହଙ୍ଗର କୁଜନରେ, ବିଶ୍ୱ ରହସ୍ୟର ଭିତରେ ମୁଁ ତାହାଙ୍କ ନିତ୍ୟସଙ୍ଗୀ ହୋଇ ରହିବାର ପ୍ରାର୍ଥନା ଜଣାଇଥିଲି ମନେମନେ । ସେ ଅସୀମ କରୁଣା କରି ସେ ପ୍ରାର୍ଥନା ମଞ୍ଜୁର କରିଛନ୍ତି । ଅନ୍ୟଥା ମୋର ଶକ୍ତି, ସାମର୍ଥ୍ୟ କାହିଁ ଏହି ଅଗଣିତ ଲୋକାଲୋକରେ ଭ୍ରମଣ କରିପାରନ୍ତି !! ଏହି ଶକ୍ତି ତ ସମସ୍ତଙ୍କର ହୁଏ ନାହିଁ । ମୁଁ ଦେଖୁଛି ଏହି ଭାବରେ ତାହାଙ୍କ ଲୀଳା – ସୌନ୍ଦର୍ଯ୍ୟ। ଏସବୁ ଦେଖି ଘୁରି ବୁଲିବା କାହାରି ଇଚ୍ଛା ନାହିଁ । ଏପରି ନିଶା ଆଉ କାହାରି ଦେଖି ନାହିଁ । କେବଳ ବହୁକାଳ ପୂର୍ବେ ଆଉ ଗୋଟିଏ ଆମ୍ୟାଙ୍କ ସହିତ ଦେଖା ହୋଇଥିଲା – ଦୁଇଟି ନକ୍ଷତ୍ର ବିରାଟ ସଂଘର୍ଷର ଦୃଶ୍ୟ ଦେଖୁଥିଲୁ ଦୁଇଜଣଯାକ – ସେଠାରୁ ତୃତୀୟ ଗୋଟିଏ ପ୍ରଜ୍ୱଳନ୍ତ ତାରକାର ସୃଷ୍ଟି ହେଲା । ଓଃ ସେ ସବୁ ଦୃଶ୍ୟ ତୁମମାନଙ୍କ ସହିପାରିବା ଶକ୍ତିର ଅତୀତ । ମୋତେ ସେ ଭ୍ରମଣର ଶକ୍ତି ଦେଉଛନ୍ତି ସୁବର୍ଣ୍ଣ ପରି ବିରାଟ ପକ୍ଷୀ/ଦେଇଛନ୍ତି ଲୋକ ଲୋକାନ୍ତରରେ ଉଡ଼ିବାକୁ – ଏହା ମୋର ତାଙ୍କ ନିକଟରେ ଉପାସନା । ତାହାଙ୍କର ଜୟହେଉ ।

ପୁଷ୍ପ ହଠାତ୍ ଆଣ୍ଠୁମାଡ଼ି ବସି ପଡ଼ିଲା । ତା ଦେଖାଦେଖି ଯତୀନ ବି । ଏଇ

ମନୋରମ ଜଗତର ନୈଶ ସୌନ୍ଦର୍ଯ୍ୟ ମଧରେ ଉଚ୍ଚସ୍ତରର ଏହି ପଥିକ ଦେବତାଙ୍କ ବାଣୀ ସ୍ୱୟଂ ଭଗବାନଙ୍କ ପ୍ରତିନିଧିଙ୍କ ବାଣୀ ବୋଲି ମନେହେଲା ତାଙ୍କ ମନରେ ହଠାତ୍। ସୁସ୍ପଷ୍ଟ ସତ୍ୟ ବାଣୀ – ଚନ୍ଦ୍ର ଅସ୍ତମିତ ହେଲେ, ବାଦ୍ୟ ଶାନ୍ତ ହେଲେ, ପୃଥିବୀର ଋଷି ଯାଜ୍ଞବାଳ୍କ୍ୟଙ୍କ ଆଶ୍ରମରେ ଯେପରି ଦିନେ ବାଣୀ ଉଚ୍ଚାରିତ ହୋଇଥିଲା। ପୁଷ୍ପ ମୁଣ୍ଡ ନୁଆଇଁ କହିଲା – ଆଶୀର୍ବାଦ କରନ୍ତୁ ଦେବ – ତା'ର ଅଶ୍ରୁପ୍ଲାବିତ ଆଖି ଦୁଇଟି ନୂତନ ଗ୍ରହର ମାଟି ଉପରେ ଆବଦ୍ଧ ରହିଲା।

ଦେବତା କହିଲେ – ଆଶୀର୍ବାଦ କରୁଛି ଝିଅ, ତୁମେ ମୋ ଅପେକ୍ଷା ଅନେକ ଉଚ୍ଚସ୍ତରର ଦେବ–ସାକ୍ଷାତ୍ ଲାଭ କରିବ। ମୁଁ ପରିବ୍ରାଜକ ମାତ୍ର। ସତ୍ୟାନୁଭବ ଜ୍ଞାନୀଙ୍କ ଦର୍ଶନ ପାଇବ। ତେବେ, ତୁମ ଭାଗ୍ୟରେ ଏବେସୁଦ୍ଧା ଅନେକ ସଂଗ୍ରାମ ରହିଛି। କିନ୍ତୁ ତୁମେ ବିଶ୍ୱଦେବଙ୍କ କରୁଣା ଲାଭ କରିବ। ମୁଁ ଯେଉଁମାନଙ୍କ ପଦସ୍ପର୍ଶ କରିବାକୁ ଯୋଗ୍ୟ ନୁହେଁ, ଏଭଳି ଆପ୍ତାଙ୍କ ଦର୍ଶନ ପାଇ ଧନ୍ୟ ହେବ।

ଏପରି ସମୟରେ ରାତି ପାହି ପ୍ରଭାତ ହୋଇ ଆସିଲା ସେଠାକାର ବଣ ମଧରେ। ଆକାଶର ନକ୍ଷତ୍ର ରାଜି ମ୍ଲାନ ହୋଇ ଆସିଲା – ସାଥୀ ତାରାର ନୀଳ ଜ୍ୟୋସ୍ନା ମିଳାଇଯାଇ ଅସ୍ପଷ୍ଟ ହୋଇ ଆସିଲା। ପକ୍ଷୀ କୂଜନ ଜାଗି ଉଠିଲା ବନଭୂମି ମଧରେ।

ପୁଷ୍ପ ଭାବୁଥିଲା, କେଉଁ ଏକ ସୁଦୂର ଜନ୍ମାନ୍ତରରେ ଏହି ଗ୍ରହଲୋକରେ ଯଦି ସେ ଜନ୍ମ ନିଏ, ସାଥୀ ତାରାର ନୀଳ ଜ୍ୟୋସ୍ନାରେ, ଏହାର ଶୈଳାରଣ୍ୟରେ, ଉପତ୍ୟକାରେ, ଗିରିସାନୁଦେଶେ, ଶାନ୍ତି ଉପତ୍ୟକାରେ ସେ ହାତଧରାଧରି କରି ଘୁରି ବୁଲିବ ଯତୀନଦା ସହିତ। ଉଭୟେ ମିଶି ଭଗବାନଙ୍କୁ ଉପାସନା କରିବେ। ସାରା ଜୀବନ ଏହି ତପୋବନ ସମ ଗ୍ରହଲୋକର ପବିତ୍ର ଆଶ୍ରୟରେ କୌଣସି ଗିରି ନିର୍ଝରିଣୀ କୂଲରେ କୁଟୀର ବାନ୍ଧି। ଜଗତର ବିଶାଳ ପଥରେ ଘୁରି ଘୁରି କେବେ ଏଠାରେ ଆସି ହୁଏତ ପଡ଼ିବାକୁ ହେବ ତାହା କିଏ ଜାଣିବ ? ମହାପୁରୁଷଙ୍କ ଆଶୀର୍ବାଦ ଅନ୍ୟଥା ହେବ ନାହିଁ।

ଦେବତା କହିଲେ – ଚାଲ, ଏବେ ଲୋକେ ଜାଗି ଯିବେ। ଏମାନେ ଆମମାନଙ୍କୁ ହୁଏତ ଦେଖିପାରିବେ – ଏମାନଙ୍କ କ୍ଷମତା ଅଧିକ। ତୁମମାନଙ୍କୁ ତ ନିଶ୍ଚୟ ଦେଖିପାରିବେ। ତା ଆଗରୁ ଘୁଞ୍ଚିଯିବା ଚାଲ।

ସେମାନଙ୍କ ବୁଢ଼ା ଶିବତଲା ଘାଟରେ ପହଞ୍ଚାଇ ଦେଇ ପଥିକ ଦେବତା ପୁଷ୍ପର ଆଖିଲୁହ ଭିତରେ ଅଦୃଶ୍ୟ ହେଲେ। ତା'ରି ଅନୁନୟ ଆଉ ଅନୁରୋଧର ଉତ୍ତରରେ କହିଗଲେ, ସମୟ ଆସିଲେ ପୁଣି ଦର୍ଶନ ଦେବେ।

(୧୭)

ବୁଢ଼ା ଶିବତଲା ଘାଟରେ ଆଜି ଦୀପାବଳୀ ଅମାବାସ୍ୟା। ଅପର ପାଖ ହାଲିସହର ଶ୍ୟାମାସୁନ୍ଦରୀ ଘାଟରେଥିବା ମନ୍ଦିରମାନଙ୍କରେ, ଛାତମାନଙ୍କରେ ପ୍ରଦୀପ ଜାଳିଛନ୍ତି ଝିଅମାନେ। ଏମାନଙ୍କ ପ୍ରାଚୀନ ଘାଟରେ ପୁଷ୍ପ ନିଜ ହାତରେ ଛୋଟଛୋଟ ମାଟିର ପ୍ରଦୀପ ଜାଳିଛି। ଗଙ୍ଗା ବକ୍ଷରେ ଅନ୍ଧକାର। ଗୋଟିଏ ଦୁଇଟି ନୌକାର କ୍ଷୀଣ ଆଲୁଅ ଦେଖାଯାଉଛି – ଛପ୍ ଛପ୍ ଆହୁଲାର ଶବ୍ଦ ବି ଶୁଣାଯାଉଛି।

ପୁଷ୍ପ କହିଲା – ଆସ ଯତୀନ ଦା, ଆମେ ଆମ ପିଲାବେଳେ କଥା ଭାବିବା ବସିକରି ମନେ ପଡ଼ୁଛି କେଉଟା ସାଗଜିର ଦିନ ? ମୁଁ ଦୀପ ଜାଳୁଛି, ତୁମେ ଗୋଟିଏ ପଇସାର କୁତୋ ଗଜା କିଣି ଆଣିଲ –

– କୁତୋ ଗଜା ନା ଦିବେ ଗଜା –

– ନା, କୁତୋ ଗଜା। ଠିକ୍‍ମନେ ଅଛି ଗୁଡ଼ିଆ ବୁଢ଼ୀର ଦୋକାନରୁ। ନିତାଇର ଆଇମା ! ମେନ ଅଛି। ମନେ ପଡ଼ୁଛି ?

– ହଁ ବେଶ୍ ମନେପଡ଼ୁଛି। ବରଗଛ ତଳେ ଦୋକାନ ଥିଲା। ଆହା ! ସେ କେତେ କାଳ ହେଲା ମରି ଏଠାକୁ ଆସିଛି। ତାକୁ କେବେବି ତ ଦେଖିନି।

– ତାପରେ ସେଦିନ ଦୁହେଁ ଯାକ ମାଡ଼ ଖାଇଲୁଁ ଘରକୁ ଫେରି। ଏତେରାତି ଯାଏଁ ତୁମେ ଆଉ ମୁଁ ଘାଟରେ ବସିଥିଲୁଁ ଦୀପଜାଳିବାପରେ। ମନେ ପଡ଼ୁଛି ଯତୀନଦା ?

– ଠିକ୍ ମନେ ଅଛି। ମୁଁ ମାଡ଼ ଖାଇନି। ମାଉସୀ ତୋତେ ମାରିଲେ। ମୁଁ ବରଂ ଉଉର କୋଠାରେ – ଯତୀନ୍ ହଠାତ୍ ଉଠି ଠିଆ ହେଲା – କହିଲା – ପୁଷ୍ପ ମୁଁ ଏକ୍ଷଣି କଲିକତାକୁ ଯିବି –

ପୁଷ୍ପ ବିସ୍ମିତ ହୋଇ କହିଲା – କାହିଁକି ?

– ତୋର ଭାଉଜର କିଛି କଣ ହୋଇଛି। ଗୋଟିଏ ଆର୍ତ୍ତନାଦ ଶୁଣିଲି ତା କଣ୍ଠରେ। ଦେଖି ଆସେ। – ପୁଷ୍ପ ସତ କହୁଛି। ସେ ମୋତେ ଶାନ୍ତିରେ ରଖାଇ ଦେଲାନି। ତୁ ଯେତେବି ଚେଷ୍ଟା କର। ମୋ ଭାଗ୍ୟ ତାସଙ୍ଗେ ବନ୍ଧା – ମୁଁ ଚାଲିଲି।

– ବାଃ, ମୁ ଏଠାରେ ବସି ରହିବି ଭାବୁଛ। ଠିଆ ହୁଅ।

ମନେ ମନେ ପୁଷ୍ପ ବଡ଼ ହତାଶ ହେଲା। ତା ନିଜର ବି କଣ ହେଉଛି। କିଛି ବି ଭଲ ବାଟ ଦିଶୁ ନାହିଁ ? ସବୁବେଳେ କାନ୍ତୁ ଉପରେ କେଉଁ ବୀଭସ୍ସ କଙ୍କାଳମୂର୍ତ୍ତି ଉଙ୍କିମାରୁଛି। ଅମଙ୍ଗଳର ଚାହାଁଣୀ। ସବୁ ପୋଡ଼ିନାରଖାର ହୋଇଯାଉଛି। ଏତେ କଷ୍ଟ କରି ଆଜି ସେ ଦୀପାବଳୀ ଅମାବାସ୍ୟା ସନ୍ଧ୍ୟାକୁ ପ୍ରାଣପଣେ ସଜେଇଲା–ସବୁ ବୃଥା !!

ଓହ୍ଲାଇବା ବେଳେ ପୁଷ୍ପ କହିଲା – କଲିକତାକୁ ମୁଁ ଆସି ପାରେ ନା, କଷ୍ଟ

ହୁଏ। ଉଃ ଦେଖ୍ଛ କିପରି କଳାକଳା କୁୟାଶା ଭଳି ଜିନିଷ। ମନୁଷ୍ୟର ଅର୍ଥ ଲୋଭ ବିଳାସିତା – ନାନା ଧରଣର ଖରାପ ଚିନ୍ତା, ସବୁଠାରୁ ବେଶୀ – ଲୋଭ ଏସବୁ ମିଶି ଏପରି କଳା କଳା କୁୟାଶା ସୃଷ୍ଟି କରିଛି। ଏଭିତରେ ଦେଇ ଯିବାରେ ନିଶ୍ୱାସ ବନ୍ଦହୋଇ ଯିବାପରି ହୁଏ। ସବୁ ବଡ଼ ସହରମାନଙ୍କରେ ଏପରି ଦେଖୁଛି। ଏଠାରେ ମଣିଷ ସମସ୍ତ ଭୁଲି ଖାଲି ଭୋଗ ବିଳାସରେ ବ୍ୟସ୍ତ।

ସେହି ବସାଘର – ଯତୀନ ଏହା ଆଗରୁ ଦୁଇଥର ଲୁଚି କରି ଆସି ଆଶାକୁ ଦେଖ୍ ଯାଇଥିଲା। ପୁଷ୍ପ ତାହା ଜାଣିବି କିଛି କହି ନଥିଲା। ଯତୀନ ମନେମନେ ଭାବେ ପୋଡ଼ା ମୁହିଁ ପୁଷ୍ପକୁ ଲୁଚାଇ କିଛି ହେଲେ କଣ କରି ହେଉଛି !! ଯତୀନଦାର ବୟସ ହୋଇଛି ସତ କିନ୍ତୁ ପିଲାଳିଆମି ଯାଇନି।

ଆଶାର ଅବସ୍ଥା ଭଲ ନୁହେଁ। ନେତ୍ୟ ନାରାୟଣ ଆଜିକୁ ଚାରି ପାଞ୍ଚ ମାସ ହେଲା ତାହାକୁ ଛାଡ଼ି, ଦେଶକୁ ଯାଇଛି। ନିଜଗାଁକୁ ଯାଇ ସେ ସୁନାରୀ ଦୋକାନ ଖୋଲିଛି – କିନ୍ତୁ ଆଶା ଫେରିଯିବା ବାଟ ବନ୍ଦ। ଘରବାଲିର ଦୟାରୁ ଆଉ ହାତର ଦୁଇଯୋଡ଼ା ସୁନା ଚୂଡ଼ି ବିକ୍ରି ଟଙ୍କାରେ ଏତେଦିନଯାଏ ଯାହେଉ ଚଳିଲା। କିନ୍ତୁ ତା ଭିତରେ ଘରବାଲୀ ନାନା ପ୍ରକାର ଉପାର୍ଜନାର ଇଙ୍ଗିତ କରିଛି। ଗୋଟିଏ ମାରୁଓ୍ୱାଡ଼ୀ ଲୁହାବାଲା ତାହାକୁ ଦେଖୁଛି ଦୁଇ ତାଲା ଛାତ ଉପରୁ। ଆଶା ଯେତେବେଲେ ତାହାଙ୍କ ବସାର ତିନିତାଲା ଛାତ ଉପରକୁ କପଡ଼ା ଶୁଖାଇବାକୁ ଯାଇଥିଲା। ବେଲଘର ନା ସୋଦପୁରରେ ତା'ର ବଗିଚାଘର। ବଡ଼ ଭାରି ବଗିଚା – ଇତ୍ୟାଦି।

ତାହାକୁ ସଦୁପଦେଶ ଦେଇଛନ୍ତି – ଏ ଇତ ବୟସ ସବୁ ଚାଲି ଯାଇଛି ଗୋ – ଆଉ ଦୁଇଟି ବର୍ଷ ! ତା ପରେ କେହି ଲେଉଟି ଚାହିଁବ ? ନା ବାବା !! କଥାରେ ଅଛି ଝିଅପିଲାର ବୟସ ଆଉ ସମୁଦ୍ର ଜୁଆରର ପାଣି ! ହଁ ଗର୍ବ କରିବା କଥାଥିଲା ଯଦି ସ୍ୱାମୀ-ପୁତ୍ର ଥାଆନ୍ତେ। ନିଜ ଚେହେରା ଖଣ୍ଡିକ ଆଇନାରେ ଦେଖୁଛୁ ଥରେ ?

ଆଶା ଏକାକୀ ଘର ଭିତରେ ଛିଣ୍ଡା ମସିଣାରେ ଶୋଇଛି – ତା ମନରେ ଯେଉଁ ନିରାଶାର ଅନ୍ଧକାର ଛାଇଛି, କୌଣସି ଦିନ ତାହା ଫୁଟିବାର ସମ୍ଭାବନା ଅଛିଟିକି ? ହାତର ପଇସା ସରିଛି। ଆଉ ବେଶୀ ହେଲେ ଦଶଟା ଦିନ। ତାପରେ ?

କଲିକତାର ଗଭୀର ରାତ୍ରି। ଆଶା ଏବେସୁଦ୍ଧା ଶୋଇ ନାହିଁ–ଦୁର୍ଷିନ୍ତା ହେତୁ ଆଖିରେ ନିଦ ନାହିଁ।

ଯତୀନ ଆକୁଲ ହୋଇ ତା'ର ମୁଣ୍ଡ ପାଖରେ ବସି ଡାକିଲା – ଆଶା, ଆଶା, ଲକ୍ଷ୍ମୀଟି –ମୁଁ ଆସିଛି ଆଶା –

ପୁଷ୍ପ ବି ପାଖରେ ବସିଲା। ପୁଷ୍ପ ଯେଉଁ ଭବିଷ୍ୟତ ଦେଖୁଛି ଯତୀନର ତାହା

ଦେଖିବା ଶକ୍ତି ନାହିଁ। ପୁଷ୍ପ ବହୁତ ଦୁଃଖିତ ହେଲା। କର୍ମର ଅଚ୍ଛେଦ୍ୟ ବନ୍ଧନରେ ଆଶା ଭାଉଜ ସହିତ ଯତୀନଦାର ଗଣ୍ଠିଛଡ଼ା ବକ୍ର ବନ୍ଧନରେ ବନ୍ଧା। ଦୁଃଖ ହୁଏ, କିନ୍ତୁ ସେ ଜାଣେ। କିଛି କରି ପାରିବା ସମ୍ଭବ ନୁହେଁ। ସେ ଏଠାରେ ଗାଡ଼ି ? ପଞ୍ଚମ ଚକ ଭଳି ଅନାବଶ୍ୟକ। ସେ ନଥିଲେ ବି କର୍ମର ରଥ ଠିକ୍ ଚାଲିବ।

ଯତୀନ୍ କହିଲା – ପୁଷ୍ପ ମୋତେ ସାହାଯ୍ୟ କର –

– ଭାବୁଛି।

– କଣ ଭାବୁଛ ?

– ଭାବୁଛି ତୁମ ଅଦୃଷ୍ଟ ଯତୀନଦା –

– ଏବେ କଣ ଠଟ୍ଟା, ବ୍ୟଙ୍ଗ କରିବା ସମୟ ପୁଷ୍ପ ?

ହାୟ ! ସେ ଯାହା କରିବାକୁ ଚାହୁଁଛି, ଯତୀନଦାକୁ ତାହା କେହି ବୁଝାଇଦେଇ ପାରନ୍ତା ! ଯତୀନଦା ତାହାକୁ ଚିରଦିନ ଭୁଲ ବୁଝି ଆସିଛନ୍ତି। ଏବେବି ଭୁଲ ବୁଝିବେ ସେ ଜାଣେ। କିନ୍ତୁ କଣ କରିବ ସେ ? ଏହା ତାହାର ବି ଅଦୃଷ୍ଟ ଲିଖନ।

ପୁଷ୍ପ ଦୁଃଖିତ ହୋଇ କହିଲା – ନା, ମୁଁ ବ୍ୟଙ୍ଗ କରୁନି। ମୁଁ କହିଲେ ବି ତୁମେ ମୋ କଥା ବୁଝିପାରିବନି। ଆଶା ଭାଉଜଙ୍କ ଏହି ଅବସ୍ଥା ଦେଖ – ମୁଁ ଠିଆପିଲା – ମୋର କଷ୍ଟ ହେଉ ନାହିଁ ଭାବୁଛ ? କିନ୍ତୁ କିଛି ବି ସାହାଯ୍ୟ କରିପାରିବ ନାହିଁ ତୁମେ, ମୁଁ। ଆଶା ଭାଉଜଙ୍କ କର୍ମଫଳ। ଜଣେମାତ୍ର ଭଗବାନ। ସେ ଯଦି ବନ୍ଧନ ଛିଣ୍ଡାଇବେ ତେବେ ଅବା କଟିବ। ତୁମ, ମୋ ଦ୍ୱାରା ହେବ ନାହିଁ।

– ଏହି ଭଳି ଅବସ୍ଥାରେ ପକାଇଦେଇ ଯିବା କିପରି ? ତୁମ ଭାଉଜକୁ କହ ପୁଷ୍ପ ତାହା କଣ ପାରିବା ? ଯତୀନ୍‌ର କାତର କଥାରେ ପୁଷ୍ପର ଆଖି ଦୁଇଟି ଲୁହରେ ଭରିଗଲା। ଆଶା ଲତାର ଦୁରବସ୍ଥା ଲାଗି ନୁହେଁ। ଅନ୍ୟ କାରଣରୁ। ସେ କହିଲା – ପୃଥିବୀରେ ଥିଲେ ଉପକାର କରି ହୁଅନ୍ତା। ଏ ଅବସ୍ଥାରେ ମୁଁ ତ କିଛି ଉପାୟ ଖୋଜି ପାଉନି। ଆଛା –ଦେଖେଁ – ଟିକିଏ ଭାବିବାକୁ ଦିଅ –

ପୁଷ୍ପ ଟିକିଏ ପରେ କହିଲା – ଏଠାରେ ରହ ନାହିଁ। ଚାଲ ଯତୀନଦା। ଏଠାରୁ ଯିବାକୁ ପଡ଼ିବ। ନହେଲେ ତୁମର ବିପଦ ଆସନ୍ନ।

ଯତୀନ୍ କହିଲା – ତୁମେ ବହୁତ ଭୟ ଦେଖାଅ ପୁଷ୍ପ। ଚାଲ କରୁଣାଦେବୀଙ୍କ ପାଖକୁ ଯିବା ତାହାଙ୍କୁ ସବୁ କହିବା।

– କହିବ କ'ଣ, ସେ ଅନ୍ତରର କଥା ଜାଣି ପାରନ୍ତି। ସେମାନେ ହେଲେ ଉଚ୍ଚ ସ୍ୱର୍ଗର ଦେବ–ଦେବୀ। ତାଙ୍କୁ ସ୍ମରଣ କରିବା ମାତ୍ରେ ବୁଝିପାରନ୍ତି। କିନ୍ତୁ ଯଥାର୍ଥ ସମୟ

ନେହେଲେ ଆସନ୍ତି ନାହିଁ । ବୃଥାରେ ଦେଖା ଦିଅନ୍ତି ନାହିଁ । ତା' ଛଡ଼ା କଲିକତାର ଏହି ଶ୍ରୀହୀନ ପଡ଼ାକୁ ତାହାଙ୍କୁ ଆଣି ଏହା ସଙ୍ଗେ ଯୋଡ଼ିବାକୁ ମୁଁ ଚାହେଁ ନି ।

ରାତିସାରା ଯତୀନ ଓ ପୁଷ୍ପ ଆଶାର ମୁଣ୍ଡ ପାଖରେ ବସି ରହିଲେ । ପାଖ ଘରର ଗୋଟିଏ ଖୋଲା ଝରକା ଦେଖାଇ କହିଲା – ଦେଖ ଯତୀନଦା । ସେଠାରେ କଣ କରୁଛନ୍ତି ସେମାନେ ? ଦେଖ ଆସନା ?

– କଣ ?

– ତୁମେ ଯାଇ ଦେଖ୍ଆସ । ଏପରି ସ୍ଥାନକୁ ମୁଁ ଯିବି ନାହିଁ । ମୋର ଶ୍ୱାସରୁଦ୍ଧ ହୋଇଥାଏ ।

ଯତୀନର କୌତୁହଲ ହେଲା, ସେ ଯାଇ ଦେଖିଲା, କେତେ ଜଣ ଭଦ୍ରଲୋକ । ପୋଷାକ ପତ୍ରରୁ ବେଶ୍ ଅବସ୍ଥା ସମ୍ପନ୍ନ ବୋଲି ମନେ ହୁଏ ।

– ଗୋଟିଏ ଘରେ ବସି ତାସର ଜୁଆ ଖେଳୁଛନ୍ତି । ପାଖ ଟେବୁଲ୍‌ରେ ଗୋଟିଏ ବୋତଲ୍‌, ତେତୋଟି ଗ୍ଲାସ– ଗୋଟିଏ ଟିଣ ସିଗାରେଟ୍‌, ଦୁଇ ଚାରିଟି ଖାଲି ଚା କପ୍‌, ଡିଶ୍ – ଗୋଟିଏ ବଡ଼ପ୍ଲେଟ୍‌, କିଛି ଅଧାଖିଆ ପରଟା ଓ ଅନ୍ୟ ଗୋଟିଏ ପାତ୍ରରେ କିଛି ଡାଲବୁଟ୍‌, ସିଗାରେଟ୍‌ର ଝୁଲା ଖାଇ ଓ ଡାଲବୁଟ ଘର ତଲେ ପଡ଼ିଥିବା ଦାମୀ କାର୍ପେଟ୍‌ ଉପରେ ଇତସ୍ତତ ପଡ଼ିଛି । ଯଦିଓ ସିଗାରେଟ୍‌ ଖାଇ ଝାଡ଼ିବା ପାତ୍ର ଟେବୁଲ୍ ଉପରେ ରହିଛି; କିନ୍ତୁ ଅଧ ପୋଡ଼ା ସିଗାରେଟ୍‌ ଓ ତା'ର ଖାରରେ ପାତ୍ରଟି ଭର୍ତ୍ତି । ସେମାନେ ଛୋଟ ଛୋଟ ତକିଆ ପାଖରେ ରଖ୍ ଗୋଟିଏ ଲୟରେ ଖେଳିଚାଲିଛନ୍ତି । ବିଛଣା ପାଖରେ ଦଶଟଙ୍କିଆ ନୋଟ୍ ରାଶି ରାଶି ରହିଛି । ଦଶଟଙ୍କିଆ ନୋଟ୍ ସବୁ ଗୋଟିଏ ଉପରେ ଗୋଟିଏ ସଜ୍ଜାଇ ରଖା ହୋଇଛି । ତା'ଉପରେ ଗୋଟିଏ ଲେଖାଁ ପେପରଓ୍ୱେଟ୍ ରଖାଯାଇଛି । ସେମାନେ ସମୟ ସମୟରେ ବୋତଲରୁ ମଦ ଢାଲି ପିଉଛନ୍ତି, ସିଗାରେଟ୍ ଧରାଉଛନ୍ତି । ମଝିରେ ମଝିରେ ଗୋଟିଏ କାଗଜରେ ପେନ୍‌ସିଲ୍ ନେଇ ହାରିବା ଜିଣିବା ହିସାବ ରଖୁଛନ୍ତି । ସେମାନଙ୍କ ମଧରୁ ଜଣକର ବୟସ ପଚାଶ ଡେଢ଼ାଁଲାଣି । ଦେଖିଲେ ଜଣା ପଡ଼େ ମୁଣ୍ଡବାଲ କଲାଥିବା ବାହାର କରିବା କଠିନ । ଫୁଲ୍ ଫୋର୍ସରେ ମୁଣ୍ଡ ଉପରେ ଇଲେକ୍‌ଟ୍ରିକ୍ ପଙ୍ଖା ଘୁର୍‌ଛି । କାନ୍ତୁ ଘଡ଼ିଟାରେ ରାତିର ଦେଢ଼ଟା ହେବ । ଜଣେ ଡାକିଲା – ପ୍ରମିଲା, ଟୁସୁ ଖାଇବାକୁ ଦେଇଯାଅ ।

ଦୁଇତିନିଥର ଡାକିବାପରେ ଗୋଟିଏ ସୁନ୍ଦରୀ ସ୍ତ୍ରୀ ନିଜ ଢଳଢଳ ଆଖିରେ ଗୋଟିଏ ବଡ଼ପ୍ଲେଟ୍‌ରେ କେତେଗୁଡ଼ିଏ କାଟ୍‌ଲେଟ୍ ଆଣି ଟେବୁଲ୍ ଉପରେ ରଖ୍ କହିଲା – ନିଅସବୁ – ରାତି କମ୍ ହୋଇନି । ମୋତେ ନିଦ ହେଉଛି – କାଲି ପୁଣି ହାସ୍‌ପାତାଲରେ ଡିଉଟି କରିବାକୁ ହେବ ସକାଲରୁ ।

ଜଣେ କହିଲା – ସୋଡ଼ା ସରିଗଲାଣି – ଟୁସୁ। ଲକ୍ଷ୍ମୀଟି, ଗୋଟିଏ ସୋଡ଼ା ଆମକୁ ଯଦି ଦେଇଯାଅ।

ଆଉ ଜଣେ କହିଲା – ଆଉ କିଛିଟା ପାନବିଡ଼ା। ସୁନ୍ଦରୀ ଝିଅଟି ଘର ଆଲୋକିତ କରୁଛି। ତା'ର ବହୁ ଦାମୀ ସିଲ୍କଶାଢ଼ି, ବ୍ଲାଉଜ, ବେକରେ ନେକ୍ଲେସ୍ ଚିକ୍‌ଚିକ୍ କରୁଛି। ଯାଉଁଯାଉଁ ତାଚ୍ଛଲ୍ୟ କରି କହିଲା – ପାରିବିନି ଏତେ ରାତିରେ ପାନଭାଙ୍ଗି।

ପଚାଶ ବର୍ଷର ଉଦ୍ଧ୍ୱାର୍ଷ ଲୋକଟି କପଟ ମିନତି କରି କହିଲା – ମୋର ଦୁଇଟାୟାକ ହାତବନ୍ଦ ମୁହଁର ସିଗାରେଟ୍‌ଟାରେ ଯଦି ନିଆଁ ଧରାଇ ଦେଇଯାଆନ୍ତ ଟୁସୁ –

ଯତୀନ ସେଠାରେ ଆଉ ଠିଆ ହୋଇନଥିଲା। ପୁଷ୍ପକୁ ଆସି କହିଲା–ତାସ ଖେଳୁଛନ୍ତି। ତାସ୍‌ର ଜୁଆ ଟଙ୍କା ଜିତୁଛନ୍ତି।

ପୁଷ୍ପ କହିଲା – ଥରେ ଝରକାରୁ ଦେଖୁ ଆସିଛି। ସେମାନେ ଅବସ୍ଥାପନ୍ନ ଭଦ୍ରଲୋକ – ଦେଖୁ ମନେହୁଏ ତାଙ୍କର ଟଙ୍କା ପାଇଁ ଚିନ୍ତା ନାହିଁ – ଅଥଚ ଟଙ୍କାର ଏପରି ନିଶା ?

– ତୁମେ ସେ ସବୁ ବୁଝିବ ନାହିଁ ପୁଷ୍ପ, ଟଙ୍କାର ନିଶା ନୁହେଁ ଜୁଆର ନିଶା –

– ହଁ ତାହାହେଲା ଯେ ସେ ଝିଅଟି କିଏ

– ଝିଅଟି ଟୁସୁ, ଭଲ ନାମ ତା'ର ପ୍ରମିଳା –

ପୁଷ୍ପ ହସି କହିଲା – ଜାଣିଲି ଯେ, ସେମାନଙ୍କର କ'ଣ ହୁଏ ? ଏ ଘରେ ତାର କଣ ସମ୍ପର୍କ।

ଯତୀନ କିଛି କହିନଥିଲା। ସରଳା ପୁଷ୍ପ ଏତେକଥା ସଂସାରର ଜାଣେନା। ତା'ର ନିଷ୍ପାପମନରେ – କଣ ଦରକାର ?

ପୁଷ୍ପ ନିଜ ମନେମନେ ଯେପରି କହିଲା – କିନ୍ତୁ ସେଇ ବୃଦ୍ଧ ଲୋକଟି ତା ଭିତରେ କାହିଁକି ? ତାକୁ ଦେଖୁ କଷ୍ଟ ହୁଏ। ଏବେବି ଭୋଗର ନିଶା ଏତେ !! ପରକାଲ ଲାଗି ଚିନ୍ତା କରିବା ଆଜି ସୁଦ୍ଧା ବି ତାର ହୋଇନି ?

– ତୁମ ପରି ସମସ୍ତେ ହେବେ ? ଛାଡ଼ ସେ ସବୁ, ବାଜେ କଥା କହନା।

ପୁଷ୍ପ ଦୁଃଖୁତ ହୋଇ କହିଲା – ମୋର ବାପାଙ୍କ ଭଲି ଦେଖୁବାରେ। ସତରେ କଷ୍ଟ ହେଲା। ଭଗବାନଙ୍କ ଆଡ଼କୁ ମନଦେବା ବୟସ ତା'ର ଯେ ପାରିହୋଇଯାଉଛି !

– ତୁମର ସେଠାରେ କଣ ଅଛି, ବଡ଼ ବହୁତ ବାଜେ କଥା ତୁମର ପୁଷ୍ପ –

– ଆଶା ଭାଉଜ ଶୋଇ ପଡ଼ିଛନ୍ତି।

– ତାର କଣ ହେବ ପୁଷ୍ପ ? ସତ କହ ! ତୁମେ ମୋଠାରୁ ଅନେକ ଅଧିକ ଜାଣିପାର ।

– ଜାଣିପାରେ କିଏ କହିଲା ?

– ମୁଁ ସବୁ ଜାଣେ

ପୁଷ୍ପ ଗମ୍ଭୀର ହୋଇ କହିଲା – କେହି କିଛି ନୁହନ୍ତି । ମନୁଷ୍ୟର ମିଥ୍ୟା ଅଭିମାନ । ସେ ଯାହା କରିବେ, ତାହାହିଁ ହେବ । ତାହାଙ୍କ ପାଖରେ ଚାଲ ଦୁହେଁ ପ୍ରାର୍ଥନା କରିବା ।

– ଏଠାରେ ?

– ଏହିଠାରେ ହିଁ । ତାହାଙ୍କ ନାମରେ ସବୁ ପବିତ୍ର ହୋଇଯିବ । ସେ କ'ଣ ଏଠାରେ ନାହାନ୍ତି ? କିଏ କହେ ନାହାନ୍ତି । ସେ ତାହାଙ୍କ ଅସୀମ ଦୟା ଓ କରୁଣାରୁ ଏଇ ହତଭାଗିନୀ ଆଶା ଭାଉଜଙ୍କର ମଙ୍ଗଳ କରନ୍ତୁ ।

କରୁଣା ଦେବୀଙ୍କ ବିନା ସାହାଯ୍ୟରେ ଆଜିକାଲି ପୁଷ୍ପ ମହଲୋକର ସବୁସ୍ଥାନକୁ ଯାଇପାରେ । ଏପରିକି ଆହୁରି ଉର୍ଦ୍ଧତର ଲୋକକୁ ସୁଦ୍ଧା । ଯତୀନକୁ ଏତେ ଉଚ୍ଚସ୍ତରକୁ କୌଣସି ଉଚ୍ଚ ଶକ୍ତିମାନ୍ ଆତ୍ମାଙ୍କ ବିନା ସାହାଯ୍ୟରେ ନେଇଯିବା ସମ୍ଭବ ନୁହେଁ ବୋଲି ପୁଷ୍ପ ଅନିଚ୍ଛା ସତ୍ତ୍ୱେ ବି ଏକାକୀ ମର୍ତ୍ତରେ ମର୍ତ୍ତରେ ଯାଇଥାଏ । ସେ କୁହେ ସେଠାରେ ସେ ଅନେକ କିଛି ଦେଖେ, ବୁଝେ ଓ ଶିକ୍ଷାକରେ । ଅନେକ ଭଲଭଲ ଆତ୍ମାଙ୍କ ସଂସ୍ପର୍ଶରେ ଆସି ମାନସିକ ଆଉ ଆତ୍ମିକ ଶକ୍ତିର ପ୍ରସାର ହୁଏ ।

ସେଦିନ ଯତୀନ ଛାଡ଼ିଲା ନାହିଁ । କହିଲା – ମୁଁ ଯଦି ଉଚ୍ଚସ୍ତରରେ ସଂଜ୍ଞା ହରାଇ ବସିବି – ତୁମେ ସେଠାରେ ମୋତେ ପକାଇଦେଇ ଯାଅ । ଯେତେଦୂର ଜ୍ଞାନଥିବ ସେତେଦୂରକୁ ଘେନି ଯାଅନା ? ମୁଁ ବି ବୁଲାବୁଲିକରି ଦେଖିବାକୁ, ଜାଣିବାକୁ ଭଲପାଏ ନା ଭାବୁଛ ? ରେଲ୍ ଭଡ଼ାର ଟିକେଟ୍ ତ ଲାଗୁନି ।

– ଦେଖ ଯତୁଦା, ଏଠାରେ ବି ପୃଥିବୀର ସେଇ ଉପମା ଆଉ ଚିନ୍ତାର ଧାରାଛାଡ଼ ! ତୁମକୁ ଏଇଥିପାଇଁ ମନାକରେ ବାରମ୍ବାର ପୃଥିବୀକୁ ଯିବାକୁ । ସେଠାରେ ନାନା ଆସକ୍ତି, ଇଚ୍ଛା, ଭୋଗ ପ୍ରବୃତ୍ତି ସବୁଥିରେ ବିଛାଇ ପଡ଼ି ରହିଛି । ସମସ୍ତ ପୃଥିବୀରେ, ଆକାଶରେ, ବତାସରେ । ସ୍ଥୂଳ ଦେହ ଛଡ଼ା ଏସବୁ ଇଚ୍ଛା ପୂରଣ କରି ହୁଏନାହିଁ । ସ୍ଥୂଳ ଜଗତର ସ୍ଥୂଳ ପ୍ରବୃତ୍ତି ସୂକ୍ଷ୍ମ ଦେହରେ କିପରି ଭାବରେ ଚରିତାର୍ଥ କରିବ ? ତାଦ୍ୱାରା ଏଇସବୁ ଆସକ୍ତି ଯେପରି ତୁମ ମନରେ ଆସନ ପାତି ବସିବ, ସେତିକି ବେଳେ ତୁମକୁ ସ୍ଥୂଳ ଦେହ ଧାରଣ କରିବାକୁ ବାଧ୍ୟ କରିବ । ସୁତରାଂ ପୁଣି ପୁନର୍ଜନ୍ମ ।

– ତହିଁରେ ମୋର କିଛି ଦୁଃଖ ନାହିଁ ତୁମପରି ।

– ତାହା ମୁଁ ଜାଣେ। ସେଇଥିଲାଗି ତ ତୁମପାଇଁ ଭୟହୁଏ – ଚାଲ ତୁମକୁ ମହର୍ଲୋକକୁ ଘେନି ଯିବି –

ସେମାନେ ବ୍ୟୋମପଥରେ ଅନେକ ଉର୍ଦ୍ଧ୍ୱ ଗୋଟିଏ ସ୍ଥାନକୁ ଆସିଲେ ଯେଉଁଠାରେ ଉଚ୍ଚ ଲୋକର ଜ୍ୟୋତିର୍ମୟ ଅଧିବାସୀମାନଙ୍କ ଗମନାଗମନ ପଥ। ତାପରେ ହିଁ ଗୋଟିଏ ଅଦ୍ଭୁତ ସୁନ୍ଦର ଦେଶ। ଅତି ଚମକ୍ରାର ବଣ ପର୍ବତର ମେଳା, ବଣଫୁଲର ଅଜସ୍ରତା। ଅଥଚ ଏଠାରେ କୌଣସି ଅଧିବାସୀ ନାହାନ୍ତି। ଅନେକ ଦୂରରେ ଗୋଟିଏ ନୀଳ ଦ୍ରଦ। ଚାରିଆଡ଼େ ପାହାଡ଼। ପୁଷ୍ପ କହିଲା – ଚାଲ ଯତୁଦା, ସେ ହ୍ରଦ କୂଳ ବଣ ଭିତରେ ଗୋଟିଏ ଗ୍ରାମ ଅଛି। ଅନେକ ଜ୍ଞାନୀ ପୁରୁଷ ସ୍ତ୍ରୀ ଏକାସଙ୍ଗରେ ବାସ କରନ୍ତି – ତୁମକୁ ଦେଖାଇ ଆଣିବି।

ବଣବଥର ଉହଡ଼ାରେ ସ୍ଫଟିକ ସଦୃଶ କୌଣସି ଉପାଦାନରେ ତିଆରି ଗୋଟିଏ ଘର। ଦେଖିବାକୁ ଏକ ପ୍ରକାର ଗ୍ରୀକ୍ ମନ୍ଦିର ଭଲି। ହ୍ରଦର ନୀଳ ଜଳର ଗୋଟିଏ କୂଳରେ କୁସୁମିତ ଲତାବୃତ୍ତ। ଏଇ ସୁନ୍ଦର ଘରଟି ଯତୀନ୍‌କୁ ଏତେ ଭଲ ଲାଗିଲା! ଏପରି ସୁନ୍ଦର ପରିବେଶ ଆର୍ଟିଷ୍ଟର କଳ୍ପନାକୁ ଛାଡ଼ି ଯତୀନ ଅନ୍ତତଃ ପୃଥିବୀର କୌଣସି ସ୍ଥାନରେ ଦେଖିନି। ନିଜ ମନେମନେ ସେ କହିପକାଇଲା – କି ସୁନ୍ଦର !

ଜଣେ ସୌମ୍ୟମୂର୍ତ୍ତି ପୁରୁଷ ଘର ଭିତରେ ଉପବିଷ୍ଟ। କିନ୍ତୁ ଘରର ଆସବାସପତ୍ର ସବୁକିଛି ଅପରିଚିତ ଧରଣର। ପୃଥିବୀର ବ୍ୟବହୃତ କୌଣସି ଆସବାସପତ୍ର ସେ ଘରେ ଯତୀନ ଦେଖିପାରି ନଥିଲା। ଲୋକଟାକୁ ଦେଖି ତାର ମନେ ହେଲା ଅନେକ ଉଚ୍ଚ ଅବସ୍ଥାର ଆତ୍ମା ସେ। ଏମାନଙ୍କୁ ଅଭ୍ୟର୍ଥନା ପୂର୍ବକ ବସାଇ ସେ କହିଲେ – ତୁମେମାନେ କେଉଁଠାରୁ ଆସିଛ ?

ଯତୀନ୍ କହିଲା – ଭୁବର୍ଲୋକର ସପ୍ତମ ସ୍ତରରୁ।

ସେ ବିସ୍ମିତ ହୋଇ କହିଲେ – ମା, ତାହା କିପରି ସମ୍ଭବ ? ତା ହେଲେ ତ ଆମମାନଙ୍କ ଏଇ ଜନପଦ, ଏହି ଘର, ଅଥବା ମୋତେ ତୁମେ ଦେଖିପାରନ୍ତ ନାହିଁ ? ନିଶ୍ଚୟ ତୁମେ ଉଚ୍ଚତର ସ୍ତରର ଅଧିବାସୀ।

ଯତୀନ୍ କହିଲା – ଏଇଟା କେଉଁ ଲୋକ ?

– ମହାଲୋକର ପ୍ରଥମସ୍ତର। ଭୁବର୍ଲୋକର ଅଧିବାସୀମାନଙ୍କ ପକ୍ଷରେ ଏଠାକାର ଘରଦୁଆର, ମଣିଷ, ବଣପର୍ବତ ସବୁ ଅଦୃଶ୍ୟ। ଆମ ଅବସ୍ଥାର ଆତ୍ମା ନହେଲେ ଆମର ଏଇଘରେ ମୋତେ ଦେଖି ମଧ ପାରନ୍ତ ନାହିଁ। ମହଲୋକ ଗୋଟିଏ କେଉଁ ସ୍ଥାନ, ବିଶେଷ ଗୋଟିଏ ଅବସ୍ଥା ସତ। ସ୍ଥାନ ଓ ଅବସ୍ଥାର ଏକସଙ୍ଗେ ସଂଯୋଗ

ନ ଘଟିଲେ ଏହିଲୋକରେ ଚୈତନ୍ୟ ଜାଗରିତ ହେବ ନାହିଁ ଯେ ! ତାହା ନୁହେଁ ତୁମ ଭିତରୁ କେହି ଜଣେ ଉଚ୍ଚ ଅବସ୍ଥା ପ୍ରାପ୍ତ ହୋଇଛନ୍ତି । ଅନ୍ୟଥା ଏଠାକୁ ଆସି ପାରିନଥାନ୍ତ ।

— ତାହା, ଏ ଝିଅଟି । ମୁଁ ନୁହେଁ —

ପୁରୁଷ ଜଣକ ହସି କହିଲେ — ମୁଁ ବି ତାହା ଅନୁମାନ କରିଛିଁ ।

ପୁଷ୍ପ ସଲଜ୍ଜ ପ୍ରତିବାଦ କରିବା ସ୍ୱରରେ କହିଲା — ମୁଁ କ–ଅଣ ବା–ତାହାଙ୍କ କରୁଣାରୁ –– ଯତୀନ ବିନୀତ ଭାବରେ ପଚାରିଲା – ଆପଣ ପୃଥ୍ବୀକୁ ଚିହ୍ନନ୍ତି ତ ସାର୍ ?

— ମୁଁ ଅଢ଼େଇ ହଜାର ବର୍ଷ ପୂର୍ବେ ପୃଥ୍ବୀର ଅଧ୍ବାସୀ ଥିଲି । ତାହା ମୋର ଶୋଷ ଜନ୍ମ । ସେଥର ଥିଲି ଗ୍ରୀସରେ । ତା ପୂର୍ବରୁ ଦୁଇଟି ଜନ୍ମ ଭାରତ ବର୍ଷରେ । ଆଉ ଏ ଜନ୍ମ ସୁପ୍ରାଚୀନ ମିଶରରେ କଟାଏ ।

— ତା ପୂର୍ବରୁ ?

— ତା ପୂର୍ବରୁ ପୃଥ୍ବୀରେ ନଥିଲି । ଅନ୍ୟ ଗ୍ରହରେ ସୌରଜଗତରେ ବହୁ ଜନ୍ମ ନେଇଛି । କେତେ ଅଦ୍ଭୁତ ଗ୍ରହ ଅଛି । ଅଦ୍ଭୁତ ଜୀବମାନେ ଅଛନ୍ତି ! ବଚିତ୍ର ଲୀଳା ଭଗବାନଙ୍କର ।

ହଠାତ୍ ପୁଷ୍ପ କହିଲା – ଆପଣ ଭଗବାନଙ୍କୁ ଦେଖିଛନ୍ତି ଦେବ ?

– ନା ।

– ଆପଣ ବିଶ୍ୱାସ କରନ୍ତି ସେ ଦେଖାଦିଅନ୍ତି ?

– ନା ।

– ଆଶ୍ଚର୍ଯ୍ୟ, ଭଗବାନଙ୍କୁ ବିଶ୍ୱାସ କରନ୍ତିନି ?

– ତାହାଙ୍କ କୌଣସି ରୂପଥିବା ମୁଁ ବିଶ୍ୱାସ କରେ ନାହିଁ । ଏକଥା କହୁଛି । ଭଗବାନଙ୍କୁ ତୁମେମାନେ ଯେଉଁ ଆଖିରେ ଦେଖ, ଆମେମାନେ ସଂପୂର୍ଣ୍ଣ ଅନ୍ୟ ଆଖିରେ ଦେଖୁ । ସେ ଅଚିନ୍ତ୍ୟନୀୟ ମହାଶକ୍ତି । ବିଶ୍ୱ ବ୍ରହ୍ମାଣ୍ଡର ସବୁସ୍ଥାନରେ ବିରାଜମାନ । ଦେହଧାରୀ ହୋଇ ଦେଖା ବି ଦିଅନ୍ତି । ଆମ ଏଇ ଗ୍ରାମର ଗୋଟିଏ ଝିଅ ପ୍ରାୟ ହିଁ ତାହାଙ୍କ ଦର୍ଶନ ପାଏ ।

ପୁଷ୍ପ କହିଲା – ତେବେ ସୁଖୀ । ଆପଣ ବିଶ୍ୱାସ କରନ୍ତି ନାହିଁ ?

– ଯିଏ ଯେଉଁ ଭାବରେ କଳ୍ପନା କରେ, ତାହାକୁ ସେହିଭାବରେ ସେ ଦେଖାଦିଅନ୍ତି । ଏହା ମୁଁ ବୁଝେ । ଏଇ ତୁମେମାନେ ହି ମୋର ଭଗବାନ୍ ହୋଇପାର । ନିତ୍ୟ ମୂର୍ତ୍ତି ତାହାଙ୍କର କଣ ଅଛି ? ସବୁ କିଛି ତାହାଙ୍କ ମୂର୍ତ୍ତି – ଏଇ ଗଛପତ୍ର, ଏଇ ବନଭୂମି । ଏଇ ତୁମେ ଝିଅଟି – ଏହି ଅନନ୍ତ ଆକାଶ, ବ୍ରହ୍ମାଣ୍ଡ କୁଲ –

କଥା କହୁଁ କହୁଁ ଭକ୍ତି, ଜ୍ଞାନ ଓ ପବିତ୍ରତାର ଜ୍ୟୋତିରେ ତାହାଙ୍କ ମୁହାଁରେ ଶ୍ରୀ ଅପୂର୍ବ ଦେଖାଗଲା । ତୀକ୍ଷ୍ଣ ନୀଳ ଆଲୋକ ବଡ଼ ବଡ଼ ଆଖ୍ଖିମାନଙ୍କରୁ କେତେବେଳେ ସ୍ଖରିତ, ବିକର୍ଷିତ ହେବାକୁ ଲାଗିଲା । କେତେବେଳେ ଶାନ୍ତ ହୋଇ ଆସିବାକୁ ଲାଗିଲା ଭଗବାନଙ୍କ କଥାରେ ତାହାଙ୍କ କଣ୍ଠସ୍ୱର ଭକ୍ତିରେ ଆପ୍ଲୁତ ହୋଇଆସିଲା । ଭଗବାନଙ୍କ କଥାରେ ତାହାଙ୍କ କଣ୍ଠସ୍ୱର ଭକ୍ତିରେ ଆପ୍ଲୁତ ହୋଇ ଆସିଲା ।

ପୁଷ୍ପ ତା'ର ଭୁଲ୍ ବୁଝି କହିଲା – ମୋତେ କ୍ଷମା କରନ୍ତୁ ଦେବ । ମୁଁ ଆପଣଙ୍କୁ ବୁଝିପାରିଲି ନାହିଁ । ଆପଣ ତାହାଙ୍କୁ ଭକ୍ତି କରନ୍ତି ।

ଯତୀନ କହିଲା – ପୃଥିବୀକୁ ବହୁ କାଳ ହେଲା ଯାଇନାହାନ୍ତି ?

– ପୃଥିବୀରେ ବସନ୍ତ କାଳରେ ପାହାଡ଼ମାନଙ୍କରେ, ବଣମାନଙ୍କରେ ଫୁଲଫୁଟେ, ସେ ସମୟରେ ପୃଥିବୀର ମହାଅରଣ୍ୟରେ, ପର୍ବତସାନୁରେ, ନଦୀତଟକୁ ଯାଇଦେଖ୍ ଆସେ । କେବେ କିମିତି କୌଣସି ଅସହାୟ ନାରୀଙ୍କ ଦୁଃଖ ଦେଖେ କେଉଁ ଜନପଦରେ । ତା'ର ଦୁଃଖ ମୋଚନ କରିବାକୁ ଚେଷ୍ଟା କରେ । ନୀଳ ନଦୀର ଜ୍ୟୋସ୍ନାରାତିରେ ନିର୍ଜନ କୂଳରେ ବସି ଭଗବାନଙ୍କୁ ଧ୍ୟାନ କରେ । କେବଳ ପୃଥିବୀ ନୁହେଁ, ବହୁତ ଗ୍ରହକୁ ଏପରି ଆମମାନଙ୍କର ଯିବା ଆସିବା ହୁଏ ।

– ଆପଣ ଯାହା କରୁଛନ୍ତି କେବଳ ଆପଣଙ୍କ ଭଳି ଉଚ୍ଚଲୋକର ଅଧିବାସୀ ମାନେହିଁ ତାହା କରିପାରନ୍ତି । ଆଚ୍ଛା, ପୃଥିବୀର ମଣିଷଙ୍କ କର୍ତ୍ତବ୍ୟ କଣ ?

– ପ୍ରେମ– କେବଳ ତା ମଧରେ ସବୁ କିଛି ।

– ଆପଣ ଏହା ପୃଥିବୀରେ ପ୍ରଚାର କରନ୍ତିନି କାହିଁକି ?

– କେତେଥର ପ୍ରଚାର କରାହୋଇଛି । ମୋଠାରୁ ଉଚ୍ଚତର ଓ ଶକ୍ତିଧର ଦେବତାମାନେ, ମନୁଷ୍ୟଙ୍କ ଦୁଃଖରେ ପୃଥିବୀର ଶତଶତ କଷ୍ଟ ମଧ୍ୟରେ ଏକଥା କହିବାକୁ ଯାଇଥିଲେ । ସ୍ୱୟଂ ଭଗବାନ ଅବତାର ଗ୍ରହଣ କରିବାକୁ ଓହ୍ଲାଇ ଆସିଛନ୍ତି ଏଇ ପ୍ରେମ କଥାଟା କହିବାକୁ; କିନ୍ତୁ କେହି ଶୁଣନ୍ତି ନାହିଁ ।

– ତା ହେଲେ କ'ଣ ଆପଣମାନେ ଆଶା ଛାଡ଼ି ଦେବେ ?

– ଅଭୁତ ଚରିତ୍ର ଭଗବାନ । ବାରମ୍ବାର ସୁଯୋଗ ଦିଅନ୍ତି । ବିରକ୍ତ ହୁଅନ୍ତି । ଅପୂର୍ବ ତାହାଙ୍କ ଧୈର୍ଯ୍ୟ, ଅପୂର୍ବ ତାଙ୍କର କ୍ଷମା । ଅନ୍ୟ କେହି ହେଲେ ଆଉ ସୁଯୋଗ ଦିଅନ୍ତି ନାହିଁ । କିନ୍ତୁ ସେ ନଛୋଡ଼ବନ୍ଦା । ପୁଣି ଲୋକ ପ୍ରେରଣ କରନ୍ତି ଅଭୁତ ଧୈର୍ଯ୍ୟ ସହକାରେ । ତୁମମାନଙ୍କ ପୃଥିବୀରେ ଭଗବାନଙ୍କ ଭଳି ଅବହେଳିତ ପ୍ରାଣୀ ଆଉ କିଏ ଅଛି ? କେହିବି ତାହାଙ୍କ କଥା ଭାବନ୍ତି ନାହିଁ ।

ଏଇ ପର୍ଯ୍ୟନ୍ତ କହି ଅପୂର୍ବ ଈଶ୍ୱରିକ ପ୍ରେମରେ ତାହାଙ୍କ ଆଖ୍ଦୁଛଟି ନକ୍ଷତ୍ର

ଭଲି ଉଜ୍ଜ୍ୱଲ ହେବାକୁ ଲାଗିଲା। ପୁଷ୍ପ ଶ୍ରଦ୍ଧାରେ, ଉସ୍ସାହରେ ଉଦ୍‌ଦୀପ୍ତ ହୋଇ କହିଲା – ଆପଣ ଠିକ୍‌ କହିଛନ୍ତି ଦେବ। ପୃଥିବୀରେ କେହି ଭାବନ୍ତି ନାହିଁ ଭଗବାନଙ୍କ କଥା। ଯେମିତି ସେ ଟଙ୍କା ଚାହେଁ। ସାଂସାରିକ ସୁଖ ଚାହେଁ। ପ୍ରେମଭକ୍ତି ଦୁର୍ଲଭ ହୋଇ ପଡ଼ିଛି।

ମହାପୁରୁଷ କହିଲେ – ପ୍ରେମ ଭକ୍ତି କଥାଛାଡ଼, ତାହା ବହୁତ ଦୂରର କଥା ଉଚ୍ଚଧରଣ କଥା। ଅତି ସାଧାରଣ ଭାବରେ ସୁଦ୍ଧା କିଏ ଚିନ୍ତା କରେ ଭଗବାନଙ୍କ କଥା। ମୁଁ ପୃଥିବୀକୁ ଯାଏଁ। ଜନପଦ ବା ତୁମମାନଙ୍କ ବଡ଼ ବଡ଼ ସହରକୁ ଯାଏ ନା। ଦୁର୍ନିବାର ଲୋଭ, ଅର୍ଥ ଆସକ୍ତି, ଐଶ୍ୱର୍ଯ୍ୟ କାମନା, ନାରୀ, ସୁରା, କାମ ହିଂସା–ଦ୍ୱେଷ ପବନରେ ବିଛାଇ ହୋଇ ପଡ଼ିଥିବା ଧୂଆଁ ଭଲି। ଭାଇ, ଭାଇର ବୁକୁରେ ଛୁରୀ ମାରୁଛି। ସତ୍ୟତା ବିଦାୟ ନେଇଛି। ପୃଥିବୀରେ ଏବକାର ଦର୍ଶନ ହେଉଛି ଖାଇବା ପିନ୍ଧିବା ଦର୍ଶନ। କ’ଣ କଲେ ଭଲ ଖାଇବା, ଭଲ ପିନ୍ଧିବା। ମୁଁ ନିଜ ଭିତରେ ମରୁଭୂମିରେ ବୁଲେ ଜ୍ୟୋସ୍ନା ରାତିରେ। ହିମାଳୟ ଅଥବା ଅନ୍ୟ କୌଣସି ପର୍ବତ ଚୂଡ଼ାରେ ବସିଥାଏ। ନୀଳନଦୀକୁ ଭଲପାଏ ତାର କୂଳରେ ଏକାକୀ ବସିଥାଏ। ଅଥଚ ଗୋଟିଏ କଥା – ପ୍ରେମ। କେବଳ ଏହି କଥା ଯଦି ସେମାନେ ଶିଖନ୍ତେ। ଜୀବଙ୍କୁ ଦୟା, ଭଗବାନଙ୍କୁ ପ୍ରେମ!!

ସେ ଏ ପର୍ଯ୍ୟନ୍ତ କହି ଚୁପ୍‌ ହେବାରୁ ପୁଷ୍ପ କହିଲା – କହନ୍ତୁ ଦେବ ଅମୃତ ଭଲି ଆପଣଙ୍କ ବାଣୀ।

– ମୋର, ମୋର ନୁହେଁ କନ୍ୟା, ଏ ବାଣୀ ସ୍ୱୟଂ ଭଗବାନଙ୍କର। ସେ ବହୁତ ବଡ଼, ତେଣୁ ପୃଥିବୀକୁ ଓହ୍ଲାଇ ଯାଇ ଏକଥା କହି ଆସିଥିଲେ। କାହିଁକିନା ମନୁଷ୍ୟର ଦେହ ଧାରଣ କରି ନଗଲେ ମନୁଷ୍ୟର ଶକ୍ତି କାହିଁ ଅସୀମଙ୍କୁ ଗ୍ରହଣ କରିପାରିବ। ଥରେ ନୁହେଁ ବାରମ୍ବାର ଯାଇଛନ୍ତି। କ୍ଲାନ୍ତିହୀନ ତାହାଙ୍କ ଆଶୀର୍ବାଦ। କିନ୍ତୁ କିଏ ଶୁଣୁଛି ? ଧନ ଜନ ମୋହରେ, ଲୋଭର ମୋହରେ, ବିଲାସର ମୋହରେ – ସ୍ଥୂଲ ଭୋଗ ମୋହରେ ସଭିଏଁ ଉନ୍ମତ୍ତ। ଥରେବି ଯଦି ନିର୍ଜନରେ ଉଚ୍ଚତର ସତ୍ୟକୁ ଧ୍ୟାନ କରନ୍ତା ମଣିଷ !

ଯତୀନ ମୁଗ୍ଧ ହୋଇ ଶୁଣୁଥିଲା। ଆଜି ତା’ର ଏଠାକୁ ଆସିବା ସତରେ ସାର୍ଥକ ହୋଇଛି। ସେ କହିଲା ତେବେ କ’ଣ ସେମାନଙ୍କର ଉଦ୍ଧାର ସମ୍ଭବ ନୁହେଁ ଦେବ ?

– ଗୋଟିଏ କଥା ମନେରଖ। ଜୋର କରି ମଣିଷ ଉପରେ କୌଣସି ସତ୍ୟ, କୌଣସି ବାଣୀ ଚାପିଦେଇ ହେବ ନାହିଁ। ଲଦି ଦେଇ ହେବ ନାହିଁ। ଭଗବାନଙ୍କ ବାଣୀ, ମଣିଷ ନିଜେ ପ୍ରସ୍ତୁତ ନହେବା ପର୍ଯ୍ୟନ୍ତ ଧୌର୍ଯ୍ୟର ସହିତ ଅପେକ୍ଷା କରେ।

ବୁଦ୍ଧିହୀନ ଅବା ସ୍ଥୂଳବୁଦ୍ଧି ଭୋଗାସକ୍ତମନ ହଠାତ୍ ଭଗବାନଙ୍କୁ ଗ୍ରହଣ କରିପାରେ ନାହିଁ। ଗ୍ରହଣ କରି ପାରିଲେ ହିଁ ମୁକ୍ତି। ଯିଏ ଭଗବାନଙ୍କୁ ଭଲପାଏ ସେ ଭଗବାନଙ୍କ ସହିତ ସମାନ ହୋଇଯାଏ। ଏତେ ସହଜରେ ଏହା କିଭଳି ହୋଇପାରିବ। ତେଣୁ କରି ମହାଯୁଗ, ମନ୍ବନ୍ତର ଗଡ଼ି ଚାଲେ ସ୍ୱାଭାବିକ ନିୟମ ମୁତାବକ ମଣିଷକୁ ମୁକ୍ତି ମିଳିବା ପାଇଁ। ମନ୍ବନ୍ତରରେ ଯେଉଁମାନେ ମନୁଷ୍ୟ ହୋଇ ଜନ୍ମ ହୋଇଥିଲେ ପୃଥିବୀରେ ସର୍ବପ୍ରଥମେ – ଏଇଥର ସେମାନେ ମାନବ–ଆବର୍ତ୍ତ ଅତିକ୍ରମ କରି ଦେବଯାନ ପଥରେ ମହର୍ଲୋକକୁ ଯିବାରେ ଲାଗିଛନ୍ତି। ଏତେଦିନ ପରେ ସେମାନଙ୍କର ପୃଥିବୀକୁ ଯିବା ଆସିବା କରିବା ଶେଷ ହେଲା।

– ଏହାଠାରୁ ଆଗରୁ ହୁଏ ?

– ତୁମେ ବୁଝିଲନି – ଏହାତ ହୁଏ ସ୍ୱାଭାବିକ ନିୟମ ମୁତାବକ, ଲକ୍ଷ ଲକ୍ଷ ବର୍ଷ ପରେ। ଗୋଟିଏ ଜନ୍ମରେ ବି ମୁକ୍ତି ହୁଏ – ଯଦି ସତ୍ୟ ନିମନ୍ତେ ତୀବ୍ର ଆକାଂକ୍ଷା ଜାଗ୍ରତ ହୁଏ। ଭଗବତ୍ ପ୍ରେମର ବହ୍ନିଶିଖା ପ୍ରଜ୍ୱଳିତ ହୋଇଉଠେ ମନରେ। ଏମାନଙ୍କ ପାଇଁ ଭଗବାନ୍ କେତେ ସାହାଯ୍ୟର ବ୍ୟବସ୍ଥା କରିଛନ୍ତି ତାହା ଯଦି ଜାଣିପାରନ୍ତେ ! ଯିଏ ସତ୍ୟକୁ ଜାଣିବାକୁ ଚାହେଁ, ଭଗବାନ୍ ତାହାଙ୍କୁ ଜାଣିବା ପାଇଁ ସମସ୍ତ ପ୍ରକାର ସୁଯୋଗ ଦିଅନ୍ତି। ଚାଲ ତୁମକୁ ଗୋଟିଏ ଜିନିଷ ଦେଖାଇ ଆଣିବି – କେତେଦିନ ହେଲା ମୁଁ ଦେଖୁଛି ତୁମମାନଙ୍କ ପୃଥିବୀରେ –

ଯତୀନ ଆଉ ପୁଷ୍ପକୁ ନେଇ ସେହି ଉଜ୍ଜଲୋକର ପୁରୁଷଟି ଆଖିପଲକ ନପଡ଼ୁଣୁ ପୃଥିବୀକୁ ଓହ୍ଲାଇ ଆସିଲେ। ସୁନ୍ଦର ଜ୍ୟୋସ୍ନା ରାତି ପୃଥିବୀରେ, ଭାରତ ବର୍ଷରେ। ଯେଉଁ ନଦୀ କୂଳରେ ସେମାନେ ଆସି ଠିଆହେଲେ ସେ ନଦୀଟି ଖରସ୍ରୋତା। କୂଳରେ ଶସ୍ୟ କ୍ଷେତ୍ର ଭିତରେ ଗୋଟିଏ ସ୍ଥାନରେ ଗୋଟିଏ ବଡ଼ ଗଛ। ପୁଷ୍ପ ଓ ଯତୀନ୍ ନଦୀକୁ ଚିହ୍ନିପାରିଲେ ନାହିଁ। ବୃକ୍ଷ ତଳେ ଜଣେ ତରୁଣ ଯୁବକ ଧ୍ୟାନମଗ୍ନ। ଯୁବକର ଦେହରଙ୍ଗ ଖୁବ୍ ଗୋରା। ମୁହଁର ଚେହେରା ଲାଲିତ୍ୟ ପୂର୍ଣ୍ଣ। ବେଶ୍ ବଡ଼ ବଡ଼ ଆଖି – କିନ୍ତୁ ଏଇ ଅଳ୍ପ ବୟସରେ ହିଁ ସେ ଦାଢ଼ି ରଖିଛନ୍ତି – ରେଶମ୍ ଭଳି ନରମ ଚକଚକିଆ ଦାଢ଼ି। ଯତୀନ୍ର ମନେ ହେଲା ଯୀଶୁ ଖ୍ରୀଷ୍ଟଙ୍କ ଛବି ଭଳି ମୁହଁଟି ତାଙ୍କର ଦେଖିବାକୁ।

ପୁଷ୍ପ ପଚାରିଲା – ଏହା କେଉଁ ନଦୀ ଦେବ ?

– ଏହା ରାବି ନଦୀ। ଏହା ଭାରତ ବର୍ଷର ପଞ୍ଜାବ ପ୍ରଦେଶ। ପିଲାର ଘର ସେହି ଜନପଦରେ। ଗଭୀର ରାତିରେ ସମସ୍ତେ ଶୋଇପଡ଼ିଲେ ଏଇ ନଦୀ ତଟ ବୃକ୍ଷତଳେ ସେ ନିତ୍ୟଦିନ ଏକାକୀ ଆସି ଭଗବାନଙ୍କୁ ଚିନ୍ତା କରେ। ଗୀତ ଗାଏ ନିଜ ମନକୁ ମନ। ସେଇଦେଖ ତା'ର ମା ଖାଇବାକୁ ଦେଇଯାଏ ଏହି ସମୟରେ –

ଆସୁଛି ଗୋଟିଏ ସ୍ତ୍ରୀ ଲୋକ – ସେ ପ୍ରୌଢ଼ ହେଲେଣି କିନ୍ତୁ ସୁନ୍ଦରୀ। ଦୂର ଗାଁରୁ ଗୋଟିଏ ପାତ୍ରରେ ଖାଇବା ଜିନିଷ ନେଇ ଆସି ପିଲାଟିର ଆଗରେ ରଖିଲେ। ପଚାରିଲେ–ଘରକୁ ଯିବୁ?

ପିଲାଟି କହିଲା – ତୁମେ ଯାଆମା। ମୁଁ ଘଣ୍ଟାଏ ପରେ ଯିବି।

– ବେଶୀ ଥଣ୍ଡା ଦେହରେ ଯେପରି ନ ଲାଗେ ଦେଖିବୁରେ ପୁଅ।

ତା'ର ମା ସନ୍ଦେହରେ ପୁଅ ଆଡ଼କୁ ଦୁଇ ତିନିଥର ଲେଉଟି ଚାହିଁଲା। ଆଉ ଯେଉଁ ବାଟରେ ଆସିଥିଲା ସେ ବାଟରେ ଫେରିଗଲା ଏବଂ ଅଳ୍ପକ୍ଷଣ ପରେ ଗୋଟିଏ ଅଦ୍ଭୁତ, ଅପୂର୍ବ ଦୃଶ୍ୟ ଆଖିରେ ଦେଖିଲେ ଯତୀନ୍ ଓ ପୁଷ୍ପ। ଆକାଶ ପଥ ଆଲୋକିତ ହୋଇ ଉଠିଲା କିଛି ସମୟ ପାଇଁ ଆଉ ସେଇ ଆଲୋକରେଖା ଧରି ଜଣେ ଦିବ୍ୟ ଜ୍ୟୋତିର୍ମୟ ପୁରୁଷ ଓହ୍ଲାଇଆସି ସେହି ଧ୍ୟାନରତ ଯୁବକ ପାଖରେ ଠିଆହେଲେ। ଆଗନ୍ତୁକ ଦେବତାଙ୍କ ରୂପରେ ଓ ଦେହ ଜ୍ୟୋତିରେ ସ୍ଥାନଟି ଯେପରି ଆଲୋକିତ ହୋଇ ଉଠିଲା ଯଦିଓ ଯୁବକଟି ତାର କିଛି ବି ବୁଝିପାରିଲା ନାହିଁ।

ପୁଷ୍ପ ଓ ଯତୀନ ସବିସ୍ମୟରେ କହିଲେ – ସେ କିଏ?

– ସେ ସତ୍ୟଲୋକର ପ୍ରାଣୀ। ପୃଥିବୀକୁ ସେମାନେ ତ ଦୂରର କଥା, ଆମମାନଙ୍କର ବି ଆସିବାରେ କଷ୍ଟ ହୁଏ। ଅଥଚ ଦେଖ ଏଇ ସତ୍ୟପ୍ରିୟ ଭଗବତ୍ ଭକ୍ତ ଯୁବକକୁ ପ୍ରେରଣାଦେବା ଲାଗି ନିଜେ ଆସିଛନ୍ତି। ଯେଉଁଠାରେ ଭଗବାନଙ୍କ ନାମ ଗାନ ହୁଏ ସେଠାକୁ ଭଗବାନ୍ ସ୍ୱୟଂ ଆସନ୍ତି – ଏହା ତୁମେମାନେ ଅବିଶ୍ୱାସ କର ନାହିଁ।

ତାପରେ ସେମାନେ ତିନିହେଁ ଦୂରରୁ ସତ୍ୟ ଲୋକର ସେହି ମହାପୁରୁଷଙ୍କୁ ପ୍ରଣାମ କରେ। ସେ ଏମାନଙ୍କ ଆଡ଼କୁ ଚାହିଁ ସଦୟ ହସ ହସିଲେ। ଆଉ ଦୁଇଟି ଅଙ୍ଗୁଲି ଉପରକୁ ଟେକିବା ଭଙ୍ଗୀରେ ଆଶୀର୍ବାଦ କଲେ। ପୁଷ୍ପ ଆଖିରେ ଲୁହ ଆସିଗଲା। କି ସୁନ୍ଦର ରୂପ ଦେବତାଙ୍କର। ପର ମୁହୂର୍ତ୍ତରେ ସେ ଅନ୍ତର୍ହିତ ହୋଇଗଲେ।

ପୁଷ୍ପ ଯତୀନର ସଙ୍ଗୀ ପୁରୁଷ ଜଣକ କହିଲେ – ଦେଖିଲ? ନୀଲନଦୀ କୂଳରେ ବହୁ ହଜାର ବର୍ଷ ପୂର୍ବେ ଯାପିତ ମୋର ଗୋଟିଏ ରାତିର ଗୋପନକଥା ଆଜି ବି ମୋର ମନେ ପଡ଼େ। ସେ ରାତିରେ ଏକାକୀ ଥିଲି। ବସନ୍ତ କାଳଥିଲା, ପୁଷ୍ପ ଭରାଥିଲା ନଈ କୂଳ, ଔଷଧ୍ୟତ ବନ ତରୁରାଜି – ଛୋଟ ଗୋଟିଏ ପାହାଡ଼ ଚୂଡ଼ାରେ ନଦୀର ଆରପାରିରେ ମୁଁ ଜ୍ୟୋତିର୍ମୟ ଆବିର୍ଭାବ ପ୍ରତ୍ୟକ୍ଷ ଦେଖିଲି। ମୋର ସାରା ଜୀବନ ପରିବର୍ତ୍ତିତ ହୋଇଗଲା। ଦଶ ଜନ୍ମର ପ୍ରଗତି ଗୋଟିଏ ଜନ୍ମରେ ସାଧିତ ହେଲା। ଭଗବାନଙ୍କ କୃପା ନହେଲେ କି ଏପରି ସମ୍ଭବହୁଏ। କିନ୍ତୁ ତା ଲାଗି କ୍ଷେତ୍ର ପ୍ରସ୍ତୁତ

ହୋଇଥିବା ଆବଶ୍ୟକ। ଅନ୍ୟକୁ ଭଲପାଅ, ଜୀବକୁ ସେବାକର। ଭଗବାନଙ୍କ ଆଡ଼କୁ ମନଦିଅ। ମନର କୁୟାଶା ନ କଟିଲେ ସତ୍ୟର ଆଲୋକପାତ କ'ଣ ହୁଏ?

– ଆପଣମାନେ ଦୟା କରନ୍ତୁ ପୃଥିବୀର ଜୀବକୁ – ତାହେଲେ ହିଁ ହେବ।

– ମୋର ଇଚ୍ଛା ଅଛି। ଆଉଥରେ ପୃଥିବୀରେ ଦେହଧାରଣ କରିବି। ଯାହା ପାରିବି ପ୍ରଚାର କରିଆସନ୍ତି।

– ପୃଥିବୀକୁ ଯାଇ ଭୁଲି ଯିବେ ନାହିଁ?

– ଦେହ ଧଇଲେ ହିଁ ବିସ୍ମୃତି ଆସେ। ତେବେ ତାର ବ୍ୟବସ୍ଥା ଅଛି। ଅନ୍ୟ ଦିବ୍ୟ ପୁରୁଷମାନେ ଯାଇ ମୋର ବାଲ୍ୟ ଜୀବନରେ ଓ ଯୌବନକାଳରେ ନାନା ପ୍ରକାରରେ ମନେ କରାଇ ଦେବେ। ସେମାନେ ମୋତେ ସ୍ୱପ୍ନରେ ଦେଖା ଦେଇପାରନ୍ତି ରାତିରେ। ନତୁବା ଘଟଣାର ଏପରି ଯୋଗାଯୋଗ ଘଟାଇବେ ଯେ ମୋର ଆତ୍ମା କ୍ରମଶଃ ଜାଗ୍ରତ ହୋଇ ବୁଝିପାରିବ ପୃଥିବୀକୁ ସେ କାହିଁକି ଆସିଛି। ଭୋଜି ଖାଇବାକୁ, ନାରୀ ଓ ସୁରା ନେଇ ଆମୋଦ କରିବାକୁ ଆସିନି। ଭଗବାନଙ୍କ ବିଶ୍ୱରେ ଏ ସମସ୍ତ ଲାଗି ବ୍ୟବସ୍ଥା ଅଛି। ଯିଏ ଭଲ କାମ କରିବାକୁ ଚାହେଁ ତାହାକୁ ସାହାଯ୍ୟ ଦିଆଯାଏ। ସେ ଯେ ବିରାଟ ମହାଶକ୍ତି। ସେହି ଶକ୍ତିଙ୍କୁ ତୁଷ୍ଟ କରିପାରିଲେ ଜୀବ କ୍ଷଣିକରେ ପ୍ରଳୟ କରିଦେଇ ପାରେ। ଅସାଧ୍ୟ ସାଧନ କରିପାରେ, ମହାଶକ୍ତିଙ୍କ ସିଏ ସାହାଯ୍ୟପାଏ। ଏ ରହସ୍ୟ କିଏ ବୁଝିବ? ପୃଥିବୀରେ ସଭିଏଁ ଅର୍ଥ ନେଇ ବ୍ୟସ୍ତ। ସର୍ବତ୍ର ବିରାଜିତ ଏହି କରୁଣାମୟୀ ମହାଶକ୍ତିଙ୍କ ରହସ୍ୟ ଭେଦ କରିବାକୁ ବ୍ୟସ୍ତ କେତେ ଜଣ?

ପୁଷ୍ପ କହିଲା – ପ୍ରଭୁ ଆପଣ କହୁଥିଲେ ଆପଣଙ୍କ ଗ୍ରାମରେ ଗୋଟିଏ ଝିଅ ଭଗବାନଙ୍କୁ ଦେଖାପାଏ – ତା' କିଭଳି?

– ସେ ଉଚ୍ଚ ଅବସ୍ଥାର ଝିଅ, ତା'ର ଶେଷ ଜନ୍ମ ହୁଏ ପୃଥିବୀରେ ସାତ ଶହ ବର୍ଷ ପୂର୍ବେ। ମାନବ ଆବର୍ତ୍ତ କଟାଇଛି। ସ୍ୱାମୀ ଭାବରେ ଭଗବାନଙ୍କୁ ଚିନ୍ତାକରେ। ଭଗବାନଙ୍କ ଦେଖାପାଏ ସେହି ଭାବରେ। ମୁଁ ଜାଣେ ଭଗବାନଙ୍କ ଏ ସବୁ ମାୟାରୂପ। ତାହାଙ୍କ ରୂପର କଣ କିଛି ସୀମା ଅଛି? ଭଗବାନଙ୍କୁ ଯିଏ ଆନ୍ତରିକ ଭାବରେ ଡାକେ ସେ ତାଙ୍କ ପାଖକୁ ଯିବେ ହିଁ ଯିବେ। ଯେଉଁ ରୂପରେ ଚାହିଁବ, ସେ ସେହି ରୂପରେ ହିଁ ଯିବେ। ଏହା ଗୋଟିଏ ଅମୋଘ ନିୟମ। ଯେପରି ଚୁମ୍ବକ ପାଖକୁ ଲୌହ ନିଶ୍ଚୟ ଯିବ। ଏହାବି ସେପରି। ଭଗବାନ ଯିବେ ହିଁ ଯିବେ ଭକ୍ତରୂପ ଚୁମ୍ବକ ପାଖକୁ। ତାହାଙ୍କୁ ଟାଣି ନେବ ଆକର୍ଷଣ କରି। ଭଗବାନ ଲୁହା, ଭକ୍ତ ଚୁମ୍ବକ। ଏହା ତାହାଙ୍କୁ ଟାଣୁଛନ୍ତି, ସେ ଏହାଙ୍କୁ ଟାଣୁଛି। ପୃଥିବୀର ଲୋକଙ୍କୁ ଏ କଥା ବିଶ୍ୱାସ କରାଇବା

କଠିନ। ବିଶ୍ୱାସ କଲେ ତ ମନୁଷ୍ୟ ଆଉ ମୁନୁଷ୍ୟ ହୋଇ ରହିବ ନାହିଁ। ଭଗବାନ ହୋଇଯିବ।

ସେମାନେ ସଭିଏଁ ମହର୍ଲୋକର ସେହି ଗ୍ରାମକୁ ଫେରିଆସିଲେ। ତା'ପରେ ସେମାନଙ୍କୁ ସର୍ବେ ଧରି ବିଭିନ୍ନ ଆବାସ-ଘର ଦେଖାଇଲେ ଜନପଦର। ପାହାଡ଼ ଦେହର ସ୍ତରସ୍ତରରେ ନାନା ରଙ୍ଗର ଫୁଲ। କୌଣସି ସ୍ଥାନରେ କେଉଁ ଅପାର୍ଥିବ ପଶୁର ମୂର୍ତ୍ତି ସ୍ଫଟିକରେ ତିଆରି। କେଉଁଠି ବଡ଼ ବଡ଼ ବୃକ୍ଷ ଶ୍ରେଣୀ, କେଉଁଠି ସରୋବର। ଦୂରଦୂରାନ୍ତର ବ୍ୟାପୀ ଏହି ସବୁ ବନବୀଥି ଓ ଉଦ୍ୟାନ ଭିତରେ ଅତି ସୁନ୍ଦର ସୁନ୍ଦର ପ୍ରାସାଦ ଓ ଅଟ୍ଟାଳିକା। ଶୁଭ୍ର ସ୍ଫଟିକ ଛଡ଼ା ଅନ୍ୟ କୌଣସି ଉପାଦାନରେ ଏହି ସମସ୍ତ ପ୍ରାସାଦ ନିର୍ମାଣରେ ବ୍ୟବହୃତ ହୋଇନି। ଗଛମାନଙ୍କରେ ଲତାସବୁ ମାଲାକାରରେ ସଜ୍ଜିତ। ଆରତି ପାଇଁ ପଞ୍ଚ ପ୍ରଦୀପ ଶିଖାଭଳି କୌଣସି କୌଣସି ରକ୍ତ ବର୍ଣ୍ଣ ପୁଷ୍ପ ଉର୍ଦ୍ଧ୍ୱମୁଖୀ ହୋଇ ଫୁଟିଛି। ଜନପଦର କିଛି ଦୂରରେ ଅରଣ୍ୟ ପ୍ରସ୍ତର ବନ୍ଧାଇ ବାଟର ଦୁଇ ପାଖରେ ଅଥଚ ସେସବୁ ଅରଣ୍ୟରେ ଜୁଇ, ଗୋଲାପ, କାଞ୍ଚନ ଫୁଲ ଭଳି ଦେଖାଯାଉଥିବା ଆଲୋକ କ୍ଷୁଦ୍ର କ୍ଷୁଦ୍ର ମଣ୍ଡଳୀ ଆକାରରେ ସୁଗନ୍ଧିତ ବଣଫୁଲ ଅଜସ୍ର ଫୁଟିଛି। ପାହାଡ଼ ଦେହରେ ଶୁହ ଓ ପଥର ନିର୍ମିତ ମନ୍ଦିର - ଯେପରି ବହୁ ପୁରାତନ ବୋଲି ମନେ ହୁଏ।

ଏମାନଙ୍କ ସଙ୍ଗୀ କହିଲେ - ଏହି ସବୁ ଗୁହାରେ ମର୍ଘ୍ୟ ଲୋକର ପ୍ରାଚୀନ ସାଧୁମାନେ ଭଗବାନଙ୍କ ଚିନ୍ତାରେ ନିମଗ୍ନ ରହୁଥିଲେ। ଏବେ ବହୁ ଦୂରବର୍ତ୍ତୀ, ଅନେକ ଉର୍ଦ୍ଧ୍ୱଲୋକକୁ ସେମାନେ ଚାଲି ଯାଇଛନ୍ତି। ପୃଥିବୀର ହିସାବରେ ହଜାର ହଜାର ବର୍ଷ ପୂର୍ବର କଥା। ଏବେ ସେ ସବୁ ତୀର୍ଥସ୍ଥଳୀ ହିସାବରେ ବିଦ୍ୟମାନ ଅଛି। ତେବେ, ଏଇ ସବୁ ବନସ୍ଥଳୀ ନିଭୃତ ଗିରିଗୁହା ଓ ମନ୍ଦିର ଗୁଡ଼ିକରେ ବସିଲେ ହିଁ ଆମ୍ଭ ସ୍ୱଭାବତଃ ଅନ୍ତର୍ମୁଖୀ ଓ ଆବୃତ ଚକ୍ଷୁ ହୋଇ ନିଜ ହୃଦୟ କନ୍ଦର ଅନ୍ଧକାର ଗହନରେ ଡୁବିଯାଇ ନିଜ ସ୍ୱରୂପ ବୁଝିବାକୁ ଉନ୍ମୁଖ ହୋଉଥେ।

ଯତୀନ କହିଲା - ଆଚ୍ଛା, ଆପଣମାନଙ୍କର ମଧ କଣ ଧ୍ୟାନଧାରଣାର ପ୍ରୟୋଜନ ହୁଏ?

- ଆମେମାନେ ତ ଅନେକ ନିମ୍ନ ଲୋକର ଜୀବ! ସତ୍ୟଲୋକର ଉର୍ଦ୍ଧ୍ୱସ୍ତରର ଦିବ୍ୟ ମହାଜ୍ୟୋତିର୍ମୟ ବ୍ରହ୍ମସ୍ୱରୂପ ଜୀବମାନେବି ଧ୍ୟାନ ଓ ସାଧନା ଦ୍ୱାରା ଆମ୍ରଶକ୍ତି ଉଦ୍ବୁଦ୍ଧ କରନ୍ତି। ଭଗବାନଙ୍କ ସହିତ ନିଜ ନିଜର ଯୋଗାଯୋଗ ସାଧିତ କରନ୍ତି। ଆମେମାନେ ଧ୍ୟାନଧାରଣା ଦ୍ୱାରା ଜନ୍ତପୟ ଓ ସତ୍ୟଲୋକର ଅଧ୍ବାସୀମାନଙ୍କ ସହିତ ଆଦାନ ପ୍ରଦାନ ଚଲାଉଁ। ସେହିମାନଙ୍କ ଅଦୃଶ୍ୟ ସାହାଯ୍ୟ ପ୍ରାର୍ଥନା କରୁଁ।

– ସେମାନେ କଣ ଆପଣମାନଙ୍କ ନିକଟରେ ସୁଦ୍ଧା ଅଦୃଶ୍ୟ ?

– ସଂପୂର୍ଣ୍ଣ, ବିନା ଧ୍ୟାନଧାରଣାରେ ସେମାନଙ୍କ ପରି ଉଚ୍ଚ ଜୀବମାନଙ୍କ ସହିତ ଆମମାନଙ୍କର ଯୋଗାଯୋଗ ସମ୍ଭବ ନୁହେଁ। ଆମ ଆଖିରେ ସେମାନେ ସଂପୂର୍ଣ୍ଣ ଅଦୃଶ୍ୟ।

– ସେମାନଙ୍କ ଉପରେ ବି ଲୋକ ଅଛି ?

– ଅଛି, ଅନେକ ଅଛି। ସତ୍ୟ ଲୋକର ଊର୍ଦ୍ଧ୍ୱତନସ୍ତରର ଜୀବଗଣ ଏହି ଲୋକର ନିମ୍ନସ୍ତରର ଜୀବମାନଙ୍କର ଅଦୃଶ୍ୟ। ତା ଊର୍ଦ୍ଧ୍ୱରେ ବ୍ରହ୍ମଲୋକ, ତା ଊର୍ଦ୍ଧ୍ୱରେ ସର୍ବଲୋକାତୀତ ପରଂବ୍ରହ୍ମଲୋକ ବା ଗୋଲୋକ। ତାହାରି ଊର୍ଦ୍ଧ୍ୱରେ ନିର୍ଗୁଣ ବ୍ରହ୍ମଲୋକ– କିନ୍ତୁ ସେଠାକାର ଖବର କେହି ଦେଇ ପାରିନି–କେହି ଜାଣନ୍ତି ନାହିଁ। ଏସବୁ ଲୋକର ତତ୍ତ୍ୱ ଅତ୍ୟନ୍ତ ଗୁହ୍ୟ –ସାଧାରଣ ଜୀବମାନେ ଏହାର ଖବର ରଖନ୍ତି ନାହିଁ କିମ୍ୱା ସେମାନଙ୍କର କିଛି ଆବଶ୍ୟକ ବି ନାହିଁ ଏସବୁଥିରେ। ତେବେ ଏଇସବୁ ଲୋକ ସମ୍ୱନ୍ଧରେ ମୋର ବି କିଛି ପ୍ରତ୍ୟକ୍ଷ ଅଭିଜ୍ଞତା ନାହିଁ – କାହାରି ନଥାଏ। ଊର୍ଦ୍ଧ୍ୱଲୋକର କେହି କେହି ଦେବତା ଦୟା କରି ଦେଖା ଦେଇ ଯେପରି କହିଛନ୍ତି ସେପରି ଜାଣେ।

– ଗ୍ରାମ, ନଗର ବାସକରନ୍ତି କାହିଁକି ?

– ଆମେମାନେ ବହୁ ଯୁଗ ପୂର୍ବର ଆତ୍ମା। ଆମମାନଙ୍କର ସମସାମୟିକ ଆତ୍ମା ଏହି ଲୋକରେ ଆଉ ନାହାନ୍ତି। ଆମେମାନେ ପରସ୍ପରକୁ ସାହାଯ୍ୟକରି ନିଜ ନିଜ ଉନ୍ନତି ଲାଭ କରୁଛୁ। ନିଜ ନିଜ ମନ ସାହାଯ୍ୟରେ ଏହି ଜନପଦ ନିର୍ମାଣ କରିଛୁ ଆଉ ଏକତ୍ର ବାସ କରୁଛୁ, ଭଗବାନଙ୍କ ଉପାସନା, ଧ୍ୟାନ, ଧାରଣା କରୁଁ। ସାଧ୍ୟାନୁସାରେ ପୃଥିବୀରେ ବା ଅନ୍ୟ ଗ୍ରହକୁ ଯାଇ ସ୍ଥୂଲ ଜଗତରେ ଜୀବମାନଙ୍କ ଉପକାର କରିବାକୁ ଚେଷ୍ଟା କରୁଁ। ପୃଥିବୀରେ ଯେପରି ଗ୍ରାମ, ଜନପଦ, ସୃକ୍ଷ୍ମ ଜଗତର ଏହିସବୁ ଜନପଦ, ବନବୀଥି ଉଦ୍ୟାନର ପ୍ରତିଛାୟା ମାତ୍ର ସେସବୁ। ସେମାନଙ୍କର ବିକାର ଅଛି, ଏମାନଙ୍କ ବିକାର ନାହିଁ।

ପୁଷ୍ପ କହିଲା – ଭଗବାନଙ୍କୁ ସ୍ୱାମୀ ରୂପେ ପାଇଛନ୍ତି, ସେଇ ଝିଅଟିକୁ ଥରେ ଦେଖାଇବେ ନାହିଁ ? ତାହାଙ୍କ ଭାଗ୍ୟ ବଡ଼ ଅଭୁତ ସତେ !

ଦେବତା ହସି କହିଲେ – ସେ ସବୁ ହେଲା ନାରୀର ସାଧନା, ପ୍ରେମ ଭକ୍ତିର ସାଧନା–ଭଗବାନଙ୍କ ମାୟା ରୂପରେ ଦେଖା ପାଆନ୍ତି। ତୁମେ ବି ଦେଖାପାଇପାରିବ କନ୍ୟା, ଯଦି ତୁମର ପ୍ରେମ ଜାଗରିତ ହୁଏ ତାହାଙ୍କ ପ୍ରତି। ଭଗବାନ କଳ୍ପତରୁ – ସ୍ୱରୂପ। ଯଥାର୍ଥ ପିପାସୁ ଓ ବ୍ୟାକୁଳିତ ବ୍ୟକ୍ତିକୁ ନିରାଶ କରନ୍ତି ନାହିଁ। ତେବେ ମୁଁ ସେସବୁକୁ ପୁତୁଲି ଖେଳ ବୋଲି ବିବେଚନା କରେ। ନାରୀର ଧର୍ମ ପୁରୁଷର ନୁହେଁ। ପୁରୁଷ ହେବ ଜ୍ଞାନୀ, ବୀର, ତ୍ୟାଗୀ।

ପୁଷ୍ପ କହିଲା – କିନ୍ତୁ ମନେ ରଖିବେ ଦେବ, ଭାରତର ସର୍ବଶ୍ରେଷ୍ଠ ଯୁଗାବତାର ଶ୍ରୀକୃଷ୍ଣ ଏହି ପ୍ରେମ ଭକ୍ତିର ସାଧନା ଶିଖାଇଛନ୍ତି – ଜ୍ଞାନର ବି, କର୍ମର ବି। ତାହାଙ୍କଠାରେ ଏହି ତିନିଗୁଣର ହିଁ ଅପୂର୍ବ ସମନ୍ୱୟ।

– ଶ୍ରୀ କୃଷ୍ଣଙ୍କୁ ଆପଣ ଯାହାବି କହନ୍ତୁ ସେ ପ୍ରେମର ଦେବତା। ପ୍ରେମମୟ ଭାବମୟ ସୌନ୍ଦର୍ଯ୍ୟମୟ – ଏହାହିଁ ତାହାଙ୍କ ଅସଲ ରୂପ।

– ତୁମେ ନାରୀ, ତୁମ ପକ୍ଷରେ ଏହି ଭାବହିଁ ସ୍ୱାଭାବିକ କଥା। ତେବେ ଜାଣିରଖ, ଜଗତର ବହୁ ଗ୍ରହରେ ବହୁ ଜୀବକୁଳ ବାସ କରନ୍ତି। ଭଗବାନ ପ୍ରତ୍ୟେକ ଗ୍ରହରେ ଅସୀମ ବିଶ୍ୱର ସମସ୍ତ ଜୀବକୁଳ ସମ୍ମୁଖରେ ସେମାନଙ୍କ ଭାବନୁଯାୟୀ ମାୟାରୂପ ଧରି ଦେଖାଦିଅନ୍ତି। ସେ ଅସୀମ, ଅନନ୍ତ ରୂପି, ତାହାଙ୍କ କୌଣସି ଶେଷ ନାହିଁ। କେତେ ଲକ୍ଷ ଶ୍ରୀକୃଷ୍ଣ ଅଛନ୍ତି, କେତେ ଲକ୍ଷ ରାମଚନ୍ଦ୍ର ଅଛନ୍ତି ତୁମମାନଙ୍କ ପୃଥିବୀରେ ତାହାଙ୍କ ମଧ୍ୟରେ – ଏକଥା ମନେ ରଖ।

– ସେଠାରେ କଣ ଅଛି, ଅସୀମ ମଣିଷ ତାହାଙ୍କ କୋଟି କୋଟି ମାୟାପ ଧାରଣକରି ପାରିବେ ନାହିଁ। ଗୋଟିଏମାତ୍ର ସୁନ୍ଦର ରୂପର ଧ୍ୟାନରେ ସିଦ୍ଧିଲାଭ କଲେବି ତ ତାହାଙ୍କୁ ପାଇବେ ?

– ନିଶ୍ଚୟ, ଏହାତ ହେଲା ସହଜପଥ, ଭକ୍ତିପଥ ସହଜ ପଥ, ନାରୀର ପଥ। ଜ୍ଞାନ ପଥ, ବୀରର ପଥ, ପୁରୁଷର ପଥ। ସେ କଥା ତ ତୁମକୁ ଆଗରୁ କରିଛି। ଭଗବାନଙ୍କୁ ପାଇବ ଏହି ପଥରେ ବି, ସେହି ପଥରେ ବି।

ପୁଷ୍ପ କହିଲା – ସେହି ସହଜ ସୁନ୍ଦର ପଥର, ସହଜ ସୁନ୍ଦର ଦେବତା ଶ୍ରୀକୃଷ୍ଣ ଯଦି ମୋର ମନର ଗୋପନ ମନ୍ଦିରରେ ବିରାଜ କରନ୍ତି, ତେବେ ମୋର ଜନ୍ମ ମରଣ ଧନ୍ୟ ହେବ ଦେବ। ଜୀବନର ଏ ପାରିରେ ଅବା ସେପାରିରେ ଆଉ କିଛି ଚାହେଁନି।

ଏଇ ସମୟରେ ଗୋଟିଏ ସୁନ୍ଦରୀ ନାରୀ ସେଠାରେ ଆସି ଠିଆ ହେଲେ। ତାହାଙ୍କ ମୁହଁ ଅପୂର୍ବଦିବ୍ୟଭାବରେ ପରିପୂର୍ଣ୍ଣ। ଅଙ୍ଗକାନ୍ତି ତରକ ଜ୍ୟୋସ୍ନାଭଲି। ବଡ଼ ବଡ଼ ଆଖି ଦୁଇଟାରେ ଅସୀମ ସାରଲ୍ୟ ଓ ଅନ୍ତଃମୁଖିତା। ମହାପୁରୁଷ ପୁଷ୍ପ ସହିତ ମିଳିନନ୍ଦ୍ର କରାଇ ଦେଇ କହିଲେ – ଏ ସେଇ କନ୍ୟା। ଏହାଙ୍କ ନାମ ସୁମେଧା – ଭାରତ ବର୍ଷର ହିଁ କନ୍ୟା।

ପୁଷ୍ପ ପ୍ରଣାମ କରି କହିଲା – ଦେବି, ଭଗବାନଙ୍କ ସମ୍ୱନ୍ଧରେ କଥା ହେଉଥିଲୁଁ –

ନାରୀ ହସି କହିଲେ – ମୁଁ ସବୁ ଶୁଣିଛିଁ – ତାହାଙ୍କ ସ୍ୱରୂପ କଣ ଶୁଣିବ ? ମୁଁ ଖୁବ୍ ଭଲ କରି ଦେଖିଛି। ସେ ବାଳକ ସ୍ୱଭାବ, ବାଟ ବାଙ୍କରେ ବସିଥାଆନ୍ତି ଉତ୍ସୁକ

ହୋଇ, ଧରା ଦେବା ପାଇଁ। କିନ୍ତୁ ତାହାଙ୍କ ପଛରେ ଧାଇଁଲେ ସେ ବାଳସୁଲଭ ହସି ଧାଇଁ ଦୂରକୁ ପଳାଇ ଯାଆନ୍ତି।

ଯତୀନ ଅଭିଭୂତ ଓ ମୁଗ୍‌ଧଭାବରେ କହି ଉଠିଲା – ବାଃ ମାଆ, ବାଃ କି ସୁନ୍ଦର ଅନୁଭୂତିର କଥା !

ପୁଷ୍ପ ମଧ୍ୟ ମୁଗ୍‌ଧ ଦୃଷ୍ଟିରେ ସେଇ ଅନିତ୍ୟ ସୁନ୍ଦରୀ, ଲାବଣ୍ୟମୟୀ, ଭାବମୟୀ ନାରୀଙ୍କ ଆଡ଼କୁ ଚାହିଁ ରହିଲା। ରୁଦ୍ଧ ନିଶ୍ୱାସରେ କହିଲା – ତାପରେ, ତାପରେ ମା ?

– ତାପରେ କଣ କହିବି। ଏହି ସମୟରେ ଯଦି ତୁମେ ହତାଶ ହୋଇ ଧାଇଁବାବନ୍ଦ କରିଦିଅ – ତେବେ ଭଗବାନ ନିରାଶ ହେବେ। ଠିଆ ହୋଇ ରହିବେ ବାଳକଭଳି। ସେ ଚାହାଁନ୍ତି ଜୀବ ତାହାଙ୍କ ପଛେ ପଛେ କିଛି ଧାଉଁଥାଉ। ଥକିଯାଉ। ଭଗବାନ ଜୀବସହିତ ଶିଶୁଭଳି ଖେଳା କରି ବଡ଼ ଖୁସି। ଅଟକି ନଯାଇ ତେବେବି ଧାଇଁଲେ ଭଗବାନ ଶେଷରେ ଅକାରଣରେ ପୁଣି ନିଜେ ଫେରିଆସିବେ, ହସି ହସି ଧରା ଦେବେ। ଅତଏବ ଭଗବାନଙ୍କୁ ନିରାଶ କର ନାହିଁ। ତାହାଙ୍କୁ ଟିକିଏ ଜୀବଙ୍କୁ ନେଇ ଖେଳିବାକୁ ଦିଅ – ସେ ବଡ଼ ଏକାକୀ –

ଦେବୀଙ୍କ ଆଖି ସ୍ନେହ ଓ ପ୍ରେମରେ ଛଳ ଛଳ ହୋଇଗଲା।

ପୁଷ୍ପ କହିଲା – ଚମତ୍କାର ! ଆଜି ଅତି ସୁନ୍ଦର ଭାବରେ ବୁଝିଲି। ସହଜ ଭାବରେ ବୁଝିଲି। ଆପଣଙ୍କ ଅନୁଭୂତି ସହଜବୋଲି ସହଜଭାବରେ ବୁଝିଛନ୍ତି ତାହାଙ୍କୁ। ଯତୀନରମନ ପୁଷ୍ପର ଏହି କଥାରେ ହଁ ଭରିଲା। ସେମାନଙ୍କ ସଙ୍ଗୀ କିନ୍ତୁ ଅନ୍ୟ ଆଡ଼କୁ ମୁହଁ କରିଥିଲେ ଉଦାସୀନ ଭଳି – ଯେପରି ସେ ଏସବୁ ଭାବାଲୁତାର ବହୁ ଉର୍ଦ୍‌ଧରେ, ଜ୍ଞାନ ଓ ତପସ୍ୟାର ଦୃଢ଼ଭୂମି ଉପରେ ପ୍ରତିଷ୍ଠିତ।

ପୁଷ୍ପ ଓ ଯତୀନ ତାହାଙ୍କୁ ମଧ୍ୟ ପ୍ରଣାମ କରି ବିଦାୟ ପ୍ରାର୍ଥନା କଲେ। ଝିଅଟି ତାଙ୍କ ହସ ହସ ମୁହଁରେ କହିଲେ – ପୁଣି ଆସିବ ତୁମେମାନେ। ମୁଁ ଏଠାରେ ଶୀଘ୍ର ଉତ୍ସବ କରିବି – ବନ – କୁସୁମ ଉତ୍ସବ। ବନ ଲୋକର ଅନେକ ନାରୀ, ପୁରୁଷ ଆସନ୍ତି ସଭିଏଁ ମାଳା ପିନ୍ଧାଇଥାନ୍ତି ବନ ଫୁଲର ମୋର ବିଗ୍ରହଙ୍କ ଗଳାରେ। ମୁଁ ତୁମମାନଙ୍କୁ ନିମନ୍ତ୍ରଣ କରିବି।

ପୁଷ୍ପ କହିଲା – ଦେବୀ କନ୍ଦ ପର୍ବତର ସଙ୍ଗୀତ ଶୁଣିବାକୁ ଯାଆନ୍ତି ନି ଆପଣ ? ପୁଣି ତ ସେଦିନ ଆସୁଛି। ଆପଣଙ୍କ ସହିତ ଦେଖାହେବ ?

– ମୁଁ ପ୍ରତିଥର ଯାଏ। ଆମ ଗ୍ରାମର ସଭିଏଁ ଯାଆନ୍ତି। ଭଗବାନଙ୍କ ପ୍ରତି ଅନୁରାଗ ଜନ୍ମିଥାଏ ସେ ସଙ୍ଗୀତ ଶୁଣିଲେ – ଅତ୍ୟନ୍ତ ସୂକ୍ଷ୍ମ ଅନୁଭୂତିର କବାଟ ଖୋଲେ ବୋଲି ଅନେକ ଉଚ୍ଚ ସ୍ତରର ନରନାରୀ ଆସନ୍ତି ସେ ଦିନ। ସେଠାକୁ ଯିବା ମୁଁ ବି ଯିବି।

ଗାଁ ବାହାର ବନବୀଥୁ ଅନ୍ତରାଳରେ ଗୋଟିଏ ଶୁଭ୍ର ସ୍ଫଟିକ ମନ୍ଦିରକୁ ଝିଅଟି ସେ ଉଭୟକୁ ନେଇଗଲା। ସେଠାରେ ପହଞ୍ଚିଲା ମାତ୍ରେ ପୁଷ୍ପ ବୁଝିପାରିଲା ଏହା ଅତି ପବିତ୍ର ସ୍ଥାନ – ଦେବତାଙ୍କ ଆବିର୍ଭାବ ଦ୍ୱାରା ଏହାର ଅଣୁ – ପରମାଣୁ ଧନ୍ୟ ଓ କୃତାର୍ଥ ହୋଇ ଯାଇଛି। ଏଠାକୁ ଆସିଲା ମାତ୍ରେ ତାର ମନେ ହେଲା, ଏଠାରେ ନିର୍ଜନରେ ବସି ଭଗବାନଙ୍କ ଚିନ୍ତା ଓ ଧ୍ୟାନ କରିବାକୁ। ରଘୁନାଥ ଦାସଙ୍କ ଆଶ୍ରମଭଳି ଏହାର ପୂଣ୍ୟମୟ ପ୍ରଭାବ। ଝିଅଟି ହଠାତ୍ କହିଲା – ସମୁଦ୍ର ଦେଖିବ ଭଉଣୀ ?

ପୁଷ୍ପ ଅବାକ୍ ହୋଇ କହିଲା – କାହିଁ ?

– ସେଇ ଦେଖ –

ପୁଷ୍ପ ସତରେ ଦେଖିଲା ସେଇ ବନବୀଥୁର ଅପରପାଖରେ ବିଶାଖ ସୁନୀଳ ମହାସାଗର ଢେଉ ଉପରେ ଢେଉକା ହୋଇ ବହୁଦୂର ଦିଗନ୍ତରେ ମିଶି ଯାଇଛି। କୌଣସି କୂଳ ନାହିଁ, କିନାରା ନାହିଁ। ସେ ଅନନ୍ତ ଜଳାରାଶି ଉପରେ ନୀଳ ମହାବ୍ୟୋମର ପ୍ରତିଛାୟା – ତାହା ଗୋଟିଏ ଅଭୁତ ଦୃଶ୍ୟ, ସମୁଦ୍ରତଟ ଗୋଟିଏ ଶିଳା ଖଣ୍ଡରେ ବିଶାଳ ଏକ ବୃକ୍ଷତଳେ ଝିଅଟି ତା ହାତ ଧରି ବସାଇଲା। ପୁଷ୍ପର ମନେହେଲା ତା'ର ସମସ୍ତ ସଭା ଏହି ଆନନ୍ଦମହାସମୁଦ୍ରର କୂଳରେଖା ଧରି ବହୁଦୂର ଅନନ୍ତ ଭିତରେ ବିଲୀନ ହୋଇଯାଉଛି। ଜଗତ ସ୍ୱପ୍ନ ଯେପରି ବିଲୀନ ହୋଇ ଯାଉଛି ସ୍ୱସଂବେଦ୍ୟ ଆତ୍ମାନୁଭୂତିର ଶାନ୍ତ ଗମ୍ଭୀରତାରେ। ଝିଅଟି ଖିଲିଖିଲି ହସି ଉଠିଲା ମୁହଁରେ ପଣତ ଦେଇ। କେତେମଧୁର ହସ ତା ସୁନ୍ଦର ମୁହଁରେ। କହିଲା – କିପରି ଠକିଛି ଭଉଣୀ ?

ପୁଷ୍ପ କହିଲା – ସମୁଦ୍ର କେଉଁଠାରୁ ଆସିଲା ଏଠାକୁ ? ମୁଁ ବି ତାହା ଭାବୁଛି।

– ସମୁଦ୍ରତଟ ଏହି ଗଛ ତଳେ ବସିଲେ ତାହାଙ୍କ କଥା ବହୁତ ମନେପଡ଼େ। ତେଣୁ ଏହା ତିଆରି କରି ରଖିଛି !

– ସବୁ ସମୟରେ ଥାଏ ?

– ସବୁ ସମୟରେ ଥାଏ ଭଉଣୀ ? ?

– ସବୁ ସମୟରେ। ତେବେ ଅନ୍ୟ କେହି ମୋର ମନଃ ସ୍ତଲୀରେ ନ ପହଞ୍ଚିଲେ ଏହା ଦେଖପାରେ ନାହିଁ। ମୋ ଲାଗି ଏହା ସବୁବେଳେ ସତ୍ୟ, ଅନ୍ୟ ପାଇଁ ଅବାସ୍ତବ।

– ଏ ଗ୍ରାମର ଅନ୍ୟ ଲୋକଙ୍କ ଲାଗି ବି ?

– ମୋତେ ଛାଡ଼ି ଆଉ କେହି ଦେଖପାରନ୍ତି ନାହିଁ। ତୁମେ ଭଉଣୀ ଭଲପାଇବ ବୋଲି ତୁମକୁ ମୋର ମନଃସ୍ତଲୀକୁ ନେଇ ଆସି ଦେଖାଇଲି। କହ ଭଲ ଲାଗୁଛି ନା ?

– ଆପଣଙ୍କୁ ମୁଁ କଣ କହି ଧନ୍ୟବାଦ ଦେବି ଜାଣି ପାରୁନି ଦେବୀ। କେତେ

ଯେଭଳ ଲାଗୁଛି ଏଇ ବନ, ଏଇ ପଥରର ବେଦୀ, ଏଇ ନୀଳ ସମୁଦ୍ର–ଏଠାରେ ଭଗବାନଙ୍କର ଯିବା ଆସିବା ପଦଚିହ୍ନ ଅଛି ।

– ଅଛି ତ ନିଶ୍ଚୟ, ସେ ଯେ ଲୁଚିକରି ଆସନ୍ତି ମୋ ପାଖକୁ, ଜାଣନା ଭଉଣୀ ?

ଝିଅଟିର କଣ୍ଠସ୍ବର ଶୁଣି ପୁଷ୍ପର ମମତା ଜନ୍ମିଲା, ଶ୍ରଦ୍ଧାବି ହେଲା । ଏହି ଶିଳାସ୍ତୂପ ସମୁଦ୍ରବେଳାରେ ଦେବତାଙ୍କ ଶୁଭଙ୍କର ଆବିର୍ଭାବର କଥା ଲେଖା ରହିଛି । ହୁଏତ ଏହା ପୁତୁଲି ଖେଳ । ହେଉ, ପୁତୁଲିଖେଳ । ସେ ନାରୀ । ଏହାହିଁ ତାକୁ ଭଲ ଲାଗେ ।

ସେ ହଠାତ୍ ପ୍ରଶ୍ନ କଲା – ଆଚ୍ଛା, ଗୋଟିଏ କଥା କହନ୍ତୁ ତ, ସ୍ତ୍ରୀ ଲୋକମାନେ କଣ ଖରାପ । ପୃଥିବୀରେ କାହିଁକି ଏକଥା ସାଧୁ – ମହାଜନମାନେ କହିଁ ଆସିଛନ୍ତି ।

.........................(୧୯୯)

– ସ୍ତ୍ରୀ ଲୋକେ ସାଧନ ପଥର ବିଘ୍ନ ବୋଲି ।

– କାହିଁକି ?

– ବିଭ୍ରାନ୍ତ କରି ଦିଅନ୍ତି ପୁରୁଷର ମନକୁ । ପ୍ରକୃତିର କାମ କରିବାଲାଗି ମାୟା ସୃଷ୍ଟି କରି । ପୁରୁଷମାନେ ମଜିଯାଆନ୍ତି, ଭୁଲିଯାଆନ୍ତି ଏଥିରେ ଅତି ସହଜରେ । ସଖି, ତୁମର ଏହି ମୁହଁ ଖଣ୍ଡିକ ନେଇ ଏହି ମହୱଲୋକରେ ଥରେ ପରୀକ୍ଷା କରି ଦେଖ ନା ?

– ସତରେ, ଆମେମାନେ ଏତେ ହେୟ ?

– ହେୟ ବା ଖରାପ ଏପରି ହୁଏତ କିଛି ନୁହେଁ, ବିଶେଷ କ୍ଷେତ୍ର ଛଡ଼ା । ଯିଏ ଭଗବାନଙ୍କୁ ପାଇବାକୁ ଚାହେଁ, ଯିଏ ଜ୍ଞାନର ସାଧନା କରିବାକୁ ଚାହେଁ, ଭକ୍ତିର ସାଧନା କରିବାକୁ ଚାହେଁ – ସେ, ନାରୀଠାରୁ ଦୂରରେ ରହିବ, ଏହା ବିଧାନ । ଅନ୍ୟ ଲୋକେ ଯେତେ ଖୁସି ମିଶନ୍ତୁ –କିଏ ମନା କରୁଛି ? ସାଧନାର ପଥକ ଯିଏ ନୁହେଁ ସେମାନଙ୍କ ଲାଗି କଣ ବାଧାଅଛି ନାରୀସଙ୍ଗ ? ନାରୀ ପ୍ରେମର ସାଧିକା ହୁଏ ଅତି ସହଜରେ । ପୁରୁଷମାନେ ତାହା ପାରନ୍ତି ନାହିଁ । ନାରୀ ପାପ-ପଥରେ ବି ଘେନିଯାଏ । କଲ୍ୟାଣର ପଥରେ ବି ଘେନିଯାଏ । କାରଣ ଚିଉନଦୀ ଉଭୟତୋମୁଖୀ, ବହତି ପାପାୟ, ବହତି କଲ୍ୟାଣାୟ । ଖୁବ୍ ସାବଧାନ ହୋଇ ନଚଲିଲେ ସର୍ବ ନାଶ ହୁଏ ତାହାଙ୍କ ହେତୁରୁ । ସାପ ଖେଳାଇବାକୁ ସମସ୍ତେ ଜାଣନ୍ତି ନି । ଅନାଡ଼ି ସାପୁଆ ସାପ ହାତରେ ହିଁ ମରେ ।

– ସ୍ବାମୀ – ସ୍ତ୍ରୀ ସମ୍ବନ୍ଧ କ'ଣ ଚିର କାଳର ?

– ଯେଉଁଠି ପ୍ରେମଥାଏ । ତା ନଥିଲେ କାହିଁର ସଂବନ୍ଧ ? ଯେଉଁଠି ପ୍ରେମ ଅଛି ପ୍ରେମର ଦେବୀ ମିଲାଇ ଦିଅନ୍ତି । ସ୍ବାମୀ – ସ୍ତ୍ରୀ ନ ହେଲେ ବି କଣ ହେଲା ପ୍ରେମ ନେଇ ବିଷୟ । କିନ୍ତୁ ଏ ଧରଣର ପ୍ରେମ ସାଧନା–ଲବ୍ଧ ବସ୍ତୁ । ଦେହର ବା ରୂପର

ମୋହ ଏହି ପ୍ରେମକୁ ଜନ୍ମ ଦେଇ ପାରିନଥାଏ। ରୂପଜ ପ୍ରେମ ଦେଇ ପ୍ରକୃତି ତାହାର କାମ କରାଇ ନିଏ ମାତ୍ର। କାମ ହାସଲ କରାଇନିଏ।

– ଆପଣ କିପରି ଭାବରେ ଏ ସବୁ ଜାଣିଲେ ?

ଝିଅଟି ହସି କହିଲା – କେତେ ଯେ ଠକାମୀରେ ପଡ଼ିଛି ଭଉଣୀ। କେତେ ଶହ ଜନ୍ମ ଧରି। କେତେ ତଳକୁ ଖସି ଯାଇଥିଲି। କେତେ ଭୁକ୍ତ ଭୋଗୀ ହୋଉଛି – ଜନ୍ମ ଜନ୍ମାନ୍ତରର ସେ ସବୁ ସ୍ମୃତି ଓ ସଂସ୍କାର ମୋତେ ଜ୍ଞାନୀ କରିଛି।

ଗୋଟିଏ, ଦୁଇଟି ଜନ୍ମରେ ସାଧୁ ହୋଇ ପାରିବା ସମ୍ଭବ ନୁହେଁ ଭଉଣୀ – ମହର୍ଲୋକକୁ ମଧ ଆସିହୁଏ ନାହିଁ –

– ପୁଣି ଆପଣ ଜନ୍ମ ନେବେ ?

– ପୃଥିବୀରେ ମୋର ଶେଷ ଜନ୍ମ ନେବା ହୋଇଗଲାଣି ବହୁ କାଳପୂର୍ବରୁ– ପୃଥିବୀର ସେ ହିସାବଭୁଲି ଗଲିଣି। ଆଉ ସେଠାକୁ ଯିବି ନାହିଁ। ଭଗବାନ ମୋତେ ଦୟା କରିଛନ୍ତି।

– ଯଦି, ଆପଣଙ୍କ ଭଳି ଝିଅର ଦରକାର ହୁଏ ପୃଥିବୀରେ ଜନ୍ମ ନେବାକୁ ?

– ସେ ଅବସ୍ଥାରେ ଭଗବାନଙ୍କ ନିର୍ଦ୍ଦେଶ ପାଇବି। ଜୀବର ସେବା କରିବା ଭାର–ସୌଭାଗ୍ୟର କଥା ତାହା। ସେ ଯଦି ମୋତେ ନଛାଡ଼ନ୍ତି, ପାଖରେ ରହନ୍ତି ଭଉଣୀ, ନରକକୁ ବି ଯିବାରେ କ'ଣ କ୍ଷତି। ସେ ହାତ ଧରି ନେଇଗଲେ ନରକ ଆଉ କଣ କହିବ କେଉଁ ସ୍ଥାନକୁ। କାହିଁର ସ୍ୱର୍ଗ, କାହିଁ ନରକ ? ସେ ଥାଆନ୍ତୁ ତ ମୋ ସହିତ !! ଝିଅଟିର ଆଖିରୁ ଲୁହ ଗଡ଼ି ପଡ଼ିଲା ଅବିଶ୍ରାନ୍ତ।

ପୁଷ୍ପ ଅବାକ୍ ହେଲା ତାହାଙ୍କ ଅନୁଭୂତିର ତୀବ୍ରତା ଦେଖ। ଶ୍ରଦ୍ଧାରେ, ଭକ୍ତିରେ ଭରିଗଲା ତା'ର ମନ।

ଝିଅଟି ପୁଣି କହିଲା – ଭଗବାନ ଏହି ଆଲୋକ କମଳ ବିଶ୍ୱ ଜଗତ୍ ହୋଇ ପ୍ରସ୍ଫୁଟିତ ଅଛନ୍ତି। ତାହାଙ୍କ କରୁଣାର ଆଲୋକ। କାହାରିକୁ ସେ ଭୁଲନ୍ତି ନାହିଁ। ଅବହେଲା କରନ୍ତି ନାହିଁ ଭଉଣୀ। ତାଙ୍କ ଭଳି ପ୍ରେମିକ କାହିଁ ? ଯିଏ ଡାକେ ଯିଏ ତାହାଙ୍କ ଶରଣନିଏ, ସେ ତାହାରି ପାଖକୁ ଧାଇଁ ଯାଆନ୍ତି। ପାପୀ, ପତିତ ମାନନ୍ତି ନାହିଁ। କିନ୍ତୁ ଭଉଣୀ କେହି କଣ ତାହାଙ୍କୁ ଚାହୁଁଛି ?

ସମୁଦ୍ରତଟ ବିଶାଲ ବୃକ୍ଷତଳେ ନୀଳ ଊର୍ମିମାଳା ଆଡ଼କୁ ଚାହିଁ ସେମାନେ ଉଭୟେ ଠିଆ ହୋଇଛନ୍ତି। ଝିଅଟି ବଡ଼ ସୁନ୍ଦର ଭଙ୍ଗୀରେ ହାତ ଟେକି ଦୂରକୁ ଦେଖାଇ କହିଲା – ଏହି ମହା ସମୁଦ୍ରଭଳି ଅନ୍ତହୀନ ତାହାଙ୍କ କରୁଣା। କେହି ବୁଝି ପାରନ୍ତିନି। କହନ୍ତି ତାହାଙ୍କୁ ନିଷ୍ଠୁର। ସେ ଦୁଇ କୋଟି ଜନ୍ମର ମଙ୍ଗଳ କରନ୍ତି ଗୋଟିଏ ଜନ୍ମର କର୍ମ

 କ୍ଷୟ କରି। ପୃଥ୍ବୀର ଲୋକେ ସଦ୍ୟ, ତତ୍‌କ୍ଷଣାତ୍‌ ଫଳ ଚାହାଁନ୍ତି। ବୁଝ୍‌ନ୍ତି ନାହିଁ ସେ କଣ କରିବାକୁ ଚାହୁଁଛନ୍ତି। ଧ୍ୱଂସ ମଧ ଦେଇ ଅନେକ ସମୟ ଆସିଥାଏ ତାହାଙ୍କ କରୁଣା। ଫଳତଃ ଅବୁଝ ଲୋକଙ୍କ ଗାଳି ତାହାଙ୍କୁ ସହିବାକୁ ହୁଏ।

ପୁଷ୍ପ କହିଲା – ଆପଣ ଦେବୀ! କେତେ ଆନନ୍ଦ ହେଲା ଆପଣଙ୍କ ସହିତ ଦେଖାକରି। ମୋର ସଙ୍ଗୀ ମହର୍‌ଲୋକରେ ଅଧିକ ସମୟ ରହି ପାରିବେ ନାହିଁ, ସଂଜ୍ଞା ଲୋପହେବ ତାଙ୍କର। ଆଜି ମୁ ଯାଏଁ –

– ପୁଣି ଆସିବ ଭଉଣୀ। ନିଶ୍ଚୟ ଆସିବ ନା? ମୋ ପାଦରେ ହାତ ଦେଉଛ କାହିଁକି ଭଉଣୀ, ତୁମେ ବି ତ କମ ନୁହଁ। ମୁଁ ତୁମକୁ ଚାହେଁ। ଆସ – ଆନନ୍ଦରେ ରହ ଭଉଣୀ।

ଝିଅଟିର ଅବ୍ୟର୍ଥ ଆଶୀର୍ବାଦ। ସତକୁ ସତ ଏକ ଅପୂର୍ବ ଆନନ୍ଦର ପ୍ରସନ୍ନ ହିଲ୍ଲୋଲ ବହି ଗଲା ପୁଷ୍ପ ମନରେ। ଏହି ଜଗତରେ ଭୟ ନାହିଁ, ଅମଙ୍ଗଳ ନାହିଁ – ଝିଅଟି କହିଛି, ଭଗବାନଙ୍କ ଆଶୀର୍ବାଦ ରହିଛି ବିଶ୍ୱ ଉପରେ।

ଫେରି ଆସି ବୁଢ଼ା ଶିବତଳାର ଘାଟରେ ବସି ସେଦିନ ପୁଷ୍ପ ଯତୀନକୁ ସେଇ ଅଭୁତ ଝିଅଟିର ଗଳ୍ପ ଶୁଣାଇଲା।

ସେଦିନ ଫେରି ଆସିବା ପରେ କିଛିଦିନ ଏପରି ବିତିଗଲା। ବୁଢ଼ା ଶିବତଳାର ଘାଟରେ ଯେଉଁ ସଂସାର ବସାଇଥିଲା ପୁଷ୍ପ ସେଠାରେ ଯେପରି ଫାଟ ଧରିଛି। ଆଜିକୁ ସାତ ବର୍ଷ ପୂର୍ବେ ପ୍ରଥମେ ଯେଉଁଦିନ ଯତୀନ ଏଠାକୁ ଆସିଲା, ସେଦିନଠାରୁ ପୁଷ୍ପର କେତେ ଶ୍ରଦ୍ଧା, କେତେ ଆନନ୍ଦ, ପିଲା ବେଳର ସେଇ ପ୍ରିୟ ସାଥୀକୁ ନେଇ ଏଠାରେ ସଂସାର କରିବ। ତେଣୁ ସେ ଆଶାରେ ବୁଢ଼ା ଶିବତଳାର ଘାଟ ତିଆରି କରିବା କଥା।

ସେ କୂଳର ଶ୍ୟାମ-ସୁନ୍ଦରୀ ମନ୍ଦିରରେ ଆରତି – ଘଣ୍ଟାଧ୍ୱନି ହେବା ସଙ୍ଗେ ସଙ୍ଗେ ପୁଷ୍ପ ଆଗନିଜ ଘରଟିରେ ପ୍ରଦୀପ ଜଳାଏ। ଗୃହ ଦେବତା ଆଗରେ ସୁଗନ୍ଧି ଧୂପକାଠି, ଫଳ ଫୁଲର ଅର୍ଘ୍ୟ ନିବେଦନ କରେ। ମନେମନେ ଦେବଦେବୀଙ୍କୁ ସ୍ମରଣ କରେ। ରଘୁନାଥ ଦାସ ତାହାକୁ ଗୋଟିଏ ସୁନ୍ଦର ସ୍ଫଟିକ ବିଗ୍ରହ ଆଣି ଦେଇଛନ୍ତି। ସେ କହନ୍ତି ଜଣେ ଶିଳ୍ପୀ ମନନ ଶକ୍ତି ଦ୍ୱାରା ଭୁବର୍‌ଲୋକର ଜିନିଷରେ ଇଚ୍ଛାନୁଯାୟୀ ରୂପାନ୍ତର କରି ଏହିସବୁ ଦେବଦେବୀଙ୍କ ମୂର୍ତ୍ତି ତିଆରି କରନ୍ତି – ଏଇ ଲୋକର ଚତୁର୍ଥ ସ୍ତରରେ କେଉଁଠ ସେ ରହନ୍ତି। ପୁଷ୍ପ କହିଥିଲା, ଦିନେ ସେଠାକୁ ଯାଇ ଦେଖ ଆସିବ।

କିନ୍ତୁ କେଜାଣି ପୁଷ୍ପ ଭାଗ୍ୟରେ କେଉଁଠ ଯେପରି କଣ ଗୋଲମାଲ ଅଛି। ସବୁ ମିଛ ହୋଇ ଯାଉଛି କାହିଁକି? ହଠାତ୍‌ ଆଶା ଭାଉଜ ବିଷ ଖାଇ ଆତ୍ମହତ୍ୟା କରିଛନ୍ତି।

ସେହି ମୁହୂର୍ତ୍ତରେ ହିଁ ପୁଷ୍ପ ଜାଣିପାରିଛି। କିନ୍ତୁ ଆଶ୍ଚର୍ଯ୍ୟ କଥା ଯତୀନ କିଛି ବି

ସେ ସେ ବିଷୟ ଜାଣେନି। ଯତୀନ ମୁହଁକୁ ଚାହିଁ ତାର କଷ୍ଟ ହେଲା। ଆଶା ପ୍ରାରବ୍ଧ କର୍ମ ଫଳରେ ଭୁବର୍ଲୋକର କେଉଁ ନିମ୍ନସ୍ତରରେ ହୁଏତ ଘୁରୁଛି। ଯତୀନଦା ସହିତ ଦେଖା କରିବା ସମ୍ଭବ ନୁହେଁ ଏ ଅବସ୍ଥାରେ ପୁଷ୍ଟ ଏହା ବୁଝିଛି।

ସୁତରାଂ ମିଛଟାରେ ଯତୀନଦାଙ୍କୁ ଆଶାର ମୃତ୍ୟୁର କଥା ଜଣାଇ କଷ୍ଟ ଦେବା ସାର ହେବ। ପୃଥ୍ବୀରେ ଥିବାବେଳେ ଯେପରି ସେମାନେ କିଛି ସାହାଯ୍ୟ କରିପାରି ନଥିଲେ, ଏଠାରେ ବି ଠିକ୍ ସେପରି ଅବସ୍ଥା ହେବ। ଏହି ଲୋକରେ ମଧ୍ୟ ନିମ୍ନସ୍ତରର ଅଧ୍ୟବାସିନୀ ଆଶା ନିକଟରେ ସେ ଓ ଯତୀନଦା ଯେପରି ଅଦୃଶ୍ୟ ଥିଲେ ପୃଥ୍ବୀରେ ଥିଲାବେଳେ ସେପରିହିଁ ରହିବେ।

କିନ୍ତୁ ଆଶା କେଉଁଠି ରହୁଛି ଥରେ ଦେଖିବା ଦରକାର। ସେଦିନ ସେ ରଘୁନାଥ ଦାସଙ୍କ ପାଖକୁ ଗଲା। ଯତୀକୁ କିଛି ନଜଣାଇ। ଦେଖା ପାଇବ କି ନା ସନ୍ଦେହ ଥିଲା। କାରଣ ଏ ସବୁ ମହାପୁରୁଷ ନିଜ ଖିଆଲରେ ଥାଆନ୍ତି। ଆଜି ଆଶ୍ରମ ଅଛି, କାଲି ନାହିଁ। ସବୁ ରକମ ମାୟାବନ୍ଧନର ଅତୀତ ଏମାନେ। ଭଗବାନଙ୍କ ଦେହରେ ବିଲୀନ ହୋଇ ଭକ୍ତି ସେବା ପାଇଁ ଚିନ୍ମୟ ଆଶ୍ରମରେ ଚିନ୍ମୟ ବିଗ୍ରହ ଥାପି ସେବାମୃତ ଆସ୍ୱାଦନ କରୁଛନ୍ତି ମାତ୍ର। ଆଜି ଅଛନ୍ତି। କାଲି ହୁଏତ ନଥିବେ। ଦେଖାଯାଉ।

ଶିଶୁ ରଘୁନାଥ ଆଚାର୍ଯ୍ୟଙ୍କୁ ସେ ଭଲପାଏ ବହୁତ। ପ୍ରେମ, ସ୍ନେହରେ ସ୍ୱଭାବ ବୃଦ୍ଧି ସାଧୁ ଠିକ୍ ଯେପରି ତାର ବାପ ଭଲି। ଆଜି ତା'ର ମନେ ହେଲା ଏହି ବିପଦରେ ଏହାଙ୍କ ଆଶ୍ରୟ ନେବାକୁ ହେବ। ଅତି ଉଚ୍ଚ ସ୍ତରରେ ସାଧୁଙ୍କ ଆଶ୍ରମ। ସେଠାରେ ପହଞ୍ଚିବାକୁ ତା' ପକ୍ଷରେ ସବୁବେଳେ ସମ୍ଭବ ନୁହେଁ। ତେବେ ଭଗବାନଙ୍କ କୃପାଭରସା।

ଆଶ୍ରମଟି ଗୋଟିଏ ବିଶିଷ୍ଟ ମଣ୍ଡଳ ଭିତରେ ଅବସ୍ଥିତ। ସାଧୁଙ୍କ ଆବାସସ୍ଥଳୀ ମାହାତ୍ମ୍ୟରେ ଦୂରରୁ ପୁଷ୍ଟ ମନରେ ଗୋଟିଏ ଅଭୁତ ଭାବର ଉଦୟ ହେଲା। ଏ ଭାବ ସେ ପୂର୍ବଥରମାନଙ୍କରେ ଆସିବାବେଳେ ବି ଅନୁଭବ କରିଛି। ସେହି ଅପୂର୍ବ ଆନନ୍ଦ ରସ... ବାରମ୍ବାର ଜନ୍ମ ମୃତ୍ୟୁର ଆବର୍ତ୍ତରୁ ମୁକ୍ତ, କେଉଁ ଲୀଲାମୟଙ୍କ ଅନନ୍ତ ଲୀଳା ରାଜ୍ୟରେ ସେ ନିତ୍ୟ ଅଭିସାରିକା। ଚିରଯୌବନା ପ୍ରେମିକା... ଜଗତ ମଣ୍ଡଳର ସୃଷ୍ଟିକର୍ତ୍ତା ପ୍ରଜାପତି ହିରଣ୍ୟ ଗର୍ଭର ପାର୍ଶ୍ୱଚାରିଣୀ।

ସେହି ଶ୍ୱେତ ସ୍ଫଟିକର ଦୁଗ୍ଧଧବଳ ଗୋପାଳ-ମନ୍ଦିରଟି ଦୂରରୁ ଦେଖି ପୁଷ୍ଟ ପ୍ରଣାମକଲା। ମନ୍ଦିର ଚାରିପାଖେ ଫୁଲ ବଗିଚା। କେତେ ଧରଣର ଫୁଲ ଫୁଟିଛି। ପୂର୍ବ ପରିଚିତ ଏହି ସୁନ୍ଦର ଲତା କୁଞ୍ଜରେ ବସି ରଘୁନାଥ ଦାସ ନାମଗାନ କରୁଛନ୍ତି। ଏଥର ସେ ଏକାକୀ ନାହାନ୍ତି। ଦୁଇଟି ବାଳକ ଦୁଇଟି ଓ ଉଦ୍ଭିନ୍ନ ଯୌବନା ସୁନ୍ଦରୀ

କୁମାରୀ ସେଠାରେ ବସି ତାହାଙ୍କ ସହିତ କରତାଳି ଦେଇ ଗୀତରେ ଯୋଗ ଦେଉଛନ୍ତି । କିପରି ଚମକ୍କାର ଏଠାକାର ସୁଗନ୍ଧ । ସେଥର ମଧ୍ୟ ପୁଷ୍ପ ଆସି ଏପରି ସୁଗନ୍ଧ ପାଇଥିଲା । ଅଗୁରୁ, ଚନ୍ଦନ, ସୁଗନ୍ଧ ଧୂପର ଧୂଆଁ । କେତେ କଣ ଫୁଲର ସୁବାସ ମିଶି ଏହି ସ୍ୱର୍ଗୀୟ ସୁଗନ୍ଧର ସୃଷ୍ଟି ହୋଇଛି । ଆଶ୍ଚର୍ଯ୍ୟ ! କୌଣସି ପାର୍ଥବ ଧରଣର ବାସନା ଏକାବେଳକେ ନଥାଏ ଏହି ସୁମଧୁର ଗନ୍ଧମୟ, ନିସ୍ତବ୍ଧ ଚିରଶାନ୍ତିମୟ ପରିବେଶ ଭିତରେ ।

ତା'କୁ ଦେଖ୍ ରଘୁନାଥ ଦାସ କହିଲେ – ଆସ ମା' ଆସ, ମୁ ତୁମ କଥା ଭାବୁଥିଲି । ବସ ।

ପୁଷ୍ପ ତାହାଙ୍କୁ ପ୍ରଣାମ କରିଲାରୁ – ଆଚାର୍ଯ୍ୟ କହିଲେ – ଅପୁନର୍ଭବ ହୁଅ । ବିସ୍ମୟରେ ପୁଷ୍ପ ଶିହରୀ ଉଠି କହିଲା – କଣ କହିଲେ ଆଚାର୍ଯ୍ୟ ଦେବ !

ସେ କି କଥା ?..... ଜାଣନ୍ତି –

ସେ ହସି କହିଲେ – ଠିକ୍ କହିଛି ମା ।

– ଆପଣ ତ ଜାଣନ୍ତି, ମୋର ବାସନା, କାମନା, କିଛି ବି ଏ ଯାଏ ଯାଇନି । ପୃଥିବୀକୁ ମୋର ଯିବା ଆସିବା ବନ୍ଦ ହେଲେ କିପରି ଚଳିବ ? ଆପଣ କୁହନ୍ତୁ । ଜନ୍ମ ଏବେଠାରୁ ବନ୍ଦ ହେବ ?

ରଘୁନାଥ ଦାସ ପୁଷ୍ପର ଦେହରେ ସସ୍ନେହରେ ହାତ ବୁଲାଇ ଅନେକଟା ଯେପରି ନିଜେ ନିଜେ ସ୍ୱର ତୋଳି କହିଲେ ।

ମନୁଷ୍ୟ ଜନମ ଅବା ପଶୁ ପକ୍ଷୀ ଅଥବା କୀଟପତଙ୍ଗ କରମ ବିପାକେ ଗତାଗତି ପୁନଃ ପୁନଃମତି ରହିବକୁ ତୁ ପରସଙ୍ଗ । ଏପରି ଦିବ୍ୟ ମଧୁର ସ୍ୱରର ସେ ଗୀତ । ବିଦ୍ୟା ପତିଙ୍କ ବାଣୀ ଯେପରି ମୂର୍ଚ୍ଛ ହୋଇଉଠିଲା ସୁଗାୟକ ରଘୁନାଥ ଦାସଙ୍କ କଣ୍ଠ ସ୍ୱର ଦେଇ ।

ତାପରେ ପୁଷ୍ପକୁ କହିଲେ – ଯାଆ ଗୋପାଳକୁ ଦେଖା ଦେଇ ଆସ । ବଡ଼ ଅଭିମାନୀ – ସମ୍ଭାଳି ରଖିବାକୁ ହୁଏ ।

ପୁଷ୍ପ ହସି କହିଲା – ସେ ସବୁ ଆପଣଙ୍କ ସହିତ, କାହିଁ ମୋ ସଙ୍ଗରେ ତ କୌଣସି ଦିନ ପଦେ କଥା ବି –

– ହେବ, ଦେଖିପାରୁଛିଁ ମା । ଦେଖ୍ ପାରୁଛି । ଗୋପାଳର ଚିହ୍ନରା ସେବିକା ତୁମେ । କଣ ବୃଥାଟାରେ କହିଛିଁ ଅଦୁନର୍ଭବ ହୁଅ ? ମୋ ମୁହଁରୁ ମିଛ କଥା ବାହାରେ ନାହିଁ ।

– ଆପଣ ବୁଢ଼ା ଦାଦା ହୋଇ ବସିଛନ୍ତି । ଦିନକୁ ଦିନ ପିଲା ଛୁଆ ଭଳି କିପରି

ହେଉଛନ୍ତି ? ସେପରି କହିଲେ ଝିଅର ଅପରାଧ ହୁଏ ନାହିଁ । ବୃଦ୍ଧ ପ୍ରସନ୍ନ ମୁହଁରେ କହିଲେ – ଠିକ୍ କଥା ମା ଠିକ୍ କଥା । ଯାଅ ଦେଖ ଆସ ।

ଟିକିଏ ପରେ ପୁଷ୍ପ ପୁଣି ଆସି ତାହାଙ୍କ ପାଖରେ ବସିଲା । ଏଠାକୁ କଣ ପାଇଁ ଆସିଥିଲା ତାହା ଯେପରି ସେ ଭୁଲି ଯାଇଛି । ଏଇ ପବିତ୍ର ଆଶ୍ରମରେ ବସି କିପରି ସେ ସବୁକଥା କହିବ ! ହୁଏତ ଶେଷ ସୁଦ୍ଧା କହିପାରି ନଥାନ୍ତା । କିନ୍ତୁ ରଘୁନାଥ ଦାସ କହିଲେ ନିଜେ – ତୁମକୁ ଅନ୍ୟ ମନସ୍କ ପରି ମନେ ହେଉଛି ଯେ ?

– ଆପଣ ଅନ୍ତର୍ଯ୍ୟାମୀ, ସବୁ ଜାଣନ୍ତି । ଲାଜରେ ଆପଣଙ୍କୁ ମୁହଁରେ କହିବାକୁ – ରଘୁନାଥ ଦାସ କିଛି ସମୟ ସ୍ଥିର ଭାବରେ ବସି ରହିଲେ ଅଖିବୁଜି । ତାପରେ ଗମ୍ଭୀର ଭାବରେ କହିଲେ – କଣ ଚାହଁ ମା ?

– ସେହି ହତଭାଗୀ ସହିତ ଦେଖା କରିବାକୁ ବହୁତ ଇଚ୍ଛା ହୁଏ । କିପରି ଭାବରେ ଅଛି – ଯଦି କିଛି ଉପକାର କରି ପାରେ ।

– ସେହି ଝିଅଟି ପ୍ରେତ- ଲୋକରେ ରହିଛି, ତା'ର ଆଖି ଖୋଲିନି, ମନବି ଅପରିଣତ । ତା ଛଡ଼ା ଆତ୍ମ୍ୟହତ୍ୟା ଭଳି ମହାପାପର ଫଳରେ ପ୍ରକୃତି ଗୋଟିଏ ପ୍ରତିଶୋଧ ନେବ ।

– ଥରେ ଦେଖା ହୋଇପାରିବ ନାହିଁ ।

– ସେ କେଉଁଠି ଅଛି ଜାଣେନା । ଭୁବର୍ଲୋକର ନିମ୍ନସ୍ତର, ଯାହାକୁ ସାଧାରଣତଃ ନରକ କୁହାଯାଇଥାଏ ପୃଥିବୀ ଭାଷାରେ – ତାହା ବହୁତ ବଡ଼ ସ୍ଥାନଟାଏ । ତାହାରି ମଧ୍ୟରେ ମଧ୍ୟ ଅନେକ ସ୍ତର ଅଛି – ଚାଲ ଦେଖିବା –

– ପ୍ରଭୁ ! ମୋ ସହିତ ତା'ର ଗୋଟିଏ ପ୍ରକାର କିଛିଟା ଯୋଗ ଅଛି; ସୁତରାଂ ମୁଁ ଗଲେ ତାହାକୁ ବାହାର କରିବା ସହଜ ହେବ ।

– ସେ ସବୁ ନୁହେଁ । ସେ ଝିଅଟି ପୃଥିବୀର ଯେଉଁ ଗାଁରେ ରହି ଆସିଛି – ତାହାରି ନିକଟବର୍ତ୍ତୀ କୌଣସି ନିମ୍ନସ୍ତରରେ ଭ୍ରମୁଛି । ସ୍ଥୁଳଧରଣର ବାସନା, କାମନା ନେଇ ପୃଥିବୀର ଆକର୍ଷଣ ଛାଡ଼ି, ଉର୍ଦ୍ଧ୍ୱ ଲୋକକୁ ଉଠିବା ଅସମ୍ଭବ ।

ଟିକିଏ ପରେ ପୁଷ୍ପ ରଘୁନାଥ ଦାସଙ୍କୁ ନେଇ ପ୍ରଥମରୁ ଆସିଲା କୁତୁଲ-ବିନୋଦପୁର, ସେଠାରେ କିଛି ସନ୍ଧାନ ନପାଇ ଗଲା ଆଶାର ବାପଘର ଗାଁ ରସୁଲପୁର । କେତେକ ନିମ୍ନ ଶ୍ରେଣୀର ଧୂସର ବର୍ଷ ଆମ୍ଭ ଗାଁ ବାଉଁଶ ବଣରେ, ତେନ୍ତୁଳି ଗଛ ଡାଲରେ, ଶୂନ୍ୟ ପଡ଼ିଆ ବିମୋର ଗଛରେ ପାଦ ଝୁଲାଇ ବସି ବାୟୁସେବନ କରୁଛନ୍ତି । ଗୋଟିଏ ଦୁଷ୍ଟ ଆମ୍ଭ ଗାଁ ବ୍ରାହ୍ମଣପଡ଼ାର ପୋଖରୀ କୂଲର ଗୋଟିଏ ନୋନା ଗଛରେ ବସି ସ୍ନାନରତା ସ୍ତ୍ରୀ ଲୋକଙ୍କ ଆଡ଼କୁ ତୀକ୍ଷ୍ଣ ଦୃଷ୍ଟିରେ ଏକୋଇଶ କଟି ଚାହିଁ ରହିଛି ।

ପ୍ରାୟ ତୁରୀୟ ଅବସ୍ଥାରେ। ପୁଷ୍ପ ମନେମନେ ହସି କହିଲା – ଦେଖ ପୋଡ଼ାମୁହାଁର କାଣ୍ଡ! ମନ କହୁଛି ତା ଗାଲରେ ଗୋଟିଏ ଥାସ୍ପଡ଼ ବସାଇ ଦେଇ ଆସନ୍ତି – ଆଁ କରି ଯେପରି କଣ ଗିଳୁଛି – ହି, ହି –

ଅବଶ୍ୟ ଏଇସବୁ ନିମ୍ନ ସ୍ତରର ଆମ୍ଭାଙ୍କ ପାଖରେ ସେମାନେ ଅଦୃଶ୍ୟ ହିଁ ରହିଲେ।

ରଘୁନାଥ ଦାସ କହିଲେ – ଚାଲ, ଏଠାକାର ପାଖାପାଖ ନିମ୍ନ ଲୋକରେ ଏଇ ପାଖରେ କେଉଁଠି ଅଛି।

କିଛି ସମୟ ପରେ ହିଁ ସେମାନେ ଗୋଟିଏ ବିସ୍ତୀର୍ଣ୍ଣ ମରୁଭୂମି ଭଳି ଉଷର ସ୍ଥାନରେ ଆସି ପହଞ୍ଚିଲେ। ତାହାରି ଚାରିଆଡ଼େ ଚକ୍ରବାକରେଖାଧରି ଧୂମ ବାଷ୍ପ ସମାଚ୍ଛନ୍ନ – ମନେ ହୁଏ କଣ୍ଢା ବଣରେ ଲତାଗୁଳ୍ମ ପୋଡ଼ାଇ ଅଜସ୍ର ଧୂଆଁ ସୃଷ୍ଟି କରି ଦାବାନଳ ଜଳୁଛି। ଅଥଚ ଅଗ୍ନିଶିଖା ଦେଖାଯାଉନି – କେବଳ ମରୁମୟ ଧୂ ଧୂ ପ୍ରାନ୍ତର। ମଝିରେ ମଝିରେ ବୃକ୍ଷ ଲତାହୀନ ପ୍ରସ୍ତର –ସ୍ତୂପ। ସେମାନେ ସେହି ଜନହୀନ ମରୁଦେଶ ଉପରଦେଇ ଶୂନ୍ୟ ପଥରେ ଧୀର ଗତିରେ ଯାଉଁ ଯାଉଁ ଦେଖିଲେ ସେ ରାଜ୍ୟ ସଂପୂର୍ଣ୍ଣଭାବରେ ଜନହୀନ, ଜଳହୀନ, ବୃକ୍ଷଲତାହୀନ। ସେଠାକାର ଆକାଶ ନୀଳ ନୁହେଁ, ଧୂଆଁଳିଆ। ଧଳା ସାଦା ମେଘ ଜମିଛି ଏପରି ଧରଣର କିଛିଟା।

ପୁଷ୍ପ କହିଲା – ଏ ଜାଗାଟା ଯେପରି ବଡ଼ ହିନିମାନିଆଁ –

ରଘୁନାଥ ଦାସ କହିଲେ – ଏସବୁ ଭୁବର୍ଲୋକର ଅତି ନିଚସ୍ତର।

ପୃଥିବୀରେ ଯାହାକୁ ନରକ କୁହାଯାଏ। ଏହା ଅନେକ ଦୂର ବ୍ୟାପୀ ରହିଛି – ହଜାର ହଜାର କ୍ରୋଶ ଚାଲିଥାଏ, ପୃଥିବୀର ଠିକ୍ ଉପରେ। ପୃଥିବୀକୁ ଘେରି ତା' ଚାରିଆଡ଼େ ଏ ରାଜ୍ୟ ରହିଛି। ଅଥଚ ପୃଥିବୀ ଲୋକଙ୍କର ସଂପୂର୍ଣ୍ଣ ଅଦୃଶ୍ୟରେ। ଏଠାକାର ବାସିନ୍ଦାମାନେ ପୁଣି ଭୁବର୍ଲୋକର ଉଚ୍ଚସ୍ତରକୁ ଦେଖିପାରନ୍ତି ନାହିଁ।

– ହଜାର ହଜାର କ୍ରୋଶ ଏଭଳି ଜନହୀନ !!

– ତାଆରୁ ବି ଅଧିକ। ଯେତେ ଦୂର ଚାଲିଯାଆ ଏହି ଅଭୂତ ଲୋକର ଆଦି ଅନ୍ତ ପାଇବ ନାହିଁ। ବହୁତ ହଜାର କ୍ରୋଶ ଗଲେବି ଏପରି ରହିଛି। ଏହାକିଛି ବାହାରର ଅବସ୍ଥା ନୁହେଁ। ଏଠାକାର ବାସିନ୍ଦାମାନଙ୍କର ମାନସିକ ଅବସ୍ଥା–ପ୍ରସୂତ। ଏମାନେ ବି ଅନେକ ସମୟରେ ଯେତେଦୂର ଯାଆନ୍ତି – ଏହି ଜନହୀନ ମରୁପ୍ରାନ୍ତରର ଆଦି ଅନ୍ତଖୋଜି ପାଆନ୍ତି ନାହିଁ। ଅନ୍ୟ କୌଣସି ପ୍ରାଣୀଙ୍କୁ ମଧ ଦେଖିପାରନ୍ତି ନାହିଁ। ଚନ୍ଦ୍ର ନାହିଁ, ସୂର୍ଯ୍ୟ ନାହିଁ, ତାରା ନାହିଁ ଏପରି କେବଳ ଅନ୍ଧାରୁଆ ଆଲୁଅ – କେତେବେଳେ କଳା ହୋଇ ଆସେ, ଘୋରକଳା। ପୃଥିବୀର ଅମାବାସ୍ୟା ଭଳି। ଉପନିଷଦ୍‌ରେ ଏହି

ଲୋକର କଥା କୁହାଯାଇଛି - ଅସୂର୍ଯ୍ୟା ନାମତେ ଲୋକା, ଅହେନ ତମସା ବୃତା – ଏହି ସେ ଭୀଷଣ ଅନ୍ଧ ତମିଶ୍ରା ଲୋକ-ଶହେ ବର୍ଷ ପର୍ଯ୍ୟନ୍ତ ହୁଏତ ଲାଗିରହେ ଏହି ଅନ୍ଧକାର କୌଣସି କୌଣସି ପାପୀ ଆମ୍ଭାଙ୍କ ଲାଗି। ସେ ଅଭାଗା ଆଶ୍ରୟ ଆଉ ଆଲୋକ ଖୋଜିଲାଗେ। ସଙ୍ଗୀ ଖୋଜି ଖୋଜି ହଇରାଣ ହୋଇଯାଏ।

ପୁଷ୍ପ ଶିହରୀ ଉଠିଲା – ଅସ୍ପଷ୍ଟ ସ୍ୱରରେ କହିଲା – ଏଶହ ବର୍ଷ ଧରି ଅମାବାସ୍ୟା ! !

ରଘୁନାଥ ଦାସ ହସି କହିଲେ – କନ୍ୟା, ଜନ୍ମ-ମୃତ୍ୟୁ-ଭୀତ-ଭ୍ରଂଶୀ ଶ୍ରୀକୃଷ୍ଣ ମୁରାରିଙ୍କ ଶରଣ ନିଅ- ଯେପରି ଏ ସ୍ଥାନକୁ କେବେ ବି ଆସିବାକୁ ନପଡ଼ିବ। ଏହା ହେଲା ହିରଣ୍ୟଗର୍ଭ ଦେବଙ୍କ ରାଜ୍ୟ, ସେ ଏଠାକାର ଶାସକ ଓ ପାଳକ।

– ସେ କିଏ ?

– ବ୍ରହ୍ମଙ୍କ ତିନିରୂପ – ସ୍ଥୂଳ ରୂପରେ ବିରାଟ, ସୂକ୍ଷ୍ମ ରୂପରେ ହିରଣ୍ୟଗର୍ଭ, କାରଣ ସ୍ୱରୂପ ଈଶ୍ୱର।

– ପ୍ରଭୁ, ପୃଥିବୀର ଗ୍ରହଦେବ ବୈଶ୍ରବଣ କିଏ ?

– ସେ ପୂର୍ବ କଳ୍ପର ମହାପୁରୁଷ। ପୃଥିବୀର ପ୍ରଜାପତି।

– ତେବେ ଆପଣଙ୍କ ଗୋପାଳ କିଏ ?

ରଘୁନାଥ ଦାସ ପ୍ରସନ୍ନ ହସ ହସି କହିଲେ – ଗୋପାଳ ସବୁ। ମୁଁ ତାକୁ ହିଁ ଜାଣେ। ସେ ହିଁ ବ୍ରହ୍ମ, ସେ ଆତ୍ମା ସେ ହିଁ ଭଗବାନ୍। ମୁଁ ଆଉ କାହାରି ଖବର ରଖେଁନା। ବ୍ରହ୍ମଙ୍କ ସାକାର ରୂପ। ଜ୍ଞାନ ଚକ୍ଷୁରେ ଦେଖିଲେ ମାୟାମୟର ରୂପ ସତ; କିନ୍ତୁ ମୋ ଆଖିରେ ଗୋପାଳ ବ୍ରହ୍ମାଣ୍ଡ ପରି ପୂର୍ଣ୍ଣ ହୋଇ ରହିଛି। ମୋର ଆଉ ଅନ୍ୟ ତତ୍ତ୍ୱରେ କଣ ଦରକାର। ଭକ୍ତର ଆଖିରେ, ଭାବର ଆଖିରେ ଦେଖ ଶିଖ ଭଗବାନଙ୍କୁ। ତାହାଙ୍କ ଐଶ୍ୱର୍ଯ୍ୟ ଭୁଲିଯାଅ। ତାହାଙ୍କୁ ବନ୍ଧୁଭାବ, ପୁତ୍ରଭାବ – ଏପରି କି ଦାସଭାବ।

ପୁଷ୍ପ ବିସ୍ମିତ ହୋଇ କହିଲା – ଦାସ ଭାବିବା ? କଣ କହୁଛନ୍ତି ପ୍ରଭୁ ?

ରଘୁନାଥ ଚିକ୍ତାର କରି କହିଲେ – କାହିଁକି ଭାବିବ ନାହିଁ ? ଦାବି କରି ଭାବ। ପ୍ରେମ ସହିତ ଦାବି କରି ଭାବ। ସେ ଭକ୍ତର ଦାସତ୍ୱ କରିଛନ୍ତି କରି ନାହାନ୍ତି ? ସେ ଯେ ପ୍ରେମର କାଙ୍ଗାଳ – ତାହାଙ୍କୁ ଯେଉଁ ଭାବରେ ଡାକ ନା। ଭୟ କରିବାର କିଛି ନାହିଁ ତାହାଙ୍କୁ।

ପୁଷ୍ପ ସ୍ତ୍ରୀ ଲୋକ, ଏସବୁ କଥାରେ ତା ଆଖିରୁ ଦରଦର କରି ଲୁହ ଝରିଲା। ଦୁଇହାତ ଯୋଡ଼ି ନମସ୍କାର କରି କହିଲା –ଆପଣଙ୍କ ଆଶୀର୍ବାଦ ପ୍ରଭୁ। ନରକରେ ଏହି କଥା କହିଲେ। ନରକ ଯେ ପୁଣ୍ୟସ୍ଥାନ ହୋଇଗଲା ପ୍ରଭୁ!

ଏପରି ସମୟରେ ପୁଷ୍ପ ଦେଖି ପାରିଲା ଆଶାକୁ। ଗୋଟିଏ କଳା ପଥର ଉପରେ ସେ ମଳିନ ମୁହଁରେ ବସିଛି ଚୁପ୍ ହୋଇ।

ରଘୁନାଥ ଦାସ କହିଲେ – ତୁମେ ଯାଅ ମା। ମୁଁ ଏଠାରେ ରହେଁ।

– କିନ୍ତୁ ମୋତେ ଯେ ସେ ଦେଖିପାରିବ ନାହିଁ?

– ପାରିବ, ଯାଅ। କିନ୍ତୁ ଗୋଟିଏ କଥା ମା –

– କ'ଣ?

– ସେ ଝିଅର ଏବେ ସୁଦ୍ଧା ଚେତନା ହେଇନି।

ପୁଷ୍ପ ବିସ୍ମିତ ହୋଇ କହିଲା – ତାହା କିଭଳି କଥା ପ୍ରଭୁ! ସେ ତ ଠିକ୍ ଜାଗ୍ରତ ହୋଇ ବସି ରହିଛି?

– ସେ ଝିଅଟି ଧୂମ୍ରଯାନ ଦକ୍ଷିଣ ମାର୍ଗର ପଥିକ। ତା'ର ଗମନ ପଥ ବଙ୍କା ହୋଇ ରହିଛି ଧନୁ ପରି ପୃଥିବୀ ଆଡ଼କୁ। ତୁମେ ଦେଖି ପାରୁନାହଁ ମା। ସେ ଅଳ୍ପଦିନ ହେଲା ପୃଥିବୀରୁ ଆସିଛି – ତା ବାହାରେ ତା'ର ସ୍ୱାଭାବିକ ମୃତ୍ୟୁ ହୋଇନି। ଆମ୍ହତ୍ୟା କରିଛି। ତା'ର ମୃତ୍ୟୁ ସଂବନ୍ଧରେ ଧାରଣା ହିଁ ହୋଇନି। ଯାଅ ପାଖକୁ ଗଲେ ବୁଝିପାରିବ।

ପୁଷ୍ପ ପାଖକୁ ଯିବାରୁ ଆଶା କହିଲା – ତୁମେ ପୁଣି କିଏ ଗୋ? ହଇଗୋ ଏଇଟା କ'ଣ ଆଲିପୁରର ବଗିଚା?

ପୁଷ୍ପ ସ୍ନେହରେ କହିଲା – କାହିଁକି ଭାଉଜ? ଏଇଟା କଣ ବୋଲି ମନେ ହେଉଛି?

– ଘରୱାଲୀ ମାଉସୀ କହିଥିଲା ଆଲିପୁରର ବଗିଚା ଦେଖାଇବାକୁ ନେଇଯିବ। ସେଠାରେ ଗୋଟିଏ କଣ ବାବୁ ସହିତ ମୋର ଆଲାପ କରାଇ ଦେବ। ମୁଁ କହିଲି ଛିଃ ଛିଃ କି ଘୃଣାର କଥା। ତାକୁ କହିଲି – ନିତ୍ୟଦା ସଙ୍ଗେ ଚାଲି ଆସିଥିଲି ସେ ଅଲଗା କଥା। ଅଳ୍ପ ବୟସରେ ବିଧବା ହୋଇଥିଲି। କିଏ ଖାଇବ। ପିନ୍ଧିବାକୁ ଦେବ ସଂସାରରେ ...... ନା... ନା... ହଁ ସତକଥା କହିବି। ମାବୁଢ଼ୀ ହେଲେଣି। ତାଙ୍କ ଉପରେ ପୁଣି ଗୋଟିଏ ବିଧବା ଦିଦି.... ଆଚ୍ଛା। ମାହେଶର ରଥତଲା ଏଠାରୁ କେତେ ଦୂର? ତୁମେ କିଏ?

ପୁଷ୍ପ ତା ପାଖରେ ଯାଇ ବସିଲା। ତା ଆଡ଼କୁ ସ୍ନେହଭରା ଆଖିରେ ଚାହିଁ କହିଲା – ମୁଁ ତୁମକୁ ଚିହ୍ନେ। ତମେ ମୋର ଭାଉଜ ହେବ।

– ଏଠାରେ କଣ ମଣିଷ ନାହାନ୍ତି? ଏଇଟା କେଉଁ ସ୍ଥାନଟା? ଭୋକ, ଶୋଷ ହେଉଛି; କିନ୍ତୁ ଗୋଟିଏ ବି ଖାଇବା ଦୋକାନ ନାହିଁ। ମାହେଶର ରଥତଲାରେ

ମୋର ଗୋଟିଏ ଦୂର ସଂପର୍କୀୟ ଭଉଣୀର ସ୍ୱାମୀ ଅଛି । ସେଠାକୁ ଯିବାକୁ ବଡ଼ ଇଚ୍ଛା ହୁଏ । କିନ୍ତୁ ଏ ଅବସ୍ଥାରେ ଯିବାକୁ ଲାଜ ବି ଲାଗୁଛି –

– ତୁମେ ଏଠାକୁ କାହା ସହିତ ଆସିଲ ?

– କାହା ସହିତ ଆସିଲି ମନେ ତ ପଡୁନି । ଦିନେ ଘରଓ୍ୱାଲୀ ମାଉସୀ କହିଲା – ତୁମକୁ ଆଲିପୁରର ବଗିଚାକୁ ନେଇଯିବି – ସେଠାରେ ଗୋଟିଏ ବାବୁ ତୁମ ସହିତ ଦେଖାକରି କଥା ହେବାକୁ ଚାହେଁ । ଘରେ ସେଦିନ କିଛି ଖାଇବା ଜିନିଷ ନଥିଲା । ଘରଭଡ଼ା କୋଡ଼ିଏ ଟଙ୍କା ପାଇଁ ତାଗ୍‌ଦା କରି କରି ତ ଘରଓ୍ୱାଲୀ ମୋର ମୁଣ୍ଡ ବ୍ୟଥା ଧରାଇ ଦେଲା । ରାତିରେ ଘରେ କବାଟ ଦେଇ ଶୋଇଲି । ତାପରେ କ'ଣ ଯେ ହେଲା ମୋର ଠିକ୍‌ ମନେ ହେଉନି ।

– ଘରଓ୍ୱାଲୀ ତୁମକୁ ଆଲିପୁରକୁ ନେଇଥିଲା ?

– କେଜାଣେ ଭଉଣୀ, ତା ପରେ ମୋର କିଛି ମନେ ନାହିଁ । ଏଠାକୁ କେତେଦିନ ହେଲା ଆସି ରହିଛି ତାହା ବି ମନେ ନାହିଁ । ଭୋକ ଶୋଷ ହେଉଛି – ଅଥଚ ଖାଇବାକୁ ପାଉନି । ଲୋକଟିଏ ସୁଦ୍ଧା ନାହିଁ । ଦୋକାନ ବଜାର ବି କିଛି ନାହିଁ । ଆଛା ଏହାର ବଜାରଟା କେଉଁ ଦିଗକୁ ।

ପୁଷ୍ପ କିଛି ସମୟ ଚୁପ୍‌ ରହି କହିଲା – ଆଶା ଭାଉଜ, ଯତୀନଦାଙ୍କୁ ମନେ ପଡ଼େ ?

ଆଶା ଯେପରି ଚମକି ଉଠିଲା । ତା ଆଡ଼କୁ ଆଶ୍ଚର୍ଯ୍ୟ ହୋଇ କିଛି ସମୟ ଚାହିଁ ରହିଲା ଓ କହିଲା – ତୁମେ ତାଙ୍କୁ କିପରି ଜାଣିଲ ?

– ମୁଁ ଜାଣେ । ସେ ଯେ ଆମ ଦେଶର ଲୋକ । ଗୋଟିଏ ଗାଁରେ ଘର । ଆଶାର ଦୁଇ ଆଖିରୁ ଲୁହ ଗଡ଼ି ପଡ଼ିଲା । ହାତରେ ପୋଛି କହିଲା– ସେ ସ୍ୱର୍ଗକୁ ଚାଲିଯାଇଛନ୍ତି । ତାଙ୍କ କଥା ମୋ ମୁହଁରେ କହି କ'ଣ ଲାଭ ?

–ସେକଥା କହୁ ନାହିଁ ଭାଉଜ । ସତ କଥା କହତ ମୋତେ । ତାଙ୍କ କଥା ତୁମର ମନେହୁଏ କି ନା ?

ଆଶା ଚୁପ୍‌ ରହିଲା କିଛି ସମୟ । ତାପରେ ଧୀରେ ଧୀରେ କହିଲା – ମନେପଡ଼େ ଯେତେବେଳେ ମନେପଡ଼େ ଛାତି ଭିତରେ କିମିତି କିମିତି ଲାଗିଥାଏ –

– କାହିଁକି ଭାଉଜ ?

– ମୁଁ ଅଭାଗିନୀ ତାଙ୍କୁ ଦିନେ ବି ସୁଖରେ ରଖିନି । ସେତେବେଳେ ପିଲାଲୋକ ଥିଲି । ବୁଝିପାରୁ ନଥିଲି – ଖାଲି ବାପଘରକୁ ଆସି ରହୁଥିଲି ଶ୍ୱଶୁର ଘରୁ ଆସି ।

– କାହିଁକି ?

– ଶ୍ୱଶୁର ଘରେ ଖୁଆ ପିଆର ବଡ଼ କଷ୍ଟ ପାଉଥିଲି । ପିଲାବେଳ ସେତେବେଳେ –

– ତୁମର ଏକଥା ସତ ନୁହେଁ ଭାଉଜ । ମୋ ପାଖରେ ସବୁ ସଫାସଫା କହନା ଭାଉଜ ?

ଆଶା ଚୁପ୍ ରହି ନଖରେ ମାଟି ଖୁଣ୍ଡିବାକୁ ଲାଗିଲା । ଏ କଥାର କିଛି ଜବାବ ଦେଲା ନାହିଁ । ପୁଷ୍ପ କହିଲା – କହିବ ନାହିଁ ଭଉଣୀ! ଆଶା କହିଲା – କଣ ହେବ ଶୁଣି ସେ ସବୁ କଥା । ମୋ ବୁଦ୍ଧିର ଦୋଷରୁ ଯାହା କିଛି ସବୁ ହୋଇଛି । ମୁଁ ଆମ ଗାଁର ମଜୁମ୍‌ଦାର ପଡ଼ାର ଗୋଟିଏ ପିଲାକୁ ଭଲ ପାଉଥିଲି ।

– ବିବାହ ଆଗରୁ ନା ବିବାହ ପରେ ?

– ବିବାହ ଆଗରୁ ନୁହେଁ, କିଛି ଦିନ ପରେ ।

– ବିବାହ ପରେ ଅନ୍ୟ କାହାରି ସହିତ ଭାବ କରିବାକୁ ଗଲ କାହିଁକି ? ଏଇଟା ବଡ଼ ଅନ୍ୟାୟ କଥା ଭାଉଜ! ହିନ୍ଦୁ ଘରର ଝିଅ ଦ୍ୱିଚାରିଣୀ କାମ କିଏ ତୁମକୁ ଶିଖାଇଲା ?

– ଆଶା ଚୁପ୍ ରହିଲା । ପୁଷ୍ପର କଡ଼ା କଥାରେ ବୋଧହୁଏ ସେ ଟିକିଏ ଭୀତା ହେଲା ।

– କଥାର ଉତ୍ତର ଦେଉ ନାହିଁ ଯେ ?

– ମୋର ଦୁର୍ଭାଗ୍ୟ ଭଉଣୀ! ଏ କଥାର କଣ ଉତ୍ତର ଦେବି ?

– କିନ୍ତୁ ମୁ ତୁମକୁ କହୁଛି, ତୁମେ ଏବେ ସୁଦ୍ଧା ସେହି ଲୋକଟାକୁ ହିଁ ଭଲପାଉଛ । ଯତୀନଦା ଉପରେ ତୁମର କିଛି ଆକର୍ଷଣ ନାହିଁ । ମୁଁ ସବୁ ବୁଝି ପାରୁଛି ଭଉଣୀ! ଆଚ୍ଛା ତୁମକୁ ଘୃଣା ହୁଏ ନାହିଁ ? ଯା' ପାଇଁ ଏତେ କଷ୍ଟ, ସେ ତୁମକୁ ଫିଙ୍ଗି ଚାଲିଗଲା । ଯାଲାଗି ତୁମକୁ ଅଫିମ ଖାଇବାକୁ ହେଲା, ପୁଣି ସେ ଇତର ଲୋକଟା ପାଇଁ ଏବେ ବି ଚିନ୍ତା ? ଯତୀନ ଦା ଦେବତା ଭଳି ସ୍ୱାମୀ ତୁମର, ତାହାଙ୍କୁ ଥରେ ବି ଚାହିଁ ଦେଖିଲ ନାହିଁ ମରିଯିବାବେଳେ । ତାଙ୍କ କୁଳରେ କାଳିବୋଲି ଘରଛାଡ଼ି ବାହାରି ଆସିଲ –

ଆଶାର ମୁହଁ ବିବର୍ଣ୍ଣ ହୋଇଗଲା । ସେ କହିଲା – ଅଫିମ ଖାଇବା କଥା ତ କେହି ଜାଣି ନାହାନ୍ତି – ତୁମେ କିପରି ଜାଣିଲ ? ମୁଁ ତ –

– ଅଫିମ ଖାଇ ତୁମେ ମରିଯାଇଛ ଭାଉଜ । ତୁମେ ବଞ୍ଚ ନାହିଁ । ମରିଯାଇ ପ୍ରେତ ଲୋକକୁ ଆସି କଷ୍ଟ ପାଉଛ –

ଆଶା ଏବେ ଯେପରି କିଛିଟା ସ୍ୱସ୍ତିର ନିଃଶ୍ୱାସ ନେଲା । ଏଇଟା ତା'ହେଲେ

ଥଣ୍ଡା । ତେବେ ବି ଅଫିମ ଖାଇବା କଥା ଇଏ କିପରି ଜାଣିଲେ ! ପର ମୁହୂର୍ତ୍ତରେ ତା'ର ମନେ ହେଲା – କିଏ ଏଇ ଝିଅଟା, ନଡାକିଲେବି ଆସି ଆଲାପ କରୁଛି ? ଏତେ ଗୁପ୍ତ କଥାରେ ପର କଥାରେ, ତାର ମୁଣ୍ଡ ଖେଲାଇବା କି ଦରକାର ? ତାଲାଗି ତା କୋଳରେ କିଏ କାନ୍ଦିବାକୁ ଗଲା ଯେ !! ସେ ତା'ର ଯାହାମନକୁ ପାଇଲା କରିଛି । ସେଥିପାଇଁ ତା ପାଖରେ ଏତେ କୈଫିୟତ୍ ଦେବାର ଅବା କଣ ଗରଜ ପଡ଼ିଛି । ଶ୍ୱଶୁର ଘର ଲୋକ ବୋଧହୁଏ । ସେଇ ଗାଁର ଝିଅ ବୋଧହୁଏ ତେଣୁ କରି ତା ଦେହରେ ଲାଗିଯାଉଛି ।

ମନ୍ଦ ମନ୍ଦ ହସି କହିଲା – ଯାହା କହ ଭଉଣୀ – ମିର ଭୂତ ହେବାରେ କଣ ଏଭଳି –

ପୁଷ୍ପ ଦୃଢ଼ କଣ୍ଠରେ କହିଲା – ତାହା ନୁହେଁ, ମୁଁ ଠଠା କରିନି । ତୁମେ ମରିଯାଇଛ । ଅଫିମ୍ ଖାଇ ଘରେ କବାଟ ଦେଇ ଶୋଇଥିଲ କଲିକତାର ବସାଘରେ ମନେ ନାହିଁ ? ତାପରେ ତୁମେ ମରିଗଲ । ମରିଯାଇ ଏଇ ପ୍ରେତ ଲୋକକୁ ଆସିଛ ।

ଆଶା ମୁହଁରେ ସମ୍ପୂର୍ଣ୍ଣ ଅବିଶ୍ୱାସ ଓ ସନ୍ଦେହ ସୂଚକ ଚିହ୍ନ ଫୁଟି ଉଠିବା ଦେଖି ସେ କହିଲା – ଏବେ ସୁଦ୍ଧା ବିଶ୍ୱାସ ହେଉନାହିଁ ଭାଉଜ ? ଆଚ୍ଛା ତୁମକୁ ବିଶ୍ୱାସ କରାଇବି – ଚାଲ ତୁମ ଗାଁକୁ ତୁମ ଘରକୁ ଯିବା ?

ଆଶା କିଛି ଚିନ୍ତା ନକରି କଥା ଲହରସରେ କହିଲା – ସେଠାକୁ କ'ଣ ମୁହଁ ଦେଖାଇବାକୁ ଯିବି –

– ଗଲେ ବି କେହି ଜାଣି ପାରିବେନି । ସତ କି ମିଛ ଚାଲ ଠିକ୍ ଭାବରେ ପରୀକ୍ଷା କରି ନେଇ ଆସିବି । ତୁମର ପ୍ରେତ ଦେହ ହୋଇଛି ଏହି ଦେହ ପୃଥିବୀ ମଣିଷଙ୍କ ଆଖିରେ ଦେଖାଯିବ ନାହିଁ ।

ପୁଷ୍ପର କଥା ଶୁଣି ଆଶା କଣ ଭାବି ଭୟଙ୍କର ଆତଙ୍କିତ ହୋଇ ଉଠିଲା । କଣସବୁ ଇଏ କଥାଗୁଡ଼ା କହିଯାଉଛି । ଯଦି ସତରେ ତାହାଁ ହୋଇଥାଏ ? ସେ ଯଦି ସତରେ ମରିଯାଇଥାଏ ?

ଠିକ୍ ସେତିକିବେଲେ ଗୋଟିଏ ନିମ୍ନ ଶ୍ରେଣୀର ପ୍ରେତ ଦୁଇଟି ଅଞ୍ଜ ବୟସୀ ଝିଅଙ୍କୁ ଏକୁଟିଆ ଦେଖି ପୂର୍ବ ସଂସ୍କାର ହେତୁ ତାଙ୍କ ପାଖକୁ ଧାଇଁ ଆସିଲା ମୁହଁରେ ଗୋଟିଏ ଦୁଇଟି ଅଶ୍ଲୀଲ କଥା ବି ଉଚ୍ଚାରଣ କଲା । ଘୋର କାମାସକ୍ତ ହେତୁ ତାର ମୁହଁର ଚାହାଣୀ ଉନ୍ମତ୍ତ ପଶୁଭଳି ।

ତା'ର ବିକଟ ହାବଭାବ ଦେଖି ଆଶା ପୁଷ୍ପକୁ ଜାବୁଡ଼ି ଧରି ଚିତ୍କାର କରି କହିଲା

– ଏଇ ଦେଖ ଭଉଣୀ କିଏ ଗୋଟିଏ ଆସୁଛି – ମାଆ ଗୋ –

ପୁଷ୍ପ ମଧ୍ୟ ଭୟାତୁରା ହୋଇଗଲା । ସେବି ପ୍ରଥମରୁ ଅକାବକା ହୋଇଯାଇଥିଲା – କିନ୍ତୁ ହଠାତ୍ ଗୋଟିଏ ଆଶ୍ଚର୍ଯ୍ୟ ଘଟଣା ଘଟିଲା, ଲୋକଟା ତାଙ୍କ ପାଖକୁ ଆସି ପୁଷ୍ପ ଆଡ଼କୁ ଚାହିଁଲା ମାତ୍ରେ ଜଡ଼ସଡ଼ ହୋଇ ସଂକୁଚିତ ହୋଇଗଲା । ତା' ପରେ ଅନ୍ଧଭାବରେ କେଉଁ ଆଡ଼କୁ ନ ଚାହିଁ ଜୋର୍‌ରେ ପଛକୁ ଧାଇଁ ପଳାଇଲା ।

ହଠାତ୍ ଆଶା ଭୟରେ ଓ ବିସ୍ମୟରେ ପୁଷ୍ପଠାରୁ ଦୂରେଇଯାଇ କହିଲା – ସେ କଣ ? ତୁମ କପାଳରୁ ନିଆଁ ବାହାରୁଛି ଯେ ! ଏ ବାବାରେ ବାବା କଣ ହେଲା । ପୁଷ୍ପ ଅବାକ ହୋଇ ନିଜ କପାଳରେ ହାତ ଦେଇ ଦେଖିବାକୁ ଗଲା । ଏ ପୁଣି କଣ ! ପରମୁହୂର୍ତ୍ତରେ ତା ଆଖିରୁ ଦରଦର ହୋଇ ଲୁହ ଝରି ପଡ଼ିଲା । ସେ ହାତରେ ପୋଛି ଦେଇ କହିଲା ଭାଉଜ, ଭଉଣୀ –

ଆଶାର ଭୟ ଓ ବିସ୍ମୟ ଏବେ ବି ଯାଇନି । ସେ ଦୂରକୁ ନିଜ ମନରେ କହିବାକୁ ଲାଗିଲା – ବାପରେ ! ଏ କ'ଣ ଆଉ ଯେ ଦେଖାଯାଉନି । କି ଭୟଙ୍କର ନିଆଁ ।

ତା ପରେ ସେ ଧାଇଁ ଆସି ପୁଷ୍ପର ପାଦ ଦୁଇଟି ଜାବୁଡ଼ି ଧରି କହିଲା – କିଏ ଆପଣ ? ମୋତେ କହନ୍ତୁ ଆପଣ କିଏ ? ଆପଣତ ସେମିତି ସହଜିଆ ଜଣେ ନୁହନ୍ତି । ସ୍ୱର୍ଗରୁ ଦେବୀ ଆସିଛନ୍ତି ମୋତେ ଦୟା କରିବାକୁ ? ଆଶାର ମୁହଁରୁ ଅଜ୍ଞାତସାରରେ ଗୋଟିଏ ବଡ଼ ସତକଥା ବାହାରିଲା –

ଯତୀନ୍ ସବୁ ଶୁଣିଲା । ଆଶାର ଏହି ପରିଣତି ! ସେଇ ଆଶା କେ ଜାଣେ କାହିଁକି ମନେ ପଡ଼େ ସେମାନଙ୍କ ପଣସ ଗଛ ପାଖ ଘରର ସେହି ମଧୁଶଯ୍ୟାର ବୃଷ୍ଟିଧାରା ମୁଖର ରାତି କଥା । ସେ ସବୁଦିନର ଯେପରି କାଲି ହିଁ ଘଟିଯାଇଛି । କାହିଁକି ଏପରି ଅସାରତା ସଂସ୍କାରରେ । କାହିଁକି ଏପରି ମିଥ୍ୟାର ଉତ୍ପାତ ! ଯାହା ଭଲବୋଲି ମନେ ହୁଏ । ସେଭିତରୁ ବିଷ ବାହାରେ କାହିଁକି ?

ଏହି ଘନ ବିଷାଦର ଦୁର୍ଦ୍ଦିନରେ ଯତୀନ୍ ସବୁ ଦିଗରୁ ସମସ୍ତ ଆଲୋକ ଯେପରି ହରାଇ ବସିଲା । କଳା ବାଦଲରେ ସବୁ କିଛି ଏକାକାର ହୋଇଗଲା । କେବଳ ପୁଷ୍ପ ତାହାକୁ କେତେ କହିଧରି ବୁଝାଇ ରଖୁଥିଲା ।

ଯତୀନ୍ କହିଲା – ଜୀବନରେ ମୋର ଆଉ କଣ ବାକି ରହିଲା ? ତା ସହିତ ମୋର ସାକ୍ଷାତ୍ କରାଇ ଦିଅ –

– ତୁମକୁ ସେ ଦେଖି ପାରିବ ନାହିଁ ।

– ତେବେ ତୋତେ ଦେଖି ପାରିଲା ଯେ ?

– ତାହା ରଘୁନାଥ ଦାସ ଠାକୁରଙ୍କ ମହିମାରୁ । ତୁମେ କଷ୍ଟ ପାଇବ । ଭାଉଜଙ୍କର ସେ କଷ୍ଟ ତୁମେ କିପରି ଦେଖ୍ୱପାରିବ ?

ସେତେବେଳକୁ ଯତୀନ୍ ବୁଝି ପାରିଲା । ପୁଷ୍ପ ବି କିଛି ନିଶ୍ଚିନ୍ତ ହେଲା । ଗୋଟିଏ ଅନ୍ୟ ଘଟନାରେ ଯତୀନ୍‌ର ମନ ଟିକିଏ ଅନ୍ୟ ଆଡ଼କୁ ଚାଲିଗଲା । ସେମାନଙ୍କ ଗାଁ କଡ଼ୁଲେ– ବିନୋଦପୁରର ରାୟସାହେବ ଭରସା ରାମ କୁଣ୍ଠୁଙ୍କ ବଡ଼ ପୁଅ ରାମଲାଲ କୁଣ୍ଠୁକୁ ଦିନେ ଖୁବ୍ ବିଷଣ୍ଣ ଅବସ୍ଥାରେ ଦ୍ୱିତୀୟ ସ୍ତରରେ ଉଦ୍ଦେଶ୍ୟହୀନ ଭାବରେ ବୁଲିବା ଅବସ୍ଥାରେ ଦେଖ୍‌ଲା । ଗୋଟିଏ ଗଛତଳେ ସେ ବସିଛି ଗାଲରେ ହାତଦେଇ, ଯତୀନ ତାହାକୁ ଦେଖ୍ ଚିହ୍ନି ପାରିଲା । ସଙ୍ଗେ ସଙ୍ଗେ ତାହାକୁ ଦେଖା ଦେବାର ଦୃଢ଼ ଇଚ୍ଛା ପ୍ରାକଶ କଲା –

ଅନ୍ୟଥା ତା’ର ଦେହ ରାମ ଲାଲ ପାଖରେ ଅଦୃଶ୍ୟ ହିଁ ରହିଥିବ ।

ରାମ ଲାଲ ତାକୁ ଦେଖ୍ୱପାରି ଆଶ୍ଚର୍ଯ୍ୟ ହୋଇ ତା ଆଡ଼କୁ ଅବାକ୍ ହୋଇ ଚାହିଁ ରହିଲା । କହିଲା – କିଏ ଯତୀନ୍ କି ?

– ହଁ, ତୁମେ କେବେ ଆସିଲ ?

– ଯିବା ଆସିବା ଜାଣେ ନା, ଏହି ଜିନିଷଟା କଣ କହତ ? ଘରକୁଯାଏ ସମସ୍ତଙ୍କୁ ଦେଖେ । ବାପା, ମା, ସ୍ତ୍ରୀ – କେହି କଥା କହନ୍ତି ନାହିଁ । ମୁଁ ମରି ଯାଇଛି ବୋଲି ମୋ ନାମ ଧରି ସଭିଏଁ କାନ୍ଦୁଛନ୍ତି ! !

– ହଁ ତ, ତୁମେ ମରି ଏଠାକୁ ଆସିଛ ଯେ ? ଏଇ ଜିନିଷଟା ହିଁ ମୃତ୍ୟୁ ।

– ମୋର ବି ସନ୍ଦେହ ହୋଇଥିଲା, ବୁଝିଲ ? କିନ୍ତୁ ଠିକ୍ ଭାବରେ ବୁଝି ପାରିନଥିଲି ।

– କାହିଁକି ତୁମ୍‌କୁ କେହି ନେବାଲାଗି ଆସି ନଥିଲେ ?

– ମୋର ପିତାମହ ଆସିଥିଲେ । ଏବେ ବି ମଝିରେ ମଝିରେ ଅସେ । ବହୁତ ବକାବକି କରେ ତାହା ମୋତେ ଭଲ ଲାଗେନି ।

ରାମ ଲାଲ ଯତୀନ୍ ବୟସର ସମବୟସି । ବଡ଼ ଘରର ପୁଅ । ସୁରା ଓ ନାରୀ ନେଲ ମାତ ଦଶ ବର୍ଷ ଭିତରେ ଲକ୍ଷ ଲକ୍ଷ ଟଙ୍କା ଫୁଙ୍କି ଦେଇଛି । କେତେ ବଡ଼ ବ୍ୟବସାୟ ତାଙ୍କର କେବବି କିଛି ଦେଖାଶୁଣା କରୁ ନଥିଲା । ବୃଦ୍ଧ ବାପ ଦୋକାନ ମାଡ଼ି ବସିଥାଆନ୍ତି । ରାମ ଲାଲ ଦୋକାନ ପାଖକୁ ବିୟାଏନି । ଯତୀନ୍ ଏସବୁ ଜାଣେ ।

ତାପରେ ରାମଲାଲ ହିଃ ହିଃ କରି ହସି କହିଲା – ପିତାମହ କଣ କରନ୍ତି ଜାଣ ? ପ୍ରତ୍ୟହ ଦୋକାନକୁ ଯାଇ ବାପାଙ୍କ ପାଖରେ ବସିଥାଆନ୍ତି । କିଣାବିକା ଦେଖନ୍ତି । ବାପାଙ୍କ ହାତବାକ୍ସ ସାମ୍‌ନାରେ ଯେଉଁଠାରେ ବସନ୍ତି ନା ? ଠିକ୍ ତାଙ୍କ ପାଖରେ

ପ୍ରତ୍ୟହ ପିତାମହ ବସିଥାନ୍ତି ଦୁଇତିନି ଘଣ୍ଟାଧରି । ମାନେ ପିତାମହଙ୍କ ନିଜ ହାତ ଗଡ଼ା ବ୍ୟବସାୟ ତ ! ତାଙ୍କର ବଡ଼ ମୋହ ସେଥିରେ ।

– କଣ କହୁଛ – ସେତ ଆଜକୁ କୋଡ଼ିଏ, ବାଇଶ ବର୍ଷ ହେଲା ମରିଗଲେଣି । ମୁଁ ସେତେବେଳେ କଲେଜରେ ପଢୁଥାଏଁ । ଠିକ୍ ମନେ ଅଛି । ଆଜି ପର୍ଯ୍ୟନ୍ତ ସେ ପ୍ରତ୍ୟହ ତୁମ ବ୍ୟବସାୟ ସ୍ଥାନଟାରେ ଯାଇ ବସନ୍ତି ?

ରାମଲାଲ ପୁଣି ହିଃ ହିଃ କରି ହସିବାକୁ ଲାଗିଲା । କହିଲା – ଆଚ୍ଛା ଭାଇ, ସେ କଥା ଥାଉ । ଏଠାରେ ମଣିଷ କିପରି ଭାବରେ ରହିପାରିବ କହତ ? ଆଜିକୁ କେତେଦିନ ହେଲା ଆସିଲିଣି ଠିକ୍ ମନେ ନାହିଁ । ତେବେ ମାସ ଦୁଇଟାରୁ ଅଧିକ ହେବ ନାହିଁ । ଗୋଟିଏ ସୁଦ୍ଧା ସ୍ତ୍ରୀ ଲୋକର ମୁହଁ ଦେଖିପାରୁ ନାହିଁ ଏହାଭିତରେ । ଢୋକେବି ମାଲ୍ ଯାଇନି ପେଟକୁ – ଫୁର୍ତି କରିବାକୁ କିଛି ନାହିଁ । ଛିଃ, ବଡ଼ ଖରାପ ଜାଗା ଏଇଟା ବାବା ଯାହା କହ ପଛକେ । ମଣିଷ ଏଠାରେ ତିଷ୍ଠି ପାରିବ !

ପରେ ଆଖିମିଟିକା ମାରି କହିଲା – କହନା କିଛି ସନ୍ଧାନରେ ଅଛି କି ? ଯତୀନ ତା ପାଖରେ ବସିଲା – ମନେ ମନେ ଭାବିଲା – **A wasted life**. ଆମର ଯାହା ନଷ୍ଟ ହେଉଛି ତାହା ଆମ ନିଜ ଦୋଷରୁ ନୁହେଁ । କିନ୍ତୁ ଏଇ ରାମଲାଲ ନିଜ ଜୀବନଟାକୁ ନଷ୍ଟ କରି ଦେଇଛି ନିଜ ହାତରେ । ରାମ ଲାଲ କହିଲା – ରହୁଛ କେଉଁଠି ?

– ଏହିଠାରେ ତ ରହୁଛି ?

– ମଝିରେ ମଝିରେ ଆସ । ବହୁତ – ନିଛାଟିଆ ଲାଗୁଛି, ଛିନା ଲାଗୁଛି । ଆଚ୍ଛା, ହରିମତିକୁ ଦେଖିଛ ? ବୁଝି ପାରୁଛ ନା ? ଗାଙ୍ଗୁ ଗୋସାଇଁର ଝିଅ ହରିମତି । ତାହାକୁ ଆସିବା ଦିନଠାରୁ ଖୋଜୁଛି । ଏକା ସାଙ୍ଗରେ ଦିନେ ରହି ଆସିଛୁ ତ !

ଯତୀନ୍ ଟିକିଏ ବିସ୍ମିତ ହେଲା । ଗାଙ୍ଗୁ ଗୋସାଇଁର ଯେଉଁ ଝିଅର କଥା ରାମ ଲାଲ କହୁଛି, ତାହାକୁ ନିଷ୍ଠାବତୀ ବୈଷ୍ଣବୀ ହିସାବରେ ସେ ଜାଣିଥିଲା । ତେବେ ସେ ଯୁବତୀ ଆଉ ସୁନ୍ଦରୀ ଥିଲା ତ । ଆଶାଲତା ଯେଉଁଠର ବାପଘରକୁ ଚାଲିଗଲା । ସେ ବର୍ଷ ସେ କେଜାଣେ କାହିଁକି ବେକରେ ଦଉଡ଼ି ଦେଇ ମରିଗଲା । ହରିମତିର ଚରିତ୍ର ଭଲଥିଲା ବୋଲି ତାର ଧାରଣା ଅଛି ଏ ପର୍ଯ୍ୟନ୍ତ ।

ଯତୀନ୍ କହିଲା – ନା, ସେସବୁ ଦେଖିନି । ତୁମେ ଏବେ ସେ ସବୁ ଛାଡ଼ି ମରିଯାଇ ପୃଥିବୀରୁ ଚାଲି ଆସିଛ । ମଦ, ସ୍ତ୍ରୀ ଲୋକ ଏଠାରେ ତୁମର କଣ କାମରେ ଆସିବ ? ହରିମତିକୁ ତା ହେଲେ ତୁମେ ନଷ୍ଟ କରିଥିଲ ପରା ! ତୁମ ଲାଗି ତାକୁ ବେକରେ ଦଉଡ଼ି ଦେଇ ମରିବାକୁ ହୋଇଥିଲା ତେବେ ?

– ନା ଭାଇ, ତୁମ ଗୋଡ଼ଧରି କହିପାରେ। ସେ ପ୍ରଥମରୁ ହିଁ ଭଲ ଚରିତ୍ରର ଝିଅ ନଥିଲା। ଅଘୋର କୁଣ୍ଡୁ ସହିତ ତାର ଗୋଲମାଲ ହୋଇଥିଲା ସେ କଥା ମୁଁ ଜାଣେ। ପରେ ଏକଥା। ଧରାପଡ଼ିଯିବ ବୋଲି ସେ ଦଉଡ଼ି ଦେଇ ମରିଛି। ମୋତେ ଏତେଟା ଖରାପ ବୋଲି ଭାବନା। ହଁ, ଫୁର୍ତ୍ତି କରୁଥିଲି ସତ; କିନ୍ତୁ ତା ବୋଲି –

– ବେଶ୍, ତେବେ ସେ ବାଟ ଛାଡ଼, ନହେଲେ ଯେପରି କଷ୍ଟ ପାଉଛ ସେପରି କଷ୍ଟ ପାଉଥିବ।

ଯତୀନ୍ ସେଦିନଠାରୁ ରାମ ଲାଲର ସ୍ତରକୁ ଯାଇ ତାକୁ ବୁଝାଇଥିଲା। ରାମ ଲାଲ ଘରଦୁଆର ପାଇନି, ଗଛତଳେ ତାର ଆଶ୍ରୟସ୍ଥଳୀ। ଯତୀନ୍ ତାକୁ ଉପର ସ୍ୱର୍ଗର କଥା କହେ। ଭଗବାନଙ୍କ କଥା କହେ। କିନ୍ତୁ ରାମ ଲାଲ ନିମ୍ନ ସ୍ତରର ଆମ୍ଣା। ଅତି ସ୍ଥୁଲ ଆସକ୍ତିରେ ତା ମନ ଛନ୍ଦି ହୋଇଯାଇଛି। ଏସବୁ ସେ କିଛି ବୁଝେ ନାହିଁ। ତାକୁ ଭଲ ବି ଲାଗେନି।

ଦିନେ ରାମ ଲାଲର ପିତାମହ କେବଲ ରାମ କୁଣ୍ଡୁଙ୍କ ସହିତ ଦେଖାହେଲା। କେବଲ ରାମ ପକ୍କା ବ୍ୟବସାୟୀ। ସାମାନ୍ୟ ଅବସ୍ଥାରୁ ବିଖ୍ୟାତ ଧନୀ ଓ ମାଲ୍‌ଗୋଦାମଦାର ହୋଇ ଯାଇଥିଲେ। ତାକୁ ଦେଖି କହିଲେ – ଆରେ ତୁମେ ଭବ ତାରଣର ପୁଅଟି ! ! ବହୁତ ମନେ ଅଛି ମୋର। ଆହା ! ଖୁବ୍ କମ୍ ବୟସରେ ତୁମେମାନେ ଚାଲିଆସିଲ। ବଡ଼ ଦୁଃଖର କଥା। ମୋ ନାତିକୁ ଦେଖନା ! ହରସା ରାମ ମରିଗଲେ ଏତେବଡ଼ ବ୍ୟବସାୟଟା ଚାଲିଯିବ। କିଏ ଦେଖାଚାହାଁ କରିବ ? ଏଇ ସନ୍ଧ୍ୟା ଯାଏଁ ମାଲ୍ ଗୋଦାମରେ ବସିଥିଲି। ପ୍ରତିଦିନ ଯାଇ ଦେଖାଶୁଣା କରେ। ମୋର ବଡ଼ ମାୟା ଏଇ ମାଲ୍‌ଗୋଦାମ ଉପରେ। ଭରସା ରାମ ତ ବନ୍ଧା ଆସରରେ ଗାଇଲା। କଷ୍ଟ କାହାକୁ କୁହାଯାଏ ସେତ ଜାଣେନା। ଲକ୍ଷେ ଅଶୀ ହଜାର ଟଙ୍କା। କେସ୍ ରଖ଼ ଆସିଲି ବେଙ୍କ୍‌ରେ ଉଇଲ୍‌ରେ ଦୁଇ ଭାଇଙ୍କୁ ସମାନ୍ ଭାଗ କରି –

ଯତୀନ୍ କହିଲା – କୁଣ୍ଡୁ ମହାଶୟ ଏବେ ସେ ସବୁ ଛାଡ଼ି ଦିଅନ୍ତୁ। ଆପଣ ଆଜିକୁ କୋଡ଼ିଏ ବର୍ଷ ହେଲା ଆସିଲେଣି। ଆଜିସୁଦ୍ଧା ଦୋକାନ, ଗୋଦାମ୍ ନେଇ ବ୍ୟସ୍ତ କାହିଁକି ? ଆପଣ ତ ଗଳାରେ ତୁଲସୀ ମାଲା ପିନ୍ଧୁଥିଲେ ଟି। ହରିନାମ କରୁଥିଲେ ?

– ତାହା ଏବେ ବି କରୁଛି ତା ବୋଲି –

– ଆଚାର୍ଯ୍ୟ ରଘୁନାଥ ଦାସଙ୍କ ନାମ ଶୁଣିଛନ୍ତି ?

କୁଣ୍ଡୁ ମହାଶୟ ଦୁଇ ହାତ ଯୋଡ଼ି ପ୍ରଣାମ କରି କହିଲେ – କିଏ ତାଙ୍କ ନାମ ନ ଶୁଣିଛି ? ଆମେମାନେ ତାଙ୍କର ଦାସାନୁଦାସ –

– ଆପଣ ଯଦି ମାଲ୍‌ ଗୋଦାମ୍‌, ଦୋକାନକୁ ଯିବା ଛାଡ଼ି ଦେଇ ପାରିବେ, ତେବେ ମୁଁ ଆପଣଙ୍କୁ ସେଠାକୁ ନେଇଯିବି। ତାହାଙ୍କ ପାଖକୁ।

କେବଲ ରାମ କଥାଟା ବିଶ୍ୱାସ କଲେ ନାହିଁ। ଏହା କେବଳ କଥାର କଥା ବୋଲି ମନେ କଲେ। ତେଣୁ ଉଚ୍ଚ ସ୍ୱର୍ଗରେ ଅନେକ କଥା ଯତୀନ୍‌ ତାଙ୍କୁ ବୁଝାଇବାକୁ ଲାଗିଲା। ପୁଷ୍ପ ସହିତ ଦିନେ ଦେଖା ସାକ୍ଷାତ୍‌ କରାଇ ଦେଲା। କବଲ୍‌ ରାମ ହାତ ଯୋଡ଼ି ପ୍ରଣାମ୍‌ କରି କହିଲେ – ତୁମେ କିଏ ମା ?

ପୁଷ୍ପ ହସି କହିଲା – ତୁମର ନାତୁଣୀ ଅଜା –

କେବଲ ରାମ କାନ୍ଦି ପକାଇଲେ। କହିଲେ – ମୁଁ ପାପୀ, ନରାଧମ, ମୋର ସେ ଭାଗ୍ୟ କ'ଣ ଅଛି ମା ?

– ମା ନୁହେଁ ମୋତେ ଦିଦି ବୋଲି ଡାକ ଅଜା – ପୁଷ୍ପ ଗେହ୍ଲାଇ ହୋଇ କହିଲା। କେବଲ ରାମ ସେଦିନଠାରୁ ପୁଷ୍ପର କ୍ରୀତ ଦୋସ ହୋଇ ଗଲେ। ପୁଷ୍ପ କଣ ମେଜିକ୍‌ ଜାଣେ କି ? ଯତୀନ୍‌ ଥରେ ଥରେ ଭାବେ। ପୁଷ୍ପ କେବଲ ରାମଙ୍କୁ ଭରସା ଦେଲା, ଦିନେ ତାଙ୍କୁ ଉଚ୍ଚସ୍ତର ସ୍ୱର୍ଗର ବୈଷ୍ଣବ ଭକ୍ତମାନଙ୍କ ପାଖକୁ ତାଙ୍କୁ ନେଇଯିବ। କେବଲ ରାମ ମଣିଷଟା ସରଳ। କହିଲେ – ଦିଦି, ତୁମେ ହିଁ ତ ଦେବୀ। ତୁମେ ତ କମ୍‌ ନୁହେଁ !! ବ୍ରାହ୍ମଣ ଘର ଝିଅ ତା ବାହାରେ ନିଆଁ ଭଲି ଉଜ୍ଜ୍ୱଲ ଆହା ତୁମ ରୂପର। ମୁଁ ଆଉ କେଉଁଠିକି ଯିବାକୁ ଚାହେଁ ନା। ତୁମେ ଅଜା ବୋଲି ଡାକିଲେ ଏହା ମୋର ସ୍ୱର୍ଗ ହୋଇଗଲା। ଆମେମାନେ କୀଟସ୍ୟ କୀଟ।

ଆମ୍ବାର ଉତ୍ଥାନ୍‌ ହୁଏ ପ୍ରେମରେ, ଭଲପାଇବାରେ। ପିତାମହତୁଲ୍ୟ ବୃଦ୍ଧ କେବଲ ରାମଙ୍କୁ ନାତୁଣୀ ଭଲି, ପୌତ୍ରୀଭଲି ଭଲପାଇ ତାହାଙ୍କୁ ଉପରକୁ ଉଠାଇବାକୁ ଚେଷ୍ଟା କରୁଛି – ଯତୀନ୍‌ ବୁଝିପାରିଲା ତାର ଶିହଶିହ ଲେକ୍‌ଚର୍‌ରେ ସେ କାମ ହେବାର ନୁହେଁ। ଯତୀନ ଭାବେ ଏସବୁ କାମ ପୁଷ୍ପ ଦ୍ୱାରା ସମ୍ଭବ। ପତି ତା ଉଦ୍ଧାର କାମ ମୋର ହେବ ନାହିଁ।

କିନ୍ତୁ ରାମ ଲାଲକୁ ସାହାଯ୍ୟ କରିବା ପୁଷ୍ପ ଦ୍ୱାରା ହେବାର ନୁହେଁ। ପୁଷ୍ପ ଅତି ସୁନ୍ଦରୀ ନାରୀ। ରାମ ଲାଲର ଆସକ୍ତି ଏବେ ସୁଦ୍ଧା ନିମ୍ନମୁଖୀ, ମୋହରେ ପଡ଼ିଯିବ। ରାମ ଲାଲର ମନର ପରିବର୍ତ୍ତନରେ ବହୁତ ବିଲମ୍ୱ ଅଛି। ଯତୀନ ତାହାକୁ ଅନ୍ୟ ଉପାୟରେ ସାହାଯ୍ୟ କରିବାକୁ ଲାଗିଲା।

ରାମଲାଲ ଦେଖା ପାଇ ଯତୀନ୍‌କୁ କିଛିଟା ଭଲ ଲାଗିଛି। ହକର ହେଉ, ଦେଶ ଲୋକତ ! ସମବୟସୀ ମଧ୍ୟ। ଦୁଇ ଚାରି ପଦ କଥାବାର୍ତ୍ତା ପୃଥ୍ବୀ ବିଷୟରେ କରିହେବ। ଦେବ ଦେବୀଙ୍କ ଭିତରେ ରହି ପ୍ରାଣ ଉଚ୍ଛନ୍ନ ହେଉଛି ! ଖାଲି ବଡ଼ ବଡ଼

କଥା ଆଉ କେତେ ଶୁଣିବା। ପୁଷ୍ପର ମୁହଁରୁ ଅଥବା ଅନ୍ୟ ଯେଉଁଠାକୁ ମଝିରେ ଦୁଇ-ଦଶଥର ଯାଇଛି ସେଥାରେ ବି ସେଇୟା। ପୁଷ୍ପ ବୁଝେ ସବୁ - ବୁଝି ଦୁଃଖିତ ହୁଏ। ରାମଲାଲ୍ ସହିତ ଏତେ ମିଳାମିଶାରେ ପସନ୍ଦ କରେନା।

ଯତୀନ୍ ରାମଲାଲ ପାଖକୁ ଆସି କହେ - ରାମଲାଲ ଦା, କଣ ତୁମର ଇଚ୍ଛା ହୁଏ।

- ଗୋଟିଏ ଇଚ୍ଛା ଅଛି। ଅନ୍ୟ କିଛି ହେଉ ନ ହେଉ, ଗୋଟିଏ ସିଗାରେଟ୍ ଯଦି ଖାଇପାରନ୍ତି। ଏକାବେଳକେ କିଛି ବି ନାହିଁ - ଛିଃ. ଏଠାରେ ମନୁଷ୍ୟ ରହେ କିପରି ?

- ତୁମ ସ୍ତ୍ରୀଙ୍କୁ ତ ରଖ୍ ଆସିଛ, ତାହାଙ୍କ ସଙ୍ଗେ ଦେଖା କରିବାକୁ ଇଚ୍ଛାହୁଏ ନି ? ରାମଲାଲ୍ ଚଟସ୍ତ ହୋଇ କହିଲା - ହଁ, ହଁ - ହଁ, ହଁ ତାଙ୍କୁତ ପ୍ରାୟ ଦେଖୁଛି।

- ସେଠାକୁ ଯାଅ ?

- ହଁ, ହଁ ଯାଏଁ। ଯିବ-ଚାଲନା ଗାଁ କୁ ଥରେ।

ଯତୀନ୍ ଗଲା କୁଡ଼ୁଲେ - ବିନୋଦପୁରକୁ। ପୁଷ୍ପ ମନା କରିଛି ଏସବୁ ସ୍ଥାନକୁ ଯିବାକୁ। ଆସିଲେ ହଁ ପାର୍ଥିବ ଆସକ୍ତି ଓ ତୃଷ୍ଣା ଆମ୍ଭାକୁ ପୁନରପି ଜାବୁଡ଼ି ଧରେ। ରାମଲାଲ ତା ନିଜ ଘର ଆଡ଼କୁ ଚାଲିଗଲା। ଯତୀନ୍ ନିଜ ଘରକୁ ଆସିଲା। ତାର ପୁଅ, ଝିଅ ଅଛନ୍ତି ଶ୍ୱଶୁରଙ୍କ ଘରେ। କିନ୍ତୁ ସେମାନଙ୍କର ଉପରେ ଏତେଦିନ ଯତୀନ୍ର ବିଶେଷ କିଛି ମାୟା ନଥିଲା। ଏଠାକୁ ଆସି ସେମାନଙ୍କ ପାଇଁ ମନ କିମିତି କିମିତି ଲାଗିଲା। ତା'ର ଘର ଖଣ୍ଡିକ ଏକେବାର ଭାଙ୍ଗିରୁଜି ଜଙ୍ଗଲ ହୋଇଯାଇଛି ଏଇ ସାତ, ଆଠ ବର୍ଷ ଭିତରେ। ଏଠାରେ ଏହି ଘରେ ସେ ଓ ଆଶା ରହୁଥିଲେ, ଆଶା ହାତର ତୃଣଦାଗ ଏବେ ବି ଇଟାକାନ୍ଥୁର ଗୋଟିଏ ସ୍ଥାନରେ ଅଛି। ସେଠାରେ ବସି ଆଶା ପାନଭାଙ୍ଗୁଥିଲା। ଷୋହଳ ବର୍ଷ ଆଗର ତୃନରଦାଗ, କିମ୍ଭ। ତା ପୂର୍ବର ବି ହୋଇଥବ।

ବିବାହ ପରେ ପ୍ରଥମରେ ଆଶା ଖୁବ୍ ପାନ ଖାଉଥିଲା। ଆଉ ସେଇ ସେଠାରେ ବସି ପ୍ରତ୍ୟହ ସକାଳରେ ଡବାଏ ପାନ ସଜାଉଥିଲା ଗୋଟିକ ୟାକ ଦିନ ପାଇଁ। ଗୁଜବ ହେଲା ସେ ସମୟରେ, ପାନରେ ଗୋଟିଏ କିସମର ପୋକ ହୋଇଛି। ଅନେକ ଲୋକ ମରିଯାଉଛନ୍ତି ପୋକରା ପାନ ଖାଇ। ଯତୀନ ଆଉ ବଜାରରୁ ପାନ ପାଞ୍ଚ, ଛଅ ମାସ ଧରି ଆଣୁନଥିଲା। - ଆଶା କହୁଥିଲା ତୁମେ ନ ଖାଅ ପଛକେ ମୋ ପାଇଁ ଆଣ। ନହେଲେ କଣ ହେବ ମରିଯିବି ପାନ ଖାଇ। ତୁମର ପୁଣି ବିବାହ ଅଟକି ଯିବ ନାହିଁ, ପୁଣି ବାହାହେବ। ମୁଁ କିନ୍ତୁ ପାନ ନ ଖାଇ ରହିପାରିବି ନାହିଁ।

କାଲିପରି ଲାଗୁଛି ଏସବୁ ଘଟଣା । ଆଶା, ଆଶାଲତା । ସ୍ୱପ୍ନ..... ବହୁଦିନ ଅତୀତର ସ୍ୱପ୍ନ ଆଶାଲତା ।

ସନ୍ଧ୍ୟା ହୋଇଛି । ବୈଷ୍ଣବ ଘର ବହୂ ଛେଳି ଚରାଇ ନେଇଯାଉଛି ଘରକୁ – ଆହା ବୁଢ଼ି ହେଇଗଲାଣି ବୈଷ୍ଣବଘର ବହୂ । ତାହାତ ହେବହିଁ ହେବ, ଆଠ ବର୍ଷ ହେଇଗଲାଣି । ଆଛା, ତାକୁ ଯଦି ବୈଷ୍ଣବ ବହୂ ଏବେ ଦେଖିବ କଣ ଭାବିବ ସେ !

ହଠାତ୍ ପଛପଟରୁ କିଏ କହି ଉଠିଲା – ତୁମେ କେବେ ଆସିଲ ଗୋ ? ଯତୀନ୍ ଅନ୍ତରାମ୍ମା ପର୍ଯ୍ୟନ୍ତ ଆଶ୍ଚର୍ଯ୍ୟରେ ଶିହରୀ ଉଠିଲା ସେ ପରିଚିତ କଣ୍ଠ ଡାକରାରେ । ସେ ପଛକୁ ଫେରି ଅନାଇଲା । ଆଶାଠିଆ ହୋଇ ରହିଛି ଠିକ୍ ତା ପଛଟାରେ । ଲାଲଧଡ଼ି ଶାଢ଼ୀ ପିନ୍ଧିଛି । ଠିକ୍ ଯେପରି କୁଟୁଲେ ବିନୋଦପୁରର ଏଘରେ ପିନ୍ଧୁଥିଲା । ବୟସ ସେତିକି । ଅଖିକୁ ବିଶ୍ୱାସ ନହେବା ଭଳି ମୂଢ଼ ବିସ୍ମୟପୂର୍ଷ ଚାହାଁଣୀ ।

– ଆଶା, ତୁମେ ଏଠାରେ, କିପରି ଆସିଲ ।

ଆଶା ଅବାକ୍ ହୋଇ ତା ଆଡ଼କୁ ଚାହିଁ ରହିଛି । ଯେପରି କେବେବି ବିଶ୍ୱାସ କରିପାରୁ ନାହିଁ ।

ଯତୀନ ତା ପାଖକୁ ଆଗେଇଗଲା ହାତ ବଢ଼ାଇ କହିଲା – ଆଶା ଚିହ୍ନିପାରୁନ ମୋତେ ?

ଆଶା ତା ମୁହଁକୁ ସେତେବେଳ ସୁଧାଧା ନିରେଖି ଚାହିଁ କହିଲା ଠିକ୍ ଚିହ୍ନିଛି ।

– ତୁମେ କେଉଁଠାରୁ ଆସିଲ ?

– କେ ଜାଣେ ! କେଉଁଠାରୁ ଯେ ଆସିଲି । ଆଜିକାଲି ମୋର କ'ଣ ହୋଇଛି ! ସବୁ କିମିତି କିମିତି ଲାଗୁଛି । କେଉଁଟା ସତ୍ୟ, କେଉଁଟା ସ୍ୱପ୍ନ ବୁଝିପାରେ ନି ? ସବୁଓଲଟା ପାଲଟ୍ ହୋଇ ଯାଇଛି କିପରି । ହଇଗୋ ତୁମେ ଠିକ୍ ତୁମେ ହିଁ ତ !! ପରେ ବ୍ୟସ୍ତ ହୋଇ କହିଲା – ଟିକିଏ ଠିଆହୁଅ । ତୁମକୁ ପ୍ରଣାମ କରିନିଏ – ପ୍ରଣାମ କରି ଉଠି କହିଲା – କେତେଦିନ ହେଲା ଦେଖିନି । ଥିଲ କେଉଁ? ସଂସାର ଯେ ଛାରଖାର ହୋଇଗଲା । ଘର ଦୁଆରର ଅବସ୍ଥା କଣ ହେଲାଣି ଆସି । ମୁଁ ଏତେଦିନ ହେଲା ଆସିନି । ମୋ ବାପଘରୁ ତୁମେ ମୋତେ ଆଣିଲ ନାହିଁ । ନିଜେବି ଏଣେ ତେଣେ ବୁଲୁଛ । ପିଲା ଛୁଆ ଦୁଇଟାଙ୍କ କଥା ପୁଣି ତ ଭାବିବା କଥା ।

ଯତୀନ୍ ସ୍ନେହଭରା ସ୍ୱରରେ କହିଲା – ହଁ ଠିକ୍ କଥାତ ! ତୁମେ ଭଲ ଅଛ ଆଶା ?

– ମୁଁ ଭଲ ନାହିଁ ।

– କାହିଁକି, କ'ଣ ହେଲା ? ମୋତେସବୁ ଖୋଲା ଖୋଲି କୁହ ଆଶା ।

– ମୁଣ୍ଡ ଭିତରଟା ସବୁ ଗୋଲମାଲ ହୋଇଯାଉଛି। କିଛି ବୁଝିପାରୁନି। ସବୁ ସ୍ୱପ୍ନପରି ଲାଗୁଛି। କେତେ କଣ ଯେ ଜୀବନରେ ଘଟି ଗଲା। ବୁଝିପାରୁନି କେଉଁଟା ସ୍ୱପ୍ନ କେଉଁଟା ସତ। ଏଇ ତୁମେ ଠିଆ ହୋଇଛ ମୋ ଆଗରେ ମୋର ଯେମିତି କଣ ମନେ ହେଉଛି। ଯେପରି ମନେ ହେଉଛି କିଏ କହିଥିଲା, ତୁମେ – ଛି୍ ସେ କଥା କହିବାର ନୁହେଁ।

– ଆଶା, ପୁଣି ଘର ସଂସାର କରିବା ଆସ–

– ହଁ କରିବାକୁ ହେବ। ମୋ ମୁଣ୍ଡ ଖରାପ ହୋଇଯାଇଛି – ଗୋଟିଏ ଜାଗାରେ ଥିଲି। ମରୁଭୂମି ଆଉ ପାହାଡ଼। ଲୋକବାକ କେହି ନାହିଁ। କେଡ଼େ ଭୟଙ୍କର ଜାଗା ସେଠାରେ ଯେପରି ଗୋଟିଏ ଦେବଙ୍କ ସହିତ ଦେଖାହେଲା। ତାଙ୍କ କପାଲରୁ ନିଆଁ ଭଲି ଜ୍ୟୋତି ବାହାରୁଛି। କେତେ ତେଜ! ବାପ୍‌ରେ! କିଭଲି ସବୁ ବ୍ୟାପାର। ସେସବୁ ସ୍ୱପ୍ନ ନା ?

– ନିଶ୍ଚୟ ଆଶା।

– ତୁମେ ଆସିଲ, ଭଲ ହେଲା। ଘର ଦୁଆର ଝାଡ଼ୁ କରିନିଏଁ। ହାଣ୍ଡି ଚୁଲି ସବୁ ଭାଙ୍ଗିଯାଇଛି। ଚଢ଼େଇଙ୍କ ବସା ହେଲାଣି କଡ଼ିକାଠରେ। ସଉଦା ଆଣିକି ଦିଅ ବଜାରରୁ। ସେ ମରୁଭୂମି ଭଲି ସ୍ଥାନରୁ କିଏ ଯେପରି ମୋତେ ଟାଣିଆଣିଲା ରହି ପାରିଲି ନାହିଁ। ପରେ ପାଖକୁ ଆସି ଅପରାଧିନୀ ଭଲି କହିଲା – ହଇଗୋ ମୋ ବାପ ଘରେ ମୋତେ ଫିଙ୍ଗି ରହିଥିଲ କିପରି ଏତେ ଦିନଧରି ? ମୋତେ ରାଗିଥିଲ ନା ?

ଯତୀନ୍ ସ୍ନେହଭରା ଦୃଷ୍ଟିରେ ତାକୁ ଚାହିଁ ରହିଲା – ସେ ଦୃଷ୍ଟିରେ ଅନୁକମ୍ପା ଗଭୀର ଭାବରେ, ଅତଲ ସ୍ପର୍ଶୀ ଅନୁକମ୍ପା – ସର୍ବ ବାସନା ଶୂନ୍ୟ ଉଦାର କ୍ଷମା। କିଛି କଥା କହିନଥିଲା।

ଆଶା ବିମୁଗ୍ଧ ହୋଇ ହସି ହସି କହିଲା – ସୁନ୍ଦର ଚେହେରା ହୋଇଛି ତୁମର। ହଠାତ୍ ଆଶା ଚିକ୍‌ାର କରି ଉଠିଲା – ଏ କ’ଣ ? ମାଗୋ ଏ କ’ଣ ହେଲା। କେଉଁଠିକି ଚାଲିଗଲ ଗୋ ? ଏହି ଯେ ଏଠାରେ ଥିଲ ? ମାଗୋ ଏସବୁ କଣ ହେଲା!...

ଯତୀନ୍ ବୁଝି ପାରିଲା ସେ ଅଦୃଶ୍ୟ ହୋଇଯାଇଛି ତା ପାଖରୁ। ପୃଥିବୀରେ କେତେସମୟ ରହିପାରିବ। ପୃଥିବୀର ଆସକ୍ତି ଓ ଚିନ୍ତା ଯୋଗୁଁ ତା ଦେହ ସ୍ଥୂଲ ସ୍ତରର ଦର୍ଶନ ଯୋଗ୍ୟ ହୋଇଥିଲା ଅଳ୍ପ ସମୟ ଲାଗି। ତାର ଚିନ୍ତାର ପ୍ରବଳ ଆକର୍ଷଣ ନରକରୁ ଆଶାକୁ ଆଣି ପାରିଥିଲା ଏଠାକୁ। ଆଶାକି ଆଉ ରହିପାରିବ ନାହିଁ। ଏକେ ତାକୁ ଚାଲିଯିବାକୁ ହେବ। ଉଭୟସ୍ତର ଜୀବଙ୍କ କୌଣସି ଯୋଗାଯୋଗ ନାହିଁ।

ରାମଲାଲ ମଧ ଆସି ଯତୀନକୁ ଦେଖିପାରିଲା ନାହିଁ। ଯତୀନ୍‌ର ଦେହ ପୁଣି ତୃତୀୟ ସ୍ତର ଭଲି ହୋଇଯାଇଛି।

ରାମଲାଲ୍ କହିଲା – କାହିଁଗଲ ହଇହେ ଯତୀନ୍ ଦା ? ରୁହ ରୁହ କେଉଁଠାକୁ ଯାଉଛ ! ହଇହେ ଯତୀନ୍ ଦା...

ସେତେବେଳକୁ ନରକର ପ୍ରବଳ ଆକର୍ଷଣରେ ଆଶା ବି ତା ନିଜସ୍ତରକୁ ନୀତ ହୋଇଛି ।

ଯତୀନ୍ ଦୀର୍ଘ ନିଶ୍ୱାସ ଛାଡ଼ିଲା । ଏଇ ଜଗତର ଏଇଟା ହିଁ ନିୟମ । ଆଶା ଠିକ୍ ହିଁ କହିଛି । କେଉଁଟା ସ୍ୱପ୍ନ, କେଉଁଟି ସତ ତାହା ବୁଝିବାକୁ ଚାରାନାହିଁ ।

ସେ କେଉଁ ଦେବତା । ଯାହାଙ୍କ ଶରଣ ପଶିବାକୁ ସେ ଚାହେଁ । ଏଇ ସ୍ୱପ୍ନକୁ ସମାପ୍ତ କରିବାକୁ ଚାହେଁ । କରୁଣାମୟ ଏପରି କେଉଁ ଦେବତା ଅଛନ୍ତି । ଯାହାଙ୍କ କୃପା କଟାକ୍ଷରେ ଆଶା ତ ଛାର କେତେ ମହାପାପୀ ଉଦ୍ଧାର ପାଇଯାଆନ୍ତି ଏକ ମୁହୂର୍ତ୍ତରେ । ମହାରୁଦ୍ରଙ୍କ ଜ୍ୟୋତି-ତ୍ରିଶୂଲର କ୍ଷଣିକ ଚମକରେ ଅନନ୍ତ ବ୍ୟୋମ ୫ଟକିଯାଏ ପୁଣ୍ୟ ଆଲୋକରେ । ପାପତାପ ପୋଡ଼ି ଛାରଖାର ହୁଏ । ଏଇ ଅବାନ୍ତ ସ୍ୱପ୍ନର ଅବସାଦ ହୁଏ । ହେ ଅନନ୍ତଶୟନଶାୟୀ ମହାଦେବତା ଜାଗ୍ରତ ହୁଅ, ତୁମେ ଜାଗ୍ରତ ହୁଅ !

ତାଙ୍କର ଘର ପଛପଟ ବାଉଁଶ ବଣରେ ପେଚକ ରାବୁଛି । ଶୀତକାଲ ରାଧାଲତାରେ ପେନ୍ତା ପେନ୍ତା ଫୁଲ ଫୁଟିଛି ବଣବୁଦାରେ । ହିଁଙ୍କାରୀ ଡାକୁଛି ପୋଖରୀ ହୁଡ଼ାରେ । ମନେହୁଏ ଚନ୍ଦ୍ର ଉଦୟ ହେଉଛି ପୂର୍ବାକାଶରେ । ଆକାଶବ୍ୟାପୀ ନକ୍ଷତ୍ର ଦଳ ପତଳା ହୋଇ ଆସୁଛି । ବୋଧହୁଏ ପୃଥ୍ୱୀର କୃଷ୍ଣ ପ୍ରତିପଦ । ଅଥବା ଦ୍ୱିତୀୟା ତିଥି ।

ପୁଷ୍ପ କରୁଣା ଦେବୀଙ୍କ ଦେଖା ପାଇନି ବହୁତ ଦିନ ହେଲା । ସେ ନାନା ପ୍ରକାର କାମରେ ସବୁବେଳେ ବ୍ୟସ୍ତ ଥାଆନ୍ତି । ପୁଷ୍ପ ସେଥିଲାଗି ତାଙ୍କୁ ଡାକିନଥାଏ । ଆଜି ଅନେକ ଦିନପରେ ପୁଷ୍ପର ମନେ ହେଲା କରୁଣାଦେବୀଙ୍କୁ ଥରେ ଭେଟିବା କଥା । ସେ ତାଙ୍କୁ ସାକ୍ଷାତ୍ କରିବା ପାଇଁ ଉଚ୍ଚ ସ୍ୱର୍ଗକୁ ଉଠିଗଲା । ତାହାଙ୍କ ସେଇ କ୍ଷୁଦ୍ର ଗ୍ରହ ରସେଇ କୁସୁମିତ ଉପବନକୁ । ଯେତେବେଳେ ସେ ଏଠାକୁ ଆସେ ସେତେବେଳେ କଣ ଗୋଟିଏ ବିସ୍ମୟକର ଆବିର୍ଭାବର ଆଶାରେ ଥାଏ । କେତେ ସୌନ୍ଦର୍ଯ୍ୟମୟ ଓ ଶାନ୍ତିର ଲୀଲା ଭୂମି ଏହି ପବିତ୍ର ଦେବାୟତନ । କେଉଁ ସୁଗନ୍ଧ ସେ ଜାଣେନା, କେଉଁ ଫୁଲର ସେ ସୁଗନ୍ଧ ତାହାବି ଜାଣେନା, କିନ୍ତୁ ଅନ୍ତରାମ୍ଲା ତୃପ୍ତ ହୁଏ/ ସାରା ମନ ଖୁସି ହୋଇଯାଏ ସଙ୍ଗେ ସଙ୍ଗେ ।

ମହାରୂପସୀ ଦେବୀ ତାକୁ ହସ ହସ ବଦନରେ ହାତଧରି ଗୋଟିଏ ବିଶାଳ ବନସ୍ପତି ତଲେ ସ୍ଫଟିକ ବେଦୀ ତଳକୁ ନେଇ ବସାଇଲେ । ପୁଷ୍ପ ଚାହିଁ ଦେଖ ଅବାକ୍ ହୋଇ ଭାବିଲା । ଏହି ଗଛ ତ ଏତେ ବଡ଼ ହେବା ସେ ଦେଖି ନଥିଲା । ଏହା ନଥିଲା ଏଠାରେ ।

କରୁଣା ଦେବୀ ମୃଦୁ ହସ କହିଲେ – କଣ ଭାବୁଛ, ଗଛଟାର କଥା ? ତାହା ତିଆରି କରିଛି । ବନସ୍ପତିରେ ଭଗବାନଙ୍କ ପ୍ରତ୍ୟକ୍ଷ ଆବିର୍ଭାବ । ତାହାହିଁ ସବୁବେଳେ ଦେଖେ ଆଖ ଆଗରେ ।

– କି ଗଛ ?

– ପୃଥିବୀରେ ନଥିଲା କେବେ, ନାମ ନାହିଁ ।

– ମୁଁ ଆପଣଙ୍କଠାରେ କଣ ଅପରାଧ କରିଥିଲି କି ? କେତେଦିନ ହେଲା ଦର୍ଶନ ଦେଇନାହାନ୍ତି । ମୋର କଷ୍ଟ ତ ସବୁଜାଣନ୍ତି । ଆପଣ ଥରେ ଚାଲନ୍ତୁ । ଯତୀନ୍ ଦା ବଡ଼ କାତର ହୋଇ ପଡ଼ିଛନ୍ତି । ଆଶା ଭାଉଜ ନରକରେ । ଆମ୍ଭହତ୍ୟା କରିଥିଲେ ।

କରୁଣା ଦେବୀ ଅଭୁତ ଧରଣରେ ହସିଲେ, କହିଲେ – ସବୁଜାଣେ । ମୋର ପୃଥିବୀର ପିଲାପିଲିଙ୍କ ସନ୍ଧାନ ମୁଁ ରଖେ ନି କି ? ମୁଁ ହିଁ ଯତୀନ୍‌ର ବ୍ୟାକୁଳତା ଦେଖି ତା ସହିତ ତାର ସ୍ତ୍ରୀର ଦେଖା କରାଇ ଦେଇଛି । ନହେଲେ ନରକରୁ ପୃଥିବୀକୁ ଯାଇ ଦେଖିପାରନ୍ତା କି ଯତୀନ୍‌କୁ । ଏହି ଦେଖିବାରେ ଆଶାର ଉପକାର ହେବ –

– ଯତୀନ୍ ଦା କିନ୍ତୁ ତଦବଧୁ ପାଗଳ ଭଳି ହେଉଛନ୍ତି –

– ଯତୀନ ଅଜ୍ଞାନ ।

– ଆପଣ ସବୁ ତ ଭଲଭାବରେ ଜାଣିଛନ୍ତି ଦେବୀ ! ଆପଣ ଯତୀନ୍‌ଦାଙ୍କୁ ସୁଖୀ କରନ୍ତୁ । ତା'ଙ୍କ କଷ୍ଟ ମୁଁ ଦେଖିପାରୁନି । ଆଶା ଭାଉଜଙ୍କର କାହିଁରେ ଭଲ ହେବ ?

କରୁଣା ଦେବୀ ତାହାକୁ ପାଖକୁ ଟାଣିନେଇ, ଛୋଟ ଝିଅଟି ପରି ତା କୋଳରେ ମୁଣ୍ଡ ରଖି ଶୋଇଯାଇ ତା ଗାଲରେ ହାତ ବୁଲାଇ ଅତି ଧୀର ଶାନ୍ତ ସ୍ୱରରେ କହିବାକୁ ଲାଗିଲେ – ପୁଷ୍ପ ତୋତେ ମୁଁ ବଡ଼ ଭଲ ପାଏଁ । ମନେ ଅଛି ସବୁ । ଶେଷରେ ସବୁ ଭଲହେବ କିନ୍ତୁ – ଲକ୍ଷ୍ମୀ ।

ପୁଷ୍ପ –

– କଣ ଦେବୀ ?

କରୁଣା ଦେବୀଙ୍କ ଆଖିରେ ଲୁହ ! ପୁଷ୍ପ ଅବାକ୍ ହୋଇଗଲା । ସଙ୍ଗେ ସଙ୍ଗେ ମାୟା ଉପୁଜିଲା ଏହି ରାଜରାଜେଶ୍ୱରୀ ଭଳି ରୂପବତୀ, ମହାଶକ୍ତି ଧାରିଣୀ ଦେବୀଙ୍କ ଉପରେ । କୋ ଲକ୍ଷାୟିନୀ ଛୋଟ ଶିଶୁ ଯେପରି ତା'ର ନିଜର ଝିଅଟି । ଭଗବାନ୍ ଏପରି ଭାବରେ ବୋଧହୁଏ ମନୁଷ୍ୟ ନିକଟରେ ଧରା ଦିଅନ୍ତି ସ୍ୱୈଶ୍ୱର୍ଯ୍ୟ ଲୁଚାଇ । ସେ ନିଜ ଅଜ୍ଞାତସାରରେ ଅସୀମ ସ୍ନେହରେ କରୁଣା ଦେବୀଙ୍କ ଆଖିଲୁହ ପୋଛି ଦେଲୋ ନିଜ ବସ୍ତ୍ରାଞ୍ଚଳରେ ।

ଦେବୀ କହିଲେ – ତୋତେ ବଡ଼ ଦୁଃଖ ଭୋଗିବାକୁ ହେବ –

ପୁଷ୍ପର ହୃଦୟ କମ୍ପିଲା। କାହିଁକି, କାହା ପାଇଁ ଦୁଃଖ ? କେଉଁ କଥା କହିବାକୁ ଦେବୀ ଚାହୁଁଛନ୍ତି ?

ଦେବୀ ପୁଣି କହିଲେ – ଯତୀନ୍ ଆଉ ତୁମକୁ ଗୋଟିଏ ସ୍ଥାନକୁ ଯିବାକୁ ହେବ ମୋ ସହିତ। ଦରକାର ଅଛି। ତୁ ଚାଲିଯା ପୁଷ୍ପ ମୁଁ ଯାଉଛି ତୋରି ଘରକୁ ଟିକିଏ ପରେ। ତାପରେ ମୋ ସହିତ ତୁମମାନଙ୍କୁ ପୃଥିବୀକୁ ଯିବାକୁ ହେବ।

– ଦେବୀ, ଗ୍ରହ ଦେବଙ୍କ ଦେଖା ପାଇପାରିବ ?

– ସମୟ ଆସିଲେ ପାଇବୁ ପୁଅ। ସେ କିଛି ସମୟପୂର୍ବରୁ ଏଠାରେ ଥିଲେ। ଉଚ୍ଚ ସ୍ୱର୍ଗ ଦେବ ଲୋକରେ ପ୍ରେମିକ – ପ୍ରେମିକା। ପୁଷ୍ପ ଯେତେ ଉଭୟଙ୍କୁ ଦେଖେ ସେତିକି ଆନନ୍ଦ ଓ ଶାନ୍ତିରେ ମନପୂରି ଉଠେ।

ପୁଷ୍ପ ଓ ଯତୀନ୍‌କୁ ସଙ୍ଗେ ଧରି କରୁଣାଦେବୀ ଗୋଟିଏ ପୁରାତନ ସହରକୁ ଆସିଲେ।

ଘର ଦୁଆର ସବୁ ପୁରାତନ ଧରଣର। ପାଖରେ ଗୋଟିଏ ନଦୀ ବହି ଚାଲିଛି। ରାସ୍ତା ଘାଟ ସେ କାଳ ଧରଣର ଛୋଟ ଛୋଟ। ଗୋଟିଏ ପୁରୁଣା ଘର ଗଲି ଭିତରେ। ତା ପାଖରେ ଛୋଟ ବଗିଚାଟିଏ। ବେଳ ଗଡ଼ି ଆସିଲାଣି ସନ୍ଧ୍ୟାପୂର୍ବରୁ। ଘର ସାମ୍‌ନାରେ ପୁଷ୍ପ ଓ ଯତୀନ୍‌ ଠିଆ ହେଲେ। ସେମାନଙ୍କର ମନେ ହେଲା, ଏଠାକୁ ସେମାନେ ଯେପରି ଏହା ଆଗରୁ କେବେ ଆସିଛନ୍ତି। ଯେପରି ବହୁ ପୂର୍ବରୁ। କିଛି ମନେ କରିପାରୁ ନାହାନ୍ତି।

ହଠାତ୍‌ ଯତୀନ୍‌ କହିଲା – ଏଇଟା କେଉଁ ସ୍ଥାନଟା ଦେବୀ। ମୁଁ ଏ ଘରକୁ ଚିହ୍ନିଥିବାପରି ମନେ ହେଉଛି –

ତା ମନ ଆଜି ଆନନ୍ଦରେ ପୂରିଗଲା। କାରଣ ବହୁଦିନ ପରେ ଆଜି ସେ କରୁଣା ଦେବୀଙ୍କୁ ଦେଖି ପାରୁଛି। ଏହା କେତେ ଯେ ସୌଭାଗ୍ୟର କଥା, ଏତେ ଦିନ ସେ ଏଠାରେ ରହି ଭଲ ଭାବରେ ବୁଝିପାରିଛି।

ଦେବୀ କହିଲେ – ବେଶ୍‌ ଘର ଭିତରକୁ ଯାଅ।

ଯତନ୍‌ର ମନେ ହେଲା ଏ ଘର ବାରଣ୍ଡାରେ ଗୋଟିଏ ପିଜୁଳୀ ଗଛ ଅଛି। ସେ କେତେ କାଳ ପୂର୍ବରେ ଏହି ଗଛରୁ ପିଜୁଳୀ ଝାଡ଼ି ଖାଇଛି। ଘର ଭିତରକୁ ଯିବାରୁ ଦେଖିଲା। ଛୋଟ ଘରଟିଏ। ଗୋଟିଏ ଫୁରୁଲା ଆଡ଼କୁ ଚାହିଁବାରୁ ଯେପରି ବହୁ ପୁରାତନଦିନର ସୌରଭ ଭଳି କୋଉଠି କିଛି ହରାଇଥିବା ବହୁ ଅସ୍ପଷ୍ଟ ସ୍ମୃତି ସୌରଭ ଆସିଲା ଏଇ ଫୁରୁଲାରୁ। ଗୋଟିଏ ନବବଧୂର ମୁହଁ ଯେପରି ମନେପଡ଼େ। ଏହି

ଫୁର୍ଲାରେ ସେ ତା ମୁଣ୍ଡର ଖାର୍ପିନି ରଖିଥିଲା ଶୋଇବା ଆଗରୁ । ଏଘର ସହିତ ଯେପରି ଦିନେ ମୋର କେତେ ସଂପର୍କଥିଲା । ଘର ଭିତରେ ଅନେକ ଛୋଟ ଛୋଟ ପୁଅଝିଅ ଖେଳୁଛନ୍ତି । ଦୁଇଟି ମଧ୍ୟ ବୟସୀ ସ୍ତ୍ରୀ ଲୋକ ରନ୍ଧାଘରେ କାମଦାମ କରୁଛନ୍ତି । ଏହି ଯେ ସେଇ ପିଜୁଳୀ ଗଛଟି । ତା ତଳେ ବସି ସେ କେତେ ଖେଳିଛି ଗୋଟିଏ ଝିଅ ସହିତ । ଝିଅଟିକୁ ସେ ବଡ଼ ଭଲ ପାଉଥିଲା । ଆଜିବି ଯେପରି ତାର ମୁହଁ ମନେ ପଡୁଛି – କୋଉଠିକି ଯେପରି ଝିଅଟି ଚାଲିଯାଇଥିଲା ।

ପୁଷ୍ପ ତା ପଛରେ ପଛରେ ଆସି ଘର ଭିତରକୁ ଯାଉଛି । ସେ କହିଲା – ଯତୀନ୍ ଦା । ଏଇଯେ ସେ ପିଜୁଳୀ ଗଛ –

– କେଉଁ ପିଜୁଳୀ ଗଛ –

– ମନେ ପଡୁଛି ଏହାରି ତଳେ ତୁମେ ଆଉ ମୁଁ ତ ଖେଳୁଥିଲେ, ଅନେକ ଦିନ ଆଗରେ । ସ୍ପଷ୍ଟ ମନେ ହେଉଛି –

– ତୁମେ ତେବେ ସେଇଝିଅ ପୁଷ୍ପ – ମୋର ସବୁ ମନେ ପଡୁଛି । ତୁ ମରିଯାଇଥିଲୁ ମୋ ଆଗରୁ । ସେ ସବୁଦିନଗୁଡ଼ିକର ଦୁଃଖ ବି ମୋର ମନେ ପଡୁଛି ।

– ତୁମେ ମରିଯାଇଥିଲ–ଯତୀନ୍ ଦା ଏହା କହି ମୋତେ ଗାଲିମନ୍ଦ କରନି । ମୁଁ ମରିବି କାହିଁକି ?

– ଦେବୀ ସଙ୍ଗେ ରହିବାକୁ ତୋର ବଡ଼ ଭୟେ ହେଉଛି । ତୁ ଯହାପାରି ତାହା କହି ଚାଲିଛୁ ମୋତେ ପୁଷ୍ପ ! ଆଚ୍ଛା କହତ, ଗୋଟିଏ ଜାଗାରେ ଏ ଘରର ଜଣେ ବୁଢ଼ା ଲୋକ ବସି ରହୁଥିଲେ । ତାଙ୍କର କଣ ଯେପରି ହୋଇଥିଲା । ବସି ରହୁଥିଲେ ଖାଲି । ମନେ ପଡୁଛି ତୋର ?

– ମନେ ହେଉଛି । କାନ୍ତୁ ଆଡ଼କୁ ତକିଆ ରଖି ବସୁଥିଲେ ।

ଯତୀନର ମନେ ହେଉଥିଲା ଯେପରି ସେ ଗୋଟିଏ ସୁପରିଚିତ ସ୍ଥାନକୁ ବହୁତ ବହୁତ ଦିନପରେ ପୁଣି ଆସିଛି । ଏହି ଘରର ସବୁ ଘର ଦୁଆରକୁ ସେ ଚିହ୍ନେ । ଅନେକ କାଳ ଆଗରୁ ସେ ବୁଲିଛି ଏହି ଘରର ପ୍ରତ୍ୟେକ ବଖରା, ଦୁଆର ସବୁଥିରେ । ବହୁତ ପ୍ରିୟଜନଙ୍କ ସ୍ମୃତି ଗୋଟିଏ ଗୁରୁଭାର ବେଦନା ଭଳି ହୃଦୟରେ ଲଦି ହୋଇଯାଇଛି ।

ଘରର ପିଲାଛୁଆ ରନ୍ଧାଘରେ ଖାଇ ବସିଛନ୍ତି । ବହୁତ ଗୋଲମାଲ କରୁଛନ୍ତି ନିଜ ନିଜ ଭିତରେ । ସେମାନଙ୍କ ପ୍ରତି ଏପରି ଗୋଟିଏ ସ୍ନେହ ହେଉଛି ଯତୀନର । ସେମାନେ ଅତି ଆପଣାର ସମସ୍ତେ । କେତେ କେତେ ଦିନର ସମ୍ବନ୍ଧ ଏହାଙ୍କ ସହିତ । ଯତୀନ୍ ଠିଆହୋଇ ଦେଖିବାକୁ ଲାଗିଲା । ପିଲାଛୁଆଙ୍କ ଖିଆପିଆ ସରିଗଲା । ସେମାନଙ୍କ ମା ଏଥର ତାଙ୍କୁ କ୍ଷୀର ଦେଉଛି । ଅନେକ ପୁରୁଣା ହୋଇଗଲାଣି ଘର ଖଣ୍ଡିକ । ତାର

ଜାଣିଥିବା ଘର ଏହାଠାରୁ ଭଲଥିଲା। ସେ ସବୁ ବୁଝିପାରିଛି, କରୁଣା ଦେବୀ ସେମାନଙ୍କୁ କାହିଁକି ଏଠାକୁ ଆଣିଛନ୍ତି ?

ପୁଷ୍ପ କହିଲା - ଯତୁଦା ଆମର ପୂର୍ବଜନ୍ମର ଦେଶ। କେଉଁ ଗାଁ ଏଇଟା କହି ପାରିବ ? ତୁମେ ମୁଁ ଏଠାରେ ଜନ୍ମ ହୋଇଥିଲେ।

- ତୁ ମରି ଯାଇଥିଲୁ ମୋ ଆଗରୁ - ରାଗିବୁନି ଏହା କହୁଛି ବୋଲି।

- ମୋର ମନେ ପଡୁଛି।

- ଗତ ଜନ୍ମରେ କି ସେଇୟା। ଏଭଳି ହେଉଛି ଜନ୍ମ ଜନ୍ମ ଧରି। ତୁ ମରିଯାଉଛୁ ମୁ ତୋର ପଛରେ ଯାଉଛି। କିନ୍ତୁ ଆଉ ଗୋଟିଏ ଝିଅର କଥା ବହୁତ ମନେ ପଡୁଛି। ସେ ମୁଁ କିଛିଦିନ ଏଠାରେ ଥିଲୁ। ତାପରେ ସେ ବି କେଉଁଠିକି ଚାଲିଗଲା।

ଏମାନେ ବାହାରକୁ ଆସିଲେ। କରୁଣାଦେବୀ କହିଲେ - ମନେ ପଡ଼ିଲା ? କିନ୍ତୁ ଏହାତ ବିଚିତ୍ର ମନେ ପଡ଼ିବା କଥା ! କେତେ ବର୍ଷାରାତିର ଝରଝର ବରଷା। କେତେ ବସନ୍ତର ପ୍ରଥମ ଖରାରେ ପୋଡ଼ା ମାଟିର ଗନ୍ଧ ସହିତ ଜୀବନର ମସ୍ତବଡ଼ ଯାତ୍ରାପଥ ଗୁନ୍ଥା, ଆନନ୍ଦର ନିବିଡ଼ ସ୍ମୃତି ତହିଁରେ ଦୁଃଖ ସହିତ ଏକାକାର ହୋଇଯାଇଛି। ଗଭୀର ଦୁଃଖ। ଯାହା ଖାଲି ଜନ୍ମ - ଜନ୍ମାନ୍ତରର ପ୍ରିୟଜନଙ୍କୁ ହରାଇଥିବା ବାର୍ତ୍ତା ବହନ କରି ଆଣେ ଅନ୍ତରର ଅନ୍ତରତମ ପ୍ରଦେଶରୁ। ମନେହୁଏ ସବୁ ତେବେ ମିଥ୍ୟା। ସମସ୍ତ କିଛି ସ୍ୱପ୍ନ ?

ଯତୀନ୍‌ର ଦିଗହରା ବିଷଣ୍ଣ ଦୃଷ୍ଟିରେ ତା ମନକଥା ପରିସ୍ଫୁଟ ହେଲା। କରୁଣା ଦେବୀ କହିଲେ - ଏଇଥି ପାଇଁ ତୁମମାନଙ୍କୁ ଆଣିଛି। ତୁମମାନଙ୍କର ଠିକ୍ ଆଗ ଜନ୍ମର ମାତୃଭୂମି ଏହା।

ପୁଷ୍ପ କହିଲା - ଏଇଟା କେଉଁ ଗାଁ ଦେବୀ ? ନାଟି ମନେ ନାହିଁ।

- ତ୍ରିବେଣୀ। ଗଙ୍ଗାତଟରେ। ଏଇଯେ ତାଙ୍କ -

- ତା' ହେଲେ, ଗତ ଦୁଇଟି ଜନ୍ମଧରି ଆମେମାନେ ପାଖାପାଖି ଥିଲୁ। ଗଙ୍ଗା ନଦୀ ତଟରେ। ଏଥର ତ ହାଲି ସହର ଏପାର ସାଗଜି କେଓଟାରେ !

- ସ୍ଥାନର ଆକର୍ଷଣ ଅନେକ ସମୟରେ ଏପରି ହୁଏ ଯେ ଗତ ଜନ୍ମର ଭୂମିକୁ କେଉଁ ସମୟରେ ଥରେ ଆସିବାକୁ ହୁଏ। ତେବେ ଜନ୍ମାନ୍ତରୀଣ ସ୍ମୃତିସବୁ ଆତ୍ମାର ନଥାଏ ପୃଥିବୀର ସ୍ଥୁଳ ଦେହରେ। କେବେ କିମିତି କିଏ ଜାତିସ୍ମର ହୁଏ। ଜାତିସ୍ମର ହେବା ଉଚ୍ଚ ଅବସ୍ଥାର ଲକ୍ଷଣ।

ଯତୀନ ଏତେବେଳ ଯାଏ ଚୁପ୍‌ଥିଲା। ତା ମନ ଭଲ ନାହିଁ। ଜଗତ୍ ଆଉ ଜୀବନ ଦେଖୁଛି ସବୁ କୁହୁକ ଭଳି ! କେଉଁଟା ସତ କେଉଁଟା ମିଛ ? ସବୁ ବାଜେ ଜିନିଷ। ବଞ୍ଚିବା, ମରିବା କିଛି ଭିତରେ କିଛି ହିଁ ନାହିଁ। କାହିଁକି ଏ ବିଡ଼ମ୍ବନା ?

ସେ ପଚାରିଲା – ଦେବୀ ଏମାନେ ଆମର କିଏ ? ଏବେ ଯେଉଁମାନେ ଅଛନ୍ତି ?

– ତୁମ ନାତି ।

– ଆଉ ପୁଷ୍କର ?

– ପୁଷ୍ପ ଅବିବାହିତ ଅବସ୍ଥାରେ ମରିଥାଏ । ଆଶା ଏ ଘରେ ତୁମର ପ୍ରଥମା ଥିଲା । ସେ ଅଳ୍ପ ବୟସରେ ଚାଲିଯାଏ ତୁମକୁ ଛାଡ଼ି ଏଥର ଭଳି । ମୁହିଁ ତୁମକୁ ମିଳାଇ ଦେଇଥିଲି ତିନିଜଣଙ୍କୁ ପୁଣି ଏ ଜନ୍ମରେ । କିନ୍ତୁ କର୍ମଫଳ ମୁଁ ଖଣ୍ଡନ କରିପାରିନି ତୁମମାନଙ୍କର । ଚେଷ୍ଟା କଲି । କିନ୍ତୁ କର୍ମ ଶକ୍ତି ନିଜବାଟରେ ଆଗେଇଗଲା ।

ଯତୀନ ହତାଶ ହୋଇ କହିଲା – ଆପଣ ଯେତେବେଳେ ପାରିଲେ ନାହିଁ, ତା ହେଲେ ଆଉ ଉପାୟ କଣ ଦେବୀ । ଆପଣ ସ୍ୱୟଂ ଯେତେବେଳେ–କରୁଣା ଦେବୀ କହିଲେ – କର୍ମ ବନ୍ଧନ ସ୍ୱୟଂ ଭଗବାନ କଉନ କରିପାରନ୍ତି ମୁହୂର୍ତ୍ତକରେ । ତାଙ୍କ ଛଡ଼ା ଆଉ କିଏ ପାରିବ ।

– ମୁଁ କଣ କରିଥିଲି ଦେବୀ, ମୋର ଏ ଦୁର୍ଭାଗ୍ୟ କାହିଁକି ହେଲା ଦୁଇ ଜନ୍ମ ଧରି ?

– ଏହାର ବି ଆଗର ଜନ୍ମ ଦେଖିବ ? କିନ୍ତୁ ଛବି ଦେଖାଇବି । ସମ୍ମୁଖର ଆକାଶକୁ ଚାହିଁ – ସେ ସ୍ଥାନ ଏବେ ଆଉ ନାହିଁ । ପ୍ରାଚୀନ ଗୌଡ଼ ଦେଶର ନିକଟବର୍ତ୍ତୀ କ୍ଷୁଦ୍ର ଗାଁ । ସେ ଜନ୍ମରେ ପ୍ରଥମା ସ୍ତୀର ମନରେ କଷ୍ଟ ଦେଇ ଦୁଇଥର ବିବାହ କରିଥିଲ । ସେ ତୁମକୁ ବହୁତ ଭଲ ପାଉଥିଲା । ସେଥିଲାଗି ତାହାକୁ ଆଉ ଆପଣା କରିପାରିଲ ନାହିଁ ଗତ ଦୁଇଟି ଜନ୍ମ ଧରି । ସତୀ ଲକ୍ଷ୍ମୀର ମନରେ କଷ୍ଟ ଦେଇ ତ୍ୟାଗ କରିଥିଲ ।

– ସେ ବି କ’ଣ ଆଶା ?

– ନା

– ତେବେ ସେ କିଏ ଦେବୀ ? କହନ୍ତୁ ଦୟା କରି – ସେ କଣ ଅନ୍ୟଠାକୁ ଚାଲିଯାଇଛି ?

– ସେ ଏଇ ତୁମ ପାଖରେ ଠିଆ ହୋଇଛି । ସତୀ ଲକ୍ଷ୍ମୀ ତୁମକୁ ଛାଡ଼ିନି । କିନ୍ତୁ ତୁମ କର୍ମଫଳରୁ ତୁମେ ତାହାକୁ ପାଉନାହିଁ । ମୁ ଦୁଇ ଦୁଇଟି ଜନ୍ମଧରି ଚେଷ୍ଟା କରିଛି । କିନ୍ତୁ ତା କଣ ପାରୁଛି ! !

ପୁଷ୍ପ ଅବାକ୍ ହୋଇ ଦେବୀଙ୍କ ମୁହଁକୁ ଚାହିଁ ରହିଲା । ଏସବୁ କଥା ତା’ର ମନେ ନାହିଁ ।

କରୁଣା ଦେବୀ କହିଲେ – ତା’ ଆଗ ଜନ୍ମରେ ତୁମର କର୍ମ ଆହୁରି ଖରାପ ।

ସେକଥା ଥାଉ । ତୁମକୁ ବିଭିନ୍ନ ଜନ୍ମର କଥା ଜାଣିବାକୁ ହିଁ ହେବ । ଏହାର କାରଣ ଅଛି । ପୁଷ୍ପ ତୁ କଷ୍ଟ ପାଇବୁ ମୁଁ ଜାଣେ । ମୁଁ ଚେଷ୍ଟା କରିବି ସେ ଦୁଃଖ ଦୂର କରିବାକୁ । ଯତୀନ୍‌କୁ ତାର ପୂର୍ବ ଜନ୍ମ ଦେଖାଇଲି । କାରଣ ତା ଆତ୍ମାର ଦରକାର ହେଉଛି ।

ପୁଷ୍ପ ବିବର୍ଣ୍ଣ ମୁହଁରେ କହିଲା – କାହିଁକି ଦେବୀ ?

କରୁଣା ଦେବୀ ତା ମୁହଁକୁ ଭଲଭାବରେ ଚାହିଁ କହିଲେ – ଯତୀନ୍‌କୁ ପୁନର୍ଜନ୍ମ ଗ୍ରହଣ କରିବାକୁ ହେବ ।

ପୁଷ୍ପ ଜାଣେ ତାର ପ୍ରଶ୍ନ ନିରର୍ଥକ । ସେ ଅନେକ ଦିନରୁ ବୁଝିପାରୁଛି । ଏଇ ଭୟ ହିଁ ତାର ଥିଲା ।

ଯତୀନ୍ ଚମକି ଉଠିଲା । ଏତେ ଅଳ୍ପ ଦିନରେ ପୁଣି ପୁନର୍ଜନ୍ମ କାହିଁକି ? କାହିଁଗଲା ଆଶା, କେଉଁଠି ରହିଲା ପୁଷ୍ପ – କାହା ପାଖକୁ ସେ ଯିବ ପୃଥ୍ୱୀକୁ ? ସେତେବେଳେ ତାର ମନ କହି ଉଠିଲା – କାହିଁକି ମା'ଙ୍କ ପାଖକୁ –ଯାହାଙ୍କ କୋଳ ଅଧାର କରି ସ ଚାଲିଆସିଛି ।

କରୁଣା ଦେବୀ କହିଲେ – ଯତୀନ, ତୁମ ଅନ୍ତରାମ୍ମା ଚାହୁଁଛି ସେ ଦୁଃଖୁନୀ ମାଙ୍କ କୋଳକୁ ପୁଣି ଫେରିଯିବାକୁ । ତୁମ ମାଙ୍କ ଅନ୍ତରାମ୍ମା କାନ୍ଦୁଛି ତୁମ ଲାଗି । ସେଠାକୁ ଯିବାକୁ ପଡ଼ିବ ତୁମକୁ । ଏହି ବନ୍ଧନ ଏଡ଼ାଇବାର ୟୁ ନାହିଁ । ମାତୃଶକ୍ତି ଜଗତ୍ ମଧରେ ବହୁତ ବଡ଼ । ତା ଛଡ଼ା ଆଶା ପାଇଁ ତୁମକୁ ଯିବାକୁ ହେବ 'ଭୁ'ଲୋକକୁ । ଭୁବଲୋକର କୌଣସି ଉଚ୍ଚସ୍ତରକୁ ସେ ଯାଇପାରିବ ନାହିଁ ବିଚାରୀ! ଗ୍ରହଦେବଙ୍କୁ ମୁଁ କହିଛି, ଆଶାର ଅନ୍ତରାମ୍ମା କାନ୍ଦୁଛି । ଅନୁତାପରେ ସବୁପାପ ବିମୋଚନ ହୁଏ । ଆଶାକୁ ବି ପୁଣି ପୃଥ୍ୱୀକୁ ପଠାଇବି – ତୁମ ଜନ୍ମ ଗ୍ରହଣର କିଛି ପରେ । ଏଇ ପାଞ୍ଚବର୍ଷ ତାକୁ ନର୍କରେ ରହିବାକୁ ହିଁ ପଡ଼ିବ । ତା ଦ୍ୱାରା ତା ଆମ୍ମାର ଉନ୍ନତି ହେବ । ନିଜ ଭୁଲ କ୍ରମଶଃ ବୁଝିବ । ଏହି ଜନ୍ମରେ ପୁଣି ତୁମକୁ ମିଳାଇ ଦେବି । ବୋଧହୁଏ ତୁମର ପ୍ରାରବ୍ଧ ସେ ଜନ୍ମରେ କଟି ଯିବ ।

ପୁଷ୍ପ ପାଷାଣ ମୂର୍ତ୍ତି ଭଳି ଠିଆ ହୋଇ ସବୁ ଶୁଣିଲା । ଆକାଶ ପୃଥ୍ୱୀ ତା' ନିକଟରେ ଅନ୍ଧକାର ଦେଖାଯାଉଛି ସେତେବେଳେ । ଜନ୍ମ ଜନ୍ମାନ୍ତର ଯେ ଜୀବନର ମାସ, ଋତୁ ଓ ବର୍ଷ ମାତ୍ର । ତାହା ବି ଯେପରି ଶୂନ୍ୟ, ଅନ୍ଧକାର । ଭୂମାନୁହେଁ, ଅଳ୍ପରେ ତାରସୁଖ ଥିଲା ।

କରୁଣା ଦେବୀ ସବୁ ଜାଣନ୍ତି, ପୁଷ୍ପକୁ ସେ ବୁଝାଇ କହିଲେ । ଆଶା ପାଇଁ ମଧ ସ୍ୱାର୍ଥତ୍ୟାଗ କରିବାକୁ ହେବ ତାକୁ । ଯତୀନ୍ ପାଇଁ ମଧ । ଏଇ ଜନ୍ମରେ ଆଶାର ସମସ୍ତ ଭୁଲ ପୋଛି ଦେବାର ଚେଷ୍ଟା ସେ କରିବେ । ଆଚାର୍ଯ୍ୟ ରଘୁନାଥ ଦାସ, ଆଶାର ଆମ୍ମା

ପାଇଁ ତାହାଙ୍କ ଇଷ୍ଟ ଦେବଙ୍କୁ ଜଣାଉଛନ୍ତି। ଭକ୍ତର କ୍ଷମତା ବଡ଼ ତୁଚ୍ଛ ବସ୍ତୁ ନୁହେଁ। ଗ୍ରହଦେବଙ୍କ ଆସନ ଚଳିଛି।

ପୁଷ୍ପ କହିଲା — ବୁଝିଛି। ସେ ମହାପୁରୁଷ, ସେଦିନ ଯେତେବେଳେ ନରକକୁ ଘେନି ଗଲେ ମୋତେ, ସେତେବେଳେ ହିଁ ମୋର ମନେହେଲା ନରକସ୍ଥାନଟି ପବିତ୍ର ହୋଇଗଲା! ଆପଣଙ୍କ ଆସନ ବି ଟଳିଲା — ମୁଁ ଡାକିଲେ ଆପଣ ଆସନ୍ତିନି ସିନା!

କରୁଣା ଦେବୀ, ଛୋଟ ଝିଅ ଭଳି କୌତୁକରେ ଖିଲିଖିଲି ହୋଇ ହସିଲେ। କହିଲେ — ତୁ ମୋ ଉପରେ ରାଗିଛୁ ଦେଖୁଛି ? ଛିଃ ଲକ୍ଷ୍ମୀ ଦିଦି-ପୁଷ୍ପର ଅଭିମାନ ସେତେବେଳ ସୁଦ୍ଧା ଯାଇନି। ସେ ଦୁଷ୍ଟ ଝିଅଭଳି ଦେହବଙ୍କାଇ ରୂପ କରି ରହିଲା।

ଦେବୀ କହିଲେ — ତୋତେ ମୁ ମୋ ପାଖକୁ ନେଇଯିବି ପୁଷ୍ପ।

— ନା, ମୋତେ ବି ପୃଥିବୀକୁ ପଠାଇ ଦିଅନ୍ତୁ ନା। ପଠାଇ ଦିଅନ୍ତୁ ଦୟାକରି। ସତ କହୁଛି, ସ୍ୱର୍ଗରେ ମୋର ଦରକାର ନାହିଁ।

— ପୃଥିବୀକୁ ପଠାଇ କଣ ହେବ ? ଏଥର ଯେ ଚେଷ୍ଟା କରିବି ସେ ଦୁଇଜଣଙ୍କୁ ମିଳାଇ ନେବାକୁ। ପୃଥିବୀରେ ମିଳନ ନହେଲେ ଆଶାର ପ୍ରାରବ୍ଧ ଆଉ କାହିଁରେ କଟିବ ନାହିଁ।   ଏହି ଆମ୍ରତ୍ୟାଗ ତୁ କରିପାରିବୁ ମୁଁ ଜାଣେ। ସେମାନେ ଜନ୍ମ ଗ୍ରହଣ କଲେ ତ ସବୁ ଭୁଲିଯିବେ। କୌଣସି କଥା ମନେ ରହିବ ନି ଏ ଜନ୍ମର। ମୁଁ ପୁଣି ଦେଖା କରାଇବିଏ। ଯିଏ ଯାହାକୁ ଚାହେଁ ମିଳାଇଦିଏଁ। ଅନ୍ୟଥା ଜୀବର ଅବା ଶକ୍ତି କାହିଁ ?

ପୁଷ୍ପ କହିଲା — ମୋତେ ବି ପଠାଇ ଦିଅନ୍ତୁ, ସବୁ ଭୁଲି ଯିବାକୁ।

କରୁଣା ଦେବୀ ତାକୁ ପାଖକୁ ଟାଣି ନେଲେ ଆଦର କରି। ପୁଷ୍ପର ଦେହ ଶିହରି ଉଠିଲା। କି ଅପୂର୍ବ ସୁଗନ୍ଧ ଦେବୀଙ୍କ ସାରା ଦେହରେ! କି ଅପୂର୍ବ ସ୍ପର୍ଶ ସୁଖ! ସେ ଝିଅପିଲା ତେବେବି ଏଇ ରୂପସୀ ଦେବୀଙ୍କ ସ୍ନିଗ୍ଧ ସ୍ପର୍ଶ ତାର ସାରା ଦେହରେ ଯେପରି ତଡ଼ିତ୍ ପ୍ରବାହ ହେଲା। ଅମୃତ ସ୍ପର୍ଶରେ ଆମ୍ଭା ଯେପରି ନିଜ ଅମରତ୍ୱ, ଅନନ୍ତତ୍ୱ ଅନୁଭବ କଥା ମୁହୂର୍ତ୍ତକରେ।

ସସ୍ନେହରେ କହିଲେ — ପୁଷ୍ପ ତୋତେ ଆଉ ପୃଥିବୀରେ ଜନ୍ମ ନେବାକୁ ପଡ଼ିବ ନାହିଁ। ଶୁକ୍ଲା ଗତିର ପଥରେ ତୋର ଅନାବୃତ୍ତି ଲାଭ ଘଟିଛି। ସେମାନେ ଏବେ ବି ଅପରିଣତ। ଶେଷଥର ବାକି ରହିଯାଇଛି। ଏଥର କର୍ମ ନଷ୍ଟ ହୋଇଯିବ ହୁଏତ। ପୃଥିବୀର ଜୀବନ ବେଶୀ ଦିନର ନୁହେଁ। ଆମ୍ଭା ପକ୍ଷରେ ଆଖିପଲକ ପଡ଼ିବାଭଳି। ମୁଁ ଏଥର ଯାଏ ପୁଷ୍ପ।

ପୁଷ୍ପ କହିଲା — ମୋତେ ପହୁଞ୍ଚାଇ ଦେଇ ଯାଆନ୍ତୁ —

– ନିଶ୍ଚୟ, ଚାଲ ଯିବା ।

ଯିବା ସମୟରେ କରୁଣାଦେବୀ କହିଗଲେ, ତାଙ୍କୁ ସେ ସ୍ମରଣ କଲାମାତ୍ରେ ଆସିବେ ।

ଯତୀନ ଘରେ ଏକାକୀ ବସିଥିଲା । ପୃଥିବୀରେ ପୁଣି ଜନ୍ମ ନେବାକୁ ହେବ । ଗତ ସୁଖ ଓ ଦୁଃଖରେ ବାନ୍ଧି ହେବା । ମନ୍ଦ କଣ ? ସେଇ ଗରିବ ଘରର ବଧୂଟିର କୋଳ ଆଲୋକିତ କରି ପୁଣି ଶିଶୁ ହୋଇ କେତେ ବାଲ୍ୟ ଲୀଳା କରିବ, ନୂଆଁ ଆସ୍ୱାଦ, ପୁଣି ଆସିବ ଆଶା – ହତ ଭାଗିନୀ ଆଶା – ନବ ବଧୂଭାବରେ ତା ଘରକୁ । ପୁଣି କେତେ ବର୍ଷା ରାତି, କେତେ ବସନ୍ତ ପ୍ରଭାତ ତା ସହିତ କଟିବ । ପୃଥିବୀକୁ ଯିବାରେ ତାର କଷ୍ଟ ନାହିଁ, ସେଠାକାର ଶୈଶବ ମଧୁର, ମଧୁର କୈଶୋର, ମଧୁର ଯୌବନ, ଚିର ଯୌବନର ବନ ଯେପରି ବହୁଛି ତାର ଅମର ଆତ୍ମାରେ । ପୃଥିବୀରେ ମାସ ଯିବ, ମାସ ଆସିବ, ନୂଆ ଧାନର ସୁଗନ୍ଧ ବାହାରିବ କ୍ଷେତରେ । ଭୋକରେ କୁଣ ସହିତ ଆଳୁ ପୋଡ଼ା ଖାଇବ । ତା' ମା ଯେତେବେଳେ ବୃଦ୍ଧା ହୋଇଯିବେ ତାଙ୍କୁ ଖୁଆଇବ । ଆଶା ସଂସାର ପାତିବ । ନୂଆ ହାଣ୍ଡିରେ ଲକ୍ଷ୍ମୀଧାନ ଦେଇ...

କେବଳ କଷ୍ଟ ହୁଏ ପୁଷ୍ଟ ପାଇଁ । ଏତେଦିନ ତା ସହିତ ରହିଯାଇ କେତେ ମାୟା ହୋଇ ଯାଇଛି ତା ଉପରେ । କାହିଁକି ଏ ବିଚ୍ଛେଦ ? କେତେ କଷ୍ଟ ନପାଇବ ସେ କଥା ସେ ଜାଣେ । ଆଶା ଯଦି କଷ୍ଟ ନପାଆନ୍ତା ଯତୀନ୍ ଆଦୌ ଯାଆନ୍ତା ନାହିଁ ।

ପୁଷ୍ଟ ଆସି ତା' ହାତ ଧରି କହିଲା – ଯତୀନ୍ ଦା !

– କଣ ପୁଷ୍ଟ ?

– ମୋତେ ଭୁଲିଯିବ ନି ।

– ଆଛା ପୁଷ୍ଟ – ତୁ କହିପାରିବୁ, କାହିଁକି ଏ ଦୁର୍ଭାଗ୍ୟ ଆମ ଜୀବନରେ, କାହିଁକି ବାରମ୍ବାର ତୋତେ ହରାଉଛି ? ତୋର ଭାଉଜଙ୍କୁ ହରାଉଛି ?

– ମୋତେ ତୁମ ସହିତ ଘେନିଯାଅ –

– ଛି ପୁଷ୍ଟ, ଦେବୀ ଯାହା କହିଲେ ତାହାହିଁ ତୋର ଓ ମୋ ପକ୍ଷରେ ଶୁଭଙ୍କର । ତାହାଙ୍କ କଥା ମାନିବୁ ।

– ମୁଁ କାହାରି କଥା ମାନିବି ନାହିଁ, ମୁଁ ଯିବି ।

– କଣ, ଏଥର ବି ଏକାସଙ୍ଗେ ଖେଳିବା ପୁଷ୍ଟ ? ଯେପରି ହେଉଥିଲା ସାଗଣ୍ଡି କେଉଟାର ଘାଟରେ ? କେତେ ଅଭୁତ ସତେ ସେ ସବୁଦିନମାନ ।

ଯତୀନ୍ ଆଖିବୁଜି ଭାବିବାକୁ ଲାଗିଲା । ପୁଷ୍ଟ ତା ହାତ ଧରି ବସି ରହିଲା ।

କହିଲା – ସେଥି ଲାଗି ତ ସାଗଣ୍ଡ – କେଓଟାର ବୁଢ଼ା ଶିବତଲାର ଘାଟ ଏହି ଲୋକରେ ବି ଭୁଲି ପାରିନି। ଜନ୍ମାନ୍ତର ସ୍ମୃତିରେବି ଯେପରି ଅକ୍ଷୟ ରହେ। ତୁମ ଯିବା ବାଟରେ ଦେବତାମାନେ ଫୁଲ ବୃଷ୍ଟି କରନ୍ତୁ ଯତୁଦା – ମୁଁ ହତଭାଗିନୀ ଚିରଦିନ ଏକାକୀ ହିଁ ରହିବି। ଏହା ମୋର ଭାଗ୍ୟ।

ଯତୀନ ତା ମୁହାଁ କୁ ଚାହିଁ କହିଲା – ମୋର ମୁକ୍ତିରେ ଦରକାର ନାହିଁ। କିଛି ବି ମୋର ଦରକାର ନାହିଁ। ସମାଧ୍ୟ ଟମାଧ୍ୟ, ଦେବୀ, ଟେବୀ ସବୁବାଜେ। ତୋତେ ଛାଡ଼ି ଯିବିନି।

– ଆଶା ?

– ତା ଅଦୃଷ୍ଟରେ ଯାହାଥିବ ହେବ ପୁଷ୍ପ

– ଠିକ୍ କହୁଛ ଯତୁଦା ?

– ଜୀବନର ସତ କଥା କହିଲି। ଏବେ ମୋ ହୃଦୟ ଯାହା କହୁଛି। ସବୁ ତୁଚ୍ଛ ହୋଇ ଯାଉଛି ମୋ ପାଖରେ – ତୁ ମୋର ହୋଇ ରହ ପୁଷ୍ପ !

– ଜଗତର, ବିଶ୍ୱର ବହୁଦୂର ସୀମାନ୍ତକୁ ଚାଲିଯାଅ ଯତୁଦା, ତୁମକୁ ମୁକ୍ତି ଦେଲି। ଭଲପାଇବ ମୋତେ ଭୁଲିବ ନାହିଁ।

ଏସବୁ ଥିଏଟାରୀ କଥା କେବେ ଶିଖିଲୁରେ ? ତୋର ମୁକ୍ତିଟୁକ୍ତିର କଥା ମୋତେ ଆଉ ଶୁଣାନା। ଚାଲ୍ ତୁ ଆଉ ମୁଁ ପୃଥିବୀକୁ ଯିବା। ଛୋଟ ନଦୀ କୂଳରେ କୁଡ଼ିଆ କରି ସଂସାର କରିବା। ତାହାହିଁ ହେବ ଆମର ସ୍ୱର୍ଗ, ସେ ହେବ ଆମର ସବୁ କିଛି।

ପୁଷ୍ପ ଆଖିର ଲୁହ ଗଡ଼ି ପଡ଼ିଲା ଝରଝର ହୋଇ। ସେ କୌଣସି କଥା କହିଲା ନାହିଁ।

ସେହି ଦିନ ହିଁ ଯତୀନ୍ର ମନେ ହେଲା କିଏ ଯେପରି କେଉଁଠି ତାକୁ ଡାକୁଛି – ସବୁବେଳେ ତା ପ୍ରାଣକୁ ଯେପରି କିଏ ଭିଡ଼ି ମୋଡ଼ି ଦେଉଛି –– ଆଶା, ଅଭାଗିନୀ ଆଶା, ଭୁବର୍ଲୋକର ତଳସ୍ତରରେ ଅସହାୟା ଏକାକିନୀ ପଡ଼ିରହିଛି କେହି ନାହିଁ ତାକୁ ଦେଖିବାକୁ। ସତରେ ଆଶା ତାକୁ ଡାକୁଛି। ତାର ଅନ୍ତରାତ୍ମା ଶୁଣିପାରୁଛି ଅଭାଗିନୀର ଡାକ।

ସେ ପୁଷ୍ପକୁ ଏକଥାଟି କହିଲା – ତୋର ଭାଉଜ ବହୁତ କାନ୍ଦୁଛି ପୁଷ୍ପ। ସେଦିନ କୁଡୁଲେ ବିନୋଦପୁର ଘରଟିରେ ହଠାତ୍ ଦେଖାହେବା ପରଠାରୁ ତା ଡାକ ପ୍ରାୟ ଶୁଣେ।

– ମୁଁ ସେଠାକୁ ଯାଏଁ ଯତୁଦା ତୁମେ ଯାଅନା, ଦେଖି ଆସେ।

– କିଛି ବି ଭଲ ଲାଗୁ ନାହିଁ ତା ପାଇଁ

– କାହିଁକି ତୁମକୁ ଯିବାକୁ ମନା କରେ, ସେ ସବୁ ନୀଚ ସ୍ତରକୁ ତୁମକୁ ପଠାଇବାକୁ ମନ ଚାହେଁନା।

– ତୁ, ତ ଯାଉଛୁ ଠିକ୍।

– ମୁଁ ଯାଇଥିଲି ଆଚାର୍ଯ୍ୟ ରଘୁନାଥଙ୍କ କୃପାରୁ। ମହାପୁରୁଷମାନଙ୍କ ବିଶେଷ ଦୟାରେ ବିଶେଷ ଶକ୍ତି ହୁଏ। ନ ହେଲେ ସେହି ସ୍ତରରେ ନାନା ରକମର ନିମ୍ନ ଶକ୍ତି ଖେଳି ବୁଲୁଛନ୍ତି ସବୁବେଳେ। ମହାପୁରୁଷମାନଙ୍କ ଦୟାରୁ ବିଶେଷ ଶକ୍ତି ଲାଭ କରି ସେଠାକୁ ଗଲେ ସେ ସବୁ ଦୁଷ୍ଟ ଶକ୍ତି କିଛି ବି ଅନିଷ୍ଟ କରିପାରନ୍ତି ନାହିଁ। ନହେଲେ ପ୍ରତି ପାଦରେ ବିପଦ – ଏଇଥିପାଇଁ ତୁମକୁ ସେଠାକୁ ଯିବାକୁ ମନା କରେ। ଚାଲ ଦେଖିବା କଣ ଉପାୟ ଯଦି ହୋଇପାରେ।

ରଘୁନାଥ ଦାସଙ୍କ ଆଶ୍ରମକୁ ଯିବାବାଟରେ କବି କ୍ଷେମ ଦାସଙ୍କ ସହିତ ଦେଖାହେଲା। ସେ ଗୋଟିଏ ବୃକ୍ଷତଳେ ବସିଛନ୍ତି ଚୁପ୍ ହୋଇ। ଅତି ସୁନ୍ଦର ନିର୍ଜନ ସ୍ଥାନଟା, ବଣ ଫୁଲ ଫୁଟିଛି ଝରଣା କୂଳରେ। ସେମାନେ ପାଖକୁ ଯାଇ ଦେଖିଲେ ପୃଥିବୀ ଆଡ଼କୁ ସେ ଚାହିଁ ରହି କଣ ଦେଖୁଛନ୍ତି। ସେମାନଙ୍କୁ ଦେଖି ସସ୍ମିତ ମୁହଁରେ ସମ୍ଭାଷଣକଲେ। ଯତୀନ୍ ଓ ପୁଷ୍ପ ଉଭୟେ ତାହାଙ୍କୁ ପ୍ରଣାମ କରି ତାଙ୍କ ପାଖରେ ଠିଆ ହେଲେ।

କ୍ଷେମଦାସ କହିଲେ – କେଉଁଠାକୁ ଯାଉଛ ତୁମେ ?

ପୁଷ୍ପ କହିଲା – ରଘୁନାଥ ଦାସଙ୍କ ଆଶ୍ରମକୁ। ବଡ଼ ବିପଦରେ ପଡ଼ି ଯାଇଛୁଁ। ଆପଣ ବି ଶୁଣନ୍ତି ଦେବ – ଯଦି କିଛି ଉପାୟ ହୋଇପାରିବ। ତାପରେ ସେ ଆଶାର କାହାଣୀ ସବୁ କିଛି ଖୋଲି କହିଲା।

କ୍ଷେମଦାସ ସବୁ ଶୁଣି ଧୀର ଭାବରେ କହିଲେ – ଏଇ ଦୁଃଖ ସନାତନ। ଆମ୍ଭା ନିରନ୍ତର ସାଧନା କରୁଛି ନିଜକୁ ଜାଣିବାରେ। ମୋ ନିଜ ଜୀବନରେ ବି ଏପରି ହୋଇଥିଲା। ମୁଁ ସେଇଥି ଲାଗି ଏଠାରେ ବସି ବସି ଭାବୁଥିଲି, ପୁଣି ପୃଥିବୀରେ ପୂର୍ଣ୍ଣିମାର ଜ୍ୟୋସ୍ନା ଉଚ୍ଚକୁ ଯେପରି ଉଠୁଥିଲା ପାଞ୍ଚଶହ ବର୍ଷ ପୂର୍ବରୁ, ମହାକାଲ ନିଜ କାମ କରି ଚାଲିଛି ଯେପରି କରୁଥିଲା ହଜାରେ କି ଦୁଇହଜାର ବର୍ଷ ପୂର୍ବରୁ – ମୁଁ ପୃଥିବୀରେ ଗୋଟିଏ ଝିଅକୁ କେତେ ଭଲପାଉଥିଲି ଆମ ଗାଁର ସଦାନନ୍ଦୀ ମଠ ବଗିଚାରେ, କେତେ ବୁଲୁଥିଲୁ ଦୁହେଁଯାକ ଏପରି ଜ୍ୟୋସ୍ନା ରାତିରେ ଲୁଚି ଲୁଚି – ଏବେ ସେ କେଉଁଠି ?

ଅନେକଟା ଅନ୍ୟ ମନସ୍କ ଭାବରେ ହିଁ କବି ମୁଣ୍ଡ ହଲାଇ ଦୀର୍ଘ ନିଶ୍ୱାସ ଛାଡ଼ି କହିଲେ – ସତରେ ତାହାହିଁ ଭାବେ, କେଉଁଠି ସେ ?

ପୁଷ୍ଟ ଅବାକ୍ ହୋଇ କହିଲା – କାହିଁକି, ଆପଣ ତାହାଙ୍କ ଦେଖା ପାଉନାହାନ୍ତି ଆଉ ?

– ନା, ବିଶେଷ ଭିଡ଼ରେ କେଉଁଠି ହଜିଗଲା । ଦେଖ, ଆମେ କବିମାନେ ଜଗତରେ ରୂପ–ରସର ଉପାସକ । ଏହିଟାକୁ ହିଁ ଜୀବନରେ ବଡ଼ କରିଛୁ । ଯେଉଁମାନେ କହନ୍ତି ସବୁମାୟା । ସେମାନଙ୍କ କଥା ବୁଝେ ନା । ମାୟା ଲୟ ହେଲେ ଏଇ ରୂପରସର ଜଗତ ବି ଲୟ ହେବ । ସେକଥା ଆମେ ଚାହୁଁନା – ତେଣୁ କରି ଦୁଃଖପାଉଁ । କିନ୍ତୁ ଦୁଃଖ ଭିତରେ ହିଁ ଜାଣେ ଭଗବାନ ସୃଷ୍ଟି କରିଛନ୍ତି ଏଇ ଜଗତ । ସବୁ କିଛି ସେହିଁ ଅଟନ୍ତି । କଷ୍ଟ ପାଇଲେ ଜାଣେ ତାଙ୍କ ହାତରେ କଷ୍ଟ ପାଉଛି । ପ୍ରେମମୟଙ୍କ ତାଡ଼ନାରେ କଷ୍ଟ କଣ ? ସବୁ କିଛି ମୁହଁ ବୁଜି ସହିନିଏ । ଏହାକୁ ମାନିନିଏ ଯେ ଏହି ରୂପରସର ସାଧନା ଭିତରେ ଆମମାନଙ୍କର ସିଦ୍ଧି ନିହିତ । ଏହି ପଥରେ ବି ତାହାଙ୍କୁ ପାଇହୁଏ । ଚାଲ ନରକକୁ ମୁଁ ନିଜେ ଯିବି, ଖୋଜି ବାହାର କରିବି ତୁମର ସେହି ଝିଅଟିକୁ । ତାର ଦୁଃଖ କଣ ମୁଁ କବି, ମୁହଁ ବୁଝେ –

ଯତୀନ୍ କହିଲା – ପ୍ରଭୁ, ମୋର ପୁନର୍ଜନ୍ମ ଠିକ୍ ହୋଇ ଯାଇଛି ସେ ଝିଅ ସହିତ କରୁଣାଦେବୀ କହିଛନ୍ତି –

କ୍ଷେମଦାସ କହିଲେ – ସେ ଯାହା କହିଛନ୍ତି ତୁମମାନଙ୍କର ମଙ୍ଗଳପାଇଁ । ସେ ପୃଥିବୀର ଅଧ୍ୟଷ୍ଟାତ୍ରୀ ମହାଦେବୀ – ତାହାଙ୍କୁ ତୁମେମାନେ କରୁଣା ଦେବୀ କୁହ, ଦୁର୍ଗା କହ, ଲକ୍ଷ୍ମୀ କହ, ସୀତା କହ, ସରସ୍ୱତୀ କହ – ସବୁ କିଛି ଏକାକଥା । ତେବେ, ଏବେ ଝିଅଟି ପାଖକୁ ଯିବାର କିଛି ଆବଶ୍ୟକତା ନାହିଁ । ଉପାୟ ତ ହୋଇଯାଇଛି ।

ଯତୀନ୍ ଆଶ୍ଚର୍ଯ୍ୟ ହେଲା ଶୁଣି । ଏତେ ବଡ଼ ବଡ଼ ପୌରାଣିକ ଦେବୀଙ୍କ ସହିତ ସେ କରୁଣା ଦେବୀଙ୍କ ସ୍ଥାନ କଳନା କରିନଥିଲା । ସେ ଯଦି ଦୁର୍ଗା ହୁଅନ୍ତି, କାଳୀ ହୁଅନ୍ତି, ସୀତା ହୁଅନ୍ତି, ଲକ୍ଷ୍ମୀ ହୁଅନ୍ତି – ତେବେ ତା'ର ଆଉ ଜନ୍ମ ମରଣର କି ଭୟ ? ଆଶାର ଅବା କଣ ଭୟ ? ହସହସ ମୁହଁରେ ସେ ମହାଗୌରବର ସହିତ ନରକକୁ ଯିବାକୁ ପ୍ରସ୍ତୁତ ।

କ୍ଷେମଦାସ ତା'ର ମନର ଭାବ ବୁଝି କହିଲେ – ଜନ୍ମ ନେବାରେ ଦୁଃଖ କଣ ? ପୃଥିବୀର ରୂପରସ ପୁଣି ଆସ୍ୱାଦନ କରି ଆସ । ସେହି ଜ୍ୟୋସ୍ନା, ସେ ବନ ବିତାନ, କୋକିଳର କୁହୁତାନ, ସେଇ ମା'ଙ୍କ କୋଳରେ ଏକାନ୍ତ ନିର୍ଭରତାର ଶୈଶବ । ପ୍ରଥମ ଯୌବନରେ ପ୍ରିୟାର ପ୍ରଥମ ଦର୍ଶନ – ଯାଅ ସେଠାକୁ, ତାହରି ଭିତରେ ଭଗବାନଙ୍କଠାରେ ମନଦିଅ – କର୍ମ ଯେତେଦିନ ନବିଟିଛି –

ମନୁଷ୍ୟ ଜୀବନ ଅବା ପଶୁପକ୍ଷୀ, ଅଥବା କୀଟ ପତଙ୍ଗେ

କରମ ବିପାକେ ଗତାଗତି ପୁନଃପୁନଃ ମତି ରହୁ ସଦା ପରସଙ୍ଗେ

ଝିଅଟି ପାଖକୁ ଯିବାର କିଛି ଦରକାର ନାହିଁ। ଦେବୀ ଯେତେବେଳେ ତା'ରି ବ୍ୟବସ୍ଥା କରିଛନ୍ତି, ସେତେବେଳେ ଆମମାନଙ୍କର ସେଠାକୁ ଯିବା ଦୃଷ୍ଟତା ହେବ। ଦେବୀ ସର୍ବ ମଙ୍ଗଳା ତାକୁ ଶ୍ରେୟର ପଥରେ ଚାଳିତ କରିବେ।

ଠିକ୍ ସେହି ସମୟରେ ଜଣେ ଜ୍ୟୋତିର୍ମୟ ମହାପୁରୁଷଙ୍କ ଆବିର୍ଭାବ ହେଲା ଗଛ ତଳେ। ଯତୀନ୍ ତାହାଙ୍କ ଆଡ଼କୁ ଅନାଇ ଚମକି ଉଠିଲା। ଏହା ସେହି ସନ୍ୟାସୀ ଯିଏ ଦିନେ ସ୍ପର୍ଶ ଦ୍ୱାରା ତାଭିତରେ ସବିକଳ୍ପ ସମାଧିର ଅଭିଜ୍ଞତା ସଂଚାର କରିଥିଲେ। ସେହି ଯୋଗୀ ପୁରୁଷ ସେ – ନୀଳ ବିଦ୍ୟୁତ ତୁଲ୍ୟ ଆଭା ଉଦ୍ଭାସିତ ତାହାଙ୍କ ସମସ୍ତ ଶରୀରରୁ।

ଯତୀନ୍ ଆଡ଼କୁ ଚାହିଁ ସେ ମୃଦୁ ହସି କହିଲେ – ମନେ ଅଛି ? ଯତୀନ ସଙ୍ଗେ ସଙ୍ଗେ ପାଦ ଧୂଳିନେଲା, ପୁଷ୍ପ ବି ସେପରି କଲା। କ୍ଷେମଦାସ ଚୁପ୍ ହୋଇ ବସି ରହିଲେ। ସେ ପୁଣି କହିଲେ – ମନେ ଅଛି। କହିଥିଲି ସମୟ ପାଇଲେ ଦେଖାଦେବି। ଏଇ ସେ ଝିଅଟି ବୋଧହୁଏ ? ତା'ର ଖୁବ୍ ଉଚ୍ଚ ଅବସ୍ଥା ଦେଖୁଛି। କ୍ଷେମଦାସଙ୍କ ଆଡ଼କୁ ଚାହିଁ କହିଲେ – କବି ଯେ! କଣ କରୁଛ ବସି ବସି ?

କ୍ଷେମଦାସ କହିଲେ – ତୁମ ପରି ସାମାଧିର ଚେଷ୍ଟାରେ ଅଛି –

– ସେ କଥା ତୁମଠାରୁ ବହୁ ଦୂରରେ। ମାୟାମୟ – ଜଗତ ବନ୍ଧନ ଏବେ ସୁଦ୍ଧା। ତୁମର ସରିନି। ପୁଣି ଏମାନଙ୍କ ମୁଣ୍ଡ ଚୋବାଉଛ କାହିଁକି ସେକଥା ବୁଝାଣି ?

– ମୁଁ ବି ଠିକ୍ ଏକଥା ତୁମକୁ କହି ପାରିବି। ଅଦ୍ୱୈତ ବ୍ରହ୍ମ ଜ୍ଞାନ ଫ୍ୟାନ ଏଇସବୁ ଛୋଟ, କଞ୍ଚା ବୟସର ପୁଅ ଝିଅଙ୍କ ମୁଣ୍ଡରେ ପୁରାଉଛ କାହିଁକି !

ସନ୍ୟାସୀ ହସି ହସି କ୍ଷେମଦାସଙ୍କ ପାଖକୁ ଆସି ଠିଆହୋଇ ସ୍ନେହରେ କହିଲେ – ତୁମେବି ଏଇଦଳର ଜଣେ। କବି କିନା, ମିଥ୍ୟା କଳ୍ପନା ରାଜ୍ୟରେ ବାସକର।

ପୁଷ୍ପ ଉଚିତ ସମୟ ଜାଣି କହିଲା – ପ୍ରଭୁ, ଜାଣନ୍ତି କି ଏହାଙ୍କ ପ୍ରତି ପୁନର୍ଜନ୍ମର ଆଦେଶ ହୋଉଛି !

ସନ୍ୟାସୀ କହିଲେ – ନହେଲେ କଣ ଭାବିଛ ଇୟେ ମାୟାର ଅତୀତ ହୋଇ ଯାତାୟାତ ଚକ୍ରପଥ ଏଡ଼ାଇ ବ୍ରହ୍ମତ୍ୱ ଲାଭ କରିଛନ୍ତି ? ଆମ୍ଭାନଂ ସିଦ୍ଧି – ଆମ୍ଭାକୁ ଜାଣ

– ଆମ୍ଭାକୁ ନ ଜାଣିଲେ ଯାତାୟାତ ପଥ ବନ୍ଦ ହେବାର ନୁହେଁ –

କ୍ଷେମଦାସ କହି ଉଠିଲେ – ହଁ ଭାସିଯାଉଛି। କଣ କ୍ଷତିଟା ହେବ ?– ବାଜେ କଥା କହିନା କବି। ତୁମର କ୍ଷତି ହୋଇନପାରେ। ତୁମ ଭଳି ଦୃଷ୍ଟି ଓ ମନନେଇ କେତେ ଜଣ ପୃଥିବୀକୁ ଯିବେ ? ସାଧାରଣ ଲୋକ ଯାଇ ଅର୍ଥ, ଯଶ, ମାନ, ନାରୀ

ନେଇ ଉନ୍ନତ ଥିବେ । ପ୍ରକୃତିର ସୌନ୍ଦର୍ଯ୍ୟ ମାୟାର ଖେଳ ହେଉ – ତେବେ ବି ସ୍ୱୀକାର କରୁଛି ଦେଖ ଜାଣିଲେ ତାହା ଦେଖିବି ସୃଷ୍ଟି କର୍ତ୍ତା ହିରଣ୍ୟଗର୍ଭଙ୍କ ପ୍ରତି ମନୁଷ୍ୟର ମନ ପହଞ୍ଚିପାରିବ । ତାହାଯେ ଗୋଟିଏ ପାହାଚ । କିନ୍ତୁ ସେପରି ଦେଖିବା କେତେଜଣଙ୍କ ଆଖିରେ ପଡ଼ିବ ! ଆର୍ତ୍ତଙ୍କ ସେବା କେତେ ଜଣ କରନ୍ତି ? ତେଣୁ ପରିଣାମରେ ମଣିଷର ଦୁଃଖ ଘୁଞ୍ଚ ନଥାଏ । ଭୋଗ କରୁଁ କରୁଁ ଦିନେ ହଠାତ୍ ଅବିଷ୍କାର କରେ ଜର ଅଧିକାର ଆରମ୍ଭ ହେଲାଣି । ସେତେବେଲେ ମୃତ୍ୟୁ ଭୟରେ ବଳୀର ପଶୁଭଲି ଜଡ଼ସଡ଼ ହୋଇଥାଏ । ତାଛଡ଼ା ଶୋକ, ବିଚ୍ଛେଦର ଅପମାନ, ଆଶାଭଙ୍ଗର ଯନ୍ତ୍ରଣା ଅଛି । ସୁଖ କାହିଁ କହ ତେବେ !

– ଦୁଃଖ ଭିତରେ ହିଁ ଆନନ୍ଦ ହେ ସନ୍ୟାସୀ – ଦୁଃଖ ଭୋଗ କରୁ କରୁ ଆମ୍ଭା ବଡ଼ ହୋଇ ଉଠେ । ବୀତସ୍ପୃହ ହୁଏ, ବୀତ ମନ୍ୟୁ ହୁଏ, ବୀତ ଶୋକ ହୁଏ । ଭଗବାନ୍ଙ୍କ ଆଡ଼କୁ ମନଯାଏ ।

କ୍ରମାଗତ ଜନ୍ମ ହୋଇ ଆମ୍ଭା ବଳ ଲାଭ କରେ । ଜନ୍ମ –ଜନ୍ମାନ୍ତରର ଚିତାଗ୍ନିରେ ପୋଡ଼ି ସେ କ୍ରମଶଃ ନିର୍ମଳ, ଶୁଦ୍ଧ, ଜ୍ଞାନୀ ହୋଇ ଉଠେ । ଭଗବାନଙ୍କର ବି ସେଇ ଅବସ୍ଥା – ଏହା କଣ ତୁମେ ଆସ୍ୱୀକାର କରିପାରିବ ? କେତେ ଜଣ ତୁମପରି ନର୍ମଦା ତୀରରେ ସାରାଜୀବନ ତପସ୍ୟା କରି ଭଗବାନଙ୍କ ଦର୍ଶନ ପାଇଛନ୍ତି ? ବହୁତ ଭୁକ୍ତ ଭୋଗୀ ହୋଇ, ବହୁତ ଠକାମିର ପଡ଼ି, ବହୁ ନାରୀ, ସୁରା, ଅର୍ଥବିତ୍ତ ଭୋଗକରି ମନୁଷ୍ୟ କ୍ରମଶଃ ବିଷୟ ଭୋଗରୁ ନିବୃତ୍ତ ହୋଇ ଆସେ – ବହୁ ଜନ୍ମ ଧରି ଏପରି ଚାଲେ । ସେତେବେଲେ ଜନ୍ମ – ଜନ୍ମାନ୍ତରୀଣ ସ୍ମୃତି ତାକୁ କହେ ପୁଣି କେଉଁ ନୂତନ ଜନ୍ମରେ – ସେଠାରୁ ନିବୃତ୍ତ ହୁଅ । ସେ ପଥତ ଦେଖିଲ ଗତ କେତେ ଶହ ଜନ୍ମଧରି ପୁଣି ସେତ ଗୋଟିଏ ଫାନ୍ଦରେ ପଡ଼ିବ । ସେ ପରିକଷ୍ଟ ପାଇବ । ଭୋଗଦ୍ୱାରା ସେତେବେଲକୁ ଆମ୍ଭାମଧ ଅନେକଟା ବୀତସ୍ପୃହ ହୋଇଉଠିଛି – ସେତେବେଲେ ସେ ଭୋଗର ପଥଛାଡ଼ି ତ୍ୟାଗର ପଥଖୋଜେ ।

– ହଁ, ତୁମକଥା କିପରି ଅସ୍ୱୀକାର କରିହେବ ? ତୁମେ କବି, ଅନ୍ୟ ପଥରେ ଯାଇ ସତ୍ୟଦୃଷ୍ଟି ଲାଭ କରିଛ । କିନ୍ତୁ ଗୋଟିଏ କଥା ଜାଣ – ଯଦି ଗୋଟିଏ ଜନ୍ମରେ ହୁଏ, ତେବେ ଭଗବାନଙ୍କ ଉପରେ ବୋଝ ଲଦି ଶତଶତ ଜନ୍ମଧରି ଏହି ଅନାଗତ ଚକ୍ରରେ ଘୁରିବୁଲିବା କାହିଁକି ?

କ୍ଷେମଦାସ ସୁକଣ୍ଠରେ ଗାଇ ଉଠିଲେ ହାତ ଦୁଇଟି ସୁନ୍ଦର ଭାବରେ ହଲାଇ ହଲାଇ –

ମନୁଷ୍ୟ ଜନମ ଅବା ପଶୁପକ୍ଷୀ ଅଥବା କୀଟପତଙ୍ଗେ

କରମ ବିପାକେ ଗତାଗତି ପୁନଃ ପୁନଃ ମତି ରହୁ ସଦାପରସଙ୍ଗେ –

ସନ୍ୟାସୀ ବିରକ୍ତ ହୋଇ କହିଲେ – ଆଃ ସେସବୁ ଭାବୁକତା ରଖ। ମୋ କଥାର ଉତ୍ତର ଦିଅ।

କ୍ଷେମଦାସ କହିଲେ – କୀର୍ତ୍ତନାଦେବ କୃଷ୍ଣସ୍ୟ ମୁକ୍ତବନ୍ଧଃ ପରଂ ବ୍ରଜେତ୍ – କଳିରେ ବହୁ ଦୋଷ, କିନ୍ତୁ ଗୋଟିଏ ଗୁଣ ଏହି ଯେ କୃଷ୍ଣଙ୍କ ନାମ କୀର୍ତ୍ତନ କଲେ ହିଁ ପରାମୁକ୍ତି। ସେଇଥିପାଇଁ ପରା କହୁଛି –

ଏହି ତକ କହି ପୁଣି ସ୍ୱର ତୋଲି କଣ କହିବାକୁ ଯାଉଥିଲେ, ସନ୍ୟାସୀ ଧମକ୍ ଦେଇ କହିଲେ – ପୁଣି ଏଇ ସବୁ! ଗୀତ ଆସୁଛି କିପରି ଏହାଭିତରକୁ? ତା ଛଡ଼ା ମୁଁ ତୁମମାନଙ୍କର ସେଇ କୃଷ୍ଣ ପୁଷ୍ପମାନେ ନା, ତୁମେ ଜାଣ ? ସେ ସବୁ ମାୟାମୟ କଞ୍ଜନା। ଭଗବାନଙ୍କ ପୁଣି ରୂପ କଣ !

– ତୁମେ ଶୁଷ୍କ ପଥରେ ଭଗବାନଙ୍କ ସହିତ ନିଜ ସତ୍ତା ମିଶାଇ ଅଦ୍ବୈତ ଜ୍ଞାନ ଲାଭ କରିଛ। ଭକ୍ତି ପଥର କିଛି ବି ଜାଣନା। ପ୍ରେମଭକ୍ତି ଏବେ ସୁଦ୍ଧା ତୁମର ଅଭାବ ରହିଛି।

– ଛାଡ଼ ହେ ସେ କଥା। ରୁଲିକିଯାଉ। ମୋ କଥାର ଉତ୍ତର ଦିଅ –

– ଉତ୍ତର କଣ ଦେବି ? ଭୋଗ ନହେଲେ ନିବୃତ୍ତି ହୁଏ ନାହିଁ। ଭଗବାନ୍ ତାହା ଜାଣନ୍ତି। ତେଣୁ ଶତ ଜନ୍ମ ଭିତର ଦେଇ ଜୀବକୁ ସେ ଭୋଗ ଆସ୍ୱାଦନ କରାଇନେଇ ବୁଲୁଛନ୍ତି। ସମସ୍ତଙ୍କର ହେବ। ତେବେ ବିଳମ୍ବରେ ହେବ।

ସନ୍ୟାସୀ ଶାନ୍ତଭାବରେ କହିଲେ – ହଁ ଠିକ୍ କଥା।

– ତୁମେ ମାନିନେଲ ଟି ?

– ହଁ ମାନିଲି। କିନ୍ତୁ ତୁମେ ମୋର କଥାର ଠିକ୍ ଉତ୍ତର ଦେଇ ନାହଁ ଯେ ? ଯଦି ଗୋଟିଏ ଜନ୍ମରେ ହୁଏ, ତେବେ ହଜାର ଜନ୍ମ ନେଇ ଦିଗହରା ଭାବରେ କାହିଁକି ବୁଲିବା ?

କ୍ଷେମଦାସ ହସି କହିଲେ – ତା'ର କାରଣ, ସମସ୍ତ ତୁମ ଭଳି ମୁକ୍ତିକାମୀ ନୁହନ୍ତି, ତୁମଭଳି ଜ୍ଞାନୀ ନୁହନ୍ତି – ଗତ ଜନ୍ମରେ ତୁମେ ଯେଉଁ ଉଚ୍ଚ ଅବସ୍ଥା ଘେନି ଜନ୍ମ ନେଇଥିଲେ, ଯେଉଁ ଜନ୍ମାନ୍ତରୀଣ ସ୍ମୃତି ଫଳରେ ତୁମ ମନ ମୁଗ୍ଧ ହୋଇଥିଲା, ସଂସାର ବନ୍ଧନ କାଟିଥିଲ – ତୁମେ ନିଜେ କହୁନା ତାହା ସବୁ କଣ ଗୋଟିଏ ଜନ୍ମରେ ଲାଭ କରିଥିଲ ? ତୁମେ ତ ଯଶ ଐଶ୍ୱର୍ଯ୍ୟଶାଳୀ – ମୁକ୍ତ ପୁରୁଷ – ତୁମର ଅଜ୍ଞାତ ତ କିଛି ନାହିଁ – ତୁମେ କହୁନ ? ସନ୍ୟାସୀ ମୃଦ ହସି କହିଲେ – ତାହା ଠିକ୍ କଥା। ଗତଜନ୍ମ ପୂର୍ବରୁ ତିନି ଜନ୍ମ ଧରି ମୁଁ ଯୋଗୀ ଥିଲି। ମୋର ସେ ସମୟର ଗୁରୁଭ୍ରାତା

ଏବେସୁଦ୍ଧା ହିମାଳୟର ଦୁର୍ଗମ ଶିଖର ତୁଷାରାବୃତ ଗୁହାରେ ଦେହଧାରୀ ହୋଇ ବସି ରହିଛନ୍ତି । ପ୍ରାୟ ଆଠଶହ ବର୍ଷ ବୟସ ହେଲା । ଲୋକାଳୟର କିଛି ବି ଜାଣନ୍ତି ନି । ଗତ ସାତ ଶହ ବର୍ଷ ଭିତରେ ତିନିଥର ତଳକୁ ଆସି ଯାଇଥିଲେ ଭାରତ ବର୍ଷର ଲୋକାଳୟକୁ । ଥରେ ଓହ୍ଲାଇ ଶୁଣିଲେ ଶଙ୍କରାଚାର୍ଯ୍ୟ ବ୍ରାହ୍ମଣ୍ୟ ଧର୍ମ ପୁନଃ ପ୍ରତିଷ୍ଠିତ କରୁଛନ୍ତି । ଦ୍ୱିତୀୟଥର ଓହ୍ଲାଇଲେ ଅନେକ ଦିନ ପରେ । ଓହ୍ଲାଉଣୁ ଓହ୍ଲାଉଣୁ ଶୁଣିଲେ ଯବନମାନେ ଭାରତରେ ପ୍ରବେଶ କରିଛନ୍ତି – ଏହାଶୁଣି ଆଉ ନ ଓହ୍ଲାଇ ଉପରକୁ ଚଢ଼ି ନିଜ ଆସନକୁ ଚାଲିଗଲେ । ଅନେକ ଦିନ ଆଉ ଆସି ନାହାନ୍ତି ।

ପୁଷ୍ପ ଆଉ ଯତୀନ ରୁଦ୍ଧ ନିଶ୍ୱାସରେ ଶୁଣୁଥିଲେ । ପୁଷ୍ପ ଅଧିର କୌତୁହଳର ସହିତ ପଚାରିଲା – ଆଉଥରେ କେବେ ଓହ୍ଲାଇଥିଲେ ?

– ମୁଁ ସେତେବେଳେ ଏହି ଜନ୍ମ ପରେ ଦେହତ୍ୟାଗ କରିଛି – ଏଇ ସେଦିନ ପୃଥିବୀ ହିସାବରେ ବହୁତ ବେଶୀ ହେଲେ ସତୁରୀ ଅଶି ବର୍ଷ ହେବ । ବହୁତ ବଡ଼ ଦୁର୍ଭିକ୍ଷଟା ହୋଇଥିଲା ସାରା ଭାରତରେ । ଆମେମାନେ ଅନେକେ ଦଳବଦ୍ଧ ହୋଇ ଓହ୍ଲାଇ ଯାଉ ଭାରତର କିଛି ପ୍ରତିକାର କରିବା ଉଦ୍ଦେଶ୍ୟରେ । ତାଙ୍କୁ ବି ନେଇଥିଲୁ ଆମ ସହିତ । ସେଠର ପ୍ରୟାଗରେ କୁମ୍ଭ ମେଳା ଥିଲା । ସେ କୁମ୍ଭ ମେଳା ଦର୍ଶନ କରି ଦଶଦିନରହି ଉପରକୁ ଉଠିଗଲେ – ସେଇଟା ଶେଷଥର, ଆଉ ଲୋକାଳୟକୁ ଫେରି ନାହାନ୍ତି ।

କ୍ଷେମଦାସ ପ୍ରଶ୍ନ କଲେ – ଏବେ ସୁଦ୍ଧା ଦେହଧରି ରହିଛନ୍ତି କାହିଁକି ?

– ଯୋଗ ପ୍ରକ୍ରିୟା ଯୋଗୁଁ ଦେହ ଦୀର୍ଘସ୍ଥାୟୀ ହୋଇଯାଇଛି । ତେଣୁ କରି ଦେହ ଧାରଣ କରିହିଁ ରହିଛନ୍ତି । କାମନା, ବାସନା ଶୂନ୍ୟ ମୁକ୍ତ ପୁରୁଷ ସେ । ଦେହ ଥାଇବି ଯାହା ଦେହ ନଥିଲେ ବି ତାହା । ତାଙ୍କ ପକ୍ଷରେ ସବୁ ସମାନ । ସ୍ୱେଚ୍ଛାକ୍ରମରେ ବିଶ୍ୱର ସର୍ବତ୍ର ତାହାଙ୍କ ଅବାଧ ଗତି । ଏପରି ବି ବ୍ରହ୍ମ ଲୋକ ପର୍ଯ୍ୟନ୍ତ । ମୁଁ ବି ତାହାଙ୍କୁ କହିଥିଲି – ଆଉ ଏ ଦେହରେ କାହିଁକି ? ସେ କହିଲେ – ହାମ୍‌ତୋ ଆମ୍ନାନ୍ଦ ଆମ୍ନାରାମ ହମାରା ଓୟାସ୍ତେ ଯୋହ୍ୟାୟ ବ୍ରହ୍ମଲୋକ, ସୋ ମେରା ହିମବାନ୍, ମେରା ଆସନ ଏହିପର ପରମାମ୍ନା ବିରାଜମାନ୍ ହ୍ୟାୟ । ଲୋକାଲୋକ ତୋ ମାୟା –

କ୍ଷେମଦାସ କହିଲେ – ହଁ ସେ ସବୁ ଉଚ୍ଚ ଅବସ୍ଥାର କଥା । ଆମମାନଙ୍କ ପାଇଁ ସେସବୁ ନୁହେଁ । ଆମେମାନେ ଭଗବାନଙ୍କ ସୃଷ୍ଟି ଭିତରେ ଆନନ୍ଦଲାଭ କରୁ । ଏହି ଅପୂର୍ବ ସୌନ୍ଦର୍ଯ୍ୟରସର ଆସ୍ୱାଦିନ ଆମଛଡ଼ା ଆଉ କିଏ କରିବ ? ତୁମେତ ବ୍ରହ୍ମ ହୋଇ ପୁଷ୍ପ କୁଣ୍ଠିତ ହୋଇ ପ୍ରଶ୍ନ କଲା – ପ୍ରଭୁ, ଆମକୁ ଥରେ ସେହି ସାଧୁଙ୍କ ପାଖକୁ ନେଇଯାଇ ଦେଖାନ୍ତେ ।

ସନ୍ୟାସୀ କହିଲେ – ନା, ମା ସେ ଲୋକଭିଡ଼ ପସନ୍ଦ କରନ୍ତି ନାହିଁ। ତେବେ ଚାଲ ମୋର ପୂର୍ବଜନ୍ମର ଆଉ ଗୋଟିଏ ଗୁରୁଭଗ୍ନୀଙ୍କ ପାଖକୁ ନେଇଯିବି – ସେ ବି ଆଜିସୁଦ୍ଧା ଦେହ ଧାରଣ କରି ଅଛନ୍ତି। ଗଭୀର ବଣ ମଧରେ ଗୁପ୍ତଭାବରେ ରହନ୍ତି – ପ୍ରାୟ ସବୁ ସମୟରେ ସମାଧିସ୍ଥ ରହନ୍ତି। ଚାଲ ହେ କବି, ସମାଧି ଦେଖିଲେ ତୁମ ଜାତି ଚାଲିଯିବନି –

କ୍ଷେମଦାସ କହିଲେ – ନା, ହେ ମୁଁ ଯିବିନି। ତୁମେ ଏମାନଙ୍କୁ ନେଇଯାଅ। ମୋର ସେ ଧର୍ମ ନୁହେଁ। କବିର ଧର୍ମ ସ୍ବତନ୍ତ୍ର।

ସନ୍ୟାସୀ ହସି ହସି ଆସି କ୍ଷେମଦାସଙ୍କ ହାତ ଧରି କହିଲେ – ଭଗବାନଙ୍କ ମହିମା ସର୍ବତ୍ର। କାହିଁକି ନ ଯିବ ? ଚାଲ –

– ବେଶ୍‌, ତା ହେଲେ କଥାଦିଅ ମୋ ସହିତ ଭକ୍ତ ବୈଷ୍ଣବଙ୍କ ଆଶ୍ରମକୁ ଯିବ ? ଯଦି ଶ୍ରୀକୃଷ୍ଣଙ୍କୁ ସେଠାରେ ଦେଖାଇଦେଇପାରିବ ? ପ୍ରେମ ଭକ୍ତି ଗ୍ରହଣ କରିବ ?

ସନ୍ୟାସୀ ପୁନରପି ହସି ହସି କହିଲେ – ହେବ, ହେବ। ଆଚ୍ଛା, କଥା ଦେଲି ଯିବି। ପ୍ରେମଭକ୍ତି ନେବି ନନେବି ତାହା ସ୍ବତନ୍ତ୍ର କଥା। ତୁମକୁ ତ ମୁଁ ଷଡ୍‌ଚକ୍ର ଭେଦ କରି ଅଦ୍ବୈତ ଜ୍ଞାନ ପୂରାଇ ଦେଉନି ଜୋର ଜବରଦସ୍ତି ?

କିଛି କ୍ଷଣପରେ ସେମାନେ ସଭିଏଁ ସନ୍ୟାସୀଙ୍କ ପଛେ ପଛେ ପୃଥିବୀର ଗୋଟିଏ ସ୍ଥାନକୁ ଓହ୍ଲାଇ ଆସିଲେ। ସ୍ଥାନଟି ଦେଖି ସେମାନେ ବୁଝିଲେ, ଲୋକାଳୟରୁ ବହୁ ଦୂରବର୍ତ୍ତୀ କେଉଁ ଅଜଣା ଗୋଟିଏ ଅରଣ୍ୟ ଭିତରେ ଆସି ଠିଆ ହୋଇଛନ୍ତି। ସମ୍ମୁଖରେ ଗୋଟିଏ ପାର୍ବତ୍ୟ ନଦୀ; କିନ୍ତୁ ନଦୀ ଗର୍ଭରେ କୌଣସିଠାରେ ମାଟି ବା ବାଲି ନାହିଁ। ସବୁକିଛି ପାଷାଣମୟ, ଚଉଡ଼ା ସମତଳ, ମସୃଣ। ପ୍ରାୟ ଶହେ ହାତ ପରିମିତ କିମ୍ବା ତାଠାରୁ ବି ଅଧିକ ଏମିତି ପଥର ବଢ଼ାଇ ଅଛି ପ୍ରାକୃତିକ ଭାବରେ। ତା ମଝିରେ କ୍ଷୁଦ୍ର ନଦୀଟି ଗୋଟିଏ ଜଳ ପ୍ରପାତ ସୃଷ୍ଟି କରି ମର୍ମର କଳତାନରେ ବହିଯାଉଛି। ଉଭୟତଟରେ ନିବିଡ଼ ଅରଣ୍ୟ। ମୋଟା ମୋଟା ଲତା ଏ ଗଛରୁ ସେ ଗଛକୁ ଲାଗିଛି। ଗଭୀର ନିଶୀଥରେ ପୃଥିବୀର ଠିକ୍‌ ମୁଣ୍ଡ ଉପରକୁ ଚନ୍ଦ୍ର ଗଭୀର ନିଃଶବ୍ଦତା ଭିତରେ ପରିପୂର୍ଣ୍ଣ ଜ୍ୟୋସ୍ନାଲୋକରେ ସମସ୍ତ ଅରଣ୍ୟ ଭୂମି ମାୟା ମାୟା ହୋଇ ଉଠିଛି।

ସେମାନେ ମୁଗ୍ଧ ହୋଇ ସେ ଅପୂର୍ବ-ଦୃଶ୍ୟ ଦେଖୁଛନ୍ତି। ଏପରି ସମୟରେ ବଣଭିତରେ ବାଘ ଗର୍ଜନ ଶୁଣାଗଲା। ଦ୍ବିତୀୟଥର ଶୁଣାଗଲା ଆହୁରି ପାଖରେ। ଯତୀନ୍‌ ଭୟପାଇ କହି ଉଠିଲା – ଏଇ ଚାଲନ୍ତୁ ପଲାଇବା –

ଅଳ୍ପ ସମୟପରେ ସେପାରି ବଣର ଲତା, ଗୁଳ୍ମ ନିଃଶବ୍ଦରେ ଘୁଞ୍ଚାଇ ପ୍ରକାଣ୍ଡ ରୟେଲ ବେଙ୍ଗଲ ଟାଇଗରର ହାଣ୍ଡିଭଳି ମୁହଁ ନଦୀ ପାଣିରେ ଓହ୍ଲାଉଥିବା ଦେଖାଗଲା।

ଆଉ ତା'ର ପାଣି ପିଇବା ଚବ୍‌ଚବ୍‌ ଶବ୍ଦ ବଣର ଝିଲ୍ଲିରବ ସହିତ ମିଶିଯାଇ ଏହି ଗଭୀର ରହସ୍ୟମୟ ନିଶବ୍ଦତା ମୁଖର କରି ଉଠିଲା ।

ପୁଷ୍ପ କହିଲା – ଭୟ କାହିଁକି ଯତୀନ୍ ଦା ତୁମର ଏବେ ବାଘ ଦେଖ ?

କ୍ଷେମ ଦାସ – ମୁଗ୍ଧ ଦୃଷ୍ଟିରେ ଏହି ଅପୂର୍ବ ଶୋଭାମୟ ଜ୍ୟୋସ୍ନା ପ୍ଲାବିତ ନିର୍ଜନ ବନକାନ୍ତାର ଦୃଶ୍ୟ ଉପଭୋଗ କରୁଥିଲେ । ଦୁଇହାତ ଯୋଡ଼ି ନମସ୍କାର କରି କହିଲେ – ସୁନ୍ଦର ! ସୁନ୍ଦର ! ନମସ୍କାର ହେ ଭଗବାନ୍ । ଧନ୍ୟ ତୁମେ, ଆଦି କବି ତୁମେ ଜଗତ୍ ସ୍ରଷ୍ଟା । କର୍ଣ୍ଣମୃତରେ ଠିକ୍ ହିଁ କହିଛି – ମଧୁ ଗନ୍ଧି ....

ସନ୍ୟାସୀ କହିଲେ – ବ୍ରହ୍ମହିଁ ଜଗତ୍ ହୋଇ ରହିଛନ୍ତି, ଯ ଓଗଧୃସୁ ଯୋ

ବନସ୍ପତିଷୁ – ସେ ହିଁ ସର୍ବତ୍ର । ସମ୍ମୁଖରେ ଯାହା ଦେଖୁଛ ସେ ବି ସେହି ହିଁ ।

ତାହାଙ୍କ ବିଶ୍ୱ ରୂପରେ ଗୋଟିଏ ରୂପ – ତେବେ ଏତେ ଭାବୁକତା ଆମର ଆସେ ନାହିଁ । ଉଖାରି ଉଖାରି ବର୍ଣ୍ଣନା କରିବା ଜାଣୁନା ।

କ୍ଷେମଦାସ ହସି କହିଲେ – ଆସିବ କିପରି ହେ ! ତାହେଲେ ତ ତୁମେ ଉପନିଷଦ ତିଆରି କରି ବସି ଯାଆନ୍ତ । ତୁମ ସହିତ ଉପନିଷଦ କବିମାନଙ୍କ ତଫାତ୍ ତ ସେଇଠି । ସେମାନେ ବ୍ରହ୍ମଜ୍ଞଥିଲେ, ପୁଣି କବି ବି ଥିଲେ । ତୁମ ଭଳି ନୀରସ ବ୍ରହ୍ମବିତ୍ ନଥିଲେ । ଭଗବାନ ମଧ୍ୟ କବି ଅଟନ୍ତି । ଉପନିଷଦରେ ତାହାଙ୍କୁ କୁହାହୋଇନି କବିର୍‌ମନୀଷୀ ପରିଭୂ ସ୍ୱୟଂମୂଃ ?

ସନ୍ୟାସୀ କହିଲେ – ଚାଲଚାଲ, ଯେଉଁଥି ପାଇଁ ଆସିଛୁଁ । ଉପନିଷଦରେ କବି କହିଛନ୍ତି ଯିଏ ଦ୍ରଷ୍ଟା ତାହାଙ୍କୁ । ଯିଏ ପ୍ରଜ୍ଞାର ଆଲୋକରେ କ୍ଷଣିକରେ ଭବିଷ୍ୟତ ବର୍ତ୍ତମାନ, ଦର୍ଶନ କରନ୍ତି । ଚିନ୍ତାଦ୍ୱାରା ଯାହାଙ୍କୁ ବୁଝିହୁଏ ନାହିଁ, ସେହିଁ କବି ।

ଯତୀନ୍ କହିଲା – ପ୍ରଭୁ, ଏହା ପୃଥିବୀର କୋଉଁ ସ୍ଥାନଟା କି ?

– ଇଏ ହେଲା ବସ୍ତର ରାଜ୍ୟ, ମଧ୍ୟ ଭାରତର । ଏହି ନଦୀର ନାମ ମହାନଦୀ । ଓଡ଼ିଶା ମଧ୍ୟ ଦେଇ ସମୁଦ୍ରରେ ପଡ଼ିଛି । ଏଠାରେ ନଦୀର ଶୈଶବାବସ୍ଥା ଦେଖୁଛ । ଏହାର ମୂଳଏଇଟା । ଏଠାରୁ ବାହାରିଛି ଅଦୂରବର୍ତ୍ତୀ ପାହାଡ଼ ଶ୍ରେଣୀରୁ । ଏବେଆସ ମୋ ସହିତ –

ନଦୀ ସେପାରିରେ କିଛି ଦୂରରେ ବଣରେ ଗୋଟିଏ ପର୍ଣ୍ଣ-କୁଟୀର ପାଖକୁ ସେମାନେ ଗଲାରୁ ଜଣେ ସନ୍ୟାସିନୀ ତତ୍‌କ୍ଷଣାତ ବାହାରି ସେମାନଙ୍କୁ ଅଭ୍ୟର୍ଥନା କଲେ । କହିଲେ – ଆସନ୍ତୁ ଆପଣମାନେ । ମୋର ଆଜି ବଡ଼ ସୌଭାଗ୍ୟ –

ଯତୀନ୍ ଓ ପୁଷ୍ପର ମନେ ହେଲା ଯେପରି ସନ୍ୟାସିନୀ ସେମାନଙ୍କ ଅପେକ୍ଷାରେ ହିଁ ଥିଲେ । ସନ୍ୟାସିନୀଙ୍କୁ ଦେଖି ଯତୀନ୍ ଅବାକ୍ ହୋଇ ଗଲା । ସନ୍ୟାସୀ କହିଛନ୍ତି

ତାହାଙ୍କ ପୂର୍ବ ଜନ୍ମର ଗୁରୁଭଗିନୀ – ଅଥଚ ଏହି ସନ୍ୟାସିନୀ ତ କୋଡ଼ିଏ ବର୍ଷ ବୟସର ତରୁଣୀ ଭଳି ସୁଠାମ ସରୂଷା, ତନ୍ୱୀ, ଉଜ୍ଜ୍ୱଳ ଗୌର ବର୍ଷ, ରୂପ ଯେପରି ଫାଟି ପଡ଼ୁଛି। ମୁଣ୍ଡରେ ଗୋଛାଏ କଳା ବାଳ।

ସନ୍ୟାସୀ କହିଲେ – ଭଲ ଅଛ ଭଉଣୀ ?

ସନ୍ୟାସୀ ହସି ହିନ୍ଦିରେ କହିଲେ – ପରମାତ୍ମା ଯେପରି ରଖିଛନ୍ତି। ଏମାନେ ବି ତ ଦେଖୁଛି ବିଦେହୀ ଆତ୍ମା। ଏମାନଙ୍କୁ କାହିଁକି ଆଣିଛ ?

ପୁଷ୍ପ ଓ ଯତୀନ୍ ସନ୍ୟାସିନୀଙ୍କ ପାଦରେ ହାତ ରଖି ପ୍ରଣାମ କଲେ। କ୍ଷେମଦାସ ହାତ ଯୋଡ଼ି ନମସ୍କାର କଲେ।

ସନ୍ୟାସୀ କହିଲେ – ଏମାନେ ଆସିଛନ୍ତି ତୁମକୁ ଦେଖିବାକୁ। ଏ ହେଲେ ବିଖ୍ୟାତ ବୈଷ୍ଣବ କବି କ୍ଷେମଦାସ –

ସନ୍ୟାସିନୀ କହିଲେ – ଆଇୟେ ମହାରାଜ, ଆପକା ଚରଣ ଧୂଲିସେ ହମାରା ଆଶ୍ରମ ପବିତ୍ର ହୋଗିୟା – ପରମାତ୍ମା କି କୃପା।

କ୍ଷେମଦାସ କହିଲେ – ମା ଆପଣ ଦେବୀ। ଆପଣଙ୍କ ଦର୍ଶନରେ ଆମେମାନେ ପୁଣ୍ୟ ଅର୍ଜନ କଲୁଁ।

ସନ୍ୟାସିନୀଙ୍କ ସୁନ୍ଦର ମୁହାଁର ଲାବଣ୍ୟମୟ ହସ ଅରଣ୍ୟ ଭୂମିର ଜ୍ୟୋସ୍ନାସ୍ନାତ ସୌନ୍ଦର୍ଯ୍ୟକୁ ଯେପରି ଆହୁରି ବଢ଼ାଇ ଦେଉଛି। କୁଟୀର ବାଟରେ ଆଉଜି ଠିଆ ହୋଇ କହିଲେ – ଏହି ନଦୀ ମେ ଆଜ୍ ପୂର୍ଣ୍ଣିମାକୀ ରାତ ମେ ସ୍ୱର୍ଗ ସେ ଉତାର୍ କର୍ ଅପସରୀ ଲୋର୍ ହୋତେଥେ। ହାମ୍ ବହୁତ ବରସ୍ ସେ ଦେଖତେ ହୈଁ। ଅୟକୋ ମାଲୁମ୍ ହ୍ୟାୟ ?

କ୍ଷେମଦାସ କହିଲେ – ନା ମା, ଅମେ ତ ଜାଣିନୁ। ଆମକୁ ଦେଖାଇବେ ?

– ଆୟ ଦେଖତେ ମାଙ୍ଗତା ?

– ହଁ ମା ଦେଖାଇଲେ, ଦେଖନ୍ତେ।

ସନ୍ୟାସୀ କହିଲେ – ଏହାଙ୍କ ବୟସ କେତେ କୁହତ ଯତୀନ୍ ? ଯତୀନ୍ ସଂକୁଚିତ ଭାବରେ କହିଲା – ମୁଁ କଣ କହିବି ? ଦେଖିବାରେତ ମନେ ହେଉଛି କୋଡ଼ିଏ ବାଇଶ।

ସନ୍ୟାସୀ ଖିଲି ଖିଲି ହସି ଉଠିଲେ ବାଳିକାଟିଏ ଭଳି।

ସନ୍ୟାସିନୀ କହିଲେ – ତୁମ କ୍ୟା ବୋଲତା ଭୟ୍ୟରେ ବାଚା ? ହମାରାତୋ ଏହି ଆସନ୍ପର ପଂଚିଶ ବରସ ବୀତଗିୟ। –ଇସ୍କା ପହଲେ ପଞ୍ଚାବନ୍ମେ ରାହି ନଦୀକେ ତୀର ମେ କରିବ ସତ୍ତର ବରଷ ଆସନ୍ଥା। ଗୁରୁଜୀକା ଅନୁଙ୍କ୍ଷାପର ଏହି ବନ୍ମେ

ମହାନଦୀକେ କିନାରାପର ଆଶ୍ରମବନାୟ । ଯତୀନ୍ ମନେ ମନେ ହିସାବ କରି କହିଲା
– ତାହେଲେ ମୋର ପ୍ରପିତାମହୀଠାରୁ ବି ଆପଣ ବଡ଼ –

ସନ୍ୟାସୀ କହିଲେ – ତାଙ୍କ ବୟସ ଦେଢ଼ ଶହ ବର୍ଷ ପାଖାପାଖି – ବରଂ କିଛି
ଅଧିକ ହେବ ପଛକେ କମ୍ ନୁହେଁ ।

କ୍ଷେମଦାସ କହିଲେ – ମା, ଦେହଧାରୀ ହୋଇ ରହିଛନ୍ତି ଆଜି ପର୍ଯ୍ୟନ୍ତ ?

ସନ୍ୟାସିନୀ ହସି କହିଲେ – ବହୁତ ନେଟି, ଧୌତି କିୟା – ଇସିୟେ ଶରୀର
ବନ୍ ଗିୟା । ଅଭି ଧ୍ୱସ ନେହି ହୋଗା କୋଇ ପାନ୍ଛ ଶୋ ବରଷ । କୋଇହରଜ
ନେହିଁ । ରହେ ତୋ ରହେ ।

ଯତୀନ୍ ଆପଣା ମନେ ଭାବିଲା – ବାପରେ ଏଇ ଦୁର୍ଗମ ବଣ ଭିତରେ ସେ
ଏକାକୀ କିପରିଭାବରେ ରହୁଛନ୍ତି ! ବାଘର ଭୟ କରନ୍ତି ନି । ଏଇତ ବାଘର ଆତ୍ମା
ଦେଖିଆସିଲୁଁ ।

ସନ୍ୟାସିନୀ ତାର ମନକଥା ଜାଣିପାରି ଯେପରି କହିଲେ – ଯେତେବେଲେ
ସମାଧିରେ ଥାଏ, ସେତେବେଲେ ବାଘ ଆସେ, ବିଷାକ୍ତ ସାପ ଆସି ମୁଣ୍ଡ ଉପରକୁ
ଚଢ଼େ, ଦେହରେ ଗୁଡ଼ାଇ ହୁଏ । ସମାଧି ଭାଙ୍ଗିଲେ ସେମାନଙ୍କ ଯିବା ଆସିବା କରିଥିବା
ଚିହ୍ନ ଦେଖିପାରେ ।

ସନ୍ୟାସୀ କହିଲେ – ଆଜିକାଲି କଣ ଆହାର ଛାଡ଼ି ଦେଇଛ ?

– ନା, କନ୍ଦମୂଳ ଖାଏଁ, ବେଲଗଛ ଅଛି ଆଶ୍ରମରେ ପଛପଟରେ ଅନେକ,
ବେଲଖାଏ । ସାମାନ୍ୟ ତ ଆହାର ।

କ୍ଷେମଦାସ କହିଲେ – ମା ତୁମେ ବି କଣ ପ୍ରେମ ଭକ୍ତିର ବିପକ୍ଷରେ ? ତୁମେବି
କଣ ନିରସ ଅଦୈତବାଦୀ ?

ସନ୍ୟାସିନୀ ହସି କହିଲେ – ମତ୍ ପୁଛିୟେ । ପ୍ରେମଭକ୍ତି ବହୁତ କୃପାସେ ଲାଭ
ହୋତାହୈ – ହମାରା ତୋ ତିନ୍ ଯୁଗ ଗୁଜର ଗିୟା ତ ବସ୍ତୁ ନେହିଁମିଲା । କାହାଁ
ମିଲେଗା ବତ୍ଲା ଇୟେ ମହାତ୍ମା କୃପାକର ଆପ୍ ଦିଜିୟେ ହାମ୍‌କୋ !

କ୍ଷେମଦାସ କହିଲେ – ମୋର ଶକ୍ତି ନାହିଁ ମା । ମୁଁ କବି । ଏତିକି ମାତ୍ର । ସେ
ସବୁ ଦେବା ନେବା ବିଷୟରେ ମୁଁ ନାହିଁ । ତେବେ ମୁଁ ତୁମକୁ ଉର୍ଦ୍ଧ୍ୱଲୋକର
ବୈଷ୍ଣବଚାର୍ଯ୍ୟମାନଙ୍କ ଆଶ୍ରମକୁ ନେଇଯାଇପାରେ । ସେମାନଙ୍କ ପାଖରୁ ଉପଦେଶ
ନେଇପାର । ତେବେ ଦରକାର କଣ ମା ? ତୁମେମାନେ ତ ପ୍ରତି ମୁହୂର୍ତ୍ତରେ ସମାଧି
ଅବସ୍ଥାରେ ବ୍ରହ୍ମଙ୍କ ଆସ୍ୱାଦ କରୁଛ – କଣ ହେବ ପ୍ରେମଭକ୍ତି ?

– ମୋ ପାଖକୁ ଗୃହସ୍ଥମାନଙ୍କ ନାନା ଦେବ ଦେବୀ ଆସନ୍ତି । ନାନା ଦେଶରୁ

ଆସନ୍ତି । ଏକାକୀ ଥାଏ ବୋଲି, ମଝିରେ ମଝିରେ ସଙ୍ଗୀ ହେବାକୁ ଆସନ୍ତି । ଲମ୍ବଦାମୋଦର, ଗୋପାଳ, ଉଗ୍ରତାରା, ମୃଣ୍ମୟୀ, ଶ୍ୟାମରାୟ, ଅଷ୍ଟ ଭୁଜା, ଆହୁରି କେତେ କଣ ନାମ । ଆସି ଗପ୍ପ ଗୁଜବ କରନ୍ତି । ସୁଖ ଦୁଃଖର କଥା କହନ୍ତି । ସେଦିନ ଜଣେ ଠାକୁର ଆସି ହାଜର ଆପଣଙ୍କର ବଙ୍ଗଳା ଦେଶର ମୁର୍ଶିଦାବାଦ୍ ଜିଲ୍ଲାର କଣ ଗୋଟିଏ ଗ୍ରାମରୁ–ନାମ ଶ୍ୟାମସୁନ୍ଦର । ଏଠାକୁ ଆସି ମୋତେ ଛଳଛଳ ଆଖିରେ କହିଲେ – ଯେଉଁ ଗ୍ରାମରେ ଅଛନ୍ତି ସେଠାକାର ଗୃହସ୍ଥମାନେ ଅନାଦର କରୁଛନ୍ତି, ଠିକ୍ ଭାବରେ ଭୋଗଦେଉ ନାହାନ୍ତି । ଖାଇବାକୁ ପାଉନାହାନ୍ତି । ଏଇ ସବୁ ।

ମୁଁ ତାଙ୍କୁ କହିଲି – ମୋ ପାଖକୁ କାହିଁକି ? ମୁଁ ତ ତୁମମାନଙ୍କୁ ମାନେନା । ଯେଉଁମାନେ ମାନନ୍ତି ସେମାନଙ୍କ ପାଖକୁ ଯାଇ ପ୍ରକଟ ହୁଅ । ତୁମ ନାଲିସ୍ ଜଣାଅ । ମୋତେ କହିଲେ କଣ ହେବ ? ବାଳକ ବିଗ୍ରହ, ତା ଆଖିରେ ଲୁହ ଦେଖି କଷ୍ଟ ହେଲା – ପାଷଣ୍ଡ ଗୃହସ୍ଥମାନେ କାହିଁକି ସେବା କରନ୍ତି ନାହିଁ କେଜାଣେ ? ଏସବୁ ଦେଖି ମୋର ମନ କିପରି ହୋଇଗଲା । ମନେ ହେଲା ପ୍ରେମଭକ୍ତି ହେଲେ ଏମାନଙ୍କୁ ନେଇ ଆନନ୍ଦରେ ରହନ୍ତି । ସନ୍ନ୍ୟାସୀ ହସି ହସି କହିଲେ – ମାୟା, ମାୟା, ନିର୍ବିକଳ୍ପ ଭୂମିରୁ ଓହ୍ଲାଇ ଆସି ତୁମେ ପୁଣି ଏସବୁ ମାୟାମୟ ଠାକୁର ଦେବତାଙ୍କ ସହିତ ସଂବନ୍ଧ ଯୋଡ଼ିବାକୁ ଚାହଁ ?

କ୍ଷେମଦାସ କହିଲେ – ମା, ତୁମକୁ ପ୍ରେମଭକ୍ତି ଦେବାକୁ ସେହିସବୁ ଦେବ ଦେବୀ ଆସନ୍ତି– ଆହୁରି ବି ତୁମେ ଝିଅପିଲା ବୋଲି – ହଜାର ଅଦ୍ୱୈତବାଦୀ ହେଲେବି ଏବେ ତୁମମାନଙ୍କର ମନ ଏହିମାନଙ୍କ ପରି କଠୋର, ନୀରସ ଶୁଷ୍କ ହୋଇ ଯାଇନି ବୋଲି ତୁମ ପାଖକୁ ଆସନ୍ତି । କାହିଁ ଏହାଙ୍କ ପାଖକୁ ତ ଆସନ୍ତି ନି ? ଆସିଲେ ବି ଶ୍ରଦ୍ଧା ମିଳିବ ନାହିଁ ବୋଲି ଆସନ୍ତିନି । ଭଗବାନ ମଧ ପ୍ରେମ ଭକ୍ତିର କାଙ୍ଗାଲ । ଯିଏ ଭକ୍ତ ତାହାରି ପାଖରେ ଲୋଭୀ ଭଳି ବୁଲନ୍ତି । ଯିଏ ପ୍ରେମ ଭକ୍ତି ଦେଇପାରିବ ନାହିଁ, ତା ପାଖକୁ ତ ସେ –

ସନ୍ନ୍ୟାସୀ ବାଧା ଦେଇ ବିରକ୍ତି ମିଶା ସ୍ୱରରେ କହିଲେ – ଆଃ, ତୁମର ସେସବୁ ଅସାର ଫାଙ୍କା ଭାବୁକତା ଦୟାକରି ବନ୍ଦକର । କରି ? ତାହା ଶୁଣିଲେ ମୋ ଦେହ ଘୃଣାରେ ଭରିଯାଏ ସତ କହୁଛି । ଯେତେ ଖୁସି ସେତେ ପ୍ରେମ ଭକ୍ତି ପ୍ରଚାରକର ସେହି ବୈଷ୍ଣବାଚାର୍ଯ୍ୟଙ୍କ ଆଶ୍ରମରେ, ଆଖଡ଼ାରେ – ଆମକୁ ଆଉ ଶୁଣାଅ ନି – ଯେତେ ପାରୁଛ କାବ୍ୟରଚନା କର ବୃନ୍ଦାବନ ଆଉ ଚନ୍ଦ୍ରାଲୋକ ଆଉ କଦମ୍ବମୂଳକୁ ନେଇ ।

କ୍ଷେମଦାସ କହିଲେ – ତୁମକୁ ବି ଦିନେ ଭକ୍ତି ସ୍ୱରରେ ମୁଣ୍ଡ ମୁଣ୍ଡାଇବାକୁ ହେବ ହେ କଠୋର ଜ୍ଞାନ–ମାର୍ଗୀ ସନ୍ନ୍ୟାସୀ । ମୋ ନାମ ଯଦି କ୍ଷେମଦାସ ହୁଏ –

ସନ୍ୟାସୀ କହିଲେ – ଆଚ୍ଛା, ଏବେ ହେଲେ ଟିକିଏ ବନ୍ଦକର। ତୁମେ ମୋତେ କହୁଛ ନୀରସ। ତୁମକୁ ମୁଁ ଏପରି ଜଣେ ଜ୍ଞାନୀଙ୍କ ପାଖକୁ ନେଇଯିବି ଯିଏ ସଂପୂର୍ଣ୍ଣ ନାସ୍ତିକ, ଜଡ଼ବାଦୀ। ପଞ୍ଚଭୂତ ବିକାରରେ ଏହି ବିଶ୍ୱ ସୃଷ୍ଟି ହୋଇଛି କହନ୍ତି। ଈଶ୍ୱର ମାନନ୍ତି ନାହିଁ। ଆତ୍ମାକୁ କହନ୍ତି ପଞ୍ଚ ଭୂତର ବିକାର, ଜଡ଼ର ଧର୍ମରୁ ନିଜେ ନିଜେ ସୃଷ୍ଟି ହୋଇଛି। ନିଜେ ନିଜେ ଦିନେ ଲୟ ହେବ। ଏହି ମତ ପୋଷଣ କରନ୍ତି।

– କିଏ, ଲୋକାୟତ ଦର୍ଶନ ଶାସ୍ତ୍ରକର୍ତ୍ତା ଚାର୍ବାକ ?

– ଚାର୍ବାକ ନିଜେ ନୁହନ୍ତି। ତାହାଙ୍କ ପ୍ରଭାବାନ୍ବିତ କୌଣସି ଶିଷ୍ୟ ?

– କି ଅବସ୍ଥା ଲାଭ କରିଛନ୍ତି ?

– ସ୍ଥାଣୁବତ୍ ଅଚଳାବସ୍ଥା। ଖୁବ୍ ଉଚ୍ଚସ୍ତରରେ ରହିଛନ୍ତି। ପୁରୁଷକାର ବଳରେ ଉନ୍ନତ ଭୂମି ଲାଭ କରିଛନ୍ତି। କିନ୍ତୁ ମୁକ୍ତ ହୋଇନି। ଏହାରି ଭିତରେ ଦୁଇ ଥର ପୃଥିବୀ ବୁଲି ଆସିଛନ୍ତି। କହନ୍ତି, ଏହାବି ଜଡ଼ର ଧର୍ମ। ମୁକ୍ତିବୋଲି କିଛି ନାହିଁ। ଈଶ୍ୱର ମିଥ୍ୟା। କାହାକୁ ସେ ଉପାସନା କରିବେ ? ପୁନର୍ଜନ୍ମରେ ଦୁଃଖିତ ନୁହନ୍ତି। ଜନ୍ମାନ୍ତରୀଣ ସ୍ମୃତି ଜାଜ୍ୱଲ୍ୟମାନ ତାଙ୍କ ମନରେ।

– କଣ ଅବଲମ୍ବନ କରି ଅଛନ୍ତି ?

– ଜଡ଼ର ଧର୍ମ ପରୀକ୍ଷା କରନ୍ତି। ତରୁଣ ଶିଷ୍ୟମାନଙ୍କ ମଧ୍ୟରେ ପ୍ରଚାର କରନ୍ତି। ପୃଥିବୀରେ ବହୁ ତରୁଣ ଦଳଙ୍କୁ ଯୁଗ ଯୁଗ ଧରି ପ୍ରଭାବାନ୍ବିତ କରୁଛନ୍ତି ଜଡ଼ ଧର୍ମର ଏକଛତ୍ରତା ପ୍ରତିପାଦନ ନିମନ୍ତେ। ଆସକ୍ତି ଶୂନ୍ୟ, ଉଦାର ପୁରୁଷ।

– ମୃତ୍ୟୁପରେ, ଦେହ ଧ୍ୱଂସପରେ ଆତ୍ମାଥାଏ ଦେଖିବି ଜଡ଼ବାଦୀ ?

– ହଁ, କହନ୍ତି ଏଇଟା ବି ଜଡ଼ର ଧର୍ମ। ଗୁଟିପୋକ ଦେହତ୍ୟାଗ କରି ପ୍ରଜାପତି ହେଉଛି। ଏହାବି ତ ଦେଖାଯାଏ। କଣ ଆବଶ୍ୟକ ଈଶ୍ୱରଙ୍କୁ ଏକ୍ଷେତ୍ରରେ ଟାଣିଆଣିବା ?

କ୍ଷେମଦାସ କାନରେ ଆଙ୍ଗୁଠି ଦେଇ କହିଲେ – ଓଁ ବିଷ୍ଣୁ, ଓଁ ବିଷ୍ଣୁ ଏସବୁକଥା ଶୁଣିବା ଉଚିତ ନୁହେଁ।

– କାହିଁକି ଶୁଣିବା କଥା ନୁହେଁ ? ଏଇ ଦେଖ ତୁମମାନଙ୍କର ଅନୁଦାରତ୍ୱ। ଆମେ କହୁଁ, ବ୍ରହ୍ମ ହିଁ ଜଗତର ସବୁ କିଛି ହୋଇ ରହିଛନ୍ତି। ନାସ୍ତିକ ଯିଏ ସେ ବ୍ରହ୍ମଙ୍କ ବାହାରେ ନୁହନ୍ତି। ବ୍ରହ୍ମ ମଧ୍ୟରେ ଥାଇ ସେ ଏକଥା କହୁଛନ୍ତି। ଏପରି ଦିନ ଆସିବ, ବ୍ରହ୍ମଜ୍ଞାନ ସେ ଲାଭ କରିବେ। ବାଦ୍ ପଡ଼ିଯିବେ ନାହିଁ।

ସନ୍ୟାସିନୀ କହିଲେ – ଆମର ବି ସେଇ ବିଶ୍ୱାସ।

କ୍ଷେମଦାସ ଅଧୀର ଭାବରେ କହିଲେ – ଥାଉ, ଥାଉ, ଏସବୁ ଆଲୋଚନା

ଏବେ ଥାଉ । ଚାଲ ଏଥର ଯିବା । ରାତି ପ୍ରଭାତ ହୋଇ ଆସିଲାଣି – ଜ୍ୟୋସ୍ନା ମ୍ଲାନ ହୋଇଆସୁଛି । ଏଇ ଶୁଣ ମୟୂର ରାବୁଛି ବଣରେ ।

ସନ୍ୟାସିନୀଙ୍କୁ ପୁନରପି ବନ୍ଦନା କରି ସମସ୍ତେ ସେ ଗଭୀର ବଣ ପରିତ୍ୟାଗ କଲେ । କୁଟୀର ଆଖ ପାଖରେ ଅନେକ ବନ୍ୟ ଦେବ କାଞ୍ଚନ ଫୁଲ ଫୁଟିଛି । ମ୍ଲାନ ଜ୍ୟୋସ୍ନାଲୋକରେ ଅଦୂରବର୍ତ୍ତୀ ଶୈଳଚୂଡ଼ା । ଶେଷ ରାତିର ହିମ ବାଷ୍ପରେ ଅସ୍ପଷ୍ଟ ଦେଖାଯାଉଛି । ବନ୍ୟ କୁକ୍କୁଟର ଡାକ ରଜନୀ ଶେଷ ଯାମ ଘୋଷଣା କରୁଛି ।

କ୍ଷେମଦାସ ଆକାଶ ପଥରେ କହିଲେ – କଣ ସନ୍ୟାସୀ ଯିବ ତ ରଘୁନାଥ ଦାସଙ୍କ ଆଶ୍ରମକୁ ।

ସନ୍ୟାସୀ ରାଜି ହେବାରୁ ସେମାନେ ପଲକ ନ ପଡ଼ୁଣୁ ବୈଷ୍ଟବାଚାର୍ଯ୍ୟଙ୍କ ଆଶ୍ରମ ଆଗରେ ଆସି ପହଞ୍ଚିଲେ । ସେମାନେ ସଭିଏଁ ରଘୁନାଥ ଦାସଙ୍କ ଆସନ ଆଡ଼କୁ ମୁହାଁଇଲେ – ପୁଷ୍ପ ଗଲା ଗୋପାଳ ବିଗ୍ରହ ଦେଖିବାକୁ, ତାର ମର୍ମବ୍ୟଥା ଗୋପାଳଙ୍କ ପାଦରେ ନିବେଦନ କରିବାକୁ । ନୀଳସ୍ଫଟିକର ଅପୂର୍ବ ବିଗ୍ରହଙ୍କ ମୁହାଁରେ ଯେପରି କରୁଣାର ହସ ଲାଗି ହିଁ ରହିଛି । ପୁଷ୍ପ ବାହାରେ ଆସି ଠିଆ ହେଲା । ଏହି ବିରାଟ ଅନନ୍ତ ବିଶ୍ୱ ଆକାଶମୟ କୋଟି କୋଟି ନକ୍ଷତ୍ର ରାଜି (ବୈଷ୍ଟବାଚାର୍ଯ୍ୟଙ୍କ ଆଶ୍ରମରେ ଏବେ ରଜନୀର ପ୍ରଥମ ଯାମ)

– ସେଇ ଯେ ସେ ଦିନ ମହାପୁରୁଷ ଉପନିଷଦ୍‌ର ବାକ୍ୟ ଉଚ୍ଚାରଣ କରି ଶୁଣାଇଥିଲେ –

– ଅସ୍ୟ ବ୍ରହ୍ମାଣ୍ଡସ୍ୟ ସମନ୍ତତଃ ସ୍ଥିତାନି ଏତାଦୃଶ୍ୟାନ୍ୟନନ୍ତ କୋଟି ବ୍ରହ୍ମାଣ୍ଡାନି ସାବରଣାନି ଜ୍ୱଲନ୍ତି – ଏଇ ବ୍ରହ୍ମାଣ୍ଡର ଆଖପାଖରେ ଆହୁରି ଅନନ୍ତ କୋଟି ବ୍ରହ୍ମାଣ୍ଡ ଜ୍ୱଲୁଛି – ସମସ୍ତ ବ୍ରହ୍ମାଣ୍ଡର ଯେ ଅଧୀଶ୍ୱର ସେହି ବିରାଟ ଦେବତା କାହିଁକି ଏଠାରେ କ୍ଷୁଦ୍ର ବିଗ୍ରହରେ ନିଜକୁ ଆବଦ୍ଧ ରଖିଛନ୍ତି ।

କାହିଁର ଆକର୍ଷଣରେ କିଏ କହିବ ?

ପୁଷ୍ପ ସାଷ୍ଟାଙ୍ଗ ପ୍ରଣାମ୍ କଲା । ସେ ବିରାଟର କେତେ ଅବା ଧାରଣା କରିପାରିବ । ଝିଅପିଲା ସେ । ସେ ଅତି କ୍ଷୁଦ୍ର ନାରୀ ମାତ୍ର । ଦୟାବହ ମଧୁର ରୂପରେ ଧରା ନଦେଲେ ସେ କ୍ଷୀରୋଦସାଗରଶାୟୀ ମହାବିଷ୍ଣୁଙ୍କ ଅଥବା ତାହାଙ୍କଠାରୁ ଏକକୋଟି ନିରାକାର ପରମବ୍ରହ୍ମଙ୍କ କି ଧାରଣା କରିବାକୁ ସମର୍ଥ ? ମନ୍ଦିରରେ ପ୍ରଣାମ କରି ଉଠି ବ୍ୟାକୁଳ କଣ୍ଠରେ ପ୍ରଥନା କଲା – ହେ ଠାକୁର, ଆଶା ଭାଉଜଙ୍କୁ କୃପାକର । ଏଥର ଯତୀନ୍ଦା ଆଉ ଆଶାଙ୍କ ଜନ୍ମ ତୁମ ଆଶୀର୍ବାଦରେ ଯେପରି ସାର୍ଥକ ହୋଇଯିବ । ଆଉ ଯେପରି

ଆଶାଙ୍କର କୁପଥରେ ମନ ନ୍ୟାୟ ହେଠାକୁର! ତା'ର ପ୍ରାରବ୍ଧ କର୍ମ ଏଥର ଯେପରି କ୍ଷୟ ହୁଏ। ତାଙ୍କୁ ଦୟାକର ପ୍ରଭୁ।

ମନ୍ଦିରର ନିଭୃତ କୁଞ୍ଜ ତଳରେ ଅପୂର୍ବ ପୁଷ୍ପ ସୁବାସ। ଯେପରି ବହୁ ଜାତୀୟ ଯୁଇ, ମାଲତୀ, ହେନା, ନାଗକେଶର ଏକାସାଙ୍ଗରେ ପ୍ରସ୍ଫୁଟିତ ହୋଇଛି। ସନ୍ୟାସୀ ଓ କ୍ଷେମଦାସ ଶ୍ୱେତ ପ୍ରସ୍ତର ଚତ୍ୱର ବୃକ୍ଷତଳେ ବସି ରଘୁନାଥ ଦାସଙ୍କ ସହିତ ଆଲୋଚନା କରୁଛନ୍ତି।

ରଘୁନାଥ ଦାସ କହୁଛନ୍ତି – ଆପଣ ମୋର ବିଗ୍ରହଙ୍କୁ ଦର୍ଶନ କରିଆସନ୍ତୁ। ଆପଣଙ୍କର ଭକ୍ତିହେବ। ସେ ଭକ୍ତି ଆକର୍ଷଣ କରନ୍ତି। ଆପଣଙ୍କ ଆଗମନ ହେତୁ ମୋର ଆଶ୍ରମ ଧନ୍ୟ ହୋଇଗଲା। କିଛି ଦିନ ଏଠାରେ ରହନ୍ତୁ।

ସନ୍ୟାସୀ କହିଲେ – ଆପଣ ମହାପୁରୁଷ, ଆପଣଙ୍କ ନିକଟରେ ରହିବି ଏହାତ ପରମ ସୌଭାଗ୍ୟ, ତେବେ ଏଥର ନୁହେଁ। ମୁଁ ପୁଣି ଆସିବି। ବିଗ୍ରହ ଦର୍ଶନ କରି ଆସେ।

ବିଗ୍ରହ ଦର୍ଶନ କରି ଟିକିଏ ପରେ ଫେରିଲେ। କହିଲେ – ଆପଣଙ୍କ ବିଗ୍ରହ ଦେଖୁଛି ବଡ଼ ବିପଦ ଜନକ ବସ୍ତୁ – ବାସ୍ତବିକ୍‌ରେ ମୋତେ ସେ ଆକର୍ଷଣ କରୁଛନ୍ତି। ମୋତେ କହିଲେ – ମୋତେ କିପରି ଲାଗୁଛି ଦେଖ? ମୁଁ କହିଲି – ମୁଁ ତୁମକୁ ମାନେ ନାହିଁ। ଗୋଟିଏ ପ୍ରକାର ଜବରଦସ୍ତି ଚାଲି ଆସିଛି ବୋଲି ନିଜେ ନିଜେ ହସିବାକୁ ଲାଗିଲେ। ରଘୁନାଥ ଦାସ କହିଲେ – ମୋର ଗୋପାଳ ଆପଣଙ୍କ ଭକ୍ତି ଆକର୍ଷଣ କରିବାକୁ ଚାହୁଁଛନ୍ତି। ଆପଣ ଦେବେ ନି?

– କ୍ଷମା କରିବେ ଆଚାର୍ଯ୍ୟ ଦେବ, ମୋର ସଂଶୟ ଯେଉଁ ଦିନ ଦୂରୀଭୂତ ହେବ ସେଦିନ ଆସି ଆପଣଙ୍କ ଆଶ୍ରମକୁ, ଦୀକ୍ଷା ନେବି ପ୍ରେମ ଭକ୍ତିର।

ବର୍ତ୍ତମାନ ସେସବୁ ପୁତ୍‌ଳିକା-ପୂଜା ବୋଲି ମନେ କରେ।

ରଘୁନାଥ ଦାସଙ୍କ ପ୍ରଶାନ୍ତ ମୁଖ ମଣ୍ଡଳରେ ମୃଦୁମନ୍ଦ ହାସ ଉକୁଟିଲା – ଈଷତ୍‌ ଦର୍ପର ସହିତ କହିଲେ – ମୋର ଗୋପାଳର କ୍ଷମତାଥିଲେ ଆପଣଙ୍କୁ ସେ ଭଜନ କରାଇବେ। ପୁତୁଲା କଣ କଥା କହେ? ଆପଣ ବ୍ରହ୍ମବିତ୍‌ ଭାବିଦେଖନ୍ତୁ। ଆପଣଙ୍କ ଭଳି ଭକ୍ତ ସେ ଚାହୁଁଛନ୍ତି। ବ୍ରହ୍ମଭୂମିରୁ ଓହ୍ଲାଇ ଆସି ଭଗବାନଙ୍କ ଲୀଳାସଙ୍ଗୀ ହୋଇ ରହନ୍ତୁ।

– ଆପାତତ ମୋର ଜଣେ ଗୁରୁଭଗ୍ନୀ ପ୍ରେମଭକ୍ତି ପାଇଁ ବ୍ୟାକୁଳ। ତାହାଙ୍କୁ ଦିଅନ୍ତୁ ଦୟାକରି।

– ସମ୍ପ୍ରତି ସେ ଅଛନ୍ତି ମହାନଦୀ ତଟ ବଣ ମଧରେ ତାହାଙ୍କ ଆସ୍ଥାନ।

ପରମାତ୍ମାଙ୍କ ଦର୍ଶନ ଲାଭ କରି ଧନ୍ୟ ହୋଇଛନ୍ତି । ବହୁଦିନ ଅବଧି ସେ ଦେହଧାରଣୀ । ଆପଣ ଆହ୍ୱାନ କଲେ ସେ ଏଠାକୁ ହିଁ ଆସିବେ ।

– ମୁଁ ଅକିଞ୍ଚନ । ମୋର କିବା ଶକ୍ତି ତାଙ୍କୁ ପ୍ରେମଭକ୍ତି ଦେବି । ଗୋପାଲ ଦେବେ – ପୁଷ୍ପ ସେହି ସମୟରେ ହଠାତ୍ ଜାନୁପାତି ବସି ହାତଯୋଡ଼ି ବିନୀତ ସ୍ୱରରେ କହିଲା – ସେ ସହିତ ମୋତେବି ଦିଅନ୍ତୁ ଆଚାର୍ଯ୍ୟ ଦେବ । ମୋର ଏକମାତ୍ର ଅବଲମ୍ବନ ।

କ୍ଷେମଦାସ ଉସ୍ତାହରେ ହାତ ତାଳି ଦେଇ କହି ଉଠିଲେ – ସାଧୁ! ସାଧୁ!

ରଘୁନାଥ ପୁଷ୍ପ ମୁଣ୍ଡ ଉପରେ ହାତ ବୁଲାଇ କହିଲେ – ମୁଁ କିଏ ମା ? ଗୋପାଲ ପାଖକୁ ଯାଇ କହିବ । ମୁଁ ଆଶୀର୍ବାଦ କରୁଛି ତୁମେ ପାଇବ ।

ପୁଷ୍ପ ଯତୀନ୍‌କୁ ଦଖାଇ କହିଲା – ଏହାଙ୍କୁ ଆଶୀର୍ବାଦ କରନ୍ତୁ ସେ ଶୀଘ୍ର ପୁନର୍ଜନ୍ମ ଗ୍ରହଣ କରିବେ । ଆଦେଶ ହୋଇଯାଇଛି ।

ରଘୁନାଥ ଯତୀନ୍‌କୁ ଭଲଭାବରେ ନିରୀକ୍ଷଣ କରି କହିଲେ – ପୁନର୍ଜନ୍ମ ହେଉଛି ? ଖୁବ୍ ଭଲ । ଭଗବାନଙ୍କଠାରେ ଯେପରି ମନ ରହିବ ଆଶୀର୍ବାଦ କରୁଛିଁ । ପୁନର୍ଜନ୍ମରେ ଭୟ କଣ, ଯଦି କୃଷ୍ଣଙ୍କ ପାଦରେ ମନଥାଏ ।

ପୁଷ୍ପ କହିଲା – ପ୍ରଭୁ, ପୁଣି ଆପଣମାନଙ୍କ ସାକ୍ଷାତ୍ ସେ ପାଇ ପାରିବେ ?

ସନ୍ୟାସୀ କହିଲେ – ନିଶ୍ଚୟ, ଦେହ ଅନ୍ତେ । ଆମେ ଆଉ କୋଉଠିକି ଯାଇଛୁଁ ଯେ !

ରଘୁନାଥ କହିଲେ – ଇଚ୍ଛା ହୁଏ ପ୍ରଭୁ, ଆଉଥରେ ପୃଥିବୀରେ ଜନ୍ମ ନେଇ ଭକ୍ତି ଧର୍ମ ପ୍ରଚାର କରନ୍ତେ । ଜୀବମାନଙ୍କ ବଡ଼ କଷ୍ଟ । ଦେଖା, ଶୁଣି ବଡ଼ କଷ୍ଟ ପାଏଁ । ଜୀବମାନଙ୍କ ମଙ୍ଗଳ ନିମନ୍ତେ ପ୍ରୟୋଜନ ମନେ ହେଲେ ଥରେ ଛାଡ଼ି ଶତବାର ଯିବାକୁ ପ୍ରସ୍ତୁତ ଅଛି । ସେ ଦିନ ମହାପ୍ରଭୁଙ୍କୁ କହିଥିଲି, ସେ କହିଲେ – ଏବେ ପୃଥିବୀରେ ଅନ୍ୟ ସମୟ ଆସିଛି । ଲୋକମାନଙ୍କ ମନ ଅନ୍ୟପ୍ରକାର । ଏବେ ଆମମାନଙ୍କ ପୂର୍ବତନ ପନ୍ଥାରେ କାମ ହେବ ନାହିଁ । ଗ୍ରହଦେବ ବୈଶ୍ୱରଣ ଏ ବିଷୟରେ ସେଦିନ ମହାପ୍ରଭୁ ଓ ଆହୁରି ଉର୍ଧ୍ୱ ଲୋକର କେତେକ ମହାପୁରୁଷଙ୍କ ସହିତ ପରାମର୍ଶ କରିଛନ୍ତି । ସେମାନେ କହିଲେ, ପୃଥିବୀ ଏବେ ସୁଦ୍ଧା ତିଆରି ହୋଇନି । ଗ୍ରହଦେବ ବୈଶ୍ୱରଣ କେତେ ଜଣ ଶକ୍ତିମାନ୍ ଆମ୍ଭାକୁ ପଠାଉଛନ୍ତି ପୃଥିବୀକୁ । ଏମାନେ ଧ୍ୱସ ଓ ଦୂର୍ଦୈବ ଆସିବେ ପୃଥିବୀକୁ ଯାଇ । ପୃଥିବୀ ଆଲୋଡ଼ିତ ହେବ – ଲୋକଙ୍କ ଦୃଷ୍ଟି ଉର୍ଧ୍ୱମୁଖୀ ହେବ । ଭୋଗବାଦ ଓ ଜଡ଼ବାଦର ଅବସାନ ନହେଲେ ଜୀବମାନଙ୍କର ମଙ୍ଗଳ ନାହିଁ । ଭଲାଇ ସଜାଇବାକୁ ହେବ ସାରା ପୃଥିବୀକୁ । ଆପଣ ତ ଇଚ୍ଛା କଲେ, କରି ପାରିବେ ।

ସନ୍ୟାସୀ ମୃଦୁ ହସି ଚୁପ୍ ହୋଇ ରହିଲେ ।

ଯତୀନ ଅସତର୍କ ମୁହୂର୍ତରେ ବିସ୍ମିତହୋଇ କହି ଉଠିଲା – କିଏ ଏମାନେ !

କ୍ଷେମଦାସ କହିଲେ – ହଁ, ଏମାନେ ଅସାଧାରଣ ଶକ୍ତିଶାଳୀ ପୁରୁଷ, ସେମାନେ ଗ୍ରହଦେବଙ୍କ ସହିତ ସମାନ। ଇଚ୍ଛା ମାତ୍ରେକେ ସୃଷ୍ଟି, ସ୍ଥିତି ପ୍ରଳୟ ଘଟାଇ ପାରନ୍ତି। ବ୍ରହ୍ମସୂତ୍ରରେ କହିଛି – ସଂକଳ୍ପଦେବ ତତ୍‌ଶ୍ରୁତେଃ। ମୁକ୍ତ ପୁରୁଷଙ୍କ ସମସ୍ତ ଐଶ୍ୱର୍ଯ୍ୟ ସଂକଳ୍ପ ମାତ୍ରକେ ଉଦୟ ହୁଏ।

ସନ୍ୟାସୀ ହସି କହିଲେ – ହେତୁ ଟିକିଏ ଅଧିକ କରି କହିଦେଲେ କବି। ଭୋଗମାତ୍ର ଅନାଦିସିଦ୍ଧେ ନେଶ୍ୱରେଣ ସମାନମ୍ – ଶଙ୍କରାଚାର୍ଯ୍ୟ କଣ କହିଛନ୍ତି ପ୍ରଣିଧାନ କର। ମୁକ୍ତଙ୍କର ଭୋଗ ଈଶ୍ୱରଙ୍କ ସମ ହୁଏ, ଶକ୍ତି କଣ ତାହାଙ୍କ ସହିତ ସମାନ ହେବ ?

– ମୁଁ ଈଶ୍ୱରଙ୍କ କଥା କହିନି। ଗ୍ରହଦେବଙ୍କ କଥା କହିଛି।

– ଗ୍ରହଦେବ ଶକ୍ତିମାନ୍ ସତ, କିନ୍ତୁ ଈଶ୍ୱରଙ୍କ ବିନା ଅନୁଜ୍ଞାରେ ସେ କିଛି ବି କରିପାରନ୍ତି ନାହିଁ।

– ସୃଷ୍ଟି, ସ୍ଥିତି, ପ୍ରଳୟ କରିବାକୁ ସମର୍ଥ ନା ନୁହନ୍ତି ?

– ହଁ, କିନ୍ତୁ ଈଶ୍ୱରଙ୍କ ଅନୁମତି କ୍ରମେ

– ଆପଣ ?

– ନା, ମୋ ଉପରେ ସେ ଭାର ନ୍ୟସ୍ତ ନୁହେଁ। ମୁଁ ଅଦାର ବେପାରୀ, ସୃଷ୍ଟି, ସ୍ଥିତିର ଖୋଜ ଖବରରେ ମୋର କଣ ଦରକାର ? ସୃଷ୍ଟି କହୁଛ ଅବା କାହାକୁ ? ନିର୍ଖୁଣ ବ୍ରହ୍ମ ଯେତେବେଳେ ଦେଶ ଓ କାଳର ସୀମା ମଧ୍ୟରେ ନିଜକୁ ପ୍ରସାରିତ କରନ୍ତି, ସେତେବେଳେ ତାକୁ କୁହାଯାଏ ସୃଷ୍ଟି – ଉର୍ଣ୍ଣନାଭ ଯେପରି ନିଜ ଦେହ ନିଃସୃତ ରସ ତନ୍ତୁ ରୂପେ ପ୍ରସାରିତ କରେ।

ରଘୁନାଥ ଦାସ କହିଲେ – ମହାପୁରୁଷ କ୍ଷେମଦାସ ଠିକ୍ ହିଁ କହିଛନ୍ତି। ଆପଣ ସବୁ ପାରନ୍ତି। ଅସାଧାରଣ ଶକ୍ତି ଆପଣମାନଙ୍କର। ସେ ଶକ୍ତି ନିଷ୍କ୍ରିୟ ଅବସ୍ଥାରେ କୌଣସି କାମରେ ଆସୁନାହିଁ। ଭଗବାନଙ୍କ ଦାସ ଭାବରେ, ଭକ୍ତ ଭାବରେ ତାହାଙ୍କୁ ସେବାକରି ସେ ଶକ୍ତିର ସଦ୍ ବ୍ୟବହାର କରନ୍ତୁ। କିୟ୍ୱା ପୃଥ୍ବୀର ବା ଅନ୍ୟ ଗ୍ରହଲୋକର ଜୀବକୁଳଙ୍କ ସେବା କରନ୍ତୁ। ଜୀବର ସେବାରେ ସ୍ୱୟଂ ଭଗବାନ୍ ତାହାଙ୍କ ପାର୍ଷ୍ୱଚରମାନଙ୍କୁ ଧରି ସର୍ବଦା ନିଯୁକ୍ତ। ଆପଣ ମହାଜ୍ଞାନୀ, ଆପଣଙ୍କୁ ମୁଁ କି ଉପଦେଶ ଦେବି ?

ସନ୍ୟାସୀ ବିନୀତ ଭାବରେ ନମସ୍କାର କରି କହିଲେ – ଆପଣଙ୍କ ଆଦେଶ ଶିରୋଧାର୍ଯ୍ୟ। ଯତୀନ୍ ଅବାକ୍ ହୋଇ ଭାବିଲା, ଏତେ ବଡ଼ ଲୋକ, କିନ୍ତୁ କେଡ଼େ ଅଦ୍ଭୁତ ବିନୟୀ ସେମାନେ। ସତରେ ବଡ଼ ଭଲ ଲାଗୁଛି।

କ୍ଷେମଦାସ ହଠାତ୍ କହି ଉଠିଲେ – ବୃନ୍ଦାବନରେ ଆରତି ହେଉଛି ଗୋପାଳ ମନ୍ଦିରରେ ମୁଁ ଆଉ ରହିପାରିବି ନାହିଁ । ଚାଲ ।

ଆଜି ମଧ୍ୟ ପୃଥିବୀରେ ସୁନ୍ଦର ଜ୍ୟୋସ୍ନା । ବୃନ୍ଦାବନର ବଣବାଟରେ ଆଲୋକଛାୟାର ଖେଳ ଦେଖି ସେମାନେ ସଭିଏଁ ମୁଗ୍ଧ । ସହରରେ ଇଲେକ୍ଟ୍ରିକ୍ ଆଲୋକ ଜଳୁଛି । ମୋଟର ଯାଉଛି ଧୂଳିଉଡ଼ାଇ, ଲୋକ ଖଟାଖଟ ଅଛନ୍ତି । ଚଣାଚୁର ବା ଉଜରେ ପାଟି କରି ଡାକ ଛାଡ଼ୁଛି । ଚଣା ବିକ୍ରି କରି ଚାଲିଛି । ଗୋପାଳଙ୍କ ମନ୍ଦିରରେ ଆରତି ସମୟରେ କେତେ ଅଶରୀରୀ ଭକ୍ତ, କେତେ ଜ୍ୟୋତିର୍ମୟ ଆତ୍ମା, ସେଦିନ ମନ୍ଦିରରେ ଉପସ୍ଥିତ । ଅନେକ ସ୍ୱର୍ଗୀୟ ପୁଷ୍ପ ବିଗ୍ରହଙ୍କ ଅଙ୍ଗରେ ବର୍ଷଣ କରିବାକୁ ଲାଗିଲେ ଆରତି ସମୟରେ ।

ପୁଷ୍ପ ଚାହିଁ ଦେଖୁ ଦେଖୁ ସେମାନଙ୍କ ଭିତରେ କରୁଣା ଦେବୀଙ୍କୁ ଚାହିଁ ଚମକି ଉଠିଲା ଆହୁରି ଗୋଟିଏ ଦେବୀ ଅଛନ୍ତି ତାଙ୍କ ସହିତ । ଉଭୟେ ମନ୍ଦିରର ଗୋଟିଏ କୋଣରେ ସାଧାରଣ ଗୃହସ୍ଥ ଘରର ଗୃହିଣୀମାନଙ୍କ ଭଳି ଶାନ୍ତଭାବରେ ଠିଆହୋଇ ଆରତି ଦର୍ଶନ କରୁଛନ୍ତି । ପୁଷ୍ପକୁ ସେମାନେ ଡାକିଲାରୁ ସେ ତାଙ୍କ ପାଖକୁ ଗଲା । ପୁଷ୍ପ ଦେଖିଲା ଅପରା ଦେବୀ ଜଣକ ତାରି ପୂର୍ବ ପରିଚିତା ପ୍ରଣୟ ଦେବୀ । ପ୍ରଣୟ ଦେବୀ କହିଲେ – ଅନେକ ଦିନ ହେଲା ତୁମକୁ ଦେଖିନି, ଆରତି ଶେଷ ହୋଇଯାଉ, ବାହାରକୁ ଚାଲ କଥା ଅଛି ।

ସଙ୍ଗେ ସଙ୍ଗେ ମନେ ପଡ଼ିଲା କେବଳ ରାମ କୁଣ୍ଡଙ୍କ କଥା । ପ୍ରଣୟ ଦେବୀଙ୍କ "ଅନେକ ଦିନ ଦେଖିନି" ଏଇ କଥା ପଦକରେ ତାର ମନେ ପଡ଼ିଲା । ସେଇ ନିମ୍ନସ୍ତରର ବିଷୟାସକ୍ତ ଆତ୍ମାକୁ ସେ ଦାଦୁ ବୋଲି ଡାକିଛି । ଅଥଚ ଅନେକ ଦିନ ହେଲା ତାଙ୍କ ପାଖକୁ ଯିବା ହୋଇନି । ତାଙ୍କୁ ଏଷଣି ବୃନ୍ଦାବନକୁ ଆଣି ଗୋପାଳ ମନ୍ଦିର ଆଳତି ଦେଖାଇବାକୁ ହେବ । ଧନ୍ୟ ହୋଇ ଯିବେ କେବଳ ରାମ । ସ୍ୱର୍ଗ, ମର୍ତ୍ୟର ମିଳନ ଦୃଶ୍ୟ ଏଭଳି ଭାବରେ ଦେଖିବା ସୌଭାଗ୍ୟ ତାଙ୍କୁ ଆଉ କେବେ ମିଳିବ ନାହିଁ ।

ଆଛା – ଆଶା ଭାଉଜଙ୍କୁ ଆଣିଲେ ହୁଅନ୍ତା ନି ? ଧନ୍ୟ ହୋଇଯିବେ । ଉଦ୍ଧାର ହୋଇଯିବେ ଗୋଟିଏ ଦିନରେ ସେ ।

କରୁଣା ଦେବୀଙ୍କୁ ସେ କଥାଟି ପଚାରିଲା । ଦେବୀ କହିଲେ – ଆଶାର ଆଧ୍ୟାମ୍ନିକ ବୁଦ୍ଧି ଏବେ ସୁଦ୍ଧା ସୁପ୍ତ । ଗଭୀର ନିଦ୍ରାରେ ଆଚ୍ଛନ୍ନ ଅଛି ସେ, ଦେଖିଲେ ମଧ୍ୟ ଦେଖି ପାରିବ ନାହିଁ ସେ ଏସବୁ । ଏତେ ସହଜରେ ପାପୀ ଉଦ୍ଧାର ପାଏ ନି ପୁଷ୍ପ । ତାହେଲେ ଅମେମାନେ ବସି ରହନ୍ତୁ ନାହିଁ । ନରକ ପାପୀ ହଜାର, ହଜାର ନେଇ ଆଣି ପକାନ୍ତୁ ।

ପ୍ରଣୟ ଦେବୀ କହିଲେ – ତୁମ ତିନିଜଣଙ୍କ ଉପରେ ମୋର ଦୃଷ୍ଟି ବହୁ ଜନ୍ମ ଆଗରୁ ରହିଛି । ଏବେ ସୁଦ୍ଧା ସେ ଦୁଇଜଣଯାକଙ୍କ ଯିବା ଆସିବା ବାକି ରହିଛି । ପୁନର୍ଜନ୍ମ ଛଡ଼ା ଆଶାର ଆତ୍ମା କୌଣସି ଭାବରେ ମଧ୍ୟ କର୍ମକ୍ଷୟ କରିପାରିବ ନାହିଁ । ତୁମେ ବ୍ୟସ୍ତ ହୁଅନା ପୁଷ୍ପ, ଯାହା କରିବା କଥା ସେ ହିଁ କରିବେ । ଅମେମାନେ ତାଙ୍କର ଦାସୀ ମାତ୍ର ।

ପୁଷ୍ପ ସେମାନଙ୍କ ଅନୁମତି ଘେନି ଆଖ ପଲକ ନପଡୁଣୁ କେବଳ ରାମଙ୍କ ସ୍ତରକୁ ଆସି ଦେଖିଲା ବୃଦ୍ଧ ସେଠାରେ ନାହାନ୍ତି, ତେବେ ବୋଧହୁଏ ପୁଣି କୁଢୁଲୋ-ବିନୋଦପୁରକୁ ତାଙ୍କ ପୁଅର ଗୋଦାମକୁ ଯାଇ ବସିଛନ୍ତି । କିନ୍ତୁ ଏକାକୀ ଯିବାକୁ ପୁଷ୍ପର ଭୟ ହୁଏ । ପୃଥିବୀର ସ୍ଥୂଳ ସ୍ତରରେ ନିମ୍ନ ଶ୍ରେଣୀର ଆତ୍ମାମାନଙ୍କ ଉପଦ୍ରବ ବହୁତ ଅଧିକ, ଏମାନେ ଅନେକ ସମୟରେ ଦେହଧାରୀ ଓ ବିଦେହୀ ସମସ୍ତଙ୍କୁ ବିପଦରେ ପକାଇବାକୁ ଚେଷ୍ଟା କରନ୍ତି । ଏତେ ସମୟଧରି ବୃନ୍ଦାବନରେ ଥିଲା, ପୃଥିବୀରେ ହେଲେ ସଦ୍ୟ ତାହା ଗୋଟିଏ ପବିତ୍ର ଦେବସ୍ଥାନ । ସେଠାରେ ପ୍ରେତ ଯୋନିର ଉପଦ୍ରବ ବହୁତ କମ୍ ।

ଭଗବାନଙ୍କ ନାମ ସ୍ମରଣ କରି ସେ କୁଢୁଲୋ-ବିନୋଦପୁରକୁ କୁଣ୍ଠୁମାନଙ୍କ ଗାଦିକୁ ଆସି ଦେଖିଲା ବୃଦ୍ଧ କେବଳ ରାମ ରାଙ୍କ ବଡ଼ ପୁଅ ବିନୋଦ ପାଖରେ ଥିବା ହାତ ବାକ୍ସ ଜଗି ରହିଛନ୍ତି । ସନ୍ଧ୍ୟା ସମୟ । ହାଟ ଦିନ ଖରିଦଦାରଙ୍କ ଭିଡ଼ ଦୋକାନରେ ବିନୋଦର ଦୁଇ ଜଣ କର୍ମଚାରୀ ଉଇପାଟିରେ କହୁଛନ୍ତି – ଦୁଇ ଯୋଡ଼ା ଫୁଲନ୍‌ଶାଡ଼ୀ ଛ ନମ୍ବର – ବିନୋଦ ଖାତାରେ ନୋଟ୍‌ କରୁ କରୁ ମୁଣ୍ଡ ଟେକି କହୁଛି – ଟଙ୍କା ନା ଲୋଟ୍ ?

ଖରିଦ୍‌ଦାର କହୁଛି – ଆଜ୍ଞା ଲୋଟ୍ କୁଣ୍ଠୁ ଆଜ୍ଞା । ଦୁଇ ମହଣ ପାଟ ବିକିଲି ରାମ ତେଲିର ଗୋଦାମ୍‌ରେ । ସବୁ ଲୋଟ୍ ଦେଲା । ଲୋଟ୍ ଆଉ କେଉଁଠ ଭଙ୍ଗାଇବି ଆପଣଙ୍କ ଦୋକାନ ଛଡ଼ା ? ବାବୁ କିଛି ଦାମ୍ କମତି କରନ୍ତୁ ।

ବିନୋଦର କିଛି କହିବା ପୂର୍ବରୁ ତା ପାଖରେ ଉପବିଷ୍ଟ ଥିବା କେବଳରାମ କହି ଉଠିଲେ – ସେଠାରେ ଲାଭ ନାହିଁ ପଇସାଟିଏବି ! ତୁମେ ପୁରୁଣା ଗ୍ରାହକ ବୋଲି ଖାଲି କିଣା ଦାମ୍‌ରେ ଦେଇ ଦେବା କଥା ।

ପୁଷ୍ପ ବୁଝିପାରିଲା ଏହା ଅତି କପଟ କଥା । ବୃଦ୍ଧଙ୍କ ମନ କହୁଛି ଯୋଡ଼ା ପିଛା ଦେଢ଼ ଟଙ୍କା ଲାଭ ହୋଇଛି ଏହି ଗାଉଁଲି ମୂର୍ଖ ଗ୍ରାହକଠାରୁ । ଏ ସମୟରେ ବିନୋଦ କହିଲା – ଅଚ୍ଛା ଯାଅ ଦୁଇ ଅଣା କମ୍ ଦିଅ ହେ ଯୋଡ଼ାଟାରେ । ତୁମେ ପୁରୁଣା ଗ୍ରାହକ ତୁମଠାରେ ଅନ୍ୟ ଭାବ ।

କେବଳ ରାମ ପୁଅ ଉପରେ ରାଗିଉଠି କହିଲେ – ଜଣାଗଲା ତୁମେ କିଭଳି ବ୍ୟବସାୟ କରିବ ! ଗ୍ରାହକର କଥା ପଦୁଟିଏ ଶୁଣି ଏପରି ସଙ୍ଗେ ସଙ୍ଗେ ଯୋଡ଼ାକ ଦୁଇ ଅଣା ଛାଡ଼ି ଦେବ !! ଅବଶ୍ୟ ତାଙ୍କ କଥା ଦୋକାନଦାର ଅବା ଖରିଦ୍ଦାର କେହି ଶୁଣି ପାରିଲେ ନାହିଁ । ପୁଷ୍ପ ତାଙ୍କ ପାଖକୁ ଯାଇ ଡାକିଲା – ଦାଦୁ, ହେ ଦାଦୁ– ପୁଷ୍ପର ପାଟି ଶୁଣି ବୃଦ୍ଧ ଚମକି ଉଠି ତା ଆଡ଼କୁ ଚାହିଁଲେ ।

ପୁଷ୍ପ ହସି ହସି କହିଲା – ଆଛା ଦାଦୁ, ଏଇ ସନ୍ଧ୍ୟା ବେଳଟାରେ ବସି ବସି କାହିଁକି ମିଛ କଥାସବୁ କହି ଚାଲିଛ ? ଛି –

କେବଳ ରାମ ଅପରାଧୀ ଭଳି ଉଠି ଠିଆହେଲେ । ପୁଷ୍ପ କହିଲା – ପୁଣି ତୁମେ ଏଇ ଦୋକାନକୁ ଆସି ବସିଛ । ପୃଥ୍‍ବୀର ଆସକ୍ତି ତୁମର ଗଲା ନି ? କ'ଣ ହେବ ତୁମର ଦୋକାନ ବଜାର ଆଉ ଗ୍ରାହକରେ ? ଟଙ୍କା ଲାଭକ୍ଷତିରେ ଅବା ତୁମର କଣ ଅଛି ?

କେବଳ ରାମ ବିଷଣ୍ଣ ହୋଇ କହିଲା – ଯିବି ଆଉ କୋଉଠିକି ଦିଦି କହ ? ଏଇ ଗଦି ଆଉ ଗୋଦାମ ଛାଡ଼ି ଗତ ପଚାଶ ବର୍ଷ ଧରି ଆଉ କିଛି ଚିହ୍ନି ନି । ଆଉ ଜାଗାଟାରେ ଭଲ ଲାଗେନି । ଏଠାକୁ ଆସିଲେ ପୁରୁଣା ଅଭ୍ୟାସ ଯୋଗୁଁ ଗୋଦାମର କାମ କରିଯାଏ; ନହେଲେ କଣ କରିବି କହ ? ତୁମେ ବି ତ ଦିଦି ଏତେଦିନ ଯାଏ ଦର୍ଶନ ଦେଇ ନାହିଁ !

– ଆଛା ଏବେ ଶୀଘ୍ର ଚାଲ ମୋ ସହିତ – ବିଳମ୍ବ ନକରି ବାହାରି ଆସ । ମୁହୂର୍ତ୍ତକରେ କେବଳ ରାମଙ୍କୁ ନେଇ ପୁଷ୍ପ ଗୋପାଳ–ମନ୍ଦିରକୁ ଆସିଲା । ଧୂପର ସୁଗନ୍ଧ ଧୂଆଁରେ ମନ୍ଦିର ଗର୍ଭଗୃହ ଭରି ରହିଛି । ଆରତି ଏବେବି ପୂର୍ବବତ୍ ଚାଲିଛି – ପାଞ୍ଚ ମିନିଟ୍ ମାତ୍ର ପୁଷ୍ପ ଅନୁପସ୍ଥିତ ଥିଲା । କେବଳ ରାମ ପୁଷ୍ପର କୃପାରେ ସଜ୍ଞାନ ଅବସ୍ଥାରେ ଅଛନ୍ତି । ଜ୍ୟୋତିର୍ମୟ ମହାପୁରୁଷମାନଙ୍କୁ ଦେଖି ସେ ଭୟ, ବିସ୍ମୟରେ କାଠ ହୋଇ ଯାଇଛନ୍ତି । ସନ୍ନ୍ୟାସୀଙ୍କ ତେଜ ପୁଞ୍ଜ ଦେହ କାନ୍ତି ଆଡ଼କୁ ଆଡ଼ ଆଖିରେ ଚାହିଁ ଦେଖିଲେ । ଆରତି ଶେଷରେ ଯେତେବେଳେ ସଭିଁଏ ମନ୍ଦିରରୁ ବାହାରି ଆସୁଛନ୍ତି ସେତେବେଳେ ଜଣେ ବିଦେହୀ ଭକ୍ତ କ୍ଷେମଦାସଙ୍କୁ ପଚାରିଲା – ପ୍ରଭୁ ଶୁଣିଛି ବୃନ୍ଦାବନର ଯମୁନା ତଟରେ ଜ୍ୟୋସ୍ନା ରାତିରେ ଶ୍ରୀକୃଷ୍ଣଙ୍କ ନିତ୍ୟଲୀଳା ହୁଏ – ମୁଁ କଣ ଦେଖି ପାରିବି । ମୁଁ ଏଠାକୁ ନୂଆ କରି ଆସିଛି ।

କ୍ଷେମଦାସ କହିଲେ – ଆପଣ ଯାଇ ଦେଖି ପାରିବେ । ବହୁତ ଲୋକ ଦେଖନ୍ତି । ଭଗବାନଙ୍କ ଭକ୍ତ ହେବାକୁ ପଡ଼ିବ ।

କେବଳ ରାମ ଅବାକ୍ ହୋଇ ପୁଷ୍ପକୁ କହିଲେ – ଏଇଟା, କେଉଁ ସ୍ଥାନ ଦିଦି ?

କ୍ଷେମଦାସ କହିଲେ – ତୁମେ ଜାଣି ପାରିଲ ନାହିଁ। ଏଇଟା ବୃନ୍ଦାବନ, ଗୋପାଳ-ମନ୍ଦିର।

ପୁଷ୍ପ କହିଲା – ଆଉ ଏମାନେ ହେଉଛନ୍ତି ବୈଷ୍ଣବ କବି କ୍ଷେମଦାସ – କେବଳ ରାମ ଥତମତ ହୋଇ କ୍ଷେମଦାସଙ୍କ ପାଦରେ ସାଷ୍ଟାଙ୍ଗ ପ୍ରଣାମ କଲେ। ତାପରେ କରୁଣାଦେବୀଙ୍କ ଆଗକୁ ତାଙ୍କୁ ଆଣିବାରୁ ସେ ଆହୁରି କାଠ ହୋଇଗଲେ। କରୁଣା ଦେବୀ ରହସ୍ୟ କରି କହିଲେ – ତୁମ ନାତୁଣୀର ପ୍ରଭାବ ଓ ଅନୁଗ୍ରହ ଯୋଗୁଁ ତୁମେ ସ୍ୱର୍ଗକୁ ଯିବ।

କେବଳ ରାମଙ୍କ ଆଖି ଝଲସି ଉଠିଲା ଏହି ଉଭୟ ଦେବୀଙ୍କ ଅପରୂପ ରୂପ ଜ୍ୟୋତିରେ। ସେ ହାତ ଯୋଡ଼ି କହିଲେ – ସ୍ୱର୍ଗ ତ ଏଠାରେ। ମୋ ଭଳି ପାପୀ ଯେ ବୃନ୍ଦାବନକୁ ଆସି ଆରତି ଦେଖୁଛି। ଆପଣଙ୍କ ଭଳି ଦେବୀ, ଏମାନଙ୍କ ଭଳି ମହାପୁରୁଷମାନଙ୍କ ଦେଖାପାଇଛି – ଆଉତ କିଛି ବାକୀ ନାହିଁ ସ୍ୱର୍ଗର।

ପୁଷ୍ପ ଧମକ ଦେଇ କହିଲା – ଏବେ ଛାଡ଼ି ଦେଲେ ପୁଣି କୁତୁଲେ ବିନୋଦପୁର ଦୋକାନକୁ ଯାଇ ବସିବ ଟି? ଆଉ ସବୁ ମିଛ କଥା କହିବ।

କେବଳ ରାମ ଜିଭ କାମୁଡ଼ି କହିଲେ – ନା, ଆଉ ନୁହେଁ।

– ଠିକ୍ କଥା କହୁଛ?

– ହଠାତ୍ ଛାଡ଼ି ପାରିବି ନି, ମିଛ କଥା କହି କଣ ହେବ। କୋଟିକି ଅବା ଯିବି କହତ ସନ୍ଧ୍ୟା ବେଳଟାରେ!

– କାହିଁକି, ଏଇ ଗୋପାଳ ମନ୍ଦିରକୁ ଆସି ଆରତି ଦେଖିବ ନିତ୍ୟଦିନ। କବି କ୍ଷେମଦାସ ପ୍ରତ୍ୟହ ଏହି ସମୟରେ ଏଠାରେ ଥାଆନ୍ତି। ତୁମର ଯନ୍‍ନେବେ ଦାଦୁ।

– କେହି କିଛି କହିବେ ନି?

– ନା ଦେବ ମନ୍ଦିରରେ ସମସ୍ତଙ୍କର ଅଧିକାର। ଯେତେବେଳେ ତୁମର ଦେବ ଦର୍ଶନରେ ସ୍ପୃହା ଜାଗିଛି, ବୁଝିବାକୁ ହେବ ସେତେବେଳୁ ତୁମେ ଉଚ୍ଚ ସ୍ତରର ଜୀବ ହୋଇଯିବ। ଇଚ୍ଛା। ମାତ୍ରକେ ହିଁ ସିଦ୍ଧି। ଚାଲ ଯମୁନା ତଟରେ ଠିଆ ହୋଇ ଦେଖିବ –

ଏମାନେ ଚାପରଘାଟ ପାଖ ଯମୁନା ତଟରେ ଆସି ଜ୍ୟୋସ୍ନାଲୋକରେ କିଛି ସମୟ ବସିଲେ। ସୋମାନଙ୍କ ସହିତ କରୁଣାଦେବୀ ଓ ପ୍ରଣୟ ଦେବୀ ଆସିଲେ। କେବଳ ରାମ ସରଳ ଲୋକ। ତାଙ୍କ ମନରେ କେଜାଣେ କିପରି ଏକଧରଣର ଭକ୍ତି ଉଦୟ ହେଲା। ଯମୁନା ଆଡ଼କୁ ଚାହିଁ ତାଙ୍କ ଦୁଇ ଆଖିରୁ ଲୁହ ବାହାରିବାକୁ ଲାଗିଲା। କରୁଣା ଦେବୀଙ୍କୁ କହିଲେ – ମା ମୋର ପୂର୍ବ ଜନ୍ମରେ କଣ ପୁଣ୍ୟଥିଲା ଯେ, ବୃନ୍ଦାବନ, ଯମୁନା ତଟ, ଆପଣମାନଙ୍କ ଭଳି ଦେବୀଙ୍କ ଦେଖା ପାଇଲି। ଆଜି ମୋର କେଡ଼େ

ସୌଭାଗ୍ୟ ଦିନ ଭାବୁଛି। କରୁଣା ଦେବୀ କହିଲେ – କେବଳ ରାମକୁ ରଖି ଆସ ପୁଷ୍ଟ, ତା’ ପରେ ଆମକୁ ପହୁଞ୍ଚାଇ ଦେବ – ପୁଷ୍ଟ ହିସଲା ଓ ବାଙ୍କ ଚାହାଁଣୀରେ ସେମାନଙ୍କ ଆଡ଼କୁ ଦେଖି କହିଲା – ମୁଁ ପହୁଞ୍ଚାଇଦେବି ଆପଣମାନଙ୍କୁ! କାହିଁକି ଠଟ୍ଟା କରି ଲଜ୍ଜିତ କରୁଛନ୍ତି ମୋତେ!

ଫେରିବା ବେଳେ କେବଳ ରାମ କହିଲେ – ତୁମକୁ କଣ ଯେ କହିବି ଦିଦି! ତୁମେ ସାକ୍ଷାତ୍ ଦେବୀ, ନ ହେଲେ ଏତେ ଦୟା! ଯେଉଁଠାକୁ ନେଇଯାଇଥିଲ ମୋର ଚଉଦ ପୁରୁଷର ଭାଗ୍ୟ କାହିଁ ସେଠାକୁ ଯିବାକୁ। କଥାଟିଏ କହିବି ଦିଦି – ମୋର ନାତୀ ରାମ ଲାଲ ଦୁଇବର୍ଷ ହେଲା ଏଠାକୁ ଆସିଛି ପୃଥିବୀ ଛାଡ଼ି। ତୁମକୁ କହିବାକୁ ଲାଜ ଲାଗୁଛି। ସଂପ୍ରତି ରସୁଲପୁରର ଗୋଟିଏ ବେଶ୍ୟାସ୍ତୀର ପଛରେ ଘୁରୁଛି ଛଅମାସ ହେଲା। ସେ ଯଦି ପାଣି ଆଣିବାକୁ ଯାଏ ସିଏ ତା ପଛେ ପଛେ ଯାଏ। ସେ ଯଦି ରନ୍ଧାବଢ଼ା କରିବ, ଇଏ ତା ପାଖରେ ବସିଥିବ। ଅନ୍ୟ ସମୟରେ ସେଇ ସ୍ତୀର ବାରି ବାରଣ୍ଡାରେ ଥିବା ତେନ୍ତୁଳି ଗଛରେ ଦିନରାତି ବସିଥିବ। କେତେ ଧମକାଇଲି। ମୋ କଥା ଶୁଣେ ନି। ତା ଲାଗି କଣ ଗୋଟିଏ ଉପାୟକର ଲକ୍ଷ୍ମୀ ଦିଦି। ସେ ସ୍ତୀ ଏହାକୁ ଦେଖିବିପାରେନି। ଇଏ ତା ପଛେ   ପଛେ ଘୁରି ଘୁରି ଖୁସି ହେଉଛି। ଏଇଟା କିପରି ବନ୍ଧନ କହ ଭଲା ଦିଦି ? ଏହା ତ ନରକ, ତୁମେ ଦେବୀ, ତାକୁ ସେ ନର୍କରୁ ଉଦ୍ଧାରକର।

ଗଭୀର ରାତିର ସମୟ। ପୁଷ୍ଟ ଏକାକୀ ସନ୍ୟାସିନୀଙ୍କ ଆଶ୍ରମକୁ ଦେଖା କରିବାକୁ ଗଲା। ତାହାଙ୍କୁ ଦେଖିବା ଦିନରୁ କଣ ଗୋଟିଏ ଅଭୁତ ଆକର୍ଷଣ ଅନୁଭବ କରୁଛି ତାଙ୍କ ପ୍ରତି। ଦେଖା ନକରି ସେ ରହିପାରୁନି। ସନ୍ୟାସିନୀ ତାକୁ ଦେଖି ହସ ହସ ହୋଇ ଅଭ୍ୟର୍ଥନା କଲେ। କହିଲେ – ଆପଣ ସେ ଦିନ ଆସିଥିଲେ ନ ?

– ହଁ ମା, ଆପଣଙ୍କ ଦର୍ଶନରେ ପୁଣ୍ୟ ତେଣୁ ଦେଖିବାକୁ ଆସିଲି।

ସନ୍ୟାସିନୀଙ୍କ ପ୍ରଜ୍ଞାନେତ୍ର ଉଦ୍ଭାସିତ, ସୁତରାଂ ପୁଷ୍ଟକୁ ସ୍ଥୁଲ ଆବରଣରେ ନିଜ ଦେହକୁ ଆବୃତ କରିବାକୁ ପଡ଼ିନି। ସନ୍ୟାସିନୀ କହିଲେ – ଆପଣ ବିଦେହୀ। ପୃଥିବୀର ଫଳ ମୂଳ ନେଇ ଅତିଥ ସତ୍କାର କରି ପାରିଲି ନାହିଁ। ତ୍ରୁଟି ମାର୍ଜନା କରିବେ।

ପୁଷ୍ଟ ଲଜ୍ଜିତ ହୋଇ କହିଲା – ସେ କଥା କହି ମୋତେ ଅପରାଧୀ କରନ୍ତୁ ନାହିଁ ମା। ମୁଁ କେତେ କ୍ଷୁଦ୍ର।

ସନ୍ୟାସିନୀ ହସି କହିଲେ – ଆପଣ କ୍ଷୁଦ୍ର, କିଏ କହିଲା। ଆପଣ ଏଠାକୁ ଆସିବେ ମୁଁ ସମାଧିରୁ ଜାଣିଛି। ଆପଣ ମୋର ପ୍ରେମ – ଭକ୍ତି ଶିକ୍ଷାର ଉପାୟ କରିବେ।

ପୁଷ୍ଟ ବିସ୍ମିତ ହୋଇ କହିଲା – ମୁଁ !!

– ବିଶ୍ୱ ଅଧିପତି ଭଗବାନ କାହାଦ୍ୱାରା କେଉଁ କାମ କରାନ୍ତି ତାହା ତ କୁହାଯାଇପାରିବ ନାହିଁ।

– ମା ଆପଣଙ୍କ ଘର କେଉଁଠିଥିଲା ? ପିତାମାତା କିଏ କି ଏଥିରେ ? ଜାଣିବାକୁ ବହୁତ କୌତୂହଲ ହେଉଛି।

– ମୋର ଦେଶଥିଲା ପଞ୍ଜାବରେ। ଅଳ୍ପ ବୟସରେ ମୁଁ ଦୀକ୍ଷା ନିଏ। ବିବାହ ହୋଇନି। ଚିର କୁମାରୀ। ନାନା ସ୍ଥାନ ଘୁରି ଅଯୋଧାକୁ ଆସିଲି। ସେଠାରେ ସେ ସମୟର ପଢ଼ିଆଭୂଇଁ ଗଛ ତଳଟାରେ ଜଣେ ସିଦ୍ଧ ମହାପୁରୁଷ ବାସ କରୁଥିଲେ – ସମସ୍ତେ ତାଙ୍କୁ ପାଗଲା ବାବା କହନ୍ତି। ପାଗଲଭଳି ରହୁଥିଲେ। ସେ ମୋତେ ଦୟାକରି ଯୋଗ ଶିକ୍ଷା ଦିଅନ୍ତି। ସେ ସନ୍ୟାସୀଙ୍କ ସହିତ ସେଦିନ ଆପଣମାନେ ଆସିଥିଲେ। ତାହାଙ୍କ ଗୁରୁ ମଧ ସେ ସନ୍ୟାସୀ।

– ସେ ଏବେ କେଉଁଠାରେ ଅଛନ୍ତି ?

– ପ୍ରାୟ ପଚାଶ, ଷାଠିଏ ବର୍ଷ ହେଲା ସେ ଦେହରକ୍ଷା କରିଛନ୍ତି। ସେ ଯେ କେତେ କାଳର ଲୋକ କେହି ଜାଣନ୍ତି ନାହିଁ। ମୁଁ କେବେ ସେ ପ୍ରଶ୍ନ କରିନି। ଏବେ ବିଦେହୀ ଅବସ୍ଥାରେ ବ୍ରହ୍ମ ଲୋକ ପ୍ରାପ୍ତ ହୋଇଛନ୍ତି। ଜୀବନ୍ ମୁକ୍ତ ମହାପୁରୁଷଥିଲେ। ମଝିରେ ମଝିରେ ଏବେ ସୁଦ୍ଧା ଦେଖା ଦିଅନ୍ତି। ସେ ହି କହିଥିଲେ, ତୁମେ ନାରୀ, ତୁମକୁ ପ୍ରେମ ଭକ୍ତି ଶିକ୍ଷା କରିବାକୁ ହେବ। ଅଦ୍ୱୈତ ଭୂମିରୁ ଓହ୍ଲାଇ ତୁମକୁ ଲୀଲାରସ ଆସ୍ୱାଦ କରିବାକୁ ହେବ। ତେଣୁ ସେ ଅପେକ୍ଷାରେ ଅଛି। ଆପଣ ଯେ ଆସିବେ ତାହାବି ସେ କହିଥିଲେ।

ପୁଷ୍ପର ଆଖିରୁ ଝରଝର କରି ଲୁହ ଗଡ଼ିବାକୁ ଲାଗିଲା। ମନେମନେ ଭାବିଲା, ଭଗବାନ୍ଙ୍କର କି ଖେଳ!! ମୋ ଭଲି ନିତାନ୍ତ ଦୀନହୀନ, ଅତି ସାମାନ୍ୟ ଝିଅ ପିଲାର ଉପରେ ତାହାଙ୍କର କେତେ ଅସୀମ ଅନୁଗ୍ରହ। କେତେ ବଡ଼ ଅଭୁତ କାଣ୍ଡ ଏଇଟା–କେବେବି ତ ଏପରି ଭାବିନଥିଲି।

ସେ କହିଲେ – ଆପଣଙ୍କ ପାଖକୁ ସେଇ ଠାକୁରମାନେ ଆଉ ଆସିଥିଲେ ?

– ହଁ ଦେଖନ୍ତୁ, ସେଇ ଏକ କାଣ୍ଡ। କାହିଁକି ମୋ ପାଖକୁ ? ମୃଣ୍ମୟୀ ବୋଲି ଜଣେ ଦେବୀ ସେ ଦିନ ଆସିଥିଲେ, କେଉଁ ଗାଁର ଭଙ୍ଗା ମନ୍ଦିରରେ ରହନ୍ତି – କେତେ ସମୟ ଗଛ କରିଗଲେ, ତାଙ୍କ ଇଚ୍ଛା ନୂଆ ମନ୍ଦିରରେ କେହି ପ୍ରତିଷ୍ଠିତ କରନ୍ତୁ। ମୁଁ କହିଲି କୌଣସି ଧନୀ ଗୃହସ୍ଥଙ୍କୁ ସ୍ୱପ୍ନ ଦିଅନ୍ତୁ। ମୋର କଣ ହାତ ଅଛି ? ମୁ କଣ କରି ପାରିବି ?

– ସେମାନଙ୍କୁ କଣ ଆପଣ ଏପରି ସ୍ଥୂଳ ଆଖିରେ ଦେଖନ୍ତି ?

– ନା, ସମାଧ୍ୟ ଅବସ୍ଥାରେ ଦେଖା ଦିଅନ୍ତି । ମୁଁ କହିଲି – ମୁଁ ତୁମମାନଙ୍କୁ ମାନେନା, ଚାଲିଯାଅ । ତେବେବି ମୋ ପାଖକୁ ଆସନ୍ତି । ଦେଖନ୍ତୁ ନା କେତେ ମୁସ୍କିଲ୍ ?

– ଏହା ବି ଭଗବାନ୍ଙ୍କ କୌଶଳ, ଆପଣଙ୍କୁ ପ୍ରେମଭକ୍ତି ଶିକ୍ଷା ଦେବାକୁ । ନୀରସ ଅଦ୍ୱୈତ ଜ୍ଞାନୀ ମନକୁ ସରସ କରିବାକୁ ଆୟୋଜନ ।

– ମୁଁ ସେ ସବୁ ମାନେ ନା ।

– ତେବେ, ପ୍ରେମ ଭକ୍ତି କିପରି ଲାଭ ହେବ ?

– ସାକାର ଉପାସନା ମାୟାମୟ, ଯିଏ ମୃଣ୍ମୟୀ ଦେବୀର ପୂଜା କରିବ, ସେ ଦେବୀଙ୍କୁ ଘେନି ମଶ୍ଗୁଲ୍ ଥିବ । ଯିଏ ଶ୍ୟାମ ସୁନ୍ଦରକୁ ପୂଜା କରିବ, ସେ ତାଙ୍କରି ଦର୍ଶନ ଲାଭ କରି ଖୁସିଥ୍ବ । ସେ ସବୁ ଏକ ପ୍ରକାର ବନ୍ଧନ । ସେଇଠି ବନ୍ଧ ହୋଇରହିଲେ ଆହୁରି ଉଚ୍ଚ ଭୂମିକୁ ଉଠି ବ୍ରହ୍ମ ଦର୍ଶନ ତାର ହେବ ନାହିଁ, ନିଜ ଆତ୍ମାକୁ ବ୍ରହ୍ମରେ ଲୀନ କରି ଦେବାକୁ ପାରି ଉଠିବ ନାହିଁ । ମାୟା ତାକୁ ଆବଦ୍ଧ କରିବ ।

– ଆପଣ ଯାହା ଜାଣନ୍ତି, ମୁଁ ତାହା ଜାଣେନା ଦେବୀ । ତେବେ ମୁଁ ଏଇତକ ଜାଣେ ପ୍ରକୃତ ଭକ୍ତ ଯିଏ, ସେ ମୁକ୍ତି ଚାହେଁନା, ବ୍ରହ୍ମତ୍ୱ ଚାହେଁନା । ଭଗବାନଙ୍କ ଦାସ ହୋଇ ରହିବାକୁ ଚାହେଁ । ରସ ଆସ୍ୱାଦ କରିବାକୁ ଚାହେଁ । ଭକ୍ତିମାର୍ଗରେ ସେ ସମାଧ୍ୟ ଲାଭ କରେ । ବ୍ରହ୍ମ ଦର୍ଶନ ମଧ ତାର ହୋଇଥାଏ । ତେବେ ସେ ସବୁ ମୋର ଶୁଣିବା କଥା – ମୁଁ ଅଜ୍ଞାନ, କଣ ଜାଣିବି କହନ୍ତୁ । ମୋ ସହିତ ବୃନ୍ଦାବନ ଚାଲନ୍ତୁ । ଗୋବିନ୍ଦ ମନ୍ଦିରରେ ଆରତି ସମୟରେ କେତେ ଭକ୍ତଙ୍କ ଦର୍ଶନ ପାଇବେ । ସେମାନେ ସବୁ କହିଦେବେ ।

– ଯିବି, ମୋତେ ନେଇଯିବେ । ଗୋଟିଏ ଗୃହସ୍ଥଙ୍କ ସ୍ତ୍ରୀ ଅଛି । ବଡ଼ ଉଚ୍ଚ ଅବସ୍ଥା ।

ପିଲେ ପିଲା ଛୁଆ – ପୁଅକୁ କୋଳରେ ଧରି ହୁଏ ତ ଆଦର କରୁଥ୍ବ, ସେ ଅବସ୍ଥାରେ ସମାଧ୍ୟସ୍ଥ ହୋଇଯାଏ । ସେ ଦିନ ମୋ ପାଖକୁ ସୂକ୍ଷ୍ମ ଦେହରେ ଆସିଥିଲା । ସେ ବି ପ୍ରେମଭକ୍ତି ଚାହେଁ – ତାହାକୁ ବି ନେଇଯିବି ।

– କିପରି ଭାବରେ ବିନା ଦୀକ୍ଷାରେ ଏପରି ଉଚ୍ଚ ଅବସ୍ଥା ପାଇଲା ସଂସାରରେ ଥାଇ ?

– ପୂର୍ବ ଜନ୍ମର ଅବସ୍ଥା ଭଲଥିଲା । କର୍ମ ବନ୍ଧନରେ ଆବଦ୍ଧ ରହିଯାଇ ଏହି ଜନ୍ମରେ ସଂସାର କରିବାକୁ ହୋଇଛି । ସାମାନ୍ୟ କର୍ମ ଅବଶିଷ୍ଟ ଥିଲା । ଏହି ଜନ୍ମରେ ଶେଷ ହୋଇଯିବ । ତାର ଘର ଏଇ ଜଙ୍ଗଲ ବାହାରେ ଗୋଟିଏ ଲୋକାଳୟରେ ।

ଜାତିର ଝିଅ । ତା'ର ଏ ଅବସ୍ଥା ଦେଖ୍ ମୁଁ ସୁଦ୍ଧା ଅବାକ୍ ହୋଇ ଯାଇଛି । ମୋ ପାଖକୁ ଆସି କେତେ କାନ୍ଦେ ।

ପୁଷ୍ପ ବିଦାୟ ଘେନି ଚାଲି ଆସିଲା। ମନୁଷ୍ୟ ହୋଇ ଦେବତା ହୋଇ ଯାଇଛି ଏହା ଯେ ସେ କେତେ ପ୍ରତ୍ୟକ୍ଷ ଦେଖିଲା ଏଇ ଜଗତକୁ ଆସି! ଯିଏ ମୂଳ ବାସନା ତ୍ୟାଗ କରି ଶୁଦ୍ଧ, ମୁକ୍ତ ହୋଇଛି, ସେ ହିଁ ଦେବତ୍ୱ ପ୍ରାପ୍ତ ହୋଇଛି। ଭଗବାନ୍ ତାହାକୁ ହିଁ କୃପା କରିଛନ୍ତି। ଦୃଷ୍ଟି ଉଦାର ଓ ସ୍ୱଚ୍ଛ ନ ହେଲେ କେହିବି ଉଚ୍ଚ ଅବସ୍ଥା ପ୍ରାପ୍ତ ହୁଏ ନାହିଁ। ଅଥଚ ମନୁଷ୍ୟକୁ ଦେବତ୍ୱକୁ ଘେନି ଯିବା ପାଇଁ ଊର୍ଦ୍ଧ୍ୱଲୋକରେ କେତେ ବ୍ୟବସ୍ଥା କେତେ ଯେ ଆଗ୍ରହ! ତେବେ ସୁଦ୍ଧା ଅନ୍ତତ୍ ଦୂର ହୁଏ ନାହିଁ ମନୁଷ୍ୟର। କାହିଁକି ରାମଲାଲ ଭଲି, ଆଶା ଭାଉଜ ଭଲି ଜୀବମାନେ ଭୁବର୍ଲୋକର ଅତି ସ୍ଥୂଳ ଆସକ୍ତିର ବନ୍ଧନରେ ଦେବତ୍ୱ ଅଧିକାରରୁ ବଞ୍ଚିତ ଅଛନ୍ତି?

ବୁଢ଼ା ଶିବତଲାର ଘାଟରେ ଯତୀନ୍ ଏକାକୀ ଚୁପ୍ ହୋଇ ବସିଥିଲା। ପୁଷ୍ପକୁ ଦେଖି ବହୁତ ଖୁସି ହେଲା - କହିଲା - ଯେତେ ଦେଖୁଛି, ମୁଁ ବି ଅବାକ୍ ହୋଇଯାଉଛି ପୁଷ୍ପ। ମୋର ଆଖି ଖୋଲି ଯାଉଛି। ତୁ କିଛି ଭାବିବୁ ନାହିଁ। ପୃଥିବୀରେ ଜନ୍ମ ନେବି କେତେବର୍ଷ ପାଇଁ? ଷାଠିଏ, ସତୁରୀ କି ଅଶୀ ବର୍ଷ? ଅନନ୍ତ ଜୀବନ ତୁଳନାରେ କେତେଦିନ? କାହିଁ ଜନ୍ମ, ମୃତ୍ୟୁ? ସବୁଛାୟା, ମାୟା - ଏକମାତ୍ର ମୁଁ ଅମର, ଅନନ୍ତ ଶାଶ୍ୱତ। ମୋତେ କେହି, କୌଣସି ଦିନ ଧ୍ୱଂସ କରିପାରିବ ନାହିଁ। ଆଜିକାଲି ତୋ ସଂସର୍ଶରେ ଆସି ମୋ ଆଖି ଖୋଲି ଯାଇଛି।

ପୁଷ୍ପ ତାକୁ ରାମଲାଲର କଥା କହିଲା। ଯତୀନ୍ ସବୁ ଶୁଣି ହସିବାକୁ ଲାଗିଲା। ଆଜିକାଲି ଏଇ ଶ୍ରେଣୀର ଲୋକଙ୍କ ପାଇଁ ତାର ଗଭୀର ଅନୁକମ୍ପା ଜାଗ୍ରତ ହୁଏ। ବାଟ ଦେଖାଇ ଦେବାକୁ କେହି ନାହିଁ, ତେଣୁ ଏପରି ହୋଇଛି - ସେମାନଙ୍କର ଦୋଷ ନାହିଁ।

ପୁଷ୍ପ କହିଲା - ତୁମେ ତା ପାଇଁ କିଛି କର। ମୁଁ ସେଠାକୁ ଯିବି ନାହିଁ। ଗଲେ ବି ତାର ଉପକାର ହେବ ନାହିଁ। ଗୋଟିଏ ମୋହରୁ ଆଉ ଗୋଟିଏ ମୋହରେ ପଡ଼ିଯିବ - ତୋ ସାହାଯ୍ୟ ନ ହେଲେ, ହେବ ନାହିଁ ପୁଷ୍ପ। ମୁଁ ଅବଶ୍ୟ ଯାଇଦେଖୁଛି।

ଯତୀନ ରାମଲାଲକୁ ଖୋଜି ବାହାରକଲା। ସେ ଗୋଟିଏ ନୀଚ ଜାତିୟ ସ୍ତ୍ରୀର ଘର ବାରଣ୍ଡାରେ ବସିଥିଲା। ସ୍ତ୍ରୀଟି ଢେଙ୍କିରେ ପାହାର ଦେଇ ଧାନକୁଟୁଛି। ତା ବୟସ ତିରିଶ, ପଇଁଟିଶ ବର୍ଷରୁ କମ୍ ନୁହେଁ। କଳା ଆଉ ବହୁତ କ୍ଷୀଣ କାୟା। ସମ୍ଭବତଃ ମଝିରେ ମଝିରେ ମେଲେରିୟା ହୁଏ। ମୁହଁଟି ନିତାନ୍ତ ମନ୍ଦ ନୁହେଁ। ଆଖି ଦୁଇଟି ବଡ଼ ବଡ଼-ସମସ୍ତ ଶରୀର ଭିତରେ ଆଖି ଦୁଇଟି ହିଁ ଭଲ।

ରାମଲାଲ ଯତୀନ୍‌କୁ ଦେଖି କହିଲା - ଯତୀନ୍ ଦା ଯେ! ତୁମକୁ କିଏ ସନ୍ଧାନ ଦେଲା ହେ? ବୁଢ଼ାଟା ଦେଇଥିବ। ବଞ୍ଚିଥିବାବେଳେ ଜଳାଇ ପୋଡ଼ାଇ

ମାରିଲା। ପୁଣି ମରି ଯାଇ ହେଲେ କିଛି ଫୁର୍ତ୍ତି କରିବି ତା ବି ସମ୍ଭବ ହେଉନାହିଁ। ହାତ ଭାଙ୍ଗି ଦେଉଛି। ସେ ଦିନ ଆସିଥିଲା ମୁଁ ମନା କରିଦେଇଛି। କହିଲି - ମୁଁ ଯାହା ଇଚ୍ଛା ତା କରିବି। ତୁମ ବିଷୟ ସମ୍ପର୍ଡିତ ଆଶା କରୁନି ଯେ ତୁମକୁ ଡରିବି। ଏବେ ମୁଁ ସ୍ଵାଧୀନ।

ଯତୀନ୍ ହିସ କହିଲା - ବୁଢ଼ାର ଦୋଷ ନାହିଁ। ସେ ତୁମର ଭଲ ଲାଗି ସଂଧାନ ଦେଇଛି। ଏପରି ଭାବରେ ବାଉଁଶ ଗଛରେ, ତେନ୍ତୁଳି ଗଛରେ କେତେଦିନ କଟାଇବ ?

- ବେଶ୍ ଖୁସିରେ ଅଛି। ତୁମରାଣ, ତୁମେ ଆଉ ଲେକ୍ଚର ଝାଡ଼ନା।

- କିନ୍ତୁ ଏହା ଦ୍ଵାରା ତୁମର କଣ ଲାଭ ହେଉଛି ? କାହିଁକି ତା ପଛରେ ପଛରେ ଲାଗିଛ ?

- ମୋର ଦେଖ ଯିବାରେ ଆନନ୍ଦ। ତା ନାମ ସୋନାମଣି। ସୋନାମଣି ଧାନ କୁଟେ। ମୁଁ ଏଇ ଖୁଣ୍ଟି ପାଖରେ ଠିଆ ହୋଇ ଦେଖୁଥାଏ। ଆମ୍ବଗଛ ତଳ ପୋଖରୀ ଘାଟକୁ ଗାଧୋଇଯାଏ ଏକାକୀ - ମୁଁ ତା ସଙ୍ଗେ ଯାଏ। ଯେତେବେଳ ପର୍ଯ୍ୟନ୍ତ ଗାଧୋଇ ନସାରେ ମୁଁ ଗଛ ଡାଲରେ ବସି ବସି ଦେଖେ। ରାତିରେ ସେ ରାନ୍ଧେ। ମୁଁ ରନ୍ଧା ଘରେ କୋଣରେ ଚୁପ୍କରି ବସିଥାଏ। ଦେଖ୍ବାକୁ କେଡ଼େ ସୁନ୍ଦର ସତେ ସୋନାମଣି ! ଏପରି ଚେହେରା ଭଦ୍ରଲୋକ ଘରେ ବି ନ ମିଲେ। ଶରୀର ଗଠନ କେତେ ଚମକ୍କାର, ମଜବୁତ୍ ... ମୁଁ ତ କିଛି ଅନିଷ୍ଟ କରୁନି କାହାରି। ବସିଥାଏ ଏତିକି ମାତ୍ର।

- ନିଜର ଅନିଷ୍ଟ ନିଜେ କରୁଛ। ଉପରକୁ ଉଠି ପାରିବ ନାହିଁ। ପୃଥ୍ବୀର ବନ୍ଧନରେ ଆବଦ୍ଧ ଥ୍ବ।

- ରହିଲେ ରହିବି ପଛକେ। ବେଶ୍ ଫୁର୍ତ୍ତିରେ ଅଛି - ମୁଁ ଉପରକୁ ଉଠିବାକୁ ଚାହେଁନା। ତଳକୁ ବି ଖସିବାକୁ ଚାହେଁନା। ସ୍ଵର୍ଗ, ଫର୍ଗରେ ତୁମେମାନେ ଥାଅ ଯାଇ। ଆଉ ଏଇ ବୁଢ଼ାଟା ଯେ ଦୋକାନର ଗଦିରେ ବସିଛି ଦିନରାତି। ତାର କିଛି ଦୋଷ ହୁଏ ନାହିଁ ? ପାରିବ ତ ସେଟାକୁ ତୁମ ସ୍ଵର୍ଗକୁ ଟାଣିନେଇଯାଅ। ମୋତେ ଏଠାରେ ଛାଡ଼ି ଦେଇ ଯାଅ ମୁଁ ବେଶ୍ ଭଲରେ ଅଛି। ମୋତେ ଆଉ କାହିଁକି ଜଲାଇ ପୋଡ଼ାଇ ମାରୁଛ ଦାଦା। ବଞ୍ଚ୍ଥିଲାବେଲେ ଏଭଲି ଆନନ୍ଦରେ ରହିପାରି ନଥ୍ଲି। ବଞ୍ଚ୍ବାବେଲେ ଏପରି କରିଥ୍ଲେ ମୋତେ ତା ସ୍ଵାମୀ ଲାଠିଧରି ତଡ଼ି ଦିଅନ୍ତା। ଏଇଟା ଠିକ୍ ଅଛି। କେହିବି ଜାଣି ପାରନ୍ତିନି।

- ଚାଲ ମୋ ସଙ୍ଗରେ, ମୁଁ ତୁମକୁ ଗୋଟିଏ ସ୍ଥାନକୁ ନେଇ ଯିବି -

– ମୋତେ କ୍ଷମାକର, ମାଫ୍ କର ଭାଇ। ସୋନାମଣିକୁ ଛାଡ଼ି ମୁଁ ପାଦ ମେକଂ ନ ଗଛତି –

– ଥାଉ, ଆଉ ଦେବ୍ ଭାଷାକୁ ଧ୍ୱଂସ କରି ଲାଭ ନାହିଁ। ଏବେ ମୋ ସହିତ ଚାଲ – ଯିବ ?

ରାମଲାଲ୍ ଯତୀନ୍‍ର ଇଙ୍ଗିତରେ ସୋନାର ଘର ବାରଣ୍ଡାରୁ ଅଳ୍ପଦୂରରେ ଥିବା ଗୋଟିଏ ବାଉଁଶ ବଣ ତଳକୁ ଯାଇ ଠିଆ ହେଲା। କେତେ ଦିନପରେ ଶୀତଦିନର ଶୁଖିଲା ବାଉଁଶ ପତ୍ର ଝଡ଼ିପଡ଼ିଥିବା ଧୂଲିମୟ ଗନ୍ଧ ଆଜି ଯତୀନ୍‍ର ନାକରେ ବାଜିଲା। ଯେପରି ସେ ବିଗତ ଦେହରେ ବଞ୍ଚିରହିଛି – ପୃଥିବୀ ମାତାଙ୍କର ହୃଦୟର ପୁଥ। ବଣ ମୂଲାର ଗଛ କଣ୍ଠା କଣ୍ଠା ସାଦା ଫୁଲରେ ଭର୍ତ୍ତି – ଦୁଇ ଚାରିଟା ବାଉଁଶ ଗଛ ପଛରେ ଦିଗନ୍ତବ୍ୟାପୀ ଧାନ କ୍ଷେତ। ଏଇ ମାର୍ଗଶୀର ମାସରେ ଧାନକଟା ହୋଇ ସାରିଛି। ଶୁଖିଲା ଧାନ ନଡ଼ା ଏବେସୁଦ୍ଧା କ୍ଷେତମାନଙ୍କରେ ରହିଛି।

ଯତୀନ୍ ବୋଧହୁଏ ଟିକିଏ ଅନ୍ୟମନସ୍କ ହୋଇ ପଡ଼ିଥିଲା। ରାମଲାଲ ଅଧୀର ଭାବରେ କହିଲା – କଣ କହୁଛ କହୁନାଯେ ଯତୀନ ଦାଦା।

ଯତୀନ୍ କହିଲା – ସେ କଣ ? ପୁଣି ସେ ପଡ଼ାର ପୋଖରୀ ଘାଟ ଆଡ଼କୁ ଅନାଇଛ କାହିଁକି ଯେ କିଏ ଅଛି ସେଠାରେ ?

ରାମଲାଲ ଦୀର୍ଘ ନିଶ୍ୱାସ ପକାଇ କହିଲା – ନାଃ ବ୍ରାହ୍ମଣ ଘର ଝିଅ ସେ।

– ପୁଣି କଣ ?

– ଏଇ ଯେ ସେ ଧଲା କୋଠା ଘରଟା – ସେଇ ଘରୁ ପ୍ରତିଦିନ ବାହାରି ପୋଖରୀ ଘାଟକୁ ଯାଏ ବ୍ରାହ୍ମଣ ଘର।

– ହଁ ଯେ ହେଲା କଣ ?

– ଷୋହଳ, ସତର ବର୍ଷ ବୟସ। ଦେଖିବ ?....... ଆସ, ଆସ – ଏଇ ଏବେ ପାଣିକୁ ଉତୁରୁଛି। ନାମଟା ବେଶ୍ ଭଲ, ସନ୍ଧ୍ୟାରାଣୀ। ଗୋରା, ଗୋଛାଏ କଳା ବାଲ, ଟିକିଏ ପରେ ଓଦା ଲୁଗା ପିନ୍ଧି ଘରକୁ ଫେରିବ। ମୁହଁଟି ବଡ଼ ଚମତ୍କାର। କ୍ଷୀଣ ସରୁତନୁ ବେତଭଲି ହଲିହଲି ଯିବ। ମୁକ୍ତା ଭଲି ଚମକୁଛି ଦାନ୍ତ ଫଙ୍କ୍ତି ଯେତେବେଳେ ହସିବ। ସବୁବେଲେ ହସୁଥାଏ।

– ତହିଁରେ ତୁମର କଣ ହେଲା ?

– ମୋର କିଛି ନାହିଁ। ବ୍ରାହ୍ମଣ ଘରଝିଅ। ସେମାନେ ମୁଖର୍ଜୀ।

– ମରିଯାଇଛି, ଏବେ ବ୍ରାହ୍ମଣ ଶୁଦ୍ରରେ କଣ ଅଛି। ତହିଁରେ ତୁମର ଲାଭ କଣ ? ରାମଲାଲ ଜିଉ କାମୁଡ଼ି ଦୁଇ ହାତ ଯୋଡ଼ି ନମସ୍କାର କରି କହିଲା – ବାପରେ

ସେ କଥା କହିନା । ବ୍ରାହ୍ମଣ ଜାତି ! ଆମେ ହେଲୁଁ ତେଲି, ତାମିଲି । ମୁଁ ଖାଲି ଆଖିରେ ଦେଖି ଖୁସି । ମୋର ସେ ସବୁ ଉଚ୍ଚ ନଜର ନାହିଁ ଦାଦା । ସୋନାମଣିର ମଶିଣାରେ ବସିବାରେ ମୋର ସୁଖ । ତାକୁ ପାଇ ମୋର ସବୁ ଚଲି ଯାଉଛି ।

– ପାଇଲ ଆଉ କିପରି ତାହାତ ବୁଝିପାରିଲି ନାହିଁ ।

– ତା'ରି ନାମ ପାଇବା । ଦେହ ଯେ ନାହିଁ ଆମର କଣ କରିବି କହ । ସତରେ, ଗୋଟିଏ କଥା ଦାଦା । ପୃଥ୍ୱୀରେ ଜନ୍ମ ନେବା କୌଶଳଟା କହିଦେଇ ପାରିବ ? ଦେହ ଧରତୀନକଲେ କିଛି ସୁଖ ନାହିଁ । ଝିଅମାନଙ୍କୁ ଭଲକରି ପାଇ ପାରିଲି ନାହିଁ ଜୀବନରେ । ସେମାନଙ୍କୁ ନପାଇ ଜୀବନଟା ହିଁ ବ୍ୟର୍ଥ ହୋଇଯାଇଛି ମୋର ।

– କାହିଁକି, ତୁମେ ତ ବିବାହ କରିଥିଲ ?

ରାମଲାଲ ବିରକ୍ତ ହୋଇ ମୁହଁ ବଙ୍କାଇ କହିଲା – ଆରେ ଛାଡ଼ ସେକଥା । ବାହା ! – ସେଇଯେ ବୁଢ଼ାଟାର ପାଲରେ ପଡ଼ି ! ନାତୀ ବହୂର ମୁହଁ ନ ଦେଖି ମରିବ ନାହିଁ ! ମୋ ଉପରେ ଯାହାପାରି ତାହା ଗୋଟିଏ ଲଦି ଦେଇ ବୁଢ଼ାତ ଆଖି ବୁଜିଲା । ଆଜିକାଲି କିପରି ସବୁ ସ୍କୁଲ, କଲେଜରେ ପାଠପଢ଼ା ଝିଅ ଦେଖିଛି କଲିକତାରେ । ସେମାନଙ୍କ ଶାଢ଼ୀ ପିନ୍ଧା କାଏଦା ଯେ ଅଲଗା । କଥାବାର୍ତ୍ତାର ଧରଣ ଅଲଗା – ନା, ସତରେ ଯତୀନ୍ଦା ତୁମେ ମୋର ବଡ଼ ଉପକାରଟାଏ କରିବ । ମୋତେ ତୁମେ ପୃଥ୍ୱୀରେ ଜନ୍ମ ନେବା କୌଶଳଟା ବତାଇଦିଅ ଦାଦା । ଝିଅପିଲାଙ୍କ ସହିତ ଦୁଇଦିନ ପ୍ରାଣଭରି ଭଲପାଇ, ମିଲିମିଶି ଆସେ ଦୁନିଆଁକୁ ଫେରିଯାଇ । ମୋର ଛାତି ଭିତରଟା ସବୁବେଳେ ହୁ, ହୁ ହୋଇ ଜଳୁଛି ଦାଦା । ସେ ଜନିଷଟା ମୁଁ ଜାଣିନି । ଭଲ ଝିଅଟିଏ ପାଇଲି ନାହିଁ । ସ୍ୱର୍ଗଫର୍ଗକୁ ତୁମେମାନେ ଯାଅ – ମୁଁ ତ କାହାରି ଅନିଷ୍ଟ କରିବାକୁ ଚାହୁଁନି ଭାଇ । ମୋର ନ୍ୟାୟ୍ୟ ଅଧିକାର ଚାହୁଁଛି । ସଭିଏଁ କେତେ ଫୁର୍ତ୍ତି କରୁଛନ୍ତି – ମୁଁ ଅଭ୍ର ବୟସରେ ମରିଗଲି । ଯେଉଁ ବୟସରେ ଭୋଗ କରିବା କଥା ସେ ବୟସରେ । ମୋର କିଛି ଗୋଟାଏ ବ୍ୟବସ୍ଥାକର । ତୁମ ପାଦତଲେ ପଡୁଛି ଦାଦା । ଝିଅ ପିଲା ନ ପାଇଲେ ସ୍ୱର୍ଗକୁ ଯାଇ ମୋର କିଛି ସୁଖ ମିଲିବ ନାହିଁ । ବୁଢ଼ାଟା ସହିତ ତୁମର ଦେଖା ହେଲେ ତାକୁ ବି କହ । ସେ ଏବେ ଆସୁଛନ୍ତି ମୋତେ ଉପଦେଶ ଦେବାକୁ । ତୁମେ ତ ଜାଣ, ବିବାହ ଆଗରୁ ବଙ୍କୁ ପାଲର ଝିଅ ସରଲା ସହିତ ମୋର ଟିକିଏ ଭାବଥିଲା । ଝିଅଟି କୃଷ୍ଣନଗର ବାଲିକା ସ୍କୁଲରେ ପଢୁଥିଲା । ଦୁଇଥର ମୋ ସଙ୍ଗେ ଲୁଚିଲୁଚି ଆଲାପ କରିଥିଲା । ଟଙ୍କା ମିଲିବ ନାହିଁ ସେଠାରୁ ବୋଲି ସେ ବୁଢ଼ାଟା ସେଠାରେ ମୋର ବିବାହ କରିବାକୁ ଚାହିଁ ନଥିଲା । ସେବି ଭଲ ଝିଅଟିଏ ଥିଲା ।

– ଏବେ ସେ କେଉଁଠି ?

– କୃଷ୍ଣନଗରରେ ବାହା ହୋଇଛି । ଶ୍ୱଶୁର ଘରେ ଥାଏ । ସେଦିନ ଯାଇ ଥରେ ଦେଖ୍ ଆସିଛି । କଷ୍ଟ ହୁଏ ବୋଲି ଯାଏନି । ତା ଅପେକ୍ଷା ମୋର ସୁନାମଣି ହିଁ ଭଲ । କେତେ ସୁନ୍ଦର ତାର ତା ନାକର ବାଁ ହାତି ଗୋଟିଏ ରାଶି– ଦେଖ୍ ନ ?.... ଚାଲିଲ ଯେ ? ତା ହେଲେ .... ଶୁଣ... ତୁମର ତ ଅନ୍ତର୍ଦ୍ଧାନ ହେବାକୁ ସମୟ ଲାଗେନି ମିନିଟ୍‌ଟିଏ ବି । ଏଇ ଅଛ, ଏଇ ଦେଖୁ ଦେଖୁ ନାହିଁ । ତୁମେମାନେ ହେଲ ସ୍ୱର୍ଗର ମଣିଷ । ତାହେଲେ – ମୋର କିଛି ଗୋଟିଏ ଉପାୟ –

ଯତୀନ୍ ସେଟିକିବେଳେ ବୁଢ଼ା ଶିବତଲାର ଘାଟରେ ପହଞ୍ଚିଛି । ପୁଷ୍ପର ପ୍ରଶ୍ନର ଉତ୍ତରରେ କହିଲା – ନା, ହେଲା ନାହିଁ । ଏକାବେଲକେ ବୁଭୁକ୍ଷୁ ଆମ୍ଭା । ତାକୁ ପୁନର୍ଜନ୍ମରେ ପଠାଇବାକୁ ବ୍ୟବସ୍ଥାକର ପୁଷ୍ପ । ଝିଅପିଲାଙ୍କ କଥା କହିବାରେ ଅଧୀର । ଭୋଗ ନକଲେ ତା'ର ନାରୀ ଆସକ୍ତ ମନ ବୁଝିବ ନାହିଁ ।

ପୁଷ୍ପ ହସି ବିଜୟିନୀର ଦର୍ପ ଦର୍ଶନ ପୂର୍ବକ କହିଲା ବେକ ବଙ୍କାଇ – ସ୍ୱର୍ଗରେ ଝିଅପିଲାଙ୍କ ଅଭାବ ? ଯଦି କହିବ ଆଜି ତାକୁ ଦେଖାଇଦେଇ ଆସିବି କାହାକୁ ଝିଅପିଲା କୁହାଯାଏ ! କରୁଣାଦେବୀଙ୍କୁ ହିଁ ନେଇଯାଇ ଦେଖାଇଦିଏଁ – ମୂର୍ଚ୍ଛିତ ହୋଇ ପଡ଼ିବ ତତ୍‌କ୍ଷଣାତ୍ ।

ଯତୀନ୍ ବିଦ୍ୟୁତ୍ ଲତାଭଲି ତାର ଅପୂର୍ବ ଦୃଷ୍ଟିରକାନ୍ତି ଆଡ଼କୁ ମୁଗ୍ଧ ଦୃଷ୍ଟିରେ ଚାହିଁ ରହି କହିଲା – ତୁମେ ନିଜେ ତ ଯଥେଷ୍ଟ । ଆଉ ତାହାକୁ ନେଇ ଯିବାକୁ ହେବ କାହିଁକି । ମୂର୍ଚ୍ଛା ତ ଦୂରର କଥା, ଏକେବାରେ ପାଗଳ ହୋଇ ଧାଇଁବ । କିନ୍ତୁ କଣ ଦରକାର । ବିଭ୍ରାନ୍ତ ସିନା ହୋଇପଡ଼ିବ । କିନ୍ତୁ ଉପକାର କିଛି ହେବ ନାହିଁ ତାର ।

ପୁଷ୍ପ କୃତ୍ରିମ ରାଗକରି କହିଲା – ନା, ମୋର ଶୁଣି ରାଗ ହେଉଛି ତା ଉପରେ ଯେ ସେ ମୂର୍ଖ କହୁଛି ସ୍ୱର୍ଗରେ ନାରୀ ନାହାନ୍ତି । ନାରୀଙ୍କୁ ଖୋଜିବାକୁ ଯିବାକୁ ପଡ଼ିବ ପୃଥିବୀକୁ !!

– ତୁମେମାନେ ଆଖିପିଛୁଳାକେ ବିଚରାକୁ ପାଗଳ କରିଦେଇ ପାରିବ; କିନ୍ତୁ ସେ ଯାହା ଚାହେଁ ତାହା ଦେବ କେଉଁଠାରୁ ? ତାକୁ ପଠାଇଦିଅ ପୃଥିବୀକୁ । ଦୁଇଟି ଆଗ୍ରହଭରା କଳା ଭଅଁର ଆଖିର ଚାହାଁଣୀ ତାର ଦରକାର ହୋଇଛି ।

– ଆଚ୍ଛା, ଯତୁଦା ମୁଁ ଯଦି ତାହାକୁ ଆଜନ୍ମ ବ୍ରହ୍ମଚାରୀ କରିଦେଇ ପାରେ ଏକାବେଲକେ ?

– ଜନ୍ମ ନେବାପରେ ?

ପୁଷ୍ପ ହସି ହସି କହିଲା – ହଁ, ନୁହେଁ ତ କ'ଣ ଏଠାରେ ?

– ମୁଥମାରି, ଜୋରଜବରଦସ୍ତି ପଣସ ପଚାଇବାରେ କ'ଣ ଦରକାର ? ତା ଆମ୍ଭାକୁ ସ୍ୱାଭାବିକ ବାଟରେ, ତାର ସ୍ୱାଭାବିକ ଗତିରେ ଯିବାକୁ ଦିଅ ।

– ଏଇ କଥାଟା ହିଁ ତୁମେ ଆଶା ଭାଉଜଙ୍କ ବିଷୟରେ ଏତେଦିନଯାଏ ବୁଝିବାକୁ ଚାହିଁଲ ନାହିଁ ଯତୁଦା। ଅନ୍ୟ ଲୋକବେଳକୁ ଠିକ୍ ତ ବୁଝିପାରିଲ ?

– ଯତୀନ୍ ଚୁପ୍ ରହିଲା।

ସେ ପାରି ହାଲି ସହରର ଶ୍ୟାମାସୁନ୍ଦରୀ ମନ୍ଦିରରେ ସନ୍ଧ୍ୟା ଆଲତୀର ଧ୍ୱନି ଶୁଣାଗଲା। ଗଙ୍ଗା ବକ୍ଷରେ ସନ୍ଧ୍ୟା ଆକାଶର ପ୍ରତିଚ୍ଛବି।

ସେଦିନ ଏକାକୀ ପଥର ଉପରେ ବସି ଆଶା ଖୁବ୍ କାନ୍ଦୁଥିଲା। ଜଣେ ବିରାଟକାୟ ସାଧୁ ପୁରୁଷଙ୍କ ସହିତ ତା'ର ଦେଖା ହୋଇଥିଲା ଦିନେ ଏଇ ମରୁଭୂମିର ସେ ପାହାଡ଼ିଆ ଦେଶରେ। ସେ ତାହାକୁ କହିଛନ୍ତି – ପୃଥିବୀର ମୃତ୍ୟୁପରେ ସାତ ଲୋକ। ପ୍ରତ୍ୟେକ ଲୋକରେ ପୁଣି ସାତୋଟି ସ୍ତର। ପ୍ରତ୍ୟେକଥର ମଣିଷକୁ ମରିଯିବା ପରେ ନୂତନ ଦେହ ଧରି ନୂତନ ସ୍ତରରେ ଜନ୍ମ ନେବାକୁ ହୁଏ – ଇତ୍ୟାଦି। ଆଶାର ମୁଣ୍ଡରେ ସେସବୁ ଜଟିଳ କଥା ପଶି ନଥାଏ। ଥରେ ଥରେ ସେ ଠିକ୍ ବୁଝିପାରେ ସେ ମରିଯାଇଛି ସତରେ। କିନ୍ତୁ ମରିଯାଇବିତ ନିସ୍ତାର ପାଇନି। ଦୁଇଥର ମରିବାକୁ ହୁଏ ନାହିଁ – ନ ହେଲେ ସେ ପୁଣି ଚେଷ୍ଟା କରି ଦେଖନ୍ତା। କାହିଁ ଗଲେ ମା, ବାପା, ସ୍ୱାମୀ, ପିଲାଛୁଆ – ଏଇଟା କିପରି ହୀନମାନିଆଁ ଜୀବନ। ଏଠାରେ ଆଲୋକ ନାହିଁ, ଆନନ୍ଦ ନାହିଁ, ଭଲପାଇବାର କିଛି ନାହିଁ, ସ୍ନେହ, ଦୟା କିଛି ହିଁ ନାହିଁ। କାହିଁକି ଏଇ ମିଛରେ ବଞ୍ଚ ରହିବା ? ଅଥଚ ସେ ମରିବି ପାରେନା। ଏହା କିଭଳି ବନ୍ଧନ !

ସେଇ ଯେଉଁ ଦିନ ସେ ସ୍ୱାମୀଙ୍କୁ ଦେଖିଲା, ଯେପରି ତା'ର ପୁରୁଣା ଶ୍ୱଶୁର ଘରକୁ ସେ ଗଲା। କଥାବାର୍ତ୍ତା କଲା ସ୍ୱାମୀଙ୍କ ସହିତ। କେତେ ଆନନ୍ଦରେ ଦିନଟି କଟିଥିଲା ଯେତେ ଅଳ୍ପ ସମୟ ପାଇଁ ହେଲେ ସୁଦ୍ଧା ଏହି ଭେଟ। ନାଥ, କ'ଣ ଯେ କେଉଁଠି କିପରି ସବୁ ଓଲଟପାଲଟ୍ ହୋଇଗଲା। ସଂସାର ଉଜୁଡ଼ିଗଲା। ସେ ଅଳ୍ପ ବୟସରେ ବିଧବା ହେଲା। କେତେ ଆଶାଭରା ସ୍ୱପ୍ନରେ ଦେଖିଥିଲା ବିବାହ ଦିନ ରାତିରେ। ସବୁଝିଅ ଦେଖନ୍ତି। କାହିଁକି ତା ଭାଗ୍ୟରେ ଏପରି ଘଟିଲା। ଏଇଟା ଗୋଟିଏ ଜାଗା – ଏପରି ଭୟଙ୍କର ସ୍ଥାନ ସେ କେବେ ବି ଦେଖି ନଥିଲା। ମଝିରେ ମଝିରେ ତା ଚାରି ପାଖରେ ଅନ୍ଧକାର ଘେରି ଆସେ। ଥରେ ଥରେ କେବେ କମିତ ଆଲୁଅ ହୁଏ। ଗଛ, ପତ୍ର କିଛି ନାହିଁ। ଖାଲି ପଥର ଆଉ ବାଲି। ଚାରିଆଡ଼େ ଉଚ୍ଚ ଉଚ୍ଚ ପଥର ସବୁ ପାହାଡ଼ ଭଳି। ଯେତେ ଦୂର ଯାଅ ଖାଲି ଏପରି ଚାଲିଥିବ। ମଣିଷ ନାହିଁ, ଲୋକ ନାହାନ୍ତି।

ମଝିରେ ମଝିରେ କିନ୍ତୁ ଅତି ବିକଟ ରୂପଧାରୀ ଜଣେ ଦୁଇ ଜଣ ଲୋକ ଦେଖାଯାଆନ୍ତି। ଅସହାୟ ସ୍ତ୍ରୀ ଲୋକଙ୍କୁ ଏକାକୀ ପାଇ ସେମାନଙ୍କ ଭିତରୁ ଦୁଇଜଣ

ତାହାକୁ ଆକ୍ରମଣ କରିବାକୁ ଧାଇଁ ଆସିଥିଲେ। ଥରେ କେହି ଜଣେ ଦେବୀ (–କେଉଁଠାରୁ ଆସିଥିଲେ, ତାହାଙ୍କ ନାମ ପୁଷ୍ପ – ଭାଉଜ କହି ଡାକିଥିଲେ ତା ଭଲି ଜଣେ ସାମାନ୍ୟ ସ୍ତ୍ରୀ କୁ –) ତାକୁ ଉଦ୍ଧାର କଲେ। ଆଉ ଥରେ କେହି ରକ୍ଷା କରିବାକୁ ଆସିନଥିଲେ। ଏକାକୀ ଧାଇଁ ଧାଇଁ ସେ ଯାଇ ଗୋଟିଏ ପାହାଡ଼ ଗୁମ୍ଫାରେ ଲୁଚିଗଲା। ଆଶ୍ଚର୍ଯ୍ୟ କଥା। ଯିଏ ତା ପଛରେ ପଛରେ ଗୋଡ଼ାଇଥିଲା ସେ ତାକୁ ଆଉ ଖୋଜି ପାଇନଥିଲା।

ଗୃହସ୍ଥ ଘରର ଝିଅ, ଗୃହସ୍ଥ ଘରର ବହୂ – ଏଇଟା କି ଧରଣର ଉତ୍ପାତ ତା ଜୀବନରେ।

କେଜାଣେ ସେଦିନ ଶ୍ୱଶୁର ଘରେ କିପରି ଭାବରେ ଯେ ସେ ସ୍ୱାମୀକୁ ଦେଖିଥିଲା ––– ସେଦିନଠାରୁ ତା ମନ ଅନ୍ୟ ଧରଣର ହୋଇଯାଇଛି। କେବଳ ମାତ୍ର ଇଚ୍ଛାହୁଏ ପୁଣି ସେ ଶାଶୁ ଘର ଭଙ୍ଗା କୋଠା ଘରେ ସେ ତାର ଛୋଟ ସଂସାର କରିବ -- ବାଉଁଶ ବଣ ଆଢ଼ର ରନ୍ଧାଘର ଚାରେ ବସି ବସି କଣ ରନ୍ଧାବଢ଼ା କରିବ। ଡାଲି, କଦଳୀ ତରକାରୀ, ପିତା ଶାଗ (ସେ ପିତା ଜିନିଷ ବଡ଼ ଭଲ ପାଆନ୍ତି) କଉ ମାଛର ଝୋଳ, ସାରୁ ସହିତ -- ସେ ଆସି କହିବେ। ହଇହେ, ରନ୍ଧାବଢ଼ା କଣ ସରିଲାଣି?

– ଆସ.... ହେଲାଣି। ହାତ ଗୋଡ଼ଧୋଇ ଆସ। ଗରମ ପାଣି କରି ରଖିଛି। ବହୁତ ଶୀତ ଆଜି।

ମାଟିର ଦୀପ ଜଳୁଛି ରନ୍ଧାଘର ପିଣ୍ଡାରେ କାଠର ରୁଖା ଉପରେ। ତାଲପତ୍ର ମସିଣା ପକାଇ? ସ୍ୱାମୀଙ୍କୁ ଆଶା ବସିବାକୁ ଦେଲା। ମୁହଁ ଦେଖି ମନେ ହେଲା ସେ ବଡ଼ କ୍ଷୁଧାର୍ତ। – ହଇଗୋ ଟିକିଏ ଚା କରିଦେବି?

– ହଁ, ଚା କିରବଟି, ଆଜି ବହୁତ ଶୀତ ହେଉଛି?

– କପ୍ ସବୁ ପୁଅ ଭାଙ୍ଗ ପକାଇଛି। କଂସା ଗ୍ଲାସରେ ପିଇବ – ଉପରଓଳି ଦୁଇଟି କପ୍ କିଣି ଆଣିବ ତ କୁତୁଲ ବଜାରରୁ।... ଚା ପିଇଁ ପିଇଁ ସେ କେତେ ପ୍ରକାର ମଜାଲିଆ କଥା କହିଛନ୍ତି। ସେ ବସି ବସି ସବୁ ଶୁଣୁଛି ମନଦେଇ। ସୁନ୍ଦର ଦିନସବୁ ସ୍ୱପ୍ନ ଭଲି ଆସିଥିଲା ତା ଜୀବନରେ। ଆନନ୍ଦ .... ଅସୀମ ଆନନ୍ଦ ... ସେ ସତୀ, ପବିତ୍ର, ସାଧ୍ୱୀ। ସ୍ୱାମୀଙ୍କୁ ଛାଡ଼ି କାହାକୁ ଜାଣେ ନା।

ହଠାତ୍ ଆଶା ଚମକି ପଡ଼ିଲା। ସେ କାହା ମୁହଁକୁ ଚାହିଁ ରହିଛି? କିଏ ତା ଆଗଟାରେ ବସି ଚା ଖାଉଁ ଖାଉଁ ଗଳ୍ପ କରୁଛି? ତା ସ୍ୱାମୀ ନୁହେଁ – ଇଏତ ନିତ୍ୟ ନାରାୟଣ! କୁତୁଲ ବିନୋଦପୁରର ଘର ନୁହେଁ – ଏଇଟା କଲିକତାର ମାଣିକତୋଲାର ସେଇ ଘର ବାଲି ମାଉସୀର ଘର। ସେଇ ରନ୍ଧା ଘର, ସେମାନଙ୍କ

ଛୋଟ କୋଠରୀ । ଆଗରେ ଛୋଟ ରନ୍ଧା ଘରଟା । ଇଏତ ରନ୍ଧା ଘରଟାରେ ତା ନିଜ ହାତ ତିଆରି ରସିର ରଖୁବାକୁ ନିଜେ ହାତରେ ବୁଣିଥିଲା ମନେଅଛି । ଏହିତ ସେମାନଙ୍କ ଘରଟି । ଝରକାଦେଇ ଟିକିଏ ସେପଟକୁ ଦେଖାଯାଉଛି । ମୁଗ ଡାଲିର ହାଣ୍ଡି । ବିଛଣାର କୋଣଟା ଓ୍ । ବିଛଣାଟା ଦେଖୁ ତା ଦେହ ଘୃଣାରେ ଶିହରି ଉଠିଲା । ଏଇ ଟିକିଏ ସମୟ ଆଗରୁ ସେ ନିଜକୁ ସତୀ, ସାଧ୍ୱୀ, ସ୍ୱାମୀ ଅନୁରକ୍ତା, ପରମ ପବିତ୍ରା ଆନନ୍ଦମୟୀ ରୂପରେ ବର୍ଣ୍ଣନାକରି ମଧୁର ଆମ୍ ପ୍ରସାଦ ଲାଭ କରିଥିଲା । କୋଆଡ଼େ ଗଲା ତା'ର ଆମ୍ ପ୍ରସାଦର ପବିତ୍ରତା, ନିର୍ଭରଶୀଳତା ! ସେ ଏଇବିଛଣାରେ ଏକା ସଙ୍ଗରେ ଶୋଇନି ନିତ୍ୟଦା ସହିତ । ଏଇ ମୋଟା ଓଠ ବାଲା, ଆଖୁ କୋଣରେ କଳା ଇନ୍ଦ୍ରିୟାସକ୍ତ ନେତ୍ୟଦା, ଯାହା ମୁହଁରୁ ଏବେ ମଦର ଗନ୍ଧ ବାହାରୁଛି – – ଯାହା ଅତ୍ୟାଚାର ପାଇଁ ତାକୁ ଅଫିମ୍ ଖାଇ ଯନ୍ତ୍ରଣାରେ ଛଟପଟ ହୋଇ ମରିବାକୁ ପଡ଼ିଥିଲା । ଏଇତ ସେ ପଟା ଖଟ, ଯାହା ଉପରେ ସେ ଛଟପଟ ହେଉଥିଲା ଅଫିମ୍ ଖାଇ ।

ଆଶା ଚମକି ଶିହରି ଉଠିଲାରୁ ନିତ୍ୟ ନାରଣ ଦାନ୍ତ ବାହାର କରି କହିଲା – ଆଉ ଟିକିଏ ଗରମ ଚା ଦେବ । ନା ଏକାବେଳକେ ଗରମ ଗରମ ଭାତ ବାଢ଼ିବ ? ବହୁତ ରାତି ହେଲାଣି । ଖାଇପିଇ ଚାଲ ଶୋଇପଡ଼ିବା । ଯେଉଁ ଶୀତ ହେଉଛି ! !

ଆଶା କାଠ ପୁତଳୀ ହୋଇ ବସି ରହିଲା । କେଉଁ କଥାରୁ କେଉଁଠି ଆସି ସେ ପଡ଼ିଲା । ଅଦୃଷ୍ଟର କେତେ ନିର୍ମମ ପରିହାସ ଏଇଟା !

ନିତ୍ୟନାରଣ କହିଲା – ସତରେ, ମୁଁ ବି କେତେ ଯେ ଦିନ ତୁମକୁ ଖୋଜି ଖୋଜି ବୁଲିଛି । ତାପରେ ଆଶା ମୁହଁରୁ ସ୍ୱତଃ ବାହାରି ପଡ଼ିଲା – କଣ ତା ପରେ ?

– ତାପରେ କିଏ ଯେପରି ଟାଣି ଆଣିଲା ମୋତେ ଏଠାକୁ । ଉଃ ସେ କିଭଳି ଯେ ଆକର୍ଷଣ !

ମୁଁ କହିଲି କେଉଁଠିକି ଯାଉଛି – ତାପରେ ଦେଖୁଲି ମୁଁ ଏକେବାରେ ଘରବାଲି ମାଉସୀର ଘରଟାରେ, ମାଣିକତୋଲାରେ । ଏକାବେଳକେ ତୁମ ପାଖରେ । ଚାଲ, ଶୋଇବା ଚାଲ, ରାତି ବହୁତ ହେଲାଣି ।

ବିରକ୍ତି, ଭୟ, ହତାଶା ଓ ଅପବିତ୍ରତାର ଅନୁଭୂତିରେ ଆଶାର ସର୍ବାଙ୍ଗ ଯେପରି ଜଳିଗଲା ନିଆଁ ପରି । ସେ ଏଇମାତ୍ର ଯେ ତା ଶ୍ୱଶୁରଘର ସେହି ପବିତ୍ର କୋଠା ଘରେ ତା ସ୍ୱାମୀଙ୍କ ସହିତ ଥିଲା । ପ୍ରଥମ ବିବାହିତ ଜୀବନର ସ୍ମୃତି ମଧୁର ରାତ୍ରିର ଛାୟାରେ ନିମଗ୍ନ; କାହିଁକି ଏହି ଅପବିତ୍ର, କଳଙ୍କିତ ଶଯ୍ୟାନିକଟ ବୁଢ଼ାର ଆହ୍ୱାନ । ଏହା କିଭଳି ନିଷ୍ଠୁରତା ।

ସେ କହି ଉଠିଲା – ମୁଁ ଯିବିନି। ତୁମେ ତ ମୋତେ ଏଠି ପକାଇ ଦେଇ ଘରକୁ ପଳାଇଥିଲ? କାହିଁକି ପୁଣି ଆସିଲ? ମୋତେ ଛାଡ଼ିଦିଅ। ମୁଁ ଘରକୁ ଯିବିନି।

ନିତ୍ୟ ନାରଣ ଙ୍କାର ଦେଇ କହିଲା – ଯିବନି ଶୋଇବାକୁ। ତେବେ ଏଠାରେ ରାତିଟା ସାରା ବସି ରହିବାକୁ ହେବ?

– ମୁଁ ଆଉ ମାଣିକତୋଲାରେ ନାହିଁ – ଆମେ ମରି ଯାଇଛୁଁ। ତୁମେ ଆଉ ମୁଁ ଦୁହେଁ। ଚାଲି ଯାଅତୁମେ ମୋ ପାଖରୁ – ତୁମେ ବି ମରି ଯାଇଛ।

ନିତ୍ୟନାରଣ ଅବାକ୍ ହୋଇ କହିଲା – କଣ ଯେ ତୁମେ କହୁଛ। ଠଙ୍ଗା କରୁଛ ନା କଣ? ଏଇ ଦେଖ ସେ ମାଣିକତୋଲାର ଆମ ଘରେ। ଚିହ୍ନିପାରୁନା? କେଉଁଠାକୁ ଯିବ ନିଜ ଆସ୍ତାନା ଛାଡ଼ି। ପାଗଲ ହେଲ କି? ଚାଲ – ଚାଲ –

ଆଶା କଲ ପୁତୁଲି ଭଳି ଘର ଭିତରୁ ଯାଇ ବିଛଣାରେ ଶୋଇପଡ଼ିଲା। ତାର ସର୍ବାଙ୍ଗ ଘୃଣାରେ ଭରି ଯାଇଛି। ଏଇ ବାନ୍ତି ହୋଇ ଯିବନା କ'ଣ? ସମସ୍ତ ଦେହ, ମନ ଅପବିତ୍ର ହୋଇ ଯାଇଛି ତାର। ସକାଳୁ ଉଠି ଗଙ୍ଗାରେ ଗାଧୋଇପଡ଼ି ନଆସିଲେ ଏ ମନ ଭଲ ରହିବ ନାହିଁ। ସେ ଗଙ୍ଗାସ୍ନାକୁ ଯିବ – ଭୋରରୁ ଉଠି ଘରବାଲି ମାଉସୀକୁ ଧରି ଗଙ୍ଗାସ୍ନାନ୍ତୁ ଯିବ।

ନିତ୍ୟନାରଣ ଘର ଭିତରକୁ ଯାଇ ଛିଟ୍କିନି ବନ୍ଦ କରିଦେଲା।

ଆଶା ଅସହାୟ ଆର୍ତ ସ୍ୱରରେ କହିଉଠିଲା – ସେ କ'ଣ ଛିଟ୍କିନି ଦେଲ କାହିଁକି?

ନିତ୍ୟ ତା ଆଡ଼କୁ ଚାହିଁ କ୍ରୋଧିତ ନୀରସ ସ୍ୱରରେ କହିଲା – କଣ ସବୁ ନଖରା କରୁଛ ସନ୍ଧ୍ୟାଟାରୁ! ଘୁଞ୍ଚିଆସ ଏ ପାଖକୁ! ଆଶା ବିଦ୍ରୋହିଣୀ ହୋଇ ବିଛଣାରୁ ଉଠି ବସିପଡ଼ି କହିଲା – ଛିଟ୍କିନି ଖୋଲିଦିଅ କହୁଛି। ମୁଁ ଏ ଘରେ ରହିବି ନି। ମୁଁ ତୁମ ସହିତ ଗୋଟିଏ ଘରେ ରହିବି ନାହିଁ। ଘରବାଲି ମାଉସୀ ସଙ୍ଗେ ଶୋଇବି ଯାଉଛି।

ନିତ୍ୟ ନାରଣ ଭୟଙ୍କର ରାଗୀ ଆଶାର ବାଲ ମୁଠାଇଧରି ବିଛଣାରେ ତାକୁ ଘୁରାଇ ପକାଇ ଅତ୍ୟନ୍ତ କର୍କଶ ଓ ଉଚ୍ଚ ସ୍ୱରରେ କହିଲା – ତୋର ଦଫା ରଫା କରୁଛି ରହ – ଭଲ କଥା କହିଲେ ଶୁଣୁନୁ ପରା! ଯେତେ କହୁଛି ରାତି ହେଲାଣି ଶୋଇପଡ଼। ତୋ ହାତ ଭାଙ୍ଗି ଚୂନା କରୁଛି ରହ ଯଦି ବେଶୀ ବଦ୍‌ମାସୀ କରିବୁ। ଭୁଲିଯାଉଛୁ ପରା ନିତ୍ୟ ନାରଣକୁ ତା ହାତ ଧରି ଦିନେ ବାହାରି ଆସିଥିଲୁ ମନେ ନାହିଁ? ସେଦିନ କିଏ ଆଶ୍ରୟ ଦେଇଥାନ୍ତା ତୋତେ? ଯଦି ମୁଁ ଏଠାରେ ନ ଥାଆନ୍ତି? କେଉଁ ବୋପା ତୋର ସେଦିନ ଥିଲା?

– ଖବର୍‌ଦାର୍ ବାପା କଥା କହନା, କହୁଛି – ମୁଁ ଚାଲି ଯିବାକୁ ଚାହେଁ ଏଘରୁ।

– ତେବେରେ ବେଇମାନ୍ ବେଶ୍ୟା – ତୋତେ ମଜା ନ ଚଖାଇଲେ – କଥା ଶେଷ ନକରୁଣ୍ଡ ନିତ୍ୟ ନାରଣ ଆଶାକୁ ଆଗପଛ ଚାରି ପଟୁ ମୁଥ, ବିଧା ଥାପଡ଼ ମାରିବାକୁ ଲାଗିଲା। ଖଟରୁ ଚଟାଣକୁ ପକାଇ ତଳ ପେଟରେ ଲାଥିରେ ମାରି।...........

କେହି ନାହିଁ କେଉଁ ଆଡ଼େ। ଆଶା ଚଟାଣରେ ପଡ଼ି କାନ୍ଦି ଉଠିଲା। ବିକଳ ଅସହାୟ ସ୍ୱରରେ – ତା’ର ବେଦନାଭରା ପଶୁବତ୍ ରୁଦ୍ଧ ଚିତ୍କାରରେ ମାଣିକ ତଲାର ଘରବାଲୀ ମାଉସୀର ଘରସବୁ କମ୍ପି ଉଠିଥିଲା ଯେପରି। କାହିଁକି ଏପରି ହେଲା? ସେତ ଭଲ ହେବାକୁ ଚାହିଁଥିଲା। ସେ ତ ସବୁ ଭୁଲି ଯିବାକୁ ଚାହିଁଥିଲା। ସେତ ଶ୍ୱଶୁର ଘରକୁ ଯାଉଥିଲା। ପ୍ରଥମ ଯୌବନରେ ବିବାହିତ ଦିନମାନଙ୍କ ସ୍ମୃତି ମଧୁର ଅବକାଶରେ ... ସେହି ମାଧବୀ ରାତ୍ରିର ଶୁଭ ଆହ୍ୱାନ କାହିଁକି ଏହି କଳଙ୍କିତ ଘରର କଳଙ୍କିତ ଶଯ୍ୟାରେ ଉପପତିର ଆହ୍ୱାନରେ ପରିଣତ ହେଲା? ହେ ଭଗବାନ୍।

ପରଦିନ ସକାଳରୁ ଉଠି ଆଶା ଘରୁ ବାହାରି ପଳାଇଲା। ଘରମାନଙ୍କରୁ କେହି ଉଠିନାହାନ୍ତି। ଘରବାଲୀ ମାଉସୀ ଶୋଇଛି। ପାଖ ଘରେ ପାଲ୍ ମହାଶୟ ଏମାନେ ବି ଶୋଇଛନ୍ତି.... ଏହି ଫାଙ୍କରେ ଛିଟ୍‌କିନି ଖୋଲି ଆଶା ପଳାଉଛି ସୁପ୍ତ କଲିକତା ସହର ରାସ୍ତାରେ। ସେ କେଉଁଠାକୁ ଯାଉଛି। କଥା କଣ କିଛି ଜାଣେ ନା। ଗତ ରାତିର ଅପବିତ୍ର ସ୍ମୃତିରେ ଦେହ ଘୃଣାରେ ମୋଡ଼ି ଯାଉଛି..... ନା ଆଉ ଏ ସବୁ ନୁହେଁ। ତାକୁ ଭଲ ହେବାକୁ ହେବ। ସେ ଚାହେଁନା ଏହି ପାପ ସଙ୍ଗ। ଉପପତିର ଆସଙ୍ଗ ଲିସ୍ତା ତା ମନରୁ ଧୋଇ ପୋଛି ହୋଇ ଯାଇଛି କେବଠୁଁ। ସେ କଥା ଭାବିଲେ ବାନ୍ତି ମାଡ଼େ। ମରିବାପରେ ବି ଯେପରି ଦେହ ବାନ୍ତି ବାନ୍ତି ଲାଗୁଛି। ଯେତେ ଦୂର ସମ୍ଭବ ଚାଲିଯିବ ଗଙ୍ଗାସ୍ନାନ କରି ଶୁଦ୍ଧ ହେବ। ଏହି ପାପପୁରୀର ତ୍ରିସୀମାକୁ ଆଉ ସେ ବା ଆସିବନି। ଭଗବାନ୍ ତାକୁ ରକ୍ଷା କରନ୍ତୁ। ସେ ବନ୍ଧ ନାହିଁ। ଯେଉଁଠାକୁ ଇଚ୍ଛା ସେ ଯାଇପାରିବ। କିଲକତା ସହର ସବୁ ଦୂରରେ ଲୀନ ହୋଇଗଲା ପୃଥିବୀର ପାପସ୍ମୃତି ଆଉ ତାକୁ କଷ୍ଟ ଦେବ ନାହିଁ। ଅନେକ ଦୂରକୁ ସେ ଚାଲିଆସିଛି ଘରବାଲୀ ମାଉସୀ ପାଖରୁ। ବର୍ତ୍ତମାନ ତାର ଶୈଶବର ନିଷ୍ପାପ ଦିନଗୁଡ଼ିକ ମଧ୍ୟରୁ ସେ ଫେରି ଆସିଛି।

ସେ ଯେପରି ତାଙ୍କ ଗାଁର ମୁଖାର୍ଜୀମାନଙ୍କ ପୋଖରୀ କୂଳ ନିତାଇ ଭଡ଼ମାନଙ୍କ ଘର ନିତାଇ ଭଡ଼ର ଝିଅ ସୁବି ସଙ୍ଗେ ଖେଳିବାକୁ ଯାଇଛି। ଏଇ ତାଙ୍କ ପଡ଼ାର ପୋଖରୀକୂଲର ସେଇ ତେନ୍ତୁଲି ଗଛ! ଆଉ ଏଇ ଯେ ନିତାଇ ଭଡ଼ର ଘର ବାରଣ୍ଡାର ଧାନ ଗୋଲା ଗୋଟାକ ନିଷ୍ପାପ ସୁନ୍ଦର ଶୈଶବକାଳ। ଏଠାରେ କେବଳ ସେ ତା

ମା'ଙ୍କୁ ଜାଣେ। କିଛି ଆରସ୍ତି/ ତାର ମନେ ନାହିଁ। ହେମନ୍ତର ପ୍ରଥମ ଶିଶିରାର୍ଦ୍ର ଗାଁ ପଡ଼ିଆ। ନୂଆ ଧାନକେଣ୍ଡାର ଦୋଲନ ଭଳି ତା ଜୀବନର ଆନନ୍ଦ ଚଞ୍ଚଳଝରା ଗଜ୍ଜିଉଲୀର ସୁବାସ ସୁରଚିତ ଜୀବନର ଅତି ମଧୁର ପ୍ରଭାତ –

– ସୁବି ହଇଲୋ ସୁବି। ଖେଳିବୁ ନି ଆଜି। ବାହାରକୁ ଆସିଲୁ ଟି –

ସୁବି ବାହାରକୁ ଆସି ହସ ହସ ମୁହଁରେ – ଆଶା ଦିଦି! କେଉଁଠିଥିଲୁ ରେ ? କେତେ ଦିନ ହେଲା ଖେଳିବାକୁ ଆସୁନୁ –

ଆଶା ଖୁସି ହେଲା। ଏହା ତାର ସତର ଶୈଶବ। ସେ ବଞ୍ଚଗଲା। ଏହି ତାର ସୁନ୍ଦର, ମଧୁର ଆଶ୍ରୟ। ତା'ର ମା – ଏହି କ୍ଷଣି ତା'ର ମା ତାକୁ ଡାକିବାକୁ ଆସିବେ। ଖୁସି ହୋଇ ପରମ ନିର୍ଭରତା ସହିତ ଆଶା ସୁବିକୁ ଡାକିଲା। ସୁବି ଧାଇଁ ଆସିଲା। ତା ହାତରେ ଗୋଟିଏ ଅମୃତ ଭଣ୍ଡାର ଡାଲ!

– କଣ ହେବରେ ଅମୃତ ଭଣ୍ଡାର ଡାଲ ?

– ବଜାଇବି, ଏଇ ଦେଖ –

ସୁବି ଅମୃତ ଭଣ୍ଡା ଡାଲର କଣାରେ ମୁହଁ ଦେଇ ପୌଁ ପୌଁ କରି ବଜାଇବାକୁ ଲାଗିଲା। ଆଶା ତାଲିମାରି ହସି ଉଠିଲା ଖୁସିରେ। କେତେ ମଜା! କେତେ ବଢ଼ିଆ ମଜା! ସୁବି କହିଲା – ଚାଲ ମୁଖର୍ଜୀ ଘର ନନ୍ଦିନୀ ଦିଦି ଶ୍ୱଶୁର ଘରୁ ଆସିଛି – ଦେଖ ଆସିବା।

– ନା ଭଉଣୀ, ମା ଗାଲି ଦେବ।

– ଘରୁ କହି ଆସୁନୁ ? ନନ୍ଦିନୀ ଦିଦିକୁ ଦେଖି ଚାଲି ଆସିବା –

– ଚାଲ ତେବେ। କିନ୍ତୁ ଭଉଣୀ ଡେରି ଯେପରି ନ ହୁଏ – ସେମାନେ କେତେ ସ୍ଥାନରେ ଖେଳି ବୁଲିଲେ। ବଣମୂଳା ଫୁଲର ବରା ଭାଜି ଖାଇବାର ଅଭିନୟ କଲେ।

ଶୈଶବର ଅତି ପରିଚିତ ସବୁ ଖେଳିବା ସ୍ଥାନ। ନନ୍ଦିନୀ ଦିଦି କେତେ ବଡ଼। ସେମାନଙ୍କ ମା ବୟସୀ। ସେ ଦୁଇଜଣଙ୍କର ଅବା ଆଉ କେତେ ବୟସ କି ? ନଦୀ ଉପରେ ମେଘ ଆସୁଛି। କେତେ ଦୂରରୁ ଅକାଳ, ଅସମୟର ବର୍ଷା ମେଘ ଭାସି ଆସୁଛି ଆକାଶ ସାରା ଘୋଡ଼ାଇ। ହେମନ୍ତର କାଶ ଫୁଲର ଶୋଭା।

ସୁବି କହିଲା – ବହୁତ ବେଲ ହେଲାଣି – ଘରକୁ ଯିବା –

– ହଁ ଚାଲ ଭଉଣୀ ମା ଗାଲି ଦେବ –

ମା ତାକୁ ଗାଲିଦେବ ସେ ଜାଣେ। ଖଟା ତେନ୍ତୁଲି ଖାଇଥିବା ହେତୁ ଗାଲିଦେବେ। ଏତେବେଲ ଯାଏ ବାହାରେ ରହିଥିବା ହେତୁ ଗାଲି ଦେବେ। ତା

ପରେ ରନ୍ଧାଘର ବଲାଣରେ ବସାଇ ତାକୁ ଖୁଆଇଦେବେ । ଉତ୍ତର ଦିଗ ଘରେ ତା ପାଇଁ ମସିଣା ପାରି ଅନ୍ନପୂର୍ଣ୍ଣା ଦିଦି ପିଲାଛୁଆ ଧରି ଶୋଇଛି । ଖାଇସାରି ଅନ୍ନପୂର୍ଣ୍ଣା ଦିଦି ପାଖରେ ସେ ଶୋଇ ପଡ଼ିବ ନିଦରେ ।

ସୁବି କହିଲା – ଆମ ଘରେ ଭାତ ଖାଉବୁ ଆଶା ?

– ନା ତୁମେ ଯେ ଧୀବର ଜାତି । ଧୀବର ଘରେ କ'ଣ ବ୍ରାହ୍ମଣ ଘର ଝିଅ ଖାଆନ୍ତି ?

– ଲୁଚି କରି ?

ସୁବି ହସିଲା । ତାର ପ୍ରିୟ ବାନ୍ଧବୀ ସୁବି । ସୁବିମନରେ କଷ୍ଟ ଦେବାକୁ ଇଚ୍ଛାହୁଏ ନାହିଁ । ତେବେ ସେ କହିଲା –ନା ଭଉଣୀ ସୁବି । କିଛି ମନେ କରିବୁନି । ଆମ ଘରେ ତ ଭାତ ରହିଛି –

– ବଡ଼ିଭଜା ସହିତ ମୋ ସଙ୍ଗେ ଭାତ ଖାଇବୁନି । ମା ନୂଆ ବଡ଼ି ପକାଇଛି –

– ଯାଆ ଆରେ ବଡ଼ି କଣ ଏବେ ପକାଯାଏ ? ବଡ଼ି ତ ମାଘ ମାସରେ ପକାଯାଏ । ନୂଆ କଖାରୁ, ନୂଆ ବିରି ତୋଳା ହେଲେ । ମିଛ କଥା କହନା ସୁବି ।

– ମିଛ କହୁନି । ପୁରୁଣା ବିରିରେ କଣ ବଡ଼ି ହୁଏ ନାହିଁ ? ମୋ ସଙ୍ଗେ ଆସୁବୁଟି । ଆଶା ଘରକୁ ଫେରିଛି । ବେଳ ବହୁତ ହୋଇ ଗଲାଣି । ମୁଖର୍ଜୀଙ୍କ ପୋଖରୀ ଘାଟରେ ଆଉ କେହି ଗାଧାଉ ନାହାନ୍ତି । ସଭିଏଁ ଗାଧୋଇ ଘରମାନଙ୍କୁ ଚାଲି ଗଲେଣି । ତେନ୍ତୁଳି ଡାଳରେ ମୋଟା କଣ୍ଢା ତେନ୍ତୁଳି ଝୁଲୁଛି ଦେଖି ତା ଜିଭରୁ ଲାଳ ଗଡ଼ିଲା ।

ଦୁଇ ଚାରିଟା ତେନ୍ତୁଳି ଝାଡ଼ିଲେ ହୁଅନ୍ତା । କିନ୍ତୁ କିପରି ଝାଡ଼ିହେବ ? ସୁବିକୁ କହିଲେ ହେବପରା ! ତାର ବହୁତ ବୁଦ୍ଧି । କିଛି ଗୋଟିଏ ଉପାୟ କରିପାରନ୍ତା ।

ପୋଖରୀ କୂଳରେ ସରୁ ରାସ୍ତା ଧଇଲେ କିଛି ଦୂରରେ ଯାଇ ତାଙ୍କ ଘର । ଧାଡ଼ିକୁ ଧାଡ଼ି ଅମୃତଭଣ୍ଡା ଗଛ । ଧାନ ଗୋଲାଟିଏ । ତାଙ୍କ ମୋଟିପଦ୍ରାର ଧାନ କ୍ଷେତରେ ଧାନ ଆସିଲେ ବର୍ଷକର ଧାନ ଗୋଲାରେ ଭର୍ତି ହୁଏ । ଏବେ ଆଖ୍ଡରେ ପଡ଼ିବ । ଏବେ କିନ୍ତୁ ଟିକିଏ ଅନ୍ୟଧରଣର ।

ଅମୃତଭଣ୍ଡା ଗଛର ଧାଡ଼ି ନାହିଁ । ଧାନ ଗୋଲା ନାହିଁ । ତାଙ୍କ ଘରର ତଳ ଚଟାଣ ଭଙ୍ଗା କାନ୍ଥଟା ନାହିଁ । ସେ କେଉଁଠିକୁ ଯାଉଛି ତେବେ ? ତାଙ୍କ ଘର ତ ନୁହେଁ ? ଆତଙ୍କରେ ତାର ଛାତି ଭିତରଟାରେ ଢେଙ୍କିର ପାହାର ପଡ଼ିବାକୁ ଲାଗିଲା । ଘରବାଲୀ ମାଉସୀ ଘର ଦୁଆର ତ ! ମାଣିକତଲାର ମାଉସୀ । ଆଶା ଚିତ୍କାର କରି ପଛକୁ ଫେରି ପଲାଇବାକୁ ଚେଷ୍ଟା କରୁଛି, ଘରୁ ନିତ୍ୟନାରଣ କବାଟ ଖୋଲି ବାହରି

ଆସି କହିଲା – କେଉଁଠି ଥିଲ ଏତେ ସମୟ ତକ ଚନ୍ଦ୍ରମୁଖୀ ? କାଲି ମୁଠାଏ ଦୁଇମୁଠ ମାରିଥିଲି ବୋଲି ରାଗିଛ ବୋଧହୁଏ ?

ତାପରେ ସେ ଆଶାର ମୁହଁ ପାଖରେ ହାତ ହଲାଇ ହଲାଇ ଇତର ଜନ ଭଙ୍ଗୀରେ ଚୁଟ୍‌କି ବଜାଇ ଗାଇଲା – କଥା ଦୁଟି କି ତୁମ ପ୍ରାଣ ସହେନା। ଘରଟିଏ କରିଥିଲେ ଝଗଡ଼ାକି କେବେ ହୁଏନା !! କଥା ଦୁଇଟି – ଆସ ଆସ ଶୋଇବ ଆସ – ବେଳ ଗଡ଼ିଯାଉଛି।

ବ୍ୟାଧବିଦ୍ଧ ହରିଣ ଭଳି ଆଶା ଛଟପଟ ହେବାକୁ ଲାଗିଲା ନିତ୍ୟନାରଣର ଛାତିରେ।

ତାପରେ ସେ ଦୁମ୍‌ଦୁମ୍‌ କରି ନିଷ୍ଠୁର ଭାବରେ ମୁଣ୍ଡ ବାଡ଼େଇବାକୁ ଲାଗିଲା ଘରର ଦୁଆର ବନ୍ଦଟାରେ। ସେ ଆଜି ମରିଯିବ। ଏହି କଳଙ୍କିତ ଜୀବନ ସେ ରଖିବାକୁ ଚାହେଁନା। କଷ୍ଟ ହେଉଛି। ରକ୍ତ ବାହାରୁଛି; କିନ୍ତୁ ସେ ମରିପାରୁନାହିଁ, ସେ ଅମର। ଅନନ୍ତ କାଳ ଧରି ସେ ମୁଣ୍ଡ ବାଡ଼େଇଲେ ବି ମରିପାରିବ ନାହିଁ।

ନିତ୍ୟନାରାଣ ତାକୁ ହାତ ଧରି ଉଠାଇବାକୁ ଲାଗିଲା। କହିବାକୁ ଲାଗିଲା – କଣ ସବୁ ପାଗଲାମୀ କରୁଛ। ପାଗଳ ହେଲ କି ? ଚାଲ ଶୋଇବା ଚାଲ –

ସନ୍ଧ୍ୟା ସମୟ ଚୁଲିରେ ସଭିଏଁ ନିଆ ଧରାଉଛନ୍ତି। ନିତ୍ୟ ନାରଣ ଘରେ ନାହିଁ। କୋଠିକି ଯାଉଛି। ସେ ଆସି ଘରବାଲୀ ମାଉସୀ ଘରର କବାଟ ପାଖରେ ଠିଆହେଲା। କେଉଁଠିକି ପଲାଇବ ସେ କଥା ଭାବୁଛି। କିପରି ଗୋଟିଏ ନାଗସାପର ବନ୍ଧନରେ ତାକୁ ପଡ଼ିବାକୁ ହୋଇଛି। ସେ ଆଉ ଏ ଘରେ ରହିପାରିବ ନାହିଁ। ଏହି ଘରେ କେତେ ରାତିରେ କେତେ ଯେ କୁଳବଧୂଙ୍କ ଜୀବନ କଳଙ୍କିତ ହୋଇଛି। ତାପରେ ସେ ଘର ପଟାଖଟରେ ବିଷପାନ କରି ଯନ୍ତ୍ରଣାରେ ଛଟପଟ ହୋଇ ତାର ସେ ଶୋଚନୀୟ ମୃତ୍ୟୁ ! ପୁଣି ସେ ବାହାରି ପଡ଼ିଲା।

ଏହି କଲିକତା ସହରର ସବୁଠାରେ ତା'ର ସ୍ମୃତିର ବିଷ ରହିଛି। କାଳୀଘାଟ ? କାଳୀ ଘାଟକୁ ଯିବ କିପରି। ନେତ୍ୟଦା ସେଠାକୁ ବି ଥରେ ତାକୁ ନେଇଯାଇ ସେଠାରେ ବିଷବୁଣି ଦେଇଛି। ପୁଣି ସେ ଧାଇଁ ପଲାଇବ କୁତୁଲ-ବିନୋଦପୁର ସ୍ୱାମୀ ଘରକୁ। ସେଠାକୁ ପହଞ୍ଚିପାରିଲେ ସେ ବଞ୍ଚିବ।

କିନ୍ତୁ ଦିନେ କିପରି ଭାବରେ ହଠାତ୍‌ ପହଞ୍ଚିଯାଇଥିଲା – ସେଦିନ ତାଙ୍କ ସହିତ ଦେଖା ହୋଇଥିଲା। କିନ୍ତୁ ସେଠାକୁ ଯିବା ବାଟ ତାକୁ ଅଜଣା। ଆଜି ବାଟ ଚିହ୍ନି ସେ ଯାଇ ପାରିବ ନାହିଁ। ଭୁଲି ଯାଇଛି ସେ ବାଟକୁ।

ତାର ଗୋଟିଏ 'ସହି' ଘର ଅଛି ସୁବର୍ଣ୍ଣପୁରରେ। ସେଠାକାର ରଜନୀ ଡାକ୍ତରଙ୍କ

ଝିଅ । କୁଆଁରୀ ଜୀବନର ବନ୍ଧୁ । ରଜନୀ ଡାକ୍ତରଙ୍କ ଘର ପାଖରେ ଥିଲା ତାର ବଡ଼ଦିଦିର ଶ୍ୱଶୁରଘର । ଯେଉଁ ବଡ଼ ଦିଦି ବିଧବା ହୋଇ ଇଦାନୀଂ ତାଙ୍କ ଘରେ ଥିଲେ । ଜୁଆଁଇବାବୁ ସହିତ ଦିଦିଙ୍କର ସେଠାକୁ ବୁଲିଯାଇ ସୁବର୍ଣ୍ଣପୁର ରଜନୀ ଡାକ୍ତରଙ୍କ ଝିଅ ବୀଣା ସହିତ ଆଲାପହୁଏ ।

ସେମାନଙ୍କ ପଣସ ଗଛ ତଳେ ଦୁର୍ଗାପିଢ଼ି ପଡ଼ିଥିବା ଦେଖି ଆଶା କହୁଥିଲା – ଭଉଣୀ ବୀଣା ପଣସ ଗଛ ତଳଟାରେ ଦୁର୍ଗା ପିଢ଼ି ପକାଇଛ କାହିଁକି ଯେ !

ବୀଣା କହିଥିଲା – ଦୁର୍ଗାଙ୍କ ପିଢ଼ି ଘରେ ଆମର ପକାଯାଏ ନି । ବାପା, ଅଜାଙ୍କ ଅମଳରୁ ପଣସ ଗଛ ତଳେ ହିଁ ରହେ –

ସହିର ବାହା ହୋଇଥିଲା କାଚରାପଡ଼ା ପାଖ ବାଣ ଗାଁରେ । ବାଣ ଗାଁର ଦଉମାନଙ୍କ ଘର । ସେମାନେ ଏଠାକାର ନାଁକରା ଜମିଦାର । ସହି ଯଦି ତାକୁ ଆଶ୍ରୟଦିଏ । ସେଇ ପବିତ୍ର କୁଆଁରୀ – ଜୀବନରେ ସେ ଲୁଚିଯାଇ ପାରନ୍ତା । କଲିକତା ଘରବାଲୀ ମାଉସୀ ଘରୁ ସେ ସିଧା ଚାଲିଯିବ । ସୁବର୍ଣ୍ଣପୁର ଗାଁର ପଣସଗଛ ତଳଟାକୁ ଯେଉଁଠି ସହିଘର ଦୁର୍ଗାପିଢ଼ି ପକାଯାଇଛି ।

ରନ୍ଧନ ନିଆଁର ଧୁଆଁରେ ହୋଇଥିବା ଅନ୍ଧାରିଆ ଅସ୍ପଷ୍ଟ ସିଡ଼ିରେ ସେ ଓହ୍ଲାଇ ଆସିଲା ରାସ୍ତାକୁ । କେଜାଣେ କାହିଁକି । ଘରଟାରୁ ସାମାନ୍ୟ ଦୂରକୁ ଚାଲି ଆସିଥିଲେ ହେଁ ସେ ନିଜକୁ ପବିତ୍ର ମନେକରେ । ମନର ସମସ୍ତ ଗ୍ଲାନି ଉଭେଇ ଯାଏ .... ସେ ନିର୍ମଳ, ଶୁଦ୍ଧ, ଅପାପବିଦ୍ଧ ଆତ୍ମା..... ଏତେ ଟିକିଏ ପାପର, ମଲିନତାର ଛୁଆଁ ବି ତାର ସାରା ଦେହ ମନରେ ଲାଗେ ନାହିଁ ।

ହଠାତ୍ କିପରି ଭାବରେ ରଜନୀ ଡାକ୍ତରଙ୍କ କୋଠାଘର ବାରଣ୍ଡାଟାରେ ସେ ନିଜକୁ ଦେଖି ପାରିଲା । ସେଇ ପଣସ ତଳଟାରେ ।

– ହେ ସହି !

– ଏ, ମା – କେତେ ଦିନପରେ ତୁ ଆସିଲୁ ? ଭଲ ଅଛୁ ତ ସହି ?

ବୀଣାର ବାହା ହେଇନି । ସିଉଁଠିଆରେ ସିନ୍ଦୂର ନାହିଁ । ବୀଣା ଆସି ତାକୁ କୁଣ୍ଢାଇ ଧରିଲା କେତେ ଆଦର କରି ।

ଆଶା ଆନନ୍ଦ ଓ ଉଲ୍ଲାସରେ ଅଧୀର ହୋଇ ଉଠିଲା । ବୀଣାକୁ କହିଲା – ସହି, ତୁ ମୋତେ ଏଠାରେ ରଖନେ ଭଉଣୀ । ଅନ୍ୟ କେଉଁଠିକି ଆଉ ଯିବାକୁ ଛାଡ଼ନା ।

– ନା ଆଉ କେଉଁ ଠିକି ଛାଡ଼ିବିନି । ତୁ ଏଠାରେ ହିଁ ରହିଯା ।

– ଭଉଣୀ, ଏକଥା ସତ କି ସ୍ୱପ୍ନ ?

– କାହିଁକି ସହି ! ଏକଥା ପଚାରୁଛ ଯେ ?

– ଆଜିକାଲି ମୋର କଣ ଯେ ହୋଇଛି, କେଉଁଟା ସ୍ୱପ୍ନ କେଉଁଟା ସତ ବୁଝିପାରୁନି। ଏଇ ଦୁଇଟା ଯାକ କିମିତି ଯୋଡ଼ାଯୋଡ଼ି ହୋଇ ରହିଛି।

– ନା ଭଉଣୀ, ଏଇ ସେ ଦୁର୍ଗା ପିଢ଼ି ପକାଯାଇଥିବା ପଣସ ଗଛ ତଳଟା। ଆମମାନଙ୍କ ରଜୁ ପୂଜାର ଘଟ ଏଠାରେ ସଜା ହୋଇ ରହିଛି। ଏଥର ତୋର ସନ୍ଦେହ ଗଲାଟି ରାଜକୁମାରୀ ?

– ଠଙ୍ଗା କରୁନୁଁ ତ। ମୋତେ ସବୁବେଳେ ଡର ମାଡୁଛି। ମୋର କଣ ଯେ ହୋଇଛି କହିପାରିବୁ ଟି କି ?

– ତୋ ମୁଣ୍ଡ ହୋଇଛି। ନେ, ଆସିଲୁ କିଛି ସୁବି ଆଉ ମଟର ଚଣା ଭଜା ଖାଇନେ। ତୁ ଏଟାକୁ ଭଲପାଉ, ମୋର ମନେ ଅଛି।

– ହଁ, ତ।

ଦିନସାରା ଦୁଇଜଣ ଯାକ ସହିଙ୍କର କଥାବାର୍ତ୍ତା ଚାଲିଲା ଅନେକ ଦିନ ପରେ। ସବୁ ଭୁଲି ଯାଇଛି ଆଶା – ସେ ପବିତ୍ର, ପବିତ୍ର ହିଁ ଅଛି। ଆଗକୁ ତାର ଦୀର୍ଘ ଜୀବନ ପଡ଼ିରହିଛି। ସହି ସହିତ କଥାବାର୍ତ୍ତା ଭିତରେ ଭବିଷ୍ୟତ ଜୀବନର କେତେ ଯେ ରଙ୍ଗୀନ ସ୍ୱପ୍ନ ଆଙ୍କୁଛି ରଜନୀ ଡାକ୍ତରଙ୍କ ବଗିଚାରେ ଥିବା ବାତାପୀ ଲେମ୍ବୁ ଗଛ ତଳ ଛାଇରେ ବସି। ଶାଶୁ ଘର ତାର ହେବ କେଉଁ ଏକ ମଫସଲ ଗାଁରେ, ଆଠ, ଦଶଟା ଧାନର ଗୋଲାଥିବ ଘରେ। ସେ ଘରର ବହୁ ହିସାବରେ ସନ୍ଧ୍ୟାଦୀପ ଜାଳି ଦେଖାଇବ ଗୋଲା ଆଗରେ... ଧାନ ମାପିଟୁପି ଗୋଲାରେ ରଖିବ। ସ୍ୱାମୀ ହୋଇଥିବେ ଓକିଲ କିମ୍ବା ଡାକ୍ତର। ଦିନସାରାର ଖଟଣି ପରେ ଆସି ଡାକିବେ – ହଇହେ ବଡ଼ ବହୁ। ଅନ୍ଧାର ହୋଇଛି ବାଟକୁ ଆଲୁଅଟା ଆଣ। ବୀଣା ହସେ ! ସେ ବି ତାର ମନକଥା କହେ।

ଗାଁର ଗୋଟିଏ ପୁଅକୁ ସେ ଭଲପାଏ। ଯଦି ତା ସହିତ ବାହା ହେବ ସେ ସବୁ କଥା କାହିଁକି ! ଏ କଥା ତ ସେ ଶୁଣି ଆସିନି। ତଥାପି ସେ ପଚାରିଲା କିଏ ସେ ପୁଅ ପିଲାଟି ଭଉଣୀ ?

– ବ୍ରାହ୍ମଣ ପିଲା। ସତ୍ୟ ନାରାୟଣ ଚଟର୍ଜୀଙ୍କ ମଝିଆଁ ପୁଅ। ମୁଁ ତାକୁ ଦିନେ ତୋତେ ଦେଖାଇବି।

ଯେତେ ସମୟ ସେ ସହିର ଘରେ ରହିଲା ସେ ଏକାବେଳକେ ତେର ଚଉଦ ବର୍ଷ ବୟସର ସରଳ ଝିଅଟିଏ ହୋଇ ରହିଗଲା। ସନ୍ଧ୍ୟା ହେବାକୁ ବସିଲା। ପଣସଗଛ ତଳେ ସନ୍ଧ୍ୟା ସମୟର ରଙ୍ଗୀନ ଖରା ପଡ଼ିବାକୁ ଲାଗିଲା ଗଛ ତଳଟାରେ। ଏହି ସମୟରେ ଆଶାକୁ ଘରକୁ ଫେରିବାକୁ ହେବ।

ସହିକୁ କହିଲା – ମୋ ସଙ୍ଗେ ଟିକିଏ ଆଗେଇ ଚାଲ ନା ଆମ ଘର ପାଖକୁ ଭଉଣୀ ? ଚାଲ୍ ଆଗେଇ ଦେଇ ଆସିବି –

ବାଉଁଶ ବଣ ତଳ ଦେଇ ସନ୍ଧ୍ୟାନ୍ଧକାରରେ ଦୁଇଜଣ ଯାକ ସହି ବାଟରେ ଚାଲୁଛନ୍ତି । ସେହି ଜୁଆଁ ବାବୁଙ୍କ ଘର ! ବଡ଼ ଦିଦି ଏତେବେଳେ ତା ପାଇଁ ଚା ତିଆରି କରି ଅନାଇ ବସିଥିବ ତାକୁ ।

ବୀଣା କହିଲା – ସେଇ ଯେ ଦେଖାଯାଉଛି ତୁମ ବାଟଘରଟା । ମୁଁ ଯାଉଛି ସହି । ଏହାପରେ ଏକାକୀ ଫେରି ପାରିବ ନାହିଁ –

ବୀଣା ଚାଲି ଗଲା ବାଉଁଶ ବଣ ଅନ୍ଧକାରମୟ ବାଟଧରି ଏକାକୀ । ଆଶା ସହିର ଅପସ୍ୱୟମାଣ ମୂର୍ତ୍ତି ଆଡ଼କୁ ଚାହିଁ ରହିଲା । ବେଳେ ଆଉ ଦେଖାଗଲା ନାହିଁ । ତାପରେ ଆଗକୁ ଚାହିଁ ଭୟରେ ତା ଛାତି ଥରି ଉଠିଲା.... କଣ ସେଠାରେ ?

ସେ ଚିତ୍କାର କରି ଡାକ ପକାଇଲା – ହଇ ହେ ସହି – ଏଇ ବଡ଼ ଦିଦି –

ତା ଆଗରେ ଘରବାଲୀ ମାଉସୀର ଘରଟା । ଯେଉଁ ଘରକବାଟ ଖୋଲି ସକାଳରେ ଲୁଚିଲୁଚି ଆଜିହିଁ ପଳାଇ ଯାଇଥିଲା । ତା ଚିତ୍କାର ଶୁଣି କବାଟ ଖୋଲି ନିତ୍ୟନାରଣ ଦାନ୍ତସବୁ ଦେଖାଇ ଆଁକରି କହିଲା – ବାପରେ ! କଣ ଯେ କହିବି । କୋଠିକି ଯାଇଥିଲ ଦିନସାରାଟା ? ତାପରେ ତା ହାତଧରି ଟାଣି ଟାଣି କହିଲା – ଚାଲ ଚାଲ ରାତି ହୋଇଗଲାଣି – ଶୋଇବ ଆସ – ଶୋଇବ ଆସ....

କେତେ ସମୟ ଯେ ବିତିଗଲା ମାଣିକ ତଲାର ଘରବାଲୀ ମାଉସୀର ସେ ଘରେ । ତାର କିଛି ହିସାବ ନାହିଁ । କିଛି ଲେଖା ଯୋଖା ନାହିଁ – ଆଶାର ମନେ ହୁଏ ବାଲ୍ୟକାଳରୁ ତା ବିବାହର ସମୟ, ତା ପରେ ତାର ସମସ୍ତ ବିବାହିତ ଜୀବନ ନେଇ ଯେତେ ସବୁ ଅଭିଜ୍ଞତା ଅଛି । ସେପରି କେତେ ବାଲ୍ୟଜୀବନ, ବିବାହିତାଜୀବନ, କେତେ ନୈଧବ୍ୟ ଜୀବନ ଆଉ କେତେ ମାଣିକତଲାର ଜୀବନ ତାର କଟିଗଲା – ସେ କିନ୍ତୁ ସେଇ ଗୋଟିଏ ସ୍ଥାନରେ ରହିଗଲା ସ୍ଥାଣୁବତ୍ ଅଟଳ ।

ନିତ୍ୟଦା ତା'କୁ ଛାଡ଼େ ନାହିଁ । କେତେ ଥର ସେ ପଳାଇ ଯାଇଛି – ଜୀବନର କେତେ ଜଣା ଅଜଣା ଦିଗକୁ । କେତେ ବର୍ଷର ବ୍ୟବଧାନ ରଚନା କରିଛି ବର୍ତ୍ତମାନ ଜୀବନର ଆଉ ସେହିସବୁ ଅତୀତଦିନର ଶାନ୍ତି ଓ ପବିତ୍ରତା ମଣ୍ଡିତ ଅବକାଶର ।

କିନ୍ତୁ କୌଣସି ବ୍ୟବଧାନ ସ୍ଥିର ହୋଇ ରହି ପାରିନି ।

ସବୁ ଆସି ମିଶିଯାଏ ବର୍ତ୍ତମାନର ଏହି କଲିକତା ସହରରେ ଥିବା ମାଣିକତଲା ଘରବାଲୀ ମାଉସୀର ଏଇ ଘରଟାରେ ଏଇ ପଟା ଖଟଟାରେ ।

ଏବେ ତାର ଯେପରି ମନେ ହୁଏ – ଏଇସବୁ ଯାହା ଘଟି ଯାଉଛି, ଏହା

ଅସଲ ନୁହେଁ ସବୁ କିଛି ଅବାସ୍ତବ, ସ୍ୱପ୍ନବତ୍..... ଏସବୁ ଭେଲିକି..... ଜୀବନଟା ଯେପରି ଗୋଟିଏ ମସ୍ତବଡ଼ ଭେଲିକି, ଇନ୍ଦ୍ରଜାଲ୍ ହୋଇଗଲା ତା'ର ....

ସହି, ମା, ଭାଇ, ଭଉଣୀ, ସ୍ୱାମୀ, ପୁଅ, ଝିଅ କିଛିବି ନିତ୍ୟ ନୁହେଁ। ସବୁ ଅନିତ୍ୟ ତା ଜୀବନରେ.... ଆସୁଛି, ପୁଣି ଚାଲିଯାଉଛି ..... ଘରବାଲୀ ମାଉସୀର ଏହିଘର ଖଣ୍ଡକ କ'ଣ ତା ଭିତରେ ଏକମାତ୍ର ସତ୍ୟ!! ଆଉ ନିତ୍ୟାଦା' ଆଉ ଏଇ ସରୁ ରୋଷେଇ ଘରଟି.... ଆଉ ସେହି ଛୋଟ ଘରର ପଟା ଖଟ ଟା? ଏହାର କଣ ଆଉ ଶେଷ ନାହିଁ। ଏହି ଦିନତ ଏସବୁ ଠିକ୍ ରହିଯିବ ଚିର ଦିନ ପାଇଁ। କେଉଁଟା ସତ, କେଉଁଟା ସ୍ୱପ୍ନ, ଆଜିକାଲି ସେ କିଛି ବୁଝିପାରୁ ନାହିଁ। ଯେଉଁଟାକୁ ସତ୍ୟ ବୋଲି ଭାବି ହୁଏତ ଆବୋରିବାକୁ ଯାଏ, ତାହାହିଁ ମିଛ ହୋଇ ସ୍ୱପ୍ନ ହୋଇଯାଏ। ତା'ର କଣ କିଛି ରୋଗ ଏଇଟା। ଏପରି ଆଦର ଓ ସଉକର। ଏପରି ଆଶା-ଆନନ୍ଦମୟ ଜୀବନର ଶେଷ କାଲଟା। ଏସବୁ କ'ଣ ଘଟିଗଲା? କାହିଁ ଚାଲିଗଲେ ସ୍ୱାମୀ, କେଉଁଠି ରହିଲା ବାପଘର, ଶ୍ୱଶୁରଙ୍କ ଭିଟା ମାଟି? ସେ କିଭଲି ପାଗଳ, ବୁଦ୍ଧିହୀନା ଅଥବା ରୋଗାଗ୍ରସ୍ତା ହୋଇ ପଡ଼ି ରହିଲା?

ନିତ୍ୟନାରଣ ଆସି କହିଲା - ଆଜି ରୋଷାଇ କରିବନି? ବସି ରହିଲ ଯେ -

- ମୁଁ ଜାଣିନି, ତୁମେ ମୋତେ ବିରକ୍ତ କରିବାକୁ ଆସନା।

- କାହିଁକି, ଆଜି ପୁଣି ରାଜରାଣୀଙ୍କର ଏ ମିଞ୍ଜାସ୍ ହେଲା?

- ତୁମେ ଚାଲିଯାଅ ଏଠାରୁ -

ନେତ୍ୟ ନାରାୟଣ ତା ପାଖକୁ ଆସି କହିଲା - ତୁମେ ବଡ଼ ଠକାକର ମଝିରେ ମଝିରେ। କେଉଁଠିକି ଯିବି କହତ? ମୁଁ ଏବେ ଚାଲିଗଲେ ଖାଇବ କଣ? ରୂପର ବ୍ୟବସାୟତ ଆଉ ତୁମର ହେବ ନାହିଁ। ଆଇନାରେ ତୁମ ଚେହେରା ଖଣ୍ଡିକ ଦେଖୁଛ ତ?

ପୁଣି କଣ ଯାହାପାରି ତାହା କହୁଛ। ସବୁବେଲେ ଅପବିତ୍ର ଅଶ୍ଲୀଲ ଧରଣର ଏସବୁ କଥା କାହିଁକି ତାକୁ ନିଜ ଇଚ୍ଛା ବିରୁଦ୍ଧରେ ସବୁବେଲେ ଶୁଣିବାକୁ ହୁଏ। ସେ ଚିନ୍ତା କରି କହିଲା - ଆମେ ତ ମରିଯାଇଛୁଁ। ଖାଇବାକୁ ପୁଣି କଣ ଦରକାର ପଡୁଛି?

ନେତ୍ୟ ନାରଣ ତା ଆଡ଼କୁ ଚାହିଁ କହିଲା - କଣ ମୁଣ୍ଡ ବିଗଡ଼ି ଗଲା ନା କ'ଣ? ତେବେ ଖାଉଛ କାହିଁକି? ସବୁଦିନ ରୋଷେଇ ବାସ କରୁଛ କାହିଁକି? ମୁଁ ସଉଦା ବଜାର କରୁଛି କାହିଁକି?

- କେହି ଖାଉନୁଁ, କେହି ବଜାର କରୁ ନାହିଁ। ସବୁ କିଛି ମିଛ, ସବୁ କିଛି ସ୍ୱପ୍ନ।

କିନ୍ତୁ ନିତ୍ୟ ନାରାୟଣର ଆଖିର ବିସ୍ମିତଭରା ଚାହାଁଣୀ ଏତେ ଅକପଟ ଯେ, ନିଜ ବିବେଚନା ଉପରେ ଥିବା ବିଶ୍ୱାସ ଆଶାକୁ ହରାଇବାକୁ ପଡ଼ିଲା। ନିଜେ ଯାହା କହିବାକୁ ଚାହୁଁଥିଲା ଶେଷ କରି ପାରିଲା ନାହିଁ। ମିନତିଭରା ସ୍ୱରରେ କହିଲା – ଆଚ୍ଛା ନିତ୍ୟଦା ତୁମର କଣ ମନେ ହୁଏ? ଏପରି କାହିଁକି ହେଉଛି କହିପାରିବ? ଏ ସବୁ କଣ? ସତ ନା ସ୍ୱପ୍ନ?

– ତୁମ ମୁଣ୍ଡଖରାପ ହୋଇ ଗଲାଣି।

– ତୁମର କଣ ଏପରି ବିଶ୍ୱାସ ହେଉଛି?

– ନ ହେଲେ, ଏଣୁ ତେଣୁ ଗୁଡ଼ାଏ କଣ କହଛ ଯେ, କାହାର ସ୍ୱପ୍ନ, ମୁଁ ଅଛି, ମୁଁ ହାଟ ବଜାର ସଉଦା କରୁଛି। ଖାଉଛି, ଦେଉଛି – ସବୁ ସ୍ୱପ୍ନ ହେଲା ଅବା କିପରି? ଏହି ଘର ଦୁଆର ଦେଖ ପାରୁନ? – ହଇଏ ଘରବାଲୀ ମାଉସୀ, ଘରବାଲୀ ମାଉସୀ ହେ – ଶୁଣ ଟିକିଏ ଏ ଆଡ଼େ। କଣ ସବୁ କହୁଛି। ଶୁଣ ଭଲା।

ଘରବାଲୀ ମାଉସୀ କହିଲା – କଣ ହେଲା? କଥା କଣ?

– ସେ କହୁଛି ଏସବୁ ପରା ମିଛମିଛିକା। ତୁମେ, ଘର ଦୁଆର, ଏ ବିଛଣା ସବୁ କିଛି ସ୍ୱପ୍ନ।

– କେଜାଣେ ବାପ, ସେ ସବୁ ତୁମେମାନେ ବସି ବସି ଭାବୁଥାଅ। ଆମକୁ ଖଟିକରି ଖାଇବାକୁ ହୁଏ। ସଉଳ କରି ଭାବିବାର ବେଳ ନାହିଁ। ବେଳ ହେଲାଣି ଆସି ଦୁଇ ପହର। ଚୁଲିରେ ନିଆଁ ଧରାଇନି। ପାଲ୍ ଘର ବହୂ ସେଇ କେଉଁ ସକାଳଟାରୁ ଚା କପେ ଖାଇବାକୁ ଦେଇଥିଲେ ଡାକି। ଯାଏ – ନିତ୍ୟ ତା ଆଡ଼କୁ ଚାହିଁ କହିଲା – ଶୁଣିଲ?

ଆଶା ବୋକା ଭଳି ଶୂନ୍ୟ ଦୃଷ୍ଟିରେ ଚାହିଁ ହତାଶ ହୋଇ କହିଲା – କେଜାଣେ ବାବା! ମୋର ଯେପରି ଥରେ ଥରେ ମନେହୁଏ, ଏ ସବୁ ସ୍ୱପ୍ନ ଦେଖୁଛେ ତୁମେ ଆଉ ମୁଁ। ଏହି ଘର ନାହିଁ। ଦୁ ଆର ନାହିଁ, ଖଟ ନାହିଁ। ବିଛଣା ନାହିଁ – ସେ ରାସ୍ତା ଲୋକ ଚଲାଚଲ ସବୁ ମିଛ। ସବୁ ସ୍ୱପ୍ନ। ଖାଲି ତୁମେ ଆଉ ମୁଁ ଅଛୁଁ – ଆଉ ଏଇ ଯେ ସବୁ ଦେଖୁଛୁଁ ଖାଲି ସ୍ୱପ୍ନ ଦେଖୁଛୁଁ ଆମେ ଉଭୟେ।

– ବାଃ, ଘରବାଲୀ ମାଉସୀ ଆସିଲା। କଥା କହିଗଲା – ସେ, ସେସବୁ କିଛି ନୁହେଁ।

ପରେ ବିଭ୍ରାନ୍ତ କୁ ବୁଝାଇବାକୁ ଯାଇ ସଦୟ ହୋଇ କହିଲା – ସେସବୁ ତୁମ ମୁଣ୍ଡର ଗୋଲମାଲ। ସବୁ ସତ – ଦେଖିଲ ତ ଘରବାଲୀ ମାଉସୀ କଣ କହି ଗଲା। ଥରେ ତୁମକୁ ହୋମିଓପେଥ୍ ଔଷଧ ଖୁଆଇବାକୁ ପଡ଼ିବ। ରାତିରେ ଭଲ ନିଦ ହେଉ ନାହିଁ ନା କ'ଣ?

ଆଶା କହିଲା – ତେବେ ମଝିରେ ମଝିରେ ପାଏ ପୁଣି ହରାଏ କାହିଁକି ? ଅନେକଟା ଅନ୍ୟ ମନସ୍କହୋଇ କଥାଟି କହି ପକାଇ ପୁଣି ତାହା ଚପାଇ ଦେବାକୁ ଚେଷ୍ଟା କଲା। କହିଲା – କେଜାଣେ ? ଯାହା କହୁଛ। ତାହା ବୋଧ ହୁଏ ହେଉଥିବ। ଆଚ୍ଛା ଆମେ ଏଠାରେ କେତେ ଦିନ ରହିବା ? ଚାଲିଯିବା ଏଠାରୁ।

– କାହିଁକି ଯିବା ? ଠିକ୍ ତ ଅଛୁଁ ?

– ମୋତେ ଆମ ଗାଁରେ ରଖ ଆସ ଟିକିଏ।

ନିତ୍ୟ ରାଗିଯାଇ କହିଲା – ମାରିପିଟି ହାଡ଼ ଗୁଣ୍ଡ କରିଦେବି। ସେଇ ସମ୍ପ ମାଙ୍କଡ଼ଟା ପାଇଁ ମନ ଏପରି ହେଉଛି ନା ? ମୁଁ ସବୁ ଜାଣେ ଯେ।

– ନା ନା, ସତରେ ନିତ୍ୟଦା, ତୁମ ଗୋଡ଼ତଳେ ପଡ଼ୁଛି। ମୋତେ ଏଠାରେ ରହିବାକୁ ଭଲ ଲାଗୁନି। ଭୟ ହେଉଛି। ମନେ ହେଉଛି ଯେପରି ଏପରି ଗୋଟିଏ ଜାଗାରେ ଆସିପଡ଼ିଛୁ ଯେ ଏଠାରେ ବାହାରି ଯିବାକୁ ରାସ୍ତା ନାହିଁ। ସେଇ ଛୋଟ ଘର ଖଣ୍ଡିକ, ପଟାଖଟ –... ଏ ଘରେ ଯେପରି ଚାରିଆଡ଼କୁ କାନ୍ତ ଦେଇ ଆମକୁ କିଏ ଅଟକାଇ ରଖିଛି। ଏଠାରୁ ବାହାରିବାକୁ ଦେବେ ନାହିଁ। ଏସବୁ ବି ସତ ନୁହେଁ। ଏସବୁ ମିଛ, ସବୁ ଭେଲିକି – ଯାହା ସବୁ ଦେଖୁଛୁଁ ନା .... ସବୁ ଭୁଲ୍।

ନିତ୍ୟବ୍ୟଙ୍ଗ କରି କହିଲା – ପୁଣି ଏଣୁ ତେଣୁ ବକିଲ ? ମୁଣ୍ଡ କଣ ଏକଦମ୍ ଖରାପ ହେଲାଣି ?

ଆଶା ନିଜ ମନକୁ ମନ କହିଯାଉଥିଲା –ଏଠାରୁ ତୁମର ମୋର ଆଉ କେବେ ବି ଉଦ୍ଧାର ହେବ ନାହିଁ। ଶୁଣ ମୁ ଅନେକ ଚେଷ୍ଟା କରିଛି ଏଠାରୁ ବାହାରକୁ ପଳାଇବାକୁ; କିନ୍ତୁ ପାରିନି – କିଏ ପୁଣି ଏସବୁ ଭିତରକୁ ଆମକୁ ଠେଲି ଦେଉଛି। ମୁଁ କିନ୍ତୁ ଏଠାରୁ ଉଦ୍ଧାର ପାଇବାକୁ ଚାହେଁ, ବହୁ ଦୂରକୁ, ଯେଉଁଠାରେ ଏସବୁ ଝମେଲା ନଥିବ ! କିନ୍ତୁ ଯାଇପାରି ନାହିଁ। ଅନେକ ଅନେକ ଚେଷ୍ଟା କରିଛି ତ ପଳାଇବାକୁ !!

ଆଶା ଅସହାୟ ଭାବରେ କାନ୍ଦି ଉଠିଲା। ନିତ୍ୟ ନାରଣ ଏସବୁର କିଛି ବୁଝିପାରୁନଥିବା ଭଳି କେବଳ ତା ଆଡ଼କୁ ଉଦ୍‌ବିଗ୍ନ ହୋଇ ଚାହିଁ ରହିଲା।

ନିତ୍ୟ କ୍ରମେ କ୍ରମେ ଆଶା ଉପରେ ନାନା ପ୍ରକାର ଅତ୍ୟାଚାର ଆରମ୍ଭ କରିଦେଲା। ଘର ଭିତରେ ଆବଦ୍ଧକରି ରଖେ। ମାଡ଼ ମାରିବା ତ ସାଧାରଣ କଥା। ଘରବାଲୀ ମାଉସୀ ନିତ୍ୟକୁ ସମର୍ଥନ କରେ। ତାହାକୁ କହେ – କହିଲି ଗୋଟିଏ ମାରୁଆଡ଼ି ବାବୁ ଜୁଟାଇ ଦେଉଛି – ତା ହେଲାନି। ଯିଏ ଯାହା ସଙ୍ଗେ ପଳାଇ ଆସୁଛି। ତା' ସହିତ କଣ ଚିରଦିନ ଘର କରିବ ? କେତେ ଦେଖୁନି ମୁଁ ମୋର ଏ ବୟସରେ। ଏଇ ଯେ ପାଖଘର ବିନ୍ଦି, ନିଜ ଦିଅର ସଙ୍ଗେ ବାହାରି ଆସିଥିଲା, ଏବେ ସେ କାହିଁ ?

କୋଆଡ଼େ ଗଲା ସେ ରସନାଗର ଦିଅର ? ନୂଆ ବାଲା ଖ୍ମୋଟା ବାବୁ ତାକୁ ରଖ୍ନି ? କିପରି ମଶାରୀ ଲଗା ଖଟ ପଲଙ୍କ, ଗଦି। ରୂପାର ବାସନ। ଦୁଇ ପଇସା ଜମା ବି କରିଛି – ଅପରାଧ କରିଛି।

ଆଶା କଣ କରିଛି। ଏଇ କଥାବାର୍ତ୍ତା ତା ଦେହରେ ଛୁଞ୍ଚ ଭଲି ବିନ୍ଧେ ଆଜିକାଲି। କେହି ଭଲା ଏଠାରେ ଦୁଇ ଚାରିପଦ ଭଲ କଥାବାର୍ତ୍ତା କରନ୍ତେ ! କାଲିମା ତା ଦେହସାରା ଏମାନେ ବୋଲି ଚାଲିଥାନ୍ତି କେବଳ।

କିନ୍ତୁ ବହୁଦିନ ବିତିଲା। ଅନେକ ଅନେକ ଦିନ। ବର୍ଷମାସ ଧରି। ଅନେକ ଜୀବନ, ଜନ୍ମ ମୃତ୍ୟୁ ଯେପରି ଲଦା ତେଙ୍ଗରା ହୋଇ ଏକ ହୋଇଯାଇଛି। ସତ ଆଉ ସ୍ୱପ୍ନ ଉଭୟ ଏକାକାର ହୋଇ ଯାଇଛି। ଏପରି ଶକ୍ତ ଭାବରେ, ଦୃଢ଼ ଭାବରେ ଏକାକାର ହୋଇଯାଉଛି ଆଉ ପ୍ରତିଦିନ ଆହୁରି ଦୃଢ଼ ହବାରେ ଲାଗିଛି ଯେ କେହିବି ଖୋଲି ପାରିବେ ନାହିଁ। ଦିନେ ସେ ଅଫିମ ମଗାଇ ଆଣିଲା ପାଲ୍ବାବୁଙ୍କ ପୁଅ ହାତରେ। ସେଦିନ ନିତ୍ୟ ନାରଣ କେଉଁଠିକି ବାହାରିଛି – ଭଲ ହେଇଛି। ଏକାବେଲକେ ସମସ୍ତ ଯନ୍ତ୍ରଣାର ଅବସାନ କରିବ ସେ ଆଜି। ଘରେ ଛିଟ୍କିନି ଦେଇ ଶୋଇ ରହିଲା। ଅଫିମ ଖାଇ – ତାପରେ କ୍ରମେ କ୍ରମେ ଅବସନ୍ନ ଭାବରେ ପଡ଼ିରହିଲା। ପେଟରେ କେଉଁଠି ଯେପରି ଭୀଷଣ ବେଦନା ହେଉଛି – ସମସ୍ତ ଯନ୍ତ୍ରଣାର ଆଜି ଏକାବେଲକ ସମାପ୍ତିହେବ। ଆଉ ସମସ୍ତଙ୍କ ମୁହଁରୁ ଅଶ୍ଲୀଲ କଥା ଶୁଣିବାକୁ ପଡ଼ିବ ନାହିଁ। କିନ୍ତୁ କେଉଁଠାରୁ ନିତ୍ୟନାରଣ ଫେରି ଆସି ତା ଘରର କବାଟ ଭାଙ୍ଗି ତ ମୁଣ୍ଡବାଲ ଟାଣି ବାରଣ୍ଡା ସାରା ଘୁରାଇବାକୁ ଲାଗିଲା। କୌଣସି ଭାବରେ ବି ତାକୁ ବସିବାକୁ ଦିଏ ନାହିଁ। ଗାଲରେ ଥାପଡ଼ମାରେ। କହେ ବସିବାକୁ ଚାହଁ ? ନଖରା କରି ପୁଣି ଅଫିମ୍ ଖିଆ ଯାଇଛି। ରହ, ବଞ୍ଚିଲେ ଦେଖ୍ବ ତୁମ ହାଡ଼ ମାଉସ –

ଘରବାଲୀ ମାଉସୀ କେଉଁ ଫାଙ୍କରେ ପାଖକୁ ଆସି ଆସ୍ତେ କହେ – ଭଲ ମାରୁଆଡ଼ୀ ବାବୁ ଜଣକୁ ଜୁଟାଇ ଦେଉଛି। ଆଜିକାଲି ଏପରି କେତେ ହେଉଛି। ମିଛଟାରେ କାହିଁକି ଅଫିମ୍ ଖାଇ କଷ୍ଟ ପାଇବ ? ..... ଖୁବ୍ ସୁଖରେ ରହିବ। ସେଇ ପାଖ ଘର ବିଧି। ମଶାରୀ ଟଣା ଖଟ, କଳଗାଉଣା, ବାସନକୁସନ। ସେ ତ ପୁଣି ତା ଦିଅର ସଙ୍ଗେ ବାହାରି ଆସିଥିଲା –

ତା ମନ ଆଉ ପାରୁନି। ଅବସନ, କ୍ଲାନ୍ତମନ କହିଉଠେ – ଭଗବାନ, ମୁଁ ଆଉ ପାରୁନି। ମୋତେ ବଞ୍ଚାଅ – ଏଠାରୁ ଉଦ୍ଧାର କର –

କିଏ ଯେପରି ତା କଥା ଶୁଣେ। ଆଶାର ସ୍ୱପ୍ନାଚ୍ଛନ୍ନ, ଅବସନ୍ନ ମନ ବୁଝିପାରେ ନି କିଏ ସେ। ଅନେକ ଦୂରର, କେଉଁ ଦୂର ଆକାଶ ପାରି ଦୂରଦେଶରୁ ପକ୍ଷୀମେଲାଇ

ଉଡ଼ି ଆସେ । ଥରେ ଆଶାର ମୁଗ୍ଧ ଦୃଷ୍ଟି ଆଗରେ ଯେପରି ଏକ ଅନିନ୍ଦ୍ୟ ସୁନ୍ଦରୀ, ମହିମମୟୀ ଦେବୀ ମୂର୍ତ୍ତି ଭାସି ଉଠେ । ବରାଭୟ କରା ସ୍ମିତହାସ୍ୟ ମଧୁରା .... ଅପରୂପ ରୂପସୀ ଜ୍ୟୋତିର୍ମୟୀ ନାରୀ । ଆଉ ମନେ ଅଛି ଗୋଟିଏ ବଡ଼ ଧଳା ପାହାଡ଼ର ଛବି । ସବୁ ମିଶି ତାହାକୁ ଯେପରି ସେହି ସାଦା ପାହାଡ଼ରୁ ତଳକୁ ଫିଙ୍ଗି ଦେଉଛନ୍ତି ।

ଦେବୀ ଯେପରି ହସ ହସ ମୁହଁରେ କହିଲେ – ଯାଅ, ଭଲହୁଅ – ଆଉ ଭୁଲ କରିବ ନାହିଁ ।

କିଏ ଯେପରି ପ୍ରଶ୍ନ କଲା – ଆଶା ଭାଉଜ ସ୍ୱାମୀଙ୍କ ସହିତ ମିଳିତ ହେବ କିପରି ? ସେ ତ ସବୁ ଭୁଲିଯିବେ ।

ଦେବୀ କହିଲେ – ମୁଁ ସବୁ ମିଳନ କରିଦିଏ । ସେମାନେ ତ ନୂଆ ମନୁଷ୍ୟ ହେବାକୁ ଯାଉଛନ୍ତି । ସେମାନଙ୍କ ଅବା ଚାରା କାହିଁ ?

ତାପରେ ଗଭୀର ଅତଳ ସ୍ୱର୍ଶ ଅନ୍ଧକାର ଓ ବିସ୍ମୃତି । ଅନ୍ଧକାର – ଘନ ଅନ୍ଧକାର ।

ପୁଷ୍ପ ଦିନେ ସେହି ନିର୍ଜନ ଗ୍ରହକୁ ଏକାକୀ ଗଲା । ତାର ବହୁତ କୌତୂହଳ ହୋଇଥିଲା ବଣ କାନ୍ତାର ଅରଣ୍ୟାନୀ ଓ ଶୈଳମାଳାରେ ପିରିପୂର୍ଣ୍ଣ ସେଇ ଛାୟାଚ୍ଛନ୍ନ ଗ୍ରହର ଜୀବନ ଯାତ୍ରା ଦେଖିବାକୁ । ଏଥର ମଧ୍ୟ ଗ୍ରହରେ ରାତ୍ରି ହୋଇଛି ।

ଜୀବକୁଳ ସୁପ୍ତ । ଅପୂର୍ବ ସୁନ୍ଦର ଦେଶ । ବୋଧହୁଏ ଏହି ଗ୍ରହରେ ସେତେବେଳେ ବସନ୍ତ ଋତୁ । ସେଇ ଦିଗହୀନ ବିସ୍ତୃତ ଅରଣ୍ୟରେ ନାମ ଅଜଣା କେତେ ରକମର ବଣ-କୁସୁମ-ସୁବାସ ବଣସାରା । ବଣର ଗଛ ପତ୍ର ଭିତରେ ଦେଇ ବଙ୍କାଇ ଆସି ତା ସାଥୀ ତାରାର ନୀଳ ଜ୍ୟୋସ୍ନା ପଡ଼ିଛି । ନୈଶ ପକ୍ଷୀ କୁଳର କୃଜିତ ପକ୍ଷ-ବିଧୂନନ ।

ଗ୍ରହର ଦିଗଦିଦିଗ ସେ ଚିହ୍ନେନା । ପୃଥିବୀକୁ ଗଲେ ତେବେ ଅବା ଉତ୍ତର ଦକ୍ଷିଣ ଦିଗ ବୁଝିପାରେ । ଏ ଗ୍ରହର ଲୋକେ କାହାକୁ କେଉଁ ଦିଗ କହନ୍ତି କେଜାଣେ ? କିନ୍ତୁ ଏହାର ମଝିଚାରୁ ଟିକିଏ ବାଁ ଦିଗକୁ ଲାଗି ଗୋଟିଏ ଉଚ୍ଚ ଶୈଳଶ୍ରେଣୀ ବହୁ ଦୂରବ୍ୟାପୀ ଚାଲିଯାଇଛି । ଅନେକ ଛୋଟ ବଡ଼ ନଦୀ ଏହି ଶିଳାପାତ୍ରରୁ ଓହ୍ଲାଇ ବହି ଚାଲିଛି ତଳର ବନ୍ୟାବୃତ ଉପତ୍ୟକାକୁ । ଗୋଟିଏ ଦୁଇଟି ବଡ଼ ଜଳ ପ୍ରପାତ ବଣ ଭିତରେ ।

ସେ ଆକାଶ, ବତାସରେ, ବଣ, ଜଙ୍ଗଲରେ କିପରି ଗୋଟିଏ ଶୁଭ୍ର, ଆପାପ ବିଦ୍ଧ ଆନନ୍ଦ । ଏହାର ପବନରେ ଯିଏ ନିଶ୍ୱାସ-ପ୍ରଶ୍ୱାସ ନେବ ସେ ହଁ ଯେପରି ହୋଇଯିବ ଆନନ୍ଦମୟ ବ୍ରହ୍ମଦର୍ଶୀ ଭକ୍ତ, ଧୀର ଆଉ ନିର୍ଲୋଭ, ତୃଷ୍ଣାହୀନ ଉଦାର ।

ଏଠାକାର ବଣତଳେ ଜୀବର ଅମରତ୍ୱର କଥା ଲେଖାଅଛି। ଲେଖା ଅଛି ଏହିବାଣୀ ଯେ ଏହିବଣ ତଳେ ତାହାଙ୍କ ଆସନ ରହିଛି। ଉଚ୍ଚ ଜଗତ ସତରେ।

ହଠାତ୍ ସେ ଦେଖିଲା ଗୋଟିଏ ବଣବୃକ୍ଷ ତଳେ ଶିଳାସନରେ ସ୍ୱୟଂ କବି କ୍ଷେମଦାସ ଉପବିଷ୍ଟ।

ସେ ଦେଖି ବଡ଼ ଖୁସି ହୋଇ ନିକଟକୁ ଗଲା। କ୍ଷେମ ଦାସ କହିଲେ – ଆସ, ଆସ ଯିଏ ଆଦି କବି, ବିଶ୍ୱ ସ୍ରଷ୍ଟା, ତାହାଙ୍କ ବିଷୟରେ ମୁଁ କବିତା ରଚନା କରୁଛିଁ।

– ଆପଣ ଏ ଗ୍ରହକୁ ଜାଣନ୍ତି।

– କାହିଁକି ନ ଜାଣିବି ? ଏଭଳି ଗୋଟିଏ ନୁହେଁ – ଦୀର୍ଘ ବନଫୁଲ ମାଲାଭଳି ଧାଡ଼ିଏ ଗ୍ରହ ଅଛି ବିଶ୍ୱର ଏହି ଅଂଶରେ। ମୁଁ ଜାଣେ। ତେବେ ଏଠାକୁ ଆସିବାକୁ ହୁଏ ଯେତେବେଳେ ଏ ଗ୍ରହରେ ରାତିର ସମୟଥାଏ।

– କାହିଁକି ?

– ଏଠାକାର ଲୋକେ ଉଚ୍ଚଶ୍ରେଣୀର ଜୀବ। ଏମାନେ ଆମକୁ ଦେଖିପାରିବେ ଦିନର ଆଲୋକରେ। ଏବେ ଏମାନେ ସୁପ୍ତ। ବସ ସେ ଶିଳାସନରେ, ବଡ଼ ଭଲ ଲାଗେ ଏ ସ୍ଥାନଟା। ଲୋକାଳୟ ଏ ସହରେ ବହୁତ ଅଳ୍ପ। ବଣରେ ହିଂସ୍ର ଜନ୍ତୁ ନାହାନ୍ତି କିପରି ନୀଳ ଜ୍ୟୋସ୍ନା ପଡ଼ିଛି ଦେଖୁଛ ? ବହୁତ ଭଲପାଏ ଏ ଦେଶକୁ।

– ଆପଣ ଏଠାକୁ ଆସନ୍ତି କାହିଁକି ?

– ଜଣେ ତରୁଣ କବି ଅଛନ୍ତି ଏ ଗ୍ରହରେ। ତାଙ୍କୁ ପ୍ରେରଣା ଦିଏ। ଭଗବତ୍ ଭକ୍ତ। ଏହି ଶିଳାସନରେ ସେ ଟିକିଏ ଆଗରୁ ବସିଥିଲେ। ପ୍ରତି ରାତ୍ରରେ ନିର୍ଜନରେ ଆସି ବସେ। ସୃଷ୍ଟିର ଓ ସୌନ୍ଦର୍ଯ୍ୟର ସ୍ତବ ଗୀତି ରଚନା କରନ୍ତି। ଏଇଟା ତାଙ୍କ ଉପାସନା। ତୁମେ ତ ଜାଣ ମୋର ବି ସେ ବାଟ। ତେଣୁ ତାଙ୍କ ପାଖକୁ ଆସିଥାଏଁ।

– ସେ ଆପଣଙ୍କୁ ଦେଖି ପାରନ୍ତି ?

– ନା, ମୋତେ ବା ତୁମକୁ ଦେଖି ପାରିବେ ନାହିଁ। ତୁମ ସଙ୍ଗୀ ଯତୀନକୁ ଦେଖିପାରନ୍ତେ। ସେ ଏବେ କେତେ ବଡ଼ ହେଲାଣି ?

ପୁଷ୍ପ ସଲଜ୍ଜ ଭାବରେ କହିଲା – ନଅ ବର୍ଷର ବାଳକ।

କ୍ଷେମ ଦାସ ହସି କହିଲେ – ପୁଣି ନବ ଜନ୍ମ ଲୀଳା। ମୋତେ ବହୁତ ଭଲ ଲାଗେ।

ପୁଣି ମାତୃ କୋଳରେ ଯାପିତ ଶୈଶବ। ଚମତ୍କାର !

ପୁଷ୍ପ ହସି କହିଲା – ସନ୍ୟାସୀ ଏଠାରେ ଉପସ୍ଥିତ ଥିଲେ, ଆପଣଙ୍କ କଥା ମାନି ନିଅନ୍ତେ ?

– ଜାଣେ, ସେ କହନ୍ତି ବାରମ୍ବାର ଦେହ ଧାରଣ କରିବା ମୁକ୍ତି ପଥରେ ବିଘ୍ନ। ସେ କହନ୍ତି ଏଠାରୁ ଉଦ୍ଧାର ହୁଏ ନାହିଁ। ସେହି ଗୋଟିଏ ଜୀବନର ପୁନରାବୃତ୍ତି ଚକ୍ରପଥରେ ଉଦ୍ଦେଶ୍ୟହୀନ ଗତାଗତି। ସେଇ ଗୋଟିଏ ପ୍ରକାର ଲୋଭ, ତୃଷ୍ଣା, ଅହଂକାର ଘେନି ବାର, ବାର ଆସାର ଜନ୍ମ ଓ ମରଣ। ଏଇ ତ ?

– କଥାଟି କ'ଣ ମିଛ ?

– ନା, ନୁହେଁ ମାନୁଛି। କିନ୍ତୁ ତା କେଉଁମାନଙ୍କ ପକ୍ଷରେ ? ଯେଉଁମାନେ ଜୀବନର ଉଦ୍ଦେଶ୍ୟ ଖୋଜି ପାଆନ୍ତିନି ଅଥବା ଭଗବାନଙ୍କ ଆଡ଼କୁ ଚୈତନ୍ୟ ପ୍ରସାରିତ କରନ୍ତି ନାହିଁ ସେହିମାନଙ୍କ ପକ୍ଷରେ। ଯେଉଁମାନେ ଜାଣନ୍ତି ନାହିଁ ସ୍ଥୂଳ ଦେହର ପରିଣାମ ଧୂମ ଭସ୍ମ ନୁହେଁ। ଜନ୍ମ ପୂର୍ବରୁ ବି ସେ ଥିଲା, ମୃତ୍ୟୁ ପରେ ବି ରହିବ। କେବଳ ଭୂଲୋକରେ ନୁହେଁ, ବ୍ରହ୍ମରୁ ଜୀବନକୁ ଓହ୍ଲାଇ ଆସିବାକୁ ଯେଉଁ ସାତୋଟି ଚୈତନ୍ୟର ସ୍ତର ଅଛି। ଏହି ସାତ ସ୍ତରର ପ୍ରତ୍ୟେକଟି ସ୍ତରରେ ଗୋଟିଏ ଗୋଟିଏ ଲୋକ। ସେ ଏହି ସବୁ ଲୋକର ହିଁ ଉତ୍ତରାଧିକାରୀ, ଭଗବାନଙ୍କ ସେ ଲୀଳାସହଚର। ଯିଏ ଏକଥା ଜାଣେନା, ଜାଣିବାକୁ ଚେଷ୍ଟା କରେନା, ଜାଣି ସୁଦ୍ଧା ଗ୍ରହଣ କରେନା ବିଷୟ ମୋହରେ – ସେମାନଙ୍କ ପକ୍ଷରେ ସନ୍ୟାସୀଙ୍କ କଥା ପରମସତ୍ୟ। କିନ୍ତୁ ମୋ ପକ୍ଷରେ ନୁହେଁ।

ପୁଷ୍ପ ମନଦେଇ ଶୁଣୁଥିଲା। ଏହି ପବିତ୍ର ଗ୍ରହର ତପୋବନ ସଦୃଶ ଅରଣ୍ୟ କାନ୍ତାରରେ ଏ ଦେଶର ଋଷି କବିମାନେ ଯେଉଁଠାରେ ନିଦ୍ରାହୀନ ଗଭୀର ରାତ୍ରରେ ଭଗବାନଙ୍କ ସ୍ତବ-ଗାଥା ରଚନା କରନ୍ତି – ଏହି ଗ୍ରହର ଉପନିଷଦ ଜନ୍ମଲାଭ କରେ ତାହାଙ୍କ ହାତରେ – ଏହି ସ୍ଥାନରେ ହିଁ କ୍ଷେମଦାସଙ୍କ ଉପଦେଶ ଉଚ୍ଚାରିତ ହେବାର ଉପଯୁକ୍ତ ଅଟେ। ପୁଷ୍ପ ବ୍ୟଗ୍ରସ୍ୱରରେ କହିଲା – କହନ୍ତୁ ଦେବ, କହନ୍ତୁ –

କ୍ଷେମ ଦାସ ପୁଣି କହିଲେ – ତମେବ ବିଦିତ୍ଵାତି ମୃତ୍ୟୁମେତି – ଯିଏ ତାଙ୍କୁ ଜାଣିଛି ସେ ଦେହ ଧାରଣ କରି ସୁଦ୍ଧା ମୁକ୍ତ। ଯେପରି ଦେଖିଥିଲ ସନ୍ୟାସୀଙ୍କ ଗୁରୁଭ୍ରାତାଙ୍କୁ, ବଣ ଭିତରେ ଥିବା ସେ ସନ୍ୟାସୀଙ୍କୁ। ଯେଉଁମାନଙ୍କ ଚୈତନ୍ୟ ଜାଗ୍ରତ ହୋଇଛି, ଦେହଥିଲେ ସୁଦ୍ଧା ସେମାନେ ଜୀବନ୍ମୁକ୍ତ। ଭଗବାନଙ୍କୁ ଯେଉଁମାନେ ଭଲପାଆନ୍ତି ମନ ପ୍ରାଣ ଦେଇ। ଦେହଧାରଣ କରିଥିଲେବି ସେମାନେ ଜୀବନ୍ମୁକ୍ତ। ସେମାନେ ଜାଣନ୍ତି ଏହି ବିଶ୍ୱର ସମସ୍ତ ଗ୍ରହ, ସବୁ ତାରା, ସବୁ ବସନ୍ତ, ସମସ୍ତ ଜୀବଲୋକ ମୋର। ମୁ ଏ ସମସ୍ତ ମାଧୁର୍ଯ୍ୟ ଉପଭୋଗ କରିବି। ତାହାଙ୍କ ସୌନ୍ଦର୍ଯ୍ୟର ସ୍ତବ ଗୀତି ରଚନା କରିଯିବି। ମୁଁ ତାଙ୍କରି ଚାରଣ କବି। ମୋତେ ଛାଡ଼ି କିଏ ପାଇବ ବିଶ୍ୱଦେବଙ୍କ ଅନନ୍ତ ସୌନ୍ଦର୍ଯ୍ୟ-ଶିଳ୍ପ ସମୂହର ? ତାଙ୍କରି ଗୀତ ଗାଇ ଯୁଗ ଯୁଗ ଧରି ଅଜର ଅମର ହୋଇ

ବଞ୍ଚି ରହିବି । ଶତ ଜନ୍ମ ମଧ୍ୟରେ ମଧ୍ୟ ଯଦି ତାଙ୍କରି ସେବା କରି ଯାଏ ଓ ଆସେ ମୋର ତହିଁରେ କ୍ଷତି କାହିଁ ?

କ୍ଷେମ ଦାସ ଚୁପ୍ ରହିଲେ ।

ପୁଷ୍ପ କହିଲା - ଏ ଦେଶର ସେହିଁ କବିଙ୍କ ଦର୍ଶନ ମିଳିବ ନାହିଁ ?

- ଏତେ ସମୟଧରି ସେ ଏଠାରେ ଥିଲେ । ସେ ବି ଭଗବାନଙ୍କ ଚାରଣ କବି । ଏହି ପ୍ରକୃତି - ସୌନ୍ଦର୍ଯ୍ୟର ସେ ସ୍ତବ ଗୀତି ରଚନା କରନ୍ତି । ସେ ଏବେ ଶୋଇଛନ୍ତି ।

- ବିବାହିତ ?

- ଏ ଦେଶର ନିୟମ ଜାଣେନା । ସ୍ତ୍ରୀ ଲୋକଙ୍କର ଅଭୁତ ସ୍ୱାଧୀନତା ଏଠାରେ । ଯାହାର ତାହାର ଘରେ ଯେତେଦିନ ଇଚ୍ଛା ସେମାନେ ରହିପାରନ୍ତି । ପୁଣି ଯେଉଁଠି ସତ୍ ପ୍ରେମ ଅଛି ସେଠାରେ ପୃଥିବୀର ସ୍ୱାମୀ-ସ୍ତ୍ରୀ ଭଳି ଆଜୀବନ ବାସ କରନ୍ତି । ଆମ କବିଙ୍କ ସହିତ ତିନି-ଚାରୋଟି ନାରୀ ଥାଆନ୍ତି, କିନ୍ତୁ ସେମାନେ କେହିହେଲେ ପୃଥିବୀ ତୁଲନାରେ ସୁନ୍ଦରୀ ନୁହନ୍ତି । ଏ ଦେଶର ଝିଅମାନେ ନୁହନ୍ତି । ଅବଶ୍ୟ ନାରୀ ତିନୋଟିଙ୍କ ସହିତ ତାଙ୍କର କଣ ସଂପର୍କ ଜାଣେନା । ଏ ଦେଶରେ ହୁଏତ ତହିଁରେ କିଛି ଦୋଷ ନାହିଁ । ଯେଉଁ ଦେଶର ଯାହା ନିୟମ ।

ସେମାନେ କିଛି ଦୂର ଯାଇ ଦେଖିବାକୁ ପାଇଲେ ବଣ ଭିତରେ ଗଛତଳଟାରେ ଦୁଇ ତିନୋଟି ଲୋକ ନିଦ୍ରିତ । କ୍ଷେମଦାସ କହିଲେ - ସେଇ ଦେଖ କବି ଶୋଇ ରହିଛନ୍ତି । ତାଙ୍କ ପାଖରେ ତିନୋଟି ସ୍ତ୍ରୀ ଲୋକ ।

ପୁଷ୍ପ ଆଶ୍ଚର୍ଯ୍ୟ ହୋଇ କହିଲା - ଗଛ ତଳଟାରେ ଏମାନେ ସମସ୍ତେ କାହିଁକି ?

- ଏଠାରେ ଲୋକଙ୍କର ଘରଦୁଆର ନାହିଁ ପୃଥିବୀରେ ଯେପରି ଥାଏ । ଏମାନଙ୍କ ଦେହ ଅନ୍ୟଭାବରେ ନିର୍ମିତ । ଏଠାରେ ରୋଗ ନାହିଁ । ହିଂସ୍ର ଜନ୍ତୁ ଅବା ସର୍ପାଦି ନାହାନ୍ତି । ଦେହର କିଛି କ୍ଷତି ହୁଏ ନାହିଁ । ଆୟୁଷ ଅଳ୍ପ ବୋଲି ଘରଦୁଆର କେହି କରନ୍ତି ନାହିଁ ।

- ତେବେ ମରନ୍ତି କିପରି ?

- ଏମାନଙ୍କର ଇଚ୍ଛା ମୃତ୍ୟୁ ହୁଏ । ଜ୍ଞାନୀ ଆଉ ନିଃସ୍ପୃହ ଆତ୍ମା କିନା ! ନିର୍ଦ୍ଦିଷ୍ଟ ସମୟ ଯେଉଁଦିନ ହୁଏ ଏମାନେ ମୃତ୍ୟୁ ନିମନ୍ତେ ପ୍ରସ୍ତୁତ ହୁଅନ୍ତି । ଯେଉଁଦିନ ଏମାନଙ୍କ ମନ ତିଆରି ହୋଇଯିବ ସେ ଦିନ ସ୍ୱେଚ୍ଛାରେ ଦେହ ତ୍ୟାଗ କରିବେ । ମୃତ୍ୟୁରେ ଏମାନେ ଶୋକ କରନ୍ତି ନାହିଁ । ଏମାନେ ଜାଣନ୍ତି ମୃତ୍ୟୁ ଦେହର ପରିବର୍ତ୍ତନ ମାତ୍ର ।

- ପୁନର୍ଜନ୍ମ ?

– ଏଠାରେ ଯେଉଁମାନେ ଜନ୍ମ ଗ୍ରହଣ କରନ୍ତି, ସେମାନେ ଅନେକ ଜନ୍ମ ଘୁରି ଆସିଛନ୍ତି । ପୃଥିବୀରେ ଏମାନଙ୍କର ବହୁ ଜନ୍ମ କର୍ଜନ ହୋଇଛି । ଶେଷ ଜନ୍ମଟି ଏଠାରେ କଟାନ୍ତି । ତାପରେ ଏକାବେଳକେ ମହର୍ଲୋକକୁ ଚାଲିଯାଆନ୍ତି । ଆଉ ଫେରନ୍ତି ନାହିଁ । କିନ୍ତୁ ତୁମେ ବୋଧହୁଏ ଗୋଟିଏ କଥା ଜାଣି ନାହଁ – ପୃଥିବୀଠାରୁ ନିକୃଷ୍ଟତର ଗ୍ରହ ବି ବହୁତ ଅଛି । ନିମ୍ନ ଶ୍ରେଣୀର ଆମ୍ଭମାନଙ୍କ ପୁନର୍ଜନ୍ମ ଅନେକ ସମୟରେ ସେ ସବୁ ନିକୃଷ୍ଟ ଗ୍ରହମାନଙ୍କରେ ହୁଏ ।

– ସେ ସବୁ ସ୍ଥାନ କିଭଳି ?

– ଗୋଟିଏ ସ୍ଥାନକୁ ତୁମକୁ ଏବେ ନେଇଯାଇପାରେ । ନିଜ ଆଖିରେ ଦେଖିବ ନା କାନରେ ଶୁଣିବ ? ତେବେ ଗୋଟିଏ କଥା । ସେ ସବୁ ଦେଖି କଷ୍ଟ ପାଇବ । ତୁମେ ଝିଅ ପିଲା । ସେ ସବୁ ଗ୍ରହଲୋକ ଦେଖିଲେ ତୁମେ ଭାବିବ ଭଗବାନ ବଡ଼ ନିଷ୍ଠୁର ।

ଆଖିପଲକ ନ ପଡୁଣୁ ସେମାନେ ଗୋଟିଏ ସ୍ଥାନରେ ଆସି ପହଞ୍ଚିଲେ । ସେ ସ୍ଥାନଟା ସାରା ପ୍ରାୟ ଉଷର ମରୁଭୂମି ଓ କୃଷ୍ଣ ବର୍ଣ୍ଣ ବସ୍ତୁର ସ୍ତୂପ । କିନ୍ତୁ ସେ ସ୍ତୂପ ପଥର ନୁହେଁ – ତାହା କ'ଣ ପୁଷ୍ପ ଜାଣେ ନି । ଉଲଗ୍ନ ବିକଟ ଦର୍ଶନ, ଅର୍ଦ୍ଧ ମନୁଷ୍ୟାକୃତି ଜୀବ ଜଣେ ଦୁଇଜଣଙ୍କୁ ସେଇ କଳା ସ୍ତୂପ ଉପରେ ବସିଥିବା ଦେଖାଗଲା । ମଝିରେ ମଝିରେ ସେମାନେ ଉଠିଯାଇ ମାଟି ଭିତରେ ହାତ ପୁରାଇ ଗାଡ଼ ଖୋଲି କଣ ବାହାର କରୁଛନ୍ତି ଓ ଅତ୍ୟନ୍ତ ଲୋଲୁପ ହୋଇ ମୁହଁରେ ପୁରାଉଛନ୍ତି ।

କ୍ଷେମ ଦାସ କହିଲେ – ଏଠାରୁ ଚାଲ ଯିବା । ସେମାନେ କୀଟ ପତଙ୍ଗ ଖୋଜୁଛନ୍ତି । ଏହା ସେମାନଙ୍କର ଆହାର । ଆଉ ତାହାହିଁ ସେମାନଙ୍କ ଆହାର ସଂଗ୍ରହ ରୀତି । ଜଣକ ସ୍ତୂପକୁ ଆଉ ଏକ ଜୀବ ଯଦି ଆସେ ତେବେ ଦୁହେଁ ମରାମରି ହେବେ । ଇଏ ତାହାକୁ ମାରିପକାଇବାକୁ ଚେଷ୍ଟା କରିବ । ଏହି ଜଗତରେ ସ୍ନେହ, ପ୍ରେମ, ଭକ୍ତି, ଭଲପାଇବା, ଦୟା, ସେବା, ନ୍ୟାୟ ବିଚାର, ଶିକ୍ଷା, ସଙ୍ଗୀତ କିଛି ନାହିଁ । କେବଳ ଅଛି ଦୁର୍ଦ୍ଦାନ୍ତ ଆହାର ପ୍ରଚେଷ୍ଟା, ଜୀବ ଜୀବଙ୍କ ମଧ୍ୟରେ କଳହ ।

ପୁଷ୍ପ କହିଲା – ଚାଲନ୍ତୁ ଏଠାରୁ । ନିଶ୍ୱାସ ରୁଦ୍ଧ ହେବା ଭଳି ଲାଗୁଛି । କିପରି ଜଡ଼ ପଦାର୍ଥରେ ଗଠିତ ଏ ଦେଶ ! ପ୍ରାଣ କମିଟି ହୋଇଯାଉଛି ଏହାଦେଖି । ଏଇଟା ବି କ'ଣ ଭଗବାନଙ୍କ ରାଜ୍ୟ ? ଉଃ –

କ୍ଷେମଦାସ ହସି କହିଲେ – ଏବେ ସୁଦ୍ଧା ଦେଖିନ । ଚାଲ ଆହୁରି ଦେଖାଉଛି – ଏହାଠାରୁ ବି ଭୟାନକ ସ୍ଥାନ ଦେଖିବ । ଯେଉଁଠାରେ ପିତାମାତା, ପୁତ୍ରକନ୍ୟାଙ୍କ ସଂବନ୍ଧ ସୁଦ୍ଧା ନାହିଁ । ଯେଉଁଠ – ନା ସେକଥା ତୁମକୁ କହିବି ନି ।

ପୁଷ୍ପ ଅଧୀର ହୋଇ କହିଲା – କାହିଁକି ମୋତେ ଆପଣ ଏଠାକୁ ନେଇ ଆସିଲେ ? ଉଃ – କହି ସେ କାନ୍ଦି ପକାଇଲା। ହାତ ଯୋଡ଼ି କହିଲା – ମୋର ଏକମାତ୍ର ସମ୍ବଳ ଭଗବାନଙ୍କୁ ଭକ୍ତି। ମୋର ଆଉ କିଛି ନାହିଁ ଜୀବନରେ। ଦେବ ! ଦୟାକରି ସେ ଟିକକ ବି ମୋଠାରୁ କାଢ଼ି ନିଅନ୍ତୁ ନାହିଁ – କୃପା କରନ୍ତୁ – ମୁଁ ନିତାନ୍ତ ଅଭାଗିନୀ !

କ୍ଷେମ ଦାସ ହସି କହିଲେ – ପାଗଲୀ !! ସେହି ଅନନ୍ତ ମହାଶକ୍ତିଙ୍କର ଗୋଟିଏ ଦିଗମାତ୍ର କେବଳ ଦେଖିବ ? ରୁଦ୍ର ଦେବଙ୍କ ବାମ ମୁଖ ଦେଖିବା ମାତ୍ରେ ଭକ୍ତି ଉଣା ପଡ଼ିଯିବ, ନଷ୍ଟ ହୋଇଯିବ। ଏତେ କ୍ଷଣ ଭଙ୍ଗୁର ଭକ୍ତି ତୁମକୁ ଅନ୍ତତଃ ସାଜେନି। ତୁମେ, ମୁଁ ତାହାଙ୍କ ଉଦ୍ଦେଶ୍ୟର କଣ ଅବା ବୁଝୁଁ ? ଚାଲ ଫେରିବା। ସେଇଥି ପାଇଁ ତୁମକୁ ଏଠାକୁ ଆଣିବାକୁ ଚାହୁଁ ନଥିଲି। ଏତିକିରେ ଏତେ ! ଏହାଠାରୁ ଆହୁରି ନିକୃଷ୍ଟ ଲୋକକୁ ଘେନି ଗଲେ –

– ନା, ଦେବ ! ମୋତେ ପୃଥିବୀକୁ ଅନ୍ତତଃ ନେଇ ଚାଲନ୍ତୁ। ଆମମାନଙ୍କ ପୃଥିବୀକୁ ଚାଲନ୍ତୁ ଗଙ୍ଗା ନଦୀ ତଟରେ –

ମହାଶୂନ୍ୟବାହି ସେମାନେ ସେହି ମୁହୂର୍ତ୍ତରେ ପୃଥିବୀର ଗୋଟିଏ ସ୍ଥାନର ବୃକ୍ଷତଳେ ଆସି ଠିଆହେଲେ। ପୃଥିବୀରେ ବର୍ଷା କାଳ। ଭୀଷଣ ବୃଷ୍ଟି ହେଉଛି। ସ୍ଥାନଟିର ଚାରିଆଡ଼େ ପାହାଡ଼। ବୃଷ୍ଟିଧାରା ପତନ ଯୋଗୁଁ ପାହାଡ଼ଟି ଧୂୟସା ଦେଖାଯାଉଛି।

କ୍ଷେମଦାସ କହିଲେ – ନେଇ ଆସିଲ ଗଙ୍ଗାନଦୀ ତଟକୁ। ସେଇ ଅଦୂରରେ ଗଙ୍ଗା –

– ଏଇଟା କେଉଁ ସ୍ଥାନ ?

– ହରିଦ୍ୱାର।

ପୁଷ୍ପର ଆଖି ତୃପ୍ତିରେ ଭରିଗଲା ଧାରା– ମୁଖର ଅପରାହ୍ନର ବହୁ ପରିଚିତ ଅତି ପ୍ରିୟ ଶୋଭା ଦର୍ଶନ କରି। ତା ମନ କହି ଉଠିଲା – ଏଇ ତ ଆମମାନଙ୍କ ପୃଥିବୀ, ଆମର ପ୍ରିୟ ସ୍ୱର୍ଗ। ଭଗବାନ ଏଠାରେ କେତେ ଫୁଲ ଫଳରେ ନିଜକୁ ଧରାଦିଅନ୍ତି, କେତେ ଜ୍ୟୋସ୍ନାର ଆଲୋକରେ, କେତେ ଅସହାୟ ଶିଶୁଙ୍କ ହସରେ। ଆଜି ଚିହ୍ନିଲି ତୁମକୁ ଭଲ କରି, ଆମର ମାଟିର ସ୍ୱର୍ଗକୁ। ଆଉ ଚିହ୍ନିଲି ମଣିଷକୁ। ମନୁଷ୍ୟ ହିଁ ମାଟିରେ ଗଢ଼ା ଦେବତା – ଦୁଇ ଦିନ ପରେ ସତର ଦେବତା ହୋଇ ଯିବ। ଜୟ ନୀଳାରଣ୍ୟ କୁନ୍ତଲା, ଅତଲ–ସାଗର– ମେଖଲା ଚିରନ୍ତନୀ ସୁନ୍ଦରୀ ପୃଥିବୀର ଜୟ। ଜୟ, ଜୟ ହେଉ ମଣିଷର। ଜୟ ବେଣୁରବ – ଶିହରିତା ଦିଗନ୍ତ ଲୀନ – ପ୍ରାନ୍ତର – ଶୋଭିତା ଭୂତଧାତ୍ରୀ ମାତାଙ୍କ ଜୟ।

କ୍ଷେମ ଦାସ କହିଲେ – ଏଥର ତୁମ ମନ ଶାନ୍ତ ହୋଇଛି। ବଡ଼ ଚଞ୍ଚଳ ହୋଇ ଉଠିଥିଲା। ଏଥର ଗୋଟିଏ କଥା କହେ। କଣ ଦେଖ୍ ଅସ୍ଥିର ହୋଇ ଉଠିଥିଲ ?

ପୁଷ୍ପ ଲଜ୍ଜିତ ହସ ହସି ଚୁପ୍ ରହିଲା। କ୍ଷେମ ଦାସ କହିଲେ – ନା, କୁହ। କହିବାକୁ ପଡ଼ିବ। ଭଗବାନ କଣ ନିଷ୍ଠୁର – ଏହା ଭାବିଥିଲ ନା ?

– ହଁ।

– ସେ କଣ ନିଷ୍ଠୁର – ଓଃ ! ଏଇତ ?

ପୁଷ୍ପ ହସ ହସ ମୁହଁରେ ନିର୍ବାକ।

କ୍ଷେମ ଦାସ କହିଲେ – ତୁମ ଭଳି ଝିଅର ସୁଦ୍ଧା ବିସ୍ମୃତି ? ତୁମର ବି ଭୁଲ୍ ? ଏହାକୁ ହିଁ କହନ୍ତି ମୋହିନୀ ମାୟା। ମାୟାରେ କିଏ ନ ଭୁଲିବ। ବ୍ରହ୍ମା, ବିଷ୍ଣୁ ସୁଦ୍ଧା ତଳେଇ ଯାଆନ୍ତି।

– କାହିଁ କି ଦେବ କହନ୍ତୁ !

– ନା, ନା, ତାହାହିଁ ଦେଖୁଛି। ନହେଲେ ତୁମର ବି ଭୁଲ୍ ?

– ମୋର ବ୍ୟାଖ୍ୟା ଆଉ କରନ୍ତୁନି ଦେବ। ମୁଁ ତୃଣଠାରୁ ମଧ୍ୟ ହେୟ, ହୀନ। ଆପଣ କଣ ଉପଦେଶ ଦେବେ, ସେ କଥା କହନ୍ତୁ।

କ୍ଷେମ ଦାସ ହସ ହସ ମୁହଁରେ କହିଲେ – ଭଗବାନ କାହା ଉପରେ ନିଷ୍ଠୁର ହେବେ ? ଆରେ ସେ ନିଜେ ତ ସବୁ। ନିଜେ ହିଁ ନିଜ ଲୀଳାରେ ତନ୍ମୟ ହୋଇ ରହିଛନ୍ତି ବିଭିନ୍ନ ରୂପରେ। ସେ ହିଁ ସବୁକିଛି। ସେ ଜ୍ଞାନ ଯେଉଁ ଦିନ ହେବ ସେ ଦିନ ସେଇ ନିଷ୍ଠୁର ଲୋକର ନିକୃଷ୍ଟ ଜୀବ ଦେଖିବି କହି ଉଠିବ ଆନନ୍ଦରେ – ତେଜେ ଯତ୍ତେ କଲ୍ୟାଣତମଂ ତଓ ପଶ୍ୟାମି, ପୋହସା ବସୌ ପୁରୁଷଃ ସୋହହମସ୍ମି –

କ୍ଷେମ ଦାସ ଚଲିଗଲେ। ଯିବା ସମୟରେ କହିଲେ – ବୃନ୍ଦାବନରୁ ବୁଲି ଆସେ। ତୁମ ସହିତ ପୁଣି ଶୀଘ୍ର ଦେଖା କରିବି – ଦିନେ ଚାଲ ସେ ସନ୍ୟାସିନୀଙ୍କ ନିକଟକୁ ଯିବା।

ପୁଷ୍ପ ସ୍ଥିର ହୋଇ ବସି ରହିଲା ଶୈଳ ଶିଖରରେ। ଏଠାରେ ତା’ର ଯତୁଦା ଅଛି। କେତେ ଜନ୍ମର ପ୍ରିୟ ସଙ୍ଗୀ ସେ। ତାହାକୁ ଛାଡ଼ି କେଉଁ ଲୋକରେ ରହି ସେ ସୁଖୀ ହୋଇ ପାରେ ! ଗୋଟିଏ ଗୋୟାଲାର ଝିଅ କ୍ଷୀର ବହି ନେଇ ଆସୁଛି ବଜାରକୁ। ନରନାରୀ ପ୍ରଦୀପ ଭସାଉଛନ୍ତି ଗଙ୍ଗା ବକ୍ଷରେ। ଦୂରରୁ ଆଲୁଅ ଦେଖାଯାଉଛି ପାଣି ଉପରେ।

ବୁଢ଼ା ଶିବତଲାର ପୁରୁଣା ଘାଟ ସମ୍ମୁଖରେ, ଗଙ୍ଗା ବକ୍ଷରେ ପାଲ–ଖୋଲା ନୌକାଗୁଡ଼ିକ ଚାଲିଛି। ମୋ ଗୋଧୂଳିର ଛାୟାଚ୍ଛନ୍ନ ଆକାଶରେ ଶୁଭ୍ରପକ୍ଷ ବକ ଦଳ

ଉଡ଼ି ଯାଉଛନ୍ତି ସେ ପାରିକୁ ହାଲିସହରର ଶ୍ୟାମ ସୁନ୍ଦରୀ ଘାଟ ଆଡ଼କୁ। ପ୍ରାଚୀନ ଦେଉଳ ମନ୍ଦିରର ଚୂଡ଼ା ସାନ୍ଧ୍ୟ ଦିଗନ୍ତର ବଣ ନୀଳ ରେଖାରେ ଏଠାରେ ସେଠାରେ ଯେପରି ମିଶି ଯାଉଛି।

ପୁଷ୍ପ ଘାଟ ପାହାଚରେ ବସି କ୍ଷେମ ଦାସଙ୍କ ସହିତ କଥା ହେଉଥିଲା।

କ୍ଷେମ ଦାସ ବୃନ୍ଦାବନରୁ ଏଇମାତ୍ର ଫେରିଛନ୍ତି। ଜ୍ୟୋସ୍ନା ରାତି ଯମୁନା ତଟରେ କିଛି ସମୟ ବସିଥିଲେ ଚୀର ଘାଟ ନିକଟରେ। ଆରତି ଦର୍ଶନ କରିବାପରେ ମନ ଭୂମାନନ୍ଦେ ବିଭୋର।

ପୁଷ୍ପ କହିଲା – କବି, ସ୍ଫଟିକର କଥା କ'ଣ କହୁଥିଲେ ?

କ୍ଷେମ ଦାସ ଗଙ୍ଗା ଆଡ଼କୁ ଆଙ୍ଗୁଳି ଦେଖାଇ କହିଲେ – ଏଇ ଦେଖ ରଙ୍ଗୀନ ଆକାଶର ଛାୟା ପଡ଼ିଛି ପାଣିରେ। ପାଣି ଯଦି ମଳିନ ହୋଇଥାନ୍ତା ଆକାଶର ଛାୟ ପଡ଼ନ୍ତା ନାହିଁ। ସ୍ଫଟିକକୁ ସଂପୂର୍ଣ୍ଣ ସ୍ୱଚ୍ଛ ଓ ନିର୍ମଳ ହେବାକୁ ପଡ଼ିବ। ତେବେ ତା ଭିତରକୁ ଆଲୁଅ ଆସିପାରିବ।

– ଅର୍ଥାତ୍ ?

– ଅର୍ଥାତ୍ ଆମ୍ଭରେ ଯଦି ଟିକିଏ ସୁଦ୍ଧା ତ୍ରୁଟି ଥାଏ କେଉଁଠି ତେବେ ଭଗବାନଙ୍କ ଆଲୋକ ତା ମନରେ ପଡ଼ିବ ନାହିଁ। ସଂପୂର୍ଣ୍ଣ ନିର୍ମଳ ସ୍ଫଟିକ ହେବା ଦରକାର। ଟିକିଏ ବି ତ୍ରୁଟି ଥିଲେ ଚଳିବ ନାହିଁ।

– ଭଗବାନଙ୍କ ଦାବୀ ଏତେ ବେଶୀ କାହିଁକି ?

– ଉପାୟ ନାହିଁ। ଭଗବାନଙ୍କ ଆଲୋକ ଯଦି ମନ- ଦର୍ପଣରେ ଠିକ୍ ଅଖଣ୍ଡ ଭାବରେ ପାଇବାକୁ କେହି ଚାହେଁ, ତା ପାଇଁ ଏହି ବ୍ୟବସ୍ଥା। ଲୋକେ ମୁହଁରେ କହନ୍ତି ସାଧୁତା ଓ ପବିତ୍ରତାର କଥା। କିନ୍ତୁ ଠିକ୍ ମନେରଖ ଏଇ ଦୁଇଟି ବସ୍ତୁ ଅତି ଭୀଷଣ, ଭୟଙ୍କର।

ପୁଷ୍ପ କହିଲା – କିଛି କିଛି ବୁଝି ପାରୁଛି। ନିଜ ଜୀବନରେ ସବୁ ଦେଖୁଛି ତ। ତେବେ ବି କହନ୍ତୁ।

ସାଧୁତା, ପବିତ୍ରତା – ଶୁଣିବାକୁ ବେଶ୍ ଭଲ। କିନ୍ତୁ ଏହାର ଆବିର୍ଭାବ ବିଷୟୀ ଲୋକ ପକ୍ଷରେ କଷ୍ଟକର। କାମନା-କଲୁଷିତ ଆଧାରରେ ଭଗବାନଙ୍କ ଜ୍ୟୋତି ଅବତରଣ କିପରି କରିପାରିବ ? ଏଥିପାଇଁ ଆଧାର ଶୁଦ୍ଧିର ଆବଶ୍ୟକ ହୁଏ। ଭଗବାନ୍ ଯାହାକୁ କୃପା କରନ୍ତି, ଶୁଦ୍ଧ ଆଧାର କରିନେବାକୁ ତାର ସବୁକିଛି ଭୋଗ କାମନାର ଜିନିଷ ଧ୍ୱଂସ କରି ତାକୁ ନିଃସ୍ୱ, ରିକ୍ତ କରିଦିଅନ୍ତି। ଭଗବାନଙ୍କ କୃପା ସେଠାରେ ବଜ୍ର ଭଳି କଠୋର ନିର୍ମମ, ଭୟଙ୍କର। ସର୍ବନାଶର ମୂର୍ତ୍ତି ଧରି ତାହା ଜୀବନରେ ଦେଖାଦିଏ।

ଧ୍ୱଂସର ମୂର୍ତ୍ତି ହୋଇ ଓହ୍ଲାଏ। ସେ ଭଳି କୃପାର ବେଗ ସମ୍ଭାଳି ପାରନ୍ତି କେତେ ଜଣ ଅବା ?

ପୁଷ୍ପ ଚୁପ୍ ରହିଲା – ଏହାର ସତ୍ୟତା ସେ ନିଜ ଜୀବନରେ ଅନୁଭବ କରିଛି।

କ୍ଷେମଦାସ କହିଲେ – ଦେଖ, ମୁଁ ଭକ୍ତି ପଥର ପଥିକ ତୁମେ ଜାଣ। ସନ୍ୟାସୀ ଯେଉଁ ନିର୍ଗୁଣ ବ୍ରହ୍ମଙ୍କ କଥା କହନ୍ତି ତାହାଙ୍କୁ ବୁଝିବାକୁ ହେଲେ ଜ୍ଞାନପଥ ଦରକାର। ଜ୍ଞାନଛଡ଼ା ବ୍ରହ୍ମଙ୍କୁ ଉପଲବ୍ଧ କରିହୁଏ ନାହିଁ। ମୁଁ ସାକାର–ଉପାସକ। ମଧୁର ଭାବରେ, ମଧୁର ମୂର୍ତ୍ତିରେ ତାହାଙ୍କୁ ପାଇବାକୁ ଚାହେଁ – ତେଣୁ ମୁଁ ବୃନ୍ଦାବନ ଯାଇ ସେ ରସ ଆସ୍ୱାଦ କରେ। ସନ୍ୟାସୀ କହନ୍ତି ସେ ଅପ୍ରାକୃତିକ ମୂର୍ତ୍ତିର ଉପାସନା କାହିଁକି କର ? ମୁଁ କହେଁ ତୁମ ମତ ନେଇ ତୁମେ ରୁହ, ମୋର ମତ ନେଇ ମୁଁ ଥାଏ। ସେ କହନ୍ତି, ବ୍ରହ୍ମ ଆବର୍ତ୍ତିତ ହୋଇ ହୋଇ କ୍ରମେ ଜୀବ ହୋଇଛି। ଆଉ ଜୀବ ହୋଇ ସ୍ୱରୂପ ଭୁଲି ଯାଇଛି। ବ୍ରହ୍ମ ଦେଶ, କାଳ ଭିତରେ ଧରାଦେଇ ଜୀବ ହୋଇଛି। କାହିଁକି ହୋଇଛି ? ଲୀଳା। ମୁଁ କହେ, ଠିକ୍ କଥା। ଏକ ଯେତେବେଳେ ବହୁ ହୋଇଛନ୍ତି ଲୀଳାର ଆନନ୍ଦକୁ ଆସ୍ୱାଦ କରିବାକୁ, ସେତେବେଳେ ମୁଁ ବି ତାହାଙ୍କ ଲୀଳା ସହଚର ହୋଇଛି ତ ! ମୋତେ ଏଡ଼ାଇ ଦେଇ ତାଙ୍କ ଲୀଳା ଚଳିବ ନାହିଁ। ଏଇତ ପ୍ରେମଭକ୍ତି ଆସିଗଲା କିପରି ହେଲା ?

ପୁଷ୍ପ କହିଲା – ବଣର ସେ ସନ୍ୟାସିନୀ କିନ୍ତୁ ପ୍ରେମଭକ୍ତିର କାଙ୍ଗାଳ। ମୁଁ ସେଥର ରଘୁନାଥ ଦାସଙ୍କ ଆଶ୍ରମକୁ ଘେନି ଯାଇଥିଲି। ବୃନ୍ଦାବନକୁ ବି ନେଇଯାଇଥିଲି – ସେଇ ଦିନଠାରୁ ଗୋପାଳ ବିଗ୍ରହର ଭକ୍ତ ହୋଇ ଯାଇଛନ୍ତି।

– ସେ ଯେ ଝିଅ ପିଲା। ଶୁଷ୍କ ଜ୍ଞାନପଥରେ ସେ ତୃପ୍ତି ପାଆନ୍ତି ନାହିଁ।

– ଲୀଳାରସ ଆସ୍ୱାଦ କରିବାକୁ ଚାହାନ୍ତି। ମୁ ଚାଲିଲି ଝିଅ। ତୁମେ ଆଜି ତ ବୃନ୍ଦାବନ ଯାଇନ ? କାଲି ଆସି ତୁମକୁ ନେଇଯିବି। ସନ୍ୟାସୀ ତୁମକୁ ବି କଣ କହିଥିଲେ କି ?

– କହିଥିଲେ, ଏବେ ସୁଝ। ଅପ୍ରାକୃତ ଲୋକକୁ ଜାବୁଡ଼ି ଧରିଛ କାହିଁକି ? ତୁମର ଉଚ୍ଚ ଅବସ୍ଥା। ଉଚ୍ଚ ସ୍ତରକୁ ଚାଲ।

ପୃଥିବୀର ହିସାବ ଅନୁସାରେ ଆଜିକୁ କେତେ ବର୍ଷ ହେଲା ପୁଷ୍ପ ନିଜ ହାତରେ ଗଢ଼ିଥିବା ବୁଢ଼ା ଶିବତଲା ଘାଟରେ ସଂପୂର୍ଣ୍ଣ ଏକାକୀ। କରୁଣା ଦେବୀ ମଧ ତାକୁ ଉଚ୍ଚତର ସ୍ତରକୁ ନେଇଯିବାକୁ ଚାହିଁଥିଲେ। କିନ୍ତୁ ସେତେ ଉଚ୍ଚସ୍ତରକୁ ଗମନ କଲେ ଆଉ ସେ ପୃଥିବୀକୁ ଯିବା ଆସିବା କରିପାରିବ ନାହିଁ ବୋଲି ଗଙ୍ଗା ଘାଟ ଜାବୁଡ଼ି ପଡ଼ି ରହିଛି। ଏହାହିଁ ତା'ର ପରମ ତୀର୍ଥ – ତା'ର ମହଲୋକ, ଜନଲୋକ, ତପୋଲୋକ, ସତ୍ୟଲୋକ, ବ୍ରହ୍ମଲୋକ – ଲୋକାତୀତ ପରମ କାରଣ ପରଂବ୍ରହ୍ମଲୋକ

କୌଣସିଠାରେ ତାକୁ ପୋଷାଇବ ନାହିଁ। କେତେ ସହସ୍ର ସ୍ମୃତି ଭରି ରହିଛି ଏହି ପ୍ରାଚୀନ ଭଙ୍ଗା ଘାଟଟାରେ।

କେହି ନାହାନ୍ତି ଆଜି ଏଠାରେ।

ଯତୀନଦା ଚାଲିଯାଇଛନ୍ତି ଆଜିକୁ ଦଶବର୍ଷ ହେଲା....

ଉର୍ଦ୍ଧ୍ୱକୁ ଯେତେ ଦୂର ଦୃଷ୍ଟିଯାଏ – ଆଜି ଏତେଦିନ ପରେ ତା ନିକଟରେ ସବୁ ଶୂନ୍ୟ, ଅର୍ଥହୀନ !

ଥରେ ଥରେ ମନେ ହୁଏ ସେଇ ଭ୍ରାମ୍ୟମାଣ ଦେବତା ଯଦି ଆସିନ୍ତେ ! ତାହାଙ୍କ ମୁହଁରୁ ଜଗତର ବହୁ ନକ୍ଷତ୍ର ଲୋକର, ବହୁ ବିଶ୍ୱର ଗଞ୍ଜ ଶୁଣନ୍ତା। ନିଜେ ସେ ବୁଲି ଦେଖିଛନ୍ତି। ଏବେ ବି ଦେଖୁଛନ୍ତି – ଶେଷ କରିପାରୁ ନାହାନ୍ତି।

ସନ୍ୟାସୀ ଆସି ପ୍ରାୟ କହନ୍ତି – ମହର୍ଲୋକରେ ତୁମ ଆସନ, ଏଠାରେ କଣ ପାଇଁ ପଡ଼ିରହିଛ ତିଅ ? ସେହି ପୃଥିବୀର ଗଙ୍ଗା, ପୃଥିବୀର ହାଲି ସହର ସାଗଣ୍ଜି, ନୌକା – ଏସବୁ ମାୟାମୟ କଳ୍ପନା ତୁମକୁ ସାଜେନା। ଛି..ଛି –

ପୁଷ୍ପ କୌତୂହଲୀ ହୋଇ କହିଥିଲା – ନେଇ ଯାଉ ନାହାନ୍ତି ଏହାଠାରୁ ଉଚ୍ଚତର ଲୋକକୁ। ଯାଉଛି ଏହି ମୁହୂର୍ତ୍ତରେ।

ସନ୍ୟାସୀ କହନ୍ତି – ସଂଜ୍ଞା ଅଧିକ ସମୟ ଧରି ରହିବ ନାହିଁ। ସଂଜ୍ଞା ହରାଇବାକୁ ପଡ଼ିବ। କାରଣ ଏ ସବୁଲୋକ ଆମିକ ଅବସ୍ଥା ମାତ୍ର। କୌଣସି ସ୍ଥାନ ନୁହେଁ। ସେ ଉଚ୍ଚତର ଚୈତନ୍ୟ ଜାଗ୍ରତ ହେଲେ ପୃଥିବୀର ଜଡ଼ଧାରୀ ହେଲେ ସୁଦ୍ଧା ତୁମେ ସତ୍ୟଲୋକର ଅଧିବାସୀ। ଯେପରି ଦେଖୁ ଥିଲ ଆମ ସେଇ ଗୁରୁଭ୍ରାତାଙ୍କୁ। ଚିଦାନନ୍ଦମୟ ଆତ୍ମା। ସେଠାରେ ଆପଣା ଅସ୍ତିତ୍ୱର ଆନନ୍ଦରେ ବିଶ୍ୱ ସହିତ ଏକ ସ୍ୱରରେ ଗୁନ୍ଥା। ମୁହଁରେ କହିହୁଏ ନାହିଁ ସେ ଅନୁଭୂତିର କଥା।

ପୁଷ୍ପ କହିଲା – ବୁଝିବା କ୍ଷମତା ନାହିଁ ମୋର ଦେବ।

ତେବେ ଶୁଣିଲି ମାତ୍ର ଆପଣଙ୍କ ଦୟାରୁ।

– ବିଧାତୃ ପୁରୁଷଗଣଙ୍କୁ ମଧ ଉଚ୍ଚସ୍ତରର ଦେବତାମାନଙ୍କ ଦେଖାପାଇବାକୁ ତପସ୍ୟା କରିବାକୁ ହୁଏ ଜାଣତ ? ବିଶ୍ୱ ବ୍ରହ୍ମାଣ୍ଡରେ ସାତ ଜଣ ବିଧାତୃ ପୁରୁଷ ଅଛନ୍ତି। ଏମାନଙ୍କ ଉପରେ ଈଶ୍ୱର। ବିଧାତୃ ପରୁଷମାନେ ଇଚ୍ଛା କଲାମାତ୍ରେ ଭଗବାନଙ୍କ ଲୋକକୁ ଯାଇ ପାରନ୍ତି ନାହିଁ। ଗଲେ ସଂଜ୍ଞା ହରାଇ ବସିବେ। ଏଥିପାଇଁ ତପସ୍ୟା ଦ୍ୱାରା ଶକ୍ତି ଅର୍ଜନ କରିବାକୁ ହୁଏ। ତେବେ ସେହି ସାମୟିକ ତପସ୍ୟାର ସାମୟିକ ଶକ୍ତି ନେଇ ଈଶ୍ୱରଙ୍କ ନିକଟକୁ ଯାଇପାରନ୍ତି। ଅଥଚ ବିଧାତୃ ପରୁଷମାନେ ସୃଷ୍ଟି, ସ୍ଥିତି, ପ୍ରଳୟ କରିପାରନ୍ତି।

– ଭଗବାନ୍ ତେବେ କଣ କରୁଛନ୍ତି, ସେ କଣ ଥୁଣ୍ଟା ଜଗନ୍ନାଥ ?

– ତାହାଙ୍କ ଇଚ୍ଛାରେ ସେହିଁ ସବୁ ହେଉଛି ଝିଅ । ଖଣ୍ଡିଏ କୁଟା ବି ହଲିବ ନାହିଁ ତାହାଙ୍କ ଇଚ୍ଛା ନହେଲେ ।

– ସେ ଦୟାଳୁ ? ଡାକିଲେ ଶୁଣନ୍ତି ?

ଏବେ ସୁଦ୍ଧା ଏହି ସନ୍ଦେହ ? ଏଥିପାଇଁ ମୁଁ କହେ, ତାଙ୍କ ପାଖରେ କିଛି ପ୍ରାର୍ଥନା କରନାହିଁ । ପ୍ରାର୍ଥନା କରିଲେ ହଁ ସେ ମଞ୍ଜୁର କରନ୍ତି । ସେ ପରମ କରୁଣାମୟ । ଜୀବର ଦୁଃଖ ଦେଖି ରହିପାରନ୍ତି ନାହିଁ । ହୁଏତ ଏପରି କିଛି ଅସଙ୍ଗତ ପ୍ରାର୍ଥନା କରି ବସିଲେ, ଯାହା ମଞ୍ଜୁର ହେଲେ ତୁମ ଆମ୍ଭର ଅମଙ୍ଗଳ । ସେଥି ପାଇଁ କିଛି ତାହାଙ୍କ ନିକଟରୁ ପ୍ରାର୍ଥନା କରିବା ଉଚିତ ନୁହେଁ – ସେ ଆମମାନଙ୍କ ମଙ୍ଗଳ ହେବାରେ ଦୃଷ୍ଟି ରଖି ସବୁକିଛି କରି ଯାଉଛନ୍ତି କିମ୍ୱ ବିଧାତୃ ପୁରୁଷଗଣଙ୍କ କର୍ମରେ ସମ୍ମତି ଦେଇ ଯାଇଛନ୍ତି । ଏଇଥିପାଇଁ ଅନେକ ସମୟରେ ଭଗବାନଙ୍କୁ ନିଷ୍ଠୁର ବୋଲି ମନେକରୁଁ । ଜୀବର କଲ୍ୟାଣ ପାଇଁ ସେ ବ୍ୟବସ୍ଥା କରୁଛନ୍ତି । ଆମମାନଙ୍କ ତହିଁରେ ମନଃପୂତ ହେଉ ନାହିଁ ।

– କ୍ଷେମ ଦାସ ତାହା ହିଁ କହନ୍ତି

– କିଏ ଆମମାନଙ୍କ କବି ? ତାଙ୍କ କଥା ଛାଡ଼ । ଏତେ ବର୍ଷ ବୟସରେ ବି ତାଙ୍କ ଭାବୁକତା ତାଙ୍କୁ ପିଲାବେଳର ଉପରକୁ ଉଠିବାକୁ ଦେଲା ନାହିଁ ! ଗୋପାଳ ଆଉ ବୃନ୍ଦାବନ, ଆଉ ଆରତି ଆଉ ଆଖିର ଲୁହ – ଆଉ ଚନ୍ଦ୍ରର ଆଲୋକ –

ସନ୍ୟାସୀ ସେ ଦିନ ବିଦାୟ ନେଇ ଚାଲିଗଲେ । ପୁଷ୍ପକୁ ହସମାଡ଼େ ତାଙ୍କ ସବୁକଥା ଭାବି । ଝିଅପିଲାର ମନ କଥା ଏମାନେ କିପରି ଜାଣିବେ ? ଶୁଦ୍ଧ ବୁଦ୍ଧ ଆମ୍ଭ ସେମାନେ – ବ୍ରହ୍ମଙ୍କ ଭଳି ହୋଇଯାଇଛି । ସତ ସ୍ନେହ, ପ୍ରେମ ପ୍ରୀତିର ବନ୍ଧନରେ ଯେ ଝିଅ ପିଲାଙ୍କ ମନ ବନ୍ଧା । ଏହାବି ସେହି ବିଧାତୃ ପୁରୁଷମାନଙ୍କ ଗଢ଼ା ନିୟମ ତ । ସୃଷ୍ଟିଛଡ଼ା କିଛି ନୁହେଁ ।

ପୃଥିବୀରେ କ'ଣ ସନ୍ଧ୍ୟା ହୋଇ ଆସିଲାଣି ?

ପୁଷ୍ପ ଥରେ ତଳ ଆଡ଼କୁ ଚାହିଁ ଦେଖିଲା । ତାପରେ ପୃଥିବୀର ସନ୍ଧ୍ୟା ସହିତ ଦେହ ମିଶାଇଦେଲା ଓହ୍ଲାଇ ଆସିଲା କୋଲା – ବଲରାମପୁର ଗାଁକୁ । ଯତୀନର ମା ରୋଷେଇ ଘରେ ଚୁଲିରେ ଭାତ ରନ୍ଧନରେ ବସାଇ ନିଜେ ତା ପାଖରେ ବସି ଆଳୁ, ବାଇଗଣ କାଟୁଛନ୍ତି । ସେ ଏବେ ଆଉ ତରୁଣୀ ହୋଇ ରହିନାହାନ୍ତି । ବିଗତ ଯୌବନର ଚିହ୍ନ ସାରାଦେହରେ ପରିସ୍ଫୁଟ । ନୂଆ ଧାନ ଆସିଛି ସାମନାରେ ବାରଣ୍ଡାକୁ । ଶୀତ ଦିନର ସନ୍ଧ୍ୟା । ପାଖ ଘର ଆମ୍ବ ଗଛ ତଳେ ଛୋଟ ଛୋଟ ପିଲାଛୁଆ ନିଆଁଜାଲି ପୁହାଉଛନ୍ତି ।

ଯତୀନ୍ଦ୍ର ମା' ରୋଷେଇ ଘରୁ କହିଲେ – ହଇରେ ଅଭୟ କାହିଁ ଗଲୁ ?

ପାଖ ଘର ଆମ୍ବ ଗଛ ତଳେ ଯେଉଁ ସବୁ ପୁଅଝିଅ ନିଆଁ ପୁହାଉଛନ୍ତି, ସେମାନଙ୍କ ଭିତରୁ ଗୋଟିଏ ଆଠ ନଅ ବର୍ଷର ପୁଅ ଉତ୍ତରଦେଲା–କ'ଣ ହେଲା ?

– ଦେହରେ ଥଣ୍ଡା ଲଗାନା। ଘର ଭିତରକୁ ଆସ୍‌।

ବାଳକର ଏବେ ସଂପୂର୍ଣ୍ଣ ଅନିଚ୍ଛା। ସମବୟସ୍କୀମାନଙ୍କ ମଜଲିସ୍ ଛାଡ଼ି ଆସି ରୋଷେଇ ଘରେ ଭୁକିବାକୁ। ସେ କହିଲା – ମୁଁ ବାହାରେ ବସି ଧାନ ଜଗି ରହିଛିଁ ଯେ –

– ତୋତେ ଧାନ ଜଗିବାକୁ ହେବ ନି। ଘରକୁ ଚାଲିଆ। ଏଇ ଚୁଲି ପାଖରେ ବସି ନିଆଁ ପୁହାଇବୁ। ପିଲାର ଶର୍ଦ୍ଦି, କାଶ ଲାଗି ରହିଛି।

– ପୁଣି ରାତି ଯାଏଁ ବାହାରେ ବସି ରହି –

ଆଉ ଗୋଟିଏ ପିଲା। ତାହାକୁ କହିଲା – ଯା, କାକୀମା ଗାଳିଦେବେ – ଅଭୟ ମୁହଁ ଫୁଲାଇ ମା ପାଖକୁ ଚୁଲି ପାଖରେ ଆସି ବସିଲା।

ତା' ମା କହିଲେ – ସେ ଗରମ କୁର୍ତ୍ତାଟା ଆଜି ପିନ୍ଧୁନୁ ?

– ଆ ହା.. ହା.. ସେତ ଚିରି ଗଲାଣି !

– ହେଲାବି, ନେଇ ଆସ ବହୁତ ଶୀତ ହେଉଛି।

– ନା ମା।

ଅଭୟର ମା' ପୁଅ ଗାଲରେ ଗୋଟିଏ ଚାପୁଡ଼ା କଷି ଦେଇ କହିଲେ – ତୋର ଜିଦ୍ ଖୋର ସ୍ୱଭାବ ଏକାବେଳକେ ଛଡ଼ାଇ ଦେବି। ଦୁଷ୍ଟ ପିଲା – ଏବେ କହିବ, ମା ମୋତେ ଜ୍ୱର ହେଲାଣି .....

ସେତେବେଳେ ଆଶାବତୁ, ନେଇ ଆସ ଔଷଧ – ଯା ନେଇ ଆସ ଜାମା। ମଝି ଘର ଆଲ୍‌ନାରେ ଅଛି –

ପୁଷ୍ପ ଖିଲିଖିଲି କରି ହସି ଉଠି କହିଲା – ହେ ଯତୁଦା କେମିତି ମଜା ? ଏଇଟା ମୁଁ ନୁହେଁ ଯେ ଜିଦ୍ ଖୋରୀ ଦେଖାଇ ନିଷ୍କୃତି ପାଇବ –

ପୁଷ୍ପ ଏ ସମୟଟିକକ ମଝିରେ ମଝିରେ ଆସି ଏଠାରେ କଟାଏ।

ଅଭୟମା ପୁଅକୁ ଖୁଆଏ। ପାଖରେ ବସି ପଢ଼ାଏ – ପ୍ରଥମ ଭାଗ, ପୁଷ୍ପ ବସି ବସି ଦେଖେ। ତାକୁ ଭଲ ଲାଗେ।

ସ୍ୱପ୍ନ ଭଳି ମନେ ହୁଏ ସଂସାରର ଜନ୍ମ – ମୃତ୍ୟୁ – ସନ୍ୟାସୀ ହିଁ ଜ୍ଞାନୀ। ସବୁ ମାୟା ଆଉ ସ୍ୱପ୍ନ।

ଆଶା ଭାଉଜଙ୍କୁ ବି ଦିନେ ସେ ଦେଖି ଆସିଛି। ସେ ଏବେ ବହୁଦୂର

ମୁରଶିଦାବାଦ୍ ଜିଲ୍ଲାର ଗୋଟିଏ ମଧବିତ୍ତ ଗୃହସ୍ଥଙ୍କ ଛୋଟ ଏକବର୍ଷ ବୟସର ଶିଶୁଟିଏ ।

ସେ କରୁଣା ଦେବୀଙ୍କୁ କହିଥିଲା ସେ ଦିନ – ଏମାନଙ୍କ କିପରି ମିଳନ ହେବ ଦେବୀ ? କିପରି ଏମାନେ ଜାଣି ପାରିବେ ?

ଦେବୀ ହସି ହସି ଉତ୍ତର ଦେଇଥିଲେ – ସେମାନଙ୍କ ଚାରା କାହିଁ ? ଆମେମାନେ ସେ ଯୋଗାଯୋଗ ଘଟାଇ ଦେବୁ ସମୟ ହେଲେ । ଦେଖ ପାରିବୁ ଯେ ପୁଷ୍ପ ।

ଅଭୟର ମା ପୁଅକୁ ଖୁଆଇପିଆଇ ପାଖ ଘରକୁ ଶୋଇବାକୁ ପଠାଇ ଦିଏ । ପୁଷ୍ପ ସେ ସମୟରେ ପିଲାର ମୁଣ୍ଡ ପାଖରେ ଆସି କହିଲା – ପୁଅ ଶୋଇଲା । ପଢ଼ା ଶାନ୍ତି ଲାଭ କଲା ଶୋଇ ଯାଆ ଯତୁଦା – ଶୋଇ ଯାଆ – ଦୁଷ୍ଟାମୀ କଲେ ମାଙ୍କ ହାତରେ ଚାପୁଡ଼ା ମନେ ଅଛି ତ ?

ଅଭୟ ଶୋଇ ପଡ଼ିଲେ ହୁଏତ ଦିନେ ଦିନେ କେଉଁ ରୂପସୀ ଦେବୀଙ୍କୁ ସ୍ୱପ୍ନ ଦେଖେ । ମା ଭଳି ସ୍ନେହରେ ତା ମୁଣ୍ଡ ପାଖରେ ବସି ନିଦ ପିଆଉଛି । ମା ଭଳି ତାର ମନେ ହୁଏ ତାଙ୍କୁ ।

ନୈଶ ଆକାଶ ଦେଇ ତାପରେ ପୁଷ୍ପ ଉଡ଼ି ଚାଲି ଆସେ ତା ନିଜ ଲୋକକୁ । ଅଗଣ୍ୟ ଜ୍ୟୋତିର୍ମଣ୍ଡଳ, ଅଗଣିତ ବ୍ରହ୍ମାଣ୍ଡ ମହା ବ୍ୟୋମରେ ବିଛାଡ଼ି ପଡ଼ିଛି । ଅଗଣିତ ଜୀବକୁଳ । ଅଗଣିତ ଜୀବନ ମୃତ୍ୟୁର ପ୍ରବାହ । ପୁଷ୍ପର ମନ କହିଉଠେ – କାହିଁ ଅଛ ହେ, କାରଣାର୍ଣୀଶାୟୀ ମହାବିଷ୍ଣୁ । ମହାଦେବତା । ମୁହଁର ଆବରଣ ଅପସାରଣ କର – ଅପାବୃଣୁ । ଅପାବୃଣୁ । ଆମେ ତୁମ ସ୍ୱରୂପ ଦେଖ଼ିବୁ । ଧନ୍ୟ କର ଆମମାନଙ୍କ ଜନ୍ମ– ମରଣ ହେ ଦୟାଳୁ ଦେବତା ।

ସ୍ୱର୍ଗ ଓ ମର୍ତ୍ୟର ସେହି ମୁହାଣରେ ପୁଷ୍ପ ଆସି ଠିଆହେଲା । ତାର କିଛି ଦୂରରେ ନୀଳ ଶୂନ୍ୟରେ ନିଆଁର ଲେଖା ଆଙ୍କି ବିରାଟ ଗୋଟିଏ ଧୂମକେତୁ ଅଗ୍ନି ପୁଚ୍ଛ ହଲାଇ ନିଜ ଶିଘ୍ରକରି ଚାଲିଗଲା । – ସେ ମୁହୂର୍ତ୍ତର ହିସାବ ନାହିଁ । ସେମାନଙ୍କ ପାଦତଲେ କେଉଁ ଗ୍ରହର ଗୋଟିଏ ନଦୀତଟ, ହୁଏତ ଅବା ପୃଥିବୀର ହିଁ – ଶାନ୍ତ ଅପରାହ୍ନ, ଦଲେ ସାଦାଧଳା ବକ ମେଘ ସହିତ ଉଡ଼ିଉଡ଼ି ଯାଇଛି ନଳଖା ଗଜା ବଣ ଉପର ଆକାଶରେ ।

ଆଜି ପୁଷ୍ପ ଯେପରି ଦେଖ଼ିପାରିଲା ସେଇ ଦେବତାଙ୍କୁ ନକ୍ଷତ୍ର ଜ୍ୟୋସ୍ନାରେ ଭସା ଏହି ଅପୂର୍ବ ଜୀବନ ଉଲ୍ଲାସ ସ୍ରୋତରେ ସେ ଜନ୍ମରୁ ଜନ୍ମାନ୍ତରକୁ ଭାସି ଚାଲିଛି ଯେ ମହାଦେବତାଙ୍କ ଇଙ୍ଗିତରେ । କେଉଁଠି ଯେପରି ସେ ମହାସୁପ୍ତି ମଗ୍ନ, ତାହାଙ୍କ ଅପୂର୍ବ ସୁନ୍ଦର ମୁହଁ ଖଣ୍ଡିକ । ସୁନ୍ଦର ଆଖ଼ି ଦୁଇଟି । ପୁଷ୍ପ କହିଲା –

– ସେ ଉଠିବେ କେବେ ? ଚରଣ ବନ୍ଦନା କରିବି ।

ପୁଷ୍ପ ମନ ଭିତରୁ ହିଁ ପ୍ରଶ୍ନର ଉତ୍ତର ଆସିଲା –

ସେ ଉଠନ୍ତି ନାହିଁ। ଅନନ୍ତ ଶଯ୍ୟାରେ ଅନନ୍ତ ନିଦ୍ରାରେ ମଗ୍ନସେ? ଗୋଟିଏ ଗୋଟିଏ ନିଶ୍ୱାସରେ ଯୁଗ ଯୁଗାନ୍ତ ବିତିଯାଏ। ତୁମେ ତାହାଙ୍କ ଚରଣ ବନ୍ଦନା କରିବ? ତାହାଙ୍କ ଉପାସନା ହୁଏ ନାହିଁ। କିଏ କରି ପାରିବ ତାହାଙ୍କର ଉପାସନା? ସେ କାହାକୁ ଦେଖନ୍ତି ନାହିଁ। କାହାରି ଉପାସନା ଗ୍ରହଣ କରନ୍ତି ନାହିଁ। ବିଶ୍ୱ ଜଗତ ତାଙ୍କ ସ୍ୱପ୍ନ। ସେ ନିଦଭାଙ୍ଗି ଜାଗ୍ରତ ହେଲେ ଜଗତ– ସ୍ୱପ୍ନ ଲୟ ହୋଇ ଯିବ ଯେ! ସୃଷ୍ଟି ଅନ୍ତର୍ହିତ ହେବ; କିନ୍ତୁ ତାହା ହୁଏ ନାହିଁ। ସୃଷ୍ଟି ବି ଅନନ୍ତ। ତାହାଙ୍କ ସୁପ୍ତିବି ଅନନ୍ତ।

ସେ ବିଶ୍ୱର ଆଦିକାରଣ – ସଚ୍ଚିଦାନନ୍ଦ ବ୍ରହ୍ମ।

କ୍ଷୀରୋଦ ଶୟନଶାୟୀ ମହାଦେବତା ବ୍ରହ୍ମାଣ୍ଡର ତୁମେ, ମୁଁ, ସ୍ୱର୍ଗ, ନର୍କ, ଜନ୍ମ, ମରଣ, ଦେବ, ଦେବୀ, ଈଶ୍ୱର, ପାପ ପୁଣ୍ୟ ଦେଶ ଓ କାଲ – ସବୁ କିଛି ତାହାଙ୍କ ସ୍ୱପ୍ନ। ସବୁ ସେ। ତାଙ୍କ ଛଡ଼ା ଆଉ କିଛି ନାହିଁ। କିଏ କାହାର ଉପାସନା କରିବ? ତାହାଙ୍କ ସ୍ୱପ୍ନ ଛଡ଼ା ଆଉ ତାହାଙ୍କ ଛଡ଼ା ଆଉ କ'ଣ ଅଛି? ଭକ୍ତିଭରା ପ୍ରଣାମ କଲା। ପୁଷ୍ପ। ଉପାସନା ହୁଏ ନାହିଁ ତ ହୁଏ ନାହିଁ।

ଘନ ନିଦ୍ରାରେ ଅଚେତନ ସେଇ ଦେବଦେବଙ୍କ ସୁନ୍ଦର ଆଖ୍ ଦୁଇଟି, ସ୍ୱର୍ଗ ଓ ମର୍ତ୍ୟର ଦୂରତମ ପ୍ରାନ୍ତରେ ଶୁକ ତାରାର ଅସ୍ତ ପଥରେ ଛାୟାଛବି ଭଳି ମିଳାଇଗଲା।

BLACK EAGLE BOOKS

www.blackeaglebooks.org
info@blackeaglebooks.org

Black Eagle Books, an independent publisher, was founded as
a nonprofit organization in April, 2019. It is our mission to
connect and engage the Indian diaspora and the world at large
with the best of works of world literature published on a
collaborative platform, with special emphasis on
foregrounding Contemporary Classics and New Writing.

www.ingramcontent.com/pod-product-compliance
Lightning Source LLC
Chambersburg PA
CBHW021958130726
47903CB00014B/2010